苏轼文学作品的英译与传播

锺振振题

徐华 著

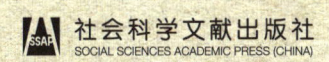

社会科学文献出版社

本书的出版获四川省哲学社会科学研究
"十三五"规划中华文化单列重大项目
"中华优秀传统文化对构建人类命运共同体贡献研究"
（批准号：SC20ZDZW003）的大力支持。

序

郭建勋

徐华的博士论文《苏轼文学作品的英译与传播》由社会科学文献出版社出版，我为她感到由衷的高兴。

2015年，徐华被录取为湖南大学文学院博士研究生。经过长达六年的刻苦学习和艰难写作，她终于完成了这篇30余万字的博士学位论文，并于2021年7月顺利通过答辩。回想当初和徐华商议并定下这个题目的时候，着实为她捏了一把汗，因为这个题目涉及文学、史学、文献学、语言学、译介学、传播学等多个学科。这不但要求她要熟知国内的苏轼研究，还必须将研究视野推向国际，利用比较文学的理论，跨越语言、跨越国别，去攻克海外苏轼译介和研究状况这一难关。也正因为如此，这个题目至今还没有人系统地做过。可以说，她选择这个题目，是选择了一次自我挑战，当然也是选择了一次难得的机会。

徐华在攻读博士学位期间非常努力，不仅完成了这篇博士论文，还主持承担了两项四川省社科项目，完成了16万字的研究报告，在CSSCI期刊和其他核心刊物上发表了7篇有关苏轼研究的论文。这些项目和发表的论文与博士论文互为支撑，构成了其专题性研究的自身体系。

本书殊为可贵的是：以苏轼文学作品的英语翻译和英语研究成果为考察对象，对苏轼文学作品在海外的英译、传播、接受和影响情况进行了普查和研究，时间范围包括自苏轼文学作品西传的19世纪中期至21世纪的今天，空间范围覆盖英国、美国、加拿大、澳大利亚、新西兰、新加坡等以英语为母语或主要交流语言的国家，研究对象涵盖了苏轼文学作品翻译家、研究者及其成果等。

本书通过对有关苏轼文学作品的英文译本、英文论著等进行地毯式搜索和典型案例研究，通过对曾经促进苏轼文学外传的英文报刊、英文出版社进行个案分析，对苏轼在海外的传播趋势和影响力进行分层阐释，从而找到苏轼文学西传的相关规律及走向世界的表层和深层动因，并构建了较为完整的苏轼文学英译和传播的高清图谱。可以说，本书为如何让以苏轼文学为代表的中国文学在世界发出弥久如新的声音，如何让中国文学融入世界文学的大格局，如何促进中华优秀传统文化进一步对外传播并扩大影响，如何推进中外文明的交往、交流、交融与互鉴，都提供了有益的启示。

本书还深度分析了苏轼文学英译的背景、特征与成效，厘清了外传的脉络、特点和发展趋势，总结了苏轼文学作品英译与传播的得与失，既对苏轼文学作品英译、传播、接受等情况进行了全面回顾，也对苏学翻译史、接受史、传播史与影响史进行了深刻反思，辨章学术，考镜源流，为新时代苏轼作品及中国文化在全世界的传播提供了真知灼见和宝贵建议。

徐华的学术视野开阔，文献功夫出色，此书将成为她学术生命中的里程碑。我期待她继续孜孜矻矻，上下求索，百尺竿头，更进一步，推出更多、更精的学术成果，为中国文学与世界文学的平等对话，尽自己的一分力量。

是为序。

2022年8月10日于长沙岳麓山红叶楼

目　录

绪　论 ·· 001

第一章　观照与梳理：苏轼文学作品英译与研究脉络··············· 017
　　第一节　阶段分期及各国成果 ·· 019
　　第二节　对苏轼文学作品英译与研究的思考 ······················· 062
　　小　结 ··· 076

第二章　风格与技巧：英美的苏轼文学作品英译 ····················· 077
　　第一节　英美的苏诗翻译 ·· 078
　　第二节　英美的苏词翻译 ·· 128
　　第三节　英美的苏文翻译 ·· 178
　　小　结 ··· 224

第三章　认同与解读：苏轼多面形象的塑造 ·························· 225
　　第一节　全才形象的树立 ·· 226
　　第二节　超脱者形象的凸显 ··· 241
　　第三节　革新者形象的创造 ··· 259
　　第四节　文化使者形象的光大 ·· 267
　　小　结 ··· 283

第四章　对话与交流：苏轼文学作品的传播与影响 ················· 285
　　第一节　苏轼文学作品的传播媒介 ···································· 285

第二节　苏轼文学作品的传播趋势 …………………… 313
　　　第三节　苏轼文学作品的译介影响 …………………… 327
　　　小　结 …………………………………………………… 364

结　语 …………………………………………………………… 365

参考文献 ………………………………………………………… 371

附录　英美学界的苏轼文学译作及研究列表 ………………… 387

后　记 …………………………………………………………… 410

绪　论

苏轼是我国宋代最伟大的文学艺术家，凭其宏富著作、光辉事功、人格魅力在全世界产生了不小的影响，他也是法国权威报纸《世界报》评出的影响世界的"千年人物"唯一入选的中国人。苏轼如今是西方汉学家们探讨最多的中国重要人物之一，他留下的文化遗产已成为全世界人民共同的精神财富。对苏轼的接受，就文学而言，是以2700多首苏诗、340多首苏词、4800多篇苏文，多种专书、杂著、碑铭、尺牍等为解读接受对象的。目前，除我国国内早已形成了苏轼文学作品研究的多种学派，国外对苏轼及其作品的研究，也已历经几个世纪逐渐形成气候，并广泛传播开来，苏轼已经成为世界公认的"天才"。近则日本、韩国，远则英国、美国、加拿大等，均涌现出了一大批关注和研究苏轼的专家学者。但是，苏轼的文学作品仅有不到400篇被英译到国外，数量还十分有限，显然这与苏轼"千年人物"的身份还很不匹配，他应该在国际上产生更大的效力。那么，是什么原因导致了这种翻译不足？已有的译本和研究成果有哪些特点？这些译本和成果在海外评价如何？如何让更多的海外读者走近苏轼？……这是笔者写作本书的早期动因。

本书的构思最初受悟于两本专著，一本是1997年黄鸣奋先生所著的《英语世界中国古典文学之传播》，该书"绪论"指出"研究中国文学在英语世界的流传情况，不仅对全面评价中国文学的历史影响、弘扬中华文化、促进我国人民的对外交往与国际合作具有非常重要的意义，也有助于加强中国文学史、中国文学批评史、比较文学和文化学等学科的理论建设"[①]。黄鸣奋对于研究中国古典文学在英语世界的传播情况做了大量翔实可考的资料搜集与整理，站在中西文化交流的角度开创了按文学体裁分类研究的模式，让笔者意识到文学的外传不仅仅是输出，还可以是输入，可以实现中外文化合作的共赢。通过此书，本人对中国古典文学在全世界的英译情况了然于心，

[①] 黄鸣奋：《英语世界中国古典文学之传播》，学林出版社，1997，第1页。

治学视野更广，这是"面"的铺设。还有一本是2001年曾枣庄先生等著的《苏轼研究史》，曾老先生是苏轼研究名家，早在21世纪初他就洞察到苏轼在海外传播的趋势，于是请韩国的洪瑀钦撰写了该书第九章"拟把汉江当赤壁——韩国苏轼研究述略"，请日本的池泽滋子撰写了第十章"颖士声名动倭国——日本苏轼研究述略"，请美国汉学家唐凯琳撰写了第十一章"散为百东坡——西方汉学界的苏轼研究"。这样的苏轼研究视角让笔者一下茅塞顿开，唐凯琳以一个美国人的视角解读了苏轼作品在西方汉学界得到翻译和传播的部分情况，打开了苏轼研究的国际视野，那笔者为何不可以一个中国人的视角，详细梳理并研究苏轼在海外的英译、传播历史和现状呢？这是"点"的抓取。有了这两本著作的点面观指引，笔者决定选择"苏轼文学作品的英译与传播"这一题目，系统而深入地展开论述。

充分反思苏轼文学作品在海外的英译与传播的得与失，既是对全世界的苏轼诗词文作品英译、接受、传播情况的回顾与总结，也是对苏学翻译史、接受史、传播史与影响史的深刻反思。笔者准备着力解决以下问题。

苏轼究竟何时走出国门的？是谁首次译介苏轼到英语世界的？第一部作品是哪部？近两百年来苏轼文学作品在海外的英译情况怎样？他在国外受到关注程度有多高，传播面有多大，接受度如何，影响力有多深？他的传播对于中国传统文化在海外的生存现状提供了哪些参考？在国家的"一带一路"倡议和中国文化"走出去"战略背景下，如何在世界文化范围内考察中国古代文学、文化及其影响？……这一系列问题，对以苏轼文学作品为代表的中华经典在海外的翻译、传承与发展研究，对中国传统文化与西方文化的交流互动，对中国国家话语体系的建构和国家形象的塑造等，都具有重大的意义。

一

本书的研究对象"苏轼文学作品的英译与传播"，首先从语义上说是个空间概念，因此，需要在另一种文化背景、文化语境中探讨人们对苏轼文学作品的阅读、理解、认知和阐释[①]。本书的研究涵盖英国、美国、加拿大、澳大利亚、新西兰、新加坡等以英语为母语或主要交流语言的国家，其中，又

---

① 杨玉英：《郭沫若在英语世界的传播与接受研究》，学苑出版社，2015，"序"第2页。

以苏轼文学传播的重镇英国、美国、加拿大为主。然而，由于英语作为国际通用语在近几个世纪流行于世界各国，加上文学翻译与传播是一种流动性强、跨度大的活动，早期一些外国人的苏轼文学英译活动发生在中国的上海、香港等地，此外，欧洲的法国、德国、荷兰、瑞典等非英语国家的部分汉学家也使用英语从事苏轼文学的翻译、传播和研究工作，这些都被纳入本书考察的对象，以此作为比重不大但意义特殊的组成部分。本书所言"苏轼文学作品的英译与传播"，主要定于对苏轼的诗、词、文等文学作品进行翻译或研究，并且用英语写作、发表、出版、传播于上述地域的成果。而且，中国学者用英语撰写并发表在国外的成果，也被纳入考察对象。其次，"苏轼文学作品的英译与传播"这一题目也包含了时间概念，因此，还必须从学术史角度进行考察，考察苏轼文学作品在海外英译、传播的时间、阶段分期以及在中西文化文明史上的意义等。再次，"苏轼文学作品的英译与传播"这一题目还包含了文学翻译概念，即需要在比较文学视野中进行翻译研究。文学翻译不仅仅是一种语言向另一种语言的转换，还是不同语境下的语言文化的交流与碰撞，必然有文化间的吸收与流变、传播与接受甚至是影响，所以从文化层面上对翻译进行分析、审视和探究是本书需要探讨的问题。

自20世纪80年代起，随着比较文学的流行，中国国内开始出现对中国文学在海外的英译、传播情况的研究。研究内容主要聚焦在英译史、英译作品、英译作者、英译出版、对外传播等方面，英译研究方法主要分为英译个案分析法、英译对比法、英译归纳法。当前，国内对苏轼文学在海外的英译和研究情况所进行的研究呈现出多视角、多手段、解读细等特点，但仍然需要加强研究力度、拓宽研究视角、全面系统地梳理译本和创新研究方法，以期对全世界的苏轼文学作品的英译特色和传播脉络有清晰的把握。

1. 著作和论文

国内最早出现对苏轼文学作品英译和传播进行研究的成果是在20世纪80年代，以1986年美国汉学家唐凯琳的论文《海外苏轼研究简介》在中国国内发表为标志；进入20世纪90年代以后，随着中国国力的强盛和外宣政策的开放，"东学西渐"风气逐渐兴盛，国内出现了一批研究苏轼文学对外译介和传播的高质量学术成果，这一阶段的成果提升了研究海外苏学的整体水平；进入21世纪，中国在世界上更加渴望发声，寻求中外合作、交流与平等对话的目标越来越清晰，如何塑造良好的国际形象，如何让中国文学

"走出去"、"走进去"并且"走下去",这些问题激励着中国学者在中国文学外译质量、外传途径和域外影响等方面做出更深层的思考,所以这一阶段的成果在研究的深度和广度上都是前所未有的,这些成果对于国内研究苏轼文学作品在海外的翻译和传播提供了新的视角和思路,整个国内学界在苏轼文学对外译介和传播的研究方面进入繁荣期。

(1)研究苏轼在海外的专题成果

这一部分的成果目前并不多,主要从宏观角度,以专题形式出现,梳理了一部分苏轼文学作品在海外的翻译和流传情况,为本书的研究提供了一些宝贵的资料线索。

专著方面,目前学界综述苏轼文学外传研究最早、最权威的专著是由曾枣庄先生等著、2001年出版的《苏轼研究史》,该著不仅对苏轼在国内历朝历代的流传做了详细梳理,还汇聚了韩国洪瑀钦、日本池泽滋子、美国唐凯琳三位外国学者分别撰写的苏轼文学、艺术等在韩国、日本、美国的流传情况。《苏轼研究史》是苏轼海内外研究史的奠基之作,只是该著没有对英国、澳大利亚、新西兰等英语国家的苏轼文学作品流传情况进行研究。

学界最新研究苏轼文学外传的专著是2018年万燚出版的《美国汉学界的苏轼研究》,该著在美国汉学发展的宏阔视域下系统评述了美国汉学界苏轼研究的背景、阶段特征、成果,按美国学界的苏诗、苏词、苏轼哲学与美学思想、贬谪心态等分类列举了各领域顶尖的汉学家研究成果,并在中西诗学对话的层面对中美苏学进行了深入探讨。但该著着重于对美国苏学的研究,不重作品翻译,并未对苏轼文学作品从语言翻译层面进行解读,因此还可以从译本角度进行研究。再者,关于苏轼最早在英语世界的引介,时贤认为应追溯到德国籍传教士郭实腊①(Karl Friedrich August Gützlaff,1803—1851)在1834年出版的《大英国统志》②中对苏轼诗歌的评论。但是,经笔者查证,1834年版的《大英国统志》里没有对苏轼诗歌的评论,郭实腊只是在《大英国统志》里设计主人公叶楼花的对话时引用了《玉娇梨》第二回"当有苏学士之才华"这一句,算是向读者提到了苏轼。郭实腊的原文为"所著撰之新

---

① 郭实腊,又译为郭实猎、郭士腊、郭士立等。
② 郭实腊所著的《大英国统志》(*The Brief History of the Britain*)是世界上第一部以中文书写的英国史地书。

文诗，年年有数万本，是以不胜其盛也。莫说儒有苏学士之才华，就是英女著撰诗词，也每日读书订文，玩看其撰之意，是英人所悦矣。"① 所以，苏轼诗歌传入英语世界不是从1834年算起的，而是1838年。②

学术论文方面，国内最早出现的综述性论文是1986年美国汉学家唐凯琳的中文论文《海外苏轼研究简介》③，该文从欧美、日本、中国港台三个部分分别对苏轼集子的校勘和版本、外文翻译等进行梳理，对一些重要的作家作品进行了评论，尽管因发表时间较早，很多资料搜集不全，但对后来者从更广阔的视野去认识苏轼的世界影响力有开创之功。1991年唐凯琳撰写的中文论文《宋代文化的代表人物苏轼：美国汉学界近年来研究简介》被收入《国际宋代文化研讨会论文集》（四川大学出版社）；同年，唐凯琳又撰写论文《苏轼诗歌中的"归"——宋代士大夫贬谪心态之探索》（收入《国际宋代文化研究会论文集》），文章站在苏轼角度细致分析了他受贬后的心态，指出苏轼诗歌体现出的"回归"其实是有归位、归乡、归真的深层含义。唐凯琳的文章注重从中国的贬谪文化着手去分析士大夫在当官和归隐之间的复杂心态，在海外苏轼研究领域开辟了新的天地。2005年饶学刚在《黄冈师范学院学报》发表了《苏东坡在国外》，对20世纪以前苏东坡在欧美、日本、韩国的流传做了述评。这两篇文章对苏轼在海外的传播进行了基本论述。2014年万燚在《国际汉学》发表的《英语世界苏轼研究综述》较为系统地论述了英语世界的苏轼研究情况，对英语世界的苏轼研究进行了分期、分类。④ 2016年戴玉霞发表《苏轼诗词在西方的英译与出版》，这是关于苏轼诗词在海外译介与传播的综述论文，按时间顺序梳理了国内外苏轼诗词的英译文本。

硕士学位论文也有代表，2014年许磊的《英语世界的苏轼研究》从总体上把握了英语世界苏轼研究的特征，主要从译介学角度对伯顿·华兹生、孙康宜、艾朗诺等汉学家研究苏轼的代表性作品进行了分析，该文是对苏轼在英语世界的翻译和传播进行研究的第一篇专题硕士学位论文。但是这篇论文主要是对部分代表性文献的汇总和整理，对苏轼外传的趋势和特征评论不够。

---

① 庄钦永：《"无上"文明古国——郭实猎笔下的大英》，八方文化创作室，2015，第124页。
② 在第三章"郭实腊"一节，笔者对此有专门论证。
③〔美〕唐凯琳：《海外苏轼研究简介》，收入《论苏轼岭南诗及其他》，广东人民出版社，1986。
④ 万燚：《英语世界苏轼研究综述》，《国际汉学》2014年第2期，第26辑。

（2）研究苏轼文学作品译者及其译本的成果

这一部分多从微观角度，以苏轼文学译者、译作为对象进行研究。而对译者的研究主要分为两类：一是以研究苏轼的汉学家为对象展开研究，这类汉学家被国内关注最多的是美国华兹生、宇文所安和王红公；一是以英译苏轼文学到海外的中国学者为对象展开研究，这类最被关注的当数林语堂和许渊冲。

第一，译者研究。

著作方面。早在1996年乐黛云、陈珏编选的《北美中国古典文学研究名家十年文选》，其中收入宇文所安、康达维的论文，这两位汉学家都在文中谈到了苏轼。乐黛云、陈珏等编选的《欧洲中国古典文学研究名家十年文选》（1998），对1983年至1993年十年间欧洲中国古典文学研究的主要成就进行了汇总，其中翻译收录了荷兰汉学家伊维德（Wilt Idema）①的《诗人、大臣和僧侣的冲突：1250—1450年杂剧中的苏轼形象》（Poet Versus Minister and Monk: Su Shi on Stage in the Period 1250–1450），该文最初于1987年发表在英文刊物《通报》（*T'oung Pao*）第73卷，伊维德对苏轼生平及以苏轼为题材的元代、明代戏剧作品进行了研究，尤其谈到了苏轼被贬黄州后创作的《赤壁赋》成为后世戏剧创作的普遍素材。黄立的《英语世界唐宋词研究》（2008年），对英语世界的唐宋词译家及译本进行了全面梳理，在第一章讨论了华兹生《东坡居士轼书》、王红公《爱与流年》、朱莉·兰多《春光无限：中国宋词选》等，提及了这些选集的苏轼译介情况等；朱徽《中国诗歌在英语世界——英美译家汉诗翻译研究》（2009），在研究美国华裔学者罗郁正、欧阳桢，汉学家华兹生时，都举例讨论了三位学者的苏词英译作品，讨论视角的独特在于运用了现当代西方翻译理论的相关观点对译诗学者的苏轼作品翻译策略、翻译风格等进行研究；徐志啸《北美学者中国古代诗学研究》（2011），谈及美国华裔学者刘若愚在其论文《中国诗歌中的时间、空间和自我》中列举了苏轼的《别岁》并借此阐发中国古诗的时空观，在谈及美国孙康宜作为异域女学者的独特视角时，指出孙康宜对苏词体现出的北宋词坛大家风范尤为认可；涂慧的《如何译介，怎样研究——中国古典词在英语世界》（2014）对中国古典词在英语世界的译介和研究的宏观态势、微观体现、生成特点与演变规律进行了全面研究，书中对苏轼词作在英语世界

---

① 伊维德是荷兰汉学的代表人物，1997年，他和荷兰汉学家汉乐逸（Lioyd Haft）合编《中国文学指南》（*A Guide to Chinese Literature*），对中国历代的文学做了简要概述。

的地位和词学研究名家进行了分析,并有附录"英语世界苏轼词译目概览";2016年,中国社会科学院编选的《海外中国古典文学研究》,收录的刘宁论文《"文"与唐宋思想史——读包弼德〈斯文:唐宋思想的转型〉》里面就提到了汉学家包弼德对苏轼的评价;张西平的《中国古代文化在世界:以20世纪为中心》(2017)一书在其第三章"人物研究"中收入两篇与苏轼有关的论文,一篇是北京语言大学徐宝锋的论文《孙康宜对中国抒情传统的理解与建构》,文章对美国汉学家孙康宜的苏词研究进行了详细介绍,另一篇是福建师范大学葛桂录、徐静撰写的《H.A.翟理斯:英国汉学史上总体观照中国文学的第一人》,文章在细数翟理斯成就时两次提到翟理斯著作收入了苏轼文学作品;2017年,葛桂录的《中国古典文学的英国之旅——英国三大汉学家年谱:翟理斯、韦利、霍克思》研究了三位英国汉学家的汉学历程、汉学特色及其地位、贡献,并详细梳理了三位汉学家的汉学年谱,特别对曾经翻译过苏轼文学作品的翟理斯、韦利进行了介绍,为本书研究英国的苏学提供了重要资料。

学术论文方面,对汉学家及其思想进行研究较为突出的代表是万燚,其已发表10篇有关苏轼的论文:2013年发表《弥纶群言,而研精一理——论艾朗诺的苏轼研究》,就美国汉学家艾朗诺对苏轼诗词文、书法及绘画成就进行的"校正性综合研究"做分析评论;2014年发表《疏离与调和:斯坦利·金斯伯格论苏轼的黄州贬放》,研究了美国金斯伯格通过剖析苏轼从"乌台诗案"至贬谪黄州时期的代表作,解读苏轼如何将自我定位从"臣"到"人"的思想转变过程,该文认为金斯伯格将英语世界的苏轼研究推向了一个新的高度;2015年的《论华兹生的苏轼诗译介》就美国汉学家华兹生代表作《宋代诗人苏东坡选集》(即《东坡居士轼书》)做了较全面的评述;2015年发表《英语世界的苏轼"因革"文学思想研究——以毕熙燕为中心》,文中谈到澳大利亚学者毕熙燕不仅对苏轼的因革文学思想进行了哲学追溯与横向比照,还以苏轼的文学创作实践为例阐述了苏轼如何将个人创新性质素融入传统并对其进行发扬和丰富;2017年发表《英语世界的苏轼"通变"文艺美学思想研究》(阎纯德主编,《汉学研究》春夏卷,总第二十二集);2018年发表《艾朗诺的宋代文学研究析论》(《汉学研究》春夏卷,总第二十四集);2019年发表《美国汉学界论苏轼诗歌中的"自我"向度》,论述了美国学界艾朗诺、唐凯琳、杨立宇和杨治宜四位汉学家对苏轼因贬放产生的内在心理冲突与调和所呈现在诗歌中的"自我"问题;2020年发表《美国汉学家管佩达论苏诗与佛道关系》(《汉学研究》秋冬卷，总第二十九集)，探讨了美国苏轼研究专家管佩达对苏诗中体现的佛道思想进行研究的特色；2020年发表的《北美汉学界宋诗研究百年综述》多处提及北美对苏轼诗歌研究的代表汉学家及其成果，后该文成为其2023年出版的专著《北美汉学界的宋诗研究》的前期成果；2022年发表《美国汉学界论苏诗中的贬谪书写》(《汉学研究》春夏卷，总第三十二集)等。万燚在近年来一直保持对美国汉学界的苏轼研究情况的深度研究，表现出在该领域研究方向的引领作用。

林嘉新是近年来研究华兹生的代表。2017年他发表《美国汉学家华兹生的汉学译介活动考论》，对华兹生的译介活动及成功经验进行考察，旨在启迪我们对文化外译本质属性的认识以及对中国文化"走出去"战略的理性思考。同年，林嘉新发表《美国汉学家华兹生的诗歌翻译思想评析》，该文着眼于学术思想史的渊源，全面解析华兹生的翻译思想谱系与内涵，并辅以翻译案例检视其"译言译行"的一致性；2019年林嘉新发表《诗学征用与文学变异：美国汉学家华兹生英译苏轼诗词研究》，文章通过考察华兹生学术交往与翻译活动的轨迹，研究了翻译策略对中国古典诗学的诗学征用和译诗的文学变异现象所形成的新语境下的苏轼诗词的阐释，该文视角独特，方法论上属于苏轼文学作品英译研究的前沿。

此外，2010年陈颖、成松柳发表《语言分析与作品意义——美籍学者孙康宜的柳永、苏轼词研究探微》，指出美国汉学家孙康宜研究苏词是"透过语言分析来探索作品的意义"，主要对词语和段落的措辞、语法、句法、文体进行细致的分析，挖掘苏词的内涵。文章认为，孙康宜在研究理念和方法上都给后来的词学研究者以启发；2013年薛超睿《苏东坡——英国汉学对苏轼的最早接受》介绍了传教士汉学家包腊对苏轼在英语世界的早期接受与译介，这篇文章是国内学界少有关注到传教士苏学的代表成果；2016年崔小欢、胡志国《伯顿·沃森译苏轼诗词语言与文化的变异》，就华兹生所译苏轼诗词涉及的语言与文化关系进行了阐释；2019年5月20日，严晓江在《中国社会科学报》发表《华兹生：让苏轼走进英语世界》，站在读者接受的角度，从选材、译法到改写对华兹生译介苏轼的特色和成功因素进行了分析；2020年，吉灵娟、谭载喜在《外国语》发表《抒情传统与日常叙事——华兹生英译苏轼诗歌文学特质研究》，该文抓住美国汉学家华兹生对苏轼诗歌的翻译，探究译文的文学性以及译本在美国汉学界的影响，并上升到苏轼作品在中西文化交流中的典型意义层面进行探讨。

绪 论

国内译者方面，因林语堂在美国出版的《苏东坡传》引起巨大反响，该著成为研究美国的苏轼传播的有力证明，所以国内对林语堂的苏轼文学作品翻译、研究最为集中。代表如2007年兰芳的《论林语堂笔下的苏东坡形象》，从《苏东坡传》一书入手，分析苏东坡形象的独到之处，从而梳理林语堂的东西文明观及写作策略，为跨文化交流提供了一个切实可行的范本；2013年陈代娟《林语堂译者主体性研究——以〈苏东坡传〉为例》，主要以林语堂的翻译作品《苏东坡传》为例，从译者的经历和翻译目的出发，研究了译者在文本的选择以及翻译策略的应用过程中体现的译者主体性。此外，2011年马国华《改写理论视角下〈苏东坡传〉研究》，2014年郗明月、冯智强《林语堂〈苏东坡传〉文化专有项的回译研究》，2018年黄春梅、黄倩倩《林语堂〈苏东坡传〉中的杂合现象》等都主要从翻译理论或实践方面就《苏东坡传》进行了研究。

还有一些硕博士学位论文是在研究汉学家学术思想的同时，提及汉学家对苏轼研究的思想与成果，比如2008年殷晓燕的博士学位论文《"他者"的眼光——论宇文所安对中国文学经典的研究》用大量的篇幅探讨了宇文所安关于苏轼文学作品与思想的见解；2009年张文敏的硕士学位论文《近五十年来英语世界中的唐宋词研究》，以近50年来英语世界中的唐宋词研究为对象，总结了不同时期受关注的作家作品并探其缘由，该文专门讨论了英语世界余丽仪、刘若愚、艾朗诺、孙康宜等名家对苏词的研究成果；2016年颜兆丽的硕士学位论文《北美汉学家的〈沧浪诗话〉"妙悟"说研究》研究了北美汉学家叶维廉在《严羽与宋人诗论》《重涉禅悟在宋代思域中的灵动神思》两篇论文中对严羽与苏轼的道家美学思想的对比研究。

第二，译本研究。

这部分成果主要分为两类：一类是将外国译者与中国译者的苏轼文学译本进行对比，研究中外译者在翻译风格、翻译手法等方面的异同；一类是专门研究外国译者的苏轼文学英译本。

专著方面，最具代表的是2016年戴玉霞的《苏轼诗词英译对比研究》，从和合理论视角针对苏轼诗词的多个英译本进行了深入探讨，只是有的苏轼文学译本信息还不完整，内容偶有不准确。该书仅限于研究苏轼的诗词英译与外传情况，这与目前国内对苏轼文学英译的研究趋势较一致，即关注英译苏轼诗词的较多而关注英译苏文者较少。

学术论文方面，进行中外多译本对比研究成为当下研究的趋势。2009年李政《建构翻译学视角下的苏轼词翻译研究》运用西方建构翻译学理论中的理解观和翻译观对苏轼三首词的英译进行了对比研究和评论；2010年韩雨苇《东坡词英译赏析——审美移情视角》借助中西方美学研究理论，分析了杨宪益、戴乃迭夫妇以及初大告、龚景浩、许渊冲的东坡词译作，研究了运用审美移情手段在成功再现原作的意境、准确传达作者创作意图方面的重要意义；2012年王卓《苏轼诗词英译多版本比读分析》分析了中外译者如蔡涵墨、伯顿·华兹生、唐安石、林语堂、任治稷、杨宪益、许渊冲等对苏轼的三首作品《水调歌头》（明月几时有）①、《念奴娇·赤壁怀古》、《洞仙歌》从题目和注释的运用、词汇的选择和处理、韵律应用和形式、意境和风格一致性这四个方面进行了对比分析；2013年王敏《东坡词英译之意境再现》将中国古典美学和诗学理论融入古典诗词翻译研究，以许渊冲、初大告、任治稷等的苏词英译为例研究宋词英译中的意境再现问题；2013年陈晓琳《伯顿·华兹生译中国古诗词翻译风格研究》谈及华兹生译介苏轼诗词的贡献；2013年耿景鑫《及物性分析〈水调歌头·明月几时有〉及其5个英译本》运用功能语法中的及物性理论对苏轼词《水调歌头》（明月几时有）的5个英译本，即许渊冲译本、林语堂译本、龚景浩译本、徐忠杰译本和朱纯深译本进行了对比研究；2014年何苗《从翻译适应选择论评析苏轼散文的两个英译本》选取了译本较多的5篇苏轼散文，从翻译适应选择论视角，对英国汉学家翟理斯和中国翻译家罗经国的译本进行了对比研究；2015年王志慧《基于意象图式理论的诗歌意象翻译补偿研究——以许渊冲〈苏轼诗词选〉英译本为例》，以苏轼诗词中的意象为研究对象，基于意象图式理论，详细分析了苏轼诗词中的单个意象、意象群及意象系统的图式特征，并对许渊冲英译《苏轼诗词选》中所使用的翻译补偿策略进行了深入研究；2016年于艳青《苏轼诗词英译的象似性探究及对翻译的启示——以林语堂、许渊冲和Burton Watson英译作品为例》，文章探讨象似性理论对诗歌翻译所起到的作用，并在象似性原则指导下，对林语堂、许渊冲、伯顿·华兹生的苏轼诗词英译三个版本进行对比分析，证实象似性原则有助于诗歌形式、文体特征和思想内容的再现；2016年闵璇、周雪勤《从翻译期待规范视角看中国诗词的外译——以苏轼〈江城子·乙卯正月二十日夜记梦〉的两个英译本为例》，从切斯特曼翻译期待规范的角度出发，选取苏轼的《江城子》，对比了杨宪

---

① 文中已尽量统一用《水调歌头·中秋》，但因涉及翻译的版本本身存在作品名有多种译法的现象，故文中苏轼的同一作品名有时不能做到统一。

益的译文和美国伯顿·华兹生译文的优劣；2016年杨艳华、黄桂南《苏轼〈江城子·十年生死〉两种英译本的对比研究——以读者接受理论为观照》，从接受理论角度对比了许渊冲和伯顿·华兹生的苏词译文，认为许渊冲的译文虽不乏亮点，但伯顿·华兹生的译文更直接，更生动形象，更易被读者接受；2017年西南科技大学刘叶繁《生态翻译学视角下苏轼诗歌英译比较研究——以许渊冲和王红公译本为例》，基于生态翻译学理论的解释力和适用性，比较研究了许渊冲和王红公在苏轼诗歌翻译方面的不同英译情况。

在专门研究外国译者的苏轼文学英译本成果方面，最具代表性的是杨玉英。她曾于2014年发表论文《英语世界的苏轼〈赤壁赋〉研究》，该文对英语世界研究苏轼《赤壁赋》的代表性成果进行了梳理，对《赤壁赋》的英文注释和评论进行研究，并对翟理斯、李高洁、华兹生、白之和梅维恒五位译者的《赤壁赋》译本进行了解读；2015年，杨玉英发表论文《英语世界的苏轼〈水调歌头·明月几时有〉译介研究》，从对词牌名的翻译处理、对标题的翻译处理、对苏轼标题后的说明的处理等四个方面对国外译者的7个译本进行了分析比较，还对《水调歌头》（明月几时有）原文本中的5处诗句进行了解读。杨玉英对苏轼诗文海外经典英译本的分析研究，为国内学界进行苏轼文学译本的解读提供了研究范式。此外，2011年于弋《诗人译者的主体性——评王红公英译苏轼诗词》详细研究了美国汉学家王红公在苏轼诗词翻译实践方面的案例；2016年葛文峰《英译与传播：朱莉叶·兰道的宋词译本研究》提及了美国汉学家朱莉·兰多（又译作朱莉叶·兰道）的苏词译介情况；2021年蔡芳园的硕士论文《苏轼诗词作品的英译现状和改进策略研究》以中西英译理论为基础，研究了中西不同译者对苏轼代表性诗词的翻译，并对苏轼诗词的译介推广进行了反思，探讨了改进策略。

这一部分"译者及其译本的研究"整体呈现以下研究特点。第一，关注名家。综观近年来国内在苏轼文学英译与传播问题上的研究成果，特别集中于研究美国汉学家华兹生、宇文所安和王红公，略有涉及美国艾朗诺、孙康宜，英国的翟理斯等，反映出部分国内学者的研究视野还不够广，没有广泛搜集、分析世界各国汉学家的苏轼文学英译和研究情况。第二，关注名作。注重对苏轼知名作品的不同译本的对比研究，缺乏对苏轼更多作品译本的关注。第三，关注苏轼诗词在海外的英译成果多于关注苏轼散文在海外的英译成果，所以关于苏轼散文在海外的英译研究成果极为缺乏。第四，注重从译者角度去分析苏轼文学英译的风格、技巧，而很少从读者接受的角度去分析苏轼文学英译和传播的特点。

除上述内容外，自20世纪90年代起，学界不断涌现中国文学文化在海外传播的研究著作，尽管这些著作不是专门以苏轼为对象进行的研究，但是基本都厘清了中国文学文化外传脉络，给予读者宏阔的视野，其中部分章节旁涉苏轼文学作品翻译和研究的内容，对于研究苏轼文学的英译、传播和影响有重要的参考价值。此类成果均被列入书后的参考文献，在此不一一赘述。

2. 国内研究的不足

虽然国内关注苏轼在海外的英译与传播情况的时间不算晚，兴起于20世纪80年代，但是成果较零碎分散，研究视野相对狭窄，因此，在研究的广度和深度方面仍有待加强。反思已有的成果，不难发现，国内对海外苏轼文学作品英译和研究方面的研究还存在以下主要问题。

一是材料有限导致研究的内容有限。目前，国内缺乏对19世纪以来苏轼文学作品英译和传播的研究成果的拉网式普查，导致已有的研究更多是挖宝式、碎片式和粗放式的，材料不足导致研究的内容也受到一定限制。

二是对19世纪的苏轼译介史关注不够。研究者们往往更多关注20世纪中后期的美国，而对19世纪以来英国和英语世界其他国家对苏轼文学作品的译介和研究措意不够，不免本末倒置。

三是对苏轼精神层面的解读还不深入。一方面，目前的成果对英语世界在研究苏轼及作品过程中关于成败得失的总结反思还不够；另一方面，大多对苏轼文学作品的翻译成果往往忽略注释和导语，忽略文化背景的阐释，由作品深入到苏轼的人品、精神的研究还不够。而这些需要既深谙苏轼文学作品内涵又具有广阔文化视野的研究者来完成，只有这样才能让读者全面地了解苏轼的精神世界。今后，海外苏轼的研究方向除继续关注苏轼未译作品外，还应该从对苏轼作品的关注更多转向对以苏轼为代表的东坡文化和宋文化在海外传播的影响力的关注。

四是成果没有形成规模。目前以"苏轼文学作品的英译与传播"为题的专著和博士论文还没有问世。已有的成果多限于单篇论文或著作的单章、单节，相关系统性成果还比较缺乏。据此分析主要原因，一方面是苏轼的思想博大精深，很难在短时间内将其研究全、研究透，加之现有的研究成果所搜集的材料难免有遗漏，信息获取的渠道有限，因此，研究的系统性和深刻性还需加强；另一方面，许多研究成果是研究者和研究机构开展的独立研究，缺乏团队合作，因此其成果难以形成规模，其影响力自然也就有限。

五是缺乏对苏轼文学真正"走出去"的思考。目前国内的研究者多停留在就作品而研究作品，就苏轼而研究苏轼，忽略了在"一带一路"大背景下对如何让苏轼文学真正"走出去"，以及苏轼文学究竟在海外产生了哪些方面的影响等的研究。研究者们应具备全球眼光，把作品翻译与文学在海外的出版、传播、接受和影响结合起来思考。正如朱振武认为的，相对于中国文学英译，中国文学英译研究具有一定的"滞后性"。作品首先要外译出去，经过出版、发行、接受，才谈得上对中国文学的英译研究。这种时间差提醒我们，不要急于对刚外译不久的文学作品进行研究，因为作品的传播与接受要有一个过程，这个过程会形成一种"积淀"，在这个"积淀"的过程中，国外读者的接受状况、翻译的质量问题就会逐渐显现。正所谓"日久见人心"。拉开一定的时间距离，会让研究者看得更清楚。① 只有这样，才能实现真正意义上的共进共赢，对中外文化交流和文明互鉴提供有益的启示。

以上研究表现得不足之处也正是本书重点补充、完善和可以创新的地方。由于国内对海外苏轼文学作品的英译及其研究是伴随海外汉学的发展而成长的，从初步涉及系统研究，从个案研究到全局研究，国内的研究水平在经历了30多年的发展后日渐成熟。国内学界已有的研究成果为本书提供了丰富的文献资源与全新视野，也提供了研究的动力和良好的学术生态环境。

二

本书拟将19世纪以来海外汉学家英译和研究苏轼文学作品的全部文献和成果进行全面普查、整理和归类，然后从文学、文献学、文化学、语言学、译介学、传播学等角度，研究海外汉学家英译苏轼文学作品的特色、得失以及背后动因，分析苏轼形象在海外的流变特色及原因，描述以东坡文化和宋文化为代表的中国传统文化在海外的传播路径和影响范式，并肩负中国传统文化"走出去"和提升文化自信的使命，展望21世纪海外汉学界译介和研究苏轼文学的新趋势。

---

① 朱振武、袁俊卿：《中国文学英译研究现状透析》，《当代外语研究》2015年第1期，第57页。

由此，本书共分为六部分，除"绪论"外，第一章"观照与梳理：苏轼文学作品英译与研究脉络"，梳理了苏轼文学作品在世界各国英译和研究的阶段分期、国别情况、代表作品和相关特色等，厘清了苏轼文学英译和传播的脉络以及研究的发展趋势；第二章"风格与技巧：英美的苏轼文学作品英译"，主要以最具权威性和代表性的译者翻译的苏轼译作为个案，对苏轼的诗、词、文三种文体进行分门别类的研究，探讨翻译的风格与技巧，分析译者的动机与设想，并展示译者的成就；第三章"认同与解读：苏轼多面形象的塑造"，从塑造苏轼形象切入，对代表性的研究者如何对苏轼形象进行定位，如何解读苏轼形象的嬗变，为什么这样解读苏轼形象以及对苏轼形象的接受度等问题进行了探讨；第四章"对话与交流：苏轼文学作品的传播与影响"，重点分析苏轼文学在海外的传播媒介、传播趋势以及影响力因素，并对苏轼文学"走出去"遇到的问题进行了反思，对如何发掘苏轼在海外的当代价值进行了阐释，以期从苏轼文学作品在海外的传播与影响两方面证明苏轼文学足以与世界文学对话，东坡精神与文化能够在海外焕发新的生机与活力；最后是"结语"部分，这部分是对前面内容的总结，主要体现本研究的贡献、局限及进一步可拓展的研究空间。

本书的研究从理论意义上讲，体现在如下四方面。第一，利于拓展研究领域。研究苏轼文学作品的英译和外传，可以把视野从国内拓展到国外，便于跳出固定思维，发现和研究新质。第二，利于创新研究方法。便于在跨文明语境下尊重文化差异，并平等与异质文明对话，也便于对汉语圈内的中国文学研究在视野和方法层面的突破。第三，利于推进比较文学与世界文学研究。便于思考中国文学在海外的接受情况，思考中国文学对外国文学与文化的影响，思考世界文学存在的可能性等。第四，利于丰富学科内涵。本书结合古代文学、比较文学、译介学、传播学等学科进行整合研究，利于丰富各学科的内涵。

从实践意义上讲，中外文化交流的结果不仅意味着中国文化"外化"的传播，也意味着异质文化对中国文化"内化"的接受。第一，通过研究苏轼文学对异域的影响，可为中国古代文学在新时代的发展方向提供借鉴；第二，有利于中外文明的交流与互鉴，文明的交流从来都是双向互动的，只有不忘本来，吸收外来，互鉴共赢，才能面向未来；第三，苏轼文学作品外传还有利于提升中国文化软实力，推动中国"一带一路"文化交流和文化"走出去"战略的实施。本书将为实现中华民族的伟大复兴，实现文化自信提供

绪 论

参考、建议与启示。

在研究方法上,本书拟主要采用三种方法。(1)文献分析法。广泛查阅有关苏轼及作品的文献资料,全面搜集整理、归纳分析国内外专家学者英译和研究苏轼文学作品的相关报刊、学术专著、论文等。同时对文献资料进行综合和归纳,做出客观、深入的分析。(2)典型分析法。对英译和研究苏轼文学最有代表性的国家进行分析,弄清苏轼在各国传播的线索和发展趋势;研究著名汉学家及其典型译本,选取翻译的典型技巧、策略等进行分析;选取对苏轼进行形象塑造的个案,分析苏轼形象在海外的演变特点;选取英译和研究苏轼文学最有代表性的刊物、出版社等进行分析,以揭示苏轼文学作品在海外流传久远的深层原因。(3)对比研究法。比较各国对苏轼的接受程度的异同,比较苏轼文学作品的各英译者、各译本翻译的异同,比较东西方文化传统对译者翻译理念的影响,比较东西方国家对苏轼的研究方法、接受程度的异同等。

本书着力从以下四点进行创新。

(1)研究视角的创新:站在中国文化"走出去"和中西文化交流互鉴的角度,跨学科研究海外汉学家的苏轼文学英译成果。在研究视角上做三个改变:改变只研究一个国家转而研究多个国家,试图找出各国在苏轼文学翻译和传播上的异同;改变只研究"是什么"转而多问"为什么",比如不仅研究汉学家"译了什么""译得怎样",还要研究"为何译"的问题;改变只研究文学翻译转而研究翻译文化、翻译出版、翻译传播和翻译影响等相关问题。

(2)学术观点的创新:本书将解决学术界的一些公案,如"英译苏轼文学的第一位汉学家是谁"的问题,将从多角度证明苏轼文学英译的第一人是德籍传教士郭实腊,充分阐释郭实腊对苏轼文学外传的重要意义。又如从苏轼形象在海外的多面塑造总结出苏轼具有全才、超脱者、革新者和文化使者四种主要形象,体现了他在海外被认识、了解、接受和认同的全过程等。

(3)研究内容的创新:本书研究的时间范围包括了自苏轼西传的19世纪中期至21世纪的今天,跨越近200年;空间范围覆盖英国、美国、加拿大、澳大利亚、新加坡、新西兰等以英语为母语或主要交流语言的国家,以及中国香港、上海等早期曾以英语对外交流的地区;研究对象涵盖了英译和研究苏轼文学最有代表性的翻译家、研究者及其成果等。这样的研究内容涉及前人未研究的领域，覆盖面极广，牵涉线索比较多，便于让研究相互印证，更具说服力。

（4）研究方法的创新：在文献整理的时候引进数据统计方法，对苏轼文学外传情况进行详细统计对比，呈现直观比较图；在研究英语世界学者的苏轼文论译介成果时，引进阐释学研究方法，以期在中西比较诗学层面获得苏轼文学外传的更多启示。

第一章
观照与梳理：苏轼文学作品英译与研究脉络

20世纪英国思想家罗素的《中国问题》一书中提出"历史上不同文明的接触，常常证明是人类进步的里程碑"①。中国文化与异质文化的交流，始于公元1世纪前后汉代丝绸之路的开通，随后是公元7世纪至8世纪的唐代，14世纪至15世纪的明代、清末的鸦片战争和"五四"新文化运动。②在近代史上，英语世界作为文化圈概念，是伴随着大英帝国的疯狂扩张而不断扩大其范围的。17世纪是第一个分水岭，17世纪以前，英语世界只是个地理范围的概念，大致相当于不列颠岛的文化圈，因此对于中国的了解基本上来自马可·波罗的《马可·波罗游记》。自从与中国的航线开通以后，欧洲大陆上的传教士便陆续来到中国，根据自己的见闻写他们眼中的东方世界，有不少内容还被译成了英文。就中国古典文学而言，那时的英国人已经从到过中国的意大利人那里知道了中国的诗律。③17世纪以后，英国开始对外扩张领土，英语世界的范围也不断扩大，当时已经扩张到亚洲、美洲和非洲。到17世纪末期，英国人已经从来华耶稣会士的拉丁文译本及转译中接触了《大学》《论语》《中庸》等儒家经典，并将法国、墨西哥、葡萄牙等国传教士的著作译成了英文本，其注意力也从原来关注中国的瓷器、丝绸、茶叶等物质东西转向关注中国的精神文化。但是这一时期，英国人对中国及其文化的了解仍然很落后，不仅被欧洲汉学先驱法国远远抛在身后，连德国都赶不上。18世纪是第二个分水岭，英国工业革命的爆发使其积累了更多的资本，当然也引发了更大的矛盾，尤其是英属北美殖民地的独立战争让英国的殖民扩张野心和美国的独立意识此消彼长，无形的较量却加快了英语世界的扩展步伐，使美国成为继英国之后最主要的英语国家之一，在国际汉学的发展史上具有举足轻重的意义。19世纪是第三个分水岭，英

---
① 夏康达、王晓平：《二十世纪国外中国文学研究》，学苑出版社，2016，第186页。
② 吴伏生：《英语世界的陶渊明研究》，学苑出版社，2013，序二"阎纯德——汉学历史和学术形态"。
③ 黄鸣奋：《英语世界中国古典文学之传播》，学林出版社，1997，第18页。

美等国大肆在远东进行侵略扩张，19世纪40年代，他们用坚船利炮打开了中国的大门，伴随而来的是西方传教士、外交官和商人纷至沓来，中国的北京、上海、广州等地陆续出现西文报纸和出版机构，英语也逐步取得霸权地位。

随着英语霸权地位的确立，有一门新兴的学问悄然兴起，即外国人研究中国历史文化和语言文学，这就是"汉学"，英语为Sinology。如果从西方传教士来华的时间推算，汉学肇始于明朝万历年间（1573～1620）来华的意大利耶稣会士利玛窦（Matteo Ricci，1552—1610）。研究汉学的人被称为"汉学家"，具体来说，"汉学家"通常指那些从事教授和研究中国语言、文学、文化的外籍学者、教授、作家、记者等人士，他们多为外国血统，但也可以是华裔。英译文学的汉学家必然精通英语和汉语，并能用英语来翻译、研究、著述和讲授中华语言、文学、文化，使汉语圈外的人士也能了解，以达到在国际范围内传播和交流的目的。[①]

18世纪中期以前，法国掀起"中国热"，可视为欧洲对中国形象浪漫化的高峰。[②] 而19世纪是国际汉学在英语世界实现历史性突破的时期，英国和美国的汉学都创立于这一时期，具体说来，英国汉学草创于19世纪上半期，美国的汉学萌发于19世纪末的海外传教运动，而加拿大汉学则在20世纪中期才兴起。在中外文化交流的长河中，汉学家们无疑充当了见证者、阐释者和推动者的角色。19世纪以来，国外研究中国古典文学作品的人最初来自传教士、外交官等，后来不断有以大学教授为主要群体的汉学家们加入致力于中国古典文学作品的译介和研究队伍，今天的研究者主要集中在英语国家的大学及科研机构。因此，中国古典文学在海外得以广泛译介和传播，汉学家功不可没。

当今世界，中西文化的交流更加频繁。中西文化的交融之路就如跋山涉水的小溪，千回百转之后，终于汇聚成一股势不可挡、奋勇向前的洪流。苏轼文学作品在海外的传播，也正是在这样的背景下一路前行的。"中国文学的西播绝不是孤立的文化现象，它有自身的发展规律，也受着种种客观因素的制约"[③]。中国宋代大文学家苏轼的作品英译到海外，据笔者考证，最早源于1838年传教士郭实腊（Karl Friedrich August Gützlaff，1803—1851）的译介，至今已有

---

① 梁丽芳、马佳主编《中外文学交流史（中国—加拿大卷）》，山东教育出版社，2015，第46~47页。
② 梁丽芳、马佳主编《中外文学交流史（中国—加拿大卷）》，山东教育出版社，2015，第47页。
③ 夏康达、王晓平：《二十世纪国外中国文学研究》，学苑出版社，2016，第185页。

第一章 观照与梳理：苏轼文学作品英译与研究脉络

近两百年的历史。①苏轼进入英语世界大众视野的这200年，也是专业汉学②从萌芽到发展、从不成熟到成熟的两百年，汉学坚持发展的生命力是苏轼持续被译介到国外的动力。可以说，苏轼在国外被接受和传播的历史，正是专业汉学不断成长的历史。因此，为了从宏观上更清晰把握苏轼西传的脉络和阶段特征，很有必要对苏轼文学作品的英语翻译和传播情况做一次整体观照和系统梳理。

第一节 阶段分期及各国成果

一、阶段分期

美国著名汉学家唐凯琳曾说："在西方汉学家的心目中，没有一个中国传统文人能像苏轼这样得到肯定和重视。这是因为他在身后留下了一个浩瀚渊深的'苏海'，几乎囊括了中国传统文化的各个领域。"③苏轼文学作品在海外的英译和传播经历了近200年，苏轼被关注的目光从未停止，足见其在西方的重要性，最有力的证明就是众多的出版物，包括选集、专著、论文等。按照苏轼文学英译作品在海外传播时间先后、地域范围大小，笔者把苏轼文学作品在海外的英译和研究情况大致分为以下四个阶段。④

（一）萌芽期（19世纪至20世纪初）

这一阶段从苏轼文学作品首次英译到海外的1838年算起，至1927年，苏轼文学作品的主要翻译和传播阵地在英国，译介苏轼文学作品的主体是一些传教士、外交官，还有博物馆馆员等。这近90年间，苏轼文学作品从1838年初次进入英语世界读者的视野，到后来被一些汉学家认识和关注，研究进展相对缓慢，除19世纪英国著名汉学家翟理斯的著作对苏轼作品有较

---

① 据笔者考证，苏轼文学作品首次出现在英语世界是1838年英文刊物《中国丛报》上发表的一篇文章，其中引用传教士郭实腊的苏轼诗歌译本《赠眼医王彦若》。
② 张西平教授把国际汉学分为三个阶段：游记汉学、传教士汉学、专业汉学。这一观点得到学界公认。
③ 曾枣庄：《苏轼研究史》，江苏教育出版社，2001，第704页。
④ 这四个阶段的时间，部分参考了万燚的三分法，见万燚《英语世界苏轼研究综述》，《国际汉学》2014年第2期，第二十六辑。

大篇幅的译介外，其他学者几乎都是单篇译介，加之缺乏研究的平台和资金，英国学者们均单打独斗，靠自己发现和摸索，发表一些零散的翻译和研究成果，苏学的研究才刚刚起步。

（二）发展期（20世纪初至20世纪上半叶）

这一阶段为1928年至1955年，苏轼文学的译介和研究成果稍多，属于平稳发展期。其间有三件大事使苏轼文学英译研究中心，由英国逐渐转移到美国。1928年美国哈佛燕京学社（Harvard-Yenching Institute）成立，这是转移的起点。紧接着，1929年，美国专门成立了"促进中国研究委员会"，以期改变美国汉学研究的落后面貌。尤其是1955年美国哈佛东亚研究中心的成立，使美国汉学研究日新月异。它是日后美国汉学研究的重要基地，当然也是苏学发展的重要机构。从此，美国依托哈佛东亚研究中心建立起世界最大的汉学图书馆，培养了一批又一批汉学研究专家。

（三）兴盛期（20世纪下半叶至20世纪末）

这一阶段为1956年至1999年。美国哈佛东亚研究中心的成立，标志着汉学研究中心转向美国。1958年，美国又通过了"国防教育法案"，出资资助东亚（尤其是中国）语言文学的学习、研究，美国汉学突飞猛进，苏轼研究亦随之繁荣兴盛，成果如雨后春笋，十分丰富，最有代表性的成果几乎都出自这一阶段。这近五十年，除发表的论文和著作数量在几个阶段中排第一外，专论苏轼及作品的博士论文也都集中于这个时期。另外，此期更多国家的汉学家，如加拿大的汉学家们，加入苏学英译的行列中，但由于刚刚起步，研究成果相比英美较少。

（四）深化期（21世纪初至今）

深化期是自2000年至今。进入21世纪，海外学界对中国文学的研究更表现出本土特色与国际视野的融合。2000年，英语世界有几本关于苏轼文学的标志性作品问世：美国梅维恒《哥伦比亚中国传统文学简编》和《哥伦比亚中国文学史》，美国姜斐德《宋代诗画中的政治隐情》，美国山姆·汉米尔《穿越黄河：来自中国的三百首诗》和英国卜立德《古今散文英译集》。这几本著作时间跨度都比较大，其中既有作品文集，又有史论研究，内容涉及文学、艺术与政治等。这几本著作的问世足以能够让苏轼文学在海外引起更多的关注。深化期，国外苏轼研究相较于前期更深入，视野更广，主要呈现出以下新的研究趋势：

（1）更注重在中外文学交流史、汉学史的背景下研究苏轼文学作品的英译和传播；

（2）注重从跨学科视角来研究苏轼及其文学作品，有的已经涉及社会学、法学、环境学等；

（3）注重翻译苏轼文学作品的面更广泛，质量更是精益求精，提倡从翻译文化研究回归翻译文本的研究；

（4）注重从比较诗学的角度研究苏轼文学作品。还有不少颠覆传统的观点出现，比如宇文所安对宋代词体风格的颠覆性认识。

总之，此时期苏轼文学作品的英译和研究仍然在不断进步，多元化、跨学科、跨界合作的发展趋势让苏轼文学在异域的传播趋于深化。

二、各国成果

上文说到，苏轼文学作品在海外的英译和传播始于19世纪的英国，传入美国是在20世纪20年代。20世纪50年代以后，美国成为苏轼文学海外传播的重镇。英美两国集中了苏轼文学海外英译和传播的主要成果。20世纪80年代以后，澳大利亚、加拿大先后出现英译和传播苏轼文学的成果。其地理分布，主要集中在英国的伦敦，美国的纽约、旧金山、洛杉矶、檀香山、圣地亚哥，加拿大的多伦多、温哥华，澳大利亚的悉尼、堪培拉等城市和地区。[①]这些地方既是海外华人的集中地，也是所在国研究中国古典文学的基地，当然也是苏轼文学英译研究的代表性地区。

下面主要以国别为划分标准，选择英国、美国、加拿大、澳大利亚、新西兰和新加坡作为代表，对苏轼文学作品在海外的英译和研究做详细梳理。

（一）英国对苏轼文学作品的翻译和研究

英国是19世纪最早创立汉学的英语国家，而中国古典诗歌首次传入英国还可上溯到16世纪末。1589年，英国学者乔治·普登汉姆经由他人介绍获知中国古典诗歌，并在他出版的《诗艺》（1589）中率先向英语读者介绍了中国古典诗歌格律，还译介了两首诗。此观点最初见于钱钟书先生于

---

① 黄鸣奋：《英语世界中国古典文学之传播》，学林出版社，1997，第5页。

1945年12月6日在上海对美国人发表的题为《谈中国诗》的演讲稿中。①据此算来，中国文学传入英国至今已有430多年之久。

那么，苏轼文学最早何时传入英国？据笔者考证，早在鸦片战争前，苏轼就初步进入英语世界，标志是1838年德籍传教士郭实腊英译了一首苏诗《赠眼医王彦若》刊于当时面向全世界发行的英文刊物《中国丛报》（The Chinese Repository）②第7卷第2期，但这首夹杂在一篇眼科医学类论文里的英译苏诗因为没有标明题目，并未引起太多人的注意；鸦片战争后，英国的传教士（据不完全统计，有名字可考的传教士就有近100人）和外交官肩负传教或政府使命大量涌进中国，他们亲身接触了中国的方方面面，不仅为中英关系搭建沟通的桥梁，还对中英两国的文化交流与传播起到了有力的促进作用，为19世纪后半叶英国"汉学时期"的最终到来奠定了基础。

此后，从1884年英国翟理斯《古文选珍》出版到2009年英国崔瑞德的《剑桥中国宋代史》出版的125年间，英国涉及苏轼文学译作的成果有20部，而学术研究著作仅3部。这20部有苏轼文学译作的选集③如下。

（1）1884年翟理斯《古文选珍》（Gems of Chinese Literature），分别在伦敦伯纳德·夸瑞奇出版社和上海别发洋行出版。收入苏文10篇：《喜雨亭记》、《凌虚台记》、《超然台记》、《放鹤亭记》、《石钟山记》、《方山子传》、《赤壁赋》、《后赤壁赋》、《黠鼠赋》和《潮州韩文公庙碑》。

（2）1879~1910年马克思·穆勒（Friedrich Max Müller）《东方圣书》（The Sacred Books of the East），由牛津大学出版社出版，收入理雅各（James Legge）于1891年翻译的苏文1篇：《庄子祠堂记》④。

（3）1898年翟理斯《古今诗选》（Chinese Poetry in English Verse），由上海别发洋行出版，收入苏诗2首：《春宵》和《花影》。

---

① 任增强：《中国古典诗歌在英国的传播与著述的出版》，《出版广角》2013年第15期，第16页。
② 《中国丛报》是由美国传教士裨治文在广州创办，向西方读者详细介绍中国的政治、经济、文化、宗教和社会生活等方方面面的第一个英文刊物。它创办于1832年5月，在英美等20多个国家发行。
③ 详情见附录表1。
④ 1891年，英国理雅各翻译的苏轼《庄子祠堂记》（Record for the Sacrificial Hall of Kwang-3ze）一文是作为附录收入著名东方学家马克思·穆勒主编的《东方圣书》第四十卷《道家典籍》中。《东方圣书》共50卷，1879~1910年由牛津大学出版社出版，理雅各翻译的《东方圣书之道家典籍》这一卷除包括《庄子》和《太上感应篇》外，还有8篇附录，其中一篇就是苏轼的《庄子祠堂记》。

第一章　观照与梳理：苏轼文学作品英译与研究脉络

（4）1902年克莱默-宾（Launcelot Alfred Cranmer-Byng）《长恨歌及其他》（*The Never-ending Wrong and Other Renderings*），由伦敦格兰特·理查兹公司出版，收入苏文1篇：《放鹤亭记》。

（5）1912年布茂林（Charles Budd）《中国诗选》（*Chinese Poems*），由亨利·弗鲁迪牛津大学出版社出版，收入苏诗2首：《舟中听大人弹琴》和《舟中夜起》。

（6）1916年克莱默-宾《灯宴》（*A Feast of Lanterns*），由伦敦约翰·默里出版公司出版，收入苏诗5首：《金山梦中作》、《登常山绝顶广丽亭》、《赵德麟饯饮湖上舟中对月》和《惠崇春江晚景》二首。

（7）1918年阿瑟·韦利（Arthur Waley）《汉诗选译一百七十首》（*A Hundred and Seventy Chinese Poems*），由伦敦康斯特布尔出版公司出版①，收入苏诗1篇：《洗儿戏作》。

（8）1923年翟理斯《中国文学瑰宝》（*Gems of Chinese Literature*）一书，乃诗文合集（Prose and Verse），由上海别发洋行出版，收入苏文11篇：《喜雨亭记》《凌虚台记》《超然台记》《放鹤亭记》《石钟山记》《方山子传》《赤壁赋》《后赤壁赋》《黠鼠赋》《潮州韩文公庙碑》《书戴嵩画牛》；苏诗2篇：《春宵》《花影》。

（9）1931年李高洁（Cyril Drummond Le Gros Clark）《苏东坡集选译》（*Selections from the Works of Su Tung-P'o*），由英国伦敦开普乔纳森公司出版，收入苏文18篇：《赤壁赋》、《后赤壁赋》、《超然台记》、《放鹤亭记》、《石钟山记》、《文与可画筼筜谷偃竹记》、《凤鸣驿记》、《凌虚台记》、《喜雨亭记》、《昆阳城赋》、《后杞菊赋》、《秋阳赋》、《黠鼠赋》、《服胡麻赋》、《滟滪堆赋》、《屈原庙赋》、《中山松醪赋》和《飓风赋》。

（10）1933年克拉拉·坎德林（Clara M. Candlin）《风信集：宋代诗词歌赋选译》（*The Herald Wind: Translations of Sung Dynasty Poems, Lyrics and Songs*），由伦敦约翰·默里公司出版，收入苏轼诗词共3首：《上元侍宴》、《海棠》和《水调歌头·中秋》。

（11）1934年骆任廷（James Lockhart）《英译中国歌诗选》（*Select Chinese Verses*），由上海商务印书馆出版，收入苏诗2篇：《花影》《春宵》。

---

① 此出版社后被英国艾伦和昂温出版社、英国的本出版社、纽约阿尔弗雷德·诺夫出版社，以及纽约约翰·黛出版社等多家出版社接纳。

（12）1935年李高洁《苏东坡赋》(*The Prose Poetry of Su Tung-P'o*)，分别由上海别发洋行和英国伦敦开根·宝罗公司出版，收入苏轼辞赋23篇：《延和殿奏新乐赋》、《明君可与为忠言赋》、《秋阳赋》、《快哉此风赋》、《滟滪堆赋》、《屈原庙赋》、《昆阳城赋》、《后杞菊赋》、《服胡麻赋》、《赤壁赋》、《后赤壁赋》、《天庆观乳泉赋》、《洞庭春色赋》、《中山松醪赋》、《沉香山子赋》、《稚子赋》、《浊醪有妙理赋》、《老饕赋》、《菜羹赋》、《飓风赋》、《黠鼠赋》、《复改科赋》、《思子台赋》。

（13）1937年初大告（Ch'u Ta-kao）《中华隽词》(*Chinese Lyrics*)，由剑桥大学出版社出版，收入苏词7篇：《临江仙》"夜饮东坡"、《江城子·悼亡词》、《水调歌头·中秋》、《念奴娇·赤壁怀古》、《行香子·述怀》、《卜算子》"水是眼波横"①、《卜算子》"缺月挂疏桐"、《哨遍》"为米折腰"。

（14）1947年白英（Rober Payne）《白驹集：中国古今诗歌英译》(*The White Pony: An Anthology of Chinese Poetry from the Earliest Times to the Present Day*)，由纽约约翰·黛公司出版，收入苏轼诗词共20篇：《念奴娇·赤壁怀古》、《醉落魄·离京口作》、《单同年求德兴俞氏聚远楼诗三首》其二、《正月二十一日病后述古邀往城外寻春》、《蝶恋花·春景》、《西江月·黄州中秋》、《扶风天和寺》、《侄安节远来夜坐三首》其二、《汲江煎茶》、《和致仕张郎中春昼》、《纵笔三首》其一、《临江仙》"夜饮东坡"、《江城子·悼亡词》、《渔父词三首》②、《水调歌头·中秋》、《书王定国所藏烟江叠嶂图》、《夜泛西湖五绝》其四、《狱中寄弟子由》其一。

（15）1962年考特沃尔（Robert Kotewal）和史密斯（Norman L.Smith）《企鹅中国诗选》(*The Penguin Book of Chinese Verse*)，由企鹅出版社出版，收入苏轼诗词共5篇：《吉祥寺赏牡丹》《海棠》《洗儿戏作》《水调歌头·中秋》《行香子·述怀》。

（16）1965年艾林（Alan Ayling）和邓根·迈根托斯（Duncan Mackintosh）《中国词选》(*A Collection of Chinese Lyrics*)，由伦敦劳特利奇和开根·保罗公司出版，收入苏词5篇：《卜算子》"水是眼波横"③、《卜算子》"缺月挂疏桐"、《洞仙歌》"冰肌玉骨"、《水调歌头·中秋》、《念奴娇·赤

---

① 《卜算子》"水是眼波横"实为王观所作，并非苏轼作品。《中华隽词》翻译苏词实际有7篇。
② 《渔父词三首》作3篇统计。
③ 《卜算子》"水是眼波横"实为王观所作，并非苏轼作品。《中国词选》翻译苏词实际有5篇。

壁怀古》、《水龙吟》。

（17）1969年艾林（Alan Ayling）和邓根·迈根托斯（Duncan Mackintosh）《中国续词选》（*A Further Collection of Chinese Lyrics*），由伦敦劳特利奇和开根·保罗公司出版，收入苏词14篇：《少年游》"去年相送"，《瑞鹧鸪》"城头月落"，《沁园春》"孤馆灯青"，《江城子·悼亡词》，《浣溪沙》"惭愧今年"，《定风波》"莫听穿林"，《浣溪沙》"山下兰芽"，《江城子·密州词》，《浣溪沙·徐门石潭词五首》其一、其二、其三、其五，《临江仙》"夜饮东坡"，《蝶恋花·春景》。

（18）1972年约翰·司各特（John Scott）《爱与反抗：中国诗选》（*Love and Protest: Chinese Poems from the Sixth Century B.C. to the Seventeenth Century A. D*），由伦敦拉普和怀廷公司出版，收入苏诗2篇：《除夜直都厅诗》、《洗儿戏作》。

（19）1976年唐安石（John A. Turner）《中诗金库》（*A Golden Treasury of Chinese Poetry*），分别由香港中文大学出版社和华盛顿大学出版社出版，收入苏轼诗词共5篇：《水调歌头·中秋》、《书鄢陵王主薄所画折枝》其二、《饮湖上初晴后雨》、《吉祥寺赏牡丹》、《赠刘景文》。

（20）2000年卜立德（David E. Pollard）《古今散文英译集》（*The Chinese Essay*），由哥伦比亚大学出版社出版，收入苏文4篇：《凌虚台记》《方山子传》《赤壁赋》《潮州韩文公庙碑》。

英国的学术研究著作，仅有3部①（见表1-1）。

表1-1 英国研究苏轼文学的著作

时间	编著者	中文书名	英文书名	出版社
1898	翟理斯 Herbert Allen Giles	古今姓氏族谱	A Chinese Biographical Dictionary	伦敦伯纳德·夸瑞奇出版社、上海别发洋行
1901		中国文学史	A History of Chinese Literature	伦敦海涅曼出版社
2009	〔英〕崔瑞德 Denis Twitchett、〔美〕史乐民 Paul Jakov Smith	剑桥中国宋代史	The Cambridge History of China（Vol.5：Part1，The Song Dynasty and Its Precursors，907–1279）	剑桥大学出版社

① 凡是跨国学者合作的成果均分别按国别各统计一次。

从以上梳理情况可以看出，英国译作的数量远远多于学术研究著作。从译者身份来看，英国出版的苏轼文学作品的译介成果著（编）者主要有传教士、汉学家、诗人、华裔学者等，有一人独著（编）的也有二人合著（编）的。从译介时间来看，英国的苏轼文学译介成果集中于20世纪中期，几乎在英国历史上产生重要影响的中国文学诗文集中都可见苏轼作品。从传播方式来讲，主要分为两类。第一类是主要通过翻译文学作品普及诗歌的大众阅读读物，即在历代诗集或诗选中收入苏轼文学作品，这种比较常见的传播方式会使读者受众面比较广。第二类是出版苏轼文学作品翻译专集。这种专门类的作品可以让读者对苏轼经历、思想及其作品进行细致了解，能形成"苏轼传播效应"。

对英国所有译作进行统计后，笔者发现，首先，翻译方面的代表人物是翟理斯和李高洁。翟理斯全面致力于苏轼诗词文的翻译，先后出版文集《古文选珍》、诗集《古今诗选》和诗文合集《中国文学瑰宝》；李高洁[①]着重翻译苏文，出版有《苏东坡集选译》和《苏东坡赋》。其次，按苏轼作品译介数量的多少排在前五位的是：第一位是李高洁《苏东坡赋》选入苏轼作品23篇；第二位是白英《白驹集：中国古今诗歌英译》选入苏轼作品20篇；第三位是李高洁《苏东坡集选译》选入苏轼作品18篇；第四位是艾林和邓根·迈根托斯的《中国续词选》，选入苏轼作品14篇；第五位是翟理斯的《中国文学瑰宝》（诗文合集），选入苏轼作品13篇。再次，在体裁选择上，苏轼的诗词翻译明显多于苏文翻译，其中翻译诗歌的选集又多于翻译词作的。最后，内容方面，苏轼在选集中被收入次数最多、最受欢迎的作品，文当推《赤壁赋》，入选5次，第二名是《后赤壁赋》和《放鹤亭记》，均入选4次；诗为《春宵》和《花影》，均有3部作品收入，第二名是《登常山绝顶广丽亭》和《赵德麟饯饮湖上舟中对月》，有2部作品收入。词排在前三位的是：第一名《水调歌头·中秋》，入选集6次；第二名是《临江仙》"夜饮东坡"、《念奴娇·赤壁怀古》、《江城子·悼亡词》，均入选集3次；第三名是《蝶恋花·春景》和《卜算子》"缺月挂疏桐"，均入选集2次。

在学术研究领域，英国的苏学显然处于萌芽阶段。仅有翟理斯1898年的《古今姓氏族谱》作为一本人名字典性质的书简单论及苏轼；而他于1901年出版的《中国文学史》从史学角度对苏轼人生经历进行了研究与探讨，

---

① 又名"克拉克"。

第一章　观照与梳理：苏轼文学作品英译与研究脉络

经笔者比对，确定翟理斯在该著中译介了苏轼的《赤壁赋》、《喜雨亭记》、《放鹤亭记》、《睡乡记》（选段）四篇散文。2009年英国崔瑞德和美国史乐民的《剑桥中国宋代史》对苏轼仅仅一笔带过，提及他的两篇策问《试馆职策问》（节选）、《辩试馆职策问札子》（节选），均不详细和深入。

期刊论文成果主要以两位传教士为代表：德籍传教士郭实腊曾任英军定海"知县"，他以《〈苏东坡全集〉简评》（《中国丛报》第11卷第3期，1842）为题，对26卷的《苏东坡全集》做了全面介绍与评论。根据笔者考证，这是最早、最系统对苏轼文学进行评论的英文文章。传教士包腊的《苏东坡》（《中国评论》第1卷第1期，1872），评述了苏轼在岭南的经历并对苏轼5篇作品进行了英译。这两篇文章代表了19世纪海外对苏轼及其文学作品英译的早期关注。[①]

此外，传记方面，美国梅维恒（Victor H. Mair）、英国吴芳思（Frances Wood）、加拿大陈三平（Sanping Chen）三位汉学家合作，于2013年出版《华夏人生》（*Chinese Lives*），收录了中国从古至今96位名人传记，其中用两页半的篇幅较详细地介绍了苏轼一生的传奇经历，对苏轼的两首代表作《纵笔》（节选）、《临江仙》"夜饮东坡醒复醉"进行了分析。

总的说来，英国的苏轼文学译介和研究体现出以下特点：第一，流布早、历史久但中有停滞，缺乏承继性；第二，重文本译介而轻研究；第三，研究后劲缺乏（缺少苏轼文学研究的博士论文成果）。

（二）美国对苏轼文学作品的翻译和研究

美国与中国的文学交流应追溯到19世纪，一方面，因早在杰弗逊当政期间美国就进入了大肆扩张期，到19世纪中期美国将领土从大西洋扩张到太平洋，约占北美大陆的一半，继而美国人纷纷涌入中国。美国人来华兴办出版社和报纸的最初意图是文化侵略，但是为了满足西方读者急于了解中国的需要，也为了谋取利益，他们便出版了一批中国古典文学的译著和论著，发表论文和译文，客观上对中国文学的西传做出了贡献。另一方面，中美之间的外交活动成为促使19世纪中国古典文学西传的历史原因。由于中美外交使臣的不断交往，一些杰出外交官对中国古典文学在英语世界的传播起到了重要的作用，加之政府之间进行的出版物交换也从客观上促进了中国

---

① 笔者对这两篇文章的详细论述可见本书第三章和第四章相关内容。

古典文学的西传。比如从1867年起，美国国会史密森博物馆、农业部、土地总局便先后提出对中国出版物的要求，并敦促美国政府把农业、机械、地理等文件以交换方式赠送中国以求从中国取得需要的资料，如中国文学典籍等。[1]在这样的背景下，苏轼文学作品逐渐走入美国人的视野是20世纪中期的事了。正如美国学者罗溥洛在《美国学者论中国文化》中所说，"我们试图运用比较，不是为了暗示中西双方孰优孰劣，而是力图增进我们对两者的了解。对我们中西双方所有的人来说，研究中国成了一种自我发现的方式。在对任何一种文化做比较研究的过程中，我们都能对人类文化可能性范围有更多的认识，包括我们自己文化'未经历过的路'。我们以发觉他人文化的'奇特'入手，到头来明白自己文化的奇特"[2]。

从苏学在全世界的研究、传播、接受和影响来看，毫无疑问，美国是无法忽视的重镇。虽然，美国与日本相比，日本的苏学研究历史更长，人员更多，成果更丰富，因为日本的地缘优势、历史与文化条件等因素，从客观上决定了它在苏学研究方面具备了巨大的优势，但是，美国从20世纪中期起，无论苏学的研究队伍、研究水平、研究成果，还是其影响力，都令人赞叹，甚至超越了曾经极具优势的欧洲。可以说，美国苏学的发展反映出美国汉学的发展演变，而美国汉学与西方汉学的发展又密不可分。

1848年，美国传教士卫三畏（Samuel Wells Williams）在代表作《中国总论》（*The Middle Kingdom*）一书里介绍唐代诗歌时，曾十分简要地提及苏轼，"任一欧洲语言都还没有翻译全唐诗，大约不会有完整的翻译。李太白的诗有30册，苏东坡的有115册。叙事诗所占的比例较抒情诗为小。……中国更著名的诗人是唐代的李太白、杜甫和宋代的苏东坡，三人构成了诗人的基本特征，他们爱花、爱酒、爱歌唱，同时出色地为政府效劳"[3]。这是苏轼最早出现在美国本土人士的著作中。接下来，1917年1月美国著名翻译家、哲学家保罗·卡鲁斯（Paul Carus）在国际最重要的哲学类刊物《一元论》（*The Monist*）27卷第1期上发表《一个中国诗人对生命的沉思》（A Chinese Poet's Contemplation of Life），保罗·卡鲁斯对苏轼散文《赤壁赋》尤为欣赏，并对《赤壁赋》全文进行了翻译和研究。只是他错把《赤壁赋》当作诗歌，

---

[1] 黄鸣奋：《英语世界中国古典文学之传播》，学林出版社，1997，第21页。
[2] 罗溥洛：《美国学者论中国文化》，中国广播电视出版社，1994，第1页。
[3] 〔美〕卫三畏：《中国总论》，陈俱译，陈绛校，上海古籍出版社，2005，第484页。

连英译文都按诗歌结构排列。不过,《一个中国诗人对生命的沉思》是美国最早的苏轼散文英译和研究的论文成果。而后,1922年,张朋淳在美国刊物《日暮》9月号发表《沧浪诗话》,其中"诗辩""诗法"两章对苏诗进行了探讨,这是较早地对中国诗歌理论进行探讨的作品。从20世纪50年代起,美国在苏学的研究队伍、水平、成果及其影响力等方面,都因政策优势、财力优势而超越了英国。目前,美国出版的涉及苏轼文学的译作共计34部,学术研究著作35部,传记类作品4部,学术期刊论文36篇,博士论文19篇,总共128项,其成果数量在英语世界国家首屈一指。

1. 文学作品翻译概况

文学翻译方面,从1867年鲁米斯的《孔子与中国经典:中国文学阅读》到2017年傅君劢的《中国诗歌概论:从〈诗经〉到宋词》,150年间,美国出版的涉及苏轼文学的译作多达34部①,成就远远超过了英国和加拿大等国。

(1)1867年鲁米斯(Rev.A.W. Loomis)《孔子与中国经典:中国文学阅读》(*Confucius and Chinese Classics, or Reading in Chinese Literature*),由旧金山罗曼公司出版,收入苏诗1篇:失名诗②。

(2)1927年弗伦奇(Joseph Lewis French)《荷与菊:中日诗选》(*Lotus and Chrysanthemum: An Anthology of Chinese and Japanese Poetry*),由纽约哈瑞斯出版社出版,收入苏诗2篇:《登常山绝顶广丽亭》《赵德麟钱饮湖上舟中对月》。

(3)1932年蔡廷干(Tsai Ting Kan)《唐诗英韵》(*Chinese Poems in English Rhyme*),由芝加哥大学出版,收入苏诗7篇:《春宵》《上元侍宴》《海棠》《花影》《西湖》《湖上初雨》《冬景》③。

(4)1956年王红公(Kenneth Rexroth)《中国诗百首》(*One Hundred Poems from the Chinese*),由纽约新方向公司出版,收入苏轼诗词共25篇:《念奴娇·赤壁怀古》、《游金山寺》、《黄州生子诗》、《雪后书北台壁》、《薄薄酒》其二、《守岁》、《馈岁》、《和子由踏青》、《少年游·润州作》、《定风

---

① 详情见附录表2。
② 收入苏轼的一首描写恬静家园的诗歌,译诗于1853年已经发表,后收入该译著。因年代久远,无法考证诗歌名称。这一说法见戴玉霞《苏轼诗词英译对比研究》,西安电子科技大学出版社,2016,第7页。
③《冬景》即《赠刘景文》。

波·红梅》、《花影》、《别岁》、《新城道中》其一、THOUGHTS IN EXILE①、《望湖楼醉书》、《南堂五首》其一、《鱼》、《洗儿戏作》、《虞美人》、《海棠》、《轩窗》、《阳关曲·中秋月》、《赠刘景文》、《春宵》、《东栏梨花》。

（5）1960年弗农山（Vernon Mount）《玉笛：中国诗歌散文》（*The Jade Flute: Chinese Poems in Prose*），由彼得波培出版社出版，收入苏词1篇：《江城子·悼亡词》。

（6）1960年林语堂（Lin Yutang）《古文小品译英》（*The Importance of Understanding*），由克利夫兰和纽约世界出版公司出版，收入苏文5篇：《石钟山记》《志林书札选》《论画理》《与友人论文书选》《日喻》。

（7）1965年白之（Cyril Birch）《中国文学选集：从早期到十四世纪》（*Anthology of Chinese Literature: From Early Times to the Fourteenth Century*），由纽约丛树出版社出版，收入苏文3篇：《上神宗皇帝书》、前后《赤壁赋》；苏词3篇：《江城子·悼亡词》《水调歌头》《念奴娇·赤壁怀古》。

（8）1965年翟楚（Chu Chai）和翟文伯（Winberg Chai）《学思文粹：中国文学宝库》（*A Treasury of Chinese Literature*），由纽约阿普尔顿世纪出版社出版，收入苏赋3篇：《赤壁赋》《后赤壁赋》《黠鼠赋》。

（9）1965年伯顿·华兹生（Burton Watson）《东坡居士轼书》（*Su Tung-P'o: Selection from a Sung Dynasty Poet*）②，由哥伦比亚大学出版社出版，收入苏诗76首：《江上看山》、《春宵》、《和子由踏青》、《守岁》、《和子由蚕市》、《南溪小酌诗》、《次韵杨褒早春》、《傅尧俞济源草堂》、《腊日游孤山访惠勤惠思二僧》、《除夜直都厅诗》、《吉祥寺赏牡丹》、《吴中田妇叹》、《新城道中》、《百步洪》、《舟中夜起》、《初到黄州》、《初秋寄子由》、《题西林壁》、《书晁补之所藏与可画竹三首》其一、《书鄢陵王主簿所画折枝》其一、《书王定国所藏图》、《赠刘景文》等；苏词7首：《江城子·悼亡词》，《浣溪沙五首》其一、其二、其三、其五、《临江仙》"夜饮东坡"，《鹧鸪天》"林断山明"；苏文3篇：前后《赤壁赋》及一封书信。

（10）1970年王红公（Kenneth Rexroth）《爱与流年：续中国诗百首》（*100 More Poems from the Chinese: Love and the Turning Year*），由纽约新方向

---

① 笔者未能比对查出该诗的中文名，在此保留原英文题目。
② 伯顿·华兹生的《东坡居士轼书》（86篇）和《苏东坡诗选》（116篇），因翻译苏轼文学作品的数量太多，目前学界没有人完整地把所有英文篇名翻译出来，上述内容由笔者比对苏轼原作后，翻译成中文标题，将代表性的诗歌选入其中。

公司出版,收入苏诗1首:《和子由渑池怀旧》。

(11) 1971年伯顿·华兹生 (Burton Watson)《中国抒情诗:从2世纪到12世纪》(Chinese Lyricism: Shih Poetry from the Second to the Twelfth Century),由哥伦比亚大学出版社出版,收入苏诗7首:《吴中田妇叹》《新城道中二首》其一、《狱中寄子由二首》其一、《东坡八首》其三、其四、《初秋寄子由》《连雨江涨》其二。

(12) 1975年柳无忌 (Wu-chi Liu) 和罗郁正 (Irving Lo)《葵晔集:历代诗词曲选集》(Sunflower Splendor: Three Thousand Years of Chinese Poetry),由美国印第安纳大学出版社出版,收入苏轼诗词共17首:《舟中夜起》《法惠寺横翠阁》《王伯扬所藏赵昌画四首》录三、《春日》《题雍秀才画草虫八首》录二、《渔父》《饮湖上初晴后雨二首》录一、《寒食雨二首》《洗儿戏作》《赠东林总长老》《吉祥寺僧求阁名》《水龙吟杨花词》《水调歌头·中秋》《卜算子》"缺月挂疏桐"、《临江仙》"夜饮东坡"、《如梦令》"自净方能"、《永遇乐·过七里滩》。

(13) 1976年傅汉思 (Han H. Frankel)《梅花与宫闱佳丽》(The Flowering Plum and Palace Lady),由耶鲁大学出版社出版,收入苏轼诗词共5首:《饮湖上初晴后雨》《水调歌头·中秋》《水龙吟·杨花词》《东栏梨花》《和子由渑池怀旧》。

(14) 1976年叶维廉 (Wai-lim Yip)《中国诗歌:主要模式和类型选集》(Chinese Poetry: An Anthology of Major modes and Genres),由加州大学出版社出版,收入苏词2首:《临江仙》"夜饮东坡"、《念奴娇·赤壁怀古》。

(15) 1979年刘师舜 (Shih Shun Liu)《唐宋八大家文选》(Chinese Classical Prose: The Eight Masters of the T'ang-Sung Period),由香港中文大学出版社出版,以及华盛顿大学出版社在西雅图、伦敦同步发行,收入苏文13篇:《刑赏忠厚之至论》《范蠡论》《范增论》《留侯论》《上梅直讲书》《喜雨亭记》《醉白堂记》《前赤壁赋》①《后赤壁赋》《方山子传》《书狄武襄事》《范文正公文集叙》和《居士集叙》。

(16) 1980年C.H.科沃克 (C. H. Kwock) 和文森特·麦克休 (Vincent McHugh)《来自远方的老朋友:伟大朝代的150首中国诗歌》(Old Friend From Far Away: 150 Chinese Poems from the Great Dynasties),由旧金山北点

---

① 刘师舜原著的汉语题目即为《前赤壁赋》,在本书中即《赤壁赋》一文。

出版社出版，收入苏诗2首：《和子由渑池怀旧》、《吉祥寺赏牡丹》。

（17）1980年斯蒂芬①（Stephen C.Soong）《没有音乐的歌——中国词》（*Song Without Music——Chinese Tz'u Poetry*），由香港中文大学出版社出版，收入苏词4篇：《临江仙》"夜饮东坡"、《浣溪沙》"山下兰芽"、《少年游》"去年相送"、《蝶恋花·春景》。

（18）1984年伯顿·华兹生（Burton Watson）《哥伦比亚中国诗选：上古到十三世纪》（*The Columbia Book of Chinese Poetry: From Early Times to the Thirteenth Century*），由哥伦比亚大学出版社出版，收入苏诗20篇：《和子由踏青》《春宵》《寿州诗》《除日》《吴中田妇叹》《新城道中》《小儿》《除夜大雪留潍州诗》《中秋月寄子由》《飞英寺分韵赋诗》《狱中寄弟子由》《东坡》《初秋寄子由》《书王定国所藏图》《赠刘景文》《书晁说之考牧图后》《连雨江涨》《白鹤山新居诗》《儋耳吷狗诗》《次韵江晦叔》。

（19）1985年约翰·诺弗尔（John Knoepfle）和中国的王守义《宋诗选译》（*Song Dynasty Poems*），由美国匙河诗歌出版社出版，收入苏轼诗词共5篇：《题西林壁》《惠崇春江晚景》《饮湖上初晴后雨》《念奴娇·赤壁怀古》《水调歌头·中秋》。

（20）1994年伯顿·华兹生（Burton Watson）《苏东坡诗选》（*Selected Poems of Su Tung-p'o*），由美国峡谷出版社出版，收入苏诗105篇：《江上看山》、《望夫台》、《春宵》、《与子由别于郑州西门诗》、《石鼓歌》、《守岁》、《和子由踏青》、《和子由蚕市》、《南溪小酌诗》、《次韵杨褒早春》、《饮湖上初晴后雨》、《新城道中》、《无锡道中》、《赋水车》、《过永乐文长老已卒》、《读孟郊诗二首》、《初到黄州》、《东坡八首》、《题西林壁》、《元夕》、《书晁补之所藏与可画竹三首》其一、《书鄢陵王主簿所画折枝》其一、《书王定国所藏图》、《赠刘景文》等；苏词8篇：《江城子·悼亡词》，《水调歌头·中秋》，《浣溪沙五首》其一、其二、其三、其五，《临江仙》"夜饮东坡"，《鹧鸪天》"林断山明"；苏文3篇：前后《赤壁赋》及一封书信。

（21）1994年朱莉·兰多（Julie Landau）《春光无限：中国宋词选》（*Beyond Spring: Tz'u Poems of the Sung Dynasty*），由纽约哥伦比亚大学出版社出版，收入苏词26篇：《水龙吟·杨花词》、《水调歌头·中秋》、《念奴娇·中秋》、《念奴娇·赤壁怀古》、《西江月·顷在黄州》、《临江仙》"夜饮

---

① 斯蒂芬中文名为"宋淇"。

第一章 观照与梳理：苏轼文学作品英译与研究脉络

东坡"、《少年游》"去年相送"、《定风波》"莫听穿林"、《定风波·红梅》、《望江南·超然台作》、《卜算子》"缺月挂疏桐"、《贺新郎·夏景》、《江神子·大雪有怀》、《江城子·密州词》、《江城子·悼亡词》、《蝶恋花·春景》、《永遇乐·燕子楼词》、《阳关曲·中秋月》、《浣溪沙·游清泉寺》、《浣溪沙五首》①、《浣溪沙》"细雨斜风"、《青玉案·送伯固归吴中》。

（22）1994年梅维恒（Victor H. Mair）《哥伦比亚中国传统文选》(*The Columbia Anthology of Traditional Chinese Literature*)由哥伦比亚大学出版社出版，收入苏诗8篇：《白鹤山新居诗》、《书鄢陵王主薄所画折枝二首》其一、《书晁补之所藏与可画竹三首》其一、《读孟郊诗二首》其一、《吴中田妇叹》、《望湖楼醉书》、《东坡八首》其三和其四；苏词9篇：《定风波》"莫听穿林"、《江城子·密州词》、《鹧鸪天》"林断山明"、《蝶恋花·春景》、《水调歌头·中秋》、《江城子·悼亡词》、《满庭芳》"蜗角虚名"、《临江仙》"夜饮东坡"、《永遇乐》"明月如霜"；苏文2篇：前后《赤壁赋》。

（23）1994年宜立敦（Richard E.Strassberg）《卧游：中华帝国的游记散文》(*Inscribed Landscapes: Travel Writing from Imperial China*)，由加州大学出版社出版，收入苏文6篇：《前赤壁赋》②、《后赤壁赋》、《石钟山记》、《游沙湖》、《记承天寺夜游》、《游白水书付过》。

（24）1996年宇文所安（Stephen Owen）《诺顿中国古典文学作品选》(*An Anthology of Chinese Literature: Beginnings to 1911*)，由纽约诺顿公司出版，收入苏诗16首：《石苍舒醉墨堂》、《书晁补之所藏与可画竹三首》其一、《书王定国所藏图》、《长安陈汉卿家见吴道子画佛》、《和文与可洋川园池》、《东坡》、《舟中夜起》、《腊日游孤山访惠勤惠思二僧》、《登州海市》、《和述古冬日牡丹四首》其一、《东坡八首》其一、其二，《澄迈驿通潮阁两首》其二，《六月二十日夜渡海》，《和子由渑池怀旧》，《欧阳少师令赋所蓄石屏》；苏词7篇：《水调歌头·中秋》、《临江仙》"夜饮东坡"、《定风波》"莫听穿林"、《念奴娇·赤壁怀古》、《西江月》"三过平山堂下"、《满庭芳》"蜗角虚名"、《醉落魄》"轻云微月"；苏文10篇：《书吴道子画后》、《记游庐山》、《文与可画筼筜谷偃竹记》、《宝绘堂记》、《超然台记》、《游白水书

---

① 《浣溪沙五首》作5首统计。
② 宜立敦原著的汉语题目即为《前赤壁赋》，这与前文刘师舜题目翻译一致，在本书中即《赤壁赋》一文。

付过》①、《记承天寺夜游》、《记游松江》、《后赤壁赋》、《放鹤亭记》。

（25）2000年梅维恒（Victor H. Mair）《哥伦比亚中国传统文学简编》（*The Shorter Columbia Anthology of Traditional Chinese Literature*），由哥伦比亚大学出版社出版，收入苏诗3首：《书晁补之所藏与可画竹三首》其一、《读孟郊诗二首》其一、《吴中田妇叹》；苏词3篇：《满庭芳》"蜗角虚名"、《临江仙》"夜饮东坡"、《鹧鸪天》"林断山明"；苏文1篇：《赤壁赋》。

（26）2000年山姆·汉米尔（Sam Hamill）《穿越黄河：来自中国的三百首诗》（*Crossing the Yellow River: Three Hundred Poems from the Chinese*），由美国纽约BOA有限公司出版，收入苏轼诗词共4篇：《登云龙山》《雨中游天竺灵感观音院》《黄州寒食帖》《江城子·悼亡词》。

（27）2002年戴维·亨顿（David Hinton）《山之家：中国古代的荒野之诗》（*Mountain Home: the Wilderness Poetry of Ancient China*），由纽约复调出版社出版，收入苏轼诗词共15篇：《南溪小酌诗》、《望湖楼醉书》、《梵天寺诗》、《行香子·过七里滩》、《饮湖上初晴后雨》、《游鹤林招隐二首》其二、《青牛岭高绝处诗》、《与毛令方尉游西菩寺二首》其二、《李思训画长江绝岛图》、《飞英寺分韵赋诗》、《念奴娇·赤壁怀古》、《鹧鸪天》"林断山明"、《赠东林总长老》、《题西林壁》、《书王定国所藏图》。

（28）2003年艾略特·温伯格（Eliot Weinberger）《新日日新：中国古代诗歌选集》（*The New Directions Anthology of Classical Chinese Poetry*），分别由纽约詹姆斯·劳克林和新方向出版公司出版，收入苏轼诗词共11篇：《念奴娇·赤壁怀古》、《游金山寺》、《南堂五首》（其一）、《和子由踏青》、《雪后书北台壁》（其一）、《阳关曲·中秋月》、《鱼》、《轩窗》、《少年游·润州作》、《和子由渑池怀旧》、THOUGHTS IN EXILE②。

（29）2003年郑文君（Alice Wen-Chuen Cheang）《中诗银库》（*A Silver Treasury of Chinese Lyrics*），由香港中文大学出版社出版，收入苏词9篇：《江城子·悼亡词》、《江城子·密州词》、《水调歌头·中秋》、《念奴娇·赤壁怀古》、《满庭芳》"蜗角虚名"、《卜算子》"缺月挂疏桐"、《临江仙》"夜

---

① 苏轼原文名为《游白水书付过》，而宇文所安误把苏轼与三儿子苏过的游记散文当成他与长子苏迈的，所以在《诺顿中国古典文学作品选》第668页，把标题误译为《游白水书付迈》（Visiting White Waters. Written for My Son Su Mai）。以下宇文所安的这篇文章，均以正确的标题《游白水书付过》出现，特此说明。

② 该诗译者为王红公，因笔者未能比对查证该诗中文名，在此保留英文原题目。

饮东坡"、《贺新郎·夏景》、《蝶恋花·春景》。

（30）2005年巴恩斯通·托尼（Tony Barnstone）和周平（Chou Ping）《中国诗歌锚定书》(*The Anchor Book of Chinese Poetry: From Ancient to Contemporary, The Full-3000 Year Tradition*)，由纽约兰登书屋出版社出版，收入苏轼诗词共12篇：《雪后书北台壁二首》、《卜算子》"缺月挂疏桐"、《和子由渑池怀旧》、《夜泛西湖之四》、《题西林壁》、《寒食雨之二》、《大风留金山两日》、《江城子·悼亡词》、《蝶恋花·春景》、《水调歌头·中秋》、《念奴娇·赤壁怀古》、《临江仙》"夜饮东坡"。

（31）2006年西顿（J.P. Seaton）《香巴拉中国诗选》(*The Shambhala Anthology of Chinese Poetry*)，由波士顿和伦敦香巴拉出版社出版，收入苏词6篇：《渔父词五首》其一、其二、其三、其五，《临江仙》"夜饮东坡"，《南歌子》"带酒冲山雨"。

（32）2008年戴维·亨顿（David Hinton）《中国古典诗歌选集》(*Classical Chinese Poetry: An Anthology*)，分别由纽约法勒、斯特劳斯和吉鲁公司出版，收入苏轼诗词共24篇：《南溪小酌诗》，《鹧鸪天》"林断山明"，《除夜直都厅诗》，《行香子·过七里滩》，《饮湖上初晴后雨》，《青牛岭高绝处诗》，《雨中过舒教授》，《李思训画长江绝岛图》，《望湖楼醉书》其一、其二，《端午遍游诸寺得禅字》，《迁居临皋亭》，《东坡八首》其一、其二、其四，《念奴娇·赤壁词》，《赠东林总长老》，《题西林壁》，《书王定国所藏图》，《洗儿戏作》，《梵天寺诗》，《和子由渑池怀旧》，《纵笔》，《和陶饮酒二十首》其五。

（33）2014年张曼仪（Mary M. Y. Fung）和隆德（David Lunde）《满载月光：中国禅诗》(*A Full Load of Moonlight: Chinese Chan Buddhist Poems*)，由香港石头音乐文化有限公司出版，收入苏诗6篇：《和子由渑池怀旧》《题西林壁》《庐山烟雨》《赠东林长老》《琴诗》《投南华长老偈》。

（34）2017年傅君劢（Michael A. Fuller）《中国诗歌概论：从〈诗经〉到宋词》(*An Introduction to Chinese Poetry: From The Canon of Poetry to the Lyrics of the Song Dynasty*)，由哈佛大学亚洲中心出版，收入苏词4篇：《江神子·记梦词》[①]、《水调歌头·中秋》、《阳关曲·中秋月》和《念奴娇·赤

[①] 原文是中英文对照（详见 Michael A. Fuller, *An Introduction to Chinese Poetry: From the Canon of Poetry to the Lyrics of the Song Dynasty*, Cambridge: Harvard University Asia Center, 2017, p.392），中文即《江神子》，内容就是本书前述的《江城子·乙卯正月二十日夜记梦》，简称《江城子·悼亡词》。

壁怀古》。

上述成果，从译者身份来看，主要有传教士、汉学家、作家、诗人、华裔学者等，有一人独著（编）的也有二人合著（编）的，先后超过30位作者译介并出版有关苏轼文学作品的选集。从编选方式来讲，主要分为两类：第一类是主要通过翻译文学作品普及诗歌的大众阅读读物，即在历代诗集或诗选中收入苏轼文学作品，这种比较常见的传播方式会使读者受众面比较广，代表如王红公《中国诗百首》、柳无忌和罗郁正《葵晔集：历代诗词曲选集》、伯顿·华兹生《哥伦比亚中国诗选：上古到十三世纪》、梅维恒《哥伦比亚中国传统文选》、朱莉·兰多《春光无限：中国宋词选》、宇文所安《诺顿中国古典文学作品选》、戴维·亨顿《中国古典诗歌选集》等；第二类是出版苏轼文学作品翻译的专辑，这类成果主要代表是伯顿·华兹生的《东坡居士轼书》和《苏东坡诗选》。《苏东坡诗选》是收入苏作最多的一本专辑，翻译苏轼作品116篇，因此华兹生也成为英语世界翻译苏轼文学作品最多的汉学家。

目前，按照收入苏轼作品数量多少排在前六位的选集是：伯顿·华兹生《苏东坡诗选》（116篇）和《东坡居士轼书》（86篇），宇文所安《诺顿中国古典文学作品选》（33篇），朱莉·兰多《春光无限：中国宋词选》（26篇），王红公《中国诗百首》（25篇），戴维·亨顿《中国古典诗歌选集》（24篇）。而美国最新的成果是2017年傅君劢的《中国诗歌概论：从〈诗经〉到宋词》。

在体裁选择上，苏轼的译词和译诗明显多于译文。苏轼在美国的文选中被收入次数最多、最受欢迎的作品，按入选次数统计，频次最高的苏文当推《赤壁赋》和《后赤壁赋》，诗为《和子由渑池怀旧》、《题西林壁》、《饮湖上初晴后雨》和《书王定国所藏》，词为《临江仙》"夜饮东坡"、《念奴娇·赤壁怀古》、《水调歌头·中秋》和《江城子·悼亡词》。尽管美国的苏作译介比英国有了长足进步，但是其译介数量相较于苏轼的近8000篇作品而言是远远不够的。

2. 学术研究著作概况

美国学界的学术著作涉及范围广泛，自1848年美国传教士卫三畏的《中国总论》问世至2019年宇文所安的《惟歌一首：中国11世纪到12世纪初的词》，美国学界研究苏轼文学的脚步几乎没有停止，涌现了35部与苏轼文学作品有关的著作[①]。

---

① 详情见附录表3。

第一章　观照与梳理：苏轼文学作品英译与研究脉络

（1）1848年卫三畏（Samuel Wells Williams）《中国总论》（*The Middle Kingdom*），由西蒙出版社出版。

（2）1960年狄百瑞（Wm.Theodore de Bary）《中国传统之来源》（*Sources of Chinese Traditions*），由哥伦比亚大学出版社出版。

（3）1962年刘若愚（James Liu）《中国诗学》（*The Art of Chinese Poetry*），由芝加哥大学出版社出版。

（4）1966年柳无忌（Wu-chi Liu）《中国文学新论》（*An Introduction to Chinese Literature*），由印第安纳大学出版社出版。

（5）1971年卜苏珊（Bush, Susan）《中国文人论画——从苏轼（1037-1101）到董其昌（1555-1636）》（*The Chinese Literati on Painting: Su Shih to Tung Ch'i-Ch'ang*），由哈佛大学出版社出版。

（6）1974年刘若愚（James Liu）《北宋六大词家》（*Major Lyricists of the Northern Sung*），由普林斯顿大学出版社出版。

（7）1975年刘若愚（James Liu）《中国文学理论》（*Chinese Theories of Literature*），由芝加哥大学出版社出版。

（8）1978年贺巧治（George Cecil Hatch）《宋代文史资料大全·宋书目录》（*Literature and History of the Song Dynasty· Song Book Catalogue*），由香港中文大学出版社出版。

（9）1978年林顺夫（Shuen-fu Lin）《中国抒情传统的转变：姜夔与南宋词》（*The Transformation of the Chinese Lyrical Tradition: Chiang K'uei and Southern Sung Tz'u Poetry*），由普林斯顿大学出版社出版。

（10）1979年刘若愚（James Liu）《中国文学艺术精华》（*Essentials of Chinese Literary Art*），由达克斯伯里出版社出版。

（11）1980年孙康宜（Kang-I Sun Chang）《词与文类研究》（*The Evolution of Chinese Tz'u Poetry: From Late T'ang to Northern Sung*），由普林斯顿大学出版社出版。

（12）1983年卜苏珊（Bush, Susan）和孟克文（Christian Murck）《中国艺术理论》（*Theories of The Arts in China*），由普林斯顿大学出版社出版。

（13）1985年卜苏珊（Bush, Susan）和史肖研（Hsio-yen Shih）《早期的中国绘画作品》（*Early Chinese Texts on Painting*），由剑桥市哈佛燕京学社出版。

（14）1985年宇文所安（Stephen Owen）《中国传统诗歌与诗学：世界的征兆》（*Traditional Chinese Poetry and Poetics*），由威斯康星大学出版社出版。

（15）1988年陈幼石（Yu-Shih Chen）《韩柳欧苏古文论》（*Images and Ideas in Chinese Classical Prose: Studies of Four Masters*），由斯坦福大学出版社出版。

（16）1988年陈幼石（Yu-Shih Chen）《中国古代散文的意象与观念》（*The Image and Concept of Chinese Classical Prose*），由斯坦福大学出版社出版。

（17）1989年杨立宇（Vincent Yang）《自然与自我——苏东坡与华兹华斯诗歌的比较研究》（*Nature and Self: A Study of the Poetry of Su Dongpo with Comparison to the Poetry of William Wordsworth*），由纽约彼特朗出版社出版。

（18）1990年傅君劢（Michael Fulle）《通向东坡之路：苏轼"诗人之声"的发展》（*The Road to East Slope: The Development of Su Shi's Poetic Voice*），由斯坦福大学出版社出版。

（19）1992年包弼德（Peter Bol）《斯文：唐宋思想的转型》（*The Culture of Ours: Intellectual Transition in T'ang and Sung China*），由斯坦福大学出版社出版。

（20）1993年亚力克斯·普雷明格（Alex Preminger）、布罗根（Terry V.F.Brogan）等《新编普林斯顿诗歌与诗学百科全书》（*The New Princeton Encyclopedia of Poetry and Poetics*），由普林斯顿大学出版社出版。

（21）1994年管佩达（Beata Grant）《重游庐山——佛教对苏轼人生与创作的影响》（*Mount Lu Revisited: Buddhism in the Life and Writings of Su Shih*），由夏威夷大学出版社出版。

（22）1994年艾朗诺（Ronald C.Egan）《苏轼生活中的言语、意象、形迹》（*Word, Image, and Deed in the Life of Su Shi*），由哈佛大学出版社出版。

（23）1996年伊佩霞（Patricia Ebrey）《剑桥插图中国史》（*The Cambridge Illustrated History of China*），由剑桥大学出版社出版。

（24）1998年海陶玮（James Robert Hightower）和叶嘉莹（Chia-Ying Yeh）《中国诗词研究》（*Studies in Chinese Poetry*），由剑桥（美国马萨诸塞州）和伦敦哈佛大学亚洲中心出版。

（25）2000年梅维恒（Victor H. Mair）《哥伦比亚中国文学史》（*The Columbia History of Chinese Literature*），由哥伦比亚大学出版社出版。

（26）2000年姜斐德（Murck，Alfreda）《宋代诗画中的政治隐情》（*Poetry and Painting in Song China: The Subtle Art of Dissent*），由哈佛大学亚

第一章 观照与梳理：苏轼文学作品英译与研究脉络

洲中心出版。

（27）2002年田晓菲（Xiaofei·Owen）《尘几录：陶渊明与手抄本文化研究》（*The Record of a Dusty Table: Tao yuanming and Manuscript Culture*），由华盛顿大学出版社出版。

（28）2003年杨晓山（Xiaoshan Yang）《私人领域的变形：唐宋诗歌中的园林与玩好》（*Metamorphosis of the Private Sphere: Gardens and Objects in Tang-Song Poetry*），由哈佛大学亚洲中心出版。

（29）2006年艾朗诺（Ronald C.Egan）《美的焦虑：北宋士大夫的审美思想与追求》（*The Problem of Beauty: Aesthetic Thought and Pursuits in Northern Song Dynasty China*），由哈佛大学出版社出版。

（30）2009年崔瑞德（Denis Twitchett）和史乐民（Paul Jakov Smith）《剑桥中国宋代史》（上卷，907-1279）[*The Cambridge History of China（Vol.5: Part1, The Song Dynasty and Its Precursors, 907-1279）*]，由剑桥大学出版社出版。

（31）2010年宇文所安（Stephen Owen）和孙康宜（Chang, Kang-iSun）《剑桥中国文学史》（*The Cambridge History of Chinese Literature*），由剑桥大学出版社出版。

（32）2012年桑禀华（Sabina Knight）《牛津通识读本：中国文学》（*Chinese Literature: A Very Short Introduction*），由牛津大学出版社出版。

（33）2015年杨治宜（Zhiyi Yang）《"自然"之辩：苏轼的有限与不朽》（*Dialectics of Spontaneity: The Aesthetics and Ethics of Su Shi（1037-1101）in Poetry*），由荷兰莱顿大学博睿出版社出版。

（34）2018年何瞻（James M. Hargett）《玉山丹池：中国传统游记文学史》（*Jade Mountains and Cinnabar Pools: The History of Travel Literature in Imperial China*），由华盛顿大学出版社出版。

（35）2019年，宇文所安（Stephen Owen）《惟歌一首：中国11世纪到12世纪初的词》（*Just a Song: Chinese Lyrics from the Eleventh and Early Twelfth Centuries*），由哈佛大学出版社出版。

学术研究的成果比之前的译介作品更增加了研究的广度和深度，学者们的关注点也逐渐从纯文本翻译转向对苏轼的文学水平、思想境界、心态历练和人生追求等方面的研究。这些学术著作，主要分为两类。

第一类是以苏轼命名的专著，傅君劢、管佩达、艾朗诺、杨治宜的成果是最具代表性的。比如1990年傅君劢的《通向东坡之路：苏轼"诗人之声"的发展》，该著是"在英语世界产生的第一部颇具学术性质的专著"①，傅君劢对苏轼的100多首诗歌进行了译介和研究，试图通过对苏轼诗歌创作的历史文化背景的介绍及对诗歌文本的细读，还原诗歌所蕴含的"诗人之声"；1994年管佩达出版《重游庐山——佛教对苏轼人生与创作的影响》，该著研究苏轼诗歌体现的佛教思想，尝试着把苏轼文学放在宋代文化的大背景下进行探讨，以整部书的篇幅研究佛教与苏轼生活和作品的关系，特别研究了苏轼诗歌在语言、意象等方面如何受到佛教思想的影响，从而表现出苏轼丰富的精神世界；1994年艾朗诺出版《苏轼生活中的言语、意象、形迹》，该著被评为西方汉学界苏轼研究"目前为止最具学术性的著作"②。艾朗诺重点研究了多首苏词的革新价值，认为苏词凸显其主观性，而诗歌却极力超越主观性，从而表现出苏轼独特的个性思索等，艾朗诺还在该著中对苏轼的贬谪经历进行了探讨。尽管这几本苏轼研究专著在整个美国苏学领域的成果数量中占比不高，但是其影响力都比较大，他们集中出现在20世纪90年代，将美国的苏轼文学研究推向了高潮。进入21世纪，英语世界所见对苏轼进行专门研究的著作首推2015年杨治宜出版的《"自然"之辩：苏轼的有限与不朽》③，该书将以苏轼作品以及关于苏轼的批评话语为代表的美学与伦理观作为讨论对象，对苏轼如何在作品中融入自身，如何让读者成为他生命的后身，从而在有限性中实现不朽进行了深入探讨。美国普林斯顿大学教授柯马丁为之作序，并称赞该著"是思想的胜利，又是一部美文"④。

第二类是把苏轼文学作为重要章节的著作。（1）词家研究著作：刘若愚、孙康宜的成果是其中的代表。刘若愚有4本著作涉及苏轼文学的研究，分别是《中国诗学》（1962）、《北宋六大词家》（1974）、《中国文学理论》（1975）和《中国文学艺术精华》（1979）。其中《北宋六大词家》影响尤为重大，该著利用专门章节讨论了苏词的艺术与贡献，并翻译了《水调歌头·明月几时有》《永遇乐·明月如霜》《念奴娇·赤壁怀古》《水龙吟·次韵章质夫杨花词》和《蝶恋花·春景》5首苏词。刘若愚受西方文学批评方

---

① 万燚：《美国汉学界的苏轼研究》，中国社会科学出版社，2018，第16页。
② 万燚：《美国汉学界的苏轼研究》，中国社会科学出版社，2018，第113页。
③ 该著中文本于2018年由生活·读书·新知三联书店出版。
④ 杨治宜：《"自然"之辩：苏轼的有限与不朽》，生活·读书·新知三联书店，2018，中文版序第4页。

第一章 观照与梳理：苏轼文学作品英译与研究脉络

法的影响从措辞、句法、意象、典故、音律等微观层面剖析了苏轼的词作风格。此专著堪称"英语世界中国词学研究的典范"。而孙康宜《词与文类研究》则重在抓住苏词的创新之处，从语言到结构分析多首苏词并探讨苏轼如何为旧干换新枝，实现了北宋词体的转变，成为北宋词变革的关键人物。（2）思想类著作：包弼德、艾朗诺是代表。1992年包弼德的《斯文：唐宋思想的转型》是该领域的杰作，他更多从思想史、政治史、社会史和文学史的角度对唐宋时期的士大夫文学与思想进行了细致分析，在谈到文道之争时，他把苏轼对文学和艺术的推崇作为考察对象，论证了多篇苏轼文章所反映的思想并阐释了苏轼在文化、政治、伦理等方面的影响。此书在20世纪的西方引起强烈反响。① 2006年艾朗诺的《美的焦虑：北宋士大夫的审美思想与追求》，从全新的视角探讨了苏轼的两大焦虑所在，一是对收藏品如何做到寓意于物而不留意于物，二是"词为艳科"饱受非议，并尝试努力摆脱这种焦虑，体现了苏轼在审美方面的追求。（3）史学类著作：比如1996年伊佩霞《剑桥插图中国史》，2000年梅维恒《哥伦比亚中国文学史》，2009年崔瑞德、史乐民《剑桥中国宋代史》（上卷，907—1279），2010年宇文所安、孙康宜《剑桥中国文学史》，2018年何瞻《玉山丹池：中国传统游记文学史》等，此类著作往往在谈及文学史或宋史的时候必然提到苏轼及其文学成就，显然，苏轼成为美国汉学家、史学家心中不可忽略的宋代人物典型。（4）艺术类著作：卜苏珊、姜斐德、杨晓山的成果是其中的代表。自1971年起，卜苏珊的《中国文人论画——从苏轼（1037—1101）到董其昌（1555—1636）》《中国艺术理论》《早期的中国绘画作品》这3本有关苏轼艺术理论的书籍陆续出版，奠定了她对于苏轼艺术研究的权威地位，她尤其对于苏轼的绘画作品及其与诗歌的关系有独到的见解；而2000年姜斐德的《宋代诗画中的政治隐情》一书，以北宋党争为背景，分析宋人画作、画题、题画诗等，探讨了画作、诗歌、政治、文化之间的关系。其中多处提及苏轼，尤其第二章"神宗之变局"和第六章"烟江叠嶂图"都专门论及苏轼及其诗歌。杨晓山是美国宇文所安的高足，他的《私人领域的变形：唐宋诗歌中的园林与玩好》于2003年出版，在考察北宋士人文化和文学传统如何与社会政治、经济、道德等因素进行互动的时候，在第三章"物恋及其焦虑"和第四章"言辞与实物"分别论及苏轼的艺术行为和文学创作，以此体现苏

---

① 中译本参见包弼德《斯文：唐宋思想的转型》，刘宁译，江苏人民出版社，2001。

轼的审美观、哲思和道德标准等，反映了苏轼对待物质文化和精神文化世界的态度。

目前最新的研究著作是2019年宇文所安的《惟歌一首：中国11世纪到12世纪初的词》，此书分析探讨了苏轼笔下的女性形象选择与建构方式，也研究了苏轼及其苏门学士的词的特色，他大胆抛弃对词"豪放婉约"风格的旧有论述框架，认为苏轼对词的认识在于把自我在外部世界的苦闷写入歌词并在词体中使用各种可能的方式对抗公共世界、理性世界与道德世界，豪放与婉约不是非此即彼的关系。①宇文所安还把苏轼《念奴娇·赤壁怀古》与柳永《双声子》（晚天萧索）做了对比。

从20世纪70年代起，美国出现了研究苏轼文论的成果，但较之苏轼诗词的研究来说远处于劣势，英国在这方面更薄弱。究其原因，一方面相关材料难以搜集，另一方面苏轼文论丰富，思想较难把握。美国对苏轼文论的学术研究著作代表如1975年刘若愚的《中国文学理论》，书中有专门论述苏轼的章节，后此书于1981年由中国台湾联经出版事业公司翻译出版。其中谈到文学中与道合一的概念时，讨论了苏轼与司空图的观点不谋而合，认为诗是诗人对自然之道的直觉领悟以及与之合一的具体表现。刘若愚先后列举了苏轼诗歌中英文对照的《送参寥（禅）师》《书晁补之所藏与可画竹三首》，在谈到苏轼对于审美和实用的态度时，引用了苏轼的《与谢民师推官书》等作品语句来说明他的文论观。1985年，宇文所安出版《中国传统诗歌与诗学：世界的征兆》，提出"非虚构诗学"，借屈原、陶潜、李白、杜甫、王维、李商隐、王安石和苏轼等的诗歌分析了中国从战国、东晋到唐、宋诗歌的艺术特点。其中第五节"吸取教训"，还专门就苏轼的七言律诗《十二月二十四日微雪明日早往南溪小酌至晚》进行了诗歌艺术的探讨。1988年，陈幼石的《韩柳欧苏古文论》，分别讨论了韩愈、柳宗元、欧阳修、苏轼四人的文学理论和古文创作。作者认为，韩柳欧苏四人的文学理论和实践并非一致，在唐代古文家和宋代古文家之间有个重大的转折，即由"奇"向"常"的转化。其中第四章论苏轼，是他撰写的《苏轼文学理论中的"变"与"常"：兼论〈赤壁赋〉》一文的修订版。1988年，陈幼石论述唐宋古文家的系列论文集《中国古代散文的意象与观念》出版，该书对苏轼散文做了深入

---

① 赵惠俊：《赵惠俊读宇文所安：谁妆扮了北宋词人》，据澎湃网，https://www.thepaper.cn/newsDetail_forward_8841928，2020年8月26日。

研究，突出了苏轼的创作实践和理论主张。以上著作相关书评也不少，在此不赘述。

可见，美国的苏学研究代表了西方苏轼文学研究的较高水平，研究方向已经开始多元化，注重学科交叉研究，涉及文学、艺术、美学、哲学、宗教、历史等领域。

当然，不少研究类成果又对苏轼作品进行了翻译，即研究与翻译并重。比如傅君劢《通向东坡之路：苏轼"诗人之声"的发展》翻译苏轼诗歌100多篇，刘若愚《北宋六大词家》翻译苏词5篇，孙康宜《词与文类研究》翻译苏词59篇，艾朗诺《美的焦虑：北宋士大夫的审美思想与追求》翻译诗文31篇。经笔者统计，美国学者研究苏轼文学作品时论及最多的是苏词《水调歌头·中秋》和《念奴娇·赤壁怀古》，美国业界几位举足轻重的汉学家刘若愚、孙康宜、柳无忌、梅维恒都很欣赏这两首词。那么为什么他们对这两首词情有独钟？在广义上分析，前者写给弟弟苏辙，充满亲情；后者写给历史英雄，满怀豪情。而仔细探究，不难发现，"理性"二字是西方学者所欣赏的品格。以刘若愚的《北宋六大词家》为例，书中把苏轼归于"理性和机智"一类风格，因此在选择《水调歌头》和《念奴娇》时显然是体悟到苏轼在词中的理性思索，刘若愚评苏轼《水调歌头》"明月几时有"一句，说苏轼开篇"并不在感叹要多久才能有一次像这样的明月，而是感叹这宇宙由来有多久了"[①]。这是刘若愚捕捉到苏轼是在借明月思考宇宙、生命的话题，显然此时的苏轼是极为理性的。而刘若愚在《中国文学艺术精华》中评苏轼的《念奴娇·赤壁怀古》时，认为此首词有将"自然作为一种象征"的特点。刘若愚在阐释自然的象征意义一节开头说"一种对自然更为理性的态度可以在将自然物作为人的品格与抽象观念的象征中看到"。可见，刘若愚发现了苏轼在高唱"大江东去，浪淘尽，千古风流人物"一句时所表现出的对自然的理性态度。河流即自然的象征，蕴含变与不变。因此苏轼在词中以河流自然的永恒反衬千古英雄的更迭，以河流的奔流变幻象征时光的一去不复返的特点。像苏词一样，在矛盾中蕴含深刻的理性思索，恰恰成为西方学者偏爱苏轼词的重要原因。

3. 苏轼传记作品概况

美国还出现了一类有关苏轼的传记作品，具体情况如表1-2所示。

[①] 刘若愚：《北宋六大词家》，王贵苓译，幼狮文化事业公司，1986，第120页。

表1-2　有关苏轼传记的作品

时间	编著者	中文书名	英文书名	出版社
1947	林语堂 Lin Yutang	苏东坡传	The Gay Genius: The Life and Times of Su Tungpo	纽约约翰·黛公司
1976	贺巧治 George Cecil Hatch	宋代名人传记辞典·苏轼传①	Su Shih' in Sung Biographies	威斯巴登：弗朗茨·石泰出版社
1994	小约翰·威尔斯 John E. Wills, Jr.	名山：中国历史名人录	Mountain of Fame: Portraits in Chinese History	普林斯顿大学出版社
2006	黛米 Demi	苏东坡：中国天才	Su Dongpo: Chinese Genius	芝加哥书目出版社

其中最有代表性的属林语堂于1947年在美国出版的《苏东坡传》，全书生动传神地再现了苏轼的传奇一生，并带着对苏轼十足的欣赏翻译了苏轼诗词52首，还有苏轼的函札、散文等，此书也成为英语世界流传最广、影响最大的苏轼传记作品，是苏轼在海外传播最具说服力的证明之一。除林语堂外，美国的贺巧治也是苏轼传记的书写者。1976年，德国弗朗茨·石泰出版社出版了由傅海波（Herbert Franke）编辑的《宋代名人传记辞典》，其中收录美国汉学家贺巧治撰写的《苏轼传》一文，长达68页，是该辞典里篇幅最长的一篇。该文以苏辙所作《东坡先生墓志铭》为主线，广泛参考苏轼的文学作品以及有关苏轼的丰富材料，采用了日本京都学派划分方法，把苏轼生平分为1037~1071年、1071~1085年、1085~1101年三个时期，把他的思想与政治经历、文学与精神涵养等方面结合起来分析，可谓学术性最强的苏轼传之一。1994年，美国著名历史学家、汉学家小约翰·威尔斯撰写的《名山：中国历史名人录》出版，收入中国历史上的名人并为之作传，其中就有苏东坡的传记，该书对苏轼生平进行了详细介绍并收入苏轼的几幅书画。2006年，黛米在芝加哥出版了画册传记《苏东坡：中国天才》，该书对苏东坡一生进行了图文并茂式的讲解，把苏东坡描绘成一个以不平凡的尊严

---

① 《苏轼传》被收入傅海波编辑的《宋代名人传记辞典》，在德国出版，由美国人贺巧治撰写。如前述第一章所提：1978年，法国汉学家艾蒂安·巴拉斯在中国香港中文大学出版《宋代文史资料大全》（Literature and History of the Song Dynasty· Song Book Catalogue），其中"宋书目录"部分仍然由贺巧治撰写有关苏轼著作（含《苏轼易传》《东坡书传》《东坡题跋》《东坡乐府》《东坡志林》《仇池笔记》）的所有题解。

和沉着的心态面对困难的高尚的人。

4. 苏轼研究期刊论文概况

美国研究苏轼文学、艺术的学术期刊论文共有37篇①。

（1）1917年保罗·卡鲁斯（Paul Carus）《一个中国诗人对生命的沉思》（A Chinese Poet's Contemplation of Life），发表于《一元论》27卷第1期。

（2）1922年张朋淳（Chang Peng Chun）《沧浪诗话》（Cang Lang's Notes on Poets and Poetry），发表于《日晷》9月号。

（3）1953年白思达（Glen William Baxter）《词体的起源》（Metrical Origins of the Tz'u），发表于《哈佛亚洲学报》16卷1-2期。

（4）1966年马奇（Andraw Lee March）《苏轼著作中的自我与山水》（Self and Landscape in Su Shih），发表于《美国东方学会会刊》86卷4期。

（5）1974年陈幼石（Yu-Shih Chen）《苏轼文学理论中的"变"与"常"：兼论〈赤壁赋〉》（Change and Continuation in Su Shih's Theory of Literature：A Note on His Ch'ih-pi-fu），发表于《华裔学志》31卷1期。

（6）1979年刘若愚（James J.Y. Liu）《中国诗歌中的时间、空间和自我》（Time，Space，and Self in Chinese Poetry），发表于《中国文学》1卷2期。

（7）1982年齐皎瀚（Jonathan Chaves）《非作诗之道：宋代的经验诗学》（Not the Way of Poetry：the Poetics of Experience in Sung Dynasty），发表于《中国文学》4卷2期。

（8）1982年斯图尔特·萨金特（Stuart H.Sargent）《后来者能居上吗？宋代诗人与唐诗》（Can Late Comers Get There First? Sung Poets and T'ang Poetry），发表于《中国文学》4卷2期。

（9）1983年艾朗诺（Ronald C.Egan）《苏轼与黄庭坚的题画诗》（Poems on Paintings：Su Shih and Huang T'ing-chien），发表于《哈佛亚洲学报》43卷2期。

（10）1985年何瞻（James M. Hargett）《宋代游记散文初探》[Some Preliminary Remarks on the Travel Records of the Song Dynasty（960-1279）]，发表于《中国文学》7卷1-2期。

（11）1989年艾朗诺（Ronald C.Egan）《欧阳修与苏轼论书法》（Ou-yang Hsiu and Su Shih on Calligraphy），发表于《哈佛亚洲学报》49卷2期。

（12）1990年何瞻（James M. Hargett）《苏轼的游记散文》（The Travel

---

① 详情见附录表4。

Records [Yu-chi] of Su Shih），发表于《汉学研究》第12期。

（13）1990年艾朗诺（Ronald C.Egan）《作为历史和文学研究资料的苏轼书简》（Su Shih's "Notes" as a Historical and Literary Source），发表于《哈佛亚洲学报》50卷2期。

（14）1990年蔡涵墨（Charles Hartman）《1079年的诗歌与政治：苏轼乌台诗案新论》（Poetry and Politics in 1079: The Crow Terrace Poetry Case of Su Shih），发表于《中国文学》12卷。

（15）1992年斯图尔特·萨金特（Stuart H. Sargent）《另类的题跋：苏轼和黄庭坚的题画诗》（Colophons in Countermotion: Poems by Su Shih and Huang T'ing-chien on Paintings），发表于《哈佛亚洲学报》52卷1期。

（16）1993年蔡涵墨（Charles Hartman）《乌台诗案的审讯：宋代法律施行之个案》（The Inquisition against Su Shih: His Sentence as an Example of Sung Legal Practice），发表于《美国东方学会会刊》113卷2期。

（17）1993年傅君劢（Michael Fulle）《探索胸有成竹：目击道存的中国古典意象思考》（Pursuing the Complete Bamboo in the Breast: Reflections on a Classical Chinese Image for Immediacy），发表于《哈佛亚洲学报》53卷1期。

（18）1993年郑文君（Alice Wen-Chuen Cheang）《诗歌，政治，哲理：作为东坡居士的苏轼》（Poetry, Politics, Philosophy: Su Shih as The Man of The Eastern Slope），发表于《哈佛亚洲学报》53卷2期。

（19）1994年车淑珊（Susan Cherniack）《宋代的书籍文化与文本传播》（Book Culture and Textual Transmission in Sung China），发表于《哈佛亚洲学报》54卷1期。

（20）1994年斯图尔特·萨金特（Stuart H.Sargent）《芙蓉城诗》（City of Lotuses），发表于《宋元学报》24期。

（21）1996年潘达安（Pan, Da'An）《追寻无迹羚羊：走向中国同类型艺术的跨艺术符号学》（Tracing the Traceless Antelope: Toward an Interartistic Semiotics of the Chinese Sister Arts），发表于《大学文学》23卷1期。

（22）1996年姜斐德（Murck, Alfreda）《〈潇湘八景〉与北宋放逐情况》（The Eight Views of XiaoXiang and the Northern Song Culture of Exile），发表于《宋元学报》26期。

（23）1997年艾朗诺（Ronald C.Egan）《中国中古时期关于音乐与"悲"的争论以及琴学观念之变迁》（The Controversy Over Music and"Sadness"and

Changing Conceptions of The Qin in Middle Period China），发表于《哈佛亚洲学报》57卷1期。

（24）1998年斯图尔特·萨金特（Stuart H.Sargent）《道根深：苏轼与白居易》（Roots of the Way Deep：Su Shi and Bo Juyi），发表于《东亚图书馆期刊》8期。

（25）1998年郑文君（Alice Wen-Chuen Cheang）《诗与变：苏轼的〈登州海市〉》（Poetry and Transformation：Su Shih's Mirage），发表于《哈佛亚洲学报》58卷1期。

（26）1998年姜斐德（Murck，Alfreda）《〈烟江叠嶂图〉：解读山水图象》（Misty River，Layered Peaks：Decoding Landscape Imagery），发表于《东亚图书馆期刊》8卷第2期。

（27）1998年何谷理（Robert E. Hegel）《赤壁的声与色：阅读苏轼》（The Sights and Sounds of Red Cliffs，On Reading Su Shi），发表于《中国文学》12月20卷。

（28）1998年包弼德（Peter Bol）《苏轼作品在南宋婺州的研读情况考》（Reading Su Shi in Southern Song Wuzhou），发表于《东亚图书馆期刊》8卷2期。

（29）1998年唐凯琳（Kathleen M. Tomlonovic）《苏轼诗集：编纂与传世状况》（The Poetry of Su Shi：Transmission of Collections from the Song），发表于《东亚图书馆期刊》8卷2期。

（30）1998年史国兴（Curtis Dean Smith）《苏轼〈破琴诗〉新解》（A New Reading of Su Shi's "Poem of the Broken Lute"），发表于《宋元学报》28卷。

（31）2000年何瞻（James M. Hargett）《习而安之：苏轼在海南的流放》（Clearing the Apertures and Getting in Tune：The Hainan Exile of Su Shi），发表于《宋元学报》30期。

（32）2000年史国兴（Curtis Dean Smith）《以苏轼的仇池之梦谈论其晚年之解脱》（The Dream of Ch'ou-ch'ih：Su Shih's Awakening），发表于《汉学研究》1期。

（33）2000年柯林·霍尔斯（Colin Hawes）《言外之意——北宋的游戏与诗歌》（Meaning beyond Words：Games and Poems in the Northern Song），发表于《哈佛亚洲学报》60卷2期。

（34）2002年斯图尔特·萨金特（Stuart H.Sargent）《苏轼诗歌中的音乐：一种术语的视角》（Music in the World of Su Shi（1037–1101），发表于《宋元学报》32期。

（35）2008年杨立宇（Vincent Yang）《苏轼"和陶诗"的比较研究》（A Comparative Study of Su Shi's He Tao Shi），发表于《华裔学志》56卷。

（36）2011年王宇根（Yugen Wang）《诗歌作为社会批评手段的局限性：对1079年苏轼文学审讯的重新审视》（The Limits of Poetry as Means of Social Criticism：The 1079 Literary Inquisition Against Su Shi Revisited），发表于《宋元学报》41卷。

（37）2012年白睿伟（Benjamin B. Ridgeway，又名"本杰明"）《从宴会到边塞：南宋中兴时期东坡词如何转变为哀悼山河沦落的韵文》（From the Banquet to the Border：The Transformation of Su Shi's Song Lyrics into a Poetry of National Loss in the Restoration Era），发表于《中国文学》34卷。

由上可见，从1917年保罗·卡鲁斯《一个中国诗人对生命的沉思》到2012年白睿伟《从宴会到边塞：南宋中兴时期东坡词如何转变为哀悼山河沦落的韵文》，历经95年，即自20世纪初到21世纪初研究的脚步几乎从未间断，而研究高峰出现在20世纪90年代以后。成就比较突出的是斯图尔特·萨金特，他先后发表了《后来者能居上吗？宋代诗人与唐诗》（1982）、《另类的题跋：苏轼和黄庭坚的题画诗》（1992）、《芙蓉城诗》（1994）、《道根深：苏轼与白居易》（1998）和《苏轼诗歌中的音乐：一种术语的视角》（2002）共计5篇研究论文，均围绕苏轼的诗歌展开研究。其次是艾朗诺发表了4篇。他的《苏轼与黄庭坚的题画诗》（1983）借助苏轼的题画诗分析苏轼是一位美学批评家；《欧阳修与苏轼论书法》（1989）一文分为两部分，前半部分讲欧阳修及其书法创作理念，后半部分结合苏轼诗文谈他对欧阳修书法的继承和创新，其中收录了苏诗《孙莘老求墨妙亭诗》《书唐氏六家书后》《题鲁公帖》《跋欧阳文忠公书》《宝绘堂记》《送参寥师》等作品；在《作为历史和文学研究资料的苏轼书简》（1990）一文中，艾朗诺针对苏轼散文中的书简进行了深入研究，指出了书简无论是数量还是质量都对苏轼研究具有重要意义，是苏轼生活的另一种反映；而《中国中古时期关于音乐与"悲"的争论以及琴学观念之变迁》（1997）则论及许多作家以其特有的情感储备，将琴提升为文人音乐"古典主义"的缩影。艾朗诺举出欧阳修问苏轼的一个例子："有一次，他的导师、年长的政治家欧阳修问苏轼，在所

第一章 观照与梳理：苏轼文学作品英译与研究脉络

有的琴诗中，他认为哪首是最好的。苏轼回答说，韩愈的诗是最好的。欧阳修说，那首诗当然是了不起而且才华横溢的，但是它不应该被称为'听琴'，它应被称为'听琵琶'。在老师的指导下，苏轼改写了韩愈的诗来描绘琵琶演奏。"①艾朗诺的这4篇论文着重研究苏轼的绘画、书法等的艺术成就，但是每论及艺术的时候又总是与苏轼文学分不开。何瞻长于苏轼散文的研究，发表3篇论文；然后是郑文君、姜斐德和蔡涵墨，均有2篇文章论及苏轼。

从这些学术期刊论文，可以看出美国学界主要关注三点。

第一，苏轼文学与自我。这一主题的研究主要体现在马奇、刘若愚、郑文君的论文中。比如1966年马奇发表的《苏轼著作中的自我与山水》就苏轼文学作品中表现的山水观进行了探讨，此文以1964年马奇已经完成的博士论文《苏东坡的山水观》为基础。《苏轼著作中的自我与山水》开篇说"Su Shih's fertile and energetic mind was more poetic than discursive, and the weight of his ideas is often carried by images appealing to experience rather than by rational argument. Landscape images in particular from a coherent pattern in his writings, and the experience of landscape seems central to his artistic, ethical, and social conceptions of self."②翻译为：苏轼丰富而充满活力的思想与其说是散漫的，不如说是诗意的，他的思想的分量往往是由吸收经验的形象所承载，而不是由理性的论证所承载。尤其是从他作品连贯的图案中表现出来的山水意象以及对山水的体验似乎是他的艺术、伦理和自我社会观的核心。而后文中又提到："By landscape I mean part of what we often call nature, but the trouble with nature is that the word has far too many other senses（as in human nature, God and nature, mother nature）and hence is uncontrollably suggestive

---

① "We have it directly from Su Shi that once his mentor, the elder statesman Ouyang Xiu, asked him which *qin* poem, of all those written, he considered the best. Su Shi replied that Han Yu's poem was the finest. Ouyang said, 'Certainly, that poem is marvelous and scintillating. But it shouldn't be called Listening to a *Qin*. It should be called Listening to a *Pipa*.' Taking the cue from his teacher, Su Shi rewrote Han Yu's poem to describe a *pipa* performance." Ronald Ega, "The Controversy Over Music and 'Sadness' and Changing Conceptions of The Qin in Middle Period China", *Harvard Journal of Asiatic Studies,* Vol.57, No.1, 1997, p.60.

② Andraw Lee March, "Self and Landscape in Su Shih", *Journal of the American Oriental Society*, Vol. 86, No. 4, 1966, p.377.

and vague."① 翻译为：所谓景观，我指的是我们通常所说的"自然"的一部分，但"自然"的问题是，这个词有太多的其他含义（如人性、上帝与自然、自然母亲），因此是不可控的暗示和模糊。可见，马奇认为苏轼的文学艺术、道德和价值观等都以自然山水为根本，苏轼对山水意象加以描绘并从山水中得以领悟，这些都成就了苏轼诗意的作品与人生。1979年，刘若愚的论文《中国诗歌中的时间、空间和自我》，其中谈到中国诗歌中的"一致"概念时，刘若愚列举了苏轼《别岁》《守岁》两首诗歌，说明苏轼诗歌中表现出的"自我静止，时间从后向前移动"的概念。又比如1993年，郑文君在论文《诗歌，政治，哲理：作为东坡居士的苏轼》中通过对苏轼代表作《东坡八首》组诗的研究，断定决不能按以往的研究认为它是以农耕为主题的组诗，而应认为其主题就是苏轼本人，郑文君说"他不但在此时成了东坡居士，而且通过耕种东坡的行动以及在这些行动的过程中建立起来的关系，最终获得了自我的身份认同"②，也就是说《东坡八首》作为苏轼经历乌台诗案谪居黄州的一次心灵蜕变的真实写照，其在看似闲适的耕种生活中获得了内心近乎古代先贤的愉悦，同时也更清晰地认识了自我——"一个比过去要快乐和优秀千倍的自我"③。因此，苏轼的诗歌历来成为被称颂的典范，不仅仅是其词句出新意，还因为只有在苏轼的诗歌中，人们才能看见最真实的苏轼，他总是毫不掩饰地将自己暴露在众人面前，无论喜怒哀乐。

第二，苏轼文学与政治。这类论文代表当属蔡涵墨，他于1990年和1993年先后对苏轼经历的乌台诗案进行了详细挖掘，通过所获的第一手资料深入剖析了苏轼诗歌与政治的密切关系。蔡涵墨认为，宋代是一个开放的、可公开议论政府政策的时代，在这种政治环境中成长起来的苏轼，其精神上的养料与文学才华结合能激励他比以往更严格地实践原始儒家"以诗为鉴"的理念。而苏轼心中忠臣与谏官的形象，受到屈原九死不悔的暗示，因此在乌台诗案中，苏轼是将生死置之度外而去捍卫他的价值观。④

---

① Andraw Lee March, "Self and Landscape in Su Shih", *Journal of the American Oriental Society*, Vol. 86, No.4, 1966, p.377.
② 郑文君撰，卞东波、郑潇潇、刘杰译《诗歌，政治，哲理——作为东坡居士的苏轼》，载《中国苏轼研究》（第五辑），学苑出版社，2016，第355页。
③ 郑文君撰，卞东波、郑潇潇、刘杰译《诗歌，政治，哲理——作为东坡居士的苏轼》，载《中国苏轼研究》（第五辑），学苑出版社，2016，第361页。
④ 卞东波编译《中国古典文学研究的新视镜——晚近北美汉学论文选译》，安徽教育出版社，2016，第186页。

第三，苏轼文学与自然。陈幼石、何瞻、何谷理都不约而同地关注到苏轼文学中的自然描写。比如1998年，何谷理论文《赤壁的声与色：阅读苏轼》围绕两篇苏轼散文前后《赤壁赋》展开研究，从苏轼的生活时代背景着手，挖掘他文学创作的起源，又从前后《赤壁赋》的详细英译中去捕捉苏轼在文中融入的命运体验和生命意识。何谷理在文章开头就说："My purpose here is to push beyond the images to their meaning: it matters little whether Su Shi ever took that particular boat ride（and I have my doubts that he did）; he used the literary arts then available to him to express ideas, to explore feelings, and to play with writing. That he succeeded marvellously on all counts is clearly attested by its durability as a staple of literary anthologies; it is simply among the greatest works of literature in Chinese."① 翻译为：我在这里的目的是要超越这些形象的意义：苏轼是否乘坐了特定的船并不重要（我怀疑他是否那样做过）；他利用文学艺术表达思想，探索情感，玩味写作。他在各方面都取得了惊人的成功，这一点从他的作品（《赤壁赋》）作为文学选集的主要部分之经久不衰就可以清楚地证明；它是中国最伟大的文学作品之一。再者，何谷理也注意到苏轼创作《赤壁赋》的与众不同，他认为，苏轼在撰写《赤壁赋》时，也因其语言的风趣和文学的复杂性而闻名于世，尽管他和同时代的人一般都想表现得与他们杰出的唐代前辈大不相同。② 陈幼石于1974年发表《苏轼文学理论中的"变"与"常"：兼论〈赤壁赋〉》，借助《赤壁赋》对苏轼文论的"变"与"常"进行了探讨。何谷理于是指出：陈幼石注意到，1080年以后，苏轼创作倾向于强调自然（天）而不是人事，并把他的关注点从"工"转到"意"。③ 陈幼石认为，《赤壁赋》更注重景观与意境变化的元素与自然不变的

---

① Robert E. Hegel, "The Sights and Sounds of Red Cliffs: On Reading Su Shi", *CLEAR*, Vol. 20, Dec.1998, p.11.
② "By the time he wrote his Red Cliffs essays, Su Shi, too, was well known for his verbal wit and literary complexity, although he and his contemporaries generally sought to appear quite different from their illustrious Tang period predecessor." Robert E. Hegel, "The Sights and Sounds of Red Cliffs: On Reading Su Shi", *CLEAR*, Vol. 20, Dec.1998, p.12.
③ "Chen Yu-shih notes that after 1080 his tendency was to emphasize what is natural（tian 天）over human（ren 人）affairs and shifted his focus from artistry（gong 工）to intention（yi 意）in his writing." Robert E. Hegel, "The Sights and Sounds of Red Cliffs: On Reading Su Shi", *CLEAR*, Vol. 20.Dec. 1998, p.15.

元素之间的对比。① 1080年显然是苏轼人生的重大转折点，因为这一年的正月初一，经受"乌台诗案"后的苏轼一路颠沛流离到达了湖北黄州。苏轼到黄州后这四年多的日子，才是真正激发其创作灵感并使其风格为之大变的黄金时期。何谷理举例说苏轼曾有一篇写"雪堂"建造的文章，其中对雪的喜爱溢于言表，苏轼在满眼雪景中享受着创作的快乐。他说"Presumably it was in Snow Hall that Su Shi wrote his *Chibi fu*, perhaps in conjunction with introspection or even meditation."② 翻译为：大概是在雪堂里，苏轼写下了他的《赤壁赋》，也许是与自省甚至是沉思结合在一起的。从何谷理的分析判断，不难发现，苏轼文中的赤壁早已不单单是一处消遣的胜迹，更是苏轼自省的写照，是借自然抒发人生感悟、探寻人生境界的载体。在何谷理眼中，赤壁是有生命的，因为苏轼在赋予其情感时，把它写活了，时间为此停留，生命因此永恒。

5. 苏轼研究博士学位论文概况

美国出现与苏轼有关的博士学位论文是自1964年马奇《苏东坡的山水观》开始的，截至2012年杨治宜《自然成文的辩证法：苏轼生平与作品中的艺术、自然与角色》，跨越48年，共19篇博士学位论文论及苏轼③。

（1）1964年华盛顿大学：马奇（Andraw Lee March）《苏东坡的山水观》（Su Dongpo's View of Landscape）。

（2）1972年华盛顿大学：贺巧治（George Cecil Hatch）《苏洵的思想：论北宋思想争鸣的社会意义》（The Thought of Su Hsun: An Essay in the Social Meaning of Intellectual Pluralism in Northern Sung China）。

（3）1972年华盛顿大学：余丽仪（Yuh Liouyi）《柳永、苏轼及早期词的发展面面观》（Liu Yung, Su Shih, and Some Aspects of the Development of Early Tz'u Poetry）。

---

① "The first essay, she concludes," is a statement on human mortality and freedom cast in the form of a dialogue between Su Shih and his guest. In contrast to more conventional readings of the second as a continuation of Su Shi's meditation on transcience, Chen draws attention to the contrast drawn between changing elements in landscape and mood, on the one hand, and the unchanging elements of nature on the other." Robert E. Hegel, "The Sights and Sounds of Red Cliffs: On Reading Su Shi", *CLEAR*, Vol. 20. Dec.1998, p.15.

② Robert E. Hegel, "The Sights and Sounds of Red Cliffs: On Reading Su Shi", *CLEAR*, Vol. 20 Dec. 1998, p.15.

③ 详情见附录表5。

第一章 观照与梳理:苏轼文学作品英译与研究脉络

(4) 1974年威斯康星大学:斯坦利·金斯伯格(Stanley M.Ginsberg)《中国诗人之疏离与调和——苏轼的黄州放逐》(Alienation and Reconciliation of a Chinese Poet: the Huang Chou Exile of Su Shih)。

(5) 1975年哈佛大学:史蒂夫·亚当斯·威尔金森(Stephen Adams Wilkinson)《论苏轼的〈赤壁赋〉及宋代学者型艺术家的理论与实践的发展》(Depictions of Su Shih's 'Prose Poems on the Red Cliff' and the Development of Scholar-artist Theory and Practice in Sung Times)。

(6) 1982年普林斯顿大学:包弼德(Peter Bol)《中国十一世纪的文与道之争》(Culture and the Way in the Eleventh Century China)。

(7) 1983年耶鲁大学:傅君劢(Michael Fulle)《东坡诗》(The Poetry of Su Shi)。

(8) 1986年内布拉斯加大学:许龙(Xu Long)《苏轼:其主要的创造性的批评观点和理论》(Su Shih: Major Creative Critical Insight and Theories)。

(9) 1987年斯坦福大学:管佩达(Beata Grant)《苏轼诗歌中的佛与道》(Buddhism and Taoism in the Poetry of Su Shi)。

(10) 1988年普林斯顿大学:杨泽(Hsien-ching Yang,又名"杨宪卿")《宋代"咏物词"的美学意识》[Aesthetic Consciousness in Sung 'Yung-wu-tz'u' (Songs on Objects)]。

(11) 1989年华盛顿大学:唐凯琳(Kathleen M. Tomlonovic)《放逐与回归的诗歌:苏轼研究》[Poetry of Exile and Return: A Study of Su Shi (1037-1101)]。

(12) 1991年哈佛大学:郑文君(Alice Wen-Chuen Cheang)《"黄州、惠州、儋州"——苏轼诗中道与艺之融会贯通》[The Way and the Self in the Poetry of Su Shih (1037-1101)]。

(13) 1995年普林斯顿大学:姜斐德(Murck, Alfreda)《〈潇湘八景〉在宋代诗书画的意义》(The Meaning of the 'Eight Views of Hsiao-Hsiang': Poetry and Painting in Sung China)。

(14) 1997年俄亥俄州立大学:何大江(Dajiang He)《苏轼:多元价值观与"以文入诗"》(Su Shi: Pluralistic View of Values and "Making Poetry out of Prose")。

(15) 1997年哥伦比亚大学:王博华(Wang Bor-Hua)《苏轼的书法艺术和他的〈寒食帖〉》(Su Shih's art of writing and his Han-shih T'ieh)。

（16）1999年加州大学伯克利分校：麦克梅尔（Michelle.Maile Galimba）《苏轼文赋的"常"与"变"》[Form and Transformation in the Fu of Su Shi（1037-1101）]。

（17）2005年密歇根大学：白睿伟（Benjamin B. Ridgeway）《神游：苏轼词中的行迹、景色和文人身份》（Imagined Travel：Displacement，Landscape，and Literati Identity in the Song Lyrics of Su Shi）。

（18）2008年威斯康星大学麦迪逊分校：帕克（Jae-Suk Park）《东坡简陋的帽子和木屐：苏轼的"乡野"形象与对流亡神仙的崇拜》（Dongpo in a Humble Hat and Clogs：''Rustic'' Images of Su Shi and the Cult of the Exiled Immortal）。

（19）2012年普林斯顿大学：杨治宜（Zhiy-i Yang）《自然成文的辩证法：苏轼生平与作品中的艺术、自然与角色》（Dialectics of Spontaneity：Art，Nature，and Persona in the Life and Works of Su Shi）。

其中的代表作如1983年傅君劢的《东坡诗》探讨了苏轼文学创作的发展过程和成就，详细分析了苏轼"万物即理"的观念及如何把这种观念表现在诗歌之中；1986年许龙《苏轼：其主要的创造性的批评观点和理论》认为苏轼的文学批评理论具有创造性，苏轼的作品是社会的反映；1987年管佩达《苏轼诗歌中的佛与道》从佛道思想入手，探讨苏轼的诗歌创作如何因受佛道的影响而呈现出深刻与复杂；还有1989年研究苏轼贬谪经历与文学魅力的唐凯琳的《放逐与回归的诗歌：苏轼研究》；1997年何大江《苏轼：多元价值观与"以文入诗"》从巴赫金文类观的角度审视苏轼的"以文入诗"观点，并指出苏轼的多元价值观的重要价值；1999年麦克梅尔《苏轼文赋的"常"与"变"》则着重关注以《赤壁赋》为代表的苏赋的文学特征，探讨了苏轼擅长通过自然意象表达思想，通过赋反映政治生活的特色；还有2005年白睿伟《神游：苏轼词中的行迹、景色和文人身份》回顾了苏轼一生的旅行和被贬谪的行迹，探讨了不同地域生活如何影响了苏词的创作等。

美国的博士学位论文主要体现以下特点。第一，苏轼研究从未中断。每个年代都有博士学位论文出现，其中20世纪80年代和90年代成果最集中，进入21世纪，以苏轼为对象的博士学位论文选题不太多，英语世界博士研究苏轼的脚步放缓了。这19篇中，直接以苏轼命名的选题有15篇，占近79%，其余不以苏轼命名的论文都有研究苏轼的内容。第二，选题内容比较丰富，研究方向逐渐多元化。有研究苏轼文学的，有研究文学与苏轼价值观、文学与苏轼哲学思想、文学与苏轼心理、文学与贬谪、文学与艺术、文学与书法等关系的选题。第三，博士学位论文成果最多的是华盛顿大学和普林斯顿大学，各有4篇，其次是哈佛大学2篇，威斯康星大学2篇，耶鲁大学、内布拉斯加大学、俄亥俄州立大学、加州大学、密歇根大学、哥伦比亚大学、斯坦福大学各有1篇。华盛顿大学、普林斯顿大学、哈佛大学这前三位的大学在博士培养方面比较注重针对中国古代文学的选题，以至于不少博士毕业后将自己的博士论文修改成书出版，这些书籍又成为英语世界苏轼研究的代表作。比如管佩达博士论文《苏轼诗歌中的佛与道》后来成为其1994年出版的英文专著《重游庐山——佛教对苏轼人生与创作的影响》的创作基础，姜斐德博士论文《〈潇湘八景〉在宋代诗书画的意义》成为其英文专著《宋代诗画中的政治隐情》(2000)的基础；杨治宜博士论文《自然成文的辩证法：苏轼生平与作品中的艺术、自然与角色》成为其英文专著《"自然"之辩：苏轼的有限与不朽》(2015)的基础。所以，博士阶段的系统训练和深入钻研让这些当年的博士生后来有不少成了著名的苏轼研究专家。

6. 其他成果

除上述丰富的选集、著作、期刊论文和博士学位论文外，美国还有一部分有关苏轼文学的论文集、工具书、硕士学位论文等。

1980年，斯蒂芬的《没有音乐的歌——中国词》，里面除在开篇收入苏词的4首英译作品外，还收录了3篇论文：一篇为四川大学缪钺教授的《论词》，由闵福德(John Minford)翻译成英文版，里面翻译了苏词《满庭芳》，并对其加以评论；一篇为郑骞的《柳永苏轼与词的发展》，里面翻译了苏词《永遇乐·明月如霜》、苏诗《答范淳甫》，由 Ying-hsiung Chou 翻译；还有一篇由黄国平和 Teresa Yee-wha Yü 翻译的顾随《倦陀庵东坡词说》，翻译评论了《永遇乐·明月如霜》、《念奴娇·赤壁怀古》、《水调歌头·明月几时有》、《水龙吟·次韵章质夫杨花词》、《蝶恋花·花褪残红青杏小》和《卜算子·黄州定慧院寓居作》。1985年，香港中文大学出版社出版著作《宋代手足情：中国诗歌与诗学》(*In A Brotherhood in Song: Chinese Poetry and Poetics*)收录了美国魏世德(John Timothy Wixted)于1984年撰写的论文《宋代与西方的论诗》(Sung Dynasty and Western Poems on Poetry)，文章简要概述了宋代诗歌与西方诗歌在艺术上的相似点，突出了两者的共性与差异，尤其论述苏轼对孟郊诗歌的模仿及苏轼作品体现的佛教思想等，文中翻译了苏轼诗歌《读孟郊诗二首》《送参寥师》。1990年6月，美国缅因州约克镇召开国际词学会议，会议论文收入1994年由美国加州大学出版的余宝琳（Pauline Yu）主编的《中国词学之音》(Voices of the Song Lyrics in China)。余宝琳溯源了词体地位是如何提高的、词的美学传统如何形成等问题。该文集收录艾朗诺、萨金特、宇文所安等名家关于宋词的一些论文。比如艾朗诺《词在北宋的声誉问题》(The Problem of the Repute of Tz'u During the Northern Sung In Voices of the Song Lyrics in China)谈及苏轼对词的贡献主要在于创新，认为苏轼当然是开创了一种新的词的方式，避免了过去对浪漫的过分关注，而是采用了轼诗人的广泛题材。[①]又如宇文所安《情投"字"合：词的传统里作为一种价值的真》(Meaning the Words: The Genuine' as a Value in the Tradition of the Song lyric)讨论了词人在词中表现出来的情感是否是真实的问题，宇文所安指出"李煜和苏轼的时代之间，词经历了一场变化：从规范的类型学形式变成高度依环境而定的形式，有时完全是偶然的，有时并非如此"。他认为，真实性的问题是这种转变里一个重要的因素。宇文所安还举出苏轼词《木兰花令·次欧公西湖韵》的诗句证明同样面对佳人的唱词，苏轼的反应却与众不同。2001年，美国密歇根大学林顺夫的论文《透过梦之窗：宋词的现实与幻想》(Through a Window of Dreams: Reality and Illusion in the Song Lyrics of the Song Dynasty)，翻译了苏词两首《江城子·乙卯正月二十日夜记梦》和《永遇乐·彭城夜宿燕子楼》，该文后来被收入加拿大方秀洁在魁北克的麦吉尔大学出版的《中国诗歌讲座》(Hsiang Lectures on Chinese Poetry)。

1986年，美国布鲁明顿印第安纳大学出版社出版了《印第安纳中国古典文学手册》(The Indiana Companion to Traditional Chinese Literature)[②]，这部英文版的大型词典由倪豪士（William H. Nienhauser）主编，共166人参编。词典分别对释家文学、戏剧、小说、文论、散文、俗文学、文学修辞、道家文学、妇女文学进行了分类概述。其中提及苏轼的地方多达51处。

1995年，华盛顿大学康达维教授指导的硕士研究生冉佳琳完成了硕士学位论文《苏轼的〈志林〉》(Karin Randlett, Selections from Su Shih's Zhilin)。1999年，白睿伟的硕士学位论文《初谈苏轼的〈和陶诗〉》[A Study of Su

---

① "Su Shih of course pioneered a new approach to *tz'u*, avoiding the old preoccupation with romance and adopting instead the broad range of subjects of the *shih* poet." Pauline Yu, *Voices of the Song Lyrics in China*, University of California Press, 1994, p.206.

② 又译为《印第安纳中国古典文学指南》。

Shih's He T'ao shih（Matching T'ao Poems）]对苏轼的和陶诗进行了详细分析阐释,尤其对《和陶饮酒二十首》。

综上所述,美国对苏轼文学的研究集中于五点:苏轼的贬谪经历与文学创作、苏轼的自然山水观与文学创作、苏轼的革新思想与文学创作、苏轼的儒释道思想与文学创作、苏轼的审美意趣与文学创作。由此不难发现,美国的苏轼文学传播体现出起步晚、历史短、规模小、非学术主流的特点,但是美国凭有力的后劲、西方式的严密逻辑和抽象思维等,把有关苏轼的复杂思想和理论问题阐述得清晰而透彻,成为他们的一大优势。

(三)加拿大对苏轼文学作品的翻译和研究

从19世纪中期开始,华人带着"金山梦"来到加拿大,当然也带来了中国文化。据加拿大学者白润德考证:"加拿大的汉学比西方诸国来得年轻,抗日战争以后才开始。然而中国对加拿大历史的影响却是相当长久,可以说有中国才有加拿大"[①]。加拿大的汉学应以1970年为界线,因为1970年中加建交,此前,传教士对于加拿大的汉学发展起到了重要作用,但因经费少、人员少、学生少、开设课程少,加拿大汉学仅仅处于基础阶段;而1970年以后尤其是80年代中后期以来,随着世界各地的华人不断涌向加拿大,他们逐渐带动了中华文化的传播与兴旺。到21世纪初,加拿大汉学几乎与中加经济的快速发展同步。

既然加拿大汉学相较于英美国家还很年轻,可想而知,加拿大的中国古典文学译介起步则更晚,人手不多,成果也较少。究其原因,加拿大地广人稀,大学不多,古典文学研究相当发达的大学则更少。不过,加拿大汉学家大多是大学教授,所以在研究水准上很有学术性和专业性。加拿大汉学重镇集中在两处,一为不列颠哥伦比亚大学亚洲系,一为多伦多大学东亚研究系,二战后这两所大学便设立了中国文化和历史学科。但不可否认,加拿大的汉学发展深受美国汉学家的影响,因为加拿大的汉学家有很大一部分是因受20世纪50年代美国麦卡锡主义影响而从美国北上加拿大的,直到今天,来自美国的加拿大汉学家们仍然在发挥重要作用。

加拿大最早翻译中国古典文学的是传教士汉学家杜森(W.A.C.H. Dobson),他曾于1963年在加拿大多伦多大学出版社出版《孟子新译并注

[①] 张西平编《欧美汉学研究的历史与现状》,大象出版社,2006,第443页。

释》。①而加拿大研究苏轼的代表人物，首推华裔学者叶嘉莹，她从20世纪80年代起就开始发表研究苏轼文学作品的文章和著作；加拿大出色的词研究专家还有方秀洁、梁丽芳，诗学研究专家林理彰，史学专家卜正民，现任加拿大中华诗词学会会长沈家庄等，他们都对苏轼文学有所研究。目前笔者可以查找到的加拿大苏轼文学作品译介和研究的代表成果为：学术研究类著作2部，期刊论文2篇，论文集论文1篇。整体成果数量比较少，苏轼文学作品在加拿大的传播还有很大的上升空间。

研究著作如表1-3所示。

表1-3 加拿大出版的研究苏轼文学的作品

时间	著者	中文书名	英文书名	出版社
1998	〔美〕海陶玮James Robert Hightower、〔加〕叶嘉莹Chia-Ying Yeh	中国诗词研究	Studies in Chinese Poetry	剑桥（美国马萨诸塞州）和伦敦：哈佛大学亚洲中心
2009	〔加〕卜正民Timothy Brook主编、〔德〕迪特·库恩Dieter Kuhn著	儒家统治的时代：宋的转型	The Age of Confucian Rule: The Song Transformation of China	哈佛大学出版社

其中《中国诗词研究》一书，翻译苏词15首，对苏词的内涵和地位等进行了阐释②。《儒家统治的时代：宋的转型》在谈及宋代政治改革、古文运动和诗词创作时多次提及苏轼，其中引用了苏轼"《居士集》序"的文句和诗歌《次荆公韵》。

方秀洁《词中的代言与面具》，翻译苏词一首《定风波·感旧》（莫怪鸳鸯绣带长）。Curie Virág是加拿大多伦多大学东亚研究系教授，他的《弥合鸿沟：苏轼思想中的文学、道与主观访问的案例》认为苏轼在作品中强调人的感知与体验，认为苏轼眼中真正的"文"关注的是自我与世界的最终相遇，通过文学创作，产生了人类特有的自我实现意识（见表1-4）。

---

① 梁丽芳、马佳：《中外文学交流史（中国-加拿大卷）》，山东教育出版社，2015，第60页。
② 《中国诗词研究》中的15首苏词，详见第三章"加拿大学者叶嘉莹品读苏轼诗词的古风雅韵"一节。

第一章　观照与梳理：苏轼文学作品英译与研究脉络

表1-4　有关苏轼研究的期刊论文

时间	著者	论文名	英文名	刊物名
1990	方秀洁 Fong, Grace S	词中的代言与面具	Persona and Mask in the Song Lyric（Ci）	《哈佛亚洲学报》50卷2期
2014	Curie Virág	弥合鸿沟：苏轼思想中的文学、道与主观访问的案例	Bridging the Divide: Literature, Dao and the Case for Subjective Access in the Thought of Su Shi	《人文科学》3期

论文集方面，着重研究诗学的林理彰对苏轼诗歌有独到的见解。1987年，夏威夷大学出版社出版书籍《顿悟与渐悟：接近于英国人的十个中国思想》(In Sudden and Gradual: Approaches to English Ten Man Tin Chinese Thought)，其中收入林理彰（Richard John Lynn）论文《中国诗歌批评中的顿悟与渐悟》(Sudden and Gradual Chinese Poetry Criticism)，林理彰谈到了苏轼诗歌反映的"空与静"的禅学思想以及苏诗中的"突然"或"启发"意味的自发性特色。

（四）其他英语国家的成果

1. 澳大利亚

一直以来，澳大利亚学界对苏轼的关注程度远不及英国和美国，但是进入20世纪以后，作为后起之秀的澳大利亚在学术刊物创办、大学博士培养、图书馆馆藏书籍建设等方面逐渐显现翻译和研究苏轼文学作品的踪迹。目前的成果如表1-5所示。

表1-5　澳大利亚苏轼文学翻译和研究的情况

类别	时间	作者	论文名/书名	英文名	出处
期刊论文	1974	戴维斯 A.R.Davis	苏轼的"和陶诗"是文学的还是心理的标志	Su Shih's 'Following the Rhymes of T'ao Yuan-ming's Poems': A Literary or a Psychological Phenomenon?	《澳大利亚东方学会会刊》第10期
	2014		如此夜晚：论苏轼文学作品中关于月光描写的渊源	On Such A Night: A Consideration of the Antecedents of the Moon in Su Shih's Writings	《东亚史》第38期

续表

类别	时间	作者	论文名/书名	英文名	出处
期刊论文	2019	Liu, Chengcheng and Liu, Zhongwen	苏轼在任何情况下的幸福秘诀：超越和积极的视角	Secrets to Su Shi's Happiness under Any Circumstances: Transcending and a Positive Perspective	《国际应用语言学与英语文学杂志》8卷2期
博士论文	1984	沈清莲 Cheng-Lian Sim	苏轼及其弟子	Su Shih and His Disciples	悉尼大学博士论文
	2001	毕熙燕 Bi Xiyan	苏轼：对规则和成规的创造性运用	Su Shi: the Creative Use of Rules and Conventions	
专著	2003		寓新变于成规：论苏轼的文学创作思想	*Creativity and Convention in Su Shi's Literary Thought*	美国埃德温梅伦出版社

期刊论文方面，苏轼研究最早出现在澳大利亚学界是1974年，戴维斯《苏轼的"和陶诗"是文学的还是心理的标志》一文，探讨了苏轼早期和晚期"和陶诗"的不同风格，认为苏轼的"和陶诗"是他本人文学和人格的自然表现，而不简单是对陶渊明的模仿。2014年，戴维斯又发表了《如此夜晚：论苏轼文学作品中关于月光描写的渊源》，这两篇论文奠定了苏轼在澳大利亚传播的基础。2019年，Liu, Chengcheng和Liu, Zhongwen的论文《苏轼在任何情况下的幸福秘诀：超越和积极的视角》从心理学角度详细研究了苏轼对待生活的积极、乐观态度和超越视角。该文指出，近一千年来，苏轼不仅在文学和艺术上取得了卓越的成就，在逆境中表现出的乐观精神也为世人所喜爱。

在博士培养方面，澳大利亚悉尼大学先后有两位博士毕业，一位是沈清莲（Cheng-Lian Sim），一位是毕熙燕（Bi Xiyan），均以苏轼为研究对象。沈清莲于1984年完成博士论文《苏轼及其弟子》，对苏门师生的创作风格、生活态度、文学理念等进行了深入探讨，而毕熙燕的博士论文《苏轼：对规则和成规的创造性运用》则关注到苏轼文学创作思想的继承与创新。毕熙燕于2003年将修改后的博士论文在美国埃德温梅伦出版社出版，取名为《寓新变于成规：论苏轼的文学创作思想》(*Creativity and Convention in Su Shi's Literary Thought*)。

2.新西兰

在新西兰，致力于苏轼文学翻译和研究的学者不多，较突出的是路

第一章 观照与梳理：苏轼文学作品英译与研究脉络

易·艾黎（Rewi Alley）和彼特·哈里斯（Peter Harris），其成果如表1-6所示。

表1-6 新西兰苏轼文学翻译和研究的情况

时间	编译者	中文书名	英文书名	收入苏作	出版社	体裁
1981	路易·艾黎 Rewi Alley	唐宋诗选	Selected Poems of the Tang & Song Dynasties	念奴娇赤壁怀古、水调歌头中秋、惠崇春江晓景	香港海风出版公司	诗词
1999	彼特·哈里斯 Peter Harris	禅诗	Zen Poems	腊日游孤山访惠勤惠思二僧、书焦山纶长老壁、赠东林总长老、琴诗、花影、春宵、连雨江涨其二、海棠、过庾岭山、南堂其五、和子由渑池怀旧、迁居临皋亭、吉祥寺赏牡丹、赠昙秀、薄薄酒、送小本禅师赴法云、书双竹湛师房二首其二、题西林壁	纽约：阿尔弗雷德·A.克诺夫出版公司	诗

著名作家路易·艾黎早在1981年便于香港海风出版公司出版《唐宋诗选》（*Selected Poems of the Tang & Song Dynasties*），收入苏轼词两首《念奴娇·赤壁怀古》和《水调歌头·中秋》，诗一首《惠崇春江晓景》①，共三首诗词。彼特·哈里斯则是新西兰惠灵顿维多利亚大学亚洲研究所的创始人，也是研究中国禅诗的代表人物。他对苏轼的禅诗情有独钟，于1999年在美国纽约阿尔弗雷德·A.克诺夫出版公司（Alfred A.Knopf）出版《禅诗》（*Zen Poems*）②一书，《禅诗》属于美国"大众图书馆袖珍诗人选集"系列（Anthologies In Everyman's Library Pocket Poets）的代表作，整套袖珍图书共出版了51本，涉及美国、印度等诗集，与中国有关的，除了《禅诗》还包括《唐诗三百首》（*Three Hundred Tang Poems*）、《中国艳情诗》（*Chinese Erotic Poems*）等。彼特·哈里斯收入的18首苏诗，经笔者比对查证，确定这些诗歌是：《腊日游孤山访惠勤惠思二僧》《书焦山纶长老壁》《赠东林总长老》《琴诗》《花影》《春宵》《连雨江涨（其二）》《海棠》《过庾岭山》《南

---

① 《唐宋诗选》中该诗题目为"Spring Dawn at Huichung"，所以翻译为《惠崇春江晓景》更贴近路易·艾黎原意。《惠崇春江晓景》和《惠崇春江晚景》实为同一首苏轼的诗歌。
② 该书在纽约、伦敦和多伦多同步发行。

堂（其五）》《和子由渑池怀旧》《迁居临皋亭》《吉祥寺赏牡丹》《赠昙秀》《薄薄酒》《送小本禅师赴法云》《书双竹湛师房二首（其二）》《题西林壁》。18首苏轼诗歌数量不仅在该文集中属最多，在整个英语世界的中国文学翻译选集中，也位居苏诗翻译数量前列。《禅诗》里的苏诗均不是哈里斯自己的译作，而是收入宇文所安、管佩达、杨宪益与戴乃迭、王红公、亨利·哈特、伯顿·华兹生等多位著名翻译家的译本，选入的苏诗题材涉及游山、赏花、音乐、人生、赠别、访友、政治等方面，但都蕴涵禅意和佛家智慧。可见，彼特·哈里斯是采众家之长。

3. 新加坡

在新加坡，目前衣若芬和林立较有代表性。衣若芬教授本是中国台湾学者，现任教于新加坡南洋理工大学，她曾于台湾大学、辅仁大学任教，与美国斯坦福大学、韩国成均馆大学、日本京都大学等合作，主要研究苏轼，著作有《书艺东坡》《赤壁漫游与西园雅集——苏轼研究论集》《陪你去看苏东坡》等，还参与曾枣庄先生《苏轼研究史》台湾部分的编写。新加坡国立大学中文系林立（Lap lam）教授于2002年在《中国文学》（*CLEAR*）第24卷发表《提升与删减：提升词声誉的精英策略》（Elevation and Expurgation: Elite Strategies in Enhancing the Reputation of Ci），其中对于苏轼对词的贡献、在词创作上的创新理念等都有阐释。

可见，澳大利亚、新西兰、新加坡等国家的苏轼文学翻译和研究状况与英国、美国相比，尚处于发展阶段，澳大利亚较注重对苏轼及其文学的研究，对苏轼文学作品的翻译则很欠缺；而新西兰刚好相反，有少数文学翻译选集问世，但在研究方面，几乎很难有所突破；新加坡的苏学研究则因为有了衣若芬的加入显得欣欣向荣，不过苏轼文学作品选集的编撰与出版依然需要加大力度。

第二节 对苏轼文学作品英译与研究的思考

一、苏轼文学作品英译与研究的经验

从他者视角审视苏轼文学的英译和传播无异于进行一场环球旅行，必须擦亮眼睛但也充满了探求奇趣的精彩。苏轼文学作品研究凭借其独特的视角、独特的方法、价值理念以及审美立场产生了"横看成岭侧成峰，远近高

第一章 观照与梳理：苏轼文学作品英译与研究脉络

低各不同"①的艺术价值与文学效应，正如徐志啸在谈到美国学者与中国本土学者的研究之异时说"由于文化背景和文学传统的差异，导致了美国学者与中国学者眼光的不同、看问题角度的不同，以及所运用的方法不同，从而显示出其迥异于中国学者研究风格的独到特点"②。尽管国内的苏轼文学作品英译研究不可能把英语世界学者的研究经验拿来"照葫芦画瓢"，但是国外的研究对国内的研究所起到的正面积极的促进作用是毋庸置疑的。

（一）独特的研究视角

国外对苏轼文学作品的研究选取了不同的视角。梳理近两百年的苏轼文学在英语世界传播的研究成果，笔者发现，不同研究者的研究兴趣点、时代阶段、审美眼光等决定了他们不同的研究视角。可以说，1955年以前英语世界的苏轼文学作品研究主要是对苏轼诗词文进行译介，并运用较传统的方式进行，而1955年以后的英语世界苏轼文学研究更多运用现代研究理论对苏轼及其作品进行全方位、多角度的解读，有的甚至跳出了翻译的圈子，运用法学、政治学、文化学、美学、心理学、环境学等学科知识对苏轼文学及其苏轼文化现象进行研究，这是令人可喜的研究发展趋势。现列举几种有代表性的研究视角加以分析。

1. 比较文学研究视角

比较文学研究视角即"研究者在研究的过程采用比较文学的理论、方法对研究对象进行分析研究，探讨研究对象之间的影响、接受、变异等文学现象"③。如1989年，美国的杨立宇《自然与自我——苏东坡与华兹华斯诗歌的比较研究》一书显然选取了比较文学研究视角。杨立宇试图从苏东坡和华兹华斯的职业、诗歌主题和技巧方面找寻两人的相似点，论述他们诗歌中表达的自然和自我的概念，从而探寻两者从"本世界"到"他世界"的视角转换。④但是杨立宇对华兹华斯的研究相对支离破碎，而对苏轼的描写更为

---

① 出自苏轼诗歌《题西林壁》，见（宋）苏轼著，（清）王文诰辑注，孔凡礼点校《苏轼诗集》（第四册），中华书局，1982，第1219页。
② 徐志啸：《北美学者中国古代诗学研究》，上海古籍出版社，2011，第1页。
③ 杨玉英：《郭沫若在英语世界的传播与接受研究》，学苑出版社，2015，第400页。
④ Kathleen Tomlonovic (Western Washington University) Book Reviews: "Four chapters are given to the analysis of poems expressive of the themes of nature and the self in an effort to trace a shift in perspective from 'this-worldliness to other-worldliness' in the works of both Su and Wordsworth." *CLEAR*, Vol.13 (Dec.1991), p.151.

全面，大量完整的诗歌被翻译成连贯、直白的英语，并进行了有力的分析，尽管有时分析得相当简短。①纵观全书，杨立宇的确为苏轼约50首较好的诗和词提供了传记背景和文学分析，其中尤为关注苏轼在写景诗创作中的自我意识。用美国波特兰州立大学（Portland State University）的乔纳森·皮斯（Jonathan Pease）的话说，将苏东坡与华兹华斯进行比较是一项有价值的事业，一次勇敢的行为，因为比较的陷阱可能和亚洲与西方之间、我们自己与古代之间以及两个诗人之间的文化鸿沟一样宽。②1978年，美国林顺夫在其《中国抒情传统的转变：姜夔与南宋词》"我思故我梦"一节主要采用比较文学的视角，抓住"梦"这一主线，对比探讨了晏几道、苏轼、吴文英三位写梦的代表性词作，林顺夫认为：苏轼的梦文学当然不像晏几道的《小山词》一样只局限于相思离别之情，而吴文英对于梦境的处理也与晏几道、苏轼大不相同。这种利用中国庄周梦蝶的哲学和奥地利精神分析家弗洛伊德"梦的解析"认知论来观察苏轼与他人梦词作的不同视角，是极具代表性的。

2. 文本研究视角

这类研究视角是研究者立足于对文本的分析和解读，使其分析角度、解读过程、推论结果等更加令人信服。文本研究视角主要受到"新批评"的影响。"新批评"一词，源于美国文艺批评家兰色姆1941年出版的《新批评》一书，后在美国成为当时盛行的现代文学批评流派。新批评派认为，文学作品是完整的、多层次的艺术客体，也是一个独立自主的世界，所以应以作品为本体，从文学作品本身出发研究文学的特征。

因此，苏轼文学研究的重点应是作品本身，运用文本细读方法，立足于对苏轼文本进行语言翻译、意象分析、修辞评点、韵律把握，甚至是对文本的反讽、歧义等要素进行分析，这样便可以通过文学语言本身所传递的情感把文本的内涵和外延挖掘出来。目前英语世界研究苏轼采用最多的就是这一视角，这一研究视角的代表人物，英国如翟理斯、李高洁，美国如艾朗诺、

---

① JONATHAN PEASE(PORTLAND STATE UNIVERSITY) Book Reviews: "Su Shi is described more fully, with generous doses of complete poems translated into coherent, straightforward English with competent, though sometimes rather brief, analysis." *American Oriental Society* 112.3(1992), p.518.

② JONATHAN PEASE(PORTLAND STATE UNIVERSITY) Book Reviews: "Such comparison is a worthy enterprise, and a brave one because its pitfalls can be as wide as the cultural gulf between Asia and the West, between ourselves and ancient times, and between two poets". *American Oriental Society* 112.3(1992), p.517.

何大江、刘若愚、孙康宜等。

以美籍华裔学者何大江为例，1997年他的博士论文《苏轼：多元价值观与"以文为诗"》就采用了文本研究视角。何大江在论文中对苏轼诗歌做了文本的细致分析，他认为苏轼的"多元价值观"与"平凡中的智慧"是苏轼思想的内核，因此他详细探讨了这两者在诗歌语言中的体现，并引用叶燮和袁宏道对苏轼诗歌的正面评价"如苏轼之诗，其境界皆开辟古今之所未有"，"于物无所不收，于法无所不有，于情无所不畅，于境无所不取，滔滔莽莽，有若江河"。很明显何大江肯定了苏轼诗歌境界的宏大与题材的广泛，尤其强调了苏诗语言强大的表现力。[①]何大江以苏轼《除夜野宿常州城外二首》为例，说苏轼语言具备"新""生"的特点，也有诸如"脚冷""新沐""发稀"等极为贴近生活的语言，无论俚语、俗语还是生活家常一旦进入苏轼诗歌都可以被其活用并产生意想不到的审美效果。

3. 心理分析视角

英语世界对中国文学的研究视角往往是一种由外到内的转换视角。外在的研究注重的是形式的东西，比如语言、结构等，而内在的探索则比较集中于文学作者心理起伏和心态变化。由于"心理分析范式是直接脱胎于弗洛伊德心理分析学说的批评范式，其主要分析的对象是文学活动中个体无意识的种种存在和作用。在分析中，研究者大都采取将作家的个体无意识与其创作活动紧密结合的分析方法，在相互参照中侧重揭示作家的深层心理内涵对其创作的影响。"[②]因此英语世界的苏轼文学研究尤其集中于对苏轼乌台诗案后被贬谪心理的研究，侧重揭示苏轼的深层心理内涵对其创作的影响。从这一角度进行研究的代表，如美国斯坦利·金斯伯格的博士论文《中国诗人之疏离与调和——苏轼的黄州放逐》，澳大利亚戴维斯早年发表的论文《苏轼的和陶诗是文学的还是心理的标志》，美国唐凯琳的博士论文《放逐与回归的诗歌：苏轼研究》及论文《苏轼诗歌中的"归"——宋代士大夫贬谪心态之探索》等，甚至研究苏轼人生经历的传记（如林语堂《苏东坡传》）与一些研究苏轼梦境的成果，也与其心理历程息息相关。

4. 意识形态分析视角

18世纪末法国大革命时期，法国著名哲学家德斯蒂·德·特拉西在其著

[①] 万燚：《美国汉学界的苏轼研究》，中国社会科学出版社，2018，第65页。
[②] 杨玉英：《郭沫若在英语世界的传播与接受研究》，学苑出版社，2015，第404页。

作《意识形态的要素》中首次提出了"意识形态"这一概念。意识形态一词可译为观念学、思想体系、思想意识、观念形态等。特拉西主要从观念学角度界定意识形态，他把意识形态规定为研究人的心灵、意识和认识的发生、发展规律与普遍原则的学说。英语世界的苏轼研究者采用意识形态分析视角主要体现在：在分析与评价苏轼时，不是以具体的文本分析为基础，而是更多地利用相关的话语批评的理论和方法来分析、评价苏轼的思想、观念、创作、言语行为等，而读者可以通过研究者在研究结果中的语言使用、观点、对苏轼所持的态度等感知研究者对苏轼所持有的各种意识形态。[①]这一视角的研究成果主要包括：美国包弼德《斯文：唐宋思想的转型》一书对苏轼主张个性的彰显与多样，并且最终致力于对统一价值观的寻求这一观点的肯定，即"尽个性而求整体"，包弼德重在把握苏轼思想的整体贡献；而美国艾朗诺的专著《苏轼生活中的言语、意象、形迹》，更侧重于对苏轼代表作品《进论》《苏氏易传》《东坡书传》等所展示的苏轼哲学思想、政治观点等进行微观层面的细致研究；美国的管佩达《重游庐山——佛教对苏轼人生与创作的影响》一书以宏大的宋代文化为背景，从苏轼文学作品着手，试图阐述佛教对苏轼的创作语言、意象以及意蕴的深刻影响，并通过从美学、生存等层面剖析苏轼与佛学的关系来揭示苏轼精神世界的丰富与复杂；澳大利亚毕熙燕在著作《寓新变于成规：论苏轼的文学创作思想》中对苏轼的因革文学思想进行了哲学追溯与横向比照等。

博士论文方面也出现了从意识形态视角研究的代表性成果，比如美国杨治宜的博士论文《自然成文的辩证法：苏轼生平与作品中的艺术、自然与角色》（与其2013年第18届苏轼国际学术会议论文《回归内在的乌托邦：试论东坡岭南和陶诗》观点基本一致）就揭示了苏轼及其作品在意识形态构建的"自发性"下的悖论和辩证法，论文专章探讨了苏轼在岭南流放期间创作的"和陶诗"，杨治宜认为苏轼简化陶渊明形象是为了适应自己的需要，即苏轼为了把自己被迫的"流放"转化为自愿的"回归"，从而将陶渊明塑造为举止率真自然的隐士，而把自己也塑造为得道飘逸的同道中人，使自己与陶渊明的身份近乎相似，以此弱化自己的哀愁，淡化自己的被贬身份，虚化内心的矛盾。对于和陶诗的研究无疑是杨治宜走进与诠释苏轼思想的最好途径。此外，美国许龙的博士论文《苏轼：其主要的创造性的批评观点和理论》则认为苏轼的作品是社会的反映，他的文学批评理论具有创造性。许龙对苏轼

[①] 杨玉英：《郭沫若在英语世界的传播与接受研究》，学苑出版社，2015，第409页。

作品的"意"是怎样得来的及苏轼是如何在创作中"尽意"地进行了阐释。

(二)与中国苏轼作品研究的关系

国外苏轼作品研究与中国苏轼作品研究都以苏轼及其作品为研究对象，那么两者究竟有何异同？有没有关系？我们先从中国的苏轼研究说起。著名苏轼研究专家王水照先生曾在为曾枣庄先生的著作《苏轼研究史》所做的序言中说："几乎从苏轼生活的时代开始，就自然形成了一部长达九百年的苏轼接受史"。王水照认为，苏轼的这部接受史主要以文本解读为对象，又主要分为"分属以理论阐述为主的学术研究、以作家创作借鉴为特点的文学创作、以阅读鉴赏为内容的大众阅览"三个层面，"采取评论、笺注、编选、年谱、传记、吟诵、唱和、刊刻、传抄等不同传播接受媒介形式"，因而构成了具有深刻内涵的学问"苏学"。①

而中国本土的苏轼研究从时代特点来看，成果最多的要数南宋、清代和现当代。清末民初的陈衍在《知稼轩诗叙》中说："长公之诗，自南宋风行，靡然于金、元，明中熄，清而复炽。二百余年中，大人先生殆无不濡染及之者"②。这里的"长公"就是指苏轼，尽管陈衍这段评论主要是针对苏轼诗歌的流行兴衰而言，实际上整个苏轼的研究成果和热门程度也大致是这样的情况。曾枣庄先生把横跨900年的中国苏轼研究史分为6个时期。第一，"经纶不究于生前"时期，即苏轼一生贬谪奔波，受尽磨难，但诗文在其生前就得到广泛流传和刊刻，受欢迎程度难以想象。第二，南宋"风行"期，即研究、注释苏轼作品成风，尤其是南宋所编苏轼年谱至少有10种，注释苏轼诗歌竟超过百家，代表性作品如郎晔《经进东坡文集事略》，傅干《注坡词》，王十朋《百家注分类东坡先生诗》等。第三，金、元"靡然"期，即与南宋相比，金、元文人并不注重研究苏轼生平、诗词文，而只学习与模仿苏轼的创作风格。第四，明代"中熄"期，并不意味着明人不喜爱苏轼，而是无法与南宋、清代成就相比而已，不过明人对苏轼作品的辑佚和评点仍做出了努力，出版了不少选评本。第五，清代"复炽"期，即清代重新掀起了苏轼研究的热潮，尤其出现了苏诗研究的高峰。清代学者无论对于苏轼诗歌的注解、评点还是生平研究都展示出了前所未有的成果。代表性如朱从延《增刊校正王状元集注分类东坡先

---

① 曾枣庄：《苏轼研究史》，江苏教育出版社，2001，序一第3页。
② 曾枣庄：《苏轼研究史》，江苏教育出版社，2001，前言第18页。

生诗》、查慎行《补注东坡先生编年诗》、翁方纲《苏诗补注》、纪昀《评苏文忠公诗》、王文诰《苏诗编注集成总案》等。第六，现当代"熄"而"复炽"期。进入现当代，在历经战乱和政治运动的冲击后，尤其是20世纪后半叶起至今，中国的苏轼研究成果更如雨后春笋。一方面，学者们的孜孜不倦让苏轼研究永不褪色，比如朱祖谋《东坡乐府编年》，龙榆生《东坡词编年笺注》，王水照《宋人所撰三苏年谱汇刊》和《苏轼传稿》，孔凡礼《苏轼年谱》，王友胜《苏诗研究史稿》等；另一方面，出版社的推陈出新让苏轼研究成果更为繁富，比如中华书局出版的《苏轼诗集》《苏轼文集》成为研究苏轼作品的范本；2018年，曾枣庄先生在四川巴蜀书社推出的10册"三苏研究丛刊"①，把苏轼及其家族做了穷尽式研究；再者，全国苏轼研究学会的成立、国内外宋代文化会议的召开以及会议论文集的出版等也极大推动了苏轼研究的繁荣与发展。纵观历代的苏轼研究，其热度的升降主要受制于两个因素，一是政治形势，二是文学思潮。"南宋与今天的苏轼研究热，都与为苏轼恢复名誉有关，清代统治者则为巩固统治，千方百计地把读书人吸引到书斋中。"②

由此可见，尽管英语世界对苏轼及作品的研究从未中断，成果也算丰硕，但与上述中国的苏轼研究状况相比，差距还是比较明显的：在研究的历史方面，中国研究苏轼上千年，中国时间长，而英语世界不到两百年，时间短；在研究规模方面，中国大，英语世界小；在研究的成果数量和质量方面，中国同样遥遥领先（以引擎搜索为例，在"百度学术"中输入"苏轼"二字，搜索出中国20世纪以后的相关论文或著作名约115000条，远远超过了英语世界近两百年的苏轼研究成果）；在研究难度方面，中国没有语言层面的太多障碍，而英语世界学者还要跨越语言和文化的障碍，难度比中国大；在学界地位方面，研究人数早已位列研究其他中国传统文人人数的前列，中国的苏轼研究一直是中国古代文学学术研究的主流，而英语世界连成果最多的美国都无法引领苏轼研究成为本国的学界主流，更不用说英、加、澳等国家了。

即便有上述诸多相异之处，但英语世界的苏轼研究与中国的苏轼研究共同构成了世界文学的一部分，它们存在不可忽视的密切关系，这种关系可以用"互补与互动"两个词进行概括。"互补"表现在，中国的苏轼研究是英语世界

---

① "三苏研究丛刊"，十册丛刊共380万字，包括《历代苏轼研究概括》《苏轼评传》《苏洵评传》《苏辙评传》《苏辙年谱》《三苏选集》《三苏文艺理论作品选注》《苏洵苏辙论集》《苏轼论集》《三苏姻亲后师友门生论集》。

② 曾枣庄：《历代苏轼研究概论》，巴蜀书社，2018，第397~398页。

苏轼研究的基础，而英语世界的苏轼研究是中国苏轼研究的延伸与拓展。第一，研究思路互补。中国的苏轼研究更重形式特征的研究，立足于文本的校注、文体的划分，以考证为主。研究者常以苏轼为中心向周围辐射，对凡是与苏轼有关的朝代脉络、亲友人际关系，与苏轼作品有关的文学样式等进行实证性研究，对苏轼年谱、传记的研究更是中国苏轼研究的亮点。而英语世界的苏轼研究更重意识形态和价值观的洞察，多立足于对苏轼哲学、政治等思想和主张的研究，"尤其着力于阐释苏轼流寓文学与贬谪心态、苏轼文艺创作对传统的革新、苏轼在中国思想史上的地位、苏轼创作与释老思想的关系等问题"[①]，以理性思索为主。第二，研究重心互补。中国更多从苏轼对中国宋代乃至历朝历代的影响角度去诠释其文学成就，这是偏客观的；而英语世界更关注苏轼的内心矛盾、自我的情感跌宕等，这是偏主观的。第三，研究内容互补。中国的苏轼研究有得天独厚的条件，对苏轼的诗词文的书写、生平的梳理、著述的刊刻、个性化的评论等都无不涉及，成果颇丰。而英语世界译者和传播者普遍觉得苏词难懂，所以苏词的研究成果远远不及中国。同时，由于苏轼文章种类繁多，篇幅甚长，英语世界学者对于苏文的研究成果相较于其诗、词而言，更是缺乏。正因为中西研究视角、研究内容的不同才使双方形成了互补关系，相得益彰，共同构成世界文学中的靓丽风景，从而让苏轼及其作品、文化大放异彩。

"互动"主要体现在以下两点。第一，中西学者的互动交流。随着中国古典文学和文化在国外的持续升温，苏轼也早已走出国门，中西学者基于对苏轼的喜爱，容易产生两方面的互动。一是思想的交流互动。比如中国学者偏爱研究苏轼的人生理想、人品道德，而英语世界学者也比较关注苏轼的人生态度、人格境界，中西学者都能站在"人之所以为人"的立场去解读苏轼身上的迥然不同之处，共同的关注可以引发思想的共鸣，学术切磋能点燃双方的灵感，这是互动的最佳体现。二是学术创作的交流互动。英语世界和中国在苏轼研究方面最早的互动要数1986年美国汉学家唐凯琳论文《海外苏轼研究简介》在中国刊发，而后她的多篇苏轼研究论文都在国际宋代研究会议上与中国学者分享。曾枣庄先生于2001年出版的《苏轼研究史》，其中收录了唐凯琳撰写的一章"散为百东坡"，二人合作对苏轼在海外的传播情况做了详细叙述与评点，引起国内关注。当然，英语世界如萨金特、史国兴、杨治宜等苏轼研究者都有与中国学界合作的经历，尤其美国汉学家艾朗诺曾多次受邀前往湖南大学讲苏轼与

[①] 万燚：《美国汉学界的苏轼研究》，中国社会科学出版社，2018，绪论第一页。

中国文化，加拿大籍名家叶嘉莹更是视中国为传承苏轼诗词与宋代文化的故乡，多次到中国讲解苏轼诗词，出版相关专著。第二，中西出版社互动携手。为了便于中国文学在国外的传播，国内的出版社也常与外国的出版社合作出版中国文学译作，比如1976年英国唐安石的《中诗金库》收入苏轼诗词5首，该选集就是由香港中文大学出版社与华盛顿大学出版社合作出版，并于1979年再版。

（三）对中国古典文学作品研究的启发

英语世界的苏轼作品研究不仅对中国苏轼研究有借鉴意义，对中国整个古典文学作品的研究都极具启发性。由于中西学术研究在文化传统、思维模式、价值判断及研究宗旨等方面都有差异，中国的古典文学作品研究还可以打破多年的研究轨迹，从而借英语世界的研究视野开凿出新的研究路径。英语世界对苏轼作品的译介与研究从解读范围到解读层次等方面都能给予中国的古典文学作品研究以启发。

1. 解读范围的扩大：从正文到副文本的研究

英语世界对苏轼作品的译介与研究成果常常在副文本上下足了功夫。什么是副文本？"副文本"这一概念由法国文论家热拉尔·热奈特（Gérard Genette）于1979年首次提出。他认为"副文本"就是围绕在文本周围，以作者的姓名、标题、前言和插图等形式出现，对文本起到伴随、强化和延伸作用的文本。热拉尔·热奈特对副文本现象和价值进行了系统的介绍和分析，并指出"副文本是用来展示作品内外一切材料的域界手段与常规，在作品、作者、译者、出版商和读者之间起着复杂的斡旋作用"。耿强根据热拉尔·热奈特的论述，概括了副文本的特点："第一，副文本围绕并伴随着正文本，补充甚至强化正文本。第二，副文本形式多样。第三，副文本的功能是呈现正文本，使其以图书的样式存在，促进图书的接受和消费，它协调的是正文本和读者之间的关系。用一句话来总结：副文本指的是围绕在作品周围，强化作品，并确保它以某种形式得以呈现、被接受和消费的各种语言和非语言的伴随形式"[1]。副文本概念刚开始主要应用于文学研究领域，近十多年来国内外学者已开始关注副文本之于翻译研究的重要意义和价值[2]。张弘在《中国文学在英国》中谈到，虽然翻译作家的文学作品也能反映出

---

[1] 耿强：《翻译中的副文本及研究——理论、方法、议题与批评》，《外国语》2016年第5期，第105页。

[2] 刘亚燕：《副文本在翻译中的多维建构与时空解读》，《广东外语外贸大学学报》2018年第4期，第29页。

某一方面的概况或总貌，但要将此用作专门研究则是远远不够的，国外"翻译出版的作品除前言外，还经常冠以一篇导论，有时篇幅相当长，这也就是翻译者或导论撰写者对作家作品或某一专题的研究成果，说明了在这个问题上所达到的学术水平"[①]，按张弘的观点，这些都可作为研究资料给予重视。

英语世界的苏轼文学作品翻译选集或研究论著，常常在封面、文本前或文本中间配上精美的中国插图或苏轼书法，在序言或后记中详细交代创作理念和特色，在艰深的文句旁配上注释，在文后罗列长长的名称对照表等，这些副文本都呈现出译者或编著者的学术水平，不可不重视。所以，国内对古典文学作品的研究应该学习西方，不能仅停留在正文的"较真"上，应把研究视野扩大到与作品相关的序言、注释、后记、插图等内容上面来，因为这些"副文本"将是正文的有效补充，是另一种话语形式的体现。

2.解读步骤的明晰：同一文本的多层次解读

英语世界的苏轼文学作品研究者对于文学作品的解读常遵循三步骤：原文细读、译文新构和文化新解，目的在于保证对原文文本解读的准确性，通过译文做好原作者与读者之间的有效沟通，最终实现对异域文化的深层次理解与认同。

（1）原文细读

英语世界苏轼文学研究专家们在解读苏轼作品时，其思路是与大多数中国学者迥异的。以美国汉学家宇文所安为例，宇文所安在进行中国古典诗歌英译和解读时，常常不受已有结论的影响，不像中国学者们偏爱从社会、政治、文化、历史、作者经历等角度去"知人论世"，而是站在读者的角度，主张进行自由解读。他把文学看作一个完整的系统，他认为对于这个系统应运用文本细读的方法，立足于原文结构、话语、张力、词汇、修辞等要素的字斟句酌，从而得出自己的推断。显然，宇文所安"受英美新批评、结构主义、解构主义、新历史主义等西方哲学思潮的影响，更倾向于以文本为中心的解读观"[②]。

（2）译文新构

所谓"译文新构"就是译者对文学作品做出自己的独特理解，通过标题、语言、诗行停顿、韵律等构建出自己的翻译风格。以苏轼《念奴娇·赤壁怀古》一词的翻译为例，宇文所安和初大告都选译了这首词。

[①] 张弘：《中国文学在英国》，花城出版社，1992，第100～101页。
[②] 李洁：《宇文所安的中国文学作品英译理路》，载董明伟《中学西传：典籍翻译研究开新篇（2013—2018）》，燕山大学出版社，2017，第129页。

宇文所安译本[1]：

To "The Charms of Nian-nu" (Nian-nü jiao):
Meditation on the Past at Red Cliff

Eastward goes the great river,

its waves have swept away

a thousand years of gallant men.

And they say,

that west of the ancient castle here

is that Red Cliff

of Zhou Yu and the Three Kingdoms.

A rocky tangle pierces sky,

leaping waves smash the shore,

surging snow in a thousand drifts.

Like a painting,

these rivers and hills

Where once so many bold men were.

I envision Zhou Yu back then,

just wedded to the younger Qiao,

his manly manner striking.

With black turban and feather fan

Laughing in conversation

as embers flew from mast and prow

and the smoke was sinking away.

The spirit roams that long ago land—

you will laugh at this sentimental me,

hair streaked and white before my time.

Yet this human world is like a dream

And I pour out my winecup as offering

Into the river's moonbeams.

---

[1] 戴玉霞：《苏轼诗词英译对比研究》，西安电子科技大学出版社，2016，第154页。

第一章 观照与梳理：苏轼文学作品英译与研究脉络

初大告译本[①]：

ON THE RED CLIFF

(Where Chou Yü of the Wu State defeated the fleet of the Wei State in A.D.208)

The waves of the mighty river flowing eastward
Have swept away the brilliant figures of a thousand generations.
West of the old fortress,
So people say, is Lord Chou's Red Cliff of the time of the
Three States.
The tumbling rocks thrust into the air;
The roaring surges dash upon the shore,
Rolling into a thousand drifts of snow.
The River and the mountains make a vivid picture—
What a host of heroes once were!

It reminds me of the young Lord then,
When the fair Younger Ch'iao newly married him,
Whose valorous features were shown forth;
With a feather fan and a silken cap,
Amid talking and laughing, he put his enemy's ships to ashes
and smoke.
While my thoughts wander in the country of old,
Romantic persons might smile at my early grey hair.
Ah! Life is but like a dream;
With a cup of wine, let me yet pour a libation to the moon on the River.

对比之下，宇文所安和初大告的译文都相当精彩。初大告译此诗在先，被收入1965年白之编选的《中国文学选集：从早期到十四世纪》，而宇文所安译诗在后，收入1996年他自己编的《诺顿中国古典文学作品选》。初大告的

[①] Ch'u Ta-Kao, *Chinese Lyrics*, London: Cambridge University Press, 1937, p.24.

翻译几乎是逐字逐句对译，紧跟原词的句法，选词也很妥帖。例如，他把"小乔"译作"fair Younger Ch'iao"，比国内学者有的译作"Xiao Qiao"要好多了，而宇文所安便采用了初大告的译法。可是初大告把"多情应笑我，早生华发"译为"Romantic persons might smile at my early grey hair"（浪漫的人可能会对我早生的白发微笑），其中有两个问题：一是把苏词中"多情"的人理解为第三者"浪漫的人"，而不是词人自己，与当前中国国内学术界的理解（应笑我多情）有差异；第二是把"多情应笑我"中的笑误译为"smile at"（微笑），其实苏轼表达的是自嘲，应译为"laugh at"。而宇文所安译为"you will laugh at this sentimental me"（你会嘲笑这个多愁善感的我），更贴切原意。所以，宇文所安的英译注意对初大告的翻译进行取长补短，把苏轼情感表现得更加细腻。①

宇文所安文选中的苏轼译文有连贯性、准确性，风格比较一致。而初大告的译本选入白之文选，难免在选材把握和翻译风格的确定上会根据编者喜好进行筛选。译文选入的选集不同，其随选集呈现出来的整体风格也会对读者形成阅读暗示。

（3）文化新解

在中国，大多数学者认为苏轼在政治上的挫折影响了他的诗歌风格，尤其乌台诗案之后的苏轼收敛了锋芒，诗歌流露出的是更多的凄然与淡然。而1996年宇文所安反其道而行之，他在其编译的《诺顿中国古典文学作品选》中大力肯定苏轼是"一位文化英雄，在他自己的时代即享有盛誉"，他进一步阐释到："苏轼是宋代知识分子文化中一个强有力的潮流的代言人：即对时事政治的偶然介入———既不同于佛家的超然出世，也有别于王安石和一些新儒家的固执的理想化的参与。这种偶然参与提供了一种与强烈激情迥异的闲适和快乐———苏轼认同和拥护的一种价值。但依据苏轼骚动不宁的个性，这不是他能够安然接受的价值"②。因此，宇文所安提出了独到的见解，即苏轼在政治上的挫折不仅没有削弱反而增强了他作为文化英雄的角色。

从宇文所安的例子可见，角色认同感是研究古典文学作品的关键一环。中国国内的古典文学作品研究偏向于从旁观者视角进行分析，评论"他"怎样；而英语世界的苏轼研究常常能换个角度思考问题，试着站在苏轼的立场

---

① 〔美〕张振军：《从三种英文本中国文学选集看苏轼作品在西方的传播与接受》，《中国苏轼研究》（第六辑），2016，第342页。
② 〔美〕张振军：《从三种英文本中国文学选集看苏轼作品在西方的传播与接受》，《中国苏轼研究》（第六辑），2016，第335页。

上去思考"假如我是苏轼，我会怎样？"这种角色认同感可以把握苏轼文学作品的要旨，只有感同身受，才能跟上苏轼生命跳动的步伐，在译介苏轼时才能深入其内心，更贴近真实的苏轼。

二、苏轼文学作品英译与研究的不足

尽管上述内容已经足以证明，国外的苏轼文学作品英译与研究取得了可喜的成绩，但是仍然存在一些问题。

一是对苏轼文学作品的翻译数量不够。英语世界接受中国的诗词大多是通过翻译的途径，作品的翻译程度直接反映了文学的传播广度和研究深度。然而，目前英语世界对于苏轼诗词的翻译还极不系统、极不全面。苏轼文学作品可考的就有近八千篇，但是目前英语世界对苏轼文学作品的翻译总不过几百篇，还远远不够。苏轼的经典文学作品往往被选译在一些合集或杂集中。究其原因，一方面，苏轼作品浩如烟海，要系统翻译难度高，工作量大。美国苏轼研究专家艾朗诺在2020年接受中国学者采访时谈道："迄今像苏轼这么重要的大家，关于其作品的翻译依然零零散散"。艾朗诺认为，要将苏轼的全部作品翻译出来谈何容易，其工作量估计"比翻译《李清照集》的工作量要多十倍"，所以他在计划翻译苏轼全集前，便开始系统阅读《苏轼全集校注》共20册，近9000页，这项工作现在还在进行，可见翻译苏轼所有文学作品的前期工作本就是一项浩大的工程。另一方面，由于中国的典籍专业译者极度缺乏，海外汉学家对苏轼研究的英文成果只有很少部分被全文译介到了中国，翻译成中文。同时，国外出版商出版的能进行中英文对照的苏轼译作或研究著作也是凤毛麟角。这样不利于中国读者对外国专家研究情况的了解和掌握，也不利于中外文学交流。

二是缺乏研究接受史的成果。值得注意的是，目前英语世界还没有一部研究苏轼在西方接受史的著作，而晋代陶渊明的西方接受史却已有了相关成果，代表是2008年罗格斯大学东亚系田菱（Wendy Swartz）教授的《阅读陶渊明：陶渊明接受史之范式转变（427-1900）》[*Reading Tao Yuanming: Shifting Paradigms of Historical Reception（427—1900）*]是西方第一部研究陶渊明接受史的专著。①

---

① 卞东波：《"走出去"的陶渊明》，《光明日报》2017年10月30日，第13版。

三是缺乏对苏轼作品的整体价值和意义进行研究的成果。西方学界近年来在逐渐转向，从单纯的翻译为主转向对翻译文化的探寻，而对苏轼的研究仍多以个案研究为主，缺乏宏大背景下对苏轼作品的整体价值和意义进行研究的成果。

小　结

对苏轼文学作品英译与研究情况进行整体观照和细致梳理是本章的主要任务。笔者分别从时间、国别、类别几个角度对整个英语世界的苏轼研究成果进行了观照和梳理。首先，从历时的角度按时间先后进行爬梳，把苏轼在英语世界的传播进行了四段分期，目的在于在英语世界历史文化、政治格局等大背景下从全局视野去把握苏轼在海外英译和传播的清晰脉络与发展走向。显然，20世纪50年代后，苏轼文学作品英译和研究成果是最丰富的。接着，从共时的角度按国家分类，对英国、美国、加拿大、澳大利亚、新西兰、新加坡这六国的研究成果进行了梳理，并分别按著作、论文对英语世界的苏轼研究成果进行了归类。显然英国是苏轼作品译介的开创者，而美国则后来者居上，成为苏轼作品译介和研究的重心，加拿大紧随其后，而澳大利亚、新西兰、新加坡等还处于起步阶段。国与国之间的成果差距是比较明显的。

本章还对苏轼文学作品英译与研究情况进行了思考，从苏轼文学作品研究的经验和不足两方面进行总结。经验方面，从独特的研究视角、与中国苏轼作品研究的关系、对中国古典文学作品研究的启发三方面进行了阐释，以期从他者视角反观国内的相关研究，以促进国内研究的进一步深化。不足方面，主要体现在：苏轼文学作品的翻译数量不够，缺乏研究苏轼接受史的成果以及缺乏对苏轼作品的整体价值和意义进行研究的成果。本章是后面章节展开研究的基础，可以为接下来的研究提供更全面的材料。

第二章
风格与技巧：英美的苏轼文学作品英译

翻译对于本国文学在异域的传播和流行起着至关重要的作用，苏轼文学作品在英语世界的传播从一开始是通过翻译这一方式进行的。因为中西文化交流最初是语言的沟通，19世纪的传教士、外交官等这批传播苏轼文学的主要群体在文学翻译上下足了功夫。尽管传教士们最初的翻译尝试带有明显的传教目的，外交官们的翻译也有不少瑕疵，但是他们无形中起到了宣传推广苏轼文学的作用。然而，语言的翻译工作并不容易，文学翻译更是难于上青天。因为文学翻译活动是一种涉及文学语言转换、文化传播的交际活动。而这种交际活动要求达到两种层面的和谐：第一是语言和文化层面上要达到与原文的和谐，第二是达到内容与形式的高度统一，即艺术层面的和谐。①也就是说，文学翻译是语言、文化、艺术三者的统一。所以，如何满足"两味"，既要符合外国读者的口味，也要保留中国文学的韵味，这是文学翻译要着力解决的问题。

按笔者统计的数据来看，苏轼文学作品的英译主要体现出以下特点：第一，就体裁覆盖面而言，苏诗译介数量多于苏词，苏词译介数量多于苏文；第二，就译者而言，英国、加拿大、澳大利亚等国的译者均少于美国的译者；第三，苏轼作品的英译呈现出从前期的单纯英译作品到后期的英译与研究并重的趋势，不少苏轼研究成果是以作品英译贯穿整个苏轼研究的始终；第四，译本采取直译法的多于意译法。苏轼的文学作品数量近8000篇，被英译的作品却凤毛麟角，这明显与苏轼的贡献和影响极不相符。究其原因，主要体现在四个方面。第一，与苏轼作品的难度有关。不少译者认为苏轼作品虽不乏接地气之作，也能发现不少思想深邃、用典甚多的艰深作品，加之苏轼思想博杂，翻译起来有难度。第二，从事苏轼文学翻译的早期国外译者资料信息来源有限，中国国内的资料难以通过多渠道输出去，从而限制了国

---

① 戴玉霞：《苏轼诗词英译对比研究》，西安电子科技大学出版社，2016，第77页。

外译者的视野。第三,与英译者的水平有关。对苏轼文学翻译得十分精彩的作品毕竟是少数,译者的汉语、英语水平决定了译作的质量。第四,"西方中心主义"的指导思想钳制了译者。长期以来,西方翻译者在翻译中国文学时,受"西方中心主义"思想影响较深,西方科技的先进性造成了他们内心强烈的文化优越感,从而导致他们看待中国的人和作品都容易缺乏客观的态度。基于以上原因,更有必要对英语世界的译作进行分析,所谓"知己知彼,百战不殆"。本章将按体裁——诗、词、文,分国别——以英国和美国这两个苏轼作品翻译的主要国家为例,着重从风格与技巧方面对苏轼的文学作品英译进行探讨。

第一节　英美的苏诗翻译

苏轼诗歌在宋代被称为"东坡体",代表着宋诗的风格典范。对苏轼诗歌的英译研究有助于从文本入手,了解苏轼诗歌特色及翻译风格,更客观地欣赏中国诗歌的魅力,也能更深刻地审视中国传统文化的继承与传播的问题。

一、英国的苏诗翻译

戴玉霞在其论文《苏轼诗词在西方的英译与出版》中指出文学作品英译研究"应研究不同译作中对诗人的生平、诗人的时代背景、世界观、诗风是如何介绍的?研究译作的措辞、句法、意象是如何传译的?"这无疑给本书的苏轼文学翻译研究提供了细致的参考思路。据笔者统计,英国本土汉学家中最早翻译苏轼诗歌的是赫赫有名的翟理斯,他的《古今诗选》(1898年)一书中收入《春宵》《花影》两首诗。英国的克莱默-宾、阿瑟·韦利、约翰·司各特等也先后翻译了苏轼诗歌。英国人在文选中英译的苏轼诗歌主要是:《春宵》、《花影》、《金山梦中作》、《登常山绝顶广丽亭》、《赵德麟饯饮湖上舟中对月》、《惠崇春江晚景二首》、《洗儿戏作》、《书鄢陵王主簿所画折枝》、《饮湖上初晴后雨》、《吉祥寺赏牡丹》、《赠刘景文》和《纵笔》,共12首。其中《春宵》、《花影》、《登常山绝顶广丽亭》和《赵德麟饯饮湖上舟中对月》这四首诗歌均先后被收入过两种诗集,关注度较大。现以翟理斯、克莱默-宾、唐安石三位英国汉学家为代表,对其苏轼的诗歌译本进行分析。

(一)翟理斯译苏诗:一切景语皆情语

翟理斯(Herbert Allen Giles,1845–1935)作为19世纪英国汉学的三大星座之一①,是极具权威性的汉学家。他对中国文学的贡献在于写了几部有关中国文学的著作:《中国概览》(*Chinese Sketches,* 1876)、《古文选珍》(*Gems of Chinese Literature,* 1884)、《古今诗选》(*Chinese Poetry in English Verse,* 1898)和《中国文学史》(*A History of Chinese Literature,* 1901)等。尽管这些书是作者立足于西方文化传统并以西方文化观念对中国文学的粗略建构,但它仍为英语世界了解中国古典文学提供了一些线索。②英国文学家斯特莱彻(Lytton Strachey)在21世纪初便称赞翟理斯的译文"值得一读",因为其译文"不但新奇,而且美丽,富有魅力"。他极力推荐翟理斯的译诗选集,认为"它在世界文学史上占有独一无二的地位"。中国近代著名翻译家苏曼殊就曾称赞翟理斯的英译《长恨歌》"词气凑泊,语无增饰"。我国著名翻译家范存忠教授曾评价翟理斯译中国古诗"能抓住读者,有其独特的风格,颇得评论界的赞赏"③。然而中国国内曾有对翟理斯译中国古诗的批判声音,《翻译通讯》1983年第9期第13~14页指出,翟理斯的译诗"有时非常不确切,最根本的问题是他对汉语理解不够深透,其次是他坚持用有韵诗来译中国古典诗歌"④。所以,该文认为翟理斯译中国诗有点不自量力。我国著名翻译家许渊冲教授却认为,《翻译通讯》的刊文对翟理斯的评价不客观,我们不能因为翟理斯翻译中国古诗有时不确切就认为他翻译诗歌是不自量力的。⑤相反,翟理斯在译诗时的再创造却是他翻译实力的证明。

翟理斯曾自己作诗一首表达对中国古代诗歌文化的欣赏,他将此诗附在了《中国文学瑰宝·诗歌卷》的卷首上。翟理斯的原文及无韵译文(美国犹

---

① 三大星座为:翟理斯、理雅各、德庇士。
② 王晓路:《西方汉学界的中国文论研究》,巴蜀书社,2003,第138页。
③ 许渊冲:《文学与翻译》,北京大学出版社,2016,第46页。
④ 许渊冲:《文学与翻译》,北京大学出版社,2016,第45页。
⑤ 许渊冲:《文学与翻译》,北京大学出版社,2016,第46~47页。

他大学教授吴伏生先生译）如下①：

Dear Land of Flowers, forgive me!—that I took
亲爱的华夏，请原谅我从
These snatches form thy glittering wealth of song,
你闪闪诗库中摘取数首，
And twisted to the uses of a book
加以扭曲使之成为一书，
Strains that to alien harps can ne'er belong.
尽管它们无法配奏异琴。
Thy gems shine purer in their native bed
你的珍宝在本土更纯亮
Concealed, beyond the pry of vulgar eyes;
隐藏着，令俗人视而不见。
Until, through labyrinths of language led,
直到通过语言中的迷宫，
The patient student grasps the glowing prize.
耐心学生发现熺熺宝藏。
Yet many, in their race toward other goals,
但是众人在他路竞驰中，
May joy to feel, albeit at second-hand,
会间接，但却欣然地体会
Some far faint heart-throb of poetic souls
诗魂那遥远微弱的跳动，
Whose breath makes incense in the Flowery Land.
其气息曾弥漫华夏之邦。

《春宵》与《花影》均是苏轼创作的七言绝句，这两首诗均被英国汉学家翟理斯的《古今诗选》（*Chinese Poetry in English Verse*）收入。《古今诗选》是翟理斯在19世纪出版的重要文学选集，收录了自先秦至清代三千年

---

① 吴伏生：《翟理斯的汉诗翻译》，《铜仁学院学报》2014年第6期，第24~25页。

第二章 风格与技巧：英美的苏轼文学作品英译

间102位中国著名诗人的170余首经典作品。翟理斯注重以西方的普通读者为受众，在翻译风格上追求优雅和凝练，减少注释，避开艰深的典故，使译诗通俗可读。《古今诗选》的问世对中国诗歌在西方的传播起到极大的推动作用，其中的一些诗歌先后被译成法语和意大利语，还有的被谱成动人的歌曲。①后来此书直至21世纪还多次被重印。在英国汉学家阿瑟·韦利的世界级名著《汉诗一百七十首》的参考书目中，韦利明确将翟理斯的《古今诗选》放在首位，并称赞它"巧妙、灵活地综合了押韵和直译"。吕叔湘早期英译诗歌代表作《中诗英译比录》收入翟理斯多达33首诗歌。许渊冲的著作《中诗英韵探胜》（2010年，第二版英文版）的序言中明确介绍了翟理斯的影响，收录了翟理斯的译诗并附上了简短的评论。类似的例子还有很多，翟理斯成为后世翻译、研究苏学，传播苏学的典范。遗憾的是，《古今诗选》缺乏中英双语对照，也缺乏对诗人以及诗歌背景的介绍，所以，读者要想十分准确地理解中国诗歌，感悟诗歌情感，仍会比较吃力。

那么，翟理斯为何选择苏轼的《春宵》与《花影》入选文集呢？首先，这两首诗歌都是借景抒情的佳作，都写了花，写了夜晚。《春宵》风格清新，全诗通过短短28个字描绘出春天清丽宜人的夜景，并借此告诫人们光阴的重要性。《花影》则是苏轼创作的一首咏物诗，诗人借吟咏花影，抒发了自己想要有所作为，却又无可奈何的心情，比喻新巧，具有意在言外的含蓄美。虽都是借景，但抒情点却各有不同，《春宵》是借景感叹对易逝美好时光的留恋之情，而《花影》则是借景表达才华无处施展的遗憾和怅惘之情。可谓"一切景语皆情语"。其次，翟理斯对苏轼在文坛的地位评价极高。《中国文学瑰宝：诗歌卷》在苏轼一节的开头有这样一段介绍："不止一次遭到流放的政治家。1057年，他获得最高学位，排名第二。他是第一流的文学家"②。这两首诗纤丽精巧，是苏轼诗歌创作的代表作。

翟理斯译文与苏轼《春宵》原文对照如下：

---

① 黄培希：《从〈诗艺〉到〈诗选〉——20世纪前英国汉诗英译研究》，《复旦外国语言文学论丛》2014年秋季号，第16页。
② "Statesman who suffered banishment more than once. In 1057 he took the highest degree, coming out second on the list. As a litterateur he is the very first rank." 1898年的《古今诗选》于1965年重印，改名为《中国文学瑰宝：诗歌卷》，故此段简介来自后者。详见 Herbert A.Giles, *Gems of Chinese Literature*, Paragon Book Reprint Corp.140 East 59th Street New York, 1965, p.395.

SPRING NIGHTS[1]
春　宵[2]

One half-hour of a night in spring is worth a thousand taels,
春宵一刻值千金,
When the clear sweet scent of flowers is felt and the moon her lustre pales;
花有清香月有阴。
When mellowed sounds of song and flute are borne along the breeze,
歌管楼台声细细,
And through the stilly scene the swing sounds swishing from the trees.
秋千院落夜沉沉。

翟理斯译文与苏轼《花影》原文对照如下:

WHIGS AND TORIES[3]
花　影

Thickly o'er the jasper terrace flower-shadows play
重重迭迭上瑶台,
In vain I call my garden boy to sweep them all away
几度呼童扫不开。
They vanish when the sun sets in the west, but very soon
刚被太阳收拾去,
They spring to giddy life again beneath the rising moon!
又教明月送将来。

翟理斯的这两首译诗的特点首先是押韵,而韵体诗的翻译是翟理斯的一大特色。英国汉学家阿瑟·韦利是最反对"用有韵诗来译中国古典诗

---

[1] Herbert A. Giles, *Gems of Chinese Literature*, Paragon Book Reprint Corp.140 East 59th Street New York, 1965, p.395.

[2] 原题为《春夜》,详见(宋)苏轼著,(清)王文诰辑注,孔凡礼点校《苏轼诗集》(第八册),中华书局,1982,第2592页。但英语世界的中英文对照版多译为《春宵》。

[3] Herbert A. Giles, *Gems of Chinese Literature*, Paragon Book Reprint Corp.140 East 59th Street New York, 1965, p.395.

歌"的，但是他也不得不承认在词义和韵律巧妙结合起来翻译这一方面，翟理斯是出色的。苏轼的《春宵》一诗每节末尾为"金、阴、细、沉"，翟理斯的翻译便注意了"taels"与"pales"押韵，"breeze"与"trees"押韵。《花影》一诗中"台""开""来"押韵，而翟理斯的翻译每句末尾注意"play"与"away"押韵，"soon"与"moon"押韵。不过，中国古代绝句的押韵一般是二四句押韵，而翟理斯不完全遵循这一规律，他根据语义的需要做了特殊处理，翻译时处理为一二句末字押韵，三四句末字押韵的特点更明显。

尤其值得一提的是，翟理斯对《花影》的标题没有直译为"Flower Shadows"，而是采用了意译原则，译为"WHIGS AND TORIES"，显然翟理斯是带有介绍中国历史与政治背景意味的。何以见得？因为"WHIGS AND TORIES"本意为辉格党和托利党，辉格党和托利党的创立源自17世纪英国约克公爵詹姆斯的王位继承问题。而辉格党和托利党取名分别来自辉格（Whig）和托利（Tory），"辉格"，是"Whiggamores"（意为马贼）一词的缩语，而"托利"则是对约克公爵的支持者的侮辱性称呼，该词起源于爱尔兰语，意为歹徒。那么英国历史上的两党之争与苏轼的《花影》有何关系？原来，苏轼写此诗约在熙宁九年（1076），即在王安石第二次出任宰相期间，苏轼当时认为王安石变法过于激进，对此比较反对，他所代表的保守派和王安石代表的改革派发生了很大的意见分歧，因此该诗表面上写花影，实际上是暗指王安石，表达对王安石变法改革的不满。

值得注意的是，翟理斯的诗集里有250首诗歌，却只选了苏轼的两首诗，其比例还是很小的。为什么不多选一些呢？翟理斯曾在《中国文学史》中论及宋诗不如唐诗，提出"诗盛于唐"，其原因是宋人专心于创作散文，因此所选宋诗数量较少。[①]可见，翟理斯更偏爱唐代诗歌。尽管苏诗数量极少，可翟理斯1898年的译本仍然成为经典，以至于英国人骆任廷的英文选集《英译中国歌诗选》（1934年）也把翟理斯译的《春宵》与《花影》原文收入了。《英译中国歌诗选》中文序由张元济所作，其中说"英国骆任廷爵士旅华多年，精通汉学"。而英译中国诗歌"向以英国翟理斯（Herbert.A Giles）与韦利（Arthur Waley）二君为最多而精。前者用韵，后者直译，文

---

① 万燚:《英语世界苏轼研究综述》，《国际汉学》2014年第2期，第二十六辑，第179页。

从字顺，各有所长。其有功于吾国韵文之西传者甚大"①。骆任廷尤其喜欢把中国的诗歌文化介绍给英国人，因为他深知中国诗歌发源久远，风格多变，除了自己常吟诵外还把这些经典古诗译本搜集成册出版，目的在于使中国古诗"广其流传"。而该书的英文序写道："这本书里的诗从公元前3000年中国文明的开端一直到公元890年的宋朝。它们是古代帝国不同时期的中国人民写的或唱的。从这些诗歌中，我们可以窥见中国古代社会关系观、政治制度观和人生意义观。从这些我们也可以理解世界主义以及个人主义是如何统治这个古老民族的民族心理的。"②可见，骆任廷编选《英译中国歌诗选》的主要原因在于：第一，敬佩翟理斯和韦勒（即阿瑟·韦利）翻译的美文；第二，为更多的读者展示中国古诗的魅力，并且让外国读者从古诗着手去了解中国人的人生观，中国的社会、政治甚至是民族心理等。

特别值得注意的是，骆任廷在选取翟理斯《花影》译本题名时，把翟理斯的"WHIGS AND TORIES"改为了"Flower Shadows"，采用了字面翻译的方法，以便读者更清晰地读出"花影"的意思。这是从读者角度对翟理斯译文所做的唯一修改。此外，美国汉学家王红公和新西兰汉学家彼特·哈里斯也曾在自己的文选中同时收入了《春宵》和《花影》的译诗，可见这两首苏诗流传较广。

（二）克莱默-宾译苏诗：政治之外的诗意栖居

克莱默-宾（Launcelot Alfred Cranmer-Byng, 1872—1945），全名朗西洛特·阿尔弗雷德·克莱默-宾，是一位独特的英国诗人，他并不大懂中文，却在欧美享有"中国古诗专家"的美誉。19世纪中期以后，英国的汉学在外交官、传教士等的活动交流中得到突飞猛进的发展，其中涌现出的翟理斯凭借其出色的语言能力、精深的学问、卓著的成果成为英国汉学的标志性人物，毫无疑问，他也成为许多中文研究者的偶像。克莱默-宾便对翟理斯十分崇

---

① James Lockhart, *Select Chinese Verses*, The Commercial Press, Limited Shanghai, China, 1934: 序。

② "The poems in this book range from the dawn of Chinese civilization about the third millennium B.C. down to the Sung dynasty about 890 A.D. They were written or sung by the Chinese people of different times of the ancient Empire. From these poems we can get a glimpse of the ancient Chinese viewpoint of social relations, of political institutions, and of the meaning of human life. From these we can also understand how cosmopolitanism as well as individualism reigns through the national psychology of this ancient people." James Lockhart, *Select Chinese Verses*, The Commercial Press, Limited Shanghai, China, 1934, Publisher's Note.

第二章　风格与技巧：英美的苏轼文学作品英译

敬。克莱默-宾在其代表诗集《长恨歌及其他》的前言里直接题有致翟理斯教授（Dedication To Professor Herbert A. Giles）的话，洋溢着他对翟理斯的敬佩，他描绘到："我看见了许多奇异而华贵的光华，还有月亮——白居易的月亮。您的双手从司空图的玉壶里为我倾倒出珍奇美酒，为我唤醒了那些幽游在老李华久远昏暗的古战场上的魂灵。静默在您的身边，我看见了在曼卿坟前鞠躬的欧阳修，沉迷于牧童和砍柴人隐约飘荡在松岭之上的声音"①。这段话描述了他受到翟理斯的中国古诗译文启发所获得的深切体悟，也道出了克莱默-宾喜欢中国古诗的原因。他曾在为1933年英国克拉拉编译的《风信集：宋代诗词歌赋选译》的长文介绍中谈道："中国诗歌经常交织着对瞬息逝去的悲伤"。或许正是这种悲伤之情深深吸引了他。

尽管克莱默-宾几乎不通中文，却在翟理斯的引导下，不断推出译诗选集如《〈诗经〉：儒家经典》[*The Book of Odes（Shi King）: the Classic of Confucius*，1905]、《玉琵琶——中国古诗选》（*A Lute of Jade: Being Selections From The Classical Poets of China*，1909）等。这几本书都属于克莱默-宾与东方宗教学家S.A.Kapadia共同主编的"东方智慧丛书"（Wisdom of the East Series）组成部分，该丛书有30多本，涉及西方对东方文化的译介和研究成果，在英美汉学界和文学界影响比较大，无形中为克莱默-宾确立起沟通东西方文化先行者的地位。②

其中克莱默-宾的代表作、丛书之一的诗集《灯宴》（*A Feast of Lanterns*）于1916年出版，后分别于1924年、1936年、1945年和1949年四次重印，可见该书的受欢迎程度。克莱默-宾在此书"Introduction"中以唐诗为例，阐发了他对中国诗歌创作从题材到风格，从审美到源流的认识，并在介绍宋代时指出"宋代最著名的诗人是欧阳修和苏东坡"③。因此，《灯宴》收入的克莱默-宾所译苏轼诗歌四首按顺序为：《金山梦中作》《登常山绝顶广丽亭》《赵德麟饯饮湖上舟中对月》《惠崇春江晚景二首》。克莱默-宾诗歌翻译的最大特色就是语言优美、情真意切、抑扬顿挫、曲折有致。所以，《灯宴》中的

---

① 江岚：《韵同相感深——英国诗人克莱默-班对中国古典诗歌西传的贡献》，载《2010年中国文学传播与接受国际学术研讨会论文汇编》（中国古代文学部分），2010，第477页。
② 江岚：《韵同相感深——英国诗人克莱默-班对中国古典诗歌西传的贡献》，载《2010年中国文学传播与接受国际学术研讨会论文汇编》（中国古代文学部分），2010，第477页。
③ "the Sung dynasty, from 960 to 1206 A.D., ranks after the T'ang as the second greatest epoch in Chinese literature. The most celebrated poets of this age were Ou-Yang Hsiu and Su Tung-p'o." Launcelot Alfred Cranmer-Byng, *A Feast of Lanterns*, John Murray, Albemarle Street, W. London, 1916, p.34.

《登常山绝顶广丽亭》与《赵德麟饯饮湖上舟中对月》这两首苏轼译诗又再次被1927年美国弗伦奇编辑的《荷与菊:中日诗选》收入。下面以《灯宴》中的四首苏诗为例,赏析克莱默-宾的译诗。

1.《登常山绝顶广丽亭》

《登常山绝顶广丽亭》是苏轼在熙宁九年(1076)创作的一首五言古诗。当时,诗人在密州登常山广丽亭,诗中描写了密州壮美的景色,表达了登山时的奇思妙想,也流露出对人生如朝露、岁月催人老的感慨。

登常山绝顶广丽亭①

西望穆陵关,东望琅邪台。
南望九仙山,北望空飞埃。
相将叫虞舜,遂欲归蓬莱。
嗟我二三子,狂饮亦荒哉。
红裙欲仙去,长笛有余哀。
清歌入云霄,妙舞纤腰回。
自从有此山,白石封苍苔。
何尝有此乐,将去复徘徊。
人生如朝露,白发日夜催。
弃置当何言,万劫终飞灰。

而克莱默-宾只节选了"红裙欲仙去,长笛有余哀。清歌入云霄,妙舞纤腰回"这四句翻译成英文,他翻译的英文如下:

AT THE KUANG-LI PAVILION②

Red-skirted ladies, robed for fairyland, all have flown,
But my heart to the wail of their long reed-pipes lilts on:
Their clarion songs' mid the wandering clouds were blown,
The tiny-waisted, dreamily-dancing girls are gone.

---

① (宋)苏轼著,(清)王文诰辑注,孔凡礼点校《苏轼诗集》(第三册),中华书局,1982,第686~687页。

② Launcelot Alfred Cranmer-Byng, *A Feast of Lanterns*, John Murray, Albemarle Street, W.London, 1916, p.75.

第二章 风格与技巧：英美的苏轼文学作品英译

克莱默-宾的这首译诗具有以下特点。第一，押韵。第一句尾词"flown"和第三句尾词"blown"押韵；第二句尾词"on"与第四句尾词"gone"押韵，读来朗朗上口。第二，译出了苏轼原诗的动感。克莱默-宾把动词都统一放到每句句末，让译诗充满灵动的色彩。不过，由于中西文化存在的差异，中西诗歌语言存在截然不同的表达方式，所以，克莱默-宾译诗中的不足也是存在的。首先，节译的句子不是最核心的诗句。选集本应选择一首诗中最精彩的点睛之笔介绍给外国读者，而克莱默-宾估计没有注意到此诗的写作背景，即写于熙宁九年苏轼在密州登常山广丽亭之时，41岁的他任密州太守，而当时密州是蛮荒之地，条件艰苦可想而知，加之他与王安石政见分歧，心中不免有挣扎、有矛盾，对人生的短暂也就更增加了一层体悟。因此，克莱默-宾只选取了描写歌舞的几句翻译，未能翻译介绍全诗最后几句"人生如朝露，白发日夜催。弃置当何言，万劫终飞灰"实为遗憾，也就未能把苏轼对人生苦短的感叹体现出来，而这几句恰恰是苏轼前面写景之后抒情的重点，可谓潇洒背后有酸楚，超脱背后有落寞。其次，在翻译用词上有不够准确之处。第一句"有余哀"是指有不尽的悲哀，基调是悲伤，而不能译成心在"轻快地跳动"（lilt），基调显然不伤悲。翻译和原文是完全反差的两种基调。再次，苏轼原文的"去"和"回"没能传神地译出。这些不足主要原因是译者对文章理解的偏差而导致翻译的偏差。

2.《赵德麟饯饮湖上舟中对月》

《赵德麟饯饮湖上舟中对月》是苏轼在元祐六年到颍州后写的一首五言古诗，描写了清明节时苏轼与好朋友赵德麟喝酒饯别的情景。此诗借与朋友把酒言欢，既流露出对时光一去不返的感慨，又暗含了久居官场"偷得浮生半日闲"的乐趣。其中"新火发茶乳，温风散粥饧"广为流传，描绘出新升的火煮出来如乳汁一样美味的茶，暖暖的春风将甜粥的香味传到远方的生动场景。全诗再现了清明节的传统习俗，具有浓厚的文化意味。

赵德麟饯饮湖上舟中对月[①]
老守惜春意，主人留客情。
官余闲日月，湖上好清明。

[①] （宋）苏轼著，（清）王文诰辑注，孔凡礼点校《苏轼诗集》（第六册），中华书局，1982，第1846页。

新火发茶乳，温风散粥饧。
酒阑红杏暗，日落大堤平。
清夜除灯坐，孤舟擘岸撑。
逮君帻未堕，对此月犹横。

克莱默-宾的译文如下：

FAREWELL TO CHAO TÂ-LIN[①]

Long do I sorrow that the spring should end;
Fain is the host to stay the parting friend.
When for a while the dull routine is done,
We statesmen idle in the sun.
The kettle yields its stream of golden tea,
And warm winds spread the odours of congee.
Finished the cup, faded the crimson peach,
Twilight, the green embankment levelled to the beach,
My boat is poled along the shore and soon
In the pure night unlanterned we recline;
Until, caps off to conquering wine,
We nod, the dream companions of the moon.

克莱默-宾此诗译文语言优美动人，依然把押韵作为翻译的要点，几乎每两句一押韵，一二句尾词都以"end"结尾，三四句尾词"done"与"sun"押韵，五六句"tea"与"congee"押韵，七八句"peach"与"beach"押韵，最后"recline"与"wine"押韵。整首译诗音韵和谐，句式长短相间，抑扬有致。整体说来，把苏轼与朋友品茶话别、把酒言欢、依依不舍的情景译出来了。克莱默-宾尤其擅长在光线、颜色上下功夫，比如红色"crimson"与绿色"green"的呼应，金色的茶"golden tea"与有香味的粥"the odours of congee"呼应，白天阳光下"in the sun"与无灯清"in the pure night"一明一暗对比，

[①] Launcelot Alfred Cranmer-Byng, *A Feast of Lanterns*, John Murray, Albemarle Street, W. London, 1916, p.75.

这些描绘都如画一般迷人，译诗比原作更注重对比手法的运用。

但是克莱默-宾的漏译之处不少。第一，漏译导致题目不"全"。题目的翻译仅用"FAREWELL TO CHAO TÂ-LIN"（告别赵德麟）表示，未能表现出苏轼与朋友饯别的时间是晚上、地点是舟上。第二，漏译导致词句不"准"。苏轼的第一句"老守"是老者、老人的意思，而克莱默-宾直接译成了"I"，即"我"的意思，没能把苏轼想借"老"字表现岁月催人老，因此更珍惜春天的时光这种淡淡的忧伤表现出来。又如，"湖上好清明"这句没有译出，属于漏译。而这句恰好是非常重要的，交代了苏轼与赵德麟饯饮的时间是清明节，也与第一句"春意"相呼应。再者，"酒阑红杏暗"一句，竟然把"红杏"译成了"peach"桃子，殊不知，这是完全不同的事物，前者是花，后者是果。还有最后两句"逮君帻未堕"，原意为还没等到朋友的头巾掉下，而克莱默-宾译成了"直到酒喝完才脱去头巾"的意思，与苏轼原意相反。"帻"古代指头巾，不是指帽子，克莱默-宾译成了帽子"cap"。第三，漏译导致文化点不"透"。第五、六句的"新火、茶乳、粥饧"均没有译出，因为新火、茶乳、粥饧在中国传统文化中是有讲究的。"新火"是唐宋清明节的习俗，即清明前一日禁火，到清明节再起火，称为"新火"。而"茶乳"是煮茶沸腾时，漂浮在翻滚茶汤上的乳白色泡沫，古人认为好茶才会有茶乳。"粥饧"是甜粥、糖粥的别称，旧俗寒食日以火粳米或大麦煮粥，研杏仁为酪，以饧沃之，谓之"寒食粥"。克莱默-宾只译出了"粥"，忽略了"甜"味的粥是清明节独有的，从而让译文失去了中国清明传统习俗的意味，西方读者在阅读此译文时则不容易领会到这些含有特定中国元素的词语所蕴含的特殊意义。

3.《金山梦中作》

《金山梦中作》这首诗写于宋神宗元丰七年（1084）。当年，苏轼身为黄州团练副使需去汝州（今河南汝阳）任职，四月离黄州（今湖北黄冈），五月赴筠州（今江西高安）看望弟弟苏辙，二人于七月同会于金陵（今江苏南京）。在金陵期间，苏轼拜访了王安石，二人不计前嫌，唱和诗歌，一同游玩，相交甚欢。王安石曾劝苏轼安居金陵，买田置业，苏轼也表达了留居金陵，不愿去汝州的想法。但是天下没有不散的筵席，离开金陵是必然的。在一路奔波之后，苏轼于八月写下了这首《金山梦中作》。可见，此诗是有所感而托之以梦，表现他对江东的向往之情。清代大学问家纪昀评此诗"一气浑成，自然神到"。

金山梦中作

江东贾客木绵裘，会散金山月满楼。
夜半潮来风又熟，卧吹箫管到扬州。

克莱默-宾的译文如下：

DREAMING AT GOLDEN HILL

a: The stranger merchants faring from the east
a: Muffled in cotton robes, have met to feast.
b: They drink, they revel, and they part at will,
b: While moonlight floods the towers of Golden Hill.
c: The third watch comes, the tide begins to flow;
c: A fair wind follows, and in dreams I blow
c: The reed-pipes, and have sailed to far Yangchow.

从克莱默-宾的译诗不难看出，他押韵的音步是aabbccc式，他侧重场面的铺写和景物的描绘，让译诗既充满了离别的忧伤，又不失潇洒的情调。比如第三句连用三个"they"，尽力谱写人们聚会时的欢乐与陶醉，见面与分别。而"卧吹箫管到扬州"一句，克莱默-宾考虑到其所流露出是想像中的闲情逸致，与苏轼当时的迁客身份相距太远。如果不译出这是想像，读者很难辨别真假。因为全诗除题目有"梦"字外，在四句诗句中没有出现一个"梦"字，但是克莱默-宾却能在翻译时把"梦"的意蕴用"in dreams I blow"表达出来，实属难得。

但是该译本也存在不少误译之处，以下几点仍值得商榷。

第一，主语误译。首句主语其实是"我"，即苏轼自己，而不是克莱默-宾翻译的"来自东方的陌生商人"（The stranger merchants faring from the east）。如何见得主语是苏轼自己？首先，苏轼原意是说"我像江东商人一样穿着棉袍"，只有这样才能与最后一句"卧吹箫管"的主语"我"一致。其

---

① （宋）苏轼著，（清）王文诰辑注，孔凡礼点校《苏轼诗集》（第四册），中华书局，1982，第1274~1275页。
② Launcelot Alfred Cranmer-Byng, *A Feast of Lanterns*, John Murray, Albemarle Street, W. London, 1916, p.74.

次，这里涉及一个历史背景，从宋代黄彻的《碧溪诗话》卷六的记载中可以作出推断："集中题云：'梦中作。'盖坡尝衣此，坐客误云：'木绵袄俗。'饮散，乃出此诗，且云：'虽欲俗，不可得也。'坐客大惭。"即宋代士大夫以皮裘为常服，以木绵裘为俗，因为木绵裘是商人才穿的。所以苏轼曾经穿着木绵裘饮酒遭人笑话，不过作完这首《金山梦中作》以后，笑话苏轼的人都感到羞愧了。可见，"江东贾客木绵裘"这句谓"自己的衣着如同商人"。

第二，地点误译。"江东"误译为"东方"（the east），"楼"误译为"塔"（the towers）。本诗中的"江东"之称在中国古代是有讲究的，不能模糊译为"东边"。中国的"东边"范围是极广的，而"江东"只是中国境内以长江为界的划分。自汉至隋唐自安徽、芜湖以下的长江下游南岸地区被称为"江东"（building），克莱默-宾将其误译为"塔"（the towers），忽略了中国文人宴请、聚会常常是在楼里不是在塔中。

是否所有的误译都不利于原文的展示呢？也不尽然。日本翻译家河盛好藏就曾表示，他更愿"重视具有独创性的误译"，甚至期待原作者对译者的独创性赞不绝口。①

当然，诗歌中的"箫管"被译为"芦笛"（the reed-pipes），在汉语里箫和笛是不同的乐器，俗话说"横吹笛子竖吹箫"。英语里的箫管和笛子却都翻译为"flute"，这与汉语表达习惯不同，那是不是翻译错了？其实，克莱默-宾意思理解没有错，因为汉至唐代一直把横吹和竖吹的两种有侧边孔棱音气鸣乐器统称为"笛"。而宋人朱熹在《朱子语类·乐》中对此有所记载："今之箫管，乃是古之笛"，即证明宋代仍有延续汉唐以来不区分箫管和笛的传统。直到宋元以后，箫和笛才逐渐被区分开来。因此，对于中国传统民族乐器箫和笛的区分，译者可以作注加以阐释，才能让西方读者更明白中国的艺术。

该诗译本的漏译情况仍然存在。比如"风熟"一词未能译出。纪昀曰："今海舶有'风熟'之语，盖风之初作，转移不定，过一日不转，则方向定，谓之'风熟'。"可见，风熟是指风向已定。而克莱默-宾直接译为"一阵清风吹来"（A fair wind follows），对于"风向定"没有表达。

4.《惠崇春江晚景》

《惠崇春江晚景》原有两首，是作者元丰八年（1085）在汴京（今河南开封）为僧人惠崇所绘的《春江晚景》两幅所写的题画诗，也是对苏轼春天在靖

---

① 许渊冲：《文学与翻译》，北京大学出版社，2016，第89页。

江欲南返时江边情景的写照。这里选的"其一",全诗大意为:竹林外两三枝桃花初放,初春江水回暖,鸭子在水中嬉戏便最先察觉了。河滩上已经满是蒌蒿,芦笋也开始抽芽,而河豚此时正要逆流而上,从大海洄游到江河里来了。

在《惠崇春江晚景》里,克莱默-宾多处采用创造性翻译法。"创造性的翻译"简称"创译",即不受原作的语言、结构固有模式的限制,在不改变原意的基础上进行创造性的翻译,从而使译作甚至有超出原作意蕴的美感。在克莱默-宾笔下,《惠崇春江晚景》的译诗跳出了原作的思维,动感十足,春意融融。

惠崇春江晚景①
竹外桃花三两枝,春江水暖鸭先知。
蒌蒿满地芦芽短,正是河豚欲上时。

克莱默-宾的译文如下:

ON THE RIVER AT HUI-CH'UNG②

Beyond the twilight grove some sprays
Of peach-bloom charm the lingering days.
In spring, when first the waters warm,
The wild duck on the river swarm.
When artemisia lights the land
Young reeds break through the dappled sand.

对比之下,克莱默-宾的译诗优点是明显的。第一,韵诗节奏的创造性处理。原作四句,每句一停顿,全诗翻译成了六句,每句一停顿。一二句押/ei/韵,三四句押/ɔːm/韵,五六句押/ænd/韵。整饬有节奏,韵律有致,轻快的风格充满春天的气息,也能很好地传递苏轼原诗浓浓的生态感。第二,词态变换的创造性处理。"春江水暖鸭先知"一句,克莱默-宾并没有直接

---

① 曾枣庄:《苏诗汇评》(中),四川文艺出版社,2000,第1155页。
② Launcelot Alfred Cranmer-Byng, *A Feast of Lanterns*, John Murray, Albemarle Street, W. London, 1916, p.76.

第二章　风格与技巧：英美的苏轼文学作品英译

翻译"感知到"这一静态的体悟，而是通过"swarm"描绘出一幅活灵活现的"成群结队"动态图，把鸭争先恐后下水，仿佛是主动体验早春江水的热闹场景刻画了出来，此句与"一叶落而知天下秋"有异曲同工之妙，可以说不仅是鸭子的体悟，更是苏轼的见微知著和哲理思索。而"蒌蒿满地芦芽短"一句也做了精妙的创造性翻译处理。原作对蒌蒿用的是静态描绘——满地都是，而译作用了"lights"（点亮）这个动词，用得实在精妙，与"忽如一夜春风来，千树万树梨花开"意境很相似；"芦芽短"则是变原作的形容词"短"为动词短语"break through"（破土而出），通过对词语词性的变换，把蒌蒿、芦芽都描绘成了送春使者的模样。

尽管此诗的创造性翻译耐人寻味，但是其不足也显而易见。首先，题目的翻译就不得苏轼之意。题目所提"惠崇"是苏轼的好友，《春江晚景》是惠崇一幅绘画的名字，此诗实为"题画诗"，而题目译为"在惠崇江上"（ON THE RIVER AT HUI-CH'UNG），显然不合适，容易让读者误以为惠崇是江名。其次，第一句中的"三两枝"没有译出，只用了"some"（一些）来表示，其实画中所示是隔着疏落的翠竹望去，几枝桃花在摇曳，它显示出竹林的稀疏，稀疏我们才能见到桃花。如果用"some"表示，难以体现早春几枝桃花初放的美。再次，"正是河豚欲上时"一句没有翻译，导致想象缺失，韵味缺失，实为遗憾。因为全诗7个意象组合，轮流出现：竹林、桃花、春江、野鸭、蒌蒿、芦芽、河豚共构成一幅春江晚景图，前6个为实，"河豚上本无，是苏轼想象的，但是缺一不可"。该句既是名句又是体现风韵之妙的地方。《渔阳诗话》："坡诗'蒌蒿满地芦芽短，正是河豚欲上时'，非但风韵之妙，盖河豚食蒿芦则肥，亦如梅圣俞之'春洲生荻芽，春岸飞杨花'，无一字泛设也。"①《西河诗话》也称赞这句"远胜唐人"。因此，如果少了最后一句，既未能交代出为什么河豚此时最肥美（一说按《渔阳诗话》所推测，是因为此时的河豚吃蒌蒿芦芽所以肉质最肥美，一则说是苏轼从蒌蒿丛生、芦苇吐芽推测而知"河豚欲上"，从而勾画出河豚在春江水发时沿江上行的形象），也未能与"蒌蒿"一句相呼应。这句用想象得出的虚境补充实境的经典诗句，既是中国素来以河豚为佳肴的饮食文化体现，也应了苏轼是美食家的美名，如果不译，译诗确显美中不足了。

至于克莱默-宾为什么要选以上四首诗歌译介给西方读者，除了他本人对苏轼的高度评价与欣赏外，还有一个原因是他表现出的对苏轼政治身份与

---

① 张鸣：《宋诗选》，人民文学出版社，2004，第210~212页。

经历的兴趣，在《灯宴》"SU TUNG-P'O"这一节可以找到证据，克莱默-宾写道："苏东坡与欧阳修同为同时代最杰出的诗人。奇怪的是，他的整个职业生涯与那位老诗人的（生涯）相似。两人都是政治家，都曾在道德于社会生活中无足轻重的时代因为正直和独立而遭受苦难。苏东坡在担任要职后，最终被流放到海南岛，在那里他担任着一个不太理想的职位。在这里，他许多最好的诗都是在孤独的流放中写的"①。正因如此，苏轼的不少经典诗歌便是他在流放途中的有感而发，情真意切就在情理之中了。

整体观照，《灯宴》选入的这四首苏诗呈现出以下特点。首先，四首中有三首诗歌的创作背景与政治经历有关，所以其间的真情流露便毫无矫揉造作之感。《登常山绝顶广丽亭》中的"人生如朝露，白发日夜催。弃置当何言，万劫终飞灰"四句是苏轼乌台诗案之后在密州的内心独白；《赵德麟饯饮湖上舟中对月》中的"官余闲日月，湖上好清明"更是说明久居官场忙里偷闲的惬意和自在，与陶渊明的"久在樊笼里，复得返自然"的放松心情有异曲同工之妙。《金山梦中作》是当年苏轼以黄州团练副使身份量移汝州路上，在金陵与曾经的政敌王安石相会，二人把酒言欢，毫无嫌隙，往事却历历在目。苏轼于八月写下了这首《金山梦中作》，"夜半潮来风又熟，卧吹箫管到扬州"是在政治失意之后，在梦境中寻求的另一种解脱方式。难怪赵翼在其《瓯北诗话》中称赞苏轼道："天生健笔一支，爽如哀梨，快如并剪，有必达之隐，无难达之情，继李、杜后为一大家"。其次，这四首诗都兼具景色之美与闲适之趣。每一首都有景色描写，最后都是借景抒情。苏轼在诗中流露的闲适之趣与其曲折的政治生涯分不开，正所谓政治经历加深了苏轼对生活的体悟与理解，才越发觉得超然于世的宝贵。后世不少评论家认为这是苏轼的旷达所致，但南京大学莫砺峰教授在讲《诗意人生五典型》时，则认为旷达不过是苏轼外在的表现，坚持才是苏轼的精神内核。

（三）唐安石译苏诗：由敬意产生的偏爱

1976年，英籍汉学家唐安石（John A.Turner, 1909-1971）在香港中文

---

① "TOGETHER with Ou-Yang Hsiu, Su Tung p'o ranks as the foremost poet of his age. His whole career is curiously similar to that of the older poet.Both were statesman, and both suffered on account of their uprightness and independence at a time when morality in public life counted for little. Su Tung-p'o, after holding high office, was ultimately banished to the island of Hainan, where he held the obscure post of sub-perfect.Here many of his best poems were written in lonely exile." Launcelot Alfred Cranmer-Byng, *A Feast of Lanterns*, John Murray, Albemarle Street, W. London, 1916, p.74.

第二章　风格与技巧：英美的苏轼文学作品英译

大学出版社（Hong Kong: The Chinese University Press）出版一本名为《中诗金库》①（*A Golden Treasury of Chinese Poetry*）的诗集，收录了苏轼诗歌。

唐安石出生于北爱尔兰的都柏林，身兼学者、诗人和耶稣会神父多重身份。1935年至1938年，唐安石在香港潜心学习中国语言文学，为后来他精通汉英双语，翻译中国诗歌打下了坚实的基础。20世纪50年代以后，在一些朋友的敦促下，唐安石开始翻译一部具有代表性的中国历代古诗集。自唐安石学习中文开始算起，他一生用了近35年的时间翻译了300多首中国诗歌，几乎涵盖了主要的诗歌流派，而《中诗金库》收录了超过75位诗人的121首诗歌。②他在该书中谈到自己译诗的意图是："我尝试这部作品的唯一条件是通晓英语和汉语，对中国的生活方式有一定的熟悉，对中国诗歌的无限欣赏，喜欢写诗，以及鼓励我发表这些真正翻译作品的唯一标准是我的中国朋友喜欢它们，并认为它们是真实的"③。唐安石认为翻译是把自己所见的中国传统诗歌之美传递给读者，他说："译者的目标是对具有代表性和受欢迎的中国诗歌进行精练的翻译，再现原作的风格和精神，从而让英语读者能看到我在古老中国的传统诗歌中所看到的美"④。

那么，哪些诗歌能入选《中诗金库》？此书在序言部分做了交待："诗歌的选择必然取决于译者和编辑的个人喜好（和偏见）"⑤。而这些诗人中，唐安石最尊敬杜甫和苏东坡。⑥书后对苏轼的文艺成就、政治经历做了全面的

---

① 该书最初于1976年在香港出版，经华盛顿大学出版社在英国伦敦和美国西雅图同步上市。
② "In this collection, over 75 poets are represented. Father Turner's intentions were clear from the more than 300 poems he laboured over for almost 35 years. Almost every major poetic genre is represented." John A. Turner, *A Golden Treasury of Chinese Poetry*, Hong Kong: The Chinese University Press, 1976, p.2.
③ "My sole qualifications for attempting the work are a fair knowledge of the English and Chinese tongues, a certain familiarity with Chinese ways, an unbounded admiration of Chinese poetry, a fondness for versifying, and–the only criterion of true translation which encourages me to publish them——that my Chinese friends like them, and take them as authentic." John A. Turner, *A Golden Treasury of Chinese Poetry*, Hong Kong: The Chinese University Press, 1976, p.9.
④ "The translator's aim has been to make close translations of representative and popular Chinese poems, which should re-produce their style and spirit, and thus bring to readers of English a glimpse of the beauty which I see in Chinese poetry-the traditional poetry of Old China." John A. Turner, *A Golden Treasury of Chinese Poetry*, Hong Kong: The Chinese University Press, 1976, p.9.
⑤ "The selection of poems necessarily depends on the personal preferences (and prejudices) of the translator and the editor." John A. Turner, *A Golden Treasury of Chinese Poetry*, Hong Kong: The Chinese University Press, 1976, p.2.
⑥ "He had the deepest respect for Tu Fu and Su Tung-p'o ." John A. Turner, *A Golden Treasury of Chinese Poetry*, Hong Kong: The Chinese University Press, 1976, p.2.

介绍，唐安石写道："苏轼，俗称苏东坡，是一位多才多艺的天才，政治家，散文家，一流的书法家，著名的竹子画家，著名的诗人。尽管在他的很多诗歌中，写作背景都是儒家，但他的诗作受佛教思想和道教思想的影响是清晰可辨的。他喜欢用旧式的七音节形式写作，在这种形式下，他可以充分利用自由空间来发表意见。他在词的创作中出类拔萃，超越了常见的浪漫和悲伤主题（尤其是离别主题方面），涉及几乎任何抒情的，描述性的或哲学的主题。也是他开创了那种粗犷洒脱的风格，大约四分之三世纪后，到辛弃疾时臻于完美。善良而富有同情心的苏轼注重友谊，对人性本善有一种含蓄的信仰。尤其讽刺的是，许多他最亲密的朋友们背叛了他，甚至仅仅因为政见不同而置他于死地。苏轼对王安石新改革政策的深恶痛绝是他人生盛衰的主要原因，也是他一生中大部分时间都在流放中度过的主要原因"①。唐安石的评价展示了苏轼的才华、思想、成就、善良及命运多舛，显然他对苏轼是充满敬意的。

因此，《中诗金库》在译诗部分采用中英文对照形式，收录的苏轼作品5首，分别是《水调歌头·明月几时有》、《书鄢陵王主簿所画折枝》、《饮湖上初晴后雨》、《吉祥寺赏牡丹》和《赠刘景文》，除《水调歌头·明月几时有》是词，后四首都是诗歌，译诗都具备一个共同点就是采用韵体译诗，特别注重诗歌的韵律和节奏。究其原因，唐安石为了再现原作的风格和味道，选择使用英语诗歌的传统形式。当有人批评他的翻译带有"维多利亚式"的腔调时，他为自己辩护说："我写诗的风格不是19世纪的：主要是前弥尔顿

---

① "Su Shih, commonly called Su Tung-p'o, was a versatile genius, stateman, prosateur, a first-class calligrapher, a renowned painter of bamboos and a distinguished poet.Although he writes from a Confucian background, in many of his *Shih* poems, the influence of Buddhist thoughts and Taoist ideas were clearly discernible. He enjoyed writing in the old-styled heptasyllabic form, where he could take full advantage of the freedom of space allowed to air his opinions.He excelled-in the *Tz'u* form, going beyond the usual themes of romance and sorrow (especially on parting) into almost any subject-lyrical, descriptive or philosophical. It was also he who initiated the rough and free-moving style which Hsin Ch'i-chi (see Note 94), about three quarters of a century later, was to bring to perfection. Kind and compassionate, Su Shih thrived on friendship, having an implicit faith in the innate goodness of human nature. It was particularly ironical that many of his closest friends betrayed him, even to the extent of soliciting his death, just because of a difference in political opinions. Su Shi's deep-rooted dislike for Wang An-shih's new reform policy was the main cause of his vicissitudes and of a life spent mostly in banishment." John A. Turner, *A Golden Treasury of Chinese Poetry*, Hong Kong: The Chinese University Press, 1976, p.330.

式的加上20世纪的，由汉语修辞决定"①。由于《中诗金库》追求原汁原味风格，受到读者的一致好评，1976年此书还在美国和英国同步上市，并于1979年再版。对比收录苏诗的英美诗歌选集内容，唐安石收录的这四首诗无论在英国还是美国，其译本均较多。

1.《书鄢陵王主簿所画折枝》与译诗的意韵

《书鄢陵王主簿所画折枝》是苏轼为在鄢陵（今河南鄢陵县）任职的王主簿的画作所作的五言题画诗，原作是一组诗，共两首。②据考证，这组诗写于宋哲宗元祐二年（1087），当时苏轼任翰林学士知制诰，知礼部贡举。③唐安石只选译了第二首。《书鄢陵王主簿所画折枝》在英语世界最早由华兹生《东坡居士轼书》（1965年）翻译，不过选择的是第一首，1994年华兹生《苏东坡诗选》再次翻译第一首；而第二首最早便是由唐安石翻译的。后随着诗歌的流传，1994年美国梅维恒在其诗歌选集《哥伦比亚中国传统文选》中收录该诗，2006年美国艾朗诺的研究性著作《美的焦虑：北宋士大夫的审美思想与追求》对该诗也进行了研究。同一诗歌反复被英美学者关注，显然受读者欢迎，普及面也必然较大。

唐安石收录的苏轼原诗如下：

书鄢陵王主簿所画折枝④（其二）

瘦竹如幽人，幽花如处女。
低昂枝上雀，摇荡花间雨。
双翎决将起，众叶纷自举。
可怜采花蜂，清蜜寄两股。

---

① "In attempting to recapture the flavour and style of the original, Father Turner chose to use traditional forms of English verse. When criticized about the "Victorian" tone of his translations, he defended himself by saying: 'My style in verse-making is not 19th century: it is mainly pre-Miltonic *plus* 20th century, being conditioned by Chinese rhetoric.'" John A. Turner, *A Golden Treasury of Chinese Poetry*, Hong Kong: The Chinese University Press, 1976, p.6.
② 《书鄢陵王主簿所画折枝二首》（其一）："论画以形似，见与儿童邻。赋诗必此诗，定非知诗人。诗画本一律，天工与清新。边鸾雀写生，赵昌花传神。何如此两幅，疏澹含精匀。谁言一点红，解寄无边春。"
③ 陈迩冬：《苏轼诗选》，人民文学出版社，1984，第226~227页。
④ John A. Turner, *A Golden Treasury of Chinese Poetry*, Hong Kong: The Chinese University Press, 1976, p.238.

若人富天巧，春色入毫楮。
悬知君能诗，寄声求妙语。

唐安石译诗如下：

Written on a Painting of Flowers Done by Intendant Wang of Yen-ling[①]

Slim bamboos like hermits frail:
Flowerets dim as virgins pale.
Bird upon the sprig a-swaying,
Raindrops faint on petals playing.
Feathery pinions poised for flight;
Leaves all trembling toward the light.
Bees, sweet robbers, blossoms nigh;
Deep in nectar to the thigh.
He that could stencil
Such lovely work,
I know in his pencil
Does springtime lurk.
In penning this
It is my design
From him to elicit
Some verse divine.

这首诗共十二句，每五字一顿，以王主簿折枝画为描写对象，前八句是对画作内容的描绘，而后四句是对画作的评论，即表示愿意听到王主簿写诗作画的"妙语"。如果联系第一首，第一首苏轼提出"诗画本一律，天工与清新"的著名艺术理论，于是第二首出现的瘦竹、幽花、小鸟、雨滴、蜜蜂等清新事物正好与前首所述理论相互印证。这首诗围绕"以诗题画"，由画

---

① John A. Turner, *A Golden Treasury of Chinese Poetry*, Hong Kong: The Chinese University Press, 1976, p.239.

到诗，体现了作者咏画的精当与形象。

唐安石译诗总体把握住了苏轼的诗画论观，能将诗歌前半部分的丰富意象和后半部分的画龙点睛之语传递到位。首先是押韵的处理。以"Deep in nectar to the thigh"（清蜜寄两股）这一句为界，前面是每两句一韵，如 frail 与 pale 押韵，a-swaying 与 playing 押韵，flight 与 light 押韵，nigh 与 thigh 押韵；后面是一三、二四句押韵，如 stencil 与 pencil 押韵，work 与 lurk 押韵，design 与 divine 押韵等。唐氏译诗的押韵既有规律可循又显得错落有致，表现出明显的韵律。其次是长短句的处理。如"可怜采花蜂"一句，唐安石翻译为三个词语"Bees, sweet robbers, blossoms nigh"，中间用逗号隔开，一词一顿。为细腻描绘出蜜蜂采蜜的情景，"清蜜寄两股"则译为完整的一句"Deep in nectar to the thigh"，尤其把"Deep"放在句前，生动传神地勾勒出画作中蜜蜂"为谁辛苦为谁甜"的意境。而苏轼诗中"若人富天巧。春色入毫楮。悬知君能诗，寄声求妙语"原为四句，唐安石则处理为八个诗行，通过把长句变短，增加诗行的停顿次数，译诗的节奏感更明显了。

当然，译诗在传神达意方面仍有值得商榷之处。第一，翻译重点有偏差。比如"瘦竹如幽人，幽花如处女"，苏轼原意是用"幽人"比竹、用"处女"比花，进一步写出了竹与花的风韵，重点是对竹和花的赞美；而唐安石把这两句翻译为"Slim bamboos like hermits frail"（纤细的竹子像体弱的隐士），"Flowerets dim as virgins pale"（小花暗淡得像苍白的处女），显然为了押韵，重点放在了尾部形容词"frail"（体弱的）和"pale"（苍白的），但是，这两个词都不是对竹子和花朵的赞美之词，难以传达苏诗的神韵。显然，唐安石对苏诗表达的重点在理解上产生了偏差。第二，欠缺对事物主动意识的描绘。"双翎决将起，众叶纷自举"两句中的"决"是急速之意，唐安石没有译出；"自举"二字显示出叶片争欲挺出的神气以及自我争取意识的强烈，而唐安石没有把这份主动性的神韵传递出来，仅用了"toward the light"（朝向光明）来表达。总观唐氏译诗，算是成功之作，意趣与韵味跃然纸上。

2.《饮湖上初晴后雨》与译诗的叙事视角

《饮湖上初晴后雨》是苏轼七言绝句的代表作，第一次出现在英语世界是林语堂的《苏东坡传》（1947年）在美国出版，而英国学者第一次翻译此诗则见于1976年唐安石的《中诗金库》。从20世纪中期到21世纪前期，这首诗歌入选英美学者著作多达10次，其中在美国出版的书籍先后9次收录此诗，除林语堂《苏东坡传》的翻译外，还分别见于1975年柳无忌和罗郁正《葵晔集：历代诗词曲选集》，1976年傅汉思《梅花与宫闱佳丽》，1985年中国王守义与美国诗人约翰·诺弗尔合作的《宋诗选译》，1994年华兹生《苏东坡诗选》，2002年戴维·亨顿《山之家：中国古代的荒野之诗》和2008年他的《中国古典诗歌选集》，2000年梅维恒《哥伦比亚中国文学史》以及2010年宇文所安《剑桥中国文学史》。这首诗歌为何如此受宠？我们先来看看唐安石所引苏轼原文：

饮湖上初晴后雨[①]
水光潋滟晴方好，
山色空蒙雨亦奇。
欲把西湖比西子，
淡妆浓抹总相宜。

唐安石英译本如下：

The Western Lake When Rain is Falling[②]

These pools, so lovely when their bright

Wavelets are glancing in sunlight,

Still, when the hills are dimmed with rain,

Their pristine loveliness retain.

For symbol of the Western Lake

The Western Maid you well may take,

Whether adorned with white and rose

Or in unpainted grace she goes.[③]

---

① John A. Turner, *A Golden Treasury of Chinese Poetry*, Hong Kong: The Chinese University Press, 1976, p.240.

② 此处唐安石注释：The Western Lake is compared to Hsi Shih, "the Western Maid", a beauty of ancient times, whose occasional frown enhanced her charms（译为：西湖被比作西施，"西子"，是古代的美人，她偶尔皱起眉头，更增添了她的魅力。）见 John A. Turner, *A Golden Treasury of Chinese Poetry*, Hong Kong: The Chinese University Press, 1976, p.330。

③ John A. Turner, *A Golden Treasury of Chinese Poetry*, Hong Kong: The Chinese University Press, 1976, p.241.

第二章　风格与技巧：英美的苏轼文学作品英译

这首赞美西湖美景的七绝是苏轼任杭州通判期间于宋神宗熙宁六年（1073）写下的，原诗有两首，此是第二首。陈善在《扪虱新话》卷八说："要识西子，但看西湖；要识西湖，但看此诗"。王文诰在《苏文忠公诗编注集成》卷九中称赞"此是名篇，可谓前无古人，后无来者"[①]。自苏轼此诗一出，历史上人们对西湖的印象也就从此定格，可见此诗的魅力所在。翻译此诗的最大难度就是叙事视角的选择，叙事视角是传达隐含作者的意图的一个切入点。隐含作者是指"作者完成作品后，就脱离了原作，留给译者解读阐释的空间与自由，然而，原作者的部分思想、经历、情感与意图等则内化于文本之中，这时隐含作者也就随之登场，成为'可能的存在'，与文本形成一种共生共存的关系"[②]。可见，隐含作者只是一种抽象的存在。如果隐含作者与原文作者一致，那么叙述者常常是诗人自己，但是诗人很少直接用"我""吾"等人称代词，而是把自己隐含在诗歌中，给读者留下无限的想象空间，这类是叙事视角中的叙述者话语。如果隐含作者与原文作者不一致，那么叙述者常常是诗人想表现的人物，如侠士、豪客、游子、思妇等，由他们来讲述其感受，这类属于叙事视角中的人物话语。这时译者就应该解读文本中的"第二自我"，实现与隐含作者的心灵契合，从而在翻译时准确传递原作的意思。

从译诗的叙事视角看，《饮湖上初晴后雨》无论对于气象万千的西湖美景的描绘还是巧用比喻状写出西湖的风致，都在寓情于景，借景抒情，却没有出现一个人称代词"它""我""你"等，即没有出现任何叙事主语，苏轼明显把叙事主体隐藏在了诗中，整首诗却让人不容忽视叙事主体的在场。隐藏的叙事主体，是使主客合一、物我融合的关键角色，那么翻译的时候，这个隐藏的叙事主体是否需要出现？唐安石采取了使其明晰化的方式，他把"欲把西湖比西子，淡妆浓抹总相宜"其中一层意思翻译为"The Western Maid you well may take"，即将比喻的主语明确化为"you"，让隐藏者从幕后走到了台前。本来不用道破的主语，经唐安石外化为"you"后，便"把旁观的隐蔽的叙事者译成了意境中的主体参与者，同样也破坏了原诗的含蓄表达"，"破坏了原诗的模糊性和宽广的张力，失去了物我不隔的超然意境"[③]。

[①] 曾枣庄：《苏诗汇评》（上），四川文艺出版社，2000，第318页。
[②] 戴玉霞：《苏轼诗词英译对比研究》，西安电子科技大学出版社，2016，第57～58页。
[③] 戴玉霞：《苏轼诗词英译对比研究》，西安电子科技大学出版社，2016，第60页。

同样是此诗的叙事视角,林语堂则处理得更为巧妙。林语堂英译本如下:

West Lake[①]

The light of water sparkles on a sunny day;
And misty mountains lend excitement to the rain.
like to compare the West Lake to "Miss West",
Pretty in a gay dress, and pretty in simple again.

林语堂先生的翻译相较于唐安石的译本,显得更简单清新,自然流畅。他既用了押韵手法,也巧妙地隐藏了原作中叙事主体,其译诗没有出现一个人称代词,给了读者无限的遐想空间,也使诗歌的含蓄之美得以保留,与苏轼原作有了高度的契合,所以林语堂的译本堪称经典。

3.《吉祥寺赏牡丹》与译诗的意趣

《吉祥寺赏牡丹》是苏轼七言诗的又一力作,华兹生在1965年《东坡居士辑书》和1994年《苏东坡诗选》中均译介此诗,成为译介该诗到英语世界的第一人,而英国译介此诗第一人是唐安石。美国在20世纪晚期有两位译家也翻译过此诗,分别见于1980年美国C.H.科沃克和文森特·麦克休翻译的《来自远方的老朋友:伟大朝代的150首中国诗歌》,文集只选入了两首苏轼诗歌,《吉祥寺赏牡丹》便是其一;而1999年新西兰的彼特·哈里斯的《禅诗》也收录此诗;2006年艾朗诺《美的焦虑:北宋士大夫的审美追求》也对此诗做了简要介绍。我们先来看看唐安石所引苏轼原文:

吉祥寺赏牡丹[②]

人老簪花不自羞,
花应羞上老人头。
醉归扶路人应笑,
十里珠帘半上钩。

---

① 戴玉霞:《苏轼诗词英译对比研究》,西安电子科技大学出版社,2016,第59页。
② John A. Turner, *A Golden Treasury of Chinese Poetry,* Hong Kong: The Chinese University Press, 1976, p.242.

第二章　风格与技巧：英美的苏轼文学作品英译

唐安石英译本如下：

Admiring Peony-blossoms at the Monastery of Good Omens[①]
Though old, no shame it is to me
With flowers to be bedizened.
Nay, flowers should rather shame to be
Stuck on a pate so wizened.
Nor do I much resent men's smiles
As, groping tipsily,
I teeter home——and for three miles
Each lifted curtain see.

这首诗的创作背景是：苏轼在杭州任通判时，于宋熙宁五年（1072）五月二十三日跟随知州沈立去吉祥寺花园中赏牡丹，赏花第二天沈立向众人展出十卷《牡丹亭》，苏轼看到眼前赏花壮观的画面、厚重的书籍，想到与诸位杭州市民一同游玩的愉悦，当即有感而发，写下这首名作《吉祥寺赏牡丹》。苏轼全诗重在一个"趣"字。源于此，唐安石翻译此诗通过押韵和抓住特色词汇极力描摹出了苏轼诗中的"趣"味。

一方面，唐安石把四句诗译为了八个诗行，采用了ababcaca式押韵的节奏，第一行诗尾词"me"、第三行诗尾词"be"，第六行尾词"tipsily"和第八行尾词"see"都押 /iː/ 韵，第二行诗尾词"bedizened"和第四行诗尾词"wizened"押 /nd/ 韵，第五诗行尾词"smiles"与第七诗行尾词"miles"押 /ailz/ 韵。通过押韵，让译诗一唱三叹，回环往复，把诗人内心的快乐、洒脱、不羁的性格传递了出来，这是韵律感带来的生趣。而另一方面，在用词的考究上唐安石着实下了一番功夫，通过一些副词、形容词和动词的巧妙运用传递出该诗隐藏的乐趣。比如第一诗行用副词"though"，为诗人自己戴花找到托词，巧妙摹写出诗人自己人老心不老的童趣。第二诗行用动词"bedizened"，这个词尤其用于形容较俗气的打扮，有点臭美之嫌，体现作为官吏的诗人心中的俗趣。第三诗行开头增加一个副词"Nay"，自我否定，引

[①] John A. Turner, *A Golden Treasury of Chinese Poetry,* Hong Kong: The Chinese University Press, 1976, p.243.

起读者注意。这是运用拟人手法表达感到羞愧的不是自己而是花。前后两个"羞"字，把人的心态与花的心态进行两相对比，相映成趣。第四诗行用形容词"wizened"形象刻画出一个老头干枯的头上插花，令人忍俊不禁的"疯"态。后三诗行连用"groping"（摸索）、"teeter"（摇晃）、"lifted"（抬升）、"see"（看）四个动词，把诗人赏花喝醉后摇摇晃晃、跌跌撞撞回家的憨趣和百姓都纷纷抱好奇之心想看诗人官吏醉态的逗趣写了出来。总之，为了让读者能切实体会到译者自己的体会，唐安石在传递诗歌的意趣上下了功夫，整首诗歌翻译得妙趣横生。

4.《赠刘景文》与译诗的色调

《赠刘景文》这首七绝作于元祐五年（1090），是苏轼送给好友刘景文的一首勉励诗。此诗前两句说尽管"荷尽菊残"，但仍须保持傲雪冰霜的气节，后两句通过描述"一年好景"即"橙黄橘绿时"来勉励"君"，鼓励刘景文困难是短暂的，不必意志消沉，看到希望、积极乐观才是最重要的。由于全诗言简意赅，短短的28字却把对同处窘境的友人的劝勉和支持之心情真意切地表达出来，同时，苏轼的广阔胸襟也通过托物言志展示无疑，整首诗歌抒友情却不拘泥于友情，把如何在逆境中奋起和正确看待人生的观念也融入诗中，意境颇为高远。在19世纪到20世纪的英国，此诗只有唐安石一人译介过；在美国，先后有蔡廷干《唐诗英韵》（1932），王红公《中国诗百首》（1956），华兹生《东坡居士轼书》（1965）、《哥伦比亚中国诗选：上古到十三世纪》（1984）和《苏东坡诗选》（1994）收录并翻译该诗，可见，《赠刘景文》流传较广。我们先来看看唐安石所引苏轼原文：

赠刘景文[①]

荷尽已无擎雨盖，
菊残犹有傲霜枝。
一年好景君须记，
最是橙黄橘绿时。

---

① John A. Turner, *A Golden Treasury of Chinese Poetry*, Hong Kong: The Chinese University Press, 1976, p. 244.

第二章　风格与技巧：英美的苏轼文学作品英译

唐安石英译本如下：

Winter[①]

Now water-lily plants are dead,
Their wan umbrellas all are lost.
A few chrysanthemums have stayed
On withered stems to brave the frost.
All through the year, I still will hold,
No finer sight is to be seen
Than when sweet oranges turn gold
While yet the mandarines are green.

两相对比，诗行形式上做了调整，苏轼原诗四行，而唐氏译诗为八行；但是精气神却丝毫不差。唐安石的这首译诗最大的特点是对色彩的运用和色调的把握。原诗在失望中透露出希望，在劝解中流露出自我的坚守，所以唐安石从标题入手，没有翻译成"赠刘景文"，而是用了"winter"冬季一词，标题翻译选择了冷色调词汇。诗歌第一句"荷尽"的翻译用了"dead"（死亡）一词，"擎雨盖"则用了"wan"（苍白）一词作修饰，首句翻译便呈现出一种毫无生机的死寂之感。第二句对于残菊则选择了"withered stems"来描绘，其茎干是"withered"（枯萎的），又是一个冷色调的词汇。一二句的翻译秉承了苏轼原诗的基调，就是在"荷尽""菊残"的看似失望中孕育着"傲霜"的希望，所以唐安石选用了"brave the frost"（勇敢地面对霜冻），这个短语是承上启下的作用，前面是冷色调，后面则是暖色调。第三句苏轼的原意是劝"君"，即劝刘景文记住，而唐安石把主语译成了"I"（我），说是"我坚持"，尽管在主语视角上有错位，但是丝毫不影响译诗的出色，特别是最后一句的翻译处理，苏轼原诗有两种色彩"黄"和"绿"，而唐安石在"黄"的基础上翻译出了丰收的色彩"gold"（金），保留了充满生机的色彩"green"（绿），添加了一种橙子的味道"sweet"（甜），让读者满眼都是色彩的世界，暗示了时间是秋末冬初，与题目的"冬景"照应起来，并把诗人对

[①] John A. Turner, *A Golden Treasury of Chinese Poetry*, Hong Kong: The Chinese University Press, 1976, p. 245.

朋友的谆谆劝解和殷殷期望都融入进这几个色味俱佳的词汇中，融入心中美丽的风景里。所以，唐安石的译诗通过色彩、色调把苏轼诗歌中的荷花无雨盖、残花傲霜、橙黄橘绿的美景都勾勒成了一幅动人的友人送别图。

总体来说，唐安石偏爱采用韵体诗进行翻译，十分重视词句的韵律，充分调动押韵、调整语序等手段，翻译出了苏诗的音韵美。

二、美国的苏诗翻译

据戴玉霞考证，美国的苏轼诗歌译本最早应追溯到1853年，美国传教士鲁米斯在伦敦版《皇家亚洲协会会报》第4期上刊载了一首描写恬静家园的诗歌，据说这就是苏轼的诗作，后被收录鲁米斯1867年在美国旧金山出版的译著《孔子与中国经典：中国文学阅读》，这在《中国翻译大辞典》中有所记载，但由于年代久远，至今无处可见诗作原译文，实为遗憾。①而后，1927年美国弗伦奇的《荷与菊：中日诗选》收录苏诗。相较于1898年在翟理斯的译本里出现苏轼诗歌而言，美国对苏诗的翻译比英国早了40年以上。而美国学者们开始逐步关注和翻译苏轼诗歌是从20世纪30年代开始的，可是直到20世纪50年代其发展速度依然较缓慢。所以，有学者把20世纪30年代至20世纪50年代作为美国苏轼研究的形成时期。②20世纪50年代至21世纪初期，则是美国苏轼研究的兴盛期，当然，这一时期的苏轼诗歌翻译数量和水平也达到了前所未有的高度。大量的美国学者先后涉足苏轼诗歌翻译的行列中来，他们是王红公、伯顿·华兹生、罗郁正、傅汉思、C.H.科沃克、约翰·诺弗尔、梅维恒、宇文所安、山姆·汉米尔、巴恩斯通、戴维·亨顿等，并且都有文选作品问世，收录苏轼诗歌数量不等。

那么，美国对中国诗歌的翻译兴趣从何而来？首先，在很大程度上是受英国影响。以美国著名诗人加里·斯奈德（Gary Snyder）为例，他曾明确表示自己受到英国阿瑟·韦利以及其他一些人翻译的中国诗歌的影响。1927年美国学者弗伦奇编著的译作《荷与菊：中日诗选》，其中收录苏轼诗歌《登常山绝顶广丽亭》《赵德麟钱饮湖上舟中对月》，而这两首诗歌的翻译者则是英国诗人克莱默-宾。弗伦奇对克莱默-宾作品的编选，是美国对中国古典

---

① 戴玉霞：《苏轼诗词英译对比研究》，西安电子科技大学出版社，2016，第7页。
② 万燚：《美国汉学界的苏轼研究》，中国社会科学出版社，2018，第33页。

第二章 风格与技巧：英美的苏轼文学作品英译

诗歌的早期关注来自英国这一说法的有力证明。其次，弗伦奇《荷与菊：中日诗选》出版之后的八十年间，政治方面，美国在二战后对中美关系的敏感加剧；经济上，其快速发展也让美国丰裕有加。20世纪50年代以后，比较文学美国学派异军突起等外在客观条件促使美国汉学更加日新月异，美国汉学的发展也在无形中推进了美国苏轼作品翻译和研究的脚步。再次，美国学者对中国诗歌的关注也受到日本学者的影响。比如加里·斯奈德曾为了学习中国文学东渡日本，甚至在日本皈依佛门，在日本期间他潜心研究禅宗佛学并翻译了大量日本诗歌和典籍，常常喜欢偏宁静意境的诗歌，其骨子里深受东方文化的影响，所以苏轼、陶渊明、寒山等诗歌里反映自然、静谧，带有佛学禅意的诗很受斯奈德喜欢。显然，日本成为像斯奈德这样一批在二战后，渴望来中国又因中美关系紧张来不了中国的学者的最佳选择，他们认为日本是最接近中国文化的国家之一。又比如美国汉学家华兹生的《东坡居士轼书》(1965年)，其中收录了他从日本学者小川环树的日译本《苏轼》中选取的部分苏轼文学作品。华兹生不同的苏轼诗歌译作选集从收录苏轼诗歌两首到收录苏轼诗歌116首，都表现出苏轼诗歌在美国的接受与普及程度。

而美国学者的文学选集里，收录苏轼诗歌（苏词不计算在内）按翻译数量排名前五位的是：华兹生《苏东坡诗选》105首[①]、华兹生《东坡居士轼书》76首[②]，戴维·亨顿《中国古典诗歌选集》21首[③]、王红公《中国诗百首》20首[④]和宇文所安《诺顿中国古典文学作品选》16首[⑤]。此外，位列其后，收录苏诗10首以上的译者还有柳无忌。按这些诗歌被收录文选的次数进行统计，排在前四名的诗歌是：《和子由渑池怀旧》(8次)、《题西林壁》(7次)、《饮湖上初晴后雨》(6次)、《书王定国所藏〈烟江叠嶂图〉》(6次)。

那么，美国学者为何对这些诗歌情有独钟并进行多次翻译？美国名家宇文所安认为，文学翻译是否优秀，关键在于是否忠实于原著。而宇文所安曾在被问及为何喜欢中国古代诗歌时谈到，因为自己每次找寻研究主题，都能

---

① 华兹生《苏东坡诗选》共116篇苏轼作品，其中包含8首词、2篇文章和1封书信，苏诗为105首。
② 华兹生《东坡居士轼书》共86篇苏轼作品，其中包含7首词、2篇文章和1封书信，苏诗为76首。
③ 戴维·亨顿《中国古典诗歌选集》共24首苏轼诗词，其中词3首，苏诗21首。
④ 王红公《中国诗百首》共25首苏轼诗词，其中词5首，苏诗20首。
⑤ 宇文所安《诺顿中国古典文学作品选》共33篇苏轼作品，其中词7首，文10篇，苏诗16首。

获得与诗人的诗作相互呼应的题材。可见汉学家在选择翻译哪位中国诗人的作品时，关注的其中一点是自己的研究主题是否能在诗人作品中得到呼应。这些研究思路对美国的苏轼诗词英译及研究起到了很好的借鉴作用。

现以美国著名翻译家王红公和戴维·亨顿为例，谈谈美国学者选录苏轼诗歌的标准与爱好。

(一) 王红公译苏诗：不走寻常路

王红公（Kenneth Rexroth，即肯尼斯·雷克思洛斯，1905—1982），美国汉学界大名鼎鼎的诗人翻译家，20世纪50年代旧金山文艺复兴运动的倡导者与创始人之一，也是二战后美国第一位重要诗人。第二次世界大战的爆发，对美国学界产生了意想不到的影响。由于对新工业社会的压迫和传统观念的束缚极为不满，美国人的心态和价值观产生了扭曲，在20世纪50年代的美国文学界出现了"垮掉的一代"（The Beat Generation，又名"敲打的一代"），他们反抗组织化、制度化，排斥商业消费社会的激烈竞争，注重寻求个人内心的解脱，主张自由、开放、个性化，甚至表现出颓唐和放纵的生活方式。此时，来自东方的禅学精神和老庄、诗僧寒山等代表人物凭借其超脱的思想、对心灵解脱的导引，竟成了美国学界"垮掉的一代"追求的目标，王红公就是这一派的代表人物。① 在他人生的77年间创作了50多部著作，包括《20世纪美国诗歌》《几点钟》等诗集；他因崇尚中国诗歌，毕生致力于中国诗歌的翻译与介绍，又凭借对多国语言精通和对中美诗歌的深入思考，出版《中国诗百首》（*One Hundred Poems From the Chinese*, 1956）、《爱与流年：续中国诗百首》（*100 More Poems from the Chinese: Love and the Turning Year*, 1970）、《李清照全集》（*Complete Poems of Li Ch'ing-Chao*, 1979）等英译诗歌选集，还有数量可观的论文。他被当时评论界誉为"可能是现有美国诗人中最伟大的一位"②。

1. 王红公与《中国诗百首》

1956年，《中国诗百首》一出，便一时洛阳纸贵，引起轰动，尤其受到当时年轻人的热烈追捧，甚至被当作青年男女在"情人节"这天互赠礼物的

---

① 郑树森：《中美文学因缘》，东大图书公司，1985，前言第3页。
② 朱徽：《中国诗歌在英语世界——英美译家汉诗翻译研究》，上海外语教育出版社，2009，第131页。

首选。美国当代著名诗人威廉斯曾评价《中国诗百首》："在我有幸读到，用美国现代语言写作的诗集之中，这本书能置于最富于感性的诗集之列"。该书①主要英译了杜甫（35首）、梅尧臣（13首）、欧阳修（11首）、苏东坡（25首）、李清照（7首）、陆游（11首）、朱熹（4首）、徐照（1首）、朱淑真（7首）共9位诗人的114首诗词，涉及朝代主要在唐宋时期。

王红公的翻译素材来自哪里？他在《中国诗百首》的序言（Introduction）中谈道："这些年来，我与中国朋友（其中无一专家），尤其与我的朋友C.H.科沃克，就这些诗和我的翻译进行了多次讨论。不过，这些译文都出自自己之手。有些诗译得非常自由，另一些则尽可能贴近原诗，这取决于我当时对某首特定的诗的感受。"②

可见，王红公的翻译灵感除了他在《序言》所述有汲取他人的成果外，主要来自与朋友讨论所获的启发以及自己对诗歌的感悟与创造。而对选择什么样的诗歌，王红公谈道："第二部分是《宋诗选集》，其中大部分诗歌从未用过英文。在这里，一开始我手头没有中文版本，大约一半的诗歌，我通常翻译自其他西方语言，主要是法语的索利·德·莫朗和马古利斯这两个译本本身就有相当大的诗歌价值。后来，我把我的译文放到原文里去并根据自己的需要进行了修改。再一次证明，结果是我自己的责任，有时比杜甫的翻译更直接，更自由。我希望在所有情况下，他们忠于原著的精神，是有效的英语诗歌"③。

---

① 笔者只找到1965年由美国新方向（A New Directions）公司出版的《中国诗百首》，下面均以此版本为准。

② "Over the years I have had many discussions of the poems and my translations with Chinese friends, none of them specialists, notably my friend, C. H. Kwock. However, these translations are my own. In some cases they are very free, in others as exact as possible, depending on how I felt in relation to the particular poem at the time." Kenneth Rexroth, *One Hundred Poems From the Chinese*, New York: New Directions Publishing Corporation, 1965, p XI.

③ "The second part is a selection of poetry of the Sung Dynasty, most of it never in English before. Here, where I did not have a Chinese text at hand in the first place, for about half the poems, I usually translated from other Western languages, mostly the French of Soulié de Morant and G. Margouliès. Both of these translations have considerable merit as poetry in their own right. Later I took my translations to the originals and changed them around to suit myself. Again, what has resulted is my own responsibility, sometimes more literal, more often freer, than the Tu Fu renderings. I hope in all cases they are true to the spirit of the originals, and valid English poems." Kenneth Rexroth, *One Hundred Poems From the Chinese*, New York: New Directions Publishing Corporation, 1965, p.XI.

可见，王红公的选诗标准有三。第一，选择没有被英译过的诗歌。第二，从其他语言译本中筛选出有价值的再进行英译的诗歌。第三，内容上真实有效的诗歌。王红公对宋诗印象不错，认为宋诗与杜甫时代的唐诗相比，虽然不那么紧凑，但却更自由。① 他还认为宋代的时代精神也能很好体现中国的精神。

2. 王红公对苏轼的关注

在《中国诗百首》的所有诗人中，杜甫作品翻译数量位居唐代诗人第一，苏轼作品翻译数量位居宋代诗人第一，即苏轼译诗数量位居全书第二，仅次于杜甫。全书中，王红公提及苏轼的有两处，第一处见于《序言》："宋诗不仅值得被更多地了解，而且它还包括中国最伟大的诗人之一苏东坡和最伟大的女诗人李清照"②。这里足见苏轼在王红公心中的地位，他把苏轼放在宋代最伟大的诗人之列。第二处是他在书后统一附上作者们的简介时，对于苏东坡介绍得尤其详细：

> SU TUNG P'O（1036–1101）named Su Shih, belonged to a powerful family of officials and scholars. Under the protection of his father's patron, Ou Yang Hsiu, he rose to prominence when very young. At first he held various provincial posts. Shortly after he was called to office he came into conflict with the famous reformer, Wang An Shih. I should explain that the early years of Sung witnessed a tremendous increase in trade and rise in the general standard of living. Wang proposed to stem this rising tide of commercialism with a series of economic measures which returned all power to the central authority and curbed, in fact attempted to abolish, the mercantile classes and reform the agricultural system. It has been called, with little accuracy, a program of state socialism and autarchy. Actually it was the purest "Neo Confucianism" of a kind different from that which, as a philosophy, later got the name. But

---

① "I might say that Sung poetry, so much less compact than that of T'ang, Tu Fu's period, permits more liberties." Kenneth Rexroth, *One Hundred Poems From the Chinese*, New York: New Directions Publishing Corporation, 1965, p.XII.

② "Not only does Sung poetry deserve to be better known, but it includes one of China's very greatest poets, Su Tung P'o, and Li Ch'ing Chao, her greatest poetess." Kenneth Rexroth, *One Hundred Poems From the Chinese*, New York: New Directions Publishing Corporation, 1965, p.XII.

the scholar gentry—the Confucianists—were violently opposed. Wang An Shih was simply too unconventional for them. However, for a time, under a new emperor, his schemes were put into effect, with doubtful results. As one of Wang's leading opponents Su Tung P'o then entered upon a period of remarkable vicissitude. He first was moved out of the court to the governorship of Hangchow and the ten exiled altogether, once as far away as Hainan. His life was a series of ups and downs--out to exile, back to court, back to exile again. He even spent three months in prison. He seems to have been a good, conventional administrator, loved by the people under him but arrogant and rash with equals or supervisors. He was also an excellent painter; his ink paintings of bamboos are superlative. They are imitated to this day and crude forgeries can be found in curio shops. As a painter and something of an esthetician he is one of the founders of the Southern Sung style, one of the glories of Far Eastern culture. He is certainly one of the ten greatest Chinese poets. His work may be full of quotations and allusions to T'ang poetry, T'ao Ch'ien and the classics, but it is still intensely personal and is the climax of early Sung subjectivity. His world is not Tu Fu's. Where the latter sees definite particulars, clear moral issues, bright sharp images, Su Tung Po's vision is clouded with the all-dissolving systematic doubt of Buddhism and the nihilism of revived philosophical Taoism. It is a less precise world, but a vaster one, and more like our own.[①]

笔者翻译如下：

苏东坡（1036-1101），名苏轼，出生于一个由官员和学者组成的强大家族。他在父亲的举荐者欧阳修的关照下，年轻时就崭露头角。起初，他担任过各种地方性的职务。刚上任不久，他就与著名的改革家王安石发生了冲突。我应该解释一下，宋初年，贸易和生活水平都有了巨大的提高。王提出了一系列的经济措施来遏制商业化的兴起，这些

[①] Kenneth Rexroth, *One Hundred Poems From the Chinese*, New York: New Directions Publishing Corporation, 1965, pp.140-141.

措施将所有的权力都收归朝廷，并试图废除商业阶级，改革农业体制。它被称为"国家社会主义和专制"，但这一说法并不准确。事实上，这是一种最纯粹的"新儒家学说"，与后来所称的哲学有所不同。但是士绅——儒家学派的信徒——却强烈反对。王安石对他们来说简直是标新立异。然而，有一段时间，在一位新皇帝的统治下，他的计划付诸实施，结果却令人怀疑。作为王的主要对手之一，苏东坡进入了一段显著的变化期。他先是被调离朝廷，当上杭州知州，十人一起被流放，一度远至海南。他的一生充满了起起落落——流放在外，回到朝廷，又再次流放。他甚至在监狱里待了三个月。他似乎是一位优秀的、传统的行政官员，受到下属的爱戴，但在同等职位或上司面前傲慢、鲁莽。他也是一位出色的画家；他的竹子水墨画是最好的。它们至今仍被模仿，在古董店还能找到一些粗糙的赝品。作为画家和美学家，他是南宋风格的奠基人之一，也是远东文化的光荣之一。他无疑是中国十位最伟大的诗人之一。他的作品或许大量引经据典自唐诗、陶潜和古籍，但仍然极具个人风格，是宋朝初期主观主义的巅峰。他的世界不同于杜甫的世界。在后者的世界中看到的是确定无疑的细节，清晰的伦理道德观和鲜明的意象。苏东坡的视野既因人们对佛教一贯彻底的怀疑而被遮蔽，又因复兴的道家哲学的虚无主义而模糊不清。这是一个不那么精确的世界，但是一个更大的世界，更像我们自己的世界。

可见，王红公对苏轼的介绍体现出以下特点。第一，为介绍苏轼的流放经历，他重点介绍了王安石变法过程中支持派与反对派的矛盾。这是王红公把苏轼流放放在政治斗争的背景下去思考，这点与许多英美汉学家的思路是一致的。第二，对宋代的经济文化背景有所提及，为西方读者了解王安石变法的背景提供了历史视野。第三，指出苏轼的艺术贡献和美学价值铸造了他在远东文化的地位，代表了远东文化的光荣。对于远东文化，王红公一直很关注，他曾说："远东诗歌对现代美国诗歌的影响大于19至20世纪法国诗歌对其的影响，而且远大于自己传统的影响，即19世纪英美诗歌的影响"[①]。第四，指出了苏轼在诗坛的伟大，以及对诗歌的继承与创新，即体现了共性与个性。王红公认为苏轼多引唐诗、陶潜诗作以及其他典故，这是指出苏轼

---

① 钟玲：《美国诗与中国梦》，广西师范大学出版社，2003，第22页。

诗歌创作中继承的一面，也指出了古代诗人创作的共性；但王红公认为苏轼强烈的个人色彩是早期宋人主体性的最高水平的体现，这是对苏轼个性的肯定，也点出了其诗歌创新的推动力。当然，王红公既看到苏轼的优点，又指出了他的弱点——在同级官员和上司面前"傲慢与鲁莽"等。可以说，王红公介绍苏轼的视角比一些汉学家更广阔，他能从唐宋对比角度观察苏轼并反思宋代的时代特色，也能反思自己所处的20世纪美国诗歌与他国诗歌之间的相互影响关系。

3. 王红公对苏诗的创造性翻译

所谓创造性翻译，就是翻译主体在某种明确的再创作动机驱使下，通过在翻译过程中发挥主观能动性，对原作进行能动的阐释和建构而完成的创造性翻译行为。[①] 特别是文学翻译，它总跟译者的创造性思考紧密相关，是译者对原作的体验和感受，因此，创造性翻译一方面受译者的主观能动性影响，一方面还受语言的差异性影响。它不是简单的对原作的遵从或背离，是对文学的再创造，特别讲究一个"活"字，在诗歌翻译方面尤其如此。

王红公译诗向来充满创造性，诗歌译得"活"，这种创造性翻译特色很大程度上受到美国诗人庞德（Ezra Pound）《华夏集》（*Cathay*）的影响。出版于1915年的中国古典诗歌选集《华夏集》就是一本提倡在理解原诗的基础上进行诗歌再创作的代表作，可以说开英语世界创造性翻译的先河。王红公曾公开表示诗歌翻译不能拘泥于原文，应该足够灵活自由，他认为庞德虽不懂汉语但他却翻译出最优秀的作品，庞德就是把诗歌译"活"的成功例子。江岚在《唐诗西传史论》里评价王红公的译笔"将中国古典诗歌打磨成一个个碰巧被博物馆遗忘在民间的青花古瓷瓶：具有鲜明中国特色，晶莹、华美得超脱现实，却又触手可及"[②]。这把他在保留中国诗歌古风古韵基础上所体现出的译诗境界的高妙描绘得很贴切。

王红公是美国学界第一位苏轼词作的译者。《中国诗百首》是王红公首次翻译苏轼诗歌的选集，他翻译了25首苏轼诗词，词作有：《念奴娇·赤壁怀古》、《少年游·润州作》、《定风波·红梅》、《虞美人》和《阳关曲·中秋月》。诗作有：《游金山寺》、《去岁九月二十七日在黄州生子名遁小名干

---

① 孙建昌、张梅：《论创造性翻译是增值翻译》，《聊城大学学报》（哲学社会科学版）2002年第5期，第81页。

② 江岚：《唐诗西传史论——以唐诗在英美的传播为中心》，学苑出版社，2009，第271页。

儿顾》、《雪后书北台壁二首》、《薄薄酒》(其二)、《守岁》、《馈岁》、《和子由踏青》、《花影》、《别岁》、《新城道中》(其一)、THOUGHTS IN EXILE[①]、《六月二十七日望湖楼醉书》、《南堂五首》(其一)、《鱼》、《洗儿戏作》、《海棠》、《轩窗》、《赠刘景文》、《春宵》、《东栏梨花》,诗歌分量所占比重高达百分之八十。

  以《雪后书北台壁二首》为例,王红公的此诗译本是英语世界的首个译本,此诗还在美国艾略特·温伯格的《新日日新:中国古代诗歌选集》(2003年)和巴恩斯通的《中国诗歌锚定书》(2005年)等选集里出现过。尤其是《新日日新:中国古代诗歌选集》里收录的11首苏轼诗词,均来自王红公的译本,可见王红公苏轼作品译本受认可的程度了。苏轼原文如下:

雪后书北台壁二首[②]

其一

黄昏犹作雨纤纤,夜静无风势转严。
但觉衾裯如泼水,不知庭院已堆盐。
五更晓色来书幌,半夜寒声落画檐。
试扫北台看马耳,未随埋没有双尖。

其二

城头初日始翻鸦,陌上晴泥已没车。
冻合玉楼寒起粟,光摇银海眩生花。
遗蝗入地应千尺,宿麦连云有几家。
老病自嗟诗力退,空吟《冰柱》忆刘叉。

  这两首诗是宋神宗熙宁七年(1074)十一月寒冬,苏轼由杭州通判改任密州知州到任后写下的。北台即超然台,在山东密州(今山东诸城市)北,是北宋熙宁八年(1075)苏轼任密州太守时所建。苏轼对超然台情有独钟,一则因超然台是山东诸城西北墙上的"废台"经苏轼整修而成,二则取名颇有讲究。苏辙依据《老子》"虽有荣观,燕处超然",命名曰"超然",并作

[①] 该诗未能比对查找出对应的苏轼作品中文篇名,在此保留英文题目。
[②] (宋)苏轼著,(清)王文诰辑注,孔凡礼点校《苏轼诗集》(第二册),中华书局,1982,第602~605页。

第二章　风格与技巧：英美的苏轼文学作品英译

《超然台赋》予以赞咏，表达超脱尘世、乐天知命之意，后启发苏轼也创作了千古名篇《超然台记》。这两首诗是大雪后被写在北台墙壁上的，《雪后书北台壁二首》因此而得名。第一首写夜晚下雪的壮观景象，第二首写雪后初晴的景象。《瀛奎律髓汇评》卷二一《雪类》曾记载了元朝著名诗论家方回对这首诗歌的评价："观此雪诗亦冠绝古今矣"[①]。

王红公译本[②]如下：

THE TERRACE IN THE SNOW

In the golden twilight the rain

Was like silk threads. During the night.

It cleared. The wind fell. It grew

Colder. My covers felt damp

And cold. Without my knowing it,

The snow had drifted into

The room like heaps of salt. At

The fifth watch, in the first flush

Of dawn, I close the curtain

Of the study. During the

Rest of the night I listen

To the ice, warping the colored

Tiles of the roof. In the morning

I sweep the Northern terrace

And look out at Saddle Peak.

It is clear of clouds and I

Can see both summits. Above

The village in the morning

Sunlight, crows begin to circle.

The mud of the streets is covered

---

① 曾枣庄：《苏诗汇评》（上），四川文艺出版社，2000，第487页。
② Kenneth Rexroth, *One Hundred Poems From the Chinese*, New York: New Directions Publishing Corporation, 1965, pp.70–71.

With white. No cart track has marked it.

Ice has turned the shop roofs to

White jade. Snow has filled the doorways

With rice. The last cicadas

Have long since gone to earth. Now

They will have to dig a thousand

Feet deeper. Some clouds pile up,

The color of dried moss.My

Chest bothers me again.

I feel I have lost the

Ability to write.

The icicles on the eaves

Drone in the wind like the swords

Of murderers.

  王红公作为自由体诗人代表，一向倡导译诗的自由与创意，所以常常对诗歌进行大胆改写。他创造性地运用自由诗体翻译方法，在译语中获得语义上准确或功能上恰当的对等词。有时，译语的韵律在他的译诗中变得不那么重要，甚至被忽视了。王红公翻译《雪后书北台壁二首》，体现出以下创意。第一，翻译结构上的创意。原作《雪后书北台壁二首》是两首七言律诗，共8行16句，而王红公合二为一进行了翻译，在结构上处理为34行，切分更细了，所以语意的停顿处相较于原诗增加了。第二，意蕴上的创意。第一句"黄昏犹作雨纤纤"，本没有色彩，可王红公却在黄昏前加上了金色"golden"进行修饰，让景色有了一种强烈的视觉感。"雨纤纤"翻译为雨像丝线（silk threads），运用了比喻手法，让细如丝的雨在金色的黄昏天空背景中下出了一种美感。"半夜寒声落画檐"一句中的"寒声"原意是寒雪融化的滴水声，这句指半夜屋檐上的声音，原来是雪水潺潺。而王红公创造了另一种意境，即把"寒声"翻译为冰（the ice）的声音，是半夜听见冰压弯了彩色屋顶瓦片，发出了声音。尽管雪与冰两者有差异，但是这里冰压弯屋瓦显得更加冷气逼人，与前文大雪纷飞正好照应，足见天之冷，雪之大。

  我们也应该看到，也许意蕴上的创意是王红公故意的，也许是无意的，但是这种翻译风格本身就是王红公提倡自由译诗、不拘泥于原作一字一句地表现,是"译作对原作的客观背离",即谢天振教授在《译介学》中所指的翻译的"叛逆"。适当的"叛逆"即新的创造,只有这样才能翻译出不是千篇一律的作品,让作品得到二次重生,获得新的生命力。文学语言的模糊性、开放性会导致译者翻译风格的多样化和读者理解程度的千差万别,古典诗歌翻译尤其如此。其实,这种自由的译诗的背后是王红公的操纵意识。王红公宣称译者应把自己认同为作者,任何伟大的翻译作品之所以经久不衰是因为它属于自己的时代,因此,他对汉语诗歌进行了改写和操纵,目的在于使它们顺应时代主流的意识形态和诗学形态。

当然,该诗也有误译之处。比如第二首"冻合玉楼寒起粟,光摇银海眩生花"这句本来指冻得两肩缩在一起,甚至起了鸡皮疙瘩。雪光摇晃眼睛,弄得两眼昏花。而王红公误把"冻合玉楼寒起粟"翻译为"冰把商店的屋顶变成了白玉,像米一样的雪堆满了门廊"(Ice has turned the shop roofs to/ White jade. Snow has filled the doorways/With rice.)。"光摇银海"一句没有翻译,显然对"玉楼"指双肩,"起粟"指起鸡皮疙瘩,"银海"指眼,这几个词并没有理解。而"遗蝗入地应千尺"中的"遗蝗"本指"遗留下的蝗子",即蝗虫类,而王红公翻译为"蝉"(cicadas),相去甚远。"宿麦连云有几家"本指"冬麦翻年,苗如云拥,有多少丰收的人家!"①而王红公并没有翻译"宿麦",却把麦苗入云霄象征丰收的"连云"翻译为"乌云堆积"(Some clouds pile up),与诗歌原意大相径庭。

对于最后一句"老病自嗟诗力退,空吟《冰柱》忆刘叉"更是翻译得离题万里,本指苏轼想到自己年老多病,作诗本领已衰退,枉自吟诵《冰柱》,想起了唐代诗人刘叉。而王红公理解为冰柱(the icicles)是自然现象,刘叉是剑(the swords)。

还有一首苏轼的七绝《海棠》,多次在英语世界被翻译。除王红公《中国诗百首》收录外,还曾在1932年蔡廷干《唐诗英韵》,1933年英国的克拉拉《风信集:宋代诗词歌赋选译》,1999年新西兰彼特·哈里斯《禅诗》等选集中出现(《禅诗》收录的该诗是王红公译本)。下面将克拉拉译本与王红公译本进行对比。

---

① 曾弢、曾枣庄译注,章培恒审阅《苏轼诗文词选译》,凤凰出版社,2017,第28页。

表2-1 克拉拉译本与王红公译本对比情况

苏轼	克拉拉译本①	王红公译本②
海棠③	WYGELIA④（To Yang Kuei Fei）	BEGONIAS
东风袅袅泛崇光，	The east wind gently blows Where moonlight overflows；	The East wind blows gently. The rising rays float
香雾空蒙月转廊。	And fragrant mists and dew call forth Soft perfume of wygelia. The night is late， And on the terrace，moonbeams dance：	On the thick perfumed mist. The moon appears，right there， At the corner of the balcony.
只恐夜深花睡去，	But all the flowers are now asleep. I fear They cannot see her standing there Alone，	I only fear in the depth of night The flowers will fall asleep.
故烧高烛照红妆。	With tall red candle lifted high， Illuminating with its flame， Her painted charm.	I hold up a gilded candle To shine on their scarlet beauty.

《海棠》一诗作于1084年（宋神宗元丰七年），是苏轼被贬黄州（今湖北黄冈）的第五个年头。政治的失意导致心中的失落是难免的，但是诗人并未沉浸在失意中，反而借海棠花营造出一种静谧、超脱的境界，表现出达观、积极的思想。海棠花向来是苏轼的最爱，他曾不止一次在诗歌中歌颂海棠甚至借花自喻。这首诗歌中的海棠在春风的吹拂下香气弥漫，有一种夜晚独自绽放的美，而苏轼还化用了杨贵妃醉酒失态却被唐明皇称作"海棠睡未足"的典故，赋予了海棠美女的气质，给人以审美的想象。

原作4句4行，尾字"光、廊、妆"均押/ang/韵，克拉拉处理为13行13次停顿，王红公处理为9行9次停顿，两首都是自由体诗，均不押韵。克拉拉发挥想象的地方比王红公多一些，比如，"香雾空蒙月转廊"克拉拉赋予

---

① Clara M.Candlin, *The Herald Wind: Translations of Sung Dynasty Poems, Lyrics and Songs*, London：John Murray, 1933, p.54.
② Kenneth Rexroth, *One Hundred Poems From the Chinese*, New York：New Directions Publishing Corporation, 1965, p.86.
③ （宋）苏轼著，（清）王文诰辑注，孔凡礼点校《苏轼诗集》（第四册），中华书局，1982，第1186~1187页。
④ wygelia一词，克拉拉原文如此，但笔者查无此词，怀疑是《风信集》印刷weigela之误，因为weigela是"锦带花"，别称"五色海棠"。

第二章　风格与技巧：英美的苏轼文学作品英译

了香雾和月亮情感，运用拟人手法描绘出海棠的芳香是被香雾召唤出来的，而月亮也在阳台上翩翩起舞。还有"只恐夜深花睡去"刻意加深担心的程度，表明不仅担心人们看不见花，还担心花是孤独的（alone）。但是克拉拉的发挥似乎离苏轼原作意义远了一点，比如"东风袅袅泛崇光"本指春风吹拂暖意融融，更增加了几分春色，这里的"崇光"是指正在增长的春光，而克拉拉译为月光（moonlight），这与本意大相径庭；又如"月转廊"本指月亮因嫉妒海棠的美丽芳香而偷偷转到回廊那边去，不愿意给海棠照亮，不愿给她展示自己美丽的舞台，而不是月亮自己兴致高昂翩翩起舞（dance）。对于最后一句"故烧高烛照红妆"是苏轼的点睛之笔，化用了唐代李商隐《花下醉》诗中的"客散酒醒深夜后，更持红烛赏残花"。其中一个关键字"故"，克拉拉和王红公都没有译出，而这个字别有意味。"故"是"于是"的意思，是指诗人不忍月光嫉妒海棠的明艳，让海棠的美丽无处施展，于是举起高烧的红烛，为她驱除这长夜的黑暗。此处诗人的侠义与厚道也跃然纸上。"故"字很清楚地表达了前因后果的关系。

两相比较，整体感觉王红公更贴近苏轼原诗风味，在尊重原作的基础上，王红公又有自己的创意，比如第二句描绘"月亮出来了，就在那里"（The moon appears, right there），这个 right there 极具创意，感觉是人在现场观看，有一种发现月亮的惊喜，把月亮的动感也译了出来。"只恐夜深花睡去"一句，克拉拉翻译为现在时态，而王红公翻译为将来时，用 will 更贴切，是表明诗人的担心，"花睡去"毕竟还没有发生。

从文化意味上讲，尽管克拉拉在题目上稍微体现了跟杨贵妃有关的印记，但是两者都没有刻意解释这首诗来自唐明皇与杨贵妃的典故，忽略了"花睡去"的由来，实为遗憾。而王红公对此在书后的注解也有些偏误：

This is the standard interpretation of Su's most famous short poem. Possibly it is popular because it could just as well mean:

Painted Flower

In the soft East Wind
Rising moonbeams float
On mingled mist and incense.

> The moon spies on us
> Over the edge of the balcony.
> The girl I have hired
> Falls asleep. Pensively
> I hold up a gilded candle
> And look long at her painted beauty.
> I like to think of this as written at the first encounter with the girl who was long his lover--Su Hsiao-Hsiao, the famous courtesan whose tomb is still venerated beside the West Lake at Hangchow.①

翻译为：

> 这是苏轼最著名的短诗的标准解释。它之所以受欢迎，可能是因为它也可以意味着：
> 如画的花
> 在柔和的东风中
> 上升的月光浮动
> 雾和香交织在一起
> 月亮在偷探我们
> 越过阳台的边缘。
> 我雇的那个女孩
> 睡着了。闷闷不乐
> 我举起一支镀金的蜡烛
> 长久地注视着她如画般的美丽。
> 我喜欢把这看作是他第一次遇见苏小小时写的，苏小小是他多年的情人，是一个著名的歌妓，她的坟墓至今仍在杭州西湖边供人瞻仰。

显然，王红公把苏轼写杨贵妃的诗歌误以为是写苏小小的，而苏小小生活在南北朝时期的南齐，苏轼却生活在宋代，两个朝代相隔久远，毫无相

---

① Kenneth Rexroth, *One Hundred Poems From the Chinese*, New York: New Directions Publishing Corporation, 1965, p.143.

干。当然，注释中的二次翻译，倒让苏轼的《海棠》有了另一番韵味，不妨也看作是王红公的创意之作吧。

王红公译文也有不足之处，即"为了在译文中体现出原作富含诗意的美学特点，就无法在译文中全面反映出传统的中国文化符码和各种文化意象的独特内涵，使不谙熟中国文化的西方读者无法了解到中国传统文化的博大精深和恒久魅力，这也不能不说是一种遗憾"[①]。

总的说来，王红公在诗歌翻译方面，总是不走寻常路。魏家海曾在2014年发表的论文《王红公汉诗英译的文化诗性融合与流变》中认为王红公"在翻译中国诗歌方面是一个'另类'，但他善于吸收中国文化元素和保留西方文学的传统，其创译思想是中西诗歌灵感和文化的融合与流变，是译者结合中西文学传统创新思维的检验，'译''创'互补，其创译的汉诗在英语世界广为接受和传播"[②]。可见，王红公在向西方人介绍东方文化及其价值观时扮演了十分重要的角色，称得上"20世纪美国最出色的诗人翻译家"。

（二）戴维·亨顿的苏诗译学文化

美国的戴维·亨顿（David Hinton，以下简称"亨顿"）在翻译界赫赫有名，他是翻译中国古典哲学诗歌最多和最著名的英译家之一，也是20世纪第一位独自将《论语》《孟子》《道德经》和《庄子》这四部中国古代著名的哲学典籍全部译成英语的西方翻译家。[③]亨顿的语言清新脱俗、自然质朴，他致力于给西方大众读者展示中国古代文化的精华，为他们进一步了解中国古代文化提供新的视野。

要了解亨顿对于诗歌的翻译，不妨看看他2008年的《中国古典诗歌选集》（*Classical Chinese Poetry: An Anthology*），此书出版后大受好评。美国格拉斯哥大学（University of Glasgow）的安德鲁·雷德福（Andrew Radford）曾评论到："不同于《中国古典诗歌新方向选集》（2003）收录了不同译者对同一首诗的无数版本，亨顿却独自翻译了中国前三千年诗歌中的近500首。他对这一古老诗歌遗产的哲学分支，尤其是对'道家的宇宙、意识和语言的统一'的持久学术兴趣，反映在他的编辑原则中，即称赞这首诗将感性的直

---

① 黄立：《英语世界的唐宋词研究》，四川大学出版社，2008，第34页。
② 魏家海：《王红公汉诗英译的文化诗性融合与流变》，《外文研究》2014年第1期，第103页。
③ 金学勤：《通俗简练 瑕不掩瑜——评戴维·亨顿的〈论语〉和〈孟子〉英译》，《孔子研究》2010年第5期，第117页。

接和受控制的思维结合在一起"①。安德鲁·雷德福又评论到:"事实上,这部选集在翻译策略上从未采用过一种死板的印刷风格,因为考虑到中国传统的显著多样性,以及它对人类永恒经验的完整全景的真实品味,琐碎而高贵"②。可见,能体现中国传统文化的东西便是亨顿编选作品秉承的又一原则。所以,安德鲁·雷德福认为:"亨顿确保了每一个诗意的存在都被给予了一个充足的呼吸空间"③。不难发现,《中国古典诗歌选集》共收录24首苏轼诗词,亨顿较倾向于翻译苏轼带有哲学思想的诗歌作品,入选了《题西林壁》、《赠东林总长老》、《梵天寺见僧守诠小诗清婉可爱次韵》等,这类诗歌占了全书三分之一以上的比例。

亨顿对苏轼评价如何?首先,他肯定苏轼作为中国最伟大的知识分子、宋代最伟大诗人的地位,并且认为伟大的诗歌是在艰苦和流放中产生的,实际上,苏轼在第一次流放中巩固了他成熟的诗学。④其次,亨顿认为苏轼作品是梅尧臣平淡诗学的显著延伸,因为他为梅的现实主义增添了一个主体向

---

① "Unlike the New Directions Anthology of Classical Chinese Poetry (2003) which presents myriad versions of the same poem by various translators, Hinton translates nearly 500 poems from the first three millennia of verse in China single-handed. His abiding scholarly interest in the philosophical ramifications of this ancient poetic legacy, especially 'the Taoist unity of cosmos, consciousness, and language', is mirrored in his editorial policy which lauds the poetry's intermingling of sensuous immediacy and controlled intellection." *Translation and Literature* 19 (2010), p.104.

② "Indeed, there is never a sense of this anthology adopting a rigid 'house style' in terms of its translation strategies, given the remarkable diversity in this Chinese tradition, with its unfeigned relish for an entire panorama of abiding human experiences, trivial and imperial." *Translation and Literature* 19 (2010), p.105

③ "Hinton ensures that each poetic presence is accorded ample room to breathe." *Translation and Literature* 19 (2010), p.107.

④ "SU TUNG-P'O (Su Shih) was born into a common family from the lower reaches of the educated class but rose to become one of China's greatest intellectuals, traditionally considered the Sung Dynasty's greatest poet, and no less renowned for his calligraphy (which followed the same philosophical principles as his poetry). He was at times quite influential in government, but because he opposed Wang An-shih's radical policies and never stopped voicing his criticisms, he spent most of his life in the provinces, including many years in especially arduous exile. He was also tried for treason (on the journey north to his trial, Su's wife burned many of his poems on the deck of a boat, fearing they would be used to implicate him), jailed and beaten, and very nearly executed. It was said that great poetry grows out of hardship and exile, and indeed Su consolidated his mature poetics during his first exile." David Hinton, *Classical Chinese Poetry: An Anthology*, New York: Farrar, Straus and Giroux, 2008, p.364.

度。苏轼诗歌体现了游移如水的意识——老子对"道"的操作性隐喻——随物赋形。① 所以，亨顿感到苏轼的诗歌在叙述的过程中，往往带有一种轻松的自发性，这是一种把意识的本质作为自然永恒的运动和转化的一种表现形式的运动。正因为如此，苏轼整个作品都表现出这一特点，他总是"信手拈来，几乎涉及任何话题（因此他的文集中有大量的诗歌：现存2400首），每首诗都打开了一个新的视角，听起来永远不像最后一句话，因此感觉就像是正在进行的有机过程的一部分，从这个有机过程中产生的不仅是诗歌，还有整个宇宙。而苏轼的诗学则反映了他的一种哲学气质，使他在面对相当大的困难和失望时保持了深刻的情感平衡"②。亨顿认为苏轼的这种情感平衡是他被人们特别记住的东西：一种超然的平静，甚至是无忧无虑，这源于对悲伤和快乐的接受，因为它们都是自然演变过程中不可避免的方面。不难看出，亨顿对苏轼的欣赏已经超越了不少美国译者流于表面的点评，他透过现象看本质，认为苏轼的苦难经历成就了他独特的哲学气质和超然的心境，以至于在其诗歌中展现出的创新理念和宏阔视角，是使之与众不同的地方。

苏轼《书王定国所藏〈烟江叠嶂图〉》是一首题画诗，作于元祐三年（1088）冬，他因看《烟江叠嶂图》而想起自己在黄州的艰苦岁月，有所感触，写下此诗，也表达了自己的归隐之意。这首杂言诗歌在英语世界较为流行，多次被收录文学选集。该诗在英国的英译本最早见于1947年白英《白驹集：中国古今诗歌英译》，只是这首诗的译者不是白英而是俞铭传。而后，华兹生在1965年《东坡居士轼书》、1984年《哥伦比亚中国诗选：上古到十三世纪》和1994年《苏东坡诗选》，宇文所安在1996年《诺顿中国古典文学作品选》中均收录此诗，而亨顿先后将此诗收录自己的2002年《山之家：

---

① "Su Tung-p'o's work represents a striking extension of Mei Yao-ch'en's *p'ing-tan* poetics, for he added a subjective dimension To Mei's realism. Su's poems enact consciousness wandering like water—LaoTzu's operant metaphor for Tao—taking shape according to what it encounters." David Hinton, *Classical Chinese Poetry: An Anthology*, New York: Farrar, Straus and Giroux, 2008, p.364.

② "This happens not only in individual poems but also through the entire body of his work. He wrote easily and on most any topic (hence the large number of poems in his corpus: 2, 400 surviving), each poem open to a new perspective, never sounding like the last word, and therefore feeling like part of that ongoing organic process from which emerges not just poetry but the entire cosmos. Su's poetics in turn reflects a philosophical disposition that allowed him a profound emotional balance in the face of considerable hardship and disappointment." David Hinton, *Classical Chinese Poetry: An Anthology*, New York: Farrar, Straus and Giroux, 2008, p.365.

中国古代的荒野之诗》和2008年《中国古典诗歌选集》中，可见其对此诗的喜爱。下面以亨顿及译作为例来谈谈此诗。

书王定国所藏《烟江叠嶂图》[①]

江上愁心千叠山，浮空积翠如云烟。
山耶云耶远莫知，烟空云散山依然。
但见两崖苍苍暗绝谷，中有百道飞来泉。
萦林络石隐复见，下赴谷口为奔川。
川平山开林麓断，小桥野店依山前。
行人稍度乔木外，渔舟一叶江吞天。
使君何从得此本，点缀毫末分清妍。
不知人间何处有此境，径欲往买二顷田。
君不见武昌樊口幽绝处，东坡先生留五年。
春风摇江天漠漠，暮云卷雨山娟娟。
丹枫翻鸦伴水宿，长松落雪惊醉眠。
桃花流水在人世，武陵岂必皆神仙。
江山清空我尘土，虽有去路寻无缘。
还君此画三叹息，山中故人应有招我归来篇。

苏轼的这首诗歌被清代大学问家纪昀给予了高度评价，他在《苏文忠诗集》卷三十评价到："奇景幻景，笔足达之"。一首为好友画家王定国画作《烟江叠嶂图》所书之诗，诗的前十二句就画中景色进行描述，烟雨迷蒙中，远山、飞泉仿佛置身事外，而茅舍、小桥、渔船又仿佛近在眼前，远景和近景结合得相得益彰。诗的后十六句抒写诗人的感慨，流露出对陶渊明所生活的世外桃源的向往，所以说"不知人间何处有此境，径欲往买二顷田"，"桃花流水在人世，武陵岂必皆神仙

INSCRIBED ON A PAINTING IN WANG TING-KUO'COLLECTION ENTITLED MISTY RIVER AND CROWDED PEAKS [②]

[①] （宋）苏轼著，（清）王文诰辑注，孔凡礼点校《苏轼诗集》（第五册），中华书局，1982，第1607~1608页。

[②] David Hinton, *Classical Chinese Poetry: An Anthology*, New York: Farrar, Straus and Giroux, 2008, pp.380-381.

表2-2 《书王定国所藏〈烟江叠嶂图〉》中英文对照

苏轼原文	亨顿英译文
江上愁心千叠山, 浮空积翠如云烟。	Heartbreak above the river, a thousand peaks and summits drift king-fisher-green in empty skies, like mist and cloud.
山耶云耶远莫知, 烟空云散山依然。	At these distances, you don't know if it's mountain or cloud until mist thins away and clouds scatter. Then mountains remain,
但见两崖苍苍暗绝谷, 中有百道飞来泉。	filling sight with canyoned cliff-walls, azure-green, valleys in cragged shadow, and cascades tumbling a hundred Ways in headlong flight,
萦林络石隐复见, 下赴谷口为奔川。	stitching forests and threading rock, seen and then unseen as they plunge toward valley headwaters, and wild streams
川平山开林麓断, 小桥野店依山前。	growing calm where mountains open out and forests end. A small bridge and country inn nestled against mountains,
行人稍度乔木外, 渔舟一叶江吞天。	travelers gradually work their way beyond towering trees, and a fishing boat drifts, lone leaf on a river swallowing sky.
使君何从得此本, 点缀毫末分清妍。	I can't help asking where you found a painting like this, bottomless beauty and clarity so lavish in exquisite detail:
不知人间何处有此境, 径欲往买二顷田。	I never dreamed there was a place in this human realm so perfect, so very lovely. All I want is to go there, buy myself a few acres and settle in.
君不见武昌樊口幽绝处, 东坡先生留五年。	You can almost see them, can't you? Those pure and remote places in Wu-ch'ang and Fan-k'ou where I lingered out five recluse years as Master East-Slope:
春风摇江天漠漠, 暮云卷雨山娟娟。	a river trembling in spring wind, isolate skies boundless, and evening clouds furling rain back across lovely peaks,
丹枫翻鸦伴水宿, 长松落雪惊醉眠。	crows gliding out of red maples to share a boatman's night and snow tumbling off tall pines startling his midday sleep.
桃花流水在人世, 武陵岂必皆神仙。	*Peach blossoms drift streamwater away* right here in this human realm, and Warrior-Knoll wasn't for spirit immortals.
江山清空我尘土, 虽有去路寻无缘。	Rivers and mountains all empty clarity: there's a road in, but caught in the dust of this world, I'll never find it again.
还君此画三叹息, 山中故人应有招我归来篇。	Returning your painting, I'm taken by sighs of sad wonder. I have old friends in those mountains, and their poems keep calling me home.

《书王定国所藏〈烟江叠嶂图〉》是苏轼篇幅较长的诗歌,翻译难度较大。亨顿显然不是韵体翻译的偏爱者,他在翻译时不着力于押韵,而着力于

对诗歌意象的诠释。首先，苏诗原作诗歌意象丰富，让人应接不暇，而亨顿尽可能把每一句的意象都翻译出来，保留原作物象的完整性，这是对原作的充分尊重。其次，为了增加诗歌的节奏感，亨顿偏爱把一句诗拆分成几个短句进行处理，更容易让读者读懂，比如"但见两崖苍苍暗绝谷"一句翻译为"filling sight with canyoned cliff-walls, azure-green, valleys in cragged shadow"，即把"苍苍暗"拆分为"峭壁耸立""碧绿色""崎岖阴暗"几个并列的定语，又如亨顿把"不知人间何处有此境"的"此境"描述为"so perfect, so very lovely"（如此完美，如此可爱）两个短语，增强了语句的说服力和表现力。不过，译作短句的增多也无形中失去了一些简洁之感，使得译作稍显繁复。再次，巧用修辞手法让译诗更生动形象，比如"春风摇江天漠漠，暮云卷雨山娟娟"，亨顿用拟人手法把天空形容为孤独的天空（isolate skies），把山形容为可爱的山峰（lovely peaks），译诗一下让天与山都有了灵性，有了情感。最后，亨顿注意补出主语，让叙述主体更明确。比如"山耶云耶远莫知"中是"谁莫知"，主语并未交代是"我"还是"你"，亨顿则处理为第二人称"你"——你莫知（you don't know）；又如"使君何从得此本"，亨顿翻译为"我不禁要问，你在哪里找到这样的一幅画"（I can't help asking where you found a painting like this），对于被问者"你"，补出了提问主体"我"。

三、英美苏诗翻译异同对比

经过上述对英美学界的苏轼诗歌翻译的详细分析，可以发现英美在苏诗翻译方面有相似之处。第一，译诗数量均逐年递增；第二，对苏轼诗歌的翻译者都是名家，他们都在文学界和翻译界有较强的号召力；第三，苏轼诗歌的传播几乎都是通过文选方式进入读者的视野，而后才有研究型著作或论文的问世，英美的苏轼诗歌研究往往受诗歌翻译的启发，是诗歌翻译的升华和延伸；第四，英美译者因个人偏好对苏轼诗歌的选择有所影响；第五，苏轼诗歌翻译比重大，英美两国翻译的苏轼诗歌文选中的数量比苏词和苏文多；第六，内容上，英美译者都比较喜欢译介苏轼写景的诗歌；第七，英美译者都注重借鉴，他们都有从前辈选集中再次选入苏轼译作的惯例。

英美在苏诗翻译方面也表现出较为明显的不同。

第二章 风格与技巧：英美的苏轼文学作品英译

第一，按时间上讲，美国本土学者翻译苏轼诗歌在前，起于1853年，而英国本土学者在后，起于1898年。美国的苏诗翻译时间比英国早。

第二，按翻译数量讲，英国数量少，美国数量多。苏轼诗歌在英语世界被翻译的数量不足300篇，[①]据笔者统计的数据，英美学者译苏诗不超过200首，其中英国学者翻译27首，比例约13%，而美国学者译苏诗约占英美译苏诗总数的89%。而无论英美，所选译的诗歌并不完全代表苏轼诗歌的所有风格。

第三，翻译风格有别。英国韵体翻译占主流，散体翻译有尝试。英国的译诗多以韵体诗为主，比如翟理斯、克莱默-宾、唐安石都主要采用韵体诗翻译，具有明显的维多利亚诗风，而阿瑟·韦利不想因为押韵的限制去损害语言活力或文字的版本，所以在翻译时采用自由体，突破英译结构，以归化方式对作品进行处理。而对于苏轼诗歌，美国韵体翻译和无韵翻译者兼有。

第四，翻译选材有别。英国多选择原作押韵明显的诗歌，英国译者普遍偏爱选译直接表达苏轼情感的诗歌，对感官性较强的诗歌比较关注；而美国学者偏爱选译有哲理意味甚至是禅味十足的苏轼诗歌，而且题材选择比英国译者更广泛。

第五，对副文本的重视程度不同。副文本主要是序言、后记、诗人索引、目录编排说明等。副文本发挥着折射原作的价值，既可以为读者提供知识背景，满足读者的阅读期待，也可以彰显翻译思想，甚至阐释文化价值等，所以副文本与主文本一起构成了有机整体。在进行诗歌翻译及研究前，若能关注到副文本的信息，就能较明确地知道作者编选苏轼诗歌的出发点和基本原则。相比之下，英国选集的副文本内容较单薄，而美国选集的副文本较丰富，成为美国的苏轼文学翻译作品的重要补充。

第六，译本的流传程度不同。美国译者一诗多译的现象较普遍，即对同一首苏轼诗歌，他们在不同的文选里多次收录并翻译，呈现出各具特色的多译本，便于诗歌的流传。而英国译者在这方面相对表现不明显。

总之，中国诗歌的英译是西方了解中国文化的窗口，"不仅让同时代的

[①] 据彭发胜统计，苏轼诗歌在英语世界被译篇数为291篇，译次为650次，位居北宋诗人第一（详见彭发胜《中国古诗英译文献篇目信息统计与分析》，《外国语》2017年第5期，第48页）。只是彭发胜的统计包括了国内学者如许渊冲的英译情况，而笔者在本书附录的统计不包括国内学者在国内发表的英译苏轼作品数量。

人获益匪浅,也启发了很多当代诗人,使得现代英诗创作方面更具特色,无形中推进了现代英诗的发展"①。

第二节　英美的苏词翻译

　　中国古典词最早见于唐代晚期,到五代时期兴起,至宋代达到顶峰。可是,英语世界宋词的翻译起步较晚,比唐诗翻译晚了近一个世纪,宋词在英语世界的出现为何这么晚?涂慧在《如何译介,怎样研究》一书中归纳了如下原因。首先,把诗词地位进行对比,中国传统观念认为诗才是正宗,词不过是"诗余"。只有诗歌才能集中体现中华民族的精神,所以不少汉学家也以此作为选择翻译材料的指导思想。其次,把诗词内容进行对比,中国从唐代开始逐渐认为"词为艳科",即只注重描写男女情爱等,所以汉学家们也普遍认为词的内容难登大雅之堂,不值得翻译。再次,宋词的严格格律和用字讲究使其音乐性特征难以转化为异域语言,②即词向来可以合乐而唱,翻译时要想既保存其意象又兼顾词的音乐性,是一件很难的事。最后,汉学家们认为对词的翻译难度高于诗歌。一位加拿大的词研究专家曾指出,词比诗难懂得多。他们认为词里涉及许多难懂的意象,比如马的嘶鸣预示迫在眉睫的别离,而落花、流水等表示春天将尽,茱萸、芦花、归雁等表示秋天到来等,③这些意象正是令外国读者头疼的事。且不说还有许多象征、比喻手法的运用和典故的引入,更是让外国读者读起来如堕五里雾中。所以,西方学者对词远比对诗冷淡得多。作为英国汉学先驱的翟理斯在1901年的《中国文学史》里对宋词只字未提,且"将近一个世纪过去了,情况仍未根本改观,至少在英国是如此"④。

　　苏轼作为生活在北宋时期的一代词家,他对词的功绩是前所未有的,不仅拓展了词的题材,提升了词的境界,还创新出"以诗为词"的理念,把诗歌创作的手法、技巧等带入词的创作中来,让北宋词风为之一振。刘辰翁在《辛稼

---

① 王雪:《韦利创意英译如何进入英语文学》,《文学教育》2018年第5期,第169页。
② 涂慧:《如何译介,怎样研究——中国古典词在英语世界》,中国社会科学出版社,2014,第21页。
③ 张弘:《中国文学在英国》,花城出版社,1992,第152页。
④ 张弘:《中国文学在英国》,花城出版社,1992,第151页。

第二章　风格与技巧：英美的苏轼文学作品英译

轩词序》中评价苏词："词至东坡，倾荡磊落，如诗，如文，如天地奇观"①。

虽然苏词相较于苏轼诗歌进入英语世界的时间晚了八十多年，但是苏词在英语世界的地位却很重要。涂慧在《如何译介，怎样研究》中对英语世界的所有词人进行了数据统计，结果如下：在英语世界最受欢迎与重视的十大词人为李清照、李煜、苏轼、辛弃疾、韦庄、温庭筠、柳永、欧阳修、周邦彦、纳兰性德，而苏轼排在第三名；英语世界译者参与翻译最多的前三位是李清照、苏轼、李煜，苏轼排在第二名；作品入选选集篇目最多的前三位是李煜、苏轼、李清照，苏轼排在第二名。而苏轼在中国研究者王兆鹏、刘尊明《历史的选择——宋代词人历史地位的定量分析》一文中，被排在第二位。可见，苏轼是"东西方异质文化语境中地位相对稳定的词人"②。

苏词被译介到英语世界最早见于英国，即1933年英国克拉拉·坎德林的《风信集：宋代诗词歌赋选译》中收录苏轼词1首。而美国的苏词翻译最早出现在1956年王红公的《中国诗百首》，收录苏轼词3首，标志着美国学界开始了对苏轼词的关注。而后，苏词在英语世界成为后起之秀，是与20世纪英美两国的汉学与东方学的繁荣境况、两国政府东亚政策的推动和西方的时代语境密不可分的。所以，20世纪开始，不仅是苏词的翻译者增多，围绕苏轼词做研究的汉学家们也如雨后春笋般涌现出来，他们把视线转向了苏词，无论是学术研究著作还是论文，对于苏词的探讨竟远远超过了对苏轼诗歌的聚焦。尤其是1953年，美国哈佛大学的白思达教授在《哈佛亚洲学报》发表了《词体的起源》一文，尽管只是在论及词与音乐关系的时候提及苏词《念奴娇·赤壁怀古》的标题既表明了形式又指明了主题，③其他内容在注释部分对苏轼一笔带过，但是该文成为最早论及苏词的学术研究论文。

---

① 刘辰翁著，段大林校点《刘辰翁集》（卷六），江西人民出版社，1987，第177页。
② 涂慧：《如何译介，怎样研究——中国古典词在英语世界》，中国社会科学出版社，2014，第58页。
③ "In Northern Sung times, as poets using the *tz'u* primarily for literary purposes diversified their subject matter, they added subtitles. Su Shih's 苏轼 "Nien-nu chiao-Ch'ih-pi huai-ku" 念奴娇赤壁怀古 indicates both form and subject, as does "Sonnet: On the Extinction of the Venetian Republic." 笔者翻译为：北宋时期，基于文学目的而创作词的诗人使词的题材多样化，于是增加了副标题。苏轼的《念奴娇·赤壁怀古》的标题既表明了形式又指明了主题，这和《十四行诗：威尼斯共和国的覆灭》的诗题如出一辙。Glen William Baxter, "Metrical Origins of the Tz'u", *Harvard Journal of Asiatic Studies*, 1953, Vol.16, No.1/2, p.111.

一、英国的苏词翻译

英国1933年开始的苏词翻译比美国1956年开始的苏词翻译早了约23年。英国的宋词译介得益于20世纪初期英国汉学的繁荣语境,得益于英国政府东亚政策的推动,也得益于此时西方的现代语境:第一次世界大战的爆发导致了西方文明的堕落,西方知识分子开始试图从东方文明中汲取养分。在这样的历史背景下,从1933年开始,英国先后有克拉拉、白英、初大告、考特沃尔和史密斯、邓根·迈根托斯、艾林、唐安石对苏词进行翻译和介绍,2000年以后英国学界翻译苏词的速度减慢,直到2013年美国梅维恒、英国吴芳思、加拿大陈三平合著的英文传记《华夏人生》在文章最后附上了苏词全文《临江仙·夜饮东坡醒复醉》。

在所能统计到的英国学界苏词译作中,克拉拉是最先关注到苏词的译者,而艾林和邓根·迈根托斯的《中国词选》(1965)和《中国续词选》(1969)共翻译苏词19首,他们成为英国学界译介苏词最多的译者,1947年白英的《白驹集:中国古今诗歌英译》收录苏词10首,位列第二。下面以这几本书为例对英国的苏词翻译情况进行研究。

(一)最早的苏词译者克拉拉

英国女士克拉拉·坎德林(Clara M. Candlin,以下简称"克拉拉")最初在译界崭露头角时并不知名,直到1933年,她在伦敦的约翰·默里出版社出版《风信集:宋代诗词歌赋选译》(*The Herald Wind: Translations of Sung Dynasty Poems, Lyrics and Songs*),才使人们关注到其对宋词译介的首创之功。这是"英语世界第一部具有断代性质的宋词英译本"[1],该书于1947年再版。该书封面上有这样一段话:"近年来出版的许多诗集反映出人们对中国古典诗歌的兴趣日益浓厚。然而,尽管早期唐朝诗人的重要性得到了充分的强调,但迄今为止,还没有以单独的形式出现过宋代集。这些在中国文化达到鼎盛时期写的抒情诗有自己的魅力和渴望,长期居住在中国的翻译家,自

---

[1] 涂慧:《如何译介,怎样研究——中国古典词在英语世界》,中国社会科学出版社,2014,第17页。

第二章　风格与技巧：英美的苏轼文学作品英译

己也是一位杰出汉学家的女儿，用自由诗愉快地再现了这些抒情诗"①。这段话交代了克拉拉翻译宋代文学并出版该书的原因，又交代了克拉拉是女承父业，表明了其对中国古诗词的独特情感。

《风信集：宋代诗词歌赋选译》总序由英国著名汉学家克莱默-宾撰写，前言由中国胡适撰写，共翻译中国诗词79首，其中宋词占大部分篇幅，60多首词涉及温庭筠、韦庄、李煜、晏殊、晏几道、欧阳修、柳永、苏轼、李清照、辛弃疾等19位著名词人。其中收录苏轼作品3首，分别是《上元侍宴》、《海棠》、《水调歌头》（明月几时有），而只有《水调歌头》（明月几时有）这一首是词，但也标志着苏轼词正式踏入英语世界。除此外，克拉拉还曾于1946年译著《中国爱国诗人陆游的剑诗》（the Rapier of Lu, Patriot Poet of China），看似无关苏轼，但是陆游和苏轼同为宋代杰出诗人，而克拉拉关注和译介他们，可见对宋代文化的偏爱。《中国爱国诗人陆游的剑诗》和《风信集：宋代诗词歌赋选译》一样，都属于克莱默-宾主编的"东方智慧丛书"系列书籍，可见，克拉拉编译中国诗歌的出发点与主编克莱默-宾编写丛书的出发点是完全一致的，即对中国宋代文化的重视与推崇。他们认为宋代文化是唐代文化的继承和发扬，而宋代文化在异族文明面前显示出足够的强大，因此应对宋代的诗人和诗歌进行深入的分析与理解。

那么克拉拉是怎么介绍苏轼的？在"总序"部分首先由克莱默-宾提及了苏轼，他说虽然诗歌在八世纪达到顶峰后开始衰落，但是宋代在伟大的诗歌中做出了自己的杰出贡献。比如苏轼，也就是人们常说的"苏东坡"，受到了评论家的质疑，也得到了李高洁等人的热烈肯定，他的《苏东坡集选译》为重建苏轼的声誉起到了很大作用。②

---

① "The growing interest in Chinese poetry of the classic period is shown by the numerous anthologies published of recent years.But whereas the importance of the earlier Tang dynasty poets has been duly stressed, no collection of the Sung has hitherto appeared in separate form.These lyric from an age when Chinese culture attained its zenith have a charm and wistfulness of their own, which the translator, long resident in China and herself the daughter of a distinguished Sinologue, has delightfully reproduced in free verse." Clara M. Candlin, *The Herald Wind: Translations of Sung Dynasty Poems, Lyrics and Songs*, London：John Murray, 1933.

② "The claim of Su Shih, better known as Su Tung-p'o, has been disputed by critics and ardently affirmed by others like Mr. Drummond le Grogs Clark whose recent Selections from the Works of Su Tung-p'o have done much to re-establish his reputation." Clara M. Candlin, *The Herald Wind: Translations of Sung Dynasty Poems, Lyrics and Songs*, London：John Murray, 1933, p.21.

而克拉拉则在介绍苏轼诗歌前有一段叙述：

SU SHIH

Born on the 19th of the 12th moon, A.D.1036

Died, 28th of the 7th moon, A.D.1101

ONE of China's greatest writers, better known under his adopted name Su Tung-p'o. He shared the fate of most of her[①] statesmen in being banished to a distant post. His tablet was placed in the Confucian temple for 600 years.[②]

笔者翻译为：

苏轼生于公元1036年12月19日，卒于公元1101年7月28日。中国最伟大的作家之一，以他的笔名苏东坡著称。他和大多数政治家一样，被流放到一个遥远的地方。他的牌位被放置在孔庙里600年。

克拉拉对苏轼的介绍极为简单，肯定了苏轼在中国文坛的影响力，但对其政治作为却闭口不谈，只说流放的结果。不过克拉拉提及苏轼牌位放在孔庙600年一事，足见其地位的重要性。遗憾的是，克拉拉对每首诗词没有任何背景介绍，也几乎没有注释。所以，对于第一次接触苏轼作品的西方读者来说，这样的信息量很有限，无法让读者全面了解苏轼，并且对于苏轼作品也只能欣赏而已，谈不上深入理解。

以苏轼《水调歌头》（明月几时有）为例，该词堪称千古绝唱，既是一首苏轼思念弟弟苏辙的词，更是一首代表中秋团圆主题的中华传统文化典范。作者从对月问天开始切入，任思绪飘飞，通过与明月的对话，在超然的想象中表达对人生的思考。整首词的情感基调是从伤感转向乐观的，境界高妙，南宋胡寅在《酒边词序》中评价该词"一洗绮罗香泽之态，摆脱绸缪宛转之度；使人登高望远，举首高歌，而逸怀浩气，超然乎尘垢之外"，故让

---

① 原文为"her"，笔者疑为"his"之误。
② Clara M. Candlin, *The Herald Wind: Translations of Sung Dynasty Poems, Lyrics and Songs*, London: John Murray, 1933, p.53.

人回味无穷。① 宋代胡仔《苕溪渔隐丛话·后集》卷三九说:"中秋词,自东坡《水调歌头》一出,余词尽废。"②

水调歌头③

丙辰中秋,欢饮达旦,大醉。作此篇,兼怀子由。

明月几时有?把酒问青天。不知天上宫阙,今夕是何年。我欲乘风归去,又恐琼楼玉宇,高处不胜寒。起舞弄清影,何似在人间。

转朱阁,低绮户,照无眠。不应有恨,何事长向别时圆!人有悲欢离合,月有阴晴圆缺,此事古难全。但愿人长久,千里共婵娟。

译文1:克拉拉译文

SU CHIEH④

(Thinking of his brother Su Chieh)

When comes the bright full moon?
I raise the wine cup and interrogate
The azure heavens.
What year is this
To dwellers in the Palace of the Skies?
I wish that I might, riding on the wind
Return there now;
But this I fear:
I could not bear the cold
In that high marble tower.
I rise
And with my shadows dance.
I feel detached from earth.

---

① 朱士钊:《唐诗宋词鉴赏辞典》,新疆人民出版社,2004,第456页。
② 邹同庆、王宗堂:《苏轼词编年校注》(上),中华书局,2002,第176页。
③ 邹同庆、王宗堂:《苏轼词编年校注》(上),中华书局,2002,第173~174页。
④ Clara M. Candlin, *The Herald Wind: Translations of Sung Dynasty Poems, Lyrics and Songs*, London: John Murray, 1933, pp.54-55.

The moon

Around

The Red Pavilion moves.

It stoops and peeps in at the doors,

And shines on those who cannot sleep.

The moon should have no care;

Yet always does it seem that she is round

When friends are far apart.

But joys and sorrows, meetings, partings, all

To mortals come.

The moon has clear and cloudy nights:

She waxes and she wanes:

This never can be changed.

I would that men could live

For evermore,

And share

The moonlight, though a thousand miles

Divides.

译文2：唐安石译文

Remembrance In Mid-Autumn
-to the Tune of "Barcarole Prelude"[①]

When did this glorious moon begin to be?

Cup in hand, I asked of the azure sky:

And wondered in the palaces of the air

What calendar this night do they go by.

Yes, I would wish to mount the winds and wander there

At home; but dread those onyx towers and halls of jade

---

① John A.Turner, *A Golden Treasury of Chinese Poetry,* Hong Kong: The Chinese University Press, 1976, pp.234–237.

Set so immeasurably cold and high.
To tread a measure, to sport with fleshless shade,
How alien to our frail mortality!
Her light round scarlet pavilion,'neath broidered screen,
down streams
On me that sleepless lie.
Ah, vain indeed is my complaining:
But why must she beam at the full on those that sundered sigh?
As men have their weal and woe, their parting and meeting, it seems
The moon has her dark and light, her phases of fulness and waning.
Never is seen perfection in things that die.
Yet would I crave one solitary boon:
Long be we linked with light of the fair moon
Over large leagues of distance, thou and I.

对比两者的译文。第一，用词的准确。从题目开始，克拉拉省去对于曲调的翻译，直接取名为"苏辙"（SU CHIEH），标题下面补充一个"思念弟弟苏辙"，直截了当；而唐安石题目"忆中秋"（Remembrance In Mid-Autumn），翻译更贴近原作，传递出中华传统佳节的意味。第一句"明月"，克拉拉译为 the bright full moon，即明亮的圆月，既描绘出月亮的色彩又描绘出月亮的形状，比较贴切于中秋月圆的特点，而唐安石译为 glorious moon，glorious 有辉煌的、极好的意思，如果译为辉煌的月亮，言之过极，如果译为极好的月亮，稍显抽象，这里显然克拉拉译得更好。"把酒问青天"的"把酒"，克拉拉用 raise，形象表达出"举"的动作，而唐安石则用 cup in hand，一个静态的展示，不如克拉拉译文动态感强。第二，语气的拿捏。如第二句用"不知"表达猜想，克拉拉采用疑问语气，用 What year 领起，以问号结尾，而唐安石采用陈述语气，用 wondered 领起，以句号结尾。显然，克拉拉这句的语气处理更为恰当。"我欲乘风归去"一句，唐安石添加了一个 Yes，表现出苏轼坚定自己的内心想法，想要快活似神仙般飞向天宫，因为苏轼早已认定月亮是自己心灵的归宿，"羽化登仙"本就是苏轼归隐思想的体现，而后面一个 but，又表现出担忧，担心"高处不胜寒"，其象征朝廷的月宫太高、太冷，暗指自己做官与否的矛盾心理。唐安石译文的先肯定后怀疑的语气，更接近苏轼原意。第三，韵律的和谐。克拉拉没有刻意押韵，是按原作直译较多，而唐安石注意用韵，比如sky与by、high、lie、sigh、die、I均押ai韵，mortality与complaining、waning押韵。让译文流动着音乐的美感。第四，语意的表达。最后一句"但愿人长久，千里共婵娟"，克拉拉表达"但愿"只用了would引领that从句，而唐安石则刻意用I crave one solitary boon表达这个愿望是一种单独的恩惠。"千里共婵娟"的"婵娟"本指嫦娥，这里指月亮。克拉拉直译为moonlight，即尽管千里相隔，仍共享月光。而唐安石译为the fair moon，把月亮的美丽体现了出来。对于"千里"，克拉拉采取直译a thousand miles，而唐安石采取意译Over large leagues of distance（在很远的地方），最后补充主语thou and I（你和我）突出了兄弟二人的深厚情谊。

总的说来，两位译者各有千秋，克拉拉的译文更显简练流畅，她善于通过简短有力的诗句传达出意味深长的诗意。而唐安石的译文更具创意，押韵的使用让译文韵律和节奏感更强，但有的翻译稍显冗长。

（二）白英译介苏词

白英，全名皮埃尔·斯蒂芬·罗伯特·白英（Pierre Stephen Robert Payne，又译为"罗伯特·佩恩""白恩"等）。1911年生于英国，在南非开普敦、英国利物浦、德国慕尼黑和法国索邦等大学学习，1941~1946年在重庆复旦大学和昆明西南联合大学任教，1949年任美国阿拉马大学英语教授，1953年入美国籍。[①]1976年参与成立哥伦比亚大学翻译中心，终年72岁。他一生涉列极广，涵盖文、史、哲、艺术等领域，共创作153部作品，其中25部与中国有关。《白驹集：中国古今诗歌英译》是与西南联合大学教师沈有鼎、杨业治、浦江清、俞铭传、袁家骅、谢文通以及学生李赋宁、汪曾祺、袁可金等共同英译的从古至今中国诗选，该书被多次编印，至今已有1947年、1949年、1960年、2014年版，在英语世界流传甚广。[②]以1947年初版《白驹集：中国古今诗歌英译》（*The White Pony: An Anthology of Chinese Poetry from the Earliest Times to the Present Day*）为例，其分为从周到民国七

[①] 1947年《白驹集：中国古今诗歌英译》出版时，白英还属于英国籍，所以笔者把该书归入英国学界的成果。

[②] 罗伯特·白英：《白驹集：从古至今中国诗前言》，王天红译，《华夏文化论坛》（第十七辑）2017年第1期，第339页。

部分，其中有宋代。内容包括孔子、老子、屈原、陶渊明、白居易、苏轼等50多位诗人共四百余首诗。

　　白英曾在《白驹集：中国古今诗歌英译》前言第一段里说："诗歌是了解一个民族最好的方法"①。白英在前言里交代了介绍中国诗歌的原因，概括如下五点。第一，中国汉字很美，蕴含丰富的历史文化。"唯有诗歌实现了中华文化最鲜活的表达"②。第二，汉字的声调充满活力，比英语的冗长单词更有趣，而诗歌就是汉字组合起来的一首首动听的歌曲，"中华民族的语言比最柔软的丝绸更柔美"③。第三，中国诗歌无论怎样变化，总是有一种强烈的永恒感让人终身铭记。无论是对待死亡、战争、悲伤还是贫穷等，中华民族都有一种永恒的力量。第四，相比较欧洲人，中国人内在的人性使他们更热爱自然万物，敏锐地去捕捉一花一草，并写进诗歌。第五，中国诗歌的典故和意象总能通过简洁的语言传递出来。总之，白英在前言里尽情表达出对中国汉字从形到声的欣赏，对中国诗歌精神的探寻，对中国诗人的敬佩。他的最终目的是在自己的选集中尽可能地让外国读者了解中国诗歌的博大精深。

　　这本诗集收录了宋代8位作家诗词，其中苏轼入选作品数量20首，排在宋代第二名，仅次于陆游的27首。苏轼20首作品，词作有《念奴娇·赤壁怀古》，《醉落魄·离京口作》，《蝶恋花·春景》，《西江月·黄州中秋》，《临江仙·夜饮东坡醒复醉》，《江城子·十年生死两茫茫》，《渔父》（其一、其二、其三），《水调歌头·明月几时有》，共10首，其余是诗歌。对于苏轼，白英是怎么评价的呢？

　　整本选集里宋代部分介绍篇幅最长的就是苏轼（su t'ung po）。白英首先提及苏轼既是画家又是诗人，然后对于苏轼在宋代的惊人成就进行了赞美；接着，白英从苏轼的家庭出身开始介绍，按时间顺序对苏轼一生的从政经历进行了梳理，既客观叙述了苏轼反对王安石变法、身陷囹圄、杭州修苏堤等经历，也特意提及苏轼为纪念侍妾朝云而作诗的往事。对于苏轼的几次流放

---

① 罗伯特·白英：《白驹集：从古至今中国诗前言》，王天红译，《华夏文化论坛》（第十七辑）2017年第1期，第339页。
② 罗伯特·白英：《白驹集：从古至今中国诗前言》，王天红译，《华夏文化论坛》（第十七辑）2017年第1期，第339页。
③ 罗伯特·白英：《白驹集：从古至今中国诗前言》，王天红译，《华夏文化论坛》（第十七辑）2017年第1期，第340页。

直至去世，介绍简单而脉络清晰，旨在让读者对苏轼的经历有较全面的把握，这是白英运用了典型的"知人论世"的方法。

不过，白英的介绍有两点值得注意。一是对苏轼儒释道思想的关注。比如一开始，白英就说苏轼画的竹有一种刻意的精确性和一种近乎佛教浸入到竹叶的精神，当我们看着它们时，它们似乎在颤动。所以，在他的诗歌中有种奇怪的一致性（这来自他的儒家先辈）和一种令人窒息的深度（这来自他对道教和佛教的理解）。① 这是点明了苏轼画作的禅意和其诗歌受儒释道三家思想影响而呈现的深刻性。再者，白英认为苏轼牌位在孔庙摆放后又被撤除一事，点明了他既尊崇儒家思想，又不被儒家的教条束缚。因为苏轼他太聪明太伟大了。② 二是反复强调苏轼诗歌在宋代无可替代的地位。比如白英认为苏轼既是一个无懈可击的学者，又是一个完美的业余爱好者，在为探索宇宙奥秘所付出的努力中，他是所有宋代诗人中最令人惊异的一位。③ 白英十分肯定苏轼诗歌中的自然观、宇宙观。

可见，白英眼里的苏轼是完美的，既有驳杂的思想，哲学的眼光，冷静的智慧，也有无限的创造力，敢于超越。所以，最后白英点评到："他曾考虑过庄严和深厚的感情，这是他的唐代前辈们所没有的，但有时他会超越前辈，在想象中创出新的世界，在全新的风景中徜徉"④。

白英选入的10首苏词，几乎都是苏轼最有代表性的作品，下面以《渔

---

① "His painting of bamboos have a studied precision and an almost Buddhist immersion into the spirit of the leaves, which seem to stir and tremble as we look at them .So, too, in his poetry there is a curious conformity (which comes from his Confucian ancestry) and a breathless depth (which comes from his understanding of Taoism and Buddhism)." Robert Payne, *The White Pony: An Anthology of Chinese Poetry*, The John Day Company, 1947, p.264.

② "In 1235 his tablet was placed in the Confucian temple, but for some odd reason it was removed in 1845, apparently on the grounds that "he had never advanced Confucianism in the sense necessary to merit this honor." It was, of course, partly true. He was far too intelligent, and far too great a poet, to surrender entirely to the inflexible rules of the Confucian canon." Robert Payne, *The White Pony: An Anthology of Chinese Poetry*, The John Day Company, 1947, p.265.

③ "He was the complete scholar and the perfect dilettante, the most amazing of all the Sung poets in his efforts to probe the secrets of the universe." Robert Payne, *The White Pony: An Anthology of Chinese Poetry*, The John Day Company, 1947, p.264.

④ "It would be a mistake to underestimate Su's poetry. He has considered gravity and a depth of feeling that are foreign to his T'ang predecessors, but there are times when he rises above them, forms new worlds of the imagination, and wanders through entirely new landscapes." Robert Payne, *The White Pony: An Anthology of Chinese Poetry*, The John Day Company, 1947, p.266.

父》为例,谈谈白英的编选策略。这是组词,译者为俞铭传,该组词共四首,一般学界认为,《渔父》写于苏轼被贬黄州期间。第一首写渔父以鱼蟹与酒家换酒喝,彼此不计较价钱;第二首写渔父饮归,醉卧渔舟,任其东西,醒来不知身在何处;第三首写渔父在落花飞絮中醒来已是中午时分,醒复饮,饮复醉,醉复醒;第四首写渔父在风雨中与江鸥相伴,逍遥自在,奔波的官人借孤舟渡河。四篇作品既独立成篇,又可合四为一,将景物描写、事情叙述与哲理反思相结合,生动地展示了渔父超然物外、悠闲自得的心境,颇具生活情趣。叶嘉莹曾认为小词里的文字是产生语言作用的关键,"好的作品,就在这种微妙的语言的运用之间,就表现了一种'潜能',就给了读者这么多诠释的可能性,给了读者这么丰富的感受和联想。而种种的解释、种种的联想,都与这个诗人的修养和境界,也都与说诗人、说词人的修养和境界,有着密切的关联"①。因此,苏轼的词给读者的感受正是苏轼本人的修养和境界的体现,这里的《渔父》便是如此。

渔父②

渔父饮,谁家去。鱼蟹一时分付。酒无多少醉为期,彼此不论钱数。

又

渔父醉,蓑衣舞。醉里却寻归路。轻舟短棹任斜横,醒后不知何处。

又

渔父醒,春江午。梦断落花飞絮。酒醒还醉醉还醒,一笑人间今古。

又

渔父笑,轻鸥举。漠漠一江风雨。江边骑马是官人,借我孤舟南渡。

《渔父》也曾多次在各大选集中出现,比如1975年柳无忌《葵晔集:历代诗词曲选集》,2006年西顿《香巴拉中国诗选》。下面把白英《白驹集:中国古今诗歌英译》收录的俞铭传译本(以下简称"俞译本")和柳无忌《葵晔集:历代诗词曲选集》收录的罗郁正译本(以下简称"罗译本")进行对比研究,前者只选译了其一、其二、其三,后者译其一至其四,这里只对比前三首。

---

① 〔加〕叶嘉莹:《小词大雅》,北京大学出版社,2015,第162页。
② 邹同庆、王宗堂:《苏轼词编年校注》(上),中华书局,2002,第376~379页。

表2-3 《渔父》俞铭传译文与罗郁正译文对比情况

苏轼原文		俞铭传译文[①]	罗郁正译文[②]
渔父		The Fisherman	The Fisherman, Four Poems
其一	渔父饮，谁家去。	So the fisherman goes to his drink And enters the wineshop,	The fisherman drinks, Where does he go for wine?
	鱼蟹一时分付。	And at the same time orders Fish and crabs.	All at once he disposes of his fish and crab.
	酒无多少醉为期，	As for wine, he asks only enough To intoxicate himself.	Not too much wine, but he won't quit until drunk;
	彼此不论钱数。	He does not inquire of the cost.	Neither he nor the others are particular about money.
其二	渔父醉，蓑衣舞。	The fisherman gets drunk, Dances in his grass coat,	The fisherman's drunk, His straw cloak dances;
	醉里却寻归路。	Tries to find his way home.	In his drunken state, he looks for his way home.
	轻舟短棹任斜横，	He allows the short oars to cross, And the boat to float.	A light boat and a short oar, whichever way they slant—
	醒后不知何处。	And when he wakes up Has no idea where he is.	When he wakes up, he doesn't know where he is heading.
其三	渔父醒，春江午。	He wakes up at noon, And there on the river his dream	the fisherman wakes At noon on the spring river;
	梦断落花飞絮。	Breaks to pieces in this spring Among falling blossoms And flying catkins.	Fallen blossoms, flying catkins intrude into his dream.
	酒醒还醉醉还醒，	Sober yet drunk, drunk yet sober,	Sobered up from wine and still drunk, drunk and yet sober—
	一笑人间今古。	He laughs at mortality—— All that is ancient and new.	He laughs at the human world, both past and present.

[①] Robert Payne, *The White Pony: An Anthology of Chinese Poetry*, The John Day Company, 1947, pp.271-272.

[②] Wu-chi Liu and Irving Yucheng Lo, *Sunflower Splendor: Three Thousand years of Chinese Poetry*, Anchor Press, New York, 1975, p.346.

第二章　风格与技巧：英美的苏轼文学作品英译

不难看出，两个译本各有千秋，体现在以下方面。

第一，语言的简洁方面，俞传铭译本题目为 The Fisherman（渔父），而罗郁正译本为 The Fisherman, Four Poems（渔父四首），区别不大，罗与苏轼原题完全一样。由于苏轼原作每首第一句都是三个字，主谓式短语——渔父如何，罗译本在每首第一句的主语选择上，都用的 The fisherman，既是对苏轼原作的呼应，又使自己的译词在结构上保持首句对称的"建筑美"。而俞译本第三首把主语改为"he"，有简洁的感觉。罗译本对于渔父的三个动作"饮、醉、醒"分别用对应的词语 drink, drunk, wake，显得整齐有致，而俞译本多用短语表达这三个动作，显得不够精练。而其二的"醒后不知何处"一句，俞译本 Has no idea where he is，而罗译本为 he doesn't know where he is heading，显然前者更明了。其三"酒醒还醉醉还醒"一句，采用了顶真手法，两个译本都注意到了。但是俞译本用简单的六个词 Sober yet drunk, drunk yet sober 就描绘出苏轼在醒与醉之间的迷蒙情景，而罗译本句式稍显繁复。

第二，在句式的转换方面，罗译本更注重句式的流畅度。比如"其一"的"谁家去"，是一个带有疑问语气的句子，俞译本处理为陈述句 enters the wineshop，而罗译本处理为 Where does he go for wine? 问句色彩更浓，更贴近苏轼原意。罗译本喜欢用 not…until, neither…nor 等关联词对诗句进行处理，增强了句式的起承转合。

第三，形象传神方面，"其二"的"渔父醉，蓑衣舞"，俞译本为 The fisherman gets drunk, Dances in his grass coat 跳舞主语是渔父，蓑衣舞其实是渔父舞，形象传神；而罗译本为 The fisherman's drunk, His straw cloak dances 跳舞主语是蓑衣，感觉不太真实。又有"醉里却寻归路"一句，俞译本用了 Tries（尝试）一词，形象刻画出渔父找寻归路的醉态，而罗译本啰嗦了些，不如俞译本好。

当然，句意领会的偏差也出现在译诗中，比如"其一"的"酒无多少醉为期"，俞译本为"至于酒，他只要求能使他自己喝醉"，比较平淡。而罗译本为"没有太多的酒，但他直到喝醉才会放弃"。罗体现出了渔父要一醉方休的执着，而忽略了"酒无多少"的意思不是没有太多的酒，是喝酒量不论多少。再如"其三"的"一笑人间今古"，俞译本处理为 laughs at mortality（嘲笑死亡），没有体现出"人间"二字，就无法传递出苏轼认识世界、认识生活的境界，而罗译本 the human world（人类世界）则比较准确。

通过对比，可以发现苏轼的《渔父》是一组颇有趣味的词，既有谪居黄州的惬意，也有对自己官场沉浮的嘲笑，思绪在半醉半醒之间，现实与梦境中穿梭，也表现出道家般看透功名利禄，更尚超然物外、与世无争的心境。苏轼的这种心境，正是白英欣赏并在文选中选入此组词的原因。

（三）翻译苏词最多的译者艾林

1965年，艾林（Alan Ayling）和邓根·迈根托斯（Duncan Mackintosh）在英国伦敦翻译出版《中国词选》（*A Collection of Chinese Lyrics*），此乃英语世界第一部涵盖自唐至清历朝代表词人的词作专集，收录27位词人的73首词作，其中苏轼词6首。而1969年，两人的《中国续词选》（*A Further Collection of Chinese Lyrics*）又出版翻译苏词14首。两本选集前后约隔4年，共翻译苏词20首，几乎涵盖了苏轼最经典的词作。那么，两人为何早在20世纪60年代要翻译中国这么多的词作呢？

首先，艾林和邓根·迈根托斯都有致力于译介中国词作的基础。艾林曾就读于英国剑桥大学（Cambridge）的雷普顿学院（Repton College）和彭布罗克学院（Pembroke College），多年来一直在印度和中东生活，并在国外广泛游历。① 而邓肯·迈根托斯出生于中国，曾就读于英国奥斯本（Osborne）皇家海军学院、达特茅斯学院（Dartmouth）和伦敦大学学院（University College，London）。1924年至1932年，他在中国工作和学习。② 两位译者的多元文化背景和丰富的人生阅历，使其对中国文学尤其是诗歌产生浓厚兴趣。F.T.Cheng在《中国词选》前言中交代："本书诗歌的译者曾在中国生活和学习。因此，他对中国文学，尤其是中国的诗歌产生了浓厚的兴趣，这些诗歌横跨几个世纪，一方面是由于中国人的生活方式，一方面由于他们的性情造就了大量的文学作品，而且至今仍是文人之间交流感情的一种日常

---

① "Alan Ayling was educated at Repton and at Pembroke College, Cambridge, and has spent many years abroad in India and the Middle East and has travelled extensively." Alan Ayling, Duncan Mackintosh, *A Collection of Chinese Lyrics*, London: Routledge and Kegan Paul, 1965, 扉页.

② "Duncan Mackintosh was born in China and educated at the Royal Naval Colleges Osborne and Dartmouth and at University College, London. He worked and studied in China from 1924–32." Alan Ayling, Duncan Mackintosh, *A Collection of Chinese Lyrics*, London: Routledge and Kegan Paul, 1965, 扉页.

方式"①。那么,两位译者为何要选择翻译词呢?因为他们认为当时"中国文学中流行着不同形式的诗歌,其中一种被称为'词',这对他们特别有吸引力;因为它的风格是中国诗歌领域所独有的,也许,可能因为它从来没有被大量地引入到英语中,尽管许多著名学者已经把古典形式的诗歌翻译成了英语"②。可见,是词的独特风格和当时英国译词人的稀少吸引了两位译者在翻译中国词方面进行了勇敢的尝试。

其次,译者是基于中国诗歌的抒情性和诗画美,想要通过译介向世人传递中国人在诗歌中流露的快乐与渴望。在《中国词选》的扉页上有这样介绍该书的话:"这部中国词的精选集,以唐宋为主要时期,涵盖了1000年的时间(约公元750~1800)。一些最伟大的诗人写的抒情诗深受中国人的喜爱,用来表达他们最生动、最深刻的感情。作者在翻译中既体现了原作的精神,又体现了原作的诗情画意。他们向读者呈现的不是一幅不可思议的异域文化图画,而是一群热情的男人和女人,他们用一种历经数个世纪,至今仍令人生畏的共同语言来表达他们的快乐和渴望"③。

---

① "THE TRANSLATOR OF THE POEMS in this volume has lived in China and studied in Chinese colleges. As a result he took a deep interest in Chinese literature and in Chinese poetry in particular, which across the centuries the Chinese, owing partly to their way of life and partly to their temperament, have produced in abundance, and which is still an everyday means of exchanging sentiments between scholars." Alan Ayling, Duncan Mackintosh, *A Collection of Chinese Lyrics*, London: Routledge and Kegan Paul, 1965, p.vii.

② "As the authors themselves have in their commentary pointed out there are in Chinese literature different forms of poetry in vogue, one of which is called Tz'u, and this specially appeals to them; because its style is unique to the realm of Chinese poetry, and, perhaps, because it has, probably, never been introduced in any quantity into the English language, though poetry of the classical form has been translated into English by many noted scholars." Alan Ayling, Duncan Mackintosh, *A Collection of Chinese Lyrics*, London: Routledge and Kegan Paul, 1965, p.vii.

③ "This collection of some of the best examples of Chinese Lyrics (tz'u), with the T'ang and Sung dynasties predominant, covers a period of one thousand years (from about 750–1800 A.D.). Immensely popular with the Chinese, he lyric in the hands of some of the greatest poets was used for the expression of their liveliest and deepest feelings. The authors reflect in translation not only the spirit of the original, but also something of its poetical ornamentations and lyric pattern. They present the reader not with a picture of inscrutability and of an alien culture, but of warmly human men and women who expressed their pleasures and their yearnings in a language common to them all over the centuries and formidably alive today." Alan Ayling, Duncan Mackintosh, *A Collection of Chinese Lyrics*, London: Routledge and Kegan Paul, 1965, 扉页。

再次，两位译者认为，诗歌译介也是一种加深国家间的文化了解的手段。在阅读中国文学的过程中，西方读者会发现，即使在文学领域，东西方也有许多相似之处。①

而艾林和邓根·迈根托斯对苏词情有独钟的原因，还可以在《中国词选》中发现蛛丝马迹，不难发现，两位译者在《中国词选》里先后7次提到苏轼。首先，在苏轼（SU SHIH）一节，这样写道：

苏轼出身于一个非常有才华的家庭。他在首都和各州都身居要职，尤其以杭州知州闻名。但他的成功与失宠、流放交替出现，主要是因为他反对伟大的宋朝改革家王安石。作为一个诗人，他被认为是中国最伟大的三大诗人之一。他的批评者指责他用抒情的形式——词——只是另一种利用他自己的风格和习语的方式，而不是在之前公认的主题和诗歌形式的限制下创作。他的才华和活力给词带来了新的生命，否则，在柳永和其他人的感伤派的影响下，几乎可以肯定地说，它们已经退化成了一种优美的技巧练习。

据说苏轼曾经问过他的一个朋友，他觉得柳永的词和自己的相比怎么样。朋友说："柳永的词，很适合一个十几岁的少女，她手执红牙板，唱着：'杨柳岸晓风残月'（见诗41）。"而你的（词）需要一个从蛮荒的边远地区来的大汉，拿着一把铜吉他和铁绰板来唱："大江东去"（见诗46）。

《赤壁怀古》（见诗46）写于1083年，当时他处于一种"公开逮捕"的状态——那是失宠的，被逐出朝廷，但只要他不离开规定的区域，就可以过自己的生活。他的宏大主题是：较之亘古不变的自然界周而复始的节奏，人类及其所有的荣耀转瞬即逝。就是在这个时候，他成为一个农民，称自己为"东坡隐士"（东坡），正是来自这个地方的名字，人们通常称他为"苏东坡"。在他隐居的地方，他非常快乐，从山上俯瞰

---

① "In a larger sense this is also a means of widening the cultural understanding between nations…a Western reader will find that even in the field of literature there is much affinity between the East and the West." Alan Ayling, Duncan Mackintosh, *A Collection of Chinese Lyrics*, London: Routledge and Kegan Paul, 1965, pp.vii–viii.

第二章　风格与技巧：英美的苏轼文学作品英译

看"大河"——长江。①

显然，《中国词选》在介绍苏轼的时候，重点不在于他的政治经历，而是他的词体贡献。而且，艾林他们将柳永和苏轼的词风进行对比介绍，已经较早地在西方的苏轼文学译介中引入了文学评论观，这是英国苏词译介的一大进步。

除在"苏轼"一节详细介绍苏轼外，该书其他处还多次提到苏轼，比如介绍黄庭坚时说"黄庭坚是苏轼最有名的四位学生之一"②。在介绍秦观时说"秦观曾以苏轼的诗体和书法风格在寺院的墙上写过一首诗，而且模仿得很好，以至于苏轼都无法将其与自己的作品区分开来。苏轼读了秦观的一些作品，认出了墙上作品的作者，后来和他成了好朋友"③。可见该书对苏轼的重视。

---

① "SU SHIH came of a very talented family. He rose to high position in government circles both in the capital and in the provinces, where he is specially known for his Governorship at Hangchow. But his success alternated with being out of favour and banishment, chiefly owing to his opposition to the great Sung reformer Wang An Shih. As a writer of poetry he is reckoned to be one of the three greatest in China.His critics accused him of using the lyric form—tz'u-as simply another way of exploiting his own style and idioms instead of working within previously accepted limitations as to subject-matter and song-pattern. His talent and vigour brought new life to the lyric, which otherwise, under the influence of the sentimental school of Liu Yung and others, would almost certainly have decayed into pretty exercises of skill. Su Shih is said to have asked a friend how he thought Liu Yung's tz'u compared with his own. 'Liu Yung's tz'u,' said the friend, 'suit a teen-age girl with a red ivory clapper singing: "By a willow bank, a wind at dawn, the moon upon the wane"(see Poem 41). While yours need a great big fellow from the wild border country with a bronze guitar and an iron clapper to sing: "The great river surges east"(see Poem 46). The 'Ode to the Red Cliff'(see Poem 46) was written about 1083 when he was under a form of 'open arrest'—that is out of favour, banished from Court, but allowed to live a life of his own provided he did not stir from a prescribed area. His great theme was the transitoriness of man and all his glories compared with the never-changing rhythm of nature's cycle. It was at this time that he became a farmer and called himself the Recluse of the Eastern Slope (Tung P'o) and it is from this place-name that he is familiarly known as Su Tung P'o. At his retreat he was supremely happy, looking down from the hills to 'the great river'—the Yangtze." Alan Ayling, Duncan Mackintosh, *A Collection of Chinese Lyrics*, London: Routledge and Kegan Paul, 1965, p.111.

② "Huang T'ing Chien was one of the four well-known students of Su Shih." Alan Ayling, Duncan Mackintosh, *A Collection of Chinese Lyrics*, London: Routledge and Kegan Paul, 1965, p.125.

③ "Ch'in Kuan is said to have written a poem on a monastery wall in Su Shih's style both of poetical composition and of calligraphy, and to have imitated Su Shih so well that the latter could not distinguish the result from his own writing.Su Shih then read some of Ch'in Kuan's work and recognized who the author of the piece on the monastery wall must be, later becoming good friends with him., *A Collection of Chinese Lyrics*, London: Routledge and Kegan Paul, 1965, p.131.

当然,《中国词选》在编纂上的优势也为该书的传播和好评打下了基础,比如"该书每首诗的中文原文都对应英文,并以一位中国学者的杰出书法写成。而书后的《论中国抒情诗的发展》及其若干附录又为读者提供了简短而富有启发性的社会、文化和历史背景"①。这样的编纂体例也让读者能够对诗歌相关情况了然于胸。

按《中国词选》目录,收录《卜算子》(水是眼波横)、《卜算子》(缺月挂疏桐)、《洞仙歌》、《水调歌头》(明月几时有)、《念奴娇·赤壁怀古》、《水龙吟》6首苏词。因为有词作的中英文对照,读者阅读起来并不难。但是据考证,第一首《卜算子》(水是眼波横)并非苏轼之作,而是宋代词人王观的作品,②《中国词选》把这首词归入苏轼作品,显然错了。所以笔者就以第二首苏词代表作《卜算子》(缺月挂疏桐)为例,探讨艾林和邓根·迈根托斯的翻译特色。

卜算子③

缺月挂疏桐,漏断人初静。谁见幽人独往来,缥缈孤鸿影。
惊起却回头,有恨无人省。拣尽寒枝不肯栖,寂寞沙洲冷。

艾林译文如下:

Pu Suan Tzu④

The young moon swings on a spray of the phoenix tree;
The water-clock's spent; quiet now is all that stirred;
Who will notice the recluse pacing about alone?

---

① "The Chinese original of each poem faces the English and is written in a Chinese scholar's distinguished calligraphy. A 'Note on the Development ofthe Chinese Lyric' and several Appendices provide the reader with brief but illuminating social, cultural and historical background." Alan Ayling, Duncan Mackintosh, *A Collection of Chinese Lyrics*, London: Routledge and Kegan Paul, 1965, 扉页。
② 关于《卜算子》(水是眼波横)是宋代王观所作,而不是苏轼作品的"考辨",可以详见邹同庆、王宗堂《苏轼词编年校注》(下),中华书局,2002,第971页。
③ Alan Ayling, Duncan Mackintosh, *A Collection of Chinese Lyrics*, London: Routledge and Kegan Paul, 1965, p.114.
④ Alan Ayling, Duncan Mackintosh, *A Collection of Chinese Lyrics*, London: Routledge and Kegan Paul, 1965, p.115.

第二章　风格与技巧：英美的苏轼文学作品英译

> Forlorn and shadowy gleams the shape of a bird;
> And now in fear it rises and turning its head
> Looks back with mournful longing; nobody notices.
> Closely it scans the cold branches, but scorning to rest in them
> Seeks out in sandy flats a refuge comfortless.

这首写于乌台诗案后苏轼被贬黄州之时，当时他的心绪是很低落的，所以一改豪放之风，整首词基调孤独而忧伤，表面写孤鸿实则写自己。

从形式上看，译诗为八行，遵从了原词的八句。《中国词选》尤其注重不改变原诗结构，序言（Foreword）里交代："本卷诗歌翻译的一个显著特点是，作者在遵循英语诗歌规则的同时，尽可能地遵循原文的诗性结构，使读者对中国诗歌有充分的了解"[①]。

从语意上看，尽管艾林和邓根·迈根托斯力求通过用词的考究去抓住这首苏词的细腻情感，比如把"梧桐"翻译为"the phoenix tree"（凤凰树）对不对呢？其实"梧桐"一词的翻译可以仁者见仁，智者见智，历来有多个版本：1933年克拉拉的《风信集：宋代诗词歌赋选译》在翻译李煜的《相见欢》中的"寂寞梧桐深院锁清秋"时，她采用归化译法翻译"梧桐"为"Catalpa"，因为"Catalpa"是美国土生土长的一种叶子为心形的梧桐，这个词对于英语世界的读者来说再熟悉不过了。而华裔学者欧阳桢则常采用异化译法译为"wu-t'ung trees"，这样通过陌生化手法更易唤起外国读者对独特意象的关注。接下来，"谁见幽人独往来，缥缈孤鸿影"表达出苏轼在周围一片寂静时，在月光下孤独地彷徨，像一只孤独的鸿雁飞过天穹。于是，艾林和邓根·迈根托斯用"pacing about alone"加强诗歌的情调，描绘隐士的孤独与彷徨。"惊起却回头，有恨无人省"翻译得比较到位，把苏轼描写的情景即一个人感到孤独的时候，就会环顾四周，然后转身去寻找，只会发现更多的孤独，通过"rises""turning""looks back""notices"几个动词入木三分地刻画了出来。在翻译视角的选择上，下阕的主角究竟是苏轼还是孤鸿，

---

① "A remarkable feature of the translation of the poems embodied in this volume is that, as far as possible, the authors, whileconforming to the rules of English poetry, follow the poetical texture of the original, so that the reader may have an adequate idea of what Chinese poetry is like." Alan Ayling, Duncan Mackintosh, *A Collection of Chinese Lyrics*, London: Routledge and Kegan Paul, 1965, p.vii.

词中没有明说，而译诗选择了主语"it"显然是把孤鸿作为诗歌的主语，发出了一连串的动作。

当然有的地方也值得商榷，在语意和情感基调的把握上，用词上还有未能精准传递苏轼意思的地方。比如一开始，"缺月"一词，应该译为"the broken moon"或"the waning moon"，而非"the young moon"（年轻的月亮），"挂"是苏轼想表现宁静氛围的一个画面感很强的词语，本与下文"人初静"相照应，而译作翻译为"swings on"（波动在），更去突出月亮的动感，显然有违原意。接下来"疏桐"原意是稀疏的梧桐，与前面"缺月"相映衬，可是译作却省掉了对"疏"的翻译，没有表达出凄凉、孤独的意境。还有"有恨无人省"的"恨"字并没有译出，选择译成了"mournful"（悲伤），未能把苏轼想恨那些流俗之人，恨自己的遭遇无人能懂的遗憾之意表达出来。最后一句苏轼想表达他的不幸、冷漠和恐惧，也带有一丝清高。在这样一个寒冷的夜晚，从树枝上飞过的鸿雁不肯选择栖息的地方，只能栖息在寒冷而孤寂的沙滩上。所以"寂寞"和"冷"字是关键，可是译诗只采用了"comfortless"（不舒服），是无法准确表达作者内心感受的。所以最后两句显得拖沓而有失原意。

1969年，艾林和邓根·迈根托斯编译的《中国续词选》（以下简称《续词选》）也出版了。《续词选》的出版意味着两点：第一，艾林和邓根·迈根托斯对中国诗词的关注有增无减；第二，第一部《中国词选》受欢迎程度不错。所以，在《续词选》中，两位译者大量增加了苏轼词的翻译篇目，从原来《中国词选》的6首增加到14首，分别是《少年游》（去年相送）、《瑞鹧鸪》（城头月落尚啼乌）、《沁园春》（孤馆灯青）、《江城子》（十年生死两茫茫）、《江城子》（老夫聊发少年狂）、《浣溪沙·徐门石潭谢雨道上作五首》（其一、其二、其三、其五）、《浣溪沙》（惭愧今年二麦丰）、《定风波》（莫听穿林打叶声）、《浣溪沙》（山下兰芽短浸溪）、《临江仙》（夜饮东坡醒复醉）、《蝶恋花·春景》（花褪残红青杏小）。

相较第一部《中国词选》而言，笔者统计了一下，《中国词选》把宋代作为历朝历代介绍的重点，所占篇幅最多，而在宋代部分，译介了11位词人：范仲淹、叶清臣、晏殊、晏几道、欧阳修、柳永、苏轼、黄庭坚、秦观、周邦彦、李清照的词，其中苏轼和欧阳修选入作品最多，各6首。而《续词选》译介了30位诗人共62首诗词作品，该书仍然把宋代部分作为重点，译介了12位词人作品，居全书各朝代译介词人数量之首。宋代部分有

第二章　风格与技巧：英美的苏轼文学作品英译

潘阆、林逋、张先、晏殊、欧阳修、苏轼、秦观、贺铸、李之仪、周邦彦、蔡伸、陈见鑫，其中译介苏轼词14首，占宋代数量之首。除介绍苏词的篇目，该书有超过10处提及苏轼。显然，两部选集都把苏轼词入选数量放在首位，足见苏轼词在选集中的地位。为什么对苏轼的作品译介数量做了大幅度提升？《续词选》在扉页上有这样一段话："这第二卷是包含了进一步的主要来自宋代诗人的词选集，这些诗人使诗体形式在中国人中经久不衰。其中两位诗人，苏轼和辛弃疾，为词的思乡和离别的传统主题增添了新鲜而有力的音符"①。该书前言（Preface）也谈到对于苏轼地位的重要意义："这一次，我们转向两位精力充沛的政府公务员，他们活跃的思维、新鲜的观点和敏锐的观察力，为一种传统上依赖于离别之痛和无望的渴望的形式带来了一个新的维度。在我们的新书中，约有三分之一的歌词是苏轼（更广为人知的名字是苏东坡）和辛弃疾（公元1140~1207年）的作品。在苏轼的作品中，我们在第一卷中印了几句特别著名的词。苏轼拯救词，使之不再是一位中国现代作家所说的'感伤的胡言乱语'的表达工具，并在其中注入了他探索、热情、直率和幽默的精神。他面临比较困难的任务，因为他必须打破上个世纪奠定的不合时宜的传统主题"②。可见，在英国人眼里，苏轼对词的主题进行了传统基础上的创新，这是他们重点译介苏轼作品的重要原因。

基于这样的编译视角和特色，艾林和邓根·迈根托斯的这两本选集产生

---

① "This second volume contains a further selection of Chinese lyrics (tz'u) mainly from Sung Dynasty poets who made this verse-form lastingly popular with the Chinese themselves. Two of these poets, Su Shih and Hsin Ch'i Chi, add a fresh and robust note to the tz'u's traditional theme of nostalgia and separation." Alan Ayling, Duncan Mackintosh, *A Further Collection of Chinese Lyrics*, London: Routledge and Kegan Paul, 1969, 扉页。

② "This time we have turned instead to two robust civil servants whose vigorous minds, fresh outlook and keen observation introduced a new dimension to a form that had relied traditionally on the pangs of parting and separation and hopeless longing. About a third of the lyrics in our new book is the work of Su Shih (better known as Su Tung-p'o) (A.D. 1036–1101), and of Hsin Ch'i-chi (A.D.1140–1207). Su Shih, of whose work we printed a few particularly well-known lyrics in our first volume, rescued the tz'u from being a vehicle for expressing what one modern Chinese writer has called 'sentimental drivel', and injected into it his searching, ebullient, forthright and humorous spirit. His was the more difficult task because he had to break away from tradition in suitable subject matter which had been firmly laid down over the previous century." Alan Ayling, Duncan Mackintosh, *A Further Collection of Chinese Lyrics*, London: Routledge and Kegan Paul, 1969, p.xiii.

了比较大的影响,《续词选》在扉页上有这样一段话:"《泰晤士报文学增刊》将这两位作者的第一部作品集描述为'在一个被忽视的领域里的一次开拓性的尝试'"①。

二、美国的苏词翻译

如前所述,尽管美国的苏词翻译比英国的苏词翻译晚23年,但是美国苏词翻译的数量和质量均远远超过了英国。究其原因,一方面,英国自二战后注重商业、外交,逐渐忽略专业的学术训练,表现出轻学术、轻文学的倾向,所以英国一大批优秀的汉学家前往美国发展,这些人带动了美国汉学的繁荣与发展;另一方面,美国政府政策与资金的大力支持为翻译中国诗歌的译者和机构都提供了优厚的条件。当然,20世纪60年代,美国社会与文坛也正经历一场精神与文学的危机,渴望找到新的出路是当时许多美国人的共识,而东方文明的魅力深深吸引着美国本土学者,从东方文明汲取养分就是他们的出路。

美国何时开始出现苏词的译本?据笔者考证,始于1956年美国王红公的《中国诗百首》,其中收录苏词3首。而后,先后涌现出弗农山、白之、凯内、华兹生、柳无忌、罗郁正、欧阳桢、傅汉思、斯蒂芬、约翰·诺弗尔、朱莉·兰多、梅维恒、宇文所安、叶维廉、山姆·汉米尔、戴维·亨顿、艾略特·温伯格、郑文君、巴恩斯通·托尼、西顿、傅君劢等超过20位译者对苏词进行翻译和介绍,其中朱莉·兰多是美国文选集中翻译苏词最多的译者,翻译了26首。②这20多位译者共译介不到100首苏词。下面笔者对在美国翻译文学选集里出现了3次及以上的词作频次进行统计(见表2-4)。

---

① "The authors' first collection was described by The Times Literary Supplement as a 'pioneering venture in a neglected field'." Alan Ayling, Duncan Mackintosh, *A Further Collection of Chinese Lyrics*, London: Routledge and Kegan Paul, 1969, 扉页。
② 尽管孙康宜的《词与文类研究》翻译苏词59首,但这是一本以研究为主的书,笔者在这里只统计美国各类文学选集中的苏词翻译数量,文学研究著作中的翻译数量暂不纳入此讨论范围。

第二章　风格与技巧：英美的苏轼文学作品英译

表 2-4　苏轼主要词作入选美国文学选集数量统计情况[①]

文选＼词牌	临江仙	念奴娇	水调歌头	江城子	卜算子	蝶恋花	鹧鸪天	阳关曲	满庭芳	少年游	水龙吟	定风波	江城子（密州出猎）
玉笛：中国诗歌散文				1									
中国诗百首			1	1									
中国文学选集：从早期到十四世纪			1	1	1			1					
东坡居士轼书	1	1					1			1			
葵晔集：历代诗词曲选集	1		1			1					1		
梅花与宫闱佳丽			1								1		
没有音乐的歌——中国词	1	1	1	1		1				1			
宋诗选译													
春光无限：中国宋词选	1	1	1	1	1	1		1				1	1
哥伦比亚中国传统文选	1	1	1	1	1	1	1		1			1	1
哥伦比亚中国传统文学简编	1						1						

① 临江仙："夜饮东坡醒复醉"篇。念奴娇：赤壁怀古。水调歌头："明月几时有"篇。江城子："十年生死两茫茫"篇。卜算子："缺月挂疏桐"篇。蝶恋花：春景词。鹧鸪天：阳关曲篇。满庭芳："蜗角虚名"篇。少年游：润州作。水龙吟：次韵章质夫杨花。定风波："莫听穿林打叶声"篇。

续表

词牌\文选	临江仙	念奴娇	水调歌头	江城子	卜算子	蝶恋花	鹧鸪天	阳关曲	满庭芳	少年游	水龙吟	定风波	江城子（密州出猎）
苏东坡诗选	1		1	1			1						
诺顿中国古典文学作品选	1	1	1						1			1	
中国诗歌：主要模式和类型选集	1	1											
穿越黄河：来自中国的三百首诗				1									
山之家：中国古代的荒野之诗		1					1						
新日日新：中国古代诗歌选集		1						1		1			
中诗银库	1	1	1	1	1	1			1				1
中国诗歌锚定书	1	1	1	1	1	1							
香巴拉中国诗选	1												
中国古典诗歌选集		1					1						
中国诗歌概论：从《诗经》到宋词		1	1	1				1	1				
入选次数小计	12	11	11	10	5	5	6	4	4	4	3	3	3

第二章 风格与技巧：英美的苏轼文学作品英译

从表2-4可见，按收入苏词数量的多少统计，入选译文集次数最多的是《临江仙·夜饮东坡醒复醉》，入选12次；《念奴娇·赤壁怀古》和《水调歌头·明月几时有》位列第二，入选11次；《江城子·十年生死两茫茫》位列第三，入选10次；《鹧鸪天·林断山明竹隐墙》位列第四，入选6次；而《卜算子·缺月挂疏桐》《蝶恋花·春景》均入选5次；《阳关曲·中秋月》《满庭芳·蜗角虚名》《少年游·润州作》，入选4次；入选3次的分别是《水龙吟·次韵章质夫杨花》《定风波·莫听穿林打叶声》和《江城子·密州出猎》。当然，由于笔者研究的时候把苏轼文学译作和苏轼文学研究成果进行了区分，所以表2-4的统计数据并不包括文学研究成果中的苏词翻译作品，比如林语堂《苏东坡传》，刘若愚《北宋六大词家》，孙康宜的《词与文类研究》等成果中的苏词翻译均未列入上表。

表2-4中的数据足以说明苏词的经典流传和受欢迎程度。那么美国译者是凭借什么决定入选哪首不选哪首？入选理由是什么？分析起来主要有如下原因。第一，根据个人喜好选诗。第二，根据读者爱好选诗。第三，根据已有成果选诗。已出版或发表的成果里有苏词的，后人就可能借鉴过来继续译介。比如2006年《香巴拉中国诗选》入选的《渔父》词，就曾被1975年柳无忌《葵晔集：历代诗词曲选集》选录过。第四，根据苏轼诗作的难易程度选诗，比如简单、易懂、易翻译的先选。第五，根据时代需要选诗，比如王红公在《中国诗百首》里选入的苏词多是因为当时二十世纪五六十年代美国人在二战后失望于西方的精神坍塌而急于从东方寻找智慧的出发点而选。

（一）朱莉·兰多译苏词：春光无限

在美国丰富的文学译作中，朱莉·兰多的《春光无限：中国宋词选》使之成为美国学界译介苏词最多的翻译家，这里先对朱莉·兰多及其作品进行分析。

朱莉·兰多[①]（Julie Landau，以下简称"朱莉"），美国当代著名的作家、诗人、评论家等，生于瑞士苏黎世。她专力研究中国古典词，对中国诗歌的浪漫感受始于多年前她居住在香港的时候。她的翻译出现在许多期刊和选集上，

---

① 也译为朱莉叶·兰道。

如国际著名的《诗刊》(Poetry)、香港《译丛》(Rendition)等。[1]她的成名既得益于在美国哈佛大学读本科的积淀,又得益于后成为美国著名汉学大家华兹生的汉学专业研究生,加之她有在纽约、香港等多地学习中国文学的经历,为其后来出版质量上乘的《春光无限:中国宋词选》打下了坚实的基础。

1.《春光无限:中国宋词选》的流传

1994年,朱莉编译的《春光无限:中国宋词选》(Beyond Spring: Tz'u Poems of the Sung Dynasty,又名《春外集》)出版。该书收集了15位词人的158首词作,起于南唐李煜,止于南宋姜夔。二十多年来,朱莉的宋词译本流传极广,遍及全球四大洲,并引起了学界的广泛关注,成为中国古典诗词走向世界的经典译著。这里有一组数据:截至2016年7月18日,世界上最大的图书馆藏检索引擎之一的"联机计算机图书馆中心"(Online Computer Library Center,简称OCLC)检索显示,《春光无限:中国宋词选》在全世界19个国家的409家图书馆有馆藏记录,其中美国有326家,占比近80%,加拿大有13家,占比约3%,其次是英国、澳大利亚、德国等。美国作为该书的出版发行国家,全美44个州有相关馆藏,几乎实现了全美的馆藏借阅。在流传区域方面,《选集》不仅流传到全世界的英语国家,还传播到更多的非英语国家和地区,《春光无限:中国宋词选》称得上是真正意义上的国际译本。[2]

美国明尼苏达大学的Chun-Jo Liu曾在1997年发行的《太平洋事务》(Pacific Affairs)上对《春光无限:中国宋词选》写了长篇书评,对于该书的特点给予高度肯定:"这是十世纪下半叶到十三世纪上半叶之间所写的词的精美译文,是中国文学译著中新的瑰宝"[3]。"《春光无限:中国宋词选》是中国翻译文学领域的一个有价值的新发现。"[4]Chun-Jo Liu最肯定的地方还在于朱莉在书中体现出的编译的多元视角、选材的多样风格以及重视政治如何影

---

[1] 葛文峰:《英译与传播:朱莉叶·兰道的宋词译本研究》,《华北电力大学学报》(人文社科版)2016年第5期,第105页。

[2] 葛文峰:《英译与传播:朱莉叶·兰道的宋词译本研究》,《华北电力大学学报》(人文社科版)2016年第5期,第107页。

[3] "THIS EXQUISITE VOLUME of translation of the tz'u verses written between the latter part of the tenth century and the first quarter of the thirteenth century, is a new jewel in the crown of translations from Chinese literature." Chun-Jo, Liu, "Review: *Beyond Spring: Tz'u Poems of the Sung Dynasty*", *Pacific Affairs*, Vancouver 70.4 (Winter 1997/1998), p.595.

[4] "Beyond Spring is a valuable new arrival in the field of Chinese literature in translation." Chun-Jo, Liu, "Review: *Beyond Spring: Tz'u Poems of the Sung Dynasty*", *Pacific Affairs*, Vancouver 70.4 (Winter 1997/1998), p.596.

第二章　风格与技巧：英美的苏轼文学作品英译

响了中国文人的价值观等。书评提道："译者在导言中强调了诗人的多元背景。本书中词的时间安排是一个值得称赞的组织方案。正如译者所指出的，这种诗歌体裁的多样风格和主题值得我们密切关注。几个世纪以来，诗人创作的诗歌可以被认为是中国古典儒家文明的早期朦胧状态。他们并没有促成儒学的终结，而是最终带来了理学的诞生。尽管如此，由政治中心的兴起和衰落所引起的变化，以及由被野心勃勃和好战的邻近少数民族所包围的脆弱的中央政权所引起的变化，确实影响了文人的态度，他们被教育要在一个以坚实的儒家原则为基础的社会中服务"①。

该书评还特意称赞了选集中苏轼的《念奴娇·赤壁怀古》给人气势磅礴的节奏感："对于研究中国文学史的学生来说，词的出现标志着本土话语传统的突破。苏轼《念奴娇》的开篇，'大江东去/浪淘尽/千古风流人物'（第112页），虽然是一种富有表现力的翻译，但它的英语节奏与原四音节在反调性和声中所传达的铿锵号声截然不同，维持着九个断续的音节，如江水滔滔般奔流不息。在许多歌词中，都是流畅活跃的节奏，融合了不同的地方方言，达到不同的音调共鸣模式"②。

可以说，《春光无限：中国宋词选》是英语世界第一部专门的宋代词作

---

① "The diverse background of the poets has been stressed by the translator in the introduction. The chronological arrangement of the tz'u in this volume is a laudable organization scheme. As the translator points out, the versatile styles and themes of this poetic genre deserve our close attention.The centuries during which the poets produced the poems may be considered the early twilight hours of the classical Confucian civilization in China. They did not precipitate an end of Confucianism as they eventually brought in the dawn of neo-Confucianism. Nevertheless, the vicissitudes caused by the rise and fall of political centers followed by a vulnerable central administration besieged by ambitious and militant neighboring minority ethnic groups did affect the attitudes of the literati, who were educated to serve in a society structured within solid Confucian principles." Chun-Jo, Liu, "Review: *Beyond Spring: Tz'u Poems of the Sung Dynasty*", *Pacific Affairs*, Vancouver 70.4（Winter 1997/1998）, p.595.
② "To the student of the history of Chinese literature, the tz'u is important as signaling the ground breaking of the tradition of vernacular discourse. The opening of the "Nien nu chiao" by Su Shih, "The Yangtze flows east/Washing away/A thousand ages of great men"（p. 112）, though an expressive translation, has an English rhythm quite different from the sonorous clarion call conveyed by the original four syllables in an antiphonal tonal harmony, sustaining nine staccato syllables flowing as restlessly as the torrent in the river. In many of the tz'u lines is an animated tempo of a mellifluous rhythm, a merging of diverse regional dialects to reach distinct patterns of tonal resonance." Chun-Jo, Liu, "Review: *Beyond Spring: Tz'u Poems of the Sung Dynasty*", *Pacific Affairs*, Vancouver 70.4（Winter 1997/1998）, p.596.

选集，也是将中国词的经典之作译介给英语读者的伟大作品。

2. 朱莉·兰多解读苏词的文化意味

1990年，著名翻译理论家苏珊·巴斯内特（Bassnett）和安卓尔·勒菲维尔（Lefevere）的《翻译、历史及文化》出版，在这本翻译理论论文集中，他们率先提出了"文化转向"（culture turn）一词，即"翻译的操作单位既不是单词，也不是文本，而是文化"。他们认为，由于翻译是一种宏观的文化转换，文化对翻译有制约作用，译者不能只顾语言不顾文化，所以要想抓住问题的实质，就必须把翻译放到更为广阔的文化研究语境下进行考察。①从此，西方学者逐步开始进行翻译的文化转向研究。由此，苏珊·巴斯内特和安卓尔·勒菲维尔成为翻译研究文化取向的创始者。那么，朱莉是如何关注到翻译研究的文化取向问题的呢？笔者认为，与其说朱莉是一位翻译家，不如说她更是一位文化使者，因为她对中国传统文化的偏爱无处不体现在这本《春光无限：中国宋词选》中。首先，作者撰写的前言对词的产生、发展及其各阶段体现的特点都进行了详细介绍，这是从词体文化的角度向西方读者打开了一扇明亮的窗户；其次，作者"将其选译的词作中经常出现的典故、象征以及在中国传统文化中流传的故事汇集在一起，专列序言进行了介绍"②；再次，对译文中的人名、地名及中国传统文化中特有的术语进行注释列表；最后，书籍从封面的兰花到书中不时插入的中国水墨画或书法与翻译内容相互映照，书后还有关于"插图的说明"（About the Illustrations），浓浓的中国艺术文化的气息让整本书显得精美典雅。

显然，朱莉对苏轼的偏爱毋庸置疑。《春光无限：中国宋词选》中，翻译了欧阳修、柳永、李清照、辛弃疾、晏殊等人的词作，而苏轼的篇目数居所有入选词人的第一名，共26首③，分别是：《水龙吟·次韵章质夫杨花词》、《水调歌头·明月几时有》、《念奴娇·中秋》、《念奴娇·赤壁怀古》、《西江月·顷在黄州》、《临江仙·夜饮东坡醒复醉》、《少年游·去年相送》、《定风波·莫听穿林打叶声》、《定风波·红梅》、《望江南·超然台作》、《卜算子·缺月挂疏桐》、《贺新郎·夏景》、《江神子·大雪有怀朱康叔使君》、《江

---

① 戴玉霞：《苏轼诗词英译对比研究》，西安电子科技大学出版社，2016，第97页。
② 许磊：《英语世界中的苏轼研究》，苏州大学硕士学位论文，2014，第9页。
③ 该书收入苏词的数量历来有不同说法，笔者经核查原文，发现在苏轼部分加入了李白诗一首，白居易诗一首做对比，不能算苏轼的。而苏轼的《浣溪沙五首》笔者算作5首统计，所以选入苏词总的数量应该是26首。

城子·密州出猎》、《江城子·十年生死两茫茫》、《蝶恋花·春景》、《永遇乐·彭城夜宿燕子楼》、《阳关曲·中秋月》、《浣溪沙·游蕲水清泉寺》、《浣溪沙五首》、《浣溪沙·细雨斜风作晓寒》和《青玉案·送伯固归吴中》。

除作品部分外，该书分别在序言、诗人简介部分等都多次提及苏轼。在序言部分，朱莉主要肯定苏轼对词的贡献，尤其在形式和内容上的创新："柳永和苏轼同为性格迥异的一代人，柳——他的名声完全建立在他的词上，而苏样样精通——负责创新，大大丰富了词的形式：柳扩展词的长度，苏扩展词的用途"①。同时朱莉赞扬苏轼不落俗套，敢于创造，不管人们对他如何评价，他就是一位受人爱戴的英雄，他拓展了词的主题，用词表达自己的喜怒哀乐，可谓将生命融入其中。她说："苏轼不为俗套所动，爱怎么说就怎么说。他把词从歌曲变成了文学作品，人们对他褒贬不一。有些人嘲笑地说，他的词就像诗；其他人则羡慕地说，他把词的范围从轻浮扩展到了艺术。苏轼是诗人、画家、书法家、散文家、工程师、建筑师、政治家、行政官员，是一位受人爱戴的英雄——把他的日常生活的细节，他的全部兴趣，以及传统的全部重量都放到词中。他写了三百多篇，有的兴高采烈，有的郁郁寡欢，涉及各种各样的主题：个人的、哲学的、历史的，当然也不排除传统的词的爱情主题。很容易理解为什么许多人认为他为一种早前就摇摇晃晃的形式注入了新的生命，就像谴责他滥用这种形式一样。"②在诗人简介（About the Poets）部分，朱莉用了两页的篇幅介绍了苏轼的生平和经历。

---

① "Liu Yung and Su Shih, two widely different personalities, a generation apart——Liu, whose fame rests entirely on his tz'u, and Su who excelled at everything——were responsible for innovations that greatly enriched the form: Liu extended its length, Su its use." Julie Landau, *Beyond Spring: Tz'u Poems of the Sung Dynasty*, New York: Columbia University Press, 1994, p.8.

② "It was Su Shih, who, not much troubled by convention, used tz'u to express whatever he liked. He is variously credited and blamed for transforming tz'u from song into a literary form. Some said derisively that his tz'u were like shih; others said admiringly that he had broadened the scope of tz'u from a frivolity to an art. Su--poet, painter, calligrapher, prose master, engineer, architect, statesman, administrator, popular hero-put the details of his daily life, the entire spectrum of his interests, and the full weight of the tradition into tz'u. He wrote over three hundred, some exuberant, some melancholy, on a variety of subjects: personal, philosophical, historical, and certainly not excluding the traditional tz'u theme of love. It is easy to see why as many people credit him with infusing new life into a form that would have faltered earlier as damn him for abusing it." Julie Landau, *Beyond Spring: Tz'u Poems of the Sung Dynasty*, New York: Columbia University Press, 1994, p.9.

朱莉尤其重视苏轼在词中的象征和用典手法，她认为这是中国传统文化的一种表达方式。的确，中国传统文化的符号之一就是汉字组成的诗歌，而能让读者感到意犹未尽的就是诗歌通过象征和典故传递出的内涵和意蕴，让诗歌具有超出文字以外的丰富意味，这恰恰是西方诗歌难以企及的。她在该书的一篇序言"象征和典故介绍"（Introduction to Symbols and Allusions）中谈到象征和典故的重要性。第一，典故，用大家都熟悉的形象引出另一种情景，让读者在对比中增加对诗歌的新的认识。朱莉认为："典故，在词早期很少见，在十二世纪以后越来越多地被使用，最终走向过量。尽管如此，这里收录的所有诗歌都是可以理解的。时间不会使它们褪色，它们在异国文化中的根也不会使它们变得晦涩难懂。然而，几千年来，中国的文人都是同质的群体。他们学习相同的经典著作，背诵相同的诗歌，过着相似的生活。在这种情况下，几句话就可以解决任何问题。用一个众所周知的形象巧妙地引出另一种情景，通过对比或比较，这可能会给诗歌增加一个新的层面。"① 第二，典故的魅力在于它能暗示或唤起形象，而这些形象会与诗歌中的内容产生共鸣。象征能把读者带进文化氛围中并唤起读者的认同意识。她说："当典故的力量不在于它的实质，而在于它的暗示、唤起一些形象的能力，这些形象会以某种非特定的方式与诗歌中明确的内容产生共鸣。不是所有的，但是大部分的引用都依赖于少量的象征，少量的故事。因此，似乎有可能把读者带到足够远的文化中来决定什么被唤起，为什么被唤起。"② 第三，宋代诗歌的象征主要来自大自然，因为宋代人生活在接近自然的地方，时间、万物

---

① "Allusions, rare in early tz'u, were used increasingly after the twelfth century, eventually to excess. Nevertheless, all the poems included here are accessible. Time could not fade them, nor do their roots in an alien culture make them obscure. The literate in China were, however, for millennia, homogeneous group. They studied the same classics, memorized the same poems, led similar lives. In this context a few words could do anything from play cleverly with a well-known image to evoke another situation that, by contrast or comparison, might add a new dimension to the poem." Julie Landau, *Beyond Spring: Tz'u Poems of the Sung Dynasty*, New York: Columbia University Press, 1994, p.17.

② "when the power of allusion is not in its substance but in its ability to suggest, to evoke images that will resonate in some nonspecific way with those explicit in the poem. Not all, but most references depend on only a handful of symbols, a few stories. It seems possible, therefore, to bring the reader far enough into the culture to decide what is being evoked and why." Julie Landau, *Beyond Spring: Tz'u Poems of the Sung Dynasty*, New York: Columbia University Press, 1994, pp.17-18.

第二章　风格与技巧：英美的苏轼文学作品英译

在他们眼里都很重要。①

由此，朱莉认为在中国诗歌中，花和开花的短暂美丽让人联想到女人，进而联想到时间的流逝。梅花通常"独自开"，在雪景中，也意味着孤独和隐居。这些暗示以多种形式出现。②因此，她举例说苏轼的词就有象征，比如苏轼的"杨花"词把花形容得宛若女人。在其词《贺新郎》中，该形象（一个女人），与摇曳的石榴花是一致的。③欧阳修的诗句"在花丛中沉醉"或"在长安市场买花，如买酒"，虽然委婉到一定程度，但真正谈论花的同时，他们暗示妓女。总的来说，这些联系是微妙和流畅的。④朱莉又说："虽然幽僻的柳树通常象征女子，柳枝却暗示离别。折柳送别是古已有之的习俗。柳树似乎通常种植在河边或堤边，朝廷庞大的军队正是从这些地方开拔派驻各处。其他具有象征意义的树有梧桐和芭蕉。秋天最后落叶的梧桐是衰落、岁月流逝、繁盛和馨香结束（有时是青春结束）的缩影。而因雨打在硕大的蕉叶上发出悲鸣而知名的芭蕉有时本身就是悲愁的象征。"⑤

对于月亮在诗歌中的象征意义，朱莉认为月亮常常和节日有关，她观察

---

① "The Chinese of the Sung dynasty lived close to nature. Times of the day, times of the year, plants, animals, the sun, the moon, the stars——all are important. The simplest symbols, therefore, come from nature." Julie Landau, *Beyond Spring: Tz'u Poems of the Sung Dynasty*, New York: Columbia University Press, 1994, p.18.

② "Flowers and blossoms in their ephemeral and transient beauty suggest women and, by extension, the passage of time. Plum blossoms, which generally bloom first, alone and in a snowy landscape, imply loneliness and seclusion as well. These suggestions appear, in many guises." Julie Landau, *Beyond Spring: Tz'u Poems of the Sung Dynasty*, New York: Columbia University Press, 1994, p.18.

③ "Su Shih the 'Willow Flower' tz'u describes the flower as if it were a woman. In his tz'u to the tune Ho hsin lang, the persona, a woman, identifies with the trembling pomegranate blossoms., *Beyond Spring: Tz'u Poems of the Sung Dynasty*, New York: Columbia University Press, 1994, p.18.

④ "Ou-Yang Hsiu's lines, 'Drunk among the flowers' or 'Buying a flower, like wine, in the Chang-an market', though euphemistic to a degree, genuinely talk of flowers at the same time that they suggest courtesans. By and large the connections are subtle and fluid." Julie Landau, *Beyond Spring: Tz'u Poems of the Sung Dynasty*, New York: Columbia University Press, 1994, p.18.

⑤ "Although the secluded willow tree is a frequent symbol for a woman, the willow spray suggests parting. It was the custom from early times to break a small branch in farewell. Willows seem routinely to have been planted at the landings along rivers and dykes from which members of the vast bureaucratic army set off for different posts. Other trees with symbolic significance were the wu-t'ung and the banana palm. The wu-t'ung, the last to lose its leaves in autumn, epitomizes fall, the passage of time, the end of profusion, fragrance, and sometimes youth. The banana, known for the sorrowful sound of rain on its large leaves, is sometimes itself a symbol of sorrow., *Beyond Spring: Tz'u Poems of the Sung Dynasty*, New York: Columbia University Press, 1994, pp.18-19.

到在中国农历八月中旬（大约是中秋节），离别是特别令人心酸的中秋节，她说关于中秋离别的最好诗歌，出自苏轼。因为苏轼在中秋节想到了他的弟弟子由："夜晚的生活并不总是美好的"。这对兄弟一生都感情很好，但他们几乎永远地分开了。①朱莉的分析让人不由想起苏轼在《水调歌头·明月几时有》里所吟："人有悲欢离合，月有阴晴圆缺，此事古难全"。这是苏轼旷达胸襟的写照，即在苏轼眼里，月亮都不可能总是圆的，那么分别本来就是人必须面对的事，自古以来都是这样，凡事难以十全十美。所以，朱莉深深明白苏轼的内心，她对这句的翻译为："a man knows grief and joy, separation and reunion/The moon, clouds and fair skies, waxing and waning—/An old story, this struggle for perfection!"② 此句翻译忠实于苏轼原文，连停顿的节奏都较一致，将"离合"译为separation and reunion，押尾韵；对"圆缺"译为waxing and waning，既押头韵[w]，又押尾韵，原汁原味地展现了该词的哲理意味。

对于用典，朱莉认为宋词典故常与政治有关。中国古代有"廉颇老矣，尚能饭否""冯唐易老，李广难封"等诗句，所以她举例廉颇、冯唐，说道："在同时代，在同一来源记录的一个流行的故事，是关于一个著名的将军，廉颇。赵王，另一个秦的敌人，派冯唐去看廉颇将军是否太老了而不能用了。为了证明他仍然健壮，将军吃了大量的米饭。问某人是否还能吃米饭是另一种问是否'他太老了，不能用'的方式"③。接着，朱莉便举出苏轼《江城子·密州出猎》（Hunting in Michou）关于冯唐的典故进行论证："When will the emperor send Feng T'ang/So I can stretch my bow into the full moon/Gaze north/And shoot the Sky Wolf?"④ 即"何日遣冯唐？会挽雕弓如满月，西北望，

---

① "Some of the nicest poems on this theme, written on Moon Festival, are by Su Shih, thinking of his younger brother, Tzu-yu: 'Life on this night is not often good.' the brothers maintained a strong attachment throughout their lives but were almost permanently separated." Julie Landau, *Beyond Spring: Tz'u Poems of the Sung Dynasty*, New York: Columbia University Press, 1994, p.20.

② Julie Landau, *Beyond Spring: Tz'u Poems of the Sung Dynasty*, New York: Columbia University Press, 1994, p.109.

③ "A popular story of the same era, recorded in the same source, concerns a famous general, Lien P'o. The king of Chao, another enemy of Ch'in, sent Feng T'ang to see whether the general was too old to serve. To prove he was still hale the general consumed a great deal of rice. Asking whether someone can still eat rice is another way of asking if he is too old to serve." Julie Landau, *Beyond Spring: Tz'u Poems of the Sung Dynasty*, New York: Columbia University Press, 1994, pp.24–25.

④ Julie Landau, *Beyond Spring: Tz'u Poems of the Sung Dynasty*, New York: Columbia University Press, 1994, p.25.

第二章　风格与技巧：英美的苏轼文学作品英译

射天狼。"朱莉解释道："换句话说，什么时候皇帝才会发现我还是称职的呢？"① 她特别指出，这里的天狼"是一个与反叛有关的星座"②。因为，天狼星又称犬星，是苏轼以此隐喻当时北宋边境受到辽与西夏的侵扰。显然，朱莉对典故的解释结合到了苏轼当时的心情和北宋的时局，而她的翻译主要抓住了苏轼词的豪气，开头一句尊重原文，也译为问句，并补充了"遣冯唐"的主语"the emperor"，表现此词与苏轼的政治抱负有关。中间一个"so"表达了因果关系和决心，"gaze"作为一个形容目光凝视的词语，也把眼神中的坚毅表达出来了。最后一句改苏轼的陈述句为问句，加强了语气，展示了渴望杀敌报国的心态。通过朱莉的这段讲解，西方读者就比较容易明白苏轼为何在这首词里提到冯唐了，原来苏轼是借冯唐指自己希望有机会像当年汉武帝派遣冯唐一样去建功立业。

最后，朱莉关注到中国的历史与文学的关系。她认为中国的三国时期尽管在政治上早已失去意义，但是在中国的文学中一直存在。③ 于是她先对三国历史进行了概述，指出这一时期出现了许多英雄和典故。为了让读者更了解三国历史，她把西方故事与此做了对比，说"这个时期的阴谋和反阴谋读起来就像《三个火枪手》和《双城记》的结合体"④。接下来，朱莉重点讲述了周瑜火烧赤壁，战败曹操的故事，最后指出苏轼、周邦彦、辛弃疾的词里都有涉及三国的典故。⑤ 朱莉认为，历史人物的名字只不过是诗人用来指代自己的一种方式，以历史事实为基础的文学形象，也会随着每一次新的使用

---

① "In other words, when will the emperor find out I'm still worth my salt?" Julie Landau, *Beyond Spring: Tz'u Poems of the Sung Dynasty*, New York: Columbia University Press, 1994, p.25.
② "The Sky Wolf, incidently, is a constellation associated with rebellion." Julie Landau, *Beyond Spring: Tz'u Poems of the Sung Dynasty*, New York: Columbia University Press, 1994, p.25.
③ "The geographical division of China into these three areas has persisted in literature long after they lost any political relevance." Julie Landau, *Beyond Spring: Tz'u Poems of the Sung Dynasty*, New York: Columbia University Press, 1994, p.26.
④ "From the colorful period of the Three Kingdoms (221–280) come many heroes and allusions. After the fall the Han dynasty (206B.C.–A.D. 220), three kingdoms, Shu in the southwest, Wu in the south, and Wei in the north, vied for supremacy to reunify the empire. The intrigues and counterintrigues of this period read like a cross between The Three Musketeers and A Tale of Two Cities." Julie Landau, *Beyond Spring: Tz'u Poems of the Sung Dynasty*, New York: Columbia University Press, 1994, pp.25–26.
⑤ "Allusions to the Three Kingdoms are popular with Su Shih, Chou Pang-yen, and Hsin Ch'i-chi." Julie Landau, *Beyond Spring: Tz'u Poems of the Sung Dynasty*, New York: Columbia University Press, 1994, p.26.

而发生变化。①

宋词的象征和典故造成的晦涩本来就是西方学者对宋词翻译望而却步的重要原因，而单独撰写序言讨论宋词的象征和用典恰恰是朱莉的聪明之处，也是高妙之处，这让她的读者能够在阅读她的译作时更少些障碍，能更接近中国词人的内心，也能了解中国的文化象征和文化典故所带来的趣味和美感。这在英语世界的文学选集中是很少见的，足见她对中国传统文化的重视，无形中也架起了中西文化比较的桥梁。

那么，如何评价朱莉的翻译风格和视角呢？从26首苏词译文来看，朱莉的译文忠于苏轼原作，善于抓住对词至关重要的乐句和节奏。她对每首诗的意义都非常清楚，比如对象征和典故的介绍再述了著名的传统故事，比如诗歌中的引用和主题也是她注意介绍给西方读者的要点；再者，文集中所附的诗人简介、词汇表和中国诗歌流派的历史图表等将诗歌置于中国历史地位的视角，也让她的作品充满厚重感，并永远流露出一种自信甚至强烈感染到读者，这就是朱莉及其她的《春光无限：中国宋词选》能够成为英语世界的经典之作并流传久远的重要原因。

（二）华兹生译苏词：明白晓畅的独特旨趣

在美国学界，伯顿·华兹生（Burton Watson，1925-2017，以下简称"华兹生"）是赫赫有名的人物，他是当代美国最负盛名的翻译家、汉学家，著作等身，在国际上享有盛誉，因而被称为"中国化了的西方人"。华兹生对东方文明的兴趣始于第二次世界大战后，他曾以美国海军的身份到过日本。退役后进入哥伦比亚大学，师从华裔学者王际真，攻读中国文学硕士学位。后赴日本京都大学学习中国文学与典籍，师从著名汉学家吉川幸次郎。后于1956年在美国哥伦比亚大学获得汉学博士学位。多年来，华兹生奔波于日本、美国、中国香港等地讲学，最后定居日本，致力于中国、日本文学的翻译与研究工作，足见其对东方文明的喜爱与投入。华兹生对中国古典诗歌十分偏爱，他曾指出诗歌是文化最为集中的载体，所以他奉献给诗歌翻译领域不少精品，比如《寒山诗100首》（*Cold Mountain: 100 Poems by the*

---

① "The name of a historical figure is sometimes little more than a way for the poet to refer to himself. Even those images originally based on historical facts, as literary images, underwent changes with each new use." Julie Landau, *Beyond Spring: Tz'u Poems of the Sung Dynasty*, New York: Columbia University Press, 1994, p.26.

T'ang Poet Han-Shan, 1962）、《随心所欲一老翁：陆游诗文选》(*The Old Man Who Does as He Pleases: Selections from the Poetry and Prose of Lu Yu*, 1973)、《白居易诗选》(*Po Chu-I: Selected Poems*, 2000)、《杜甫诗选》(*The Selected Poems of Du Fu*, 2003）等。除了译诗以外，华兹生在哲学、佛学和史学领域也颇有建树，他成为美国译介中国典籍的代表人物。

1. 华兹生：翻译苏轼作品最多的汉学家

仅就翻译苏轼文学作品而言，华兹生可谓独步天下，因为他是英语世界翻译苏轼文学作品最多的汉学家。他先后有四本出版了的文选译介了苏轼作品，分别是《东坡居士轼书》①（*Su Tung-P'o: Selections From a Sung Dynasty Poet*, 1965)、《中国抒情诗：从2世纪到12世纪》(*Chinese Lyricism, Shih Poetry from the Second to the Twelfth Century*, 1971)、《哥伦比亚中国诗选：上古到十三世纪》(*The Columbia Book of Chinese Poetry: From Early Times to the Thirteenth Century*, 1984)、《苏东坡诗选》(*Selected Poems of Su Tung-P'o*, 1994)。其中《东坡居士轼书》翻译苏作86首，该书作为英语世界首本集苏轼诗词文于一体的译著，不仅获得联合国教科文组织的资助，还获得东方经典著作译丛项目的赞助。《苏东坡诗选》以翻译收录苏轼116首文学作品而位居英语世界苏轼作品翻译选集之首，该书于1995年获得美国"笔会翻译奖"（PEN Translation Prize）。此外，《哥伦比亚中国诗选：上古到十三世纪》翻译苏作20首，该书因其涵盖范围广，被誉为"几乎篇篇珠玉"，在英语世界影响很大；而《中国抒情诗：从2世纪到12世纪》翻译苏作7首。华兹生对苏轼作品在英语世界的翻译和传播功不可没，无论翻译数量还是翻译质量都是首屈一指的。他的作品流传甚广，兼具经典性与权威性，多次被重印、收录等。

那么在卷帙浩繁的苏轼作品中，华兹生根据什么标准来选译苏轼篇目呢？以《东坡居士轼书》为例，其导言部分体现出他选译诗歌的几大标准。

---

① 又译为《宋代诗人苏东坡选集》。《东坡居士轼书》的译名是华兹生该译著封面上的中文译名。"东坡居士轼书"六字出自苏轼著名书法作品《楚颂帖》。阳羡（今江苏宜兴）出产甜美的柑橘，元丰七年，东坡在此买下田地，设计了一个柑橘园的蓝图："吾来阳羡，船入荆溪，意思豁然。如惬平生之欲，逝将归老，殆是前缘。王逸少云：'我卒当以乐死'，殆非虚言。吾性好种植，能手自接果木，尤好栽橘。阳羡在洞庭上，柑橘栽至易得。当买一小园，种柑橘三百本。屈原作《橘颂》，吾园落成，当作一亭，名之曰楚颂。元丰七年十月二日东坡居士轼书。"这便是《楚颂帖》的内容。

第一，个人喜好和翻译难度。华兹生会选择自己喜欢的作品，同时根据篇目难易度，注意选择比较容易翻译的作品。① 华兹生对宋代是颇为赞赏的，这与英国阿瑟·韦利在诗歌选择上明显重唐轻宋的思想截然不同，华兹生认为"宋人的生活方式、价值观和兴趣在许多方面比同时代我们的欧洲先祖更接近现代欧洲人。这大概解释了为什么他们大量的诗词读起来就像我们这个时代的作品"。② 第二，读者需求。这86篇作品，虽较苏轼一生的成果来说不过冰山一角，但都是苏轼真性情的抒发，选材较贴近大众。其中有体现对百姓疾苦的关怀之作，有抒发怀念亲人之作，有游历山川的感怀之作，也有反映任职地区的风土人情之作等。读者从这些作品能窥见苏轼复杂丰富的内心世界和曲折经历，所以华兹生在选译篇目上尽量照顾到二十世纪五六十年代美国青年人渴望了解东方的心理趋向，尽量多角度为读者呈现中国宋代文化的大致样貌。第三，体现苏轼个性。华兹生注意从苏轼广阔的形式和主题中筛选出最能体现苏轼个性的作品。③ 而苏轼的个性主要体现在与他宦游经历有关的作品，比如书中所译《江上看山》、《守岁》、《除夜直都厅》、《吉祥寺赏牡丹》、《鹧鸪天·林断山明竹隐墙》、《狱中寄子由》和《临江仙·夜饮东坡醒复醉》；苏轼的个性还体现在苏轼一生超越苦难的作品，比如《赤壁赋》、《后赤壁赋》和《水调歌头·明月几时有》等。而这些诗歌内容的选择有一个前提就是华兹生对苏轼抗挫折、励人生的人生哲学非常佩服，他认为苏轼的宦游经历成就了他超越苦难的人生哲学，这是苏轼的独特个性使然，也是其生活的行为，更是生活的态度、生活的胸襟，也最能接近最真实的苏轼。对此，John Knoblock 于1966年在《亚洲研究杂志》(*Journal of Asian Studies*) 上发表对《东坡居士轼书》的书评，尤其肯定华兹生所选苏轼作品是对苏轼鲜明个性的凸显。

值得注意的是，华兹生在选篇过程中还深受日本学者的影响。华兹生一生与日本结缘，对他学习研究中国古诗影响最大的是吉川幸次郎和小川环

---

① "I have naturally chosen poems which I like and which I think go well into English." Burton Watson, *Su Tung-P'o: Selections from a Sung Dynasty Poet*, New York: Columbia University Press, 1965, p.15.

② Burton Watson, *Su Tung-P'o: Selections from a Sung Dynasty Poet*, New York: Columbia University Press, 1965, p.4.

③ Burton Watson, *Su Tung-P'o: Selections from a Sung Dynasty Poet*, New York: Columbia University Press, 1965, pp.15–16.

第二章　风格与技巧：英美的苏轼文学作品英译

树。吉川幸次郎是日本京都大学著名的中国古代文学专家，华兹生学习中国古典文学的引路人。华兹生在担任吉川幸次郎的学术助手期间，系统学习了中国古典诗歌并致力于诗歌英译，华兹生对中国古典诗歌的研究多得益于吉川幸次郎的引导。吉川幸次郎曾于20世纪60年代著书《中国诗史》，其中"关于苏轼"一节专门论及苏轼身上体现了宋诗最重要的特色即摆脱悲哀，并列举了苏轼诗歌《迁居临皋亭》《颍州初别子由二首》等，阐释苏轼诗歌所表现的扬弃悲哀的人生哲学，而对于悲哀的摆脱或扬弃正是华兹生所认可的苏轼超越苦难的精神。另一位对华兹生影响甚大的日本学者小川环树曾于1962年译注《苏轼》（上、下）并出版，直接影响了1965年华兹生的《东坡居士轼书》出版，书中的作品一部分来自小川环树的苏轼作品日译本，一部分是华兹生自己收集的。

此外，为了让读者能体验到阅读中国古诗文明白晓畅的独特旨趣，华兹生在《东坡居士轼书》的编排上也下足了功夫。首先，目录脉络清晰。书籍的目录编排严格按照苏轼文学作品创作的时间分为五个阶段：早期（1059~1073），中期（1074~1079），第一次流放（1080~1083），回归（1084~1093），第二次流放（1094~1101），这样易于让读者很清晰地了解苏轼的人生经历与创作轨迹。其次，注释上化繁为简。几乎每篇作品都有苏轼的创作时间、背景说明，相关注解也较详尽。诗歌还注明五言（5-character）、七言（7-character）等体裁信息，这样便于让读者对于每首诗歌的文化信息有更多了解，使古诗词阅读化繁为简，打破了词本身的神秘感，拉近了读者与作者的距离。这些都是让这本书获得大众读者欢迎的重要因素，也是流传久远的原因。

不仅《东坡居士轼书》受欢迎，1994年的《苏东坡诗选》也一直受到读者追捧。杨艳华和黄桂南在2016年发表的论文《苏轼〈江城子·十年生死〉两种英译本的对比研究——以读者接受理论为观照》中谈到华兹生的读者接受程度时说，经过他们统计发现，在全球最大的网络书店亚马逊上，华兹生的译本《苏东坡诗选》下面几乎都是读者的正面评论。有的读者认为苏东坡的精彩诗歌得益于华兹生精湛的翻译技艺，有的认为透过华兹生的翻译让自己喜欢上了苏东坡的诗，还有的认为华兹生的文学翻译质量不错，值得反复品味……从读者的普遍肯定足以想见华兹生的翻译接受度相当高。可见，读者能否获得好的阅读审美体验取决于译文质量的高低。读者给出优质的评价正是对译者及其译作最大的肯定，唯有以读者体验为上，译作才能长久地在外国读者中得以传播。

读者的肯定印证了华兹生的选篇理念。首先，要"迎合大众"。无论苏轼的宦游生涯还是人生苦难都是基于苏轼自身的个体体验，华兹生感到这正好迎合美国的个人主义思想，即崇尚个性与独立，而苏轼的深厚文学艺术造诣、深沉的人生感悟以及深层的心性构建共同抒写了一部典型的个人奋斗史，这些都是个人主义思想的核心价值追求，也符合西方推崇的民族文化与精神。其次，希望"重塑信念"，尤其是重塑青年人的人生信念。因为华兹生年轻时，就曾亲历美国的一场反对基督教主流文化价值观的运动，部分青年学者为能应对美国社会不断暴露出的问题，便试图在中国传统文化中找寻救世良策。①于是，华兹生希望通过苏轼文学作品中传递的面对苦难持有的信念和力量重新唤起青年人的热情，增强青年人的抗压能力。《苏东坡诗选》的诞生正好给当时的社会开了一剂良方。

2.《东坡居士轼书》：翻译苏词"通俗至上"

什么是通俗？即浅显易懂且适合大众的水准。《京本通俗小说·冯玉梅团圆》有云："话须通俗方传远，语必关风始动人"。翻译中的通俗理念即要求翻译语言明白晓畅、通俗易懂，使读者阅读起来没有太多的阅读障碍，一看就懂。华兹生译介苏轼文学作品最大的特点就是通俗易懂，在这点上，他的立场与英国阿瑟·韦利翻译苏轼诗歌的立场完全一样，但是华兹生的译文比韦利的译文更忠实于原文。美国汉学家白牧之（E.Bruce Brooks）与白妙子（A.Taeko Brooks）教授称"华兹生的译文具有众所周知、备受公认的优点——即翻译用语平易口语化，内容通顺连贯，以至于几乎不需要解释"②。耶鲁大学傅汉思曾对华兹生的译介予以高度评价："其在向广大普通读者译介中国文学、历史、哲学著作方面无人能敌，其译文总是通俗易懂，可读性极强"③。

1965年，华兹生在美国哥伦比亚大学出版的《东坡居士轼书》堪称20世纪英语世界苏轼文学翻译的经典，该书英译了86篇苏轼文学作品，包括83首诗词（76首诗、7首词）、前后《赤壁赋》及一封书信。《东坡居士轼

---

① 严晓江：《华兹生：让苏轼走进英语世界》，《中国社会科学报》2019年5月20日，第6版。
② B.Brooks & T. Brooks, "Book Review: *The Analects of Confucius* by Burton Watson", *The China Reviews*, 2009, Vol.9, No.1, pp.165–167.
③ Hans H.Frankel, "Review on *the Columbia Book of Chinese Poetry From Early Times to the Thirteenth Century* by Burton Watson", *Harvard Journal of Asiatic Studies*, 1986, 46（1）, pp.288–295.

书》在美国译界相当具有代表性，不但开创了专译苏轼文学经典作品的先河，而且对海外文学翻译具有积极的推动作用。《东坡居士轼书》的扉页上有编辑狄百瑞（Wm.Theodore de Bary）的一段话："Prepared for the Columbia College Program of Translations from the Oriental Classics"（为哥伦比亚大学东方经典翻译工程而准备）。而20世纪60年代哥伦比亚大学的"东方经典翻译工程"的主旨是既为学术研究提供基础，又便于大众读者了解东方，所以书籍不可能太难于理解，其普遍性便得以确立起来。

《东坡居士轼书》翻译苏轼诗歌数量第一，其次是词，再次是文。就苏轼词而言，其翻译了《江城子》（十年生死两茫茫）、《浣溪沙》（旋抹红妆看使君）（麻叶层层苘叶光）（簌簌衣巾莎枣花）（软草平莎过雨新）、《临江仙·夜饮东坡醒复醉》和《鹧鸪天·林断山明竹隐墙》这七首词作，尽管数量不多但首首都是经典，华兹生通过自己的翻译打破了英语世界不少译者认为苏轼词难以翻译的固有印象。华兹生译介苏轼词作的独特在于其"通俗"，而"通俗"具体表现为其翻译语言明白如画，翻译思路清晰晓畅，翻译形式灵活自由，因此整体看来可读性很强。下面略举两首词。

（1）《江城子》（十年生死两茫茫）

江城子[①]

乙卯正月二十日夜记梦

　　十年生死两茫茫。不思量。自难忘。千里孤坟、无处话凄凉。纵使相逢应不识，尘满面，鬓如霜。
　　夜来幽梦忽还乡。小轩窗。正梳妆。相顾无言、惟有泪千行。料得年年肠断处，明月夜，短松冈。

这是一首苏轼为亡妻王弗去世十年所写的悼亡词作，写于1075年。除华兹生外，英语世界先后还有初大告、白英、弗农山、白之、朱莉·兰多、梅维恒、山姆·汉米尔、郑文君、巴恩斯通等多位译者在自己的文学选集中收录该词的译本。在研究类成果中，美国柳无忌《中国文学新论》、林顺夫《中国抒情传统的转变》也都对该词进行过探讨，人物传记类成果林语堂《苏东坡传》也出现了该词译本。如此众多的译者青睐这首词，其特色和原

---

① 邹同庆、王宗堂：《苏轼词编年校注》（上），中华书局，2002，第141页。

因值得探讨。下面将对比华兹生译本、海陶玮译本（梅维恒《哥伦比亚中国传统文选》收录，1994）和刘殿爵译本（郑文君《中诗银库》收录，2003）内容（见表2-5）。

表2-5 华兹生译本、海陶玮译本和刘殿爵译本对比情况

苏轼原文及华兹生译文[①]	海陶玮译文[②]	刘殿爵译文[③]
江城子・乙卯正月二十日夜记梦 Ten Years–Dead and Living Dim and Draw Apart To the tune of "River Town Man." The year *yi-mao*, 1st month, 20th day: recording a dream I had last night.	Tune: "River Town"	To 'River Town' —*recording my dream on the twentieth night of the first month in the year yimao*
十年生死两茫茫。 Ten years–dead and living dim and draw apart.	Lost to one another, the living and the dead, these ten years.	Ten years lost to each other, the living and the dead.
不思量。自难忘。 I don't try to remember But forgetting is hard.	I have not tried to remember What is impossible to forget.	Without thinking of you It is hard to forget.
千里孤坟、无处话凄凉。 Lonely grave a thousand miles off, Cold thoughts––where can I talk them out?	Your solitary grave is a thousand miles away, No way to tell you my loneliness.	A thousand miles away, your solitary grave, Where can I pour out my desolation?
纵使相逢应不识，尘满面，鬓如霜。 Even if we met you wouldn't know me, Dust on my face, Hair like frost–	If we were to meet, you would not recognize me– Face covered with dust, Hair like frost	If we met you would hardly know me, My face so weather-beaten, My hair like frost.
夜来幽梦忽还乡。小轩窗。正梳妆。 In a dream last night suddenly I was home By the window of the little room You were combing your hair and making up.	Last night in a dark dream I was all at once back home. You were combing your hair At the little window.	Last night in a shadowy dream all at once I was home. By the little window You sat combing your hair,

[①] Burton Watson, *Su Tung-P'o: Selections from a Sung Dynasty Poet*, New York: Columbia University Press, 1965, pp.54-55.
[②] Victor H. Mair, *The Columbia Anthology of Traditional Chinese Literature*, New York: Columbia University Press, 1994, p.324.
[③] Alice Wen-Chuen Cheang, *A Silver Treasury of Chinese Lyrics*, Hong Kong: The Chinese University of Hong Kong, 2003, p.53.

第二章 风格与技巧：英美的苏轼文学作品英译

续表

苏轼原文及华兹生译文①	海陶玮译文②	刘殿爵译文③
相顾无言、惟有泪千行。 You turned and looked, not speaking, Only lines of tears coursing down—	We looked at one another without speaking And could only weep streaming tears.	You looked at me speechless, Tears streaming down your cheeks.
料得年年肠断处，明月夜，短松冈。 Year after year will it break my heart? The moonlit grave, Its stubby pines—	Year after year I expect it will go on breaking my heart— The night of the full moon The hill of low pines.	Year after year my heart is sure to break On a moonlit night By the pine-clad mound.

首先，对于题目的翻译，海陶玮和刘殿爵采取直译法"River Town"，华兹生则选取了释义法，即把词作的第一句"十年生死两茫茫"作为自己的题目，题目下面补充"'江城子'词曲，乙卯年正月二十日记下昨晚的一个梦"（To the tune of "River Town Man." The year *yi-mao*, lst month, 20th day: recording a dream I had last night），这样的题目显得别出心裁，既打破了词牌的神秘感又保留了中国传统的词曲信息，更容易让读者一目了然。类似情况晚清翻译家蔡廷干在1932年出版的《唐诗英韵》中翻译苏轼的《上元侍宴》题目也采用了释义法，译为"Court Feast in the First Full Moon of the New Year"。上元即正月十五元宵节，农历是按照月亮的运行规律制定的，据说，这一天是农历新年的第一个满月。蔡氏通过释义的方法将这一文化内涵简要交代，无疑有助于读者的理解。①这一译介策略与华兹生有异曲同工之妙。

第一句中涉及生死之事、十年之久和分离之苦，怎么翻译是很考究的，华兹生翻译得最好，因为虽然海陶玮和刘殿爵都译出了"生死"二字，却忽略了"两茫茫"之感，华兹生却通过分开后的茫然（dim and draw apart）表现出苏轼对妻子去世后的怅然若失和无比思念，"两"字表现出夫妻彼此相同的感受。同时押头韵［d］，再现原诗的韵律感。"千里孤坟，无处话凄凉"一句，本是陈述语气，这里华兹生和刘殿爵都采用了where引领反问句，问自己可以在哪里去诉说凄凉之感，即无处可说，加深了语气。尤其刘殿爵把"话"翻译为pour out，即倾吐之意，强烈表达苏轼想到远隔千里亡妻的

---

① 陈顺意：《译者归来与诗魂远游——蔡廷干汉诗英译之〈唐诗英韵〉研究》，《外国语文研究》2019年第3期，第107页。

坟茔所感到的孤独与寂寞。而海陶玮这句翻译得比较平淡。不足的是，刘殿爵把凄凉译为 desolation，很贴切，而华兹生把凄凉译为 cold thoughts（冷静的思考）不太贴切。"纵使相逢应不识，尘满面，鬓如霜"一句，华兹生和海陶玮主要采用直译的方式，贴近原文，明白易懂，尤其"尘满面，鬓如霜"三字一顿，华兹生用词简洁，虽然没有押尾韵，但几乎与苏轼原文节奏感一致。不过，华兹生和海陶玮的翻译只能算忠实，而刘殿爵用了 weather-beaten 一词更显形象深刻，这个词是饱经沧桑的意思，表现出苏轼与亡妻阴阳相隔的惆怅和在仕途上感到报国无门的失落，家庭与事业的不得志让苏轼容颜衰老，早生华发。"正梳妆"一句，华兹生更胜一筹，不仅译出了仿佛看到在窗边梳头的妻子，妻子还正化妆打扮（making up），表现出妻子翘首期盼与苏轼相见的心情，而海陶玮和刘殿爵都只翻译了梳头，忽略"妆"字的意思。但是"幽梦"的"幽"字华兹生并未译出，海陶玮用了 a dark dream，刘殿爵用 a shadowy dream，都试图表现梦境的朦胧与模糊。"小轩窗"一句，华兹生翻译为小房间的窗（by the window of the little room），"说清楚了原义，但却没有了诗味，因为 little room，让读者想象的是房间面积的大小，但苏词的原意是写闺房的雅致精美"[1]。"相顾无言，惟有泪千行"一句，海陶玮译得最好，因为相顾无言的主语是我们两个（we），相互看着对方，一时无语，不知从何说起，而华兹生和刘殿爵主语都是你（you），难以表达相互的思念。"料得年年肠断处"一句，刘殿爵用 is sure to 表达肯定口吻，很符合原意，而华兹生采用问句处理，虽然加强语气，却误解了苏轼的意思。"明月夜，短松冈"一句，华兹生并未押韵，但节奏感与苏轼原文一致，简短有力，回味无穷。"短松冈"本指妻子的坟墓，只有华兹生用 grave 进行了准确表达。同样的处理方式还出现在华兹生翻译屈原《九歌》之《云中君》"灵连蜷兮既留，烂昭昭兮未央"，译为"The spirit, twisting, and turning, /poised now above, /radiant and shining/in endless glory."华兹生这里也没有顾及押韵，但通过把两句分为四句进行翻译，仍然再现了原诗的节奏美和文学性。

为了帮助读者进一步了解诗歌背景，华兹生和刘殿爵都采用文后注释对词作背景进行介绍，海陶玮没有。华兹生文后注释十分详细："公元1075年写于密州。梦中是诗人的第一任妻子王弗，她在1054年与他结婚，当时她

---

[1] 戴玉霞：《苏轼诗词英译对比研究》，西安电子科技大学出版社，2016，第54页。

15岁。她死于1065年,第二年,诗人的父亲去世了,他把她的遗体带回他的四川老家,埋葬在家族的土地上,在坟周围种了一些小松。这首诗是以词的形式由两个小节组成,每个小节的行中字数如下:7、3、3、4、5、7、3、3"①。尤其是向读者说明王弗去世的1065年,与该诗标明的1075年,刚好相隔十年,因此词作开头"十年生死"的意义便更容易为读者领会了。

不难看出,尽管三人各有千秋,但是华兹生的译介较倾向按字面意思进行散体翻译,始终忠实于原作的情感表达,这是朴实直白的翻译策略,更适合大众的普及阅读。当然,John Knoblock也曾指出华兹生的《江城子·乙卯正月二十日夜记梦》译作因刻意追求与原作结构相似而损害了流畅的诗意与和谐的音律。

(2)《鹧鸪天》(林断山明竹隐墙)

鹧鸪天②

林断山明竹隐墙。乱蝉衰草小池塘。翻空白鸟时时见,照水红蕖细细香。

村舍外,古城旁。杖藜徐步转斜阳。殷勤昨夜三更雨,又得浮生一日凉。

这首词苏轼作于宋神宗元丰六年(1083),当时苏轼谪居黄州(今湖北黄冈),政治打击和仕途挫折使他心情苦闷、精神萎靡,悲凉之感袭上心头,所见之景都是一片杂乱,于是在词中刻画了一位郁郁不得志的隐士形象。尽管难掩失意,但诗歌也透露出似陶渊明当年"啸傲东轩下,聊复得此生"的闲适,也不乏"竹杖芒鞋轻胜马。谁怕?一蓑烟雨任平生"③的坦然。该词在美国学界至少6次被收录文学选集,位居苏词英译数量第四,先后被华兹

---

① "Written at Mi-chou in 1075. The dream was of the poet's first wife, Wang Fu, whom he married in 1054, when she was fifteen. She died in 1065, and the following year, when the poet's father died, he carried her remains back to his old home in Szechwan and buried them in the family plot, planting a number of little pine trees around the grave mound. The poem is in the tz'u form and consists of two stanzas, each with lines of the following number of characters: 7, 3, 3, 4, 5, 7, 3, 3." Burton Watson, *Su Tung-P'o: Selections from a Sung Dynasty Poet*, New York: Columbia University Press, 1965, pp.54-55.
② 邹同庆、王宗堂:《苏轼词编年校注》(中),中华书局,2002,第474页。
③ 邹同庆、王宗堂:《苏轼词编年校注》(上),中华书局,2002,第356页。

生、王椒升、戴维·亨顿等名家翻译。下面对华兹生译本[①]、王椒升译本[②]和戴维·亨顿译本[③]进行对比分析（见表2-6）。

表2-6　华兹生译本、王椒升译本和戴维·亨顿译本的对比情况

苏轼	华兹生译本	王椒升译本	戴维·亨顿译本
鹧鸪天	To the Tune of "Partridge Sky"（1083？）	Tune："Partridge Sky" Written While Banished to Huang-chou	Untitled
林断山明竹隐墙。	Mountains shine through forest breaks, bamboo hides the wall;	Where the forest breaks Hills emerge into view; Where the walled courtyard is hidden in bamboo,	Forests end in mountain light, and bamboo hides walls.
乱蝉衰草小池塘。	Withered grass by small ponds, jumbled cicada cries.	Obstreperous cicadas riot over a small pond o'er grown with withered grass.	A confusion of cicada cries, dry grasses, a small pond.
翻空白鸟时时见，	White birds again and again cut across the sky;	Frequent is the appearance of white birds looping in the air,	An occasional bird wings white through empty sky,
照水红蕖细细香。	Faint scent of lotus shining pink on the water.	Delicate the fragrance of pink lotus blooms mirrored in water.	and delicate in scent, waterlilies shine across water.
村舍外，古城旁。	Beyond the village, By old town walls,	Beyond the village houses, Beside the ancient town	Out beyond the village, Along ancient city walls,
杖藜徐步转斜阳。	With goosefoot cane I stroll where late sunlight turns.	Cane in hand, a leisurely stroll I take In the wake of the slanting sun.	I'll stroll till dusk, staff in hand, then turn back in slant light.
殷勤昨夜三更雨，	Thanks to rain that fell at the third watch last night	Thanks to last midnight's bounteous rain,	Thanks to rain that came last night in the third watch,

---

① Burton Watson, *Su Tung-P'o: Selections from a Sung Dynasty Poet,* New York: Columbia University Press, 1965, p.95.

② Victor H. Mair, *The Shorter Columbia Anthology of Traditional Chinese Literature*, New York: Columbia University Press, 2000, pp.158-159.

③ David Hinton, *Classical Chinese Poetry: An Anthology*, New York: Farrar, Straus and Giroux, 2008, p.366.

第二章 风格与技巧：英美的苏轼文学作品英译

续表

苏轼	华兹生译本	王椒升译本	戴维·亨顿译本
又得浮生一日凉。	I get another cool day in this floating life.	My floating life now enjoys one more day of delicious cool.	I get another cool day in this drifting dream of a life.

对比表2-6里的三个译本，共同点是显而易见的：都没有刻意押尾韵，都以自由体译诗，都比较忠于原文，在该补充主语的地方"杖藜徐步转斜阳"，华兹生、王椒升和戴维·亨顿都补充了第一人称代词I，使一个拄着拐杖漫步于斜阳下的隐者形象跃然纸上，这是苏轼自我形象的塑造。但是从各自的译诗个性和风格也不难发现以下特点。（1）从题目来看，华兹生和王椒升直译为"曲调：鹧鸪天"，准确无误，但戴维·亨顿取名"无题"（untitled），无法让读者从题目上了解诗词体裁或是其他内容。（2）从语言形式上看，华兹生是最贴近原作的，如果苏词一个句子一气呵成，华兹生也翻译为一个句子，一般不随意停顿。"因为华兹生认为中国古典诗词每行都有自己完整的意义，所以他翻译时采用了译文与原文一一对应的原则，一行译文对应一行原文，这样他的注释中对每行原文字数的描述才有意义，通过阅读译文也能部分领略到原文的形式特色。"①而戴维·亨顿翻译时停顿最多。不随意增加形容词也是华兹生通俗翻译的一大特色，比如最后两句"殷勤昨夜三更雨，又得浮生一日凉"，华兹生直译为"多亏昨晚三更时下的雨，我才能在浮生中又得一日清凉"。（Thanks to rain that fell at the third watch last night, I get another cool day in this floating life.）对于雨和清凉都没有增加任何形容词，显得简洁清晰；而王椒升增加了bounteous形容雨水丰富，增加了delicious形容清凉的舒适感。对于"浮生"一词，原指世事不定，人生短促，华兹生和王椒升都用floating life，王椒升对"浮生"一词还专门作注释："浮生，一种表达，意为'不稳定的生活'这句话源于庄子"。（An expression meaning "precarious life" which originates from Chuang Tzu.）戴维·亨顿则用drifting dream of a life，应该源于"浮生若梦"一说，所以增加了dream一词，但drifting修饰的主语为梦，不是人生，不太准确。（3）从韵律节奏来看，华兹生通过押头韵和运用叠词两个方法让译文充满节奏感。华兹生上片第二句

---

① 黄立：《英语世界的唐宋词研究》，四川大学出版社，2008，第37页。

withered 和第三句 white 押头韵，下片 beyond 和 by 押头韵。"时时见"运用了叠词，所以华兹生也译成 again and again，两个副词重叠运用，表现鸟儿飞翔的频率高，增加韵律感。而戴维·亨顿则译为偶尔有小鸟在天空飞翔（an occasional bird wings），不符合苏轼的原意。当然，戴维·亨顿在翻译"乱蝉衰草小池塘"时，尊重内在的语意停顿：乱蝉/衰草/小池塘，所以用三个并列短语"A confusion of cicada cries, dry grasses, a small pond"进行翻译，也体现了节奏的抑扬顿挫。（4）从用词的准确性讲，词义理解的精确会增加读者对诗歌的认知。比如"竹隐墙"表达竹林遮住了围墙，华兹生和戴维·亨顿都严格按原作翻译，而王椒升翻译为有围墙的庭院（the walled courtyard）躲藏在竹林，显然补充了"墙"指庭院的围墙。"翻空"一词是指飞翔在空中，华兹生和王椒升翻译成"天空"一词都比较贴切，但戴维·亨顿则把 sky 一词前面加上 empty，刻意强调是空空的天空，实在牵强多余。再如"杖藜"一词，王椒升只译出手杖（cane），戴维·亨顿译为棒（staff），只有华兹生译为杖藜（goosefoot cane），把手杖的材质是藜属植物翻译得很准确。又如"转斜阳"本指诗人在漫步时发现转瞬间已出现夕阳，证明时间过得很快，"转"是转瞬之意，华兹生翻译为斜阳出现（late sunlight turns），王椒升翻译为紧随斜阳（In the wake of the slanting sun），都有太阳下山之意；而戴维·亨顿理解有误，认为"转"是转身，翻译为在斜光下转身。此外，对于荷花一词的翻译，华兹生和王椒升都用 lotus，而戴维·亨顿则用睡莲 waterlily 代替，估计这个应该与西方读者更熟悉睡莲有关，因为西方艺术绘画多出现睡莲，戴维·亨顿是采用归化法迎合西方读者对于睡莲的认知，而荷花似乎成为东方的代名词。（5）补充说明的方式不同。该词中，华兹生仍然通过文后注释对词的创作时间、地点和诗歌形式进行介绍："可能于1083年作于黄州。它是词，分两小节，第一节由四行7字组成，第二节由两行3字和三行7字组成"[①]。显然华兹生不太确定创作的时间，所以在标题上出现了问号，在注释中也用词很考究，说"可能"作于1083年。这是非常严谨的态度，也是对读者负责。而王椒升采用副标题的形式，说明该词"作于流放到黄州时"；戴维·亨顿则没有添加注释。

---

① "Probably written in 1083 at Huang-chou. It is in the tz'u form, in two stanzas, the first made up of four 7-character lines, the second of two 3-character lines and three 7-character lines." Burton Watson, *Su Tung-P'o: Selections from a Sung Dynasty Poet*, New York: Columbia University Press, 1965, p.95.

第二章　风格与技巧：英美的苏轼文学作品英译

苏轼整首词作音韵醇厚，语言明白生动，感情表达明快，流动着一种轻盈的诗意色彩，华兹生译文可谓恰到好处地传递出词作的意象，把苏轼的情感简洁明了地表达了出来，实为翻译上品。

上述两首词作译本可以明显看到，尽管苏轼词作常涵盖丰富的典故与史料，纵横古今，但华兹生却较完美地实现了用通俗易懂的语言翻译、传达苏词的深刻内涵。华兹生多采用自由体形式翻译苏词，从体裁、风格到语言都不死板，照顾到了诗歌音、形、意层次上的变换。因此，他的整体翻译口语化色彩较浓，简单质朴，毫无造作之感。①这与美国新诗运动后，中国古典格律诗大都英译成自由诗的惯例分不开，而华兹生正是顺应了这一"主流诗学"潮流。可以说，华兹生遵循"通俗至上"的原则，实质是把读者大众放在第一位，采取归化翻译策略。

此外，为了让苏轼作品被更多西方读者接受，华兹生还通过不断推出文学选集使苏轼作品深入人心。如前所述，自1965年《东坡居士轼书》之后，华兹生分别于20世纪70年代、80年代和90年代推出了中国文选或苏轼诗选，其中都翻译了不少苏轼文学作品。朱徽在《中国诗歌在英语世界》一书中点评华兹生的"译诗选集与传统建构"，即通过编选文选、对中国古诗进行分析介绍，既可以使作品经典化、大众化，也可以"在英语世界构建中国古诗的传统"②。

当然，在华兹生收获一片赞扬声时，我们也应看到他的不足，比如魏家海在《汉诗英译的比较诗学研究》中指出华兹生的翻译也有缺乏创造性和审美性的问题。首先，在翻译数字时采取直译法，缺乏创造性。他举例说华兹生将《离骚》"百神翳其备降兮"的"百神"翻译为"a hundred spirits"，翻译陆游的《春游》"七十年间人换尽"的"七十年间"为"in a seventy year"等，都把原本形容"多"的虚指数字译成了实指，"虽然读者完全可以理解，但毕竟缺乏创造性"。其次，魏家海还指出华兹生几乎从不考虑诗歌的格律与形式，这是以牺牲声音美和音乐美为代价去照顾读者的阅读与欣赏，损害了诗歌原有的艺术审美价值。③美国著名学者刘若愚也曾评价华兹生的通俗

---

① 姚俏梅：《结合Burton Watson翻译风格研究——以〈苏东坡诗词选〉为例》，《牡丹江大学学报》2017年第1期，第114页。
② 朱徽：《中国诗歌在英语世界——英美译家汉诗翻译研究》，上海外语教育出版社，2009，第203页。
③ 魏家海：《汉诗英译的比较诗学研究》，中国社会科学出版社，2017，第285页。

性翻译大大损伤了苏轼作品的文学性,对苏词的选材仍然稍显狭窄,他较少选译能够体现苏轼心系天下的作品,从而忽视了苏轼作为上层士大夫的历史使命感和担当精神。这与中国的翻译家们更加注重选译能够突出苏轼思想价值的篇目,以期能够让中华文化的核心价值观走进西方社会的特点有所区别。[①]

三、英美苏词翻译异同对比

从英美两国的苏词翻译数据统计情况看,苏轼的《水调歌头·明月几时有》、《临江仙·夜饮东坡醒复醉》、《念奴娇·赤壁怀古》和《江城子·十年生死两茫茫》这四首均成为英国译者和美国译者的宠儿,入选文集次数均排在前四名。不过,从排名第一位的词来说,英国学界更偏爱《水调歌头·明月几时有》,而美国学界更偏爱《临江仙·夜饮东坡醒复醉》。

从表2-7可见,综合英美两国的翻译苏词情况,排在第一的是《水调歌头·明月几时有》,入选文集17次;第二是《临江仙·夜饮东坡醒复醉》,入选文集15次;第三是《念奴娇·赤壁怀古》,入选文集14次;而《江城子·十年生死两茫茫》排第四,入选文集12次。

表2-7 四首苏词入选英美两国翻译文集的频次

国别/入选文集次数	临江仙·夜饮东坡醒复醉	水调歌头·明月几时有	念奴娇·赤壁怀古	江城子·十年生死两茫茫
英国	3	6	3	3
美国	12	11	11	9
小计	15	17	14	12

为何是这四首词在英语世界备受青睐?首先,这四首词都是真情流露,感人至深。笔者发现,具有情感的普遍性词作更容易受到西方读者的青睐。比如《水调歌头·明月几时有》写给自己的亲弟弟苏辙,体现"思"之情,表达对家乡的思念;《临江仙·夜饮东坡醒复醉》写夜晚醉酒归家敲不开门,只好独自去江边听江声的经历,体现"恨"之情,"恨"自己早已身不由己;

[①] 严晓江:《华兹生:让苏轼走进英语世界》,《中国社会科学报》2019年5月20日,第6版。

《念奴娇·赤壁怀古》体现"羡"之情,借写对历史英雄的羡慕,抒发壮志难酬、人生如梦的感慨;而《江城子·十年生死两茫茫》则是写给亡妻王弗的,体现"孤"之情,失去妻子之后的孤独,表达丈夫对妻子的思念。这些情感都偏悲情,也是人之常情,容易唤起西方读者的情感共鸣。其次,这四首词都与中国传统文化密不可分。《临江仙·夜饮东坡醒复醉》写文人酒后的心情,而酒本就是与中国文人、文化伴随一生的东西,中国文学里的好词佳句,往往与酒分不开,不少诗人跌宕的经历也与酒分不开。酒成为创作的来源,成为人半梦半醒的借口,也成为中国传统文化的标志。而《水调歌头·明月几时有》则与中国传统佳节中秋节有关,月亮可以寄托理想,圆月象征团圆,分别的亲人在中秋会格外思念对方。《念奴娇·赤壁怀古》与中国历史上三国时期著名的赤壁之战有关,译介这首词作,就是在向西方读者介绍三国的历史与人物。《江城子·十年生死两茫茫》是中国传统悼亡词的典范,是写给去世的妻子的诗歌,是穿越阴阳的表白,也代表中国传统文化中宣扬的夫妻忠贞。再次,这四首词以婉约风格居多。除了《念奴娇·赤壁怀古》是豪放风格,其余都是婉约风,似乎婉约词的情感更细腻,更动人。不仅词的翻译如此,连对词的研究,英语世界也体现出偏婉约的特点,美国孙康宜对此进行了解释:"盖词之为体实与西方的抒情诗(lyric)暗相契合,均属音乐语言与文学语言并重的艺术形式,又皆以抒情为主,尤重感性修辞。……此外,词中所谓'曲尽其妙'的境界,正合乎西方抒情诗百转千回的风格。由是观之,婉约派能在西方独放异彩也是势所必然"[①]。有学者做了统计,在英语世界最受欢迎的十大词人中(李清照、李煜、苏轼、辛弃疾、韦庄、温庭筠、柳永、欧阳修、周邦彦、纳兰性德),李清照、李煜的作品因其独特的婉约风格而更受青睐,他们两位的全集都得到全面翻译,而且有多个译本。[②]所以,英语世界苏轼的婉约词比其豪放词更受欢迎也就能理解了。而这四首词的独特性使其成为了解东坡、走近东坡的标志。

总体来看,英美中国古典词的翻译和介绍,都把苏轼作品作为必译介的对象,而且在选集中的分量都很重,在宋词部分几乎是位列前三的译介对象。究其原因,主要有二:一是苏词在情感上都是真情流露,明白易懂,让

[①] 孙康宜:《词与文类研究》,李爽学译,北京大学出版社,2004,附录二第163页。
[②] 涂慧:《如何译介,怎样研究——中国古典词在英语世界》,中国社会科学出版社,2014,第234页。

人读后没有心灵的距离感，反而能唤起读者的共鸣，容易产生审美愉悦；二是苏轼在词领域的贡献让人赞叹，尤其是对词的主题、题材、意境的创新，都让北宋词风焕然一新。在翻译的力量方面，英美两国的华裔学者和本土译者都做出了巨大贡献，但是华裔学者译介苏轼作品的数量和质量都不如西方本土译者。当然，英美两国在苏词翻译方面也呈现出不同：第一，英国对苏词的关注较少，译介作品数量也较少，而美国译介苏词数量很多；第二，英国选集缺乏将苏轼诗、词、文三类文体并举的情况，而美国出现不少同时收入和翻译苏轼诗、词、文的选集，同时，以华兹生为代表，还出版了以苏轼名字命名的诗词译介作品专集，而英国没有苏轼诗词专辑；第三，在苏词的篇目选择方面，美国体现出重复性较强的一面，经典作品反复翻译，而能被翻译的词作数量仅仅占全部苏词数量的小部分，更多的词作有待西方的关注。

我们也应该看到，英美两国多偏向于翻译苏词中抒发个人情感体验的作品，却容易忽略苏轼作为中国士大夫阶层代表人物身上的担当与责任的一面，所以其对歌颂江山社稷的词作翻译得不多。

第三节　英美的苏文翻译

本节讨论的苏轼文章译介，主要针对苏轼散文的译介而言。中国古代对"散文"的概念界定有一定模糊性，有的将散文与韵文对举，有的将散文与诗歌、小说、戏剧并称。而英语世界对散文的理解也各有差异，有的学者编写散文集，却将小说纳入其中，有的将戏剧也归入散文。本书所说的"散文"界定为除诗歌、小说、戏剧以外的文学体裁。

那么，中国散文英译的历史起于何时？据黄鸣奋在著作《英语世界中国古典文学之传播》中考证：中国散文英译可以追溯到17世纪末，是由拉丁文版本的《论语》转译而成的《孔子格言》（1691年）。18世纪，法国杜赫德编纂的《中国通志》，让《尚书》《易经》《礼记》《孟子》等儒家经典正式走入英语世界读者的视野。从那时起，许多西方翻译家开始翻译中国散文，其中大部分是先秦时期的作品。20世纪，秦代以后的中国古文开始引起翻译家的注意。整体看来，西方翻译中国散文的重点在先秦诸子、早期史传、唐宋八大家和现代作家，而唐宋八大家中韩愈、柳宗元、欧阳修、苏轼作品又

第二章　风格与技巧：英美的苏轼文学作品英译

被译介较多。

根据前述英语世界各国文学选集的情况，不难发现，英语世界的中国古代散文翻译整体情况都比不上古代诗词的翻译数量。什么原因呢？美国学者倪豪士认为，西方"散文"概念的形成有不同的文化背景。英文prose（散文）源自拉丁文prorsus，意思是"直接"，而诗歌verse一词，源自拉丁文vertere，意思是"转弯"，可见，散文prose的最大优点就是明白、直接。他说："正如小说家乔治·奥威尔说优秀的散文'像窗玻璃一样'透明，不幸的是，这个术语在英文里已经带上了消极的意义，如'a prosy old fellow'（一个啰唆的老人），'a prosaic problem'（一个乏味的问题）。结果prose在西方批评中多遭忽视。这种态度也影响到了西方的中国散文研究，以致很少见到剖析散文作品的著述。"① 显然，倪豪士从文类学角度为散文在西方的不够流行提供了一种较为合理的解释。

英国汉学家卜立德在20世纪末编译《古今散文英译集》时强调，对完全不懂汉语或对汉语知之甚少的外国人介绍中国的散文是很困难的。从19世纪末到20世纪末的一百年余间，散文的声誉在西方经历了由低到高的过程，因为西方人刚开始接触散文时，普遍认为散文从风格上讲更像新闻报道。尽管后来一些有声望的汉学家逐步在编纂与中国散文相关的书籍并出版，但是西方学界对中国古代散文的整体英译成就相对于诗词的英译成就来说仍然有一段距离。

作为"唐宋八大家"之一的苏轼，其散文成就无疑十分突出。中国苏轼研究专家王水照评价苏轼散文作品"标志着从西魏发端、历经唐宋的古文运动的胜利结束。他的重大贡献之一在于和欧阳修一起，建立了一种稳定而成熟的散文风格：平易自然，流畅婉转"②。苏轼散文既继承了唐代韩愈倡导的古文运动的基本精神，反对唐五代以来的浮巧轻媚的文风，又在韩愈基础上有所创新和发展，倡导平易流畅的散文风格。不仅如此，苏轼散文涉及面极广，除了政论、史论行云流水外，他的记和书序也常常独树一帜，打破常规写法，连他的随笔都写得充满生活气息，真情自然。所以，自宋代以来，对苏轼散文的学习和模仿者络绎不绝，当时士大夫们皆以学苏轼文章为自豪，可见其流行程度。晚清学者刘熙载《艺概》评论苏轼文章"东坡文虽打通墙

---

① 夏康达、王晓平：《二十世纪国外中国文学研究》，学苑出版社，2016，第255页。
② 王水照：《苏轼传稿》，中华书局，2015，第125页。

壁说话，然立脚自在稳处"，即称赞苏轼文笔灵活却始终立足稳健。连苏轼自己也曾在《自评文》里谈道："吾文如万斛泉源，不择地皆可出，在平地滔滔汩汩，虽一日千里无难。及其与山石曲折，随物赋形，而不可知也。所可知者，常行于所当行，常止于不可不止，如是而已矣。其他虽吾亦不能知也"①。

受西方整体译介环境的影响，苏轼散文在英语世界的流传程度不如他的诗词，也不如苏轼散文在中国的地位，无论从译介者、译介数量还是研究者、研究数量上，都屈指可数。苏轼散文的译介数量为何较少？究其原因：第一，苏轼的散文受到宋代崇尚理学思想的影响，比较注重议论和思辨，对于外国译者来说理解和翻译都有一定难度；第二，散文从篇幅上来讲比较长，翻译起来也比较费时；第三，苏轼散文常骈散结合，句式变化多端，不易翻译；第四，苏轼散文常常用典，对于外国译者来说如何通过典故的翻译和注释让读者更明白原作的深意，也是一项挑战。

那么，英语世界对苏轼散文的翻译兴起于何时？最早翻译苏轼散文的是1872年爱尔兰籍传教士包腊（Edward Charles Macintosh Bowra，1841-1874）发表在面向世界发行的英文期刊《中国评论》第1卷第1期上的《苏东坡》（SU TUNG P'O）一文，其中翻译了苏轼三篇文章《到惠州谢表》、《到昌化军谢表》和《移廉州谢上表》。而英国汉学家翟理斯在《古文选珍》（1884年）中翻译苏轼散文10篇，这是英国学界最早的苏轼散文翻译；美国学界最早出现的英译苏轼散文见于1917年1月美国翻译家保罗·卡鲁斯（Paul Carus）发表于国际期刊《一元论》27卷第1期的论文《一个中国诗人对生命的沉思》（A Chinese Poet's Contemplation of Life），该文翻译了苏轼《赤壁赋》全文。美国出现苏轼散文译本比英国晚了33年。

一、英国的苏文翻译

自1884年英国本土第一位将一篇苏文进行完整翻译的翟理斯算起，苏轼散文传入英国至今已经一百多年。目前，英国主要有翟理斯、理雅各、克莱默-宾、李高洁、卜立德五位译者翻译过苏轼散文，除理雅各只翻译《庄子祠堂记》外，苏轼被翻译的散文排在前十位的篇目情况如表2-8所示。

---

① （宋）苏轼著，孔凡礼点校《苏轼文集》（第五册），中华书局，1986，第2069页。

表2-8　苏轼被翻译的散文排前十位的篇目

	赤壁赋	放鹤亭记	凌虚台记	后赤壁赋	超然台记	石钟山记	喜雨亭记	黠鼠赋	方山子传	潮州韩文公庙碑
翟理斯	√	√	√	√	√	√	√	√	√	√
克莱默-宾		√								
李高洁	√	√	√	√	√	√	√			
卜立德	√		√						√	√
翻译者数量小计	3人	3人	3人	2人	2人	2人	2人	2人	2人	2人

表2-8中的10篇散文在英国是最受欢迎的，均被2人以上翻译过，其中按翻译者的数量，排在前三位的苏轼散文为《赤壁赋》、《放鹤亭记》、《凌虚台记》，均有3人翻译。除上述10篇外，苏轼的《书戴嵩画牛》、《睡乡记》、《文与可画〈筼筜谷偃竹〉记》、《凤鸣驿记》、《昆阳城赋》、《后杞菊赋并叙》、《秋阳赋》、《服胡麻赋并叙》、《滟滪堆赋并叙》、《屈原庙赋》、《中山松醪赋》、《飓风赋》、《延和殿奏新乐赋》、《明君可与为忠言赋》、《快哉此风赋》、《天庆观乳泉赋》、《洞庭春色赋并引》、《沉香山子赋》、《稚子赋》①、《浊醪有妙理赋》、《老饕赋》、《菜羹赋并叙》、《复改科赋》和《思子台赋并叙》，这24篇均被表中译者翻译过，加上理雅各译介的《庄子祠堂记》，苏轼散文在英国文学选集里共有35篇被译介。

（一）开风气之先：翟理斯译介苏文

1. 经典与新意并存：《古文选珍》中的苏文

英国著名汉学家翟理斯的《古文选珍》主要分为三个版本。第一版本是《古文选珍》（*Gems of Chinese Literature*）（1884年首次出版）翻译介绍了苏轼及苏轼的10篇散文，分别是《喜雨亭记》（THE ARBOUR TO JOYFUL RAIN），《凌虚台记》（THE BASELESS TOWER），《超然台记》（THE TOWER OF CONTENTMENT），《放鹤亭记》（THE CHALET OF CRANES），《石钟山记》）（INACCURACY），《方山子传》（OLD SQUARE-CAP THE HERMIT），

---

① 一作《酒子赋并叙》。

《赤壁赋》(THOUGHTS SUGGESTED BY THE RED WALL: SUMMER),《后赤壁赋》(THE RED WALL: AUTUMN),《黠鼠赋》(A RAT'S CUNNING),《潮州韩文公庙碑》(THE PRINCE OF LITERATURE)①。翟理斯的这本英译古代散文集可谓经典与新意并存,既精选了苏轼最有代表性的散文名篇,又以自己的独特翻译风格征服了英国的读者,在当时多数文选选译诗歌的情况下,翟理斯另辟蹊径,第一次向西方读者英译了苏轼散文,意义重大,《古文选珍》至今仍是海外英译中国文学的经典选集。第二版本《古文选珍》(1923年版),此版是在修订、增补1884年第一版的《古文选珍》(内容以散文为主)和1898年的《古今诗选》(内容以诗歌为主)的基础上完成的。1923年新版的《古文选珍》分为两卷:散文卷和诗歌卷,后又分别命名为《古文选珍:散文卷》(Gems of Chinese Literature: Prose)和《古文选珍:诗歌卷》(Gems of Chinese Literature: Verse)。第三个版本是1965年版,即把1923年版的《古文选珍》于1965年由美国纽约帕拉冈书局重印,在欧美都有较大影响。故1923年版和1965年版的《古文选珍》都是两卷本,即散文和诗歌的合集。为了区分这三个版本,下文分别称为"1884年版《古文选珍》、1923年版《古文选珍》和1965年版《古文选珍》"。

1884年版《古文选珍》"苏东坡"(SU TUNG P'O)一节,分为苏轼简介和苏轼译文两部分。翟理斯认为苏轼与欧阳修一样全面,并高度肯定了苏轼驾驭语言的能力——"在他的笔下,中国如此引以为傲的语言可以说已经达致终极的完美和潜在艺术的极致"②。翟理斯也说:"苏东坡和中国唐宋两朝大多数政治家一样命运多舛。他曾被流放到偏远之地。1235年,他被尊奉在孔庙的壁龛上,其牌位却在1845年遭人移除。很可能他六百年来就一直安详地被供奉在那里。"③很明显,翟理斯对苏轼的介绍信息既简略也不完

---

① Herbert A. Giles, *Gems of Chinese Literature*, London: Bernard Quaritch, 15, Piccadilly. Shanghai: Kelly & Walsh, 1884, pp.183-207.
② "Under his hands, the language of which China is so proud may be said to have reached perfection of finish, of art concealed." Herbert A. Giles, *Gems of Chinese Literature*, London: Bernard Quaritch, 15, Piccadilly. Shanghai: Kelly & Walsh, 1884, p.183.
③ "Su Tung-p'o shared the fate of most Chinese statesmen of the T'ang and Sung dynasties. He was banished to a distant post. In 1235 he was honoured with a niche in the Confucian temple, but his tablet was removed in 1845. After six hundred years he might well have been left there in peace." Herbert A. Giles, *Gems of Chinese Literature*, London: Bernard Quaritch, 15, Piccadilly. Shanghai: Kelly & Walsh, 1884, p.184.

整，比如介绍苏轼身份不全面，说他是文学家、政治家，而忽略了苏轼还是书法家、画家等；又比如文中提起孔庙里苏轼牌位兴废的历史，与接下来的英译散文没有什么太大关系，完全可以不提。

而在1965年版①的《古文选珍》中，翟理斯在介绍苏轼部分的开头还增加了如下一段评价："在微妙的推理，抽象概念的清晰表达等英语常常驾驭不了的语言功能方面，苏东坡都是无可比拟的大师"②。这段话实则是翟理斯对苏轼超强的语言运用能力加以赞扬。

翟理斯1965年版《古文选珍：散文卷》在保留1884年版《古文选珍》入选的10篇苏轼散文基础上，多选译了一篇苏文《书戴嵩画牛》(A SOUND CRITIC)③。这篇散文精炼有趣，别具一格。翟理斯的译文如下：

A SOUND CRITIC

In Ssǔch'uan there lived a retired scholar, named Tu. He was very fond of calligraphy and painting, and possessed a large and valuable collection. Among the rest was a painting of oxen by Tai Sung, which he regarded as exceptionally precious, and kept in an embroidered case on a jade-mounted roller. One day he put his treasures out to sun, and it chanced that a herdboy saw them. Clapping his hands and laughing loudly, the herdboy shouted out, "Look at the bulls fighting! Bulls trust to their horns, and keep their tails between their legs, but here they are fighting with their tails cocked up in the air; that's wrong!" Mr. Tu smiled, and acknowledged the justice of the criticism. So truly does the old saying run: For ploughing, go to a ploughman; for weaving, to a servant-maid.④

---

① 笔者只找到1884年版和1965年重印本，故本书以此两个版本为例研究。

② "In subtlety of reasoning, in the lucid expression of abstraction, such as in English too often elude the faculty of the tongue, Su Tung-P'o is an unrivalled master." Herbert A. Giles, *Gems of Chinese Literature*, Paragon Book Reprint Corp.140 East 59th Street New York, 1965, p.169.

③ 目前学界有不少学者误以为翟理斯的1884年版《古文选珍》选入了11篇苏轼散文，其实，经笔者对照查阅原文发现，1884年版《古文选珍》只有10篇苏轼散文的译介，而1965年重印1923年版本的《古文选珍：散文卷》才在1884年版基础上增加了一篇《书戴嵩画牛》(A SOUND CRITIC)。

④ Herbert A. Giles, *Gems of Chinese Literature*, Paragon Book Reprint Corp. 140 East 59th Street New York, 1965, p.187.

对照苏轼原文：

书戴嵩画牛

蜀中有杜处士，好书画，所宝以百数。有戴嵩《牛》一轴，尤所爱，锦囊玉轴，常以自随。一日曝书画，有一牧童见之，拊掌大笑，曰："此画斗牛也。牛斗，力在角，尾搐入两股间，今乃掉尾而斗，谬矣。"处士笑而然之。古语有云："耕当问奴，织当问婢。"不可改也。[①]

不难发现，翟理斯译介这篇别致的苏文，主要想告诉读者——如果不仔细观察生活，做事不切实际是应该被批判的，所以他把题目《书戴嵩画牛》翻译为"一位合理的批评者"（A SOUND CRITIC）。翟理斯在部分地方有漏译情况，比如"常以自随""不可改也"都没有译出。笔者认为，翟理斯把"常以自随"漏掉，就无法很形象表现出杜处士因爱画养成的习惯；"不可改也"漏掉，则无法概括苏轼原本想传递的"实践出真知"的道理。

翟理斯在编译《古文选珍》和《古今诗选》的同时，其文学史料等方面的资源得到积累，因此，到1901年出版《中国文学史》时，作家数量较之以前有了大幅度增加，到1923年《古文选珍》再版时，内容更加充实和完备了。[②]

2. 史学视角：《中国文学史》中的苏文

翟理斯于1901年通过伦敦威廉·海涅曼公司出版了《中国文学史》，这是海外第一本以文学史的形式向读者呈现中国文学脉络的英文书[③]。其实，作为"世界文学简史丛书"（Short Histories of the Literature of the World）的系列书籍，《中国文学史》早在1897年便已问世，书籍选介了中国历代的文学作品经典，在西方人面前展现了一幅极具东方异域风情的恢宏文学历史画卷，400多页的文学史因其开拓性价值，被美国纽约和英国伦敦的出版公司于1909年、1923年、1958年等分别再版，可见其在英语世界的传播影响力，被誉为19世纪以来英国译介中国文学的代表性成果，最终成为英语世界中

[①] （宋）苏轼：《苏东坡全集》，北京燕山出版社，2009，第3235页。
[②] 徐静：《镜像与真相》，福建师范大学硕士学位论文，2010，第22页。
[③] 据考证，中国人自己用中文写的中国文学史，是上海科学书局1910年发行的林传甲编写的《中国文学史》，比翟理斯的晚了近十年（参见何寅、许光华《国外汉学史》，上海外语教育出版社，2002，第213页）。

国文学发展史的教科书。

　　首先，把苏轼放在整个宋代文学的背景下进行观照。《中国文学史》宋代部分用了不少篇幅介绍苏轼的生平、文学创作。翟理斯注重从苏轼的成长和教育经历去发掘文学家的成功因素，他介绍道："苏轼（1036~1101），更广为人知的是他的名字'苏东坡'，他的早期教育由他的母亲负责，他在最后的学位考试中取得了如此优异的成绩，以至于考官欧阳修怀疑这是一位合格的代考者所写。最终他在名单上名列第一"[①]。翟理斯也注重客观地评价苏轼，他说"苏轼成为了一位树敌多于交友的政治家，并一直在同肆无忌惮的对手的阴谋作斗争，于是被流放到海南——一个野蛮的、几乎不为人知的地方；苏轼也是一位杰出的散文家和诗人，他的作品至今仍为中国人所欣赏"。这段评价原文在苏轼（SU SHIH）一节开头就有："SU SHIH（1036–1101），better known by his fancy name as Su Tung-p'o, ⋯. He rose to be a statesman, who made more enemies than friends, and was perpetually struggling against the machinations of unscrupulous opponents, which on one occasion resulted in his banishment to the island of Hainan, then a barbarous and almost unknown region. He was also a brilliant essayist and poet, and his writings are still the delight of the Chinese."[②] 尽管翟理斯认为苏轼"树敌多于朋友"这一观点稍显夸张，其旨在突出苏轼的悲惨遭遇和进退两难的困境，而对其文学地位却大加赞扬。

　　其次，注重对散文相关背景的介绍。翟理斯的《中国文学史》在苏轼部分没有涉及苏轼诗词的译介，仅介绍了苏轼四篇散文，但是这四篇文章没有标题，经笔者比对查证为：《赤壁赋》、《喜雨亭记》、《放鹤亭记》和《睡乡记》。其中《赤壁赋》是全文翻译，而后三篇都是选段翻译。与翟理斯1884年版《古文选珍》对苏轼散文的介绍不同，《古文选珍》纯文学翻译色彩更浓，而《中国文学史》却具有了译介和研究的意识，常常在翻译作品前简要介绍文

[①] "SU SHIH (1036–1101), better known by his fancy name as Su Tung-p'o, whose early education was superintended by his mother, produced such excellent compositions at the examination for his final degree that the examiner, Ou-yang Hsiu, suspected them to be the work of a qualified substitute. Ultimately he came out first on the list." Herbert A. Giles, *A History of Chinese Literature*, London: William Heinemann, 1901, p.222.

[②] Herbert A. Giles, *A History of Chinese Literature*, London: William Heinemann, 1901, pp.222–223.

章的历史背景,有助于读者对作品的进一步体验,表现出较强的史学色彩。

先来看看《赤壁赋》,这里仅将翟理斯在该散文英译之前的一段进行介绍:"The following is an account of a midnight picnic to a spot on the banks of a river at which a great battle had taken place nearly nine hundred years before, and where one of the opposing fleets was burnt to the water's edge, reddening a wall, probably the cliff alongside."① 翻译为:"下面是描述关于一河岸边的一个午夜野餐地,在这里大概九百年前曾发生了一次大战,而对方的一支战船被烧到河边,可能烧红了一段悬崖峭壁。"这段介绍无疑告诉读者:《赤壁赋》的创作与中国历史上一次著名的战争赤壁之战有关,因为火烧,烧红了悬崖,所以"赤壁"由此而得名。显然,翟理斯希望读者能从历史战役对文学的影响的角度去欣赏《赤壁赋》的创作。

再看《喜雨亭记》一节原译文如下:

The completion of a pavilion which Su Shih had been building, "as a refuge from the business of life," coinciding with a fall of rain which put an end to a severe drought, elicited a grateful record of this divine manifestation towards a suffering people. "The pavilion was named after rain, to commemorate joy." His record concludes with these lines: —

"Should Heaven rain pearls, the cold cannot wear them as clothes;

Should Heaven rain jade, the hungry cannot use it as food.

It has rained without cease for three days—

Whose was the influence at work?

Should you say it was that of your Governor,

The Governor himself refers it to the Son of Heaven.

But the Son of Heaven says 'No! it was God.'

And God says 'No! it was Nature?'

And as Nature lies beyond the ken of man,

I christen this arbour instead."②

---

① Herbert A. Giles, *A History of Chinese Literature*, London: William Heinemann, 1901, p.223.
② Herbert A. Giles, *A History of Chinese Literature*, London: William Heinemann, 1901, pp.225-226.

第二章 风格与技巧：英美的苏轼文学作品英译

翻译为：

苏轼的亭子落成，"作为一处人生的避难所"与一场结束严重旱灾的大雨联系起来，引发对神显灵庇佑受苦老百姓的感激之情。"亭以雨名，志喜也。"他用文字记录总结：

"使天而雨珠，寒者不得以为襦。使天而雨玉，饥者不得以为粟。一雨三日，繄谁之力。民曰太守，太守不有。归之天子，天子曰不然。归之造物，造物不自以为功。归之太空，太空冥冥。不可得而名，吾以名吾亭。"①

《放鹤亭记》一节的原译文如下：

Another piece refers to a recluse who—
"Kept a couple of cranes, which he had carefully trained; and every morning he would release them west-wards through the gap, to fly away and alight in the marsh below or soar aloft among the clouds as the birds' own fancy might direct. At nightfall they would return with the utmost regularity."

This piece is also finished off with a few poetical lines:—
"Away! away! my birds, fly westwards now,
To wheel on high and gaze on all below;
To swoop together, pinions closed, to earth;
To soar aloft once more among the clouds;
To wander all day long in sedgy vale;
To gather duckweed in the stony marsh.
Come back! come back! beneath the lengthening shades,
Your serge-clad master stands, guitar in hand.
'Tis he that feeds you from his slender store:
Come back! come back! nor linger in the west."②

---

① （宋）苏轼著，孔凡礼点校《苏轼文集》（第二册），中华书局，1986，第349~350页。
② Herbert A. Giles, *A History of Chinese Literature*, London: William Heinemann, 1901, p.226.

翻译为：另一篇提及一位隐士，他"有二鹤，甚驯而善飞。旦则望西山之缺而放焉，纵其所如，或立于陂田，或翔于云表。暮则傃东山而归。"这篇文章也完成了几行诗：

"鹤飞去兮，西山之缺。高翔而下览兮，择所适。翻然敛翼，宛将集兮，忽何所见，矫然而复击。独终日于涧谷之间兮，啄苍苔而履白石。鹤归来兮，东山之阴。其下有人兮，黄冠草履葛衣而鼓琴。躬耕而食兮，其余以汝饱。归来归来兮，西山不可以久留。"①

最后一篇是苏轼的《睡乡记》，翟理斯介绍道：这篇《睡乡记》是基于唐朝王绩（585~644）的《酒乡记》创作的。原文为："His account of Sleep-Land is based upon the Drunk-Land of Wang Chi"，接下来就引用了《睡乡记》里的一段："A pure administration and admirable morals prevail there, the whole being one vast level tract, with no north, south, east, or west. The inhabitants are quiet and affable; they suffer from no diseases of any kind, neither are they subject to the influences of the seven passions. They have no concern with the ordinary affairs of life; they do not distinguish heaven, earth, the sun, and the moon; they toil not, neither do they spin; but simply lie down and enjoy themselves. They have no ships and no carriages; their wanderings, however, are the boundless flights of the imagination."②这段对照苏轼《睡乡记》，为"其政甚淳，其俗甚均，其土平夷广大，无东西南北，其人安恬舒适，无疾痛札疠。昏然不生七情，茫然不交万事，荡然不知天地日月。不丝不谷，佚卧而自足，不舟不车，极意而远游。"③

苏轼的散文情理融合，诗意与哲思兼具。明代王圣俞在《苏长公小品》中评价苏轼"只随事记录便是文"，可见苏轼文章总是信手拈来，行云流水。

当然，尽管翟理斯青睐苏轼，《中国文学史》在苏轼这节的撰写方面仍然有些遗憾。第一，过于简略地介绍苏轼。第二，只关注了苏文，而苏诗、苏词等在该书中都没有提及。第三，仅停留在对苏轼散文的介绍和描述，缺乏对苏轼文学创作特点的概括。这些都容易让西方读者从史学角度了解苏轼时走向片面。但不可否认，《中国文学史》能够立足于西方文化传统的背景，

---

① （宋）苏轼著，孔凡礼点校《苏轼文集》（第二册），中华书局，1986，第361页。
② Herbert A. Giles, *A History of Chinese Literature*, London: William Heinemann, 1901, pp.226-227.
③ （宋）苏轼著，孔凡礼点校《苏轼文集》（第二册），中华书局，1986，第372页。

第二章　风格与技巧：英美的苏轼文学作品英译

以史学视角与整体观念来观照中国文学，运用西方学术观对中国文学进行再构建，在当时始终是很有前瞻性的。①

（二）成就卓越：李高洁译介苏文

1. 李高洁：早期苏文翻译的代表

在英国，军人出身的李高洁（Cyril Drummond Le Gros Clark，1894–1945）曾就读于伦敦国王学院。1923年，从印度军队退役后便游历了欧洲、美洲和亚洲，1925年任沙捞越（Sarawak）政府公务员，负责处理中国相关事务，后来官至沙捞越的辅政司。1925～1928年，李高洁到厦门大学进修汉语。二战期间，日军侵占沙捞越，李高洁被俘。1945年，李高洁因为战俘争取正当的权益在北婆罗洲丛林中被日军秘密杀害。②且不说李高洁面对日本侵略者临危不惧的坚强意志，单就他在苏轼散文方面的卓越成就，也应该名垂青史。

李高洁一生颇爱苏轼，早在20世纪30年代就出版了两部苏轼散文译著：一部是英国伦敦开普乔纳森公司于1931年初版的《苏东坡集选译》(Selections from the Works of Su Tung-P'o)③，书中翻译了18篇苏轼经典散文，分别为《赤壁赋》、《后赤壁赋》、《超然台记》、《放鹤亭记》、《石钟山记》、《文与可画〈筼筜谷偃竹〉记》、《凤鸣驿记》、《凌虚台记》、《喜雨亭记》、《昆阳城赋》、《后杞菊赋并叙》、《秋阳赋》、《黠鼠赋》、《服胡麻赋并叙》、《滟滪堆赋并叙》、《屈原庙赋》、《中山松醪赋》和《飓风赋》④，该书于1932年再版。还有一部是1935年出版的《苏东坡赋》(The Prose-Poetry of Su Tung-P'o)，该书由上海别发洋行和设在英国伦敦的开根·宝罗公司推出，翻译苏轼文章23篇，分别是《延和殿奏新乐赋》、《明君可与为忠言赋》、《秋阳赋》、《快哉此风赋》、《滟滪堆赋并叙》、《屈原庙赋》、《昆阳城赋》、《后杞菊赋并叙》、《服胡麻赋并叙》、《赤壁赋》、《后赤壁赋》、《天庆观乳泉赋》、《洞庭春色赋并引》、《中山松醪赋》、《沉香山子赋》、《稚子赋》、《浊醪有妙理赋》、《老饕赋》、《菜羹赋并叙》、《飓风赋》、《黠鼠赋》、《复改科

---

① 何寅、许光华：《国外汉学史》，上海外语教育出版社，2002，第214～215页。
② 郑延国：《钱锺书为抗日烈士译著写序》，《中华读书报》2020年2月12日，第10版。
③ 又译为《苏东坡文选》。
④ 《飓风赋》据曾枣庄先生考证实为苏轼儿子苏过所作。详见曾枣庄《论苏赋》，《上海师范大学学报》（哲学社会科学版）2005年第5期，第72页。

赋》和《思子台赋并叙》①。此书是1931年《苏东坡集选译》的修订版，后又于1945年和1964年再版。中国著名学者钱钟书为译作撰写序言《苏东坡的文学背景及其赋》，原因是21岁的钱钟书曾读到《苏东坡集选译》，便撰写了一篇英文书评发表在1932年1月16日的《清华周刊》上，他直言不讳地指出了该书的谬误，认为李高洁的英译水准不高。没想到李高洁先生并不因此而生气，反而更加虔诚地邀请钱钟书为1935年出版的《苏东坡赋》作序，所以，钱钟书在《谈艺录》中说："李高洁君（C. D. Le Gros Clark）英译东坡赋成书，余为弁言，即谓诗区唐宋，与席勒之诗分古今，此物此志"②。这才有了钱钟书与李高洁的跨国之交。钱钟书后来评价到："李高洁君，英译苏东坡赋，既谨慎又放胆，字里行间，无不闪烁其中国文学造诣之深。注释与解说，尤具特色，足可令南宋时期编有《经进东坡文集事略》六十卷的郎晔先生为之汗颜。即便读过东坡原文的中国学子，亦可从这些注释与解说中获益。英语读者，或许难以跨越久远的时空，与中国读者产生共鸣，以至不能对苏公报以敬佩，对苏文予以赞赏。如此结果，只能怪罪于翻译性质的特殊性，而绝非学识渊博的译者的过错。"③

这两部重量级的苏文译作，共译介41篇文章，除去重复的11篇（《赤壁赋》《后赤壁赋》《昆阳城赋》《后杞菊赋并叙》《秋阳赋》《黠鼠赋》《服胡麻赋并叙》《滟滪堆赋并叙》《屈原庙赋》《中山松醪赋》《飓风赋》），李高洁实际译介苏轼文章30篇。从文章题材上讲，《苏东坡集选译》和《苏东坡赋》选材丰富，有议政文章如《延和殿奏新乐赋》《明君可与为忠言赋》《复改科赋》；记游文章如《后赤壁赋》《滟滪堆赋并叙》；有吊古文章如《赤壁赋》《昆阳城赋》《屈原庙赋》；有咏物文章如《后杞菊赋并叙》《黠鼠赋》《服胡麻赋并叙》《秋阳赋》《天庆观乳泉赋》《快哉此风赋》《沉香山子赋》；还有谈饮食的，如《中山松醪赋》《浊醪有妙理赋》《老饕赋》《菜羹赋并叙》。不同的是，《苏东坡集选译》还有部分"记"体文，苏轼游记打破传统游记以记叙为主、借景抒情的写法，而是以议论为主，同时将描写、记叙、抒情综合并用，如《喜雨亭记》《放鹤亭记》《凌虚台记》等，而《苏东坡赋》全是"赋"体文，骈散结合，句式参差，充满理趣。

---

① 《思子台赋并叙》据曾枣庄先生考证，"叙"是苏轼所作，文实为苏轼儿子苏过所作。详见曾枣庄《论苏赋》，《上海师范大学学报》（哲学社会科学版）2005年第5期，第72页。
② 钱钟书：《谈艺录》，生活·读书·新知三联书店，2001，第4页。
③ 郑延国：《钱锺书为抗日烈士译著写序》，《中华读书报》2020年2月12日，第10版。

第二章　风格与技巧：英美的苏轼文学作品英译

李高洁在20世纪30年代的苏文翻译，无论质量还是数量都堪称典范。在李高洁之前，从翟理斯到理雅各再到克莱默-宾都曾译介过苏轼散文，而李高洁是苏轼散文在英语世界译介和传播的一座高峰，后世很难从规模和质量上有所超越，李高洁也是英语世界第一位出版苏轼文学专辑的汉学家。据笔者目前的考证，继李高洁之后，在英国只有卜立德一人在文学选集中翻译过苏轼散文。苏轼散文译介在21世纪的英国渐衰，汉学家们始终把目光放在苏轼诗词的译介上。

2.《苏东坡集选译》：历史意义上的文化解读

那么，李高洁的译介材料从哪里来？他怎么评价苏轼？译介动机是什么？他选译苏轼散文的标准和理念又是什么呢？以1931年版《苏东坡集选译》为例，该书主要分为五部分：前言、导论、译文、注释和索引。"前言"两篇，一篇由英国驻福州领事馆的韦纳（Edward Chalmers Werner）先生所作，一篇由李高洁所作。韦纳称赞："本书读者将体验到当年济慈初读查普曼译《荷马史诗》时那种又惊又喜的感觉。我会毫不犹豫地说，这是迄今为止论中国诗人的上佳之作。"[1]在韦纳眼里的苏轼有以下特点。第一，苏轼的成就与他的国际地位并不匹配，并未得到应有的重视。[2]第二，苏轼是有独特个性的，他以他的坚持表示了对不合理传统的反抗。他说"尽管如此，他还是成功地反抗了那些不太合理的传统，坚持并保持了他的个性"。[3]第三，苏轼的诗文给人以极大的精神享受，让人感到乐趣无穷。[4]韦纳认为苏轼的诗句朴素（simple）、轻松（facile）、优美（elegant），其具备罕见的思想、

---

[1] "Readers of this book will experience the feeling of glad surprise that came to Keats on first opening Chapman's Homer. I say without hesitation that it is the best work on a Chinese poet yet published." C. D. LeGros Clark, *Selections from the Works of Su Dongpo*, London: Jonathan Cape 30 Bedford Square, 1931, p.13.

[2] "Su Shih has not hitherto had the attention paid to him by foreign scholars that he deserves. He possessed the happy, care-free temperament of most Chinese poets." C. D. LeGros Clark, *Selections from the Works of Su Dongpo*, London: Jonathan Cape 30 Bedford Square, 1931, p.13.

[3] "He nevertheless succeeded in defying the less reasonable of those conventions, in asserting and maintaining his individuality." C. D. LeGros Clark, *Selections from the Works of Su Dongpo*, London: Jonathan Cape 30 Bedford Square, 1931, pp.13-14.

[4] "Yet, such is the irony of life in this funny 'distracted globe' (as Shakespeare called it), it was probably this very defect or failure which brought Su success and us the very real and great pleasure of sharing the ecstasy of the letter and spirit of his delightful verse." C. D. LeGros Clark, *Selections from the Works of Su Dongpo*, London: Jonathan Cape 30 Bedford Square, 1931, p.14.

生动的表达和动人的情感等。毋庸置疑，苏轼是北宋最伟大的诗人之一，可以和伟大的唐代诗人李白、杜甫比肩。①

同时，韦纳指出"艺术是没有政治边界的"，"生物学家和心理学家会让我们相信，当我们读到诗中两者（东西方）的共有情感时，'沉思的东方'和我们自己年轻文明的根本观念，似乎没有那么大的分歧。因为支配世界的是情感，而不是思想"②。从韦纳观点可以看出，诗歌作为文化艺术之瑰宝，它的情感能使中西方产生共鸣，中西方文明的交流基础是建立在情感共通的基础之上的。所以，苏轼作品在他们西方人眼里也能产生阅读的快感和享受。韦纳认为《苏东坡集选译》在西方的真正价值在于"李高洁夫妇的这部作品为西方提供了充分欣赏这位诗人天才的最佳机会"③。

而李高洁在前言部分谈及译作主要选自苏轼自己的记录、散文诗以及中国评论家对他作品的注释等，而历史文化部分的资料主要参考 J. N. Jordan 发表在 1883 年《中国评论》（*The China Review*）上的一篇文章④，还有卫礼贤（Richard Wilhelm）的《中国文明简史》（*A Short History of Chinese Civilisation*⑤）、翟理斯的《中国名人辞典》（*Chinese Biographical Dictionary*）等。可以看出，李高洁为写此书，广泛搜集资料，尤其注意对历史文化内容的诠释，这是把苏轼及其作品放在宏阔的历史文化背景中去思考，对于西方读者全面了解苏轼的经历、思想、作品都有相当大的意义。

李高洁的选文标准是提倡选择有更直接的大众吸引力且有一定说明性注释和评论的苏轼作品。他不赞同其他合作者认为应该选择少有注释和评论的作品，因为读者不难发现，在中国早期的作家和诗人的作品中，引

---

① "and beyond question the greatest poet of the Northern Sung period, and peer of the great T'ang singers, Li T'ai-po and Tu Fu." C. D. LeGros Clark, *Selections from the Works of Su Dongpo*, London: Jonathan Cape 30 Bedford Square, 1931, p.15.

② "Art knows no political frontiers…The root-ideas alike of the "brooding East' and of our own younger civilisation do not seem so widely divergent as the biologists and psychologists would have us believe when we read in poetry the sentiments common to both. For it is feelings, not ideas, which govern the world." C. D. LeGros Clark, *Selections from the Works of Su Dongpo*, London: Jonathan Cape 30 Bedford Square, 1931, p.16.

③ "The result is wholly pleasing; and this work of Mr. and Mrs. Le Gros Clark's now gives the West the best opportunity it has had of appreciating the poet's genius to the full." C. D. LeGros Clark, *Selections from the Works of Su Dongpo*, London: Jonathan Cape 30 Bedford Square, 1931, p.14.

④ 该文在本书第四章《中国评论》专节内容有所交代。

⑤ Civilisation，原文如此。

第二章　风格与技巧：英美的苏轼文学作品英译

用他们著名的前辈的经典和著作是公认的习惯。因此，历史的和说明性的注释在任何翻译中都是不可避免的。如果没有它们，原作的许多意义和精神就会丧失。① 李高洁很注重读者的感受，他善于从读者角度去思考他们的阅读体验，认为适当的注释、说明和评论是帮助读者更好地理解原作的方式。

导论分为"苏东坡及其著作"（Su Tung-P'o and his② Works）、"小传"（His Life）、"历史和文化背景"（The Historical and Cultural Background）三个内容，长达17页，这样的篇幅在英语世界译介中国诗人的专辑中亦不多见。"小传"主要按时间顺序对苏轼一生的经历做了详细介绍，"历史和文化背景"则是先从历史角度对宋代的朝代更迭、党派之争等做了介绍，然后从文化角度介绍了宋代是一个被描述为"冷静的沉思和精神同化的时期"，由于宋代在中国历史上扮演着重要角色，它在木刻、文学、戏剧、音乐、宗教等各领域都有出色的成就。而"苏东坡及其著作"部分占去7页的篇幅，主要对苏轼地位及其部分代表作品采取夹叙夹议的方式进行介绍。李高洁一开始就给予苏轼很高的评价："苏东坡在他的同代人中最为突出。他是一位才华横溢的散文家和诗人，像欧阳修一样，他被看作几乎是一位全才，但在中国文学中，他甚至更受欢迎"③。

李高洁眼里的苏轼兼具快乐与悲哀的性格。他十分欣赏苏轼的乐观精神，多次使用"happy""humour"等词描述苏轼的乐观，他指出"即使在他的绝望中，我们也发现他的幽默感从迷雾中升起"④。比如李高洁提及《中山松醪赋》（Pine Wine of the Middle Mountains），夸奖苏轼在其中对于醉意的描写十分生动，说"我们只要看一看他的《中山松醪赋》，就会明白东坡是个

---

① C. D. LeGros Clark, *Selections from the Works of Su Dongpo*, London: Jonathan Cape 30 Bedford Square, 1931, p.19.
② his，原文如此。
③ "Tung-p'o stands out most prominently amongst his contemporaries. A brilliant essayist and poet, he-like Ou-yang Hisu-is regarded as an almost universal genius, but is even a greater favourite with the Chinese literature public." C. D. LeGros Clark, *Selections from the Works of Su Dongpo*, London: Jonathan Cape 30 Bedford Square, 1931, p.23.
④ "even in his despair, we find his saving sense of humour rising through the mists." C. D. LeGros Clark, *Selections from the Works of Su Dongpo*, London: Jonathan Cape 30 Bedford Square, 1931, p.28.

酒鬼，但即使在他的酒杯中，他也能如此生动地描写他的醉意"①。由此，李高洁说苏东坡真是个天才！（What a genius was his!）又比如在介绍《喜雨亭记》（The Pavilion of Glad Rain）时，他更倾向于展示苏轼笑对困难的态度以及超然自适的心境。同时，李高洁也关注到苏轼的悲哀，在失去朋友时，在怀念兄弟子由时，在看到老百姓天旱无雨时等都表现出伤感的一面。李高洁尤其提及苏轼在《文与可画〈筼筜谷偃竹〉记》（Bending Bamboos of Yün-Tang Valley）里写到自己晾晒书画，看到已故朋友文与可的一幅画时失声痛哭所表现出的柔情的一面。当然，李高洁还十分欣赏苏轼作品里的大胆想象，他说《赤壁赋》（The Red Cliff）里的狂风肆虐、《石钟山记》（Stone-bell Hill）里的神秘声音等都让人身临其境。

李高洁的翻译，严谨与灵活兼有。比如《中山松醪赋》中有一段：

　　曾日饮之几何，觉天刑之可逃。投拄杖而起行，罢儿童之抑搔。望西山之咫尺，欲褰裳以游遨。跨超峰之奔鹿，接挂壁之飞猱。遂从此而入海，渺翻天之云涛。②

意思是：每天喝上几回、饮上几杯，顿时感到苍天降给人的一切苦痛都可以解除。所以我把拐杖扔到一边站起来行走，从此不再用小童每天给我按摩抓骚。眺望定州西面的太行山一下子就觉得近在咫尺，真想撩起衣服前去游玩一番。骑上跨越高山峻岭的奔鹿，拉住倒悬在绝壁上的飞猴。随即从这里飞入大海，使翻天的云海波涛也显得渺小。

李高洁译文：

　　How much have I already drunk to-day? Ah! I feel I can escape now from the fetters of mortality! I fling away my staff and arise! Away with all your worries and troubles, you lads! I gaze at the Western Hills—so close they seem, and long to raise my dress and wander afar. I soar over the running deer

---

① "One need only read his Pine Wine of the Middle Mountains to realise that Tung-P'o was a tippler, but that, even in his cups, he could describe with so vivid a touch his drunken sensations." C. D. LeGros Clark, *Selections from the Works of Su Dongpo*, London: Jonathan Cape 30 Bedford Square, 1931, p.26.

② （宋）苏轼著，孔凡礼点校《苏轼文集》（第一册），中华书局，1986，第12页。

on the mountain peaks, and join the leaping monkeys on the overhanging cliffs. Thence do I plunge into the billowing clouds of a vast ocean-Heaven in tumult!①

《中山松醪赋》作于北宋元祐八年（1093），该文讲以松节酿酒，仿佛是对松节的解救，把它的作用发挥到极致，喝松醪酒的快感可以让人忘掉苦痛。上述选段，李高洁翻译得颇为流畅，基本遵循了苏轼的瑰丽想象，译出了上天入地般的十足动感。首先，增加叹词"啊！"（Ah!）并且多处增加叹号，强烈表达喝松醪酒的快活与自在，增加表现力与生动性。其次，尾词多次采用以"s"结尾的词押韵，尽量遵循苏轼原文押韵的风格，比如arise、lads、peaks、cliffs。再次，补充主语，让表达更明晰。苏轼原文是省略了主语的，而李高洁在翻译时多次补充"我"（I），体现出苏轼的自我意识。最后，句式长短基本一致。苏轼这段原文是六字一顿，共十句，句节整饬有力，而李高洁的译文共九句，除最后一句是一句译完，其他都是遵照苏轼的停顿进行直译。这段翻译在理解苏轼原意方面也有值得商榷之处，比如"罢儿童之抑搔"原意是让儿童不用为我按摩抓骚，可见是"我"得到痛苦的解除，而李高洁翻译为"小伙们，把你们所有的烦忧都抛在脑后吧！"（Away with all your worries and troubles, you lads!）认为是小伙们的痛苦得到解除，这完全违背原意。再如"跨超峰之奔鹿，接挂壁之飞猱"的"跨"是骑上，"接"是拉住的意思，而李高洁翻译"跨"为飞过（soar over），翻译"接"为加入（join），不够准确。

如前所述，李高洁尤为注意对苏轼文章的注释和评论，这是典型的文化深层解读方式，也为读者理解文章打开了新的视野。李高洁在书后统一注释了这段中的两个短语：the fetters of mortality，注释为：死亡的枷锁——和庄子的"灵魂的滋养"说法比较："古人称情感为死亡的枷锁"②。另一个短语Heaven in tumult，注释为："'天堂在骚动'——评论员王直方指出东坡在定

---

① C. D. LeGros Clark, *Selections from the Works of Su Dongpo*, London: Jonathan Cape 30 Bedford Square, 1931, p.130.

② "'The fetters of mortality'. -Compare with the phrase in Chuang Tzu's 'Nourishment of the Soul': 'The Ancients called such emotions the trammels of mortality.'" C. D. LeGros Clark, *Selections from the Works of Su Dongpo*, London: Jonathan Cape 30 Bedford Square, 1931, p.170.

武时写下这首诗。诗人提到他'投身于波涛汹涌的云海中',通常被认为是预言,因为他后来从定武到惠州,又从惠州到昌化"①。这两处注释,给读者传递了两条信息,第一是苏轼关于摆脱苦痛的说法可以和中国著名人物庄子的灵魂观做比较,也让读者对庄子的灵魂说追本溯源;第二是借苏轼语句暗含苏轼在定州及以后的部分人生轨迹,突显了苏轼在河北定州酿造中山松醪酒的这段历史。

对比1935年《苏东坡赋》,《中山松醪赋》在排版上有所调整,1935年版把该段话按诗歌形式排版,一句一行,更凸显了诗韵特色。还将1931年版的几处字词略进行了改动,arise改为rise,worries改为cares,you lads去掉了you,wander afar中的afar改为了far。尤其是worries改为cares,改得很精彩,因为worries只是担忧之意,cares指关心照顾,而苏轼原文就是表达不用小童的照顾,不是指抛开担忧,这里可见李高洁对字词的反复考量。

再如李高洁对《石钟山记》也尤为关注,在导论"苏东坡及其著作"部分便提及此文。迄今为止,英国学界分别有翟理斯《古文选珍》(1884)和《中国文学瑰宝》(1923),李高洁《苏东坡集选译》(1931),美国学界分别有林语堂《古文小品译英》(1960)、宜立敦《卧游:中华帝国的游记散文》(1994)等几部作品选有《石钟山记》,此外,美国史学研究类著作梅维恒的《哥伦比亚中国文学史》(2000)也有《石钟山记》。《石钟山记》作于宋神宗元丰七年(1084)夏天,苏轼送长子苏迈到汝州赴任,途经江西湖口鄱阳湖畔的石钟山,写下了这篇生动逼真的游记散文名篇。全文不仅声响节奏产生了强烈的听觉冲击,意境氛围也使人有身临其境之感,最出色之处还在于以亲身经历证实了石钟山名字的来历并阐明了"事不目见耳闻而臆断其有无"是不可的哲理,也是中国古代具考辨性质的游记精品。

为了进一步了解英国人的译文风格,下面对《石钟山记》的李高洁节译本与翟理斯节译本进行对比。

---

① "'Heaven in tumult'. –The commentator, Wang Chih-fang, notes that Tung-p'o, while in Ting Wu, wrote the poem on the Pine Wine. The poet's reference to his 'plunge into the billowing clouds of a vast ocean–Heaven in tumult', was commonly regarded as prophetic, for he was later removed from Ting Wu to Huichow, and again from Huichow to Ch'ang-hua." C. D. LeGros Clark, *Selections from the Works of Su Dongpo*, London: Jonathan Cape 30 Bedford Square, 1931, p.170.

第二章　风格与技巧：英美的苏轼文学作品英译

苏轼原文：

　　至暮夜月明，独与迈乘小舟至绝壁下。大石侧立千仞，如猛兽奇鬼，森然欲搏人。而山上栖鹘，闻人声亦惊起，磔磔云霄间。又有若老人欬且笑于山谷中者，或曰，此鹳鹤也。①

意思是：到了晚上，月光明亮，我独自和苏迈乘小船来到石钟山的峭壁下，那巨大的岩石在潭边耸立着，仿佛有千尺高，就像凶猛的野兽，奇异的鬼怪，阴森森地正要向人扑来。山上栖宿的鹘鸟，听见人声，也惊飞起来，"磔——、磔——"地鸣叫着直冲云霄。还有像老年人在山谷中又咳又笑的声音，有人说："这是鹳鹤。"②

李高洁译文：

　　That night there was a bright moon, so I, alone with Mai, took a small boat to the foot of the precipice where the mighty rock rose to a height of a thousand feet, like an infuriate beast or strange monster about to pounce upon us. Falcons, perched upon the hills, rose in screaming fright to the clouds on hearing the sounds of men. There were noises too, like an old man coughing and cackling, in the gulleys of the hill, which one might have said were the cries of cranes or storks.③

翟理斯译文：

　　and that same night, the moon shining brightly, I stepped into a boat with my son and we proceeded to the base of the hill where the rock rose almost sheer to a height of near a thousand feet, looking like a fierce beast or huge hobgoblin about to spring upon us. Flocks of birds, startled at our approach, flew out and whirled away into the sky. There were also sounds

---

① （宋）苏轼著，孔凡礼点校《苏轼文集》（第二册），中华书局，1986，第371页。
② 曾枣庄、曾弢译注，章培恒审阅《苏轼诗文词选译》，凤凰出版社，2017，第240页。
③ C. D. LeGros Clark, *Selections from the Works of Su Dongpo*, London: Jonathan Cape 30 Bedford Square, 1931, p.72.

as of old men coughing and laughing within a chasm of the rock, which one would have said was the noise of herons or cranes.①

李高洁和翟理斯两段译文都采取直译策略，但是显然李高洁在传神达意上更胜一筹。比如表明时间的词语"暮夜月明"，李高洁译为that night there was a bright moon，用一句话表达比较简洁，而翟理斯译为and that same night, the moon shining brightly，中间有所停顿，但是翟理斯增加了shining一词，有动态感，显得当晚的月亮格外发亮。"独与迈乘小舟至绝壁下"一句，李高洁完全忠于原文翻译，译出了苏轼与儿子苏迈同行，而翟理斯只交代苏轼与儿子，没有点明儿子是苏迈；苏轼明确说是舟到绝壁下，以此突出环境的恐怖与危险，李高洁译为"绝壁下"（the foot of the precipice），很准确，而翟理斯翻译为"山下"（the base of the hill），显然欠缺了几分氛围；原文"乘小舟"一个动作，李高洁用took a small boat 讲清楚，而翟理斯分解为stepped 和proceeded两个动作，表达显得有点拖泥带水。"搏人"的"搏"，一说是扑的意思，一说是抓捕②，李高洁用pounce（扑）十分准确，而翟理斯用spring（跳），不够准确。"鹘鸟"一词，李高洁用falcons，翟理斯用 flocks of birds，显然李高洁更准确，因为"鹘鸟"是鸷鸟名，即隼，一种体形小、尾巴短、青黑色的凶猛的鸟；而翟理斯译为成群的鸟，没有点明鸟的品类，无法突出鸟的凶猛。之所以突出鸟的凶猛是因为苏轼为后文的阴森气氛作铺垫。对于形容鸟受惊吓发出"磔磔"声飞向空中，"磔磔"是象声词，李高洁用screaming fright（吓得尖叫）比较形象，翟理斯则没有刻意形容鸟受惊发出的声音，缺乏听觉的冲击力。而形容老人笑声，李高洁创造性运用cackling（咯咯地笑），增加了声音的立体感与趣味性，翟理斯用 laughing形容一般的笑声，比较平淡。最后一句"鹳鹤"指的是一种像鹤的水鸟，头顶不红。李高洁译成鹤或鹳（cranes or storks），而翟理斯译为鹭或鹤（herons or cranes），都暗指两种鸟，不太准确，但是李高洁译文稍微贴近原作，而翟理斯提及的鹭，其实与鹳还有一定区别。整体比较，翟理斯译文没有李高洁的流畅自在，李高洁译文更忠实于苏轼原作，更形象生动。

---

① Herbert A. Giles, *Gems of Chinese Literature*, London: Bernard Quaritch, 15, Piccadilly. Shanghai: Kelly & Walsh, 1884, p.194.
② 滕志贤 译注《新译苏轼文选》，三民书局，2017，第291页。

第二章　风格与技巧：英美的苏轼文学作品英译

除此之外，《苏东坡集选译》还配上了李高洁夫人的多幅版刻木画插图，整本书可谓图文并茂。这是该书的一大亮点，木刻和碎片通过一种古老的方式来诠释诗人的思想，这些画面根据诗人在艺术家心中所构思的心境和旨趣而做出不同的诠释。所以钱钟书先生称赞该书的"木刻画用一种不同的媒介巧妙地再现了东坡赋的神韵"①，能饱眼福就已满足。而吴世昌先生也曾评论李夫人的木刻比李高洁的译文更出色，更能让人了解东坡诗文，"那些木刻比任何有色彩的绘画更能表现中国的艺术情调，因为只有黑白二色的刻划，极能表现一种清淡而又深刻的中国诗味，并且秾而不艳，繁而不琐"②。这便是典型意义上的文化味道。《苏东坡集选译》为苏轼作品的译介和传播提供了一种颇具新意的模式，即把古代文学作品与中国传统文化艺术结合在一起，好似可以产生奇妙的"化学反应"，让读者赏心悦目，更加凸显原作的艺术价值与文化内涵。

应该说，李高洁译介和研究苏轼对于读者来说受益无穷，"通过对这类文学作品的研究，读者不仅可以了解作者所处的时代，还可以了解作者本人的性格和气质"③。

李高洁的译文也有不少值得推敲之处，比如1932年10月，吴世昌先生在《新月》四卷三期发表《评李高洁〈苏东坡集选译〉》，该文以《赤壁赋》为例，直言不讳地指出李高洁译文的多处错误，笔者概括如下。（1）语言错误，把"苏子"译作苏轼的儿子（the son of Su）是毫无理由的，原因是李高洁没有掌握中国称呼的"子"的意义，这一点钱钟书先生也曾指出。其实中国传统文化中的"子"读三声时，就是指古代对人的尊称，比如孔子、老子、韩非子等，这里的苏子不过是苏轼对自己的自称罢了。吴世昌又指出李高洁把"窈窕之章"的"章"字翻译为the verses是不对的，更不能带复数s，应该翻译为the ode，单数。（2）逻辑错误，比如"苏子与客泛舟游于赤壁之下"中的"客"不能译为单数a friend，因为从上下文推断，与东坡同游赤壁的至少两人——黄山谷、佛印。（3）丢失文化意味，比如"纵一苇之所如，临万顷之茫然"，李高洁翻译为we let our boat float along, sailing over the vast

---

① 柳叶英译《苏东坡文选》，《读书》1994年第2期，第121页。
② 吴世昌：《罗音室学术论著》（第三卷），社会科学文献出版社，1996，第62页。
③ "A study of this literature gives the reader an insight into not only the times in which the author lived but also the character and temperament of the man himself." C. D. LeGros Clark, *Selections from the Works of Su Dongpo*, London: Jonathan Cape 30 Bedford Square, 1931, p.23.

expanse，完全丢失了原文风韵。因为"一苇"二字，本来是用一片苇叶比喻小船，含有双重含义，既指船身狭小，又带有《诗经》中的古典意义，而李高洁对此只字未提；"茫然"二字也是一语双关，既指眼前江面茫茫一片，浩瀚无边，又描摹出游者的心理。吴世昌认为"一苇""茫然"二字的"风韵在译文中完全被抹杀了"①。诸如此类，还有不少，不再一一列举。所以吴世昌先生认为"李高洁先生对于中文的理解力极差"②。1936年，美国学者施瑞奥克（J.K.Shryock）在《美国东方学会会刊》上发表关于1935年《苏东坡赋》的书评。他说，23篇苏赋译作，有的是自由诗体，有的是散文体，散文体的译作显得散漫而缺乏庄重，优美度还是无法与阿瑟·韦利相比，此外，李高洁部分关于音乐的注解也有错误等。③

无论学界对李高洁评价如何，有一点不可否认，李高洁在20世纪30年代英语世界各国的苏轼文学作品翻译和研究都处于草创阶段时，便为英语世界读者奉献了如此选题专业、选材广泛、文化韵味极浓的两本苏轼译文集，是难能可贵和极具前瞻性的，也可以说是挑战了苏轼文章中较难理解和篇幅较长的作品，实为勇气可嘉，可谓在苏轼海外传播的历史上书写了浓墨重彩的一笔。

（三）独具慧眼：卜立德译介苏文

卜立德（David E. Pollard），英国著名汉学家、翻译家，深谙中国语言与文化，尤其对中国的鲁迅和周作人关注较多，并出版相关著作。他曾在英国剑桥大学学习3年中文，后在伦敦亚非研究学院负责中文教学。1979年起升为教授，在英国伦敦大学教中国文学长达10年，而后于1989年起，先后到香港中文大学、香港城市大学任教，其间担任过香港中文大学的翻译杂志 *Renditions* 的编辑。最难能可贵的是，卜立德一直在坚持翻译中国文学。所以，1999年香港中文大学出版社出版了汇集他多年心血的一本中国散文英译集——《古今散文英译集》（*The Chinese Essay*），2000年，此书又经美国哥伦比亚大学出版社出版。这本集子长达400页，精选了中国古代至当代36人的74篇散文作品的英译本，包括诸葛亮、陶潜、韩愈、欧阳修、苏轼、苏

---

① 吴世昌：《罗音室学术论著》（第三卷），社会科学文献出版社，1996，第59页。
② 吴世昌：《罗音室学术论著》（第三卷），社会科学文献出版社，1996，第61~62页。
③ 万燚：《美国汉学界的苏轼研究》，中国社会科学出版社，2018，第10~11页。

辙、归有光、袁宏道、张岱、李渔、袁枚、鲁迅、周作人、叶圣陶、余秋雨等人的作品。地域跨度自中国大陆到台湾，时间跨度从三国到现代，算是迄今为止比较全面翻译中国古今散文、涉及古今散文家最多的一本选集。该选集对中国文学的作者都进行了详细介绍，包括许多作者的画像或照片、书法或手稿。虽然数量不多，但这些插图非常有效地传达了编者对写作的热爱和对个人风格的强调，将中国散文不同时段的悠久传统联系在了一起。

可以说，《古今散文英译集》译评结合的编排特点，不仅有供学者们研究翻译的价值，还具备提供中国散文发展脉络的价值。台湾诗人余光中称赞这本集子"开风气之先"。因为卜立德注意到，自1884年翟理斯的《古文选珍》以来，还没有一本中国散文的总集出版，所以他的论点是从一种体裁代表的缺失出发的。在20世纪末21世纪初的英语世界普遍关注中国小说、诗词的时候，卜立德善于发现中国散文在文学史上的独特地位，不得不说是独具慧眼的。

那么，卜立德选译文章的标准是什么呢？他在该书的"译者说明"（Translator's Note）和"译者后记"（Translator's Afterword）讲到两个原则：第一，能全面展现中国古今散文面貌；第二，依据个人的喜好。他尤其强调译者个人的喜好比作品本身的声誉更重要，会影响到翻译文本的质量，只有译者自己偏爱的东西，才能译出真情实感。

对于苏轼，卜立德是欣赏的。该书有28副名人作品、照片等插图，其中就有苏轼的书法作品。在散文部分，卜立德翻译了苏轼四篇散文：《凌虚台记》、《方山子传》、《赤壁赋》和《潮州韩文公庙碑》。卜立德比较注重对苏轼散文中涉及文化内容的介绍，比如对《方山子传》中的"方山子"的身份、与苏轼的交往经历以及文章的创作背景都做了说明。尤其《方山子传》末尾，苏轼讲到方山子本来家境富庶，吃穿不愁，然而他不去享受，而是选择了归隐到偏僻的山里，这是因为他独有会心之处。针对苏轼提出的这个问题，卜立德又在"译者说明"的最后阐释到："苏轼把陈季常描绘成另一个有能力的人，他可以作为军人或文官为国家服务。在思考为什么他选择不做这两件事或者真正享受继承的财富时，苏（轼）提出了一个普遍的问题：一个人一生应该做什么？然而，苏（轼）没有主动给出答案。陈（季常）成了矛盾之间的真空"[①]。卜立德的细致说明无疑对于读者更清楚地了解作品相关

[①] 刘士聪：《介绍一部中国散文经典译作——兼谈David Pollard的汉英翻译艺术》，《中国翻译》2005年第2期，第54页。

背景，理解原文作者的创作心情，拉近外国读者与中国作者的心理距离，减少阅读障碍并产生强烈的阅读和探究兴趣等起到相当重要的作用。这样的说明风格在英国本土出版的中国文选译介作品中也很少见，已经跳出了纯属翻译作品所囿，站在了研究的角度去观照苏轼散文，这是"更加彻底的文化翻译策略"①。

再比如李靖在其论文《卜立德英译散文中的"自我"重建》提出一个观点：卜立德译介苏轼的《凌虚台记》，主要想传达苏轼在文中蕴含的"自我"精神。因为《凌虚台记》既可以看作一篇散文，也可以看作议论文，苏轼在论文的后半部分加入了自己的哲学思想。他借虚空之名，表达了超脱思想，因为文章所说的"忽往而忽来者欤（来去匆匆）"，一切都存在于一个深不可测的方式，所以他追求平静的"自我"，不寻求伟大的成就或赞美。苏轼的这些哲学都与他坎坷的人生经历分不开。②

从卜立德对苏轼的散文译介不难发现，他总是既能在选集中表达出个人选文的喜好，也能站在读者的角度，而且是大众读者的角度去思考怎样的译介语言表达方式能够为读者所接受。因此《古今散文英译集》出版于21世纪初期这样一个国际环境相对稳定的时期，得到业内一致好评是可想而知的。美国耶鲁大学东亚语言文学系副教授查尔斯·A·劳克林（Charles A. Laughlin）曾于2004年为《古今散文英译集》写了一篇长长的书评，他讲到"卜立德的努力是值得赞扬的，不仅对普通读者来说是有趣的，而且对讲授中国文学或跨文化散文的课程导师来说也是一个巨大的福利"③。查尔斯·A·劳克林还认为"卜立德的译文不仅忠实于原文的语义意义（据我所知），而且其简洁、干练、带有幽默感的风格也常常与本文所呈现的散文精神完美契合"④。最后，查尔斯·A·劳克林总结到："《古今散文英译集》确实

---

① 刘士聪：《介绍一部中国散文经典译作——兼谈David Pollard的汉英翻译艺术》，《中国翻译》2005年第2期，第54页。

② 李靖：《卜立德英译散文中的"自我"重建》，武汉理工大学硕士学位论文，2010，第17~18页。

③ "Pollard's effort is commendable, and should be interesting not only to the general reader but a great boon as well to instructors of courses devoted to Chinese literature or to the essay across cultures." Reviewed by Charles A. Laughlin, MCLC Resource Center Publication, January 2004.

④ "Not only are the translations faithful to the semantic meaning of the original texts (as far as I can tell), but Pollard's clipped, dry, and often humorous style is also often perfectly suited to the spirit of the essays presented here." Reviewed by Charles A. Laughlin, MCLC Resource Center Publication, January 2004.

填补了中国文学翻译课程材料的一个重要空白"①。

二、美国的苏文翻译

如前所述，美国学界出现的苏轼文章译介最早见于1917年保罗·卡鲁斯发表于国际期刊《一元论》27卷第1期的研究论文《一个中国诗人对生命的沉思》，该文翻译了《赤壁赋》全文。后来，1947年林语堂的《苏东坡传》在美国出版，翻译了多篇苏轼散文，而1960年林语堂的《古文小品译英》翻译苏轼5篇文章，涉及苏轼的游记、书札、论说文等。当然，林语堂并不是美国人，要算美国本土作者而且是文学选集里对苏轼散文的翻译，应首推1965年白之的《中国文学选集：从早期到十四世纪》。据笔者统计，除传记《苏东坡传》外，在美国出版的文选里译介苏轼散文的主要有林语堂、白之、翟楚、翟文伯、华兹生、刘师舜、宜立敦、梅维恒和宇文所安等。其中刘师舜《唐宋八大家文选》是美国学界出版的翻译苏轼散文最多的作品，英译苏文13篇；排在第二位的是宇文所安《诺顿中国古典文学作品选》，英译苏文10篇。当然，一些研究类成果中也不乏对苏轼散文的翻译，如1960年狄百瑞编《中国传统之来源》系从文化角度选译古代文献资料，其中收录了苏轼散文；1979年刘若愚著作《中国文学艺术精华》也翻译苏轼散文；1988年陈幼石著作《中国古代散文的意象与观念》考查了苏轼《南行集序》《答谢民师书》等文章。收入美国文选的苏轼散文篇目（见表2-9）。

表2-9 收入美国文选的苏轼散文

文选＼篇目	赤壁赋	后赤壁赋	石钟山记	方山子传	超然台记	喜雨亭记	放鹤亭记	黠鼠赋
古文小品译英			√					
中国文学选集	√	√						
学思文粹：中国文学宝库	√	√						√
东坡居士轼书	√	√						

---

① "The Chinese Essay does nevertheless fill a crucial gap in materials for courses on Chinese literature in translation." Reviewed by Charles A. Laughlin, MCLC Resource Center Publication, January 2004.

续表

文选＼篇目	赤壁赋	后赤壁赋	石钟山记	方山子传	超然台记	喜雨亭记	放鹤亭记	黠鼠赋
苏东坡诗选	√	√						
唐宋八大家文选	√	√		√	√			
哥伦比亚中国传统文选	√	√						
哥伦比亚中国传统文学简编	√							
诺顿中国古典文学作品选		√			√		√	
卧游：中华帝国的游记散文	√		√					
小计	8	8	2	1	1	1	1	1

从表2-9可见，美国的苏文翻译数量极少，最受关注的就是苏轼名篇《赤壁赋》和《后赤壁赋》，各有8本文选选入，而在英国受欢迎的《石钟山记》、《方山子传》、《超然台记》、《喜雨亭记》、《放鹤亭记》和《黠鼠赋》，在美国译介数量却极少。除此外，上述文选还译介过《志林书札选》、《论画理》、《与友人论文书选》、《日喻》、《上神宗皇帝书》、《刑赏忠厚之至论》、《范蠡论》、《范增论》、《留侯论》、《上梅直讲书》、《醉白堂记》、《书狄武襄事》、《范文正公文集叙》、《居士集叙》、《书吴道子画后》、《记游庐山》、《文与可画〈筼筜谷偃竹〉记》、《宝绘堂记》、《游白水书付过》、《记承天寺夜游》、《记游松江》和《游沙湖》。苏轼散文进入美国文选的总数量是30篇。

（一）中为西用：白之译介苏文

白之（Cyril Birch），20世纪20年代在英国出生，曾在伦敦大学获中国文学博士学位，1960年后到美国加利福尼亚大学东方语文系担任教授及系主任，直至退休。其间，白之还担任香港中文大学翻译研究中心杂志《译丛》的编委，是当代英语世界最著名的汉学家、翻译家之一。

白之主编两卷文学选集，第一卷是于1965年编写的《中国文学选集：从早期到十四世纪》（*Anthology of Chinese Literature: From Early Times to the*

Fourteenth Century），选译了十四世纪以前的中国古典诗人及其作品，译者除白之外，还汇聚了艾克尔、葛瑞汉、霍克思、海陶玮、麦克修、阿瑟·韦利、华兹生、初大告、庞德等23位大名鼎鼎的英美译者，此卷因收录的作品时间跨度达两千年以上，收入体裁丰富多样而受到亚洲协会的亚洲文学项目赞助并被联合国教科文组织列入"中国文学系列译丛"，成为在西方汉学界的权威读本。第二卷是1972年编写的《中国文学选集：从十四世纪至今》（*Anthology of Chinese Literature: From the Fourteenth Century to the Present*），收入了十四世纪以后至现当代的中国诗人诗作。这两卷文学选集是汉学家对中国文学进行经典重构的初步探索，在二十世纪中后期成为美国各大学研究中国文学课程的必备教材。

那么，白之编选译作的出发点是什么？第一，西方中心主义。白之在《中国文学选集：从早期到十四世纪》前言谈到这本选集"选择的程度必须是极端的，这里应该对我们所依据的原则做一些解释。我们对文学的定义，首先是现代西方的而不是中国传统的，是排他的而不是全面的"[1]。这无疑表明了白之选编文学的初衷，即为西方意识形态服务。第二，选择有生气又不过时的英文。白之认为，在筛选译文时，凡是毫无生气、学究式的英文，或者几十年前的英文尽管精美但是风格已经过时的，选编者都不选入文集。[2]第三，尊重原作。白之要求译者在翻译中国一流作家的作品时，必须尊重原作，不能使作家们以单调的或不合适的面貌出现在读者面前。[3]第四，突出个性。白之认为每个有价值的作家都有个性，为避免千篇一律，

---

[1] "But the degree of selectivity has had to be drastic, and some explanation should be made here of the principles on which we have worked. Our definition of literature, first of all, has been modern Western rather than Chinese traditional, exclusive rather than comprehensive." Cyril Birch, *Anthology of Chinese Literature: From Early Times to the Fourteenth Century*, New York: Grove Press, 1965, "Introduction", p.xxiv.

[2] "In our work of selection we have tried to avoid translations, whether or not previously published, which are marred either by lifeless English or by uninformed scholarship. We have regretfully jettisoned fine translations of decades ago whose English style has dated, and scholarly translations of pieces whose merits could be glimpsed only through a thick fog of footnotes." Cyril Birch, *Anthology of Chinese Literature: From Early Times to the Fourteenth Century*, New York: Grove Press, 1965, "Introduction", p.xxv.

[3] "Naturally we have hoped to be reasonably representative, but not the risk of presenting a writer of first rank in drab or ill–fitting garb." Cyril Birch, *Anthology of Chinese Literature: From Early Times to the Fourteenth Century*, New York: Grove Press, 1965, "Introduction", p.xxv.

可以尝试将个别作家与个别翻译家联系起来。① 比如苏轼的词，白之选择初大告的译文，就是看中初大告言简意赅的翻译风格很适合苏轼词的精练和传神。

《中国文学选集：从早期到十四世纪》共收入苏轼译作6篇，其中3篇文，3首词。对苏轼文章的译介反映出白之力求做到以下几点。第一，兼收并蓄。白之选的这6篇作品，《上神宗皇帝书》来自赖德敖（J. K.Rideout）英译，前后《赤壁赋》来自葛瑞汉（A.C.Graham），3首词译者是初大告（Ch'u Ta-Kao），这三位译者的译本都是公认的出色。第二，图文并茂。在该选集的《致谢》（Acknowledgments）之前，作者颇花心思地附上了苏轼《后赤壁赋》（The Red Cliff. II）的开头："是岁十月之望，步自雪堂，将归于临皋。二客从予，过黄泥之坂。霜露既降，木叶尽脱。人影……"②，并介绍到"这是苏轼散文诗首句的中文译本，在文集第383页。这是根据元代一位杰出的书法家和画家赵孟頫（赵子昂，1254~1322）所作的摹本复制的。赵把自己的书法作了一本画册，在第一页上画了一幅苏轼的画像，加上日期，即1301年2月17日。在标题下方的右边，可以部分看到两枚藏家的印章。第一首散文诗的卷轴存于苏轼本人同样著名的书法作品中，但其紧凑的写作风格使它在这里得以无私而快乐地再现"③。紧接着配上了赵孟頫所书《后赤壁赋》开头这段的书法作品。这是常见的副文本（paratext），通过名家

---

① "Each writer of worth, Chinese or other, is an individual with an individual voice. …For this reason also the attempt has been made where possible to link individual writer with individual translator, …" Cyril Birch, *Anthology of Chinese Literature: From Early Times to the Fourteenth Century*, New York: Grove Press, 1965, "Introduction", p.xxv.

② "In the same year, on the fifteenth of the tenth month, I went on foot from Snow Hall on my way back to Lin-kao, accompanied by two guests. When we passed the slope of Huang-ni the frost and dew had fallen already. The trees were stripped of leaves, our shadows…" Cyril Birch, *Anthology of Chinese Literature: From Early Times to the Fourteenth Century*, New York: Grove Press, 1965, 封三。

③ "This is the Chinese text of the opening phrases of Su Shih's prose poem which appears in translation on page 383 of the anthology. It is reproduced from a copy made by an outstanding calligrapher and painter of the Yüan dynasty, Chao Meng-fu (Chao Tzu-ang, 1254–1322). Chao made an album of his calligraphic text, painted a portrait of Su Shih on the first page and added the date which corresponds to February 17, 1301. At right, below the title, two of the many collectors' seals are partly visible. A scroll exists of the first prose poem in the equally celebrated calligraphy of Su Shih himself, but the close-written style lends itself less happily to reproduction here." Cyril Birch, *Anthology of Chinese Literature: From Early Times to the Fourteenth Century*, New York: Grove Press, 1965, 封三。

第二章 风格与技巧：英美的苏轼文学作品英译

书法的配图可以营造中国式情景，使著作充满中国传统文化的韵味，更容易让读者体验和感知中国文学的另一面。第三，精益求精。尽管白之选入苏轼作品不多，但是能关注到苏轼最具代表性的几篇作品，也算有心。苏文最具代表的莫过于《赤壁赋》，而三首词《江城子》（十年生死两茫茫）、《水调歌头》（明月几时有）、《念奴娇·赤壁怀古》也算是苏词经典中的经典了。不过，第一首《江城子》的题目没能译介正确，误译成了"念奴娇"（Tune：The Charms of Nien-nu）。① 第四，题材突破。苏轼的三篇散文，首选《上神宗皇帝书》是议论散文，这在当时西方多关注苏轼的游记散文的风气下，选材显得独到，而前后《赤壁赋》偏游记散文风格。第五，关注中西差异。白之重视把西方人不易理解的中国文学观译介给西方读者，比如关于人与自然关系阐释的中国古典诗歌俯拾即是，白之认为西方人表现得以自我为中心，所以很难理解中国道家思想可以使人与山水达到同一。② 白之特意选择了前后《赤壁赋》，文章中的自然山水与人的关系被体现得淋漓尽致。自然在苏轼眼中成了灵性的存在，心灵的寄托之处，所以苏轼的道家思想融入山水之间，表现出超然的境界。这恰恰是白之想推荐给西方读者的。

那么，白之如何看待苏轼？又为何选入苏轼的这三篇散文呢？在"宋朝的两位散文大师"（Two Prose Masters of the Sung Dynasty）这一节，白之首先对《上神宗皇帝书》做了背景简介："这一节的主要内容是苏轼（1037～1101）的一封著名书信的删节版。这封信虽然是最长的，但只是苏轼写给雄心勃勃的年轻皇帝神宗的一系列信中的一封。作者三十多岁，在政府中没有任何要职，但他主动对'改革派'宰相王安石的高压手段表达了普遍的愤慨。很大程度上，由于这些信件，苏被降到一个地方性职位——尽管这只是他事业上的一个小挫折，而他的事业本来是风雨飘摇的。这封信告知了皇帝拟议措施的确切性质和目的，提醒他可能产生的后果并勇敢地面对他最严重的威胁，

---

① 笔者查阅了初大告1937年出版的《中华隽词》，其中《江城子》（十年生死两茫茫）原文标题为"In Memory"，这里白之的文集《中国文学选集：从早期到十四世纪》第355页却把该词标题译为"念奴娇"（Tune：The Charms of Nien-nu），内容却是《江城子》（十年生死两茫茫），并注明译者为初大告，笔者估计白之选录时出了错。

② Cyril Birch, *Anthology of Chinese Literature: From Early Times to the Fourteenth Century*, New York：Grove Press, 1965, Introduction.

即历史对他自己的政权作出的不利裁决"①。接着，白之对这篇文章的推荐价值做了阐释，他说："如果这只是一篇反对新税之类的政论文章，那么这封信在文选中就没有一席之地。但在苏轼对道德原则作为国家事务指导力的有力辩护中，我们看到文学努力指向了其最崇高的目标：所有的美文只不过是预备练习，是对一件武器的锤炼，以使它能满足这样的需求。更重要的是，我们从苏轼的急切和认真中，可以了解到他本人的一些真正高贵之处"②。白之在这里清楚地表达了选介《上神宗皇帝书》的原因：这篇文章显示了苏轼的可贵人品，尤其是为国家前途担忧的责任感，并能通过这篇上书体现文学的最高目标。这说明西方编译者在向读者推荐中国文章时，除了考虑文字语言的因素，更重视文学的价值指向和原作者在文学作品中传递出的道德观、情感态度是否与西方的价值观一致等。因此，白之借林语堂的《苏东坡传》的题目表明自己与林语堂一样欣赏苏轼这位天才，他给予苏轼很高的评价："林语堂给他的苏轼（苏东坡）传记起了个'乐天知命的天才'的名字。正如这封信所指出的，在他那个时代的政治生活中，他管理杭州表现出色，被列为最伟大的诗人和散文家之一，苏轼是一个非凡类型的人，中国古代士大夫的了不起的典范"③。仿佛从苏轼的身上，白之能窥见中国最杰出诗人和散文家的风范，并认定苏轼无论为官、为文还是为人都能成为古代士大夫的典范。

---

① "Dominating this section is an abridged version of a celebrated letter by Su Shih (1037–1101). Though the longest, this letter was only one a series which Su addressed to the ambitious young emperor Shen-tsung. The writer was in his middle thirties and in no position of responsibility in the administration, but he took upon himself to voice widespread indignation against the high-handed measures of the "reformist" premier Wang An-shih. Largely as a consequence of these letters Su was demoted to a provincial post-though this was a minor setback in a career which was to prove a stormy one. The letter informs the emperor of the precise nature and purposes of the proposed measures, warns him of possible consequences and boldly confronts him with the gravest threat of all, that of the adverse verdict of history on his own regime." Cyril Birch, *Anthology of Chinese Literature: From Early Times to the Fourteenth Century*, New York: Grove Press, 1965, p.364.

② "If it were no more than a parliamentary essay in opposition to new taxes and the like, then there would be no place for the letter in an anthology of literature. But in Su Shih's eloquent defence of moral principle as the guiding force in state affairs we see literary effort directed towards its most exalted end: all belles lettres were merely a preparatory exercise, the tempering of a weapon that it might be equal to such a demand. And even more, from Su Shih's desperate earnestness we learn something of the true nobility of the man himself." Cyril Birch, *Anthology of Chinese Literature: From Early Times to the Fourteenth Century*, New York: Grove Press, 1965, p.364.

③ Cyril Birch, *Anthology of Chinese Literature: From Early Times to the Fourteenth Century*, New York: Grove Press, 1965, pp.364–365.

第二章　风格与技巧：英美的苏轼文学作品英译

而对于《赤壁赋》，白之没有过多的介绍，只在介绍欧阳修时提及苏轼师从欧阳修，欧阳修的《秋声赋》和苏轼的两篇题为《赤壁赋》的散文，使该节有了三篇散文诗的样本。① 既然白之把苏轼的前后《赤壁赋》作为样本推荐，可见苏轼的散文在白之心中的重要地位了。

白之编选的《上神宗皇帝书》是由赖德敖翻译的，文章篇幅很长，号称"万言书"，议论说理色彩很重，因此翻译起来有一定难度。下面选择一段译文做分析：

> We can see from this that it is entirely upon the allegiance of his people that the ruler depends. Popular allegiance is as necessary to the ruler as the root to the tree, oil to the lamp, water to the fish, land to the farmer, or goods to the merchant. For as the tree without roots withers, the lamp without oil is extinguished, the fish without water dies, the farmer without land starves, and the merchant without goods becomes impoverished, so the ruler, if he lose the allegiance of his people, will perish.
>
> This is the inevitable law, the inescapable calamity, which rightly should be held in terror. From the earliest times it has been so, and none but a madman who courted death and disaster would venture to give free rein to the desires of his own heart in defiance of the will of his people. ②

笔者翻译为：

> 由此我们可以看出，统治者完全依赖于他的人民的忠诚。人民对统治者的忠诚就像树根对树、油对灯、水对鱼、土地对农民或货物对商人一样必要。正如没有根的树会枯萎，没有油的灯会熄灭，没有水的鱼会死去，没有土地的农民会挨饿，没有货物的商人会贫困，所以统治者如果失去了人民的忠诚，就会灭亡。

---

① "Then with his 'Sound of Autumn' and Su Shih's two essays under the title of 'The Red Cliff' we have in this section three specimens of prose poems." Cyril Birch, *Anthology of Chinese Literature: From Early Times to the Fourteenth Century*, New York: Grove Press, 1965, p.365.

② Cyril Birch, *Anthology of Chinese Literature: From Early Times to the Fourteenth Century*, New York: Grove Press, 1965, pp.371-372.

这是不可避免的规律，是不可避免的灾难，理应被置于恐怖之中。自古以来就是这样，只有一个追求死亡和灾难的疯子才会冒险放纵自己内心的欲望，而不顾人民的意愿。

苏轼原文：

由此观之，人主之所恃者，人心而已。人心之于人主也，如木之有根，如灯之有膏，如鱼之有水，如农夫之有田，如商贾之有财。木无根则槁，灯无膏则灭，鱼无水则死，农夫无田则饥，商贾无财则贫，人主失人心则亡。

此理之必然，不可逭之灾也。其为可畏，从古以然。苟非乐祸好亡，狂易丧志，则孰敢肆其胸臆，轻犯人心？①

经过对比，可以发现，赖德敖的英译完全忠实于苏轼原作，无论断句还是语气都能原汁原味地再现苏轼当时言辞的恳切，译文的节奏感也能较好地传递出苏轼行云流水的风格。他在适当的地方还注意补充连词进行说明，比如第三句开头补充"for"表示因果关系，让句意更明确。整体翻译得不错，不过还有以下几点可以商榷。第一，原作"人心"一词，赖德敖译为忠诚（allegiance），不够确切。因为"人心"一词在中文里包含丰富的意义，除开忠诚，还包括善良、意志等，所以苏轼说的人心是指人心向背，民众意志，不妨用"will"来代替。第二，商贾无财，对于"财"，赖德敖译为"货物"（goods），不够准确，因为金钱就是商人的生命，所以视财如命是商人的特点，这里不妨翻译为"wealth"更好。第三，原作"此理之必然，不可逭之灾也。其为可畏，从古以然。"在"其为可畏"后面是逗号，是与"从古以然"连成完整的一句，而赖德敖翻译的时候，把"terror"之意"其为可畏"后处理为句号，中断了语意，不很妥帖。第四，最后一句原作为"苟非乐祸好亡，狂易丧志，则孰敢肆其胸臆，轻犯人心。"苏轼用"苟非……则孰敢"，翻译为"假如不是……那么谁敢"，原作是反问语气，赖德敖却处理为陈述语气，无法精准表达出苏轼对皇帝苦口婆心的劝诫之情。

笔者还注意到，在这段文末的"people"词旁，赖德敖作注解释到："在

---

① （宋）苏轼著，孔凡礼点校《苏轼文集》（第二册），中华书局，1986，第730页。

这一点上，作者开始详细列举和讨论权力的滥用。其中包括一个新的'协调委员会'，它被怀疑仅仅是一个'赚钱的工具'；一个不切实际的新拦河坝；各种新税；对没有男性成员或只有一名男性成员的家庭强加公共服务；以及政府对商人活动的干涉。苏轼对这些问题的大量论述载于《中国传统的来源》第481~486页。由于篇幅有限，并且所讨论的问题具有极其具体和技术性质，因此在此将该信的整个中间部分略去"[①]。

从这里可以看出，赖德敖的翻译能够详略得当，并且能够把握住西方读者的阅读兴趣，对于苏轼文章中过于具体和技术性的内容，采取了省去不译和作注释说明的办法，能够突出整篇译文的重点。这也正是白之所推崇的翻译风格：简洁明了，在保持原作风格的基础上突出重点。

综上，白之对苏轼散文的编选把重点放在与文学密切相关的政治因素上，即能反映政治层面的文学应该是白之最推崇的，所以他对《上神宗皇帝书》的介绍尤为详细。而对中国古代士大夫的生存模式和生存场域的研究往往能为西方的政治、文化提供新的启示，这就是白之译介苏轼散文以"中为西用"为出发点的最好证明。

值得一提的是，白之对中国文学的译介和研究一直很执着，除《中国文学选集》（两卷本）以外，还有1958年《明代小说选：中国十七世纪短篇小说英译》（*Stories from a Ming Collection: Translations of Chinese Short Stories Published in the Seventeenth Century*），1961年《中国神话与幻象》（*Chinese Myths and Fantasies*），1974年《中国文学类型研究》（*Studies in Chinese Literary Genres*）等都成为经典。

（二）思想的光芒：刘师舜译介苏文

刘师舜（Shih Shun Liu，1900-1996），外交大使、翻译家。生于湖南湘

[①] "At this point the writer enters on the detailed enumeration and discussion of abuses. These include a new 'coordinating commission,' suspected of being merely 'tool for getting money'; an impracticable new dam; various new taxes; the imposition of public service on families having no male or only a single male member; and government interference in the activities of merchants. The bulk of Su Shih's discussion of these matters is given in de Bary, ed: Sources of Chinese Tradition, pp. 481-86. For reasons of space, and because of the extremely specific and technical nature of the questions at issue, this entire middle section of the letter is omitted here." Cyril Birch, *Anthology of Chinese Literature: From Early Times to the Fourteenth Century,* New York: Grove Press, 1965, p.372.注释。

乡，祖籍江西宜丰县。二十岁赴美留学，霍普金斯大学学士、哈佛大学硕士、密歇根大学及哥伦比亚大学博士。1925年学成归国，受聘为清华大学教授。除教授身份外，刘师舜从二十世纪三十年代起，先后担任过国民党政府外交部欧美司司长、驻加拿大大使、驻墨西哥大使等职。刘师舜是一个坚定的爱国主义者，他在加拿大工作时，正值中国抗日战争时期，他到处奔走并多次演讲，最终募得一亿美元，争取到对华军事援助。刘师舜还是一个以翻译为乐趣的翻译家，译作颇丰。他的首部译作是在清华任职时所译英国小说家 H. G. Wells 的《不灭的火焰》(The Undying Fire)，后还翻译了《中诗选辑》《二十年目睹之怪现状》等广为人知的作品。

1979年，刘师舜在香港中文大学出版《唐宋八大家文选》(Chinese Classical Prose: The Eight Masters of the T'ang-Sung Period)，该书同步在美国华盛顿大学出版（西雅图）和伦敦发行。该书中英文对照，收入中国唐代至宋代在散文成就方面最突出的八人，即"唐宋八大家"，分别翻译韩愈（16篇）、柳宗元（7篇）、欧阳修（14篇）、苏洵（2篇）、苏轼（13篇）、苏辙（3篇）、曾巩（8篇）、王安石（4篇），共计67篇文章。该书主要有以下特色。

一是经典性。刘师舜选择明代以来公认的"唐宋八大家"文章进行翻译，本身就是一项挑战。这八大家个个赫赫有名，几乎都是著作等身，诗词文加起来超过20000篇，人均创作超过2000篇，在浩如烟海的文章中去选择67篇既能代表这八大家水平又能让读者易于理解的文章，绝非易事。麦克伦（D. L. Mcmullen）在其书评中说："本书虽是迂腐的热忱的产物，对此我并不在乎。……虽然他们（唐宋八大家）的生命跨度近三个半世纪，这八个人自明朝早期以来被认为是一个群体，对他们的文学作品的研究，或对他们的注释选集的研究，长期以来一直是教育的一部分，尤其是在文学创作方面的训练。即使在今天，用古文写作的能力已经不再重要，他们的作品仍可能会被列入一些中国或日本的大中小学的课程"[①]。

---

① "This book is the result of an unashamedly old-fashioned enthusiasm.... Although their lives span a period of nearly three-and-a-half centuries, these eight men have been from early Ming times considered a group, and study of their literary collections, or of annotated selections from them, has long been an established part of education and particularly of training in literary composition. Even today, when the ability to compose in classical Chinese is no longer important, their writings may be included in curricula in some Chinese or Japanese schools and universities." D. L. MCMULLEN, "REVIEWS: *CHINESE CLASSICAL PROSE: THE EIGHT MASTERS OF THE T'ANG-SUNG PERIOD*", *Journal of the Royal Asiatic Society*, Volume 114, Issue 01, January 1982, p.88.

二是材料范围广泛。《唐宋八大家文选》包括奏章、文赋、书信、序言、传记、墓志铭、游记等多种文体,内容取材也很广泛,涉及政治、生活、文化、历史等。

三是中英文对照。该书采用中英文对照的形式,每篇文章先是中文原文,然后是英译文,连英文的分段和标点都和原文一致。这样更利于读者对照阅读理解。

四是每位作家文章前都有一幅该作家的画像和较详细的作者介绍。刘师舜认为,这八大家中至少有一些作家可以被视为超越文学价值的典范。所以,他认真地筛选,仔细地介绍。像刘师舜这样对每位作家介绍如此详细,在英美两国文选中都是罕见的。

刘师舜编译这本书的出发点是什么?首先,他在该书"前言"之前有一段话:"献给我的孩子们和孙子们,希望他们能够帮助我们延续这些文章中所表达的崇高思想,这些思想构成了我们人类遗产的一部分"①。可见,刘师舜把文章的思想性看作是篇目得以入选的首要条件。而 Henry W.Well 在"介绍"(Introductory Note)部分,对该书的赞美也主要体现在因为该书编选的散文体现了中国人的道德观、人生观。他说:"很少有中国文学类型比这短文更受欢迎。绝大多数这类文章是用道德概括的观点来研究人际关系,从而塑造了中国文化。在所有受儒家思想影响的文学形式中,这也许是最受欢迎的一种,它揭示了中国人人生观的核心价值观。"②

其次,西方汉学家对唐宋八大家知之甚少。刘师舜发现,直到该书出版的20世纪70年代末期,西方汉学家们都鲜有翻译中国古文的。他在"前言"(Preface)中谈道:"尽管中国古典文学和诗歌有很多的翻译,但是八位大师的优秀散文和著作却一直被忽视,甚至他们的名字,尤其是在中国文学发展

---

① "TO MY CHILDREN AND GRANDCHILDREN——with the hope that they may help keep alive the noble thoughts expressed in these essays which form a part of the heritage of our people." Shih Shun Liu, *Chinese Classical Prose: The Eight Masters of the T'ang-Sung Period*, Hong Kong: A Chinese University Press, 1979, 扉页.

② "Few Chinese literary types were more eagerly cultivated than the brief essay. The great majority of such compositions typify Chinese culture in being studies in human relationships viewed in the light of moral generalization.Of all literary forms stimulated by Confucian thought this proved, perhaps, the most popular, revealing values central to the Chinese view of life." Shih Shun Liu, *Chinese Classical Prose: The Eight Masters of the T'ang-Sung Period*, Hong Kong: A Chinese University Press, 1979, p.vii.

中如此重要的一个群体，在西方汉学家眼中也是鲜为人知的"①。

再次，中国散文译介在西方严重不足，刘师舜试图填补这一空白。他说："因此，在翻译优秀的中国散文作品时，有足够的空间进行更系统的尝试。我尽我所能，尽我的微薄之力来填补这个空白，但我并不满足于现有的一般性选集。我把八大家的全集一一翻阅了一遍，发现了许多新的材料，而这些材料至今还没有被收入上述任何一本现存的选集中。"② Henry W.Well 也认为中国散文"翻译成西方语言时，不可避免地只会呈现出最低限度的实质性和潜在的持久价值。某些领域特别被忽视了。这古典散文就是一个突出的例子。英语读者，甚至中国读者都被剥夺了熟悉这种极具代表性的文字的良好机会"③。

最后，语言的优美也是编译文章的要求。"这些文章从对道德价值观的普遍思考，到韩愈《祭十二郎文》这种近乎抒情和诗意的个人表达，可谓是任何语言中最感人、最美丽的悼词之一。"④唐宋八大家的古文多集优美的语言、深刻的哲思、充沛的情感于一体，行云流水，一气呵成，所以从语言学

---

① "while numerous translations exist of Chinese classics and poetry the great essays and writings of the eight masters have somehow been consistently neglected, and that even their names especially as a group so prominent in the development of Chinese literature, are so little known to Western sinologues." Shih Shun Liu, *Chinese Classical Prose: The Eight Masters of the T'ang-Sung Period*, Hong Kong: A Chinese University Press, 1979, p.xi.

② "There is thus abundant room for a current and more systematic attempt at the translation of masterly Chinese prose writings. In my humble effort to fill the gap as best I can, I have not contented myself with the existing anthologies of a general nature. I have gone through the complete works of all the eight masters individually and unearthed much new material which has thus far not been incorporated in any of the existing anthologies referred to above." Shih Shun Liu, *Chinese Classical Prose: The Eight Masters of the T'ang-Sung Period*, Hong Kong: A Chinese University Press, 1979, pp.xi-xii.

③ "Translations into the Western languages inevitably present only a minimum of substantial and potentially lasting worth.Certain fields have in particular been neglected. The classical essay is a conspicuous case in point.The English reader and even the Chinese reader have been denied a favorable opportunity to familiarize themselves with this highly representative type of writing." Shih Shun Liu, *Chinese Classical Prose: The Eight Masters of the T'ang-Sung Period,* Hong Kong: A Chinese University Press, 1979, p.vii.

④ "The essays range from general speculation on moral values to such virtually lyrical and poetic personal expression as Han Yü's "Funerary Message to Nephew No. 12," surely one of the most moving and beautiful memorial tributes in any language." Shih Shun Liu, *Chinese Classical Prose: The Eight Masters of the T'ang-Sung Period*, Hong Kong: A Chinese University Press, 1979, p.viii.

习、欣赏的角度讲,刘师舜对八大家篇目的筛选也近乎精益求精。

那么,刘师舜对苏轼是否很重视呢?当然如此。因为《唐宋八大家文选》翻译篇目数量排在前三的是韩愈、欧阳修、苏轼,而苏轼的篇目数量在宋代部分排第二,仅比欧阳修少1篇。该书也是迄今为止美国学界出版苏轼散文最多的选集,翻译的13篇苏文为:《刑赏忠厚之至论》、《范蠡论》、《范增论》、《留侯论》、《上梅直讲书》、《喜雨亭记》、《醉白堂记》、《前赤壁赋》、《后赤壁赋》、《方山子传》、《书狄武襄事》、《范文正公文集叙》和《居士集叙》,体裁分为:论4篇,书1篇,记2篇,赋2篇,传2篇,序2篇。从选文内容可见,这13篇主要涉及政治上书、游记、人物传记等。

刘师舜在苏轼的章节,配上了一幅黄山谷(黄庭坚)评苏轼的题画诗"东坡先生天下士。嗟乎惜哉今蚤世。蠢蠢尚消短人气"[1],并用了7页的篇幅对苏轼的传奇经历进行了介绍,从苏轼的出生到中进士,到苏轼去世等。

尽管英语世界已有的苏轼译介也不乏对苏轼一生的叙述和对其文坛地位的赞美,但相较而言,刘师舜更注重突出以下几点。第一,突出苏轼的全面才华。他说:"苏轼,伟大的散文作家,诗人,政治家,哲学家,书法家和画家,字子瞻,是老泉的长子。"[2]他还从苏轼小时候的家庭教育找寻原因,发现苏轼从小就表现出非凡的理解力,评价人事的成熟度令人吃惊,[3]树立了仿效杰出人物的雄心壮志[4]。尤其讲述了欧阳修选拔苏轼误判其考卷的故事。第二,突出苏轼的政见和政绩,比如讲述了苏轼在全国各地任职,反对王安石变法,到杭州修建苏公堤,受百姓拥戴等。第三,突出苏轼的勤奋,比如讲述朱载上(司农)拜见苏轼,惊叹苏轼勤抄《汉书》并对其内容

---

[1] Shih Shun Liu, *Chinese Classical Prose: The Eight Masters of the T'ang-Sung Period*, Hong Kong: A Chinese University Press, 1979, p.224.

[2] "Su Shih, the great prose writer, poet, statesman, philosopher, calligrapher and painter, whose courtesy name was Tzu-chan, 子瞻 was the elder son of lao-ch'ü an." Shih Shun Liu, *Chinese Classical Prose: The Eight Masters of the T'ang-Sung Period*, Hong Kong: A Chinese University Press, 1979, p.225.

[3] "As a boy, he showed a remarkable understanding of whatever he was taught, and in his evaluation of men and events of past ages, he formed startlingly mature judgements." Shih Shun Liu, *Chinese Classical Prose: The Eight Masters of the T'ang-Sung Period*, Hong Kong: A Chinese University Press, 1979, p.225.

[4] "Thus, at that early age, he already harbored the ambition of emulating the examples set by the distinguished men of the time." Shih Shun Liu, *Chinese Classical Prose: The Eight Masters of the T'ang-Sung Period*, Hong Kong: A Chinese University Press, 1979, p.225.

倒背如流的故事等。第四，突出苏轼丰硕的古文成果。刘师舜在介绍的最后部分，一一历数了苏轼的文章成就："东坡死于徽宗元年（1101年），享年66岁。在他的作品中，他继承父志，把他父亲尚未完成的易传完成了。此外，他还为后人留下了一部论语说、书传、40卷的东坡集、20卷东坡续集、15卷奏议、10卷内制、3卷外制、4卷和陶诗"①。第五，突出苏轼对国家的绝对忠诚。他说："和欧阳修一样，苏东坡是个伟大的爱国者。他一生都献身于他的国家和皇帝，在忠诚和正直方面没有人能与他相比。可惜的是，一些嫉妒他的当权者容不了他。因此，他无法一心一意专注于朝廷的事务，而朝廷本可以更多地从他天赋的治国之才中获益。"② "在他死后很长一段时间，继位的统治者——高宗皇帝（1127年到1162年统治）授予他大量的荣誉。这位皇帝对苏东坡的作品印象非常深刻，所以他总是随身带着这些作品，并且日复一日地孜孜不倦地阅读它们，亲自为苏东坡的作品写了一篇颂词。这位伟大的人死后被授予的头衔包括太师和资政殿学士，和他被追封为'文忠'"。③ 刘师舜把苏

---

① "Tung-p'o died at the age of sixty-six in the first year of the reign of Emperor Hui-tsung（1101）. In his writings, he followed in the footsteps of his own father, whose unfinished work on the Exposition of the Book of Changes 易传 he completed. In addition, he has left to posterity a work On the Analects 论语说, the Exposition of the Book of History 书传, forty chüan of the Collected Works of Tung-p'o 东坡集, twenty chüan of Collected Works Continued 东坡续集, fifteen chüan of Memorials 奏议, ten chüan of Internal Decrees 内制, three chüan of External Decrees 外制 and four chüan of Adaptations to the Poems of Tao Yuan-ming 和陶诗." Shih Shun Liu, *Chinese Classical Prose: The Eight Masters of the T'ang-Sung Period*, Hong Kong: A Chinese University Press, 1979, p.231.

② "Like Ou-yangHsiu, Su Tung-p'o was a great patriot. All his life, he was devoted to his country and emperor, and there were few who could match him for loyalty and integrity. Unfortunately, he was not tolerated by some of the men in power who were jealous of him, and for this reason he could not give his undivided attention to the workings of the central government, which could well have benefited from his genius much more than it did." Shih Shun Liu, *Chinese Classical Prose: The Eight Masters of the T'ang-Sung Period*, Hong Kong: A Chinese University Press, 1979, p.231.

③ "Long after his death, posthumous honors were heaped on him by a subsequent ruler in the person of Emperor Kao-tsung 高宗, who reigned from 1127 to 1162. This emperor was so impressed with the writings of Su Tung-p'o that he always had them at hand and read them untiringly day in and day out, and personally composed a eulogy of Tung-p'o's collected works. The posthumous titles conferred on the great man included those of Grand Teacher of the Imperial House-hold and Secretary of the Tzu-cheng Hall 资政殿学士, and he as canonized as Wen-chung 文忠." Shih Shun Liu, *Chinese Classical Prose: The Eight Masters of the T'ang-Sung Period*, Hong Kong: A Chinese University Press, 1979, p.231.

第二章　风格与技巧：英美的苏轼文学作品英译

轼坎坷又辉煌的经历都娓娓道来，而这些介绍，也不妨看作是为其选文作铺垫，即刘师舜的苏轼观影响了他对苏轼译文篇目的选择。

《喜雨亭记》作为苏轼游记散文的代表，第一次进入美国文选便是这本刘师舜的《唐宋八大家文选》，在刘师舜之前，在英国曾先后有翟理斯、李高洁不止一次译介过《喜雨亭记》，该文在整个英语世界属于相当受欢迎的一篇苏文。

《喜雨亭记》写于1061年12月，苏轼在陕西凤翔任签判，1062年年初便开始修建官舍。可是春天干旱，庄稼受到影响，不料官舍北面的亭子落成的三月，竟然久逢甘霖，一场大雨洗去了百姓的忧虑，也收获了苏轼的赞美，于是苏轼给亭子取名"喜雨亭"，为纪念亭子的修建和老百姓庆雨的场面，写下了这篇传世佳作，从此《喜雨亭记》就成为苏轼与老百姓同忧共乐的情感纽带，而苏轼的民本思想也因此体现出来。

苏轼《喜雨亭记》首段：[①]

> 亭以雨名，志喜也。古者有喜，则以名物，示不忘也。周公得禾，以名其书；汉武得鼎，以名其年；叔孙胜狄，以名其子。其喜之大小不齐，其示不忘一也。

刘师舜译本：[②]

The Happy Rain Pavilion

　　The fact that the pavilion is named after rain is indicative of the happiness it brings. In ancient times, whenever there was a happy event, something would be named after it in commemoration.

　　The Duke of Chou named his book after the auspicious rice plant presented to him. Emperor Wu of Han named his reign after the tripod he received. Shu-sun named his son after the enemy he took captive. Though the extent of the happiness varied in each case, the idea that it should not be forgotten was the same.

[①] （宋）苏轼著，孔凡礼点校《苏轼文集》（第二册），中华书局，1986，第349页。
[②] Shih Shun Liu, *Chinese Classical Prose: The Eight Masters of the T'ang-Sung Period*, Hong Kong: A Chinese University Press, 1979, p.253.

苏轼文学作品的英译与传播

从刘师舜的译本看，他比较忠实于原作，多采用直译法，通过以下方法来让读者明白苏轼的意思。

第一，题目、人名直译，一目了然。比如"喜雨亭"直接翻译为The Happy Rain Pavilion（快乐雨亭），突出"喜雨"是快乐的雨，给人欢乐的雨。专有人名也采用了直译的方法，周公、汉武帝、叔孙都分别译为The Duke of Chou、Emperor Wu of Han、Shu-sun。

第二，增加注释，化解典故。涉及苏轼用典的地方，刘师舜都进行了注释，让读者对相关的历史背景加以了解，更有利于化解因为中国历史带来的阅读障碍。比如周公所获的吉祥稻株，刘注释为Chia-ho 嘉禾（Good Rice）；汉武帝收到的鼎，刘注释为元鼎（Yüan-ting 元鼎）；"叔孙胜狄"则注释为"叔孙德成，鲁文公手下，俘获野蛮人侨如，并以他的名字为自己的儿子命名"（Shu-sun Teh-ch'eng 叔孙德成, who served under Duke Wen of the state of Lu 鲁文公, took the barbarian Ch'iao-ju 侨如 captive and named his son after him）①。

第三，增加关联词，疏通语意。比如最后一句"其喜之大小不齐，其示不忘一也"翻译时加上"Though"，表明转折关系，突出强调的重点在下半句"不忘一也"。

苏轼《喜雨亭记》末段：②

> 既以名亭，又从而歌之，曰：使天而雨珠，寒者不得以为襦。使天而雨玉，饥者不得以为粟。一雨三日，繄谁之力。民曰太守，太守不有。归之天子，天子曰不然。归之造物，造物不自以为功。归之太空，太空冥冥。不可得而名，吾以名吾亭。

由于末段以歌唱形式结尾，表明了《喜雨亭记》创作的最终宗旨，即对于上天赐予的及时雨心存感激，文笔酣畅，因此历来成为译者们关注的重点。下面对比刘师舜译本和英国李高洁译本（见表2-10）。

---

① Shih Shun Liu, *Chinese Classical Prose: The Eight Masters of the T'ang-Sung Period,* Hong Kong: A Chinese University Press, 1979, p.252.
② （宋）苏轼著，孔凡礼点校《苏轼文集》（第二册），中华书局，1986，第349~350页。

第二章 风格与技巧：英美的苏轼文学作品英译

表2-10 刘师舜译本和李高洁译本对比情况

苏轼原文	刘师舜译本[1]	李高洁译本[2]
既以名亭，又从而歌之，曰：	After naming the pavilion thus, I sang this song:	Therefore have I given the Pavilion its name, and recorded the following song:
使天而雨珠，寒者不得以为襦。	If Heaven rained pearls, the cold could not wear them as clothes.	If the sky were to rain pearls, The shivering could not use them as coats;
使天而雨玉，饥者不得以为粟。	If Heaven rained jade, the starving could not eat it as rice.	If the sky were to rain jade, The hungry could not use it as rice
一雨三日，繄谁之力。	It rained for three days. To whom goes the credit?	It has rained for three days ceaselessly. Who is the Power?
民曰太守，太守不有。	"The Prefect," said the people, but it was not he, and he knew it	The People say "The Governor," The Governor denies it,
归之天子，天子曰不然。	They wished to thank the Son of Heaven, but he did not feel That he had anything to do with it.	and refers to the Emperor. The Emperor says "Not so"
归之造物，造物不自以为功。	Then they turned to the Creator, but no claim Was made by Him.	and refers to the Creator. The Creator refuses to accept such merit
归之太空，太空冥冥。	Was it the universe perchance? But the universe was dark and unfathomable.	and refers to Boundless Infinity. Infinity is beyond conception and nameless,
不可得而名，吾以名吾亭。	What other course have I But let my pavilion be named after the rain?	So I name my Pavilion.

对比两个译本，相同之处显而易见。第一，两者都比较遵循苏轼原作的意思，尽量对照直译。第二，"使天而雨珠……饥者不得以为粟"这几句排比处都采用了假设句"if"的设计。第三，对于主语的归位"太守、天子、造物、太空"都能与原作对应。

---

[1] Shih Shun Liu, *Chinese Classical Prose: The Eight Masters of the T'ang-Sung Period,* Hong Kong: A Chinese University Press, 1979, p.255.

[2] C. D. LeGros Clark, *Selections from the Works of Su Dongpo*, London: Jonathan Cape 30 Bedford Square, 1931, p.94.

不同的是，刘师舜译本比李高洁译本用词更考究，思路更有创意。体现在以下几点。第一，开头"从而歌之曰"的"歌"，刘译本为唱歌sing，李译本为记录record，显然，歌需要唱起来，用"sing"更能体现喜悦心情与高昂情绪。第二，在句式的变幻上，刘译本擅长把陈述句变成疑问句，增加思考的色彩，他把"归之太空"译为"或许是宇宙？"（Was it the universe perchance?）从陈述句到疑问句的转换，把无限的遐想和猜测，以与读者交流的口气译出，带有屈原问天的意味，引人思考。最后一句："不可得而名，吾以名吾亭。"刘译本为"除了让我的亭子以雨命名，我还有什么别的办法呢？"（What other course have I/But let my pavilion be named after the rain?）变陈述语气为反问语气，表达出造物主赐予百姓福音，给人的喜悦心情，不得不通过以雨命名来表达内心的激动。而李译本未能译出"不可得而名"之意。第三，在句意的停顿处理上，刘译本比李译本更合理。苏轼原意在谈"太守、天子、造物、太空"时，都是两句一顿，即分别在"不有、不然、不以为功、冥冥"四处停顿，表明语意的暂停。刘师舜严格遵循了苏轼的语意，分别在这四处停顿；而从李高洁的译文标点看来，他进行了语意停顿的改变性处理，他选择在"天子、造物、太空"处结束一个语意，作句号处理。这样有意隔离了苏轼的原意，让读者很难在一个完整的语义场里进行理解。当然，刘师舜也有处理得不合理之处，比如"造物不自以为功"原意是造物不以为是自己的功劳，而刘译为"但他没有提出任何要求"（but no claim was made by Him），显然不很契合原意。

尽管如此，刘师舜对苏轼文章的译介水准无疑可以得高分，以一个智者的视角去翻译另一位智者的作品，无论题材选择还是翻译技巧终究是充满智慧的。正如美国著名文学评论家韦尔斯（Henry W.Wells）评价刘师舜和《唐宋八大家文选》一样："刘博士明智的选择和动人的翻译使这本书在人文方面对亚洲研究提供真正有价值的帮助。任何珍视这一遗产的人都必须欢迎这本书"[①]。

[①] "Dr. Liu's judicious selections and eloquent translations make the book a truly valuable aid to Asian studies in the humanities. Whoever values this heritage must welcome this book." Shih Shun Liu, *Chinese Classical Prose: The Eight Masters of the T'ang-Sung Period*, Hong Kong: A Chinese University Press, 1979, p.viii.

三、英美苏文翻译异同对比

尽管苏轼散文译本数量与其诗词译本数量相比还相形见绌，但是仍然可以从统计中发现以下区别。第一，译介体裁方面，英国译者多关注苏轼的游记和赋文，而美国除译介苏轼的记、赋外，还关注到苏轼的书、论、说、序、书信等体裁，译作涉及体裁更广。第二，译介者方面，美国译介苏文的人数多于英国，英国几乎都以本土译者为主，而美国的本土译者是翻译的主力军，但华裔学者如翟楚、翟文伯父子也贡献了一份力量。第三，内容方面，英国多译介苏轼记叙抒情类散文，而美国更倾向于译介苏轼具议论和说理的散文。英国译者对苏文的重复翻译率比美国高，美国译者在选篇时除《赤壁赋》《后赤壁赋》反复译介外，都比较注重选择前人没有译介过的篇目，更易让读者耳目一新。第四，译介出发点，美国较英国更注重苏轼文章的思想意义和价值，尤其注重是否与西方价值观相吻合或能否为西方道德思想提供借鉴，说到底，始终以"西方中心主义"为上。两国相同之处在于，都有相同的译介篇目，尤其是英国译介的散文名篇，在美国文选里也能发现。下面再对英美两国译介苏轼散文数量进行对比（见表2-11）。①

表2-11 英美两国译介苏轼散文的对比情况

英国（篇）		具体篇目	美国（篇）		具体篇目
翟理斯	12	喜雨亭记、凌虚台记、超然台记、放鹤亭记、石钟山记、方山子传、赤壁赋、后赤壁赋、黠鼠赋、潮州韩文公庙碑、书戴嵩画牛、睡乡记②	林语堂	5	石钟山记、志林书札选、论画理、与友人论文书选、日喻
理雅各	1	庄子祠堂记	白之	3	上神宗皇帝书、赤壁赋、后赤壁赋
克莱默-宾	1	放鹤亭记	翟楚、翟文伯	3	赤壁赋、后赤壁赋、黠鼠赋

---

① 这里只统计英美文选的篇目，不含英美研究著作里的苏轼散文译作。
② 苏轼《睡乡记》是翟理斯在《中国文学史》里节译的，也统计入表。

续表

英国（篇）		具体篇目	美国（篇）		具体篇目
李高洁	30	赤壁赋、后赤壁赋、超然台记、放鹤亭记、石钟山记、文与可画筼筜谷偃竹记、凤鸣驿记、凌虚台记、喜雨亭记、昆阳城赋、后杞菊赋、秋阳赋、黠鼠赋、服胡麻赋、滟滪堆赋、屈原庙赋、中山松醪赋、飓风赋、延和殿奏新乐赋、明君可与为忠言赋、快哉此风赋、天庆观乳泉赋、洞庭春色赋、沉香山子赋、稚子赋、浊醪有妙理赋、老饕赋、菜羹赋、复改科赋、思子台赋	华兹生	3	赤壁赋、后赤壁赋，及书信一封
卜立德	4	凌虚台记、方山子传、赤壁赋、潮州韩文公庙碑	刘师舜	13	刑赏忠厚之至论、范蠡论、范增论、留侯论、上梅直讲书、喜雨亭记、醉白堂记、前赤壁赋、后赤壁赋、方山子传、书狄武襄事、范文正公文集叙、居士集叙
			梅维恒	2	赤壁赋、后赤壁赋
			宜立敦	6	赤壁赋、后赤壁赋、石钟山记、游沙湖、记承天寺夜游、游白水书付过
			宇文所安	10	书吴道子画后、记游庐山、文与可画筼筜谷偃竹记、宝绘堂记、超然台记、游白水书付过、记承天寺夜游、记游松江、后赤壁赋、放鹤亭记
重复篇数	13		重复篇数	10	
实际篇数	35		实际篇数	30	

第二章　风格与技巧：英美的苏轼文学作品英译

对比英美两国情况，除去译者间相互重复的篇目，实际统计，苏轼散文在英国被文选收入译介的共35篇，美国共30篇，英国译介苏轼散文数量大于美国。不过，在美国数量众多的苏轼研究类著作中，一些苏文仍然被翻译和提及，比如刘若愚《中国文学艺术精华》曾译介《日喻》，卜苏珊《中国艺术理论》中曾提及苏轼《中庸论》，她的《早期的中国绘画作品》曾译介《宝绘堂记》，艾朗诺《美的焦虑：北宋士大夫的审美思想与追求》一书也介绍了《超然台记》《跋秦少游书》等苏轼经典文章。其中苏轼的《喜雨亭记》、《超然台记》、《放鹤亭记》、《石钟山记》、《方山子传》、《文与可画〈筼筜谷偃竹〉记》、《赤壁赋》、《后赤壁赋》和《黠鼠赋》这9篇是英美两国的文选都曾译介的作品，而前后《赤壁赋》两篇又是翻译率最高、最受欢迎的散文。

为何这9篇散文作品尤其受英美译者青睐？究其原因，首先是这9篇都语言优美，记叙、议论、抒情常浑然一体，无论记人还是记物都信手拈来。其次是这9篇文章都理趣盎然，充分体现出宋代文学崇尚理性的特色。苏轼往往借题发挥，内涵丰厚，耐人寻味，这正是英语世界国家所力求探究到的苏轼散文魅力之所在。再次，这9篇文章均体现出苏轼为官、为人、为友等处事态度和人生追求，尤其能体现苏轼独特的个性：《喜雨亭记》以快乐的笔触体现出苏轼为官以民为本的立足点；《超然台记》表现出达观与超然，"乐"字贯穿全篇；《放鹤亭记》则通过对答歌咏的方式道出了对隐居之乐的向往；《石钟山记》则体现出苏轼辩明事理，探寻真相的勇气；《方山子传》和《文与可画〈筼筜谷偃竹〉记》体现出苏轼与朋友深情厚谊的一面；《黠鼠赋》把"不一于汝而二于物"以致为老鼠所左右的深刻自省蕴含在风趣的小故事里；《赤壁赋》则在无边景色中追思怀古，探索人生之道，《后赤壁赋》也表现出超尘绝世的理想追求。也就是说，苏轼散文能把他的喜怒哀乐都展现无遗，最能凸显苏轼个性、情怀与思考，常常蕴含哲理，令人回味无穷，苏文就是苏轼内心的一面镜子，这也是英语世界译者不约而同所认可的。

但是我们必须认识到，英美译介苏文的数量加起来与苏轼一生撰写的四千余篇文章相比，实在太少了。不少汉学家认为，苏文论说辩理色彩比较重、篇幅普遍比较长、内容广博、类别繁多，所以在翻译语言和翻译周期上相较于苏轼的诗和词而言难度更大，挑战者自然更少一些。正是如此，苏文在英语世界的翻译和传播还有很长的路要走，还有待更多的译者去发现苏轼文章的魅力并译介到国外，因为了解东坡文化最好的方式就是了解苏轼文章，苏文是对唐代韩愈、柳宗元等散文成就的继承和发扬，译介苏文能让读者体会到苏轼"有所不能自已而作者",是让译者和读者一起体会苏轼"不以一身祸福,易其忧国之心。千载之下,生气凛然"①的最好途径。

小 结

英国和美国作为英译苏轼文学作品的重要国家,其翻译成就是举世瞩目的。因此,本章重在探讨英美译者对苏轼的诗、词、文进行翻译的风格与技巧。从文本入手是本章研究的立足点,每一节都通过选取苏轼最有代表性的文学作品典型个案,通过详细的数据统计与分析,得到相关结论和规律。本章选取翟理斯、克莱默-宾、唐安石、王红公、戴维·亨顿、克拉拉、白英、艾林、朱莉·兰多、华兹生、李高洁、卜立德、白之、刘师舜等多个著名编译者,以他们最有影响力的选集中的苏轼文学作品为研究对象,从翻译学理论角度,对其翻译动机、翻译目的、翻译风格和翻译技巧等方面进行探讨。这一章补充了到目前为止还未曾被国内学者发现的一些珍稀文献资料,并做了阐释。在诗歌译介部分,笔者首次对学界未曾研究的苏诗、苏词和苏文译本进行了研究。笔者发现:从各大文学选集统计来看,在译介数量上,苏诗多于苏词,苏词多于苏文。而对苏轼作品的翻译形式,有韵体译诗也有散体译诗,尽管英美译者们各有特色和创意,但是尊重原作、体现苏轼诗文本色为第一要务;无论节译还是全译,诗词译本还是文章译,英美都比较集中于苏轼少数经典作品的反复译介,而忽略了对苏轼其他作品的关注;在翻译过程中由于文化背景的差异、理解错误等原因,造成的误译时有出现;而苏轼专门选集的译介还极为匮乏,仅有英国李高洁和美国伯顿·华兹生有苏轼文学英译专集。目前对于苏轼书信类文章的译介依然凤毛麟角,对《苏轼全集》的译作更未问世。所以,苏轼文学作品在英语世界的译介数量还远远不够,与苏轼在世界上作为文化领域的"千年人物"的身份极不匹配。

所以,本章对苏轼诗、词、文的分类整理,为苏轼文学作品在英语世界的进一步翻译和传播提供了更加丰富而可靠的参考;对各译者风格和技巧的探索让读者能更清晰地看到西方译者对苏轼文学的理解程度、译介苏轼文学的出发点以及为跨越中西语言、文化鸿沟所做出的不懈努力。

---

① 滕志贤译注《新译苏轼文选》,三民书局,2017,第17页。

第三章
认同与解读：苏轼多面形象的塑造

在中国文学史上，苏轼是一个有着复杂思想的人物，不仅因为他诗词歌赋无所不精，绘画书法出神入化，连美酒、美食、医学、水利都样样精通。他为官、为民、为子、为父皆坦坦荡荡，做人的姿态正如他所提倡文学艺术风格多样化一样，灵动而丰富，智慧而洒脱，可谓一肚子的才华，一身的浩然正气，一辈子的宠辱不惊。他曾说自己"吾上可陪玉皇大帝，下可以陪卑田院乞儿。眼前见天下无一个不好人"①。这样的天才却能如此善良、纯真，因此苏轼在中国从来不缺崇拜者，最典型的是宋神宗特别爱苏东坡的文章，甚至阅读到废寝忘食，称东坡为"天下奇才"。清代文学家王士禛在《带经堂诗话》里评价"汉魏以来，二千余年间，以诗名其家者众矣。顾所号为仙才者，唯曹子建、李太白、苏子瞻三人而已"。他认为自汉魏以来只有苏轼和曹植、李白三人称得上"仙才"。那么，这样一个在中国人眼中公认的千年难遇的天才在英语世界的汉学家们心中又是怎样的形象呢？林语堂在《苏东坡传》中评价道："苏东坡的人品，具有一个多才多艺的天才的深厚、广博、诙谐，有高度的智力，有天真烂漫的赤子之心——正如耶稣所说具有蟒蛇的智慧，兼有鸽子的温柔敦厚，在苏东坡这些方面，其他诗人是不能望其项背的。"②这样的评价在20世纪40年代后的美国吸引了更多的人对苏轼产生兴趣。尽管前面两章对苏轼的文学作品做了一些翻译与梳理，主要从作品译介角度对苏轼在英语世界的接受情况有了了解，但这仅仅是外国人眼中苏轼的一面。要彻底看清"他者"眼中的苏轼，读懂"他者"心中的苏轼，了解其多面形象还需要更进一步地研究有关苏轼的研究类著作、论文，包括专著的序言、后记、注释甚至书评等，才能探其精要。美国汉学家唐凯琳比喻很恰当："每个研究者的眼光就像水波，折射出须眉不同的'百东坡'"，这样"一个非常完整的苏轼肖像正日

---

① 林语堂：《苏东坡传》，张振玉译，外语教学与研究出版社，2012，序言第3页。
② 林语堂：《苏东坡传》，张振玉译，外语教学与研究出版社，2012，序言第1页。

益鲜明地从水波中浮现出来"①。正如王宁教授在《翻译与国家形象的建构及海外传播》一文中谈及国际对中国形象的解读所指出的，要走出翻译只是完成文字转换任务的误区，应从文化研究、文化建构的层面去着手翻译工作，认清目前国际上对中国的多种形象解读，其最终目的就是塑造中国的良好形象并对外讲好中国故事。因为翻译的目的不仅是文字的转换，更是文化的建构。由此可以知道，苏轼形象在英语世界的塑造和定位过程与苏轼文学作品在海外的英译和传播过程同步，而这一过程正是中西文化交流与建构的过程。所以，我们需要跳出文学翻译的条框去思考苏轼形象在英语世界特有的文化语境中得到怎样的解读？中西苏轼形象定位是否相同？哪些地方存在差异？为什么会产生这样的差异？这些不同见解对苏轼在英语世界的传播有何影响？他对于我们民族形象在国际上的构建和完善有哪些启示？对中西文化交流和对外讲好中国故事有何启发？……这些将是本章拟讨论的主要问题。

第一节　全才形象的树立

在无数中国人心中，苏轼太过完美，而在英语世界许多译者和研究者心中，苏轼是一个全才似乎达成了共识，他好像无所不通。由于德籍传教士兼汉学家郭实腊在19世纪30年代的翻译和介绍，苏轼第一次被西方读者认识，而后，他的形象经历了被初步了解、逐步认可、不断丰富和完善的过程。

一、德籍传教士郭实腊对《苏东坡全集》的开创性评论

（一）郭实腊：苏轼作品英译第一人

欧洲汉学的早期阶段被称为欧洲传教士汉学，而欧洲传教士汉学的开始是以1583年意大利人利玛窦来华传播基督教为标志的。耶稣会士们在向中国传播基督教教义的过程中，为了更好地得到中国人的认可，便苦学汉语甚至研究中国文化，尤其在中国古典文献方面获得了不小的成果。用传教士们的话说就是"练习用他们的语言写作，作为一种吸引捕捉他们心灵的手段"。传教士们在中国文学文化方面的勤学苦练起到了意想不到的作用：对欧洲本

---

① 曾枣庄：《苏轼研究史》，江苏教育出版社，2001，第704页。

第三章　认同与解读：苏轼多面形象的塑造

土汉学的萌发产生了重要影响。

德籍传教士郭实腊（Karl Friedrich August Gützlaff，1803-1851）便是众多在华传教士中的佼佼者。在华期间，郭实腊凭借出色的汉语能力、执着的传教意念和广泛的人脉关系先后担任过港英政府的中文秘书、英军的随军翻译，英国派驻定海、宁波等地的行政长官等。他48年的生命中就有近20年是在中国生活，中文著作多达66本，居十九世纪早期新教传教士的中文类著作成果数量第一位。尤其他撰写的多篇涉及《三国演义》《卫藏图识》《红楼梦》《聊斋志异》《海国图志》等介绍中国典籍的文章[1]，在西方均属首次。

由于郭实腊具备良好的中文基础，也有对中国古典文学的独特洞察力和理解力，他成为第一个把苏轼作品介绍给英语世界读者的传教士。对于谁是第一位英语世界译介苏轼作品的人，学界向来存争议。美国汉学家唐凯琳曾于1988年发表论文《海外研究苏轼简介》，提出"最早将苏诗翻译成英语介绍给西方读者的是阿瑟·威廉，一位英国汉学家"[2]。2005年，饶学刚在《苏东坡在国外》中也指出最早引介苏诗到西方的人是阿瑟·韦利[3]。2013年，薛超睿论文《〈苏东坡〉——英国汉学对苏轼的最早接受》指出1872年爱尔兰籍传教士包腊发表的《苏东坡》应是英国汉学最早专题研究苏轼的论作，包腊是英语世界译介苏轼第一人。2016年，戴玉霞论文《苏轼诗词在西方的英译与出版》，指出西方最早译介苏轼诗作的是鲁米斯（Loomis，A.W.），他曾于1853年在伦敦版《皇家亚洲协会会报》（*Journal of RAS*）第4期中刊载了翻译苏轼的一首描写家园的诗歌，由于年代久远，诗名无处可考。然而，笔者有足够证据证明，英语世界第一位译介苏轼文学作品的不是阿瑟·韦利、包腊，也不是鲁米斯，而是郭实腊。郭实腊是个"中国通"，也是诗文爱好者，他与苏轼早结下了隔代不解之缘。他于1833年创办的中文报刊《东西洋考每月统记传》[4]里不止一次刊登了苏轼的作品，如创刊号的第一篇文章《论》（引者按：原文如此），就引用了苏轼《王者不治夷狄论》中的一段话："夷狄不可以中国之治治也，先王知其然，是故以不治治之，治之以不治者，乃所以深治之也"[5]。而据说1832年3月，东印度公司一位名叫胡夏

---

[1] 王化文：《中国丛报——主要作者群研究》，《商品与质量》2011年第4期，第100页。
[2] 唐凯琳：《海外研究苏轼简介》，《黄冈师专学报》1988年第4期，第51页。
[3] 阿瑟·韦利即阿瑟·威廉。
[4] 《东西洋考每月统记传》（1833~1838）是由传教士郭实腊在中国广州创办，是中国境内发行的第一本中文报刊，共发行39期。
[5] 爱汉者：《东西洋考每月统记传》，中华书局，1997，第23页。

米（Huyh Hamilton Lindsay）的职员在致苏松太道吴其泰的书信中就已经引用过这段话。①此外，《东西洋考每月统记传》于1837年9月和1838年2月分别以《词》和《苏东坡词》为题登载了两篇苏轼作品，经对照分别为《富郑公神道碑》和《明君可与为忠言赋》；1838年6月又登载了一篇题为《苏东坡诗》的作品，经对照为《上虢州太守启》。以上三篇均是苏轼文章。

1838年，《中国丛报》第7卷第2期上刊发的一篇名为《广州眼科医院》（Ophthalmic Hospital at Canton）的文章，出现了郭实腊英译的苏轼诗歌《赠眼医王彦若》，笔者可以肯定，这才是英语世界苏轼作品的最早完整译本。以1838年为界，郭实腊正式向英语世界介绍苏轼作品的时间比阿瑟·韦利早了80年，比包腊早了34年。为什么一篇眼科医学报告要论及苏轼的文学作品？原来，苏轼在他的诗作《赠眼医王彦若》里盛情称赞他那个时代一位名叫王彦若的眼科医生技艺高明，能用金针拨障术为患者消除白内障。显然，《广州眼科医院》这篇文章的作者惊叹中国宋代大文豪苏轼的这首诗为后世白内障眼病治疗术的发展提供了早期可查的资料。现在笔者谨把《广州眼科医院》所引用的郭实腊对苏轼诗歌《赠眼医王彦若》的英译全文介绍如下：

> The point of the needle is like the beard of wheat, and steam issues as from a wheel's-axle. The attention is directed to the very veins and arteries, and life depends upon the mere beard of corn. Behold within the clear eye, heaven's light is contained, like the spangled hoary frost concreted on glass. It is no fragile that it cannot endure the least touch. But, you sir, move the pointed instrument within, back and forward, whilst you are, laughing and talking and quite at your ease. Those who behold it start backward, because you turn the needle like a hatchet. You destroy the cataract, as if you were breaking down a house. I always surmised, that you used some clever trick, and were versed in applying spells. But you said, it is the art, and did you never behold its application? The human body is but dust, and high and low together, are grass and wood. Yet mankind look only at the outside, and do not distinguish a file from a precious stone. At first I did not know, that it was the same to pierce the eye as to prick the flesh.

---

① 薛超睿：《苏东坡——英国汉学对苏轼的最早接受》，《中国文学研究》2013年第4期，第122页。

You, sir, examined the eye and cataract, and that cataract was not like the eye; both are as easily to be distinguished as wheat from peas. Did you ever hear, that the husbandman by removing the tares did injure the corn? Is there any extra space on the tip of the nose, or are gall and liver distinctly separate? All I beheld (formerly) with my eyes was indistinct and vague, 1 walked as in a road full of wheel-ruts, where the chariot was propelled without jostling. Who opened the empty flower (the cataract) and made it fall off, so that the clear moon may rise and go down? I presume to ask whether amidst the rejoicings of the whole family, they will forget to talk about your honorable dwelling?①

对照苏轼《赠眼医王彦若》原文：

针头如麦芒，气出如车轴。间关脉络中，性命寄毛粟。而况清净眼，内景含天烛。琉璃贮沆瀣，轻脆不任触。而子于其间，来往施锋镞。笑谈纷自若，观者颈为缩。运针如运斤，去翳如拆屋。常疑子善幻，他技杂符祝。子言吾有道，此理君未瞩。形骸一尘垢，贵贱两草木。世人方重外，妄见瓦与玉。而我初不知，刺眼如刺肉。君看目与翳，是翳要非目。目翳苟二物，易分如麦菽。宁闻老农夫，去草更伤谷。鼻端有余地，肝胆分楚蜀。吾于五轮间，荡荡见空曲。如行九轨道，并驱无击毂。空花谁开落，明月自朏朒。请问乐全堂，忘言老尊宿。②

尽管该译诗没有标题，但是从郭实腊在文后对此诗的简介可以肯定就是苏轼诗歌《赠眼医王彦若》，原文为"The above I have transcribed from Soo Tungpo, who presented the original in pentameter verse to the oculist Wang Yenyŏ."③ 翻译为：上述是我转引自苏东坡创作的赠予眼科医生王彦若的五言律诗内容。

郭实腊于1841年10月又在《中国丛报》第10卷第10期发表了书评《补囊智全集》(Poo Nang Che Tsǎng Sin)，其中对苏轼的创作成果有一段一百多

---

① *The Chinese Repository*, vol.vii, 2, 1838, p.106.
② （宋）苏轼著，（清）王文诰辑注，孔凡礼点校《苏轼诗集》（第四册），中华书局，1982，第1331~1332页。
③ *The Chinese Repository*, vol.vii, 2, 1838, p.106.

字的评论:"Another instance of distorted genius we have in the case of Soo Tungpoo, who has often had the honor of passing for a poet, though he is in fact a mere essayist. He has collected edicts, epigrams, poems, ditties, discourses, remonstrances, and we do not know what besides, and has gained every high renown with his countrymen. But, when you have perused all, you find that your knowledge about the times in which he lived is by no means expanded, and that the historical novel of the Sung dynasty, is, so far as information goes, far more valuable."①

翻译为:"另一个被歪曲的天才的例子是我们已经举过的苏东坡。他常常因诗歌的声誉被放过,尽管事实上他是一个散文家。②他将政论、讽刺短文、诗歌、词赋、策论、谏议书以及其他我们所不知道的文体结集出版,这些使他在国民中享有盛誉。但是,当你细读完他的全部作品之后,你会发现你对他所生活的那个时代的了解没有半点增加。而有关宋代的历史小说,在信息方面则有用的多。"③尽管这段对苏轼的有些评价有失公允,但是毕竟为后来郭实腊全面介绍苏轼打下了思想基础。

(二)郭实腊《〈苏东坡全集〉简评》论考

说郭实腊眼中的苏轼是一个全才形象,最充分的证据便是1842年郭实腊④在《中国丛报》第11卷第3期上以《〈苏东坡全集〉简评》(Notices of the Works of Sú Tungpo⑤)为题,发表了对26卷的《苏东坡全集》进行评论的、长达10页的英文文章,这也是英语世界对苏轼作品最早而又最完整的专题

---

① *The Chinese Repository*, vol.x, 10, 1841, p.554.
② 该句原文"who has often had the honor of passing for a poet, though he is in fact a mere essayist."刘同赛(《近代来华传教士对中国古典文学的译介研究》,济南大学硕士学位论文,2014,第56页)翻译为:"他常常因诗歌的声誉被放过,尽管事实上他是一个散文家"。笔者认为,应该译为"他常常被误认为是一位享有声望的诗人,而事实上他是一个地道的散文家"。
③ 刘同赛:《近代来华传教士对中国古典文学的译介研究》,济南大学硕士学位论文,2014,第56页。
④ 原文署名"一个记者"(a correspondent),经笔者查证,当时郭实腊为报刊投稿,这篇文章实为他所作。
⑤ 题名"Notices of the Works of Sú Tungpo"往往被翻译为《苏东坡全集》(见张西平主编《〈中国丛报〉篇名目录及分类索引》,广西师范大学出版社,2008,第91页),笔者认为翻译成《〈苏东坡全集〉简评》更为准确。另外,郭实腊在其正文之前有段介绍:"Notices of the complete works of SúTungpo, comprised in twenty-six volumes."(*The Chinese Repository*, vol.xi, 3, 1842, p.132)也充分表明他是在对26卷的《苏东坡全集》进行评介。

第三章　认同与解读：苏轼多面形象的塑造

评论。《〈苏东坡全集〉简评》叙议结合，内容包括三部分：把宋代文化放在整个中国的历史文化背景下进行审视，对《苏东坡全集》进行详细阐释、点评，以及对苏轼的地位和影响给予高度评价。

郭实腊力求为读者们勾勒一个全面的苏轼形象，主要采取了以下评介策略。

首先，挖掘苏轼成功的根源。为了证明苏轼的出现是有一定时代背景和产生条件的，郭实腊开篇从中国的历史谈起，他认为中国的历史蕴含着编译与评述的精神，中国的文人也以创作为自己的乐趣。他指出："但是汉代文人子弟们在他们的研究中不辞辛劳，把他们能得到的东西都收集起来；无论是诗歌碎片，溢美之词还是谬论，只要其中包含表达他们自己观点的一个短语或一个字，他们一定会引用它。"①郭实腊称赞宋代学者的勤勉在文人同道中无出其右（No race among them was so diligent as the scholars under the Sung dynasty）。②接下来，郭实腊介绍苏东坡在人才济济的宋代是出类拔萃的。可见，文章对中国历史文化背景的介绍暗示我们，伟大的时代造就伟大的人物，勤奋并善于借鉴是宋代人的优点，苏轼继承这些优点并使之发扬光大，因此能在宋代脱颖而出，这些都是在为苏轼及全集作品的出场作铺垫。

其次，多角度展示苏轼的完美。《〈苏东坡全集〉简评》详细介绍了苏轼的一生，对他的文学贡献、为官政绩、道德品格等做出了全面的评价。郭实腊在文章开头就点出苏轼的出色，他说："在众多头脑敏捷的学者中，……苏东坡可谓出类拔萃。……身为学者，他堪称中国作家的典型——既是诗人又是散文家"。对于苏轼的为官政绩，郭实腊认为他是一位勤政爱民、立场坚定的好官员，他在《〈苏东坡全集〉简评》末尾，评价苏轼是一位令人尊敬的政治家，他不轻易怨天尤人，也能做到宠辱不惊。对于苏轼的道德品格，郭实腊认为苏轼的作品让大众对正与邪、善与恶的区别有了充分的认识与判断，苏轼也是一个能屈能伸的大丈夫。因此，郭实腊总结，无论从哪一角度评价苏东坡，他都似乎是一个全才。

---

① "But the literary sons of Han are exceedingly unwearied in their researches, bringing together everything they can lay their hands on; no matter whether they be scraps of poetry, rhapsodies, or absordities, if they contain a phrase or even a single character which will elucidate their own opinions, they are sure to quote it." *The Chinese Repository*, vol.xi, 3, 1842, p.132.（注意：absordities 一词原文如此，但该词无法查证，根据上下文，笔者怀疑该词为 absurdities 之误。）

② *The Chinese Repository*, vol.xi, 3, 1842, p.133.

再次，全方位展示苏轼的文学成就。郭实腊认为苏轼众体皆长，他指出："苏轼在文学成就方面堪称杰出典范，凡是想成为第一流学者的人都应该模仿苏轼的方方面面"。郭实腊又说，苏轼的著作在学者中地位很高，引用他的一句话胜过长篇大论。① 在《〈苏东坡全集〉简评》中，郭实腊对苏轼的诗、词、碑诔、祭文、表、书信、委任状等各式文体都有所评论，他还指出：苏诗不是苏轼的最高水平，而文章更为出色。郭实腊对苏文的高度赞扬与中国文学史上对苏轼的作品向来多有"苏文胜苏诗"的评价不谋而合，比如明代学者方孝孺就是苏文的极力推崇者，他在《答王仲缙五首》（其三）说："宋之以文名者，曰欧阳氏，曰苏氏，曰曾氏，曰王氏。此四人之文，尤三百年之杰然者。"② 这里的"苏氏"就是指苏轼。郭实腊在全文最后再次对苏轼文学成就做出高度评价，他认为，毫无疑问，苏轼早已跻身一流作家之列，是中国作家中的翘楚。与郭实腊观点完全相同的是翟理斯，他也曾在《古文选珍》中给予苏轼高度评价："像欧阳修一样，苏东坡几乎是全能的天才，他更是深受中国文学界的喜爱"③。还有李高洁也在《苏东坡集选译》中称赞苏轼是全才。

那么，郭实腊对苏轼全集作品进行评论究竟出于何目的？可以从以下三方面找到原因。第一，为让西方了解中国。西方传教士自明代以后开始对中国充满好奇和渴望，随着《中国丛报》走向世界，越来越多的汉学家对中国文化和文学产生了浓厚的兴趣，而郭实腊选择中国古典文学译介作为切入点，就是选择了最适合于西方人接受中国传统文化的一种方式，也能让西方尽快地了解中国。第二，为展示自身的文学才华。郭实腊是传教士兼汉学家，选择了难度极大的中国古典文学译介，而且敢于对在中国享有盛誉的天才苏轼及其全集进行简评，以便充分展示自身的文学才华，体现了他在汉语研究方面的自信。第三，为融入中国人的圈子。郭实腊意识到自己作为外来者，要在中国推广基督教教义，必须给自己找到掩饰的"外衣"，那就是中文。郭实腊能灵活运用中文表达并深入研究中国文学作品，很快就博得了中国人的好感，融入了中国人的圈子。

---

① "His works therefore stand very high in the estimation of the learned, and a single quotation from him is better than a long argument." *The Chinese Repository*, vol.xi, 3, 1842, p.134.
② 王友胜：《苏诗研究史稿》，中华书局，2010，第141页。
③ "An almost universal genius, like Ou-yang Hsiu, this writer is even a greater favourite with the Chinese literary public." Herbert A. Giles, *Gems of Chinese Literature*, London: Bernard Quaritch, 15, Piccadilly. Shanghai: Kelly & Walsh, 1884, p.183.

值得注意的是,《〈苏东坡全集〉简评》发表时间是1842年,正值中国的清朝道光年间,当时苏轼在清代相当流行,所以可以推断,郭实腊选择苏轼作为引介对象显然还受到清代风气的影响。总之,郭实腊在这篇简评中对苏轼几乎用尽了一切溢美之词,尽管他的评价也偶有不够公允之处,但在19世纪早期苏轼还未完全进入英语世界读者视野的时候,一位传教士能敏锐捕捉到苏轼的全面才能与成就、其全部作品及特色,首次向西方全面介绍《苏东坡全集》是极具开创性的。

二、异域中国文选呈现的苏轼形象

(一)全面视角下的文选编译

陈橙曾在著作《文选编译与经典重构》一书序言中说:"一国文学如果要在他国产生影响,并塑造民族文学的形象,进而成为世界文学经典,必须借助文学选集"。此话一点不假,文选编译是一种全新的文学普及形式,选哪些作品不选哪些作品、怎么编译等问题都可以反映出编译者心中的文学图景。所以,编选中国文选是在异域构建中国文学概念、重塑中国文化形象的绝佳途径。在美国,涵盖多位作家诗文的综合类中国文学选集继1965~1972年白之出版的两卷本《中国文学选集》之后,便再难找寻到踪迹。直到20世纪末,北美洲的多所大学要进行东亚文化跨国课程的改革,同时,美国的不少出版社也企图通过出版选集占据教材市场,所以在这段时间美国集中出现了质量上乘的中国文学选集,让沉寂多年的出版界又活跃了起来。其中代表作有:1994年梅维恒(Victor H. Mair)的《哥伦比亚中国传统文选》[①]、1996年宇文所安(Stephen Owen)的《诺顿中国古典文学作品选》,而这两部文选均收入了大量的苏轼诗、词、文译作,是20世纪90年代英语世界最重量级的两部文选。

作为美国汉学家、敦煌变文名家的梅维恒,其学术成果引人注目,包括:《哥伦比亚中国传统文选》《哥伦比亚中国传统文学简编》《哥伦比亚中国文学史》等,其中哥伦比亚大学出版社出版的《哥伦比亚中国传统文选》是"亚洲经典译丛"之一。这部巨著长达1336页,吸纳了100多位译者超过400部译作,是一次对中国古典文学的全面勾勒。该书在社会上受到高度评价,《中西部书评》(*The Midwest Book Review*)评价这本书时间跨度大,横跨两千

---

① 又译为《哥伦比亚中国古典文学选集》。

多年①；内容涵盖范围之广前所未有，从小说、诗歌到民间故事、挽歌、游记、笑话到批评理论，无所不包②；也称赞该书在篇目选择上出现了数量惊人的从未出版过的新译本，在400多部作品中几乎占了一半。③《新亚洲评论》(New Asia Review)评论道："这些译者的名单读起来像是西方汉学的名人录。这是一本翻开任何一页，就会立刻被其宏大而吸引人的内容所吸引的书。它是一本从庞大的中国文库中提炼精品的参考书，是一本保证有极大阅读乐趣的书。"④

从这些评论可以发现，他们尤其认可《哥伦比亚中国传统文选》的编选视野是广而全的。这与梅维恒本人研究范围很广直接相关，他在众多领域均有建树，比如敦煌吐鲁番学、中国古典文学，甚至在佛学、艺术学等方面都有独到见解。梅维恒因其国际化的学术视野而出版了不少与中国文学文化密切相关的优秀著作，从而享有世界盛誉。至于梅维恒的编书视角和出发点，他在序言中做了明确阐释。第一，编选目的是让大家了解中国文学的全貌。⑤第二，重新对"文学"进行定义，即不把文学限定在纯文学的狭义范围，凡是生动的或有想象力的文字都可以称为文学。⑥因此文集里许多不同类型的书面文本都可以被视为文学。第三，文学的范围必须扩大。梅维恒对"文学"定义的拓展也

---

① "Victor Mair's wide-ranging collection brings together more than two thousand years of great works in one portable volume" Victor H. Mair, *The Columbia Anthology of Traditional Chinese Literature*, New York: Columbia University Press, 1994, 封底。

② "With an unprecedented breadth of coverage, this book includes works of varied genres from fiction and poetry to folk stories and elegies, travelogues and jokes to criticism and theory." Victor H. Mair, *The Columbia Anthology of Traditional Chinese Literature*, New York: Columbia University Press, 1994, 封底。

③ "Mair presents an impressive number of new, never-before-published translations--almost half of the more than four hundred works presented." Victor H. Mair, *The Columbia Anthology of Traditional Chinese Literature*, New York: Columbia University Press, 1994, 封底。

④ "The list of translators reads like a Who's Who of Western sinology. This is a book one can open at any page and immediately be drawn in by its great and appealing content, It is at once a reference book, with examples drawn from the huge corpus of Chinese literature, and a book which guarantees superb reading pleasure." Victor H. Mair, *The Columbia Anthology of Traditional Chinese Literature*, New York: Columbia University Press, 1994, 封底。

⑤ "My aim throughout has been to give a sense of the full range of Chinese literature." Victor H. Mair, *The Columbia Anthology of Traditional Chinese Literature*, New York: Columbia University Press, 1994, p.xxiii.

⑥ "The editorial principles I have employed do not restrict Literature to belles-lettres in the narrowest sense. For the purposes of this anthology, literature is construed very broadly as vivid or imaginative writing." Victor H. Mair, *The Columbia Anthology of Traditional Chinese Literature*, New York: Columbia University Press, 1994, p.xxiii.

指导其在《哥伦比亚中国传统文选》的选材范围方面不拘一格，跳出藩篱，力求打破传统，选前人所未选的作品，所以，该文选在前言和后记、文学批评、契约、笑话、敦煌变文、八股文、佛教故事、食谱等方面都带有明显的"跨学科"色彩。①无论诗歌、散文、小说、戏剧还是口头文学等，都统统收入。以上三点集中体现了他在中国文学上的整体意识和全面视角。

而哈佛大学东亚系教授宇文所安的《诺顿中国古典文学作品选》是继梅维恒文选之后的又一力作。宇文所安，一位在欧美读者心中中国古典诗歌的代言人，被称为"为唐诗而生的美国人"，曾获"唐奖汉学奖"。他的著述颇丰，在世界汉学界举足轻重，代表作有：《初唐诗》、《盛唐诗》、《晚唐：九世纪中叶的中国诗歌（827–860）》、《中国"中世纪"的终结——中唐文学文化论集》、《追忆中国古典文学中的往事再现》、《迷楼诗与欲望的迷宫》、《中国文论》和《他山的石头记》等。宇文所安在中国古典诗歌译介方面常有独特的见解，其中国文论思想也独树一帜。

与梅维恒文选是集体智慧的结晶有所不同，《诺顿中国古典文学作品选》几乎是宇文所安一人独立完成编译工作的，长达1200多页的篇幅，全面收入并译介了中国自先秦到清代的文学作品600余篇，内容十分丰富。宇文所安的目标即试图通过宏观的范畴建构与微观的译介评价，投射出中国文学传统的一种特殊视野。②《诺顿中国古典文学作品选》被列入了美国著名的"诺顿系列"，首次实现了中国文学和西方文学研究的并置。③《诺顿中国古典文学作品选》传播面极广，从1996年至2008年多次再版。通过OCLC World Cat联机检索显示，全世界有864家大学和公共图书馆收藏该书，其中美国藏书742家，数量最多，英国33家，澳大利亚27家。同时，亚马逊等网站一直在进行该书的新旧书销售及租书业务，并且旧书库存待销售量多于新书。④

宇文所安的编译视角给英语世界的读者们构建了一种完整的中国文学文化图景，主要体现出以下特点。第一，兼顾经典与非经典。既要向大众读者推荐

---

① 陈橙：《论中国古典文学的英译选集与经典重构：从白之到刘绍铭》，《外语与外语教学》2010年第4期，第83页。
② 陈橙：《论中国古典文学的英译选集与经典重构：从白之到刘绍铭》，《外语与外语教学》2010年第4期，第83页。
③ 刘永亮：《论宇文所安〈诺顿中国文选〉的编译和传播》，《中国出版》2016年第5期，第60页。
④ 魏家海：《汉诗英译的比较诗学研究》，中国社会科学出版社，2017，第255页。

经典的文学作品，因为这些经典是中国文学的骨骼，又要注意译介容易被人们忽略的非经典作品，并对它们进行新的阐释。宇文教授认为经典的范围需要扩大，因为经典不是一成不变的。他的看法在这点上与我国国内童庆炳教授的观点一致，童庆炳认为文学经典是一个不断建构的过程，因为文学经典是时常变动的。① 也就是说，在两位教授眼里，这种变化的过程才是使文学经典永远充满活力的原因。第二，对历史的尊重与跨越。该文选以中国历史朝代为纵线，脉络清晰，这是异域抒写下对中国历史的尊重，但是文选又把不同时代的同类作品并置在一起，以便读者对比阅读，这是对历史的跨越。第三，体例涉列广泛。既有诗词、散文、戏剧、传奇，又含有大量的古人信件和传统文学评论，宇文所安认为这些都是中国文明的组成部分。第四，文选框架完整有序。整个选集框架包括开头的"时间表"、"序言"和"译例言"，正文的译介、导论、注释和译者的评论，加上选集末尾的"阅读书目"、"致谢"和"索引"。② 其中宇文所安的评论贯穿始终，给文选抹上了一层文学史的色彩，为读者们提供了更宽阔的阅读视野。所以，《诺顿中国古典文学作品选》不仅成为西方诸多大学汉语言文学系的指定书目，也是研究中国古典文学的权威选本。

　　而宇文所安这样编译文学的原因，其实源于他对中国文学的认识、理解和认可。他在序言中明确"表达了自己的文学史观和文化史观，指出中国文学的流变性和发展性，纠正了西方读者对中国形象的误读"③。该书序言也是宇文所安的中国文学研究心得，他认为：第一，中国文学的定义在几个世纪中发生了变化，诗歌和非小说（包括散文、信件，甚至是政治文件）被认为是严肃的文学；小说和散文化小说直到上个世纪④才被中国完全接受为真正的文学，在英国和欧洲也是如此。⑤ 也就是说，中国文学的定义在不断扩大，

---

① 童庆炳：《文学经典建构的内部要素》，《天津社会科学》2005年第3期，第86页。
② 刘永亮：《论宇文所安〈诺顿中国文选〉的编译和传播》，《中国出版》2016年第5期，第61页。
③ 刘永亮：《论宇文所安〈诺顿中国文选〉的编译和传播》，《中国出版》2016年第5期，第61页。
④ 宇文所安这里的"上个世纪"实为该书出版年代1996年往前推断的"上个世纪"，即指的是19世纪。
⑤ "Like our own concept, the scope and definition of Chinese literature changed over the centuries. Poetry and non-fiction (including essays, letters, and even political documents) were considered serious literature; novels and prose fiction were not fully accepted as true literature until the last century in China——nor in England and Europe, for that matter." Stephen Owen, *An Anthology of Chinese Literature: Beginnings to 1911*, New York&London: Norton& Company, 1996, p.xxxix.

对于哪些是文学范畴的体裁，宇文所安是以一种开放的心态对待的。第二，来自另一个时代和另一种文化的读者对中国形象的认识是建立在外部文化的动机和历史之上的，重要的是要看到这个简化的形象，并认识到在其漫长的历史中传统中国的巨大多样性。① 这是宇文所安对中国传统文化形象的多样性的肯定。第三，中国文学与中国文学史密不可分，所以"该选集的重要目的不是简单地收集一些更著名的文本，并按时间顺序排列，而是再现构成'传统'的文本和声音家族的历史"②。

对上述两位汉学家的文选编译立场和视角，可以用梅维恒的一句话来概括他们的初心，即"我们需要重新整理中国文学的整个文库，不管作品是在哪里找到的，都应该用多元性的眼光而非单一性的视角去看待它"③。只有这样的视角，才能把中国文学浩瀚而陌生但却极具特色的一面展示给更多的英语世界的读者，让读者更加接近中国文化的真实形象。

（二）美国学者梅维恒与宇文所安的不谋而合

作为美国学界的两位重量级汉学家，梅维恒与宇文所安都多次把目光聚焦在苏轼身上，都在文选中编译了苏轼的诗、词、文作品，都试图在中国文学的宝藏中去发掘出苏轼的独特性，至少让英语世界的读者们可以认识到苏轼在文学创作上是一个多面手。因为苏轼代表了中国传统文化中文学家的最高水平，其形象极具参考性和说服力，在这一点上，两位汉学家可谓"心有灵犀一点通"。

首先，综观梅维恒的成果，笔者发现他不止一次关注苏轼，在他的以下四部著作中均译介了苏轼作品：1994年《哥伦比亚中国传统文选》收入苏

---

① "This imaginary China is constructed out of the motives and history of outside cultures; it is important to see this simplified image as such, and to recognize the immense diversity of traditional China throughout its long history." Stephen Owen, *An Anthology of Chinese Literature: Beginnings to 1911*, New York&London: Norton& Company, 1996, p.xi.

② "Even an anthology such as the present one cannot hope to encompass its impressive size; but it can accomplish the critically important task of recreating the family of texts and voices that make up a "tradition" rather than simply collecting some of the more famous texts and arranging them in chronological order." Stephen Owen, *An Anthology of Chinese Literature: Beginnings to 1911*, New York&London: Norton& Company, 1996, p.xi.

③ 陈橙：《中国文学经典在英语世界的拓展与突破——以〈哥伦比亚中国古典文学选集〉为中心的考察》，载齐珮、陈橙主编《域外中国文化形象研究》，中央编译出版社，2014，第70页。

轼诗词文19篇；2000年《哥伦比亚中国传统文学简编》是94年版的缩减版，收入苏轼诗词文7篇；2000年的《哥伦比亚中国文学史》翻译并点评的苏轼诗词文有10篇；2013年与英国吴芳思、加拿大陈三平合著的英文传记《华夏人生》介绍苏轼并提及少数诗词作品。

《哥伦比亚中国传统文选》收入包括《吴中田妇叹》、《六月二十七日望湖楼醉书》、《东坡八首》（其三、其四）、《定风波·莫听穿林打叶声》、《江城子·密州出猎》、《赤壁赋》、《后赤壁赋》等19篇苏轼诗词文。梅维恒是美国学界继华兹生《东坡居士轼书》和《苏东坡诗选》之后第二位全面收入苏轼诗、词、文译作的汉学家，这部文选也是20世纪90年代的英语世界首部收入苏轼诗、词、文的文选。梅维恒在谈到苏轼时，力求塑造一个无可挑剔的时代精神偶像的形象，重点介绍了他以下特点。[①]第一，苏轼是中国文化的主要人物，在散文、诗歌、美学理论、绘画和书法等多领域产生影响。第二，苏轼在文学方面众体兼长，诗词文数量可观，是北宋时代精神的化身。第三，苏轼思想丰富，其知识兴趣兼收并蓄，所以作品思想具多样性。作品中关于客观与主观观点的对等、道家变与不变之间的不断交替、对人生幸福的肯定、沉着对待命运、对自然世界无休止的好奇心等主题，在他多产的作品中随处可见。

而宇文所安在苏轼的选文编译上与梅维恒不谋而合，《诺顿中国古典文学作品选》选入包括《水调歌头·明月几时有》、《临江仙·夜饮东坡醒复醉》、《定风波·莫听穿林打叶声》、《念奴娇·大江东去》、《石苍舒醉墨堂》、《书晁补之所藏与可画竹三首》（其一）、《书王定国所藏〈烟江叠嶂图〉》、《和文与可洋川园池·湖桥》、《澄迈驿通潮阁两首》（之二）、《六月二十日夜渡海》、《和子由渑池怀旧》、《欧阳少师令赋所蓄石屏》、《宝绘堂记》、《超然台记》、《记承天寺夜游》、《记游松江》、《后赤壁赋》和《放鹤亭记》等苏轼诗词文共33篇，宇文所安在诺顿文选中译介的苏轼作品数量远超过梅维恒的哥伦比亚文选，篇目选择力求避免与其他文选重复太多，所选篇目比较新颖。除此之外，宇文所安还曾在《中国传统诗歌与诗学：世界的征兆》等著作中研究过苏轼诗歌。

除了通过精选苏轼作品让读者看到苏轼众体兼善的才华外，宇文所安在

---

① Victor H. Mair, *The Columbia Anthology of Traditional Chinese Literature*, New York: Columbia University Press, 1994, pp.438–439.

第三章　认同与解读：苏轼多面形象的塑造

介绍"赵宋"(The Song Dynasty)朝代情况时还谈道："在王（安石）的反对者中，有当时最著名的作家苏轼（1037～1101），他的诗因侮辱政府而受到审查；真实和想象的蔑视被发现了，苏被投入监狱并接受审判。在这次审判中，他死里逃生。这样的经历导致了政治生活和一套新的个人价值观之间的日益分离，这种文化被称为'文人'文化，它将自己与参与公共事务分离开来"①。在苏轼（Su Shi）一节，宇文所安重点突出了三点。第一，苏轼是一个文化英雄，他的角色因其遭遇的政治困境而得到加强。②宇文所安力求通过对苏轼的评介为西方读者塑造一个中国"文化英雄"（cultural hero）的形象。"文化英雄"是在特定文化史中具有超凡的远见卓识和能力，在精神、道德、思想上引领众人的人物，是象征性的文化价值和精神符号。③在宇文所安的眼里，苏轼的人格与尊严、成功与贡献、理想与信念等都可以成为中国传统文人的人生样板，够得上"文化英雄"称号。宇文所安的这点看法显然与英语世界不少苏轼研究者和中国国内对苏轼的部分研究者观点有所不同，大部分人认为苏轼在政治中跌了跟头后，从此收敛低调，其之前的锐气受到影响，而宇文所安反其道而行之，认为正是政治上的挫折、王安石的政治改革造就了苏轼的英雄气，也就是更成就了苏轼的英雄形象。第二，苏轼是一个全才，是所有文学形式的大师：古典散文，古典诗歌，歌词和随笔（友好的信件，批注，笔记）。他还是个画家和杰出的书法家。④宇文所安对苏轼是充满敬意的，认为他是宋代最杰出的文学人物，扮演的文学大师、画家、书法

---

① "Among Wang's opponents was the most famous writer of the day, Su Shi (1037–1101), whose poems were scrutinized for insults to the government; real and imagined slights were discovered, and Su was thrown into prison and put on trial, a trial from which he barely escaped with his life. Such experiences contributed to the growing separation between political life and a new set of private values, known as "literati" culture, which separated itself from engagement in public affairs." Stephen Owen, *An Anthology of Chinese Literature: Beginnings to 1911*, New York&London: W.W.Norton& Company, 1996, p.555.

② "Unlike most Tang and writers of earlier periods, Su Shi enjoyed the full measure of adulation as a cultural hero in his own lifetime—his role strengthened by his political difficulties during the regimes of Wang An-shi and his followers." Stephen Owen, *An Anthology of Chinese Literature: Beginnings to 1911*, New York&London: W.W.Norton& Company, 1996, p.663.

③ 魏家海：《汉诗英译的比较诗学研究》，中国社会科学出版社，2017，第186页。

④ "Su Shi was the master of all literary forms: classical prose, classical poetry, song lyric, and informal prose (friendly letters, colophons, and notes). He was also a painter and calligrapher of distinction." Stephen Owen, *An Anthology of Chinese Literature: Beginnings to 1911*, New York & London: W.W.Norton& Company, 1996, p.663.

家等角色都游刃有余。这是在向英语世界读者明确表达苏轼的全面和多才多艺。第三，苏轼随遇而安的性格让人感到轻松愉悦。①他既有佛家的超然，又有儒家的理想，并在其中取得了很好的平衡。以上三点足以说明，宇文所安眼中的苏轼是宋朝一股强大的知识文化潮流的代言人。

对于苏轼，无论是梅维恒塑造的时代精神偶像还是宇文所安塑造的文化英雄形象，对苏轼的肯定、赞赏都立足于苏轼的全面才华，更立足于中国视角和本土理解，在这点上，他们与白之《中国文学选集》所秉持的西方中心理念形成了鲜明对比。因此，梅维恒和宇文所安在介绍时均表现出以下两点共同之处。

首先是淡化西方文化中心意识。周发祥在《中诗西播琐谈》中说："读诗可以读出民族或文化信息，所以，西方学者编选中诗选译集，往往带有传递文化信息的倾向"。而梅维恒与宇文所安的两部重量级选集，成为西方大学教材的首选，都由美国乃至世界知名的出版社出版，并不重在传递西方文化，而是重在让中国文学逐步进入世界大众读者视野，体现中国文学就是世界文学经典的组成部分，更意味着两位权威汉学家试图打破西方中心主义的桎梏，表现出对中国文化的欣赏与尊重，开放与包容。在这样的编选指导思想下，我们所见到的文选作品既代表了两位汉学家的眼光，更代表了西方汉学界对中国文学的定位和思考。尤其宇文所安在介绍苏轼时把他夸奖为一位"文化英雄"，这是站在中西方文化平等对话基础上的评价。

其次是让苏轼作品"再度经典化"。在白之1965年出版文选译介苏轼诗文6篇之后，时隔近30年梅维恒再次出版《哥伦比亚中国传统文选》，收入苏轼诗词文19篇，而两年后，宇文所安的《诺顿中国古典文学作品选》也出版，收入苏轼诗词文的数量在梅维恒基础上从19篇增加到33篇，这不得不说对苏轼的重视程度是递增的，这也是让苏轼作品在英语世界"再度经典化"的过程。"再度经典化"又通过两条思路。一是经典作品的反复译介。经典的反复翻译能加深读者的印象，增加作品的传播力，其中宇文所安的一部分与梅维恒的篇目一致，比如诗《书晁补之所藏与可画竹三首》《东坡八

---

① "a casual engagement with experience that was equally distinct from Buddhist detachment and from the rigid ideological engagement of Wang An-shi and some of the Neo-Confucians. Such casual engagement offered a relaxed pleasure that was quite different from the intensity of passion and was a value that Su Shi held and espoused." Stephen Owen, *An Anthology of Chinese Literature: Beginnings to 1911*, New York&London: W.W.Norton& Company, 1996, p.663.

首》①，词有《水调歌头》（明月几时有）、《临江仙》（夜饮东坡醒复醉）、《定风波》（莫听穿林打叶声）、《满庭芳》（蜗角虚名蝇头微利）这四首，文有《后赤壁赋》重复。而宇文所安、梅维恒与白之文选重复的苏轼作品有《后赤壁赋》，词有《水调歌头》（明月几时有）；梅维恒文选与白之重复的篇目有《水调歌头》（明月几时有）、《江城子》（十年生死两茫茫）和前后《赤壁赋》。二是对非经典作品的重新阐释。选前人所未选的作品，是打破"传统经典"再造新经典的举措。因为在梅维恒和宇文所安眼里，中国文学的经典是不断变化的，范围是可以不断拓展的。这样就为读者增加了不同的阅读视角和理念，更有助于读者全方位理解苏轼文学乃至中国文学的真正底蕴。

第二节 超脱者形象的凸显

在英语世界，还有相当一部分学者在翻译和研究苏轼的过程中，同情苏轼被贬谪的遭遇，感慨于他"九死南荒吾不恨"的坚定，更敬佩他在乌台诗案之后对人生的参透与顿悟。他们尝试透过苏轼的贬谪经历去关注其贬谪前后的心态，试图理解贬谪给苏轼的文学创作、个人生活甚至生命产生的影响，这批学者的关注点都不约而同地集中于：苏轼是一位历经贬谪而重生的人，是一位超脱者。这种"超脱"主要体现对苦难的超越、对创作水平的超越和对人世的超然，是一种行为，更是一种心境。

在20世纪70年代以后，英语世界涌现出不少有关苏轼超脱心态的研究成果，比如1974年美国的斯坦利·金斯伯格的博士论文《中国诗人之疏离与调和——苏轼的黄州放逐》，以苏轼乌台诗案后被贬黄州为历史背景，分析苏轼如何寻求生命的价值，如何通过自己的创作和儒释道思想的修炼重新获得思想的超脱和心境的自然。显然，金斯伯格把贬谪看作是苏轼自省的动因，而苏轼的自省也是面对苦难敢于超越的表现。1982年，美国包弼德博士论文《中国十一世纪的文与道之争》，他从苏轼散文中发现苏轼超然于物外的哲学思想。1987年，美国管佩达博士论文《苏轼诗歌中的佛与道》探讨了

---

① 两位文选均译介苏轼的《东坡八首》（其一至其四），但具体内容有差别，梅维恒文选入其三、其四，而宇文所安文选选入其一、其二。

苏诗语言、风格等受到佛道观念的影响后表现出的超然思想的深刻与复杂。1993年，美国郑文君发表《诗歌，政治，哲理：作为东坡居士的苏轼》，其中举例苏轼被贬黄州之后写下的第一首律诗《初到黄州》有云："自笑平生为口忙，老来事业转荒唐。长江绕郭知鱼美，好竹连山觉笋香"，透露出苏轼在自嘲的同时，也有自己小小的幸福，"黄州正是一个物产丰富且令人安心的所在——此地鱼鲙肥美，山间竹林丰茂，人们亦可品尝到嫩笋之鲜美"。所以，"从此以后，物质需求的满足与心灵幸福的获取，二者之间的相应关系逐渐构成了苏轼贬谪之时常见的诗学主题"。①郑文君分析了苏轼当时的心态，即希望挣脱政治重负而"贵得适意"的生活，她认为这是苏轼面对困难的自得其乐，是政治给诗歌带来的另一种韵味。这一切都源于苏轼的真君子风度与超然心境。1997年，华裔学者何大江的博士论文《苏轼：多元价值观与"以文入诗"》，他曾撰写专门一节题为"苏轼与陶渊明：悲哀与超越"（Su Shi and Tao Yuanming: Sorrow and Its Transcendence），谈到苏轼和陶渊明对生命意义的看法以及如何超越生命的悲哀。何大江认为，陶渊明稳固其隐逸文人的形象是因为苏轼多次表达对他的崇敬。这两位诗人尽管境遇不完全相同，但是有一个共同的关切：他们都倾向于思考人生的意义以及个人应该如何应对生活中不可避免的挫折和痛苦。②正如庄子总是能深刻地感受到人类在异化社会中的痛苦，并努力去超越和克服这种痛苦。不过，陶渊明受道家思想影响，以"委运自然"对待人生起落，而苏轼则同时吸收佛家和道家思想，即佛家关于时间的看法与道家关于空间及人类渺小的认识，从而弱化人类痛苦。③何大江特别提及苏轼诗歌《慈湖夹阻风》中的最后四句："卧看落月横千丈，起唤清风得半帆。且并水村欹侧过，人间何处不巉岩"。他认为诗人在最后一行提出了一个反问："世界上哪里没有陡峭的悬崖?!"从比喻的意义上说，这些险峻的山与苏轼一生中的逆境有关。但这个比喻并不局限于苏轼自己的生活。苏轼把"人间何处不巉岩"这句话看成是每个人

---

① 郑文君撰，卞东波、郑潇潇、刘杰译《诗歌，政治，哲理——作为东坡居士的苏轼》，载《中国苏轼研究》（第五辑），学苑出版社，2016，第327页。

② "Yet the two poets share a common concern: both tend to reflect on the meaning of life and on how the individual should cope with the inevitable frustrations and pains in life." Dajiang He, Su Shi: Pluralistic View of Values and "Making Poetry out of Prose" (Ph. D. diss., The Ohio State University, 1997), p.151.

③ 万燚：《美国汉学界的苏轼研究》，中国社会科学出版社，2018，第67页。

都必须面对的一种无法逃避的普遍状况,这样他个人的苦难就被放到一个更广阔的视野中,超越了他所面对的具体情况,获得了更深的意义。[①]2019年,Liu,Chengcheng 和 Liu,Zhongwen 在澳大利亚刊物《国际应用语言学与英语文学杂志》第8卷第2期发表论文《苏轼在任何情况下的幸福秘诀:超越和积极的视角》(Secrets to Su Shi's Happiness under Any Circumstances: Transcending and a Positive Perspective),该文探讨了苏轼为什么在大多数时候能过得很幸福的深刻秘密有两点。第一,不断超越,不断调整自己的期望,以适应时势的变化,包括超越传统,实现年轻时以人为本的抱负。苏轼第一次被流放到黄州时超越了物质限制;当他以巨大的权力回到朝廷时,他超越了名利;苏轼第二次被流放到惠州是超越自我,最后被流放到海南岛最偏远的儋州是超越一切。第二,从积极的角度看待每一个环境。包括忽视消极的一面,放大积极的一面;沉浸在大自然的美景中;享受当下,不加思索地乐观面对未来。该文总结苏轼的这两点幸福秘诀以启发当今的人们过上幸福、安逸、安宁的生活。

可见,超脱者形象是英语世界对苏轼形象的另一种重要定位,这一形象跳出了汉学界有的学者一味称赞苏轼是宋代的"全才""天才"的一面,而能从苏轼亲身遭遇出发,站在苏轼的立场体会其贬谪的心态,因而具有更加理性思索的价值。

一、美国学者唐凯琳与苏轼的放逐与回归

(一)唐凯琳:东坡文化的世界传播者

在英语世界,也许没有人比唐凯琳(Kathleen M. Tomlonovic,1941-2019)更热爱苏轼了。因为这位美国女汉学家对苏轼的钟情不是一时而是一世的,她说:"接触了苏东坡的文章之后,我被他的那种自由自在、想象丰

[①] "These lines set an atmosphere for the final line, in which the poet raises a rhetorical question "where in this world are there no precipitous cliffs?!" The precipitous hills are in a figurative sense, having to do with the adversities he had in his life. But this metaphor is not limited to his own life. By saying that there are precipitous cliffs all over the world, he perceives it as an inescapable universal condition everyone has to confront, thus his personal sufferings are put into a broad perspective and attain a depth of meaning going beyond the specific situation he is facing." Dajiang He, Su Shi: Pluralistic View of Values and "Making Poetry out of Prose" (Ph. D. diss., The Ohio State University, 1997), p.159.

富的思想所吸引"①。唐凯琳曾于20世纪80年代远渡重洋到四川大学学习，她终身致力于苏学研究，于1988年发表论文《海外研究苏轼简介》，她是英语世界第一位写海外苏轼研究综述的汉学家。1989年，她在华盛顿大学完成博士论文《放逐与回归的诗歌：苏轼研究》（Poetry of Exile and Return：A Study of Su Shi（1037-1101）），成为她研究苏轼的一个里程碑。1991年，唐凯琳撰写论文《宋代文化的代表人物苏轼：美国汉学界近年来研究简介》和《苏轼诗歌中的"归"——宋代士大夫贬谪心态之探索》，均收入《国际宋代文化研讨会论文集》。2000年，她出版了个人专著《西方汉学界的苏轼研究》，对苏轼在海外的译介、研究与传播等情况做了详细阐释。该书内容也作为其导师曾枣庄于2001年出版的专著《苏轼研究史》的第十一章，名为"散为百东坡"，该章分为九节，分别为：年谱与传记；版本研究；译本和选本；苏轼文学作品的研究；文艺理论、绘画与书法；思想：儒、释、道；苏轼与政治；戏剧舞台上的苏轼；比较文学。这九节涉及的苏轼论著几乎是按时间顺序编排的，内容几乎涵盖了西方最重要的苏轼文学的翻译和研究成果，为苏轼在西方学术界（截至2001年书籍出版）的研究进展图谱做了较详细的描绘。所以唐凯琳也是最早与中国学者合作系统研究苏轼的汉学家，其前瞻性眼光令人钦佩。此外，1998年，唐凯琳在《东亚图书馆期刊》上发表论文《苏轼诗集：编纂与传世状况》，详细论述了苏轼各类作品的内容、体裁及版本流传情况；2000年，她在《宋代文化研究》上发表中文论文《"横看成岭侧成峰"：美国学者苏轼研究面面观》，着重论述傅君劢、包弼德、管佩达、艾朗诺最近十年在苏学领域的研究成果。

  进入21世纪，为了让东坡文化在世界范围内更广泛的传播，唐凯琳致力于研究数字化信息建设。经过她和同事一起的努力，2017年让"Su Shi"这个名字的书目成功进入英国牛津数字化目录。除此之外，唐凯琳还撰写有关苏轼成果的书评，通过这样的方式传播东坡文化：比如她在1991年《中国文学》（CLEAR）上发表对美国傅君劢专著《通向东坡之路：苏轼"诗人之声"的发展》的书评，对该书在国际苏学研究中的地位大加赞赏，指出该书优点是致力于苏轼上百首诗歌的译介和阐释，不足是对"诗人之声"术语未加界定，对书中苏轼的"理"分析不透等，提出了中肯的建议。

---

① 陈甜：《眉山的苏轼·世界的东坡——美国汉学家心中的苏东坡》，东坡文化网http：//dpwhw.net/yjl/js/201911/t20191128_459388.html，2019年11月28日。

第三章　认同与解读：苏轼多面形象的塑造

唐凯琳曾公开表示，苏轼是中国乃至世界文化史上的重要人物，希望全世界的人都认识苏轼，了解苏轼在全人类文化历史上的地位和影响，可是，在中国以外的国家中，只有少数汉学家和诗歌爱好者欣赏苏轼作品，苏轼作为世界文化名人的伟大价值并未完全得以体现，这是令人遗憾的。所以她说："作为一名'苏迷'，有苏东坡盛会的地方，就有我"。"文化交流是增强沟通互动的一种很好载体，我愿意做东坡文化走向国际的桥梁，让更多人认识苏东坡"。不仅如此，唐凯琳还曾4次到过苏轼故乡——四川眉山，多次参加苏轼国际会议，并终身致力于推动苏轼走向世界的工作。显然，她已经把四川当成了自己的第二故乡，把苏轼当成了偶像。中国苏轼研究学会会长周裕楷曾评价唐凯琳："她一生热爱中国，热爱四川，热爱眉山，热爱苏轼"。唐凯琳"以其娇小的身躯，搭起了中国与西方苏学文化交流的桥梁，为东坡文化在海外的传播贡献了自己全部的力量"[①]。

（二）从贬谪文学看苏轼的放逐与回归

在中国，贬谪历史自封建社会起由来已久。"贬谪"指官吏因过失或犯罪降职，被派到远离京城的地方流放或任职。因此大部分的中国士人视贬谪为人生的重大挫折，甚至一蹶不振，而对像苏轼一样兼具文学家身份的人而言，贬谪则可能意味着开出文学创作的"第二春"，因为创作本身就是一种排遣苦痛与精神自慰的方法，贬谪文学因此而诞生；贬谪甚至促使另一种新的心境与新生活方式的出现，可谓对现实的"超越"。钱钟书先生曾为英国李高洁《苏东坡赋》一书作序，他说："我们对于苏东坡的兴趣在于他并没有分享时代的精神。他好像超出世外，而他自己却没有意识到这一点"。钱钟书肯定了苏轼崇尚自然、超然物外的精神境界。可以说，苏轼的超然既有脚踏大地的清醒认识，也有仰望星空的理想追寻，他历经多次贬谪之后所内化而成的超然精神与超脱气质吸引了无数汉学家的目光。

唐凯琳于1989年完成的博士论文《放逐与回归的诗歌：苏轼研究》是20世纪80年代比较早地从苏轼的贬谪诗入手，剖析苏轼心理的代表作。她把苏轼置身于中国历史上的官员贬谪传统中，抓住苏轼在黄州、惠州、儋州的三次贬谪流放，深入了解苏轼超然放达、随遇而安的文化心理结构，最后

[①] 毛馨怡：《痴迷东坡三十载　跨国追随半世情——纪念美国苏学专家唐凯琳》，眉山网 https://www.mshw.net/xwzx/msyw/201903/t20190311_405701_detail.html，2019年3月11日。

再归结到思想意识层面，从而逻辑地再现了宋代以苏轼为代表的中国士大夫复杂而曲折的心路历程。《苏轼与朱熹》一书谈道："研究中国士人的处世心态时，必须把他们的哲学信念、道德追求和人生理想还原为具体的人生问题，还原为具体的文化个性和行为方式，一句话，还原为活生生的具体的人来研究。"① 唐凯琳便是在其博士论文中详细论述了苏轼在不断被放逐与回归过程中的创作及其作品体现的信念与理想，从而去还原真实的苏轼。唐凯琳指出："归"这一术语的各种含义，都是为了确定苏轼在流亡期间的自我构想，并分析他如何看待自己的困境。② 在唐凯琳看来，贬谪是苏轼一生最大的磨难，既是苏轼的悲惨遭遇，更是他的宝贵财富，正因为这些贬谪的经历让苏轼对创作有了更独特的理解，对人生有了更深刻的体悟，以致每贬谪一次，苏轼的独特洞察力与作品的感染力便更深一层，他最精彩的作品反而是贬谪之后的集大成之作，唐凯琳因此认为是苏轼的贬谪经历成就了苏轼文学作品的魅力与影响力。

由此，唐凯琳在其博士论文中主要从三个方面去探析苏轼的放逐与回归。第一，列举放逐之地及应对。唐凯琳指出，苏轼被贬到不同地方，条件都比较艰苦，但他之所以能生存下去，完全在于苏轼应对处境的能力，尤其面对死亡的威胁，苏轼仍然能凭借对佛道思想的领悟，内化为以独特的视角看待自己所处的困境，并表现在流放时期的文学作品中，"也逐渐发展出具有个人特质的'超然'行为模式"③。第二，对比同有放逐经历的文人。唐凯琳在论文第四章专门探讨了流放文学的传统问题，并以屈原、贾谊、韩愈、柳宗元、王定国五位诗人和唐宋朝臣诗人为例，证明他们与苏轼都有相同的流放经历并形成了中国文学史上的流放文学传统，阐释了苏轼对放逐的理解。尤其举例说苏轼的《潮州韩文公庙碑》表达的是苏轼对韩愈面对贬谪之苦所体现出的自由之气，给予韩愈精神层面的高度肯定。唐凯琳认为，苏轼在面对贬谪时，积极效仿韩愈化悲痛为行动，在贬谪地投身教育，这是苏轼在道德层面找寻到与韩愈的相似性，值得肯定。第三，分析贬谪诗文中的

---

① 张毅：《苏轼与朱熹》，中国友谊出版公司，2018，第16页。
② "Various meanings of the term gui, "return", are explicated in order to determine the way Su Shi conceived of himself during times of exile and to analyze how he viewed his predicament." Kathleen M. Tomlonovic, Poetry of Exile and Return: A Study of Su Shi (1037–1101) (Ph. D. diss., University of Washington, 1989), (Abstract).
③ 万燚：《英语世界苏轼研究综述》，《国际汉学》2014年第2期，第二十六辑，第169页。

第三章　认同与解读：苏轼多面形象的塑造

"自我"形象。唐凯琳在第五章阐述了放逐之后的回归，并借陶渊明的隐士形象对比苏轼，阐释了他选择陶渊明作为个人和文学的榜样的原因，其实是为自己的贬谪找到新的表达方式，即塑造出自己是一个自愿寻求归隐的人的形象。美国杨治宜（Zhiyi Yang）也曾指出，苏轼构建的陶渊明形象是一种自我投射，"它代表苏轼追寻的独立自主的自我，从而能够自由选择生命道路，超越现实生活或存在的焦虑"①。这点看法与唐凯琳趋于一致。当然，应该看到，苏轼极力塑造自己的隐士形象，实质是精神的另一种皈依，即学习陶渊明绝不向现实妥协，宁可远离官场也要活出自己的自由与精彩，这是更高层次的价值追求，也恰恰是苏轼超然旷达的另一种表现。由此，唐凯琳得出结论：尽管苏轼的诗歌在他去世后的几个世纪里得到了人们的欣赏，但它却很少被用作创作的范本，其中一个原因是其诗歌具有强烈的个人特质。这方面的主要原因是苏轼关于从事社会服务和归隐的愿望之间的矛盾心理。他最初的立场在放逐的经历中得到了强化和修正。②

对于苏轼的超越，唐凯琳还用了"超越的表达"（Expressions of Transcendence）这一节进行探讨。在唐凯琳眼中的"超越"指苏轼思想的超越成就了杰出的创作。她认为，苏轼对佛教和道教思想的研究使他能够以诗意的形式表达宗教和哲学的语言和思想。他融合哲学、宗教和美学的能力在流亡时期创作的几部杰出作品中得到了体现，从他在流放期间所写的诗歌选集中可以看出他的成就。③唐凯琳指出，在黄州流放期间，苏轼形成了自己对自然宇宙的看法。他对现实的看法受到道家思想的强烈影响，尤其是变

---

① 杨治宜：《"自然"之辩：苏轼的有限与不朽》，生活·读书·新知三联书店，2018，第250页。
② "The thesis is based on the conviction that while Su Shi's poetry has been appreciated and evaluated during the centuries since his death, it has seldom been used as a model for composition. one reason is to be found in the intensely personal nature of the poetry. That dimension results primarily from his ambivalence regarding engagement in public service and his desire to retire. His original stance was intensified and modified through the experience of exile." Kathleen M. Tomlonovic, Poetry of Exile and Return: A Study of Su Shi (1037-1101) (Ph. D. diss., University of Washington, 1989), (Abstract)
③ "While engaging in formal study of Buddhism and Taoism, Su Shi the poet was able to use the language and ideas of religion and philosophy, but to express them in a poetic form. His ability to integrate the philosophical, religious and aesthetic is evident in the several outstanding works composed during times of exile.A selection from poetry composed in each of his exiles will reveal the achievement." Kathleen M.Tomlonovic, Poetry of Exile and Return: A Study of Su Shi (1037-1101) (Ph. D. diss., University of Washington, 1989), pp.259-260.

化的现象世界是道的永恒的现实的表现。这种看法特别体现在《赤壁赋》和《后赤壁赋》中。①唐凯琳指出，《赤壁赋》所探讨的有限与无限、短暂与永恒都是苏轼对宇宙的基本理解。她借用杨牧在《文学知识》一书的观点：苏轼诗歌的卓越之处在于其思想与情感的完美结合。诗人心灵的力量在控制结构中是显而易见的，这种控制结构创造了自然世界和他对自然世界的情感反应之间的联系。②由此，唐凯琳是通过发现苏轼历经贬谪后思想的升华去肯定他的超然特质、独特个性与卓越成就，并研究其文学作品中所体现的情感价值。

唐凯琳在其另一篇论文《苏轼诗歌中的"归"——宋代士大夫贬谪心态之探索》中曾谈到"归"的三层含义。第一是"归位"，即渴望回归朝廷重新被重用；第二是"归乡"，即告别宦海，回归家乡；第三是"归真"，即隐居山野，回归自然与本真。③笔者认为，"归位"是对苦难的超越之体现，只有不受困境阻碍，走出乌台诗案的阴影，才会真正渴望回归朝廷再展抱负。苏轼有一首诗歌《别黄州》："病疮老马不任鞿，犹向君王得敝帷。桑下岂无三宿恋，樽前聊与一身归。长腰尚载撑肠米，阔领先裁盖瘿衣。投老江湖终不失，来时莫遣故人非。"其中"犹向君王得敝帷"的"敝帷"二字指破旧的帷帐，比喻微贱之物，语出《礼记·檀弓下》："敝帷不弃，为埋马也"。苏轼这里在表达依依不舍离开黄州的同时也表明皇上还给他官做，传递出"归位"的理念。

"归乡"和"归真"又是看透官场争斗而具备超然于世心态的反映。有一首苏词《满庭芳·归去来兮》也是在他离开黄州之际创作的，一开始就是

---

① "During his Huangzhou exile, Su Shi forged a view of himself in the natural universe. His perception of reality was strongly influenced by Taoist thought, particularly by the concept that the phenomenal world of flux is a manifestation of the constant reality of the Tao. The formulation of Su Shi's conception was expressed in two works, the "Chibi fu 赤壁赋" (Rhapsody on the Red cliff) and the the "Hou Chibi fu 后赤壁赋". or (Latter Rhapsody on the Red cliff)." Kathleen M. Tomlonovic, Poetry of Exile and Return: A Study of Su Shi (1037–1101) (Ph. D. diss., University of Washington, 1989), p.260.

② "According to C.H.Wang, the excellence of Su Shi's rhapsody lies in the poet's perfect integration of idea and feeling. The power of the poet's mind is evident in the controlling structure that creates the correspondence between the natural world and his emotional response to it." Kathleen M. Tomlonovic, Poetry of Exile and Return: A Study of Su Shi (1037–1101)(Ph. D. diss., University of Washington, 1989), p.261.

③ 万燚：《英语世界苏轼研究综述》，《国际汉学》2014年第2期，第二十六辑，第183页。

第三章　认同与解读：苏轼多面形象的塑造

"归去来兮，吾归何处？万里家在岷峨。百年强半，来日苦无多"，"万里家在岷峨"代表了对蜀中故里的思念，这是"归乡"的心声。这里与东晋诗人陶渊明的《归去来兮辞》所表达的"归去来兮，田园将芜胡不归？"产生了隔空共鸣，即弃官归田是因为听从内心归乡的呼唤，从此远离纷争。而下阕写"云何，当此去，人生底事，来往如梭。待闲看秋风，洛水清波"分明表达出一生东奔西走，尝尽人生苦味。但是即使再心潮难平，苏轼也能很快地自我慰藉，以旷达之怀来取代人生失意的哀愁，让内心回归本真，这是"归真"的体现。苏轼的"归真"深受佛道思想的影响，佛教提倡的"归真"指"回到最基本的或本质的真理"，而道家提倡的"归根"则指"返归根源"。①余秋雨在其《苏东坡突围》中指出，苏轼在乌台诗案后的自省"不是一种走向乖巧的心理调整，而是一种极其诚恳的自我剖析，目的是想找回一个真正的自己。他在无情地剥除自己身上每一点异己的成分，哪怕这些成分曾为他带来过官职、荣誉和名声。他渐渐回归于清纯和空灵，在这一过程中，佛教帮了他大忙，使他习惯于淡泊和静定"②。同时，苏轼的"归真"又能寻到陶渊明"久在樊笼里，复得返自然"的知音之乐，难怪他在《江城子·梦中了了醉中醒》中感叹"只渊明，是前生"了！像苏轼这样被贬谪后不仅不颓废，反而能活得更自在乐观，更能看透世事百态与人间冷暖，有超常的坚韧与意志，与其强大的内心密不可分。无怪乎前后《赤壁赋》和《超然台记》等表达内心超然、洞察生命的作品在英语世界多次被翻译并流传，西方读者们也因此而受到感染。

在美国，与唐凯琳一样观察到苏轼在出世与入世之间有矛盾心理并寻求解脱的人还有梅维恒，他曾评论苏轼："虽然是一个积极的儒家官员，苏轼在他的知识兴趣方面是兼收并蓄的。他深受禅宗开悟思想的影响，却又通过与社会现实和自然环境的接触来寻求超越"③。美国的艾朗诺教授也在其著作《苏轼生活中的言语、意象、行迹》中专门论述苏轼的贬谪文学，尤其是

---

① 万燚：《美国汉学界的苏轼研究》，中国社会科学出版社，2018，第168~169页。
② 余秋雨：《苏东坡突围》，《中华活页文选》2013年第4期，第47~48页。
③ "Though an activist Confucian official, Su Shih was eclectic in his intellectual interests. He was deeply influenced by Zen Buddhist ideals of enlightenment, yet searched for transcendence through engagement with social reality and the natural environment." Victor H. Mair, *The Columbia Anthology of Traditional Chinese Literature*, New York: Columbia University Press, 1994, p.439.

黄州、岭南时期的创作，他以苏轼《与李公择书》《与王定国》《与参寥子》《黄州安国寺记》等文章为例，探讨了贬谪对于苏轼的人生、创作水平得以超越贬谪之前的重要意义："对作为诗人的苏轼而言，贬谪被证明是一次克服狭隘主观性的最大挑战，迫使他以新的方式去应对这些挑战，其文学作品也呈现出新的面貌"①。

西方汉学家在这一方面与日本学者的观点不谋而合。日本研究中国文学的泰斗吉川幸次郎先生曾一针见血地指出了苏轼超脱的根源。吉川幸次郎先生早在其《中国诗史》（1986）里就提出苏轼是一个"摆脱悲哀者"的形象，他说"苏轼是一个天性自由的人，他能自由地发挥他那博大才能的各个方面"，"他的诗中，像地下水一般到处潜流着的，是他那伟大而温厚的人格。而且，这种人格所产生的最大功绩是使他的诗摆脱了在历来的诗歌中久已成为习惯的对悲哀的执着"②。他认为，是苏轼的自由天性和伟大人格让宋诗的重要特色"摆脱悲哀"成为可能，也自然成为苏轼超脱的根源所在。其实，吉川幸次郎先生早在20世纪60年代出版的《阮籍传》里阐明了他对阮籍看待悲哀的态度与对苏轼的看法如出一辙。吉川先生认为，阮籍《咏怀诗》"但恐须臾间，魂气随风飘。终身履薄冰，谁知我心焦"最能代表阮籍对于死亡的到来和幸福的消亡是必然的所表现的担心，即感到人生短暂而产生无限悲哀，而这种悲哀主要源于"人们追求过剩的生活"。由此，吉川先生认为阮籍的怪诞行为是期望逃脱悲哀的表现，比如过度饮酒，是有意识躲避权力的中心；翻白眼是用这种眼光去看他不喜欢的人，所以阮籍面对悲哀，选择远离世俗，追求道家思想的境界和老庄式的解脱。显然，吉川先生认为这是阮籍在诗歌里对"人"的问题的深层探索。所以，阮籍和苏轼对待悲哀的超脱心态和对待人生生存与死亡、幸与不幸等问题的思索在吉川幸次郎眼中都极为相似。由此可以说，英语世界和日本的学者们都看清了：被贬谪的苏轼只是一个外在形象，而其蕴含的超越苦难、超越创作和超然于人世之外的思想和精神所构建出的超脱形象才是苏轼另一个崭新的自我。

---

① 万燚：《美国汉学界的苏轼研究》，中国社会科学出版社，2018，第182页。
② 〔日〕吉川幸次郎：《中国诗史》，章培恒、骆玉明译，复旦大学出版社，2012，第243~244页。

二、美国学者管佩达与苏轼的佛道思想

（一）管佩达：苏轼佛道思想研究的先行者

在不少中国学者眼中，苏轼是一位汇聚儒、释、道三家思想的大家。年轻时的他，目睹政治变革、国富民强，加之他深受儒家思想影响，于是能始终"居庙堂之高则忧其民；处江湖之远则忧其君"，无论何时，都心系天下。"乌台诗案"之后，苏轼对严酷的社会政治环境有了清醒的认识，于是为了化解人生忧患，开始醉心于佛老庄禅，同时其"诗文创作也进入一个高妙神逸的阶段"。佛道思想让一次又一次处于困境的苏轼不断奋起，从容对待生活甚至无论身处何地，都能怡然自得。正如《苏轼与朱熹》一书所评价的那样，晚年的苏轼并未向命运真正低头，而是把年轻时的理想和人生观以更潇洒和清旷的姿态表现出来，"形成了入世而超世、超世而入世的处世态度"①。王水照因此而评价苏轼在朝任职时所持的思想主要是儒家，而在贬谪时期则主要是释、道两家。②所以苏轼是古今罕见的一位思想驳杂、真正领悟得道的诗人。而大多数的西方学者主要从事于对苏轼的儒家学说及宦海沉浮的研究，但也有少数人谈到佛和道对他的深刻影响，因为这一点在苏轼作品中的表现是显而易见的。③再者，中国国内学者多侧重于对苏轼在儒、释、道三家思想融合后所表现出的理想人格的赞扬，而英语世界学者多侧重于对苏轼如何应对困境，如何协调自我与世界的关系这个艰难心路历程的研究，复杂与不平、挣扎与斗争、矛盾与困惑多是外国学者对苏轼思想关注的重点。因为对于外国学者来说，苏轼一生的思想变化就是整个宋代士人心态的曲折反映，他是"时代造就出来的中国文化伟人，同时又像镜子一样映照着他们所处的时代"④。

近几十年，英语世界研究苏轼儒、释、道思想的学者越来越多，有的撰专文探讨，有的在某章节中提及，如1947年林语堂的《苏东坡传》已提到

---

① 张毅：《苏轼与朱熹》，中国友谊出版公司，2018，第14页。
② 王水照：《苏轼选集》，上海古籍出版社，1984，第8～9页。
③ 唐凯琳："横看成岭侧成峰"——美国学者苏轼研究面面观》，载《宋代文化研究》（第九辑），四川大学出版社，2000，第111页。
④ 张毅：《苏轼与朱熹》，中国友谊出版公司，2018，第13页。

了佛学对苏轼的莫大感染力;1976年美国人贺巧治撰写的《苏轼传》强调了佛教思想对苏轼产生的影响;1987年加拿大林理彰的论文《中国诗歌批评中的顿悟与渐悟》,曾论述苏轼诗歌反映的"空与静"的禅学思想;美国杨立宇的《自然与自我——苏东坡与华兹华斯诗歌的比较研究》(1989)一书,对苏轼诗歌中的"来世"思想以及他如何从焦虑、痛苦走向平静与超脱的转变过程进行了阐释。书中借苏轼诗歌《出峡》《溧阳早发》等论述了苏轼的儒家思想,而借苏轼的《夜行观星》《东阳水乐亭》《泗州僧伽塔》等诗歌阐释了其对自然认识中的道家思想,甚至把英国大诗人华兹华斯诗歌中的"超然"观与苏轼的超然、道家的自然观加以对比研究。

众多研究者中,值得一提的是管佩达(Beata Grant),华盛顿大学亚洲与近东语言文学系教授。早在1987年,管佩达在美国斯坦福大学完成的博士论文《苏轼诗歌中的佛与道》[Buddhism and Taoism in the Poetry of Su Shi (1036-1101)],就是系统研究苏轼佛道思想与文学创作关系的早期成果。1994年,管佩达的《重游庐山——佛教对苏轼人生与创作的影响》(Mount Lu Revisited: Buddhism in the Life and Writings of Su Shih),尝试着把苏轼文学放在中国传统文化的大背景下进行探讨,重点研究佛教与苏轼生活和作品的关系。作者逐年追溯了苏轼生活中各个时期与佛教僧侣间的交往,诗人叩访寺院,写作佛经和理论的踪迹和活动。① 孙亚鹏在《新世纪北美中国文学研究现状与趋势(2000-2016)》一文中谈道:"在宋诗的研究方面,北美学者非常清楚自己作为文化外来者的劣势。因此他们并不像国内研究者那样把研究重点放在传统语文学或者考察文学的演变,如把某个宋代诗人放在宋代诗史的时刻列表上来考察,或是追溯流派及风格的演变;而是更倾向于把某个诗人或者时期的诗歌放到一个更为广大的背景中来看,考察其与诗史之外的其他领域的关系,无论这样的关联是社会史的、宗教的、文化史或者视觉艺术的"②。那么管佩达正是如孙亚鹏所言,把苏轼及其诗歌放到了宗教和哲学领域去考察,这是一种更宽阔的视野,其研究必然得到意想不到的结论。果然,该著作让管佩达名声大震,成为20世纪末期北美学者研究苏轼文学与思想的代表作。艾朗诺因此评价:"该书具有原创性,鞭辟入里,为全方位

---

① 孙亚鹏:《新世纪北美中国文学研究现状与趋势(2000-2016)》,《文学理论前沿》2016年第2期,第101页。

② 孙亚鹏:《新世纪北美中国文学研究现状与趋势(2000-2016)》,《文学理论前沿》2016年第2期,第101页。

第三章 认同与解读：苏轼多面形象的塑造

地研究宋代提供了一个新视角，我指的是揭示了佛教与宋代文学文化之间的内在关联，作如此的跨学科研究，将极其有效地弥合宋代佛教学与其他相关学术之间的缝隙"[①]。

纵观全书，在管佩达眼中，佛教对苏轼产生了三方面的影响。第一，世界观的提升。管佩达认为是佛教思想的浸润让苏轼学会了见微知著，学会"一粒沙里见世界，一朵花里见天国"。同时，佛教让苏轼学会了思索的精神与批判的思想。第二，精神的超越。佛教提倡去除烦琐，不受繁文缛节的束缚，那么苏轼便学会了突破传统，崇尚自由，甚至涵养出随缘自适、旷达超脱的心境，实现了精神上真正的超越。第三，心性的修炼。佛教提倡"善"，苏轼因此"眼见天下无一个不好人"。他能用善良与慈悲去对待周围的人和事，不计较得失，"不以物喜、不以己悲"，达到物我两忘的境界。唐凯琳因此也评价管佩达："这类学者对苏轼的形象定位多偏超然、自发与自然，对苏轼至真至善的人生境界也给予了高度评价"。

（二）超凡脱俗：苏轼文学中的佛与道

前述《重游庐山——佛教对苏轼人生与创作的影响》一书的成功其实得益于管佩达的博士论文《苏轼诗歌中的佛与道》，该文是重游庐山一书的创作基础，不可忽视。该文以文学理论为基础，从苏轼创作与佛、道思想之间的关系着手，试图探讨苏诗语言、风格等如何受到佛道语言与观念的影响，以此成就了苏轼诗歌内在思想的深刻性和复杂性。论文分为五个部分，分别是第一章：北宋的宗教风气；第二章：苏轼生活中的佛与道；第三章：宗教绘画诗；第四章：语言的悖论之诗；第五章：时空诗歌。前两章重在背景介绍，后三章重在研究佛道二教对苏轼作品的影响。管佩达极力把苏轼塑造为一个融汇佛道精神的超脱者形象，而这种形象是通过其复杂的性格、复杂的经历才有对佛道思想的深刻体悟，这种体悟融入其文学作品中体现出超凡脱俗的一面。

第一，苏轼的文学和艺术成就体现出苏轼性格的复杂性，苏轼绝不是只有一面。管佩达说，苏轼一直被西方人和亚洲人塑造成热情、开朗、自然、慷慨、热爱生活、适应性极强、充满幽默感的形象，然而，仔细研究他的艺术往往会发现更深、更复杂、更矛盾的张力：讽刺，玩世不恭，不满，有时

[①] 万燚：《美国汉学界的苏轼研究》，中国社会科学出版社，2018，第137页。

甚至绝望。①

第二，苏轼性格的矛盾造就了作品的张力，使之达到一定程度的"超越"。管佩达认为尽管苏轼获得"快乐诗人"的赞誉，但是苏轼在乐观和绝望之间所造成的紧张从未在诗歌中得到解决。②也许正是这种矛盾和紧张产生的作品张力才让苏轼的文学作品体现出与众不同。管佩达认为，不能简单地认为苏轼的信佛是经历磨难之后的无奈选择，否则容易忽视苏轼个性的复杂和矛盾，忽视他写作中存在的一种难以接受的张力。正如唐凯琳评价："在管氏看来，苏轼内心中一个矛盾日益明显，那就是超然的理想与现实的伦理、社会、艺术以及情感之间的不可同一性，即积极的入世、涉世与消极的出世、避世之间的不可调和性。管氏深信这一矛盾深深扎根于苏轼的宗教生活及作品的深刻内涵之中。"③

第三，政治上的不顺客观上成就了苏轼潜心于佛道。管佩达说："毫不奇怪，大多数他的传记作家和评论家认为他对佛教和道教的兴趣这一事实暗示，如果他生活在一个政治上更有利的环境中，他就能充分发挥自己的才能为国家服务，那么他就不会像现在这样认真地对待佛教和道教了。"④管

---

① "The popular image of Su Shi that has been created over the years, not only in the west, but in Asia as well, is of what Burton Watson aptly calls "a cultural teddy-bear" –ebullient, cheerful, spontaneous, generous, life-loving, infinitely adaptable and full of good-humor.These may well have been characteristics of his personality insofar as we can tell from the many anecdotes and stories about him that have been handed down through the centuries.However, a closer investigation of his art often reveals darker, more complex and contradictory strains: irony, cynicism, disaffection, and sometimes even despair." Beata Grant, Buddhism and Taoism in the Poetry of Su Shi(1036–1101)(Ph. D. diss., Stanford University, 1987), p.1.
② "In his most famous poetry, these contradictory strains seem to attain to a certain measure of"transcendence", and it is largely on the basis of these writings that Su Shi has assumed his reputation as an eminently cheerful poet. However, even these poems often reveal a tension or working-out between, as it were, optimism and despair, and in many poems that tension is never wholly resolved at all." Beata Grant, Buddhism and Taoism in the Poetry of Su Shi(1036–1101)(Ph. D. diss., Stanford University, 1987), p.1.
③ 曾枣庄：《苏轼研究史》，江苏教育出版社，2001，第757页。
④ "Given that apart from ten or so years in various official positions, Su Shi spent most of his life out of office or in exile it is not surprising that the vast majority of his biographers and critics attribute his interest in Buddhism and Taoism to this fact, implying that had he lived in a more politically conducive environment, had he been allowed to fully develop his many talents in service of the state, then he would not have given Buddhism and Taoism the serious thought that he did." Beata Grant, Buddhism and Taoism in the Poetry of Su Shi(1036–1101)(Ph. D. diss., Stanford University, 1987), p.3.

佩达打破了传统观念上对"出世"是失败与悲观者的选择的认识,她认为苏轼是一个例外,苏轼的"出世"也许并不是失败后的逃避,反而是苏轼面对恶劣政治环境找寻到的另一条生路。也许,正如古语说"塞翁失马,焉知非福",苏轼在政治上的失意无形中成就了他在佛道上的修行,达到任性潇洒、怡然自得的生命状态。而佛道相较于儒家更关注思辨和超凡脱俗的事物,这些思想又融入自己的作品中,呈现出超然与高妙的境界。管佩达曾翻译苏轼的《成都大悲阁记》:"缘何得无疑,以我无心故。若犹有心者,千手当千心。一人而千心,内自相攫攘,何暇能应物。千手无一心,手手得其处。稽首大悲尊,愿度一切众。皆证无心法,皆具千手目。"①这段话充分体现了苏轼对禅宗思想的觉解,这种"至人无心"之思是湛然明澈、通体透灵的。②

第四,苏轼深刻的佛道思想影响到其诗歌创作与艺术修养。管佩达不赞同朱熹批评苏轼的学术不够严谨,她认为苏轼喜欢哲学思想和宗教,达到了很深刻的程度。她引用了苏轼在《答毕仲举书》中的一段话以此证明苏轼的谦虚:"佛书旧亦尝看,但暗塞不能通其妙,独时取其粗浅假说以自洗濯,若农夫之去草,旋去旋生,虽若无益,然终愈于不去也"③。这段话足以证明苏轼通过研读佛经洗去心灵的尘垢。管佩达为了进一步阐明苏轼的思想,把"忘言"二字做了一番考证,并举出陶渊明的《饮酒》一诗加以证明"此中有真意,欲辨已忘言"对于苏轼来说就是他已经像陶渊明一样领悟了生活的真谛,所以没有必要用语言表达了。④她还提及苏轼写给自己的僧友惠勤的诗歌《僧惠勤初罢僧职》:"轩轩青田鹤,郁郁在樊笼。既为物所縻,遂与吾辈同。今来始谢去,万事一笑空。新诗如洗出,不受外垢蒙。清风入齿牙,

---

① (宋)苏轼著 孔凡礼点校《苏轼文集》(第二册),中华书局,1986,第396页。
② 刘桂荣、王欣欣:《苏轼的艺术批评思想及其哲学根源》,《西南民族大学学报》(人文社会科学版)2016年第1期,第205页。
③ "I've always enjoyed reading Buddhist books, but as I am ignorant and dense, I've never been able to fully grasp their marvelousness. Just once in a while, I manage to extract a very superficial and general idea, which I then use to purify and cleanse my mind. It is like a farmer pulling weeds: as soon as he pulls out one, another springs up in its place.... Although it seems to be a useless task, in the end it is better than not pulling weeds at all." Beata Grant, Buddhism and Taoism in the Poetry of Su Shi (1036–1101) (Ph. D. diss., Stanford University, 1987), p.8.
④ Beata Grant, Buddhism and Taoism in the Poetry of Su Shi (1036–1101) (Ph. D. diss., Stanford University, 1987), pp.203–204.

出语如风松。霜髭茁病骨，饥坐听午钟。非诗能穷人，穷者诗乃工。此语信不妄，吾闻诸醉翁。"① 管佩达译文如下：

> The high-flying crane of Green Field Mountain,
> was dispirited inside his bamboo cage.
> As long as he was fettered by worldly things,
> He was in the same boat as the rest of us.
> But now he has left it all behind,
> A smile and endless affairs become as nothing.
> His new poems are as if washed in clear water,
> Untouched by worldly dust and delusion;
> A clear breeze enters between his lips,
> Emerging in words like wind from the pines.
> Frosty hair sprouts from his bony temples,
> As hungrily he listens to the noonday bells.
> "It isn't poetry that impoverishes a man,
> It is the impoverished man who writes fine poetry"
> I heard these words from the "Drunken Old Man",
> And now I believe them to be very true.②

管佩达认为此诗对于反映苏轼思想融入艺术是颇具代表性的，她说："在这首诗中，我们仍然可以看到出世和入世之间的矛盾——即使是和尚，在他能够找到必要的平静和超然来写好诗之前，也必须辞去他在寺庙的管理职责。事实上，苏轼对惠勤诗歌的赞赏似乎不是全心全意的，甚至有些过于正式。然而，他引用他的导师欧阳修的介绍，虽然仍是引用，还没有纳入自己的措辞中，但在我看来，这是对尘世与非尘世冲突的答案的开始，也是一

---

① （宋）苏轼著，（清）王文诰辑注，孔凡礼点校《苏轼诗集》（第二册），中华书局，1982，第 576~577 页。
② Beata Grant, Buddhism and Taoism in the Poetry of Su Shi (1036–1101) (Ph. D. diss., Stanford University, 1987), p.210.

第三章　认同与解读：苏轼多面形象的塑造

种对如何将生活中的困难和痛苦转化为艺术的新理解"①。管佩达还指出苏轼诗歌中的这种态度很大程度上受到儒家基本价值观的影响，同时也受到新儒家关于自我修养的力量，以及心胜于物和外部环境的力量的影响。②管佩达清晰地看到，苏轼把对佛道的参悟运用到他的散文和诗歌中去，实现了思想与诗歌的融合，从而在文学作品里体现出一种超远、简淡的至纯至真的境界。苏轼曾与弟子秦少游同游时作诗："我有一张琴，琴弦藏在腹。为君马上弹，弹尽天下曲"。苏轼即把心中有琴便可弹尽天下曲，心中有境便能听见天下好音乐的超然通过诗歌表达了出来，如果没有开阔的心境是绝不可能作出此诗的。管佩达曾引用西方文学评论家库姆斯（H. Coombes）关于思想与诗歌的融合问题的一段评论："诗意的思想发生在思想被感受之时，诗人不仅利用了他的世界，也使他的世界展开了通过具体的文字和图像、过于模糊和笼统的抽象感到的思想"③。同时，管佩达十分赞同学者刘乃昌的观点："苏轼在其诗歌中运用哲学思想时，大部分依靠的是一种文学语言。也就是说，他将（这些哲学思想）转化为具体的意象……"④这里即阐明了苏轼的思想是如何真正进入文学的。曾枣庄先生也曾评价道："任何真正的文

---

① "In this poem, we still see the contradiction between chu shi and ru shi-even the monk had to quit his administrative duties in the temple before he was able to find the necessary peace and detachment to write fine poetry. In fact, Su's admiration for Hui Qin's poetry seems to be less than wholehearted, and his praise rather formal. However, his introduction of the quote from his mentor, Ouyang Xiu, although still a quote and not yet incorporated into his own expression, seems to me to point to the beginnings of an answer to the conflict between worldly and the unworldly and to a new understanding of the ways in which the difficulties and suffering of life might be transformed into the stuff of art." Beata Grant, Buddhism and Taoism in the Poetry of Su Shi(1036-1101)(Ph. D. diss., Stanford University, 1987), pp.210-211.

② "It is an attitude that is very much informed by basic Confucian values as well as the Neo-Confucian faith in the power of selt-cultivation, and of mind over matter and external circumstances." Beata Grant, Buddhism and Taoism in the Poetry of Su Shi(1036-1101)(Ph. D. diss., Stanford University, 1987), p.211.

③ "A western literary critic, H. Coombes, says them following regarding the integration of idea and poetry: Poetic thought occurs when the idea is felt, not merely utilized, by the poet, who makes his worlds unfold the thought as felt through concrete words and images, the abstract being too vague and general." Beata Grant, Buddhism and Taoism in the Poetry of Su Shi(1036-1101)(Ph. D. diss., Stanford University, 1987), p.17.

④ "And finally, Liu Naichang, a contemporary Su Shi scholar, writes that: when using philosophic ideas in his poetry, Su Shi for the most part relies on a literary language. That is, he translates [these philosophic ideas] into concrete imagery..." Beata Grant, Buddhism and Taoism in the Poetry of Su Shi(1036-1101)(Ph. D. diss., Stanford University, 1987), pp.17-18.

学家都是深刻的思想家,他们的作品充满了对人生的观察、思考和感慨。苏轼也不例外,他的诗、词、文充满了儒、释、道入世与出世、进取与退避等看似相互矛盾,实际又颇为统一的思想。"①此外,管佩达在论文中大量引用并介绍苏轼充满禅学妙理的诗歌以证明苏轼思想与创作的有机融合,还用不少笔墨阐释了苏轼的绘画、美学思想等因受到佛道思想的影响而呈现的独特个性。她能在浩瀚的佛道典籍和苏轼文章中去搜索出相关的素材进行翻译并介绍,在当时的西方实属第一人。

以上可以看到,长年致力于苏轼佛道思想的研究,管佩达在学界塑造出了性格鲜明、超世绝尘形象的苏轼。她从苏轼的性格入手寻找其文学作品体现出丰富复杂的原因,她也善于观察到许多汉学家所难以观察到的苏轼悲观绝望的另一面,以此来证明苏轼佛道思想的形成不是一朝一夕的,是伴随苏轼自我性格的不断完善而推进的。这样的研究视角,无疑将苏轼在英语世界的传播推向了更高的层次,打破原有仅停留在苏轼佛道文章的翻译上,让西方读者能更立体和多角度去观察苏轼的复杂性和深刻性。为此管佩达也表示,自己研究的目的"并不是要揭示佛家、道家和儒家的思想或影响的线索,并在其中加以权衡,以确定哪一个在苏轼的艺术中扮演了最重要的角色……我希望展示苏轼如何创造性地,以多种方式、独特地利用这些明显截然相反的看待世界的方式中的固有张力"②。

除英语世界的学者们对苏轼思想颇感兴趣外,越南有一位学者阮延俊,他的专著《苏轼的人生境界及其文化底蕴》曾用一整章阐释"苏轼对儒、释、道思想的超越意识"。阮延俊引用苏轼的三句诗概括出他的超越的三层含义。第一,"用舍由时,行藏在我"③,这是苏轼对儒家穷达思想的超越。因为此句所表达的"用舍""行藏"二词便体现其入世或出世的心境。阮延俊举出苏轼《思堂记》一文,认为该文将道家虚静无为思想跟儒家君子必坦荡有为统一起来,并提升到无为而为的超脱境界。他又举例《自题金山

---

① 曾枣庄:《苏轼研究史》,江苏教育出版社,2001,前言第14页。

② "The purpose of this study is not to unravel the various threads of Buddhist, Taoist and Confucian ideas or influences, and weigh them one against the other in order to determine which had the greatest role to play in Su's art…I hope to show how Su Shi made creative and in many ways, unique, use of the tension inherent in these apparently diametrically-opposed ways of looking at the world." Beata Grant, Buddhism and Taoism in the Poetry of Su Shi (1036–1101) (Ph. D. diss., Stanford University, 1987), p.4.

③ 邹同庆、王宗堂:《苏轼词编年校注》(上),中华书局,2002,第134~135页。

画像》所言"问汝平生功业，黄州惠州儋州"既是自嘲也是事实，体现了对儒家穷达观念的超越。①所以阮延俊眼中的苏轼能在穷达之际，仍保持平衡的心态，将儒家的理想与自己的处世实践统一起来，从而超越儒家的传统观念，实现人生可进可退的自由之境。第二，"何必言法华，佯狂啖鱼肉"，这是苏轼对佛家思想的超越。阮延俊指出，这句取自苏轼《赠上天竺辩才师》的诗句，灵感来自苏轼的儿子苏迨受礼于辩才法师一事，因苏迨出生三年都还不能行走，所以苏轼请辩才法师为儿子摩顶，从此儿子"起走趁奔鹿"，于是苏轼赞叹法师的高明和不拘一格的生活态度，也因此悟到佛教的妙处不在于恪守戒律而在于妙用教义并能摆脱束缚、寻找自由。阮延俊还举出《和子由渑池怀旧》《定风波·常羡人间琢玉郎》《禅戏颂》等诗文阐释苏轼一生坚守佛教"平常心是道"的思想。第三，"苦热诚知处处皆，何当危坐学心斋"，这是苏轼对道家思想的超越。这句出自苏轼《泛舟城南，会者五人，分韵赋诗，得"人皆若炎"字四首（其二）》的诗句，被阮延俊看作是苏轼强调"顺其自然"的道家基本思想的体现，因为苏轼认为处处皆是"道"，不要把"道"形式化，而应内化为性格与胸襟。为此，阮延俊举出苏轼的《与谢民师推官书》《东莞资福堂老柏再生赞》《石苍舒醉墨堂》等作品，也论及苏轼对庄子的学习、对陶渊明的唱和，阐释苏轼效法自然、自得其乐、适意逍遥、达观无私的心态。

从唐凯琳、管佩达和阮延俊的研究可以发现，苏轼经历"乌台诗案"和几次贬放之后，认识到人生其实是悲剧一场，但是他可贵之处就在于没有因此一蹶不振，反而在乐观和悲观之中不断地推动自身价值的生成并找到了解脱悲剧人生的办法，即超然自适。苏轼的超越，实际内涵极为丰富，既有对出入世差别的超越，也有对外在束缚的超越，还有对自身内在精神的超越，最终，苏轼在超越中找到满足与快乐，获得尊严与完满。

第三节 革新者形象的创造

改革与创造历来是推动社会前进的手段。英语世界的学者们向来不走寻常路，总是在汉学研究中寻找属于自己的话语权并借此表达见解。苏轼革

---

① 阮延俊：《苏轼的人生境界及其文化底蕴》，世界图书出版广东有限公司，2014，第155页。

新者形象的创造主要集中于几位汉学家身上，代表如刘若愚、孙康宜、毕熙燕、陈幼石、林顺夫、艾朗诺、方秀洁等。刘若愚欣赏苏词中的理性与机智，陈幼石发现了苏文中的变与不变，林顺夫则认为苏轼使词充分"诗话""士大夫化"，真正开拓了一个新天地①，方秀洁则看到苏轼开创的咏物词风……他们不约而同地关注到苏轼在北宋文坛的号召力与影响力主要来自其诗文风格的与众不同和其文学思想的独树一帜，打破常规是使苏轼在文学上能开风气之先的主要原因。

苏词是英语世界公认苏轼最具创新性的文学成就。苏词传到英语世界以后，英国汉学家多数仅作翻译，罕见对苏词进行研究，而美国则在苏词研究方面成果丰硕，主要集中于苏轼对词的革新。在孙康宜之前，美国华裔学者柳无忌的《中国文学新论》（1966），这是一本简要的中国文学史教材，在第八章"词的起源与繁盛"部分，柳无忌提及的苏词少而精，不过六首，他高度评价苏词是视野、形式、技巧、想象、情感和智慧完美结合的精品，他说："从中国文学史的长远观点来看，苏轼的巨大贡献似乎在词，即使在词的全盛时代他的地位也是至高无上的。再说，某些诗人可能在风格和技巧方面十分卓越，但在视野的广阔和表现形式的多样化，以及把作诗的技巧跟优美的想象，真实的感情，超绝的灵智加以巧妙地结合而形成一种富于诗意的全面精美上，苏轼是出类拔萃的"②。由此，柳无忌十分欣赏苏轼创作的词敢于打破让文字服从于格律需要的习惯做法，他极力推崇苏轼不受历史与技巧的限制、不拘泥于严格与正确的诗律所表现出的文字和情感的美，这便是柳无忌心中苏轼的创造所在。与柳无忌更重苏轼的文本研究不同，美国艾朗诺则更重视挖掘苏轼革新宋词的动机及原因。他在1994年的代表作《苏轼生活中的言语、意象、形迹》中指出，苏轼革新宋词的动机及原因在于苏轼的文艺创作理念，即文艺创作须表现真性情，"这也是苏轼着意拓展词的题材，超越传统词作规范，努力发出'诗人之声'的根本原因"③。可以说，苏词让北宋词坛的面貌为之一新，苏轼也因此引领了一批又一批追随者并在文坛树立了不可撼动的地位。由此，苏轼作为革新者的形象在英语世界逐渐定型。

---

① 〔美〕林顺夫：《中国抒情传统的转变：姜夔与南宋词》，张宏生译，上海古籍出版社，2005，第172页。
② 柳无忌：《中国文学新论》，倪庆饩译，中国人民大学出版社，1993，第96页。
③ 万燚：《美国汉学界的苏轼研究》，中国社会科学出版社，2018，第113页。

第三章　认同与解读：苏轼多面形象的塑造

一、美国学者孙康宜眼中苏词的演进革新

（一）孙康宜：以世界眼光看待苏轼文学

韩晗在《论孙康宜的学术研究与文学创作》中曾指出，中国古典文学是世界文学的重要组成部分，所以应该把对中国古典文学的研究纳入世界文学研究的体系中，海外中国文学研究对此更责无旁贷。美国汉学家孙康宜（Kang-I Sun Chang）便是这样一位把中国文学放置于世界文学研究体系下进行研究的代表。孙康宜兼具国际学者和华语散文家双重身份，她早年在中国台湾、美国的大学接受了系统的学术训练，又得益于牟复礼（Frederick W. Mote）、蒲安迪（Andrew H.Plaks）、高友工（Yu-kung Kao）等著名外国学者的指导，尽其一生致力于中国文学的研究和创作，2015年和2016年先后担任美国、中国台湾研究院院士，至今73岁仍然活跃在学术界。孙康宜无疑是一位智者，她率先占领了西方研究中国诗词的高地，把中国古典文学置于世界视野之下，让中国古典文学在世界文学中的价值更得以凸显；她也是一位勇者，欣赏革新、敢于创造。从孙康宜的思想和研究风格来说，"她并不是传统意义上的历史考据研究学者，她更注重于在现代性的视野下，凝视中国古典文学的传统性变革，即'作家'如何在不同的时代对政治、历史乃至自身的内心进行书写的流变过程"[1]。孙康宜擅长运用中西方理论对于中国古典文学进行研究，她曾坦言，任何文化都有其体知文体研究价值的独特方法，中国文化固然如此，西洋文化也另有一套。孙康宜还认为，中国人的词风观念，是根植于传统思想的，即风格的区分不仅是成就的高低问题，还是诗人词客修身养性的表现；风格的评定是源于某种根深蒂固的信念。[2]

孙康宜对苏轼文学作品感兴趣，应该源于其对中国古典文学的经典文本和经典作家产生兴趣的过程，比如她发现王士祯受到苏轼的影响得益于她对清初文学家王士祯进行研究的过程。正是靠着这种敏锐的感觉，孙康宜对于苏轼内心想法、信念等是如何通过他的文学作品体现的，与其政治背景有何关系等都有了自己的价值判断，她十分认可苏轼的文学创造力并试图从史

---

[1] 韩晗：《论孙康宜的学术研究与文学创作》，《国际汉学》2019年第1期，第21页。
[2] 孙康宜：《词与文类研究》，李奭学译，北京大学出版社，2004，前言第2页。

学、心理学、语言学等角度对苏轼创作进行解读。跳出中国传统的文学观，运用中西文学与文化的差异进行对比研究，以世界眼光看待苏轼文学，让孙康宜的苏轼文学研究大放异彩。2010年，由孙康宜和宇文所安合编的《剑桥中国文学史》问世，孙康宜在该著序言中交代，编纂此书的一个主要目的就是打破传统、力求创新，即"质疑那些长久以来习惯性的范畴，并撰写出一部既富创新又有说服力的新的文学史"①。据笔者统计，该著中提及唐代李白约16处、白居易19处，宋代李清照5处、辛弃疾5处，而提及苏轼的地方超过30处②，苏轼的诗词文、艺术、文论等在该文学史中均有阐释。从苏轼在如此重要的文学史书中出现的频率可见其在文学史上的重要地位以及编著者对他的重视程度。《剑桥中国文学史》这样评价苏词："苏轼以诗为词，他则踵武增华，拓展词境，乃至以文为词，打破了文、诗、词之间的文类界限。他几近破天荒地以哲理入词，词作极富议论性格。他经常运用白话，作品活泼而清新。同时，他从经、史、子及诗、小说中取用字词与典故，从心所欲而不害词法。"③这段话将苏轼对于词的重大贡献以及苏轼作品的独特风格均做了高度评价。可见，在西方学者眼里，一扫传统词风的陈弊之气是苏轼对宋代词坛的最大影响。

（二）《词与文类研究》中与众不同的苏词

1980年，孙康宜在普林斯顿大学出版社出版处女作《词与文类研究》(*The Evolution of Chinese Tz'u Poetry: From Late T'ang to Northern Sung*)④，该著在北美学界系首次对唐代晚期至北宋时期诗词作品的系统研究，在北美学界具有开创性意义。美国芝加哥大学的教授安东尼（Anthony C. Yu）评论该著："她的作品渴望成为文学批评史，在这方面，她取得了令人钦佩的成功。这部作品充分汲取了中国传统文学和西方文学的知识，它清晰地描述了从小

---

① 孙康宜、宇文所安：《剑桥中国文学史》，刘倩、彭淮栋等译，联经出版事业股份有限公司，2016，联经中文版序第4页。
② 苏轼、李白、白居易、李清照、辛弃疾等出现的次数大致以《剑桥中国文学史》"索引"所统计出现的页码段为准。
③ 孙康宜、宇文所安：《剑桥中国文学史》，刘倩、彭淮栋等译，联经出版事业股份有限公司，2016，第519页。
④ 1994年该著在中国翻译出版，还可译为《晚唐迄北宋词体演进与词人风格》。

第三章 认同与解读：苏轼多面形象的塑造

令（简写形式一般不超过58个字符）到更长结构的文体演变"[1]。孙康宜对苏轼词作的关注，主要深受美国刘若愚的影响，她曾说："斯坦福大学刘若愚教授的大著《北宋词大家》(Major Lyricists of the Northern Sung, 1974）所英译的柳永与苏轼的词对我帮助甚大，我要特致谢意"[2]。孙康宜是英语世界第一位研究大量苏词的学者，研究的同时译介苏词59首，在数量上大大超过柳无忌；在研究视角方面，也从柳无忌的宏观视野转向微观研究，全书从词体发展讲到词人风格，并且从意象到修辞等都做了细致深入的阐释。孙康宜撰写这本书的20世纪80年代，正值文体学研究在北美突飞猛进之时，当时的文体学代表了美国文学理论界最为前沿的研究方法，因此《词与文类研究》也代表了对欧美前沿文学理论的重视和运用。

对于苏轼词作，孙康宜用了整整一章"苏轼与词体地位的提升"进行阐释。在孙康宜眼中，词一旦到苏轼，所有的诗词藩篱便不复存在。苏轼与生俱来的觉醒的新精神和他对人生的深沉思考，都能把这种精神和思考通过高超的语言和技巧表达出来。孙康宜认为，苏词的独特在于：从内容到形式都有创新。该作中称赞"苏轼尤可称才艺双全，几乎精通所有的诗体与文体"。孙康宜对苏轼在创作上的创新精神进行了充分阐释，她指出苏轼主要有以下四点贡献。[3]第一，对词的内容进行了拓宽。孙康宜认为拓展词的诗意是苏轼最卓越的成就，苏轼打破了在他之前词限于艳情或感情之作的范围，赋予了词更宽广的前景，如送别、庄稼之类的内容都可入词。第二，对词的气势有所增强。孙康宜认为苏轼把他的思想透过创造力运用到小令或慢词创作上加以呈现，并且能把儿女私情化为英哲相惜，别出心裁并且令人昂扬向上，苏轼变阴柔词为阳刚词，从而让词的面貌焕然一新。第三，对词的境界有所提升。孙康宜指出，苏轼词的风格与柳永词迥然不同，苏词能让我们经常见到新的精神和对生命的深层关怀。她认为柳永的《八声甘州》重在抒写儿女私情，而苏轼的《八声甘州》则直窥生命奥秘，这是柳词难以企及的。孙康

---

[1] "Her work thus aspires to be critical literary history, and in this she has admirably succeeded. A work fully informed by traditional Chinese and Western literary scholarship, it gives a lucid account of the genre's evolution from hsiao-ling (short forms generally no more than 58 characters) to longer constructions." "Review: *The Evolution of Chinese Tz'u Poetry from Late T'ang to Northern Sung*", By Kang-I Sun Chang, *Journal of Asian Studies*, 1982, Vol.41.No.2, p.316.
[2] 孙康宜：《词与文类研究》，李爽学译，北京大学出版社，2004，谢辞第2页。
[3] 孙康宜：《词与文类研究》，李爽学译，北京大学出版社，2004，第119~125页。

宜发现，苏轼在词作中融入中国哲学的最高理想——生命观，词也就因此发生翻天覆地的变化。第四，开创了词的新形式。孙康宜认为，苏轼的自我观是从苏轼在词前撰写的序文所体现出来的，苏轼由此成为北宋为词撰写长序的第一人。从词史的角度来讲，苏轼写作的本意经其所写的序言，更能体现他"新机的萌动发越"。当然，孙康宜也指出，撰写"诗序"的传统，从陶渊明以来就没有中断，尽管苏轼也是新瓶装旧酒，但毕竟属于"再创新"。此外，孙康宜还特别关注到苏轼在词语使用上的创新，她说："苏轼最有趣的革新之一，是在词里使用了古文的虚字"①。比如苏轼在《哨遍》一词里用"噫""矣"等虚字，意在让这些虚词达到与俚语乡言相反的效果。

可见，孙康宜视苏轼为词变革的关键人物，于是她特别把苏词作为《词与文类研究》整本书的高潮。究其原因，一方面孙康宜想向读者分析苏词在形式、结构、功能方面体现的意义，另一方面也想从史学角度阐释苏轼是如何将词打入宋人诗论的内缘，把词的可塑性锤炼到极致。孙康宜从诗体演进发展的轨迹方面去评价苏词的意义，无疑代表着20世纪80年代美国汉学研究的新方向。

二、澳大利亚学者毕熙燕剖析苏轼文学思想的守法与创新

（一）毕熙燕：澳大利亚苏轼文化的传承者

如果说19世纪至20世纪，苏轼在英语世界的形象塑造主要以英美学者为主力，那么在21世纪的澳大利亚，出现了一位华裔学者毕熙燕（Bi Xiyan），其成为苏轼文学与思想的研究者与传播者。毕熙燕毕业于澳大利亚悉尼大学，文论与古典汉语学博士，曾在中国人民大学、澳大利亚悉尼大学教授中国古典文学，1990年移民澳大利亚。毕熙燕在翻译实践、教学法及文学创作等方面均取得了丰硕的成果，曾出版学术专著、教材、译著、中文长篇小说、英文中长篇小说等，并且三次获得澳大利亚国家艺术委员会颁发的文学创作基金奖，还于2016年获得澳大利亚国家艺术委员会颁发的巴黎旅居奖。

这样一位兼学者、教师、文学创作者于一身的教授，又是脚踏东西文化

---

① 孙康宜：《词与文类研究》，李爽学译，北京大学出版社，2004，第149页。

的专家，却最钟情于苏轼。1996年，毕熙燕发表论文《苏轼与文章之法》，认为文章之法的"法"就是一种规范，文法包括文学创作方面涉及的常规、惯例和技巧等，是对命题、语言及文体等方面在理论层面的总结。①她对苏轼的文章之法进行了深入剖析，她认为前人议论苏轼文章"未知句法"或"不知古法"的见解并不正确，事实上，她认为苏轼文章虽然气象宏阔，但是却如宋代朱熹对苏轼文章的点评一样，即"自有法"。所以，毕熙燕认为苏轼诗文看似随心所欲，实则暗藏有法，苏轼的真正贡献即在于他首次将"法"的概念运用在文学艺术批评中，从而使其"活法"既充满生命力又合乎创作规律。②这正是毕熙燕对苏轼创作实践及文学理论的最佳概括。毕熙燕认为，苏轼诗文的"法"是十分灵活的，内涵包括以下几点。第一，打破人为的标准化戒律，赋予作家以创作的自由。第二，学会随物赋形，但又不被形所拘。第三，善于捕捉事物的妙处并能准确用语言表达。明人茅维曾感言苏轼文章日遇日新，"变则创，创则离，离其章而壹其质"。所以，以不变应万变，既有法也无法，便是苏轼文学创作的最高境界。

2001年，毕熙燕在澳大利亚悉尼大学提交博士论文《苏轼：对规则和成规的创造性运用》，该论文成为其专著《寓新变于成规：论苏轼的文学创作思想》的创作基础。之所以执着地研究苏轼，并把苏轼文化传播到澳大利亚，是因为苏轼是中国传统文化的代表人物，毕熙燕在历经多年的海外生活后相信：中西文化不是对立的，而是共融的。这一点在毕熙燕的小说代表作《绿卡梦》里也有一定的暗示。

（二）苏轼文学创作中的继承与革新之论

苏轼在作品中创造的新意和妙理无处不在，使其文学思想散发出灵动的光芒。2003年，毕熙燕在美国埃德温梅伦出版社出版专著《寓新变于成规：论苏轼的文学创作思想》(*Creativity and Convention in Su Shi's Literary Thought*)，这本著作与孙康宜着重从文体革新的角度去研究苏词不同，毕熙燕着重通过研究苏轼散文去把握苏轼的文学思想动向，抓住苏轼文学思想的继承与创造关系，阐发他在文学创作中的守法与创新，可谓从意识层面深挖了苏轼的创造力，"新变"二字成为该著的核心词语。

---

① 毕熙燕：《苏轼与文章之法》，《海南师院学报》1996年第1期，第27页。
② 毕熙燕：《苏轼与文章之法》，《海南师院学报》1996年第1期，第27页。

钱钟书在《宋诗选注》中曾指出，苏轼在点评吴道子的画时曾说："出新意于法度之中，寄妙理于豪放之外"。而这两句话也许可以作为对苏轼诗歌理论与实践的概括，正好运用在苏轼自己身上。①毕熙燕于是将苏轼的革新概括为"出新意于法度之中"，这里的"法度"即传统，而"新意"即作者在方法、技巧甚至理念上有所创新，苏轼的革新便是指在保持传统要义不变的基础上新融入其个人的创新技巧、理念或思想，以达到对传统的超越。具体说来，《寓新变于成规：论苏轼的文学创作思想》以苏轼撰写的碑、记、赋等散文文体为例，对这些文体规范和文体特点进行了梳理与归纳，探讨了苏轼的《书吴道子画后》、《荀卿论》、《六经论》、《思治论》、《既醉备五福论》、《礼论》、《通其变使其不变赋》、《辞免撰赵瞻神道碑状》、《张文定公墓志铭》、《陈公弼传》、《范景仁墓志铭》、《司马温公神道碑》、《肇庆仙宫神道碑》、《超然台记》、《通其变使民不倦赋》、《答谢民师书》、《赤壁赋》和《后赤壁赋》等代表作品。比如，毕熙燕分析《辞免撰赵瞻神道碑状》后认为，苏轼公然违抗皇帝命令不予以作碑文，原因在于苏轼的创作理念始终围绕真情实感与真心实意展开，凡是与自己没有情感基础的交游，即便皇帝有旨，苏轼也很难为之创作。毕熙燕还对《张文定公墓志铭》与《陈公弼传》两篇文章进行了分析，她认为苏轼因感激而作《张文定公墓志铭》，文章既有对张文定公家世与功业的歌颂，这是对传统墓志铭的继承，也有对传统的丰富和发展，即特别突出张文定公的个性与品格；毕熙燕还认为，苏轼因感恩而作《陈公弼传》，所以其对朋友的歌颂完全是发自内心，毫不矫揉造作的表达，从而表现出文章既有忠实记录的一面也有完善与超越的另一面。

除对苏轼的碑文加以分析外，毕熙燕对于苏轼的记和赋也有所阐释，她对此的研究思路如下。第一，对比韩柳"记"体文，体现苏轼的革新。她把苏轼的《超然台记》和唐代韩愈的《汴州东西水门记》、柳宗元的《钴姆潭西小丘记》进行对比，指出韩愈和柳宗元的"记"体文多以记事为主，而苏轼则以议论为主，将记事与议论紧密结合起来，达到情理交融的效果。第二，把苏轼的文字表达与内在思绪合起来考量。毕熙燕认为，苏轼的记事、记物已经突破了传统意义上的记外部世界的特点，而是一种内心世界情绪流动的表现，因而能做到情动而文动、情止则文止的潇洒。这些才是苏轼对传统"记"体的革新与超越。此外，毕熙燕对苏轼的"赋"也表现出极大的赞

---

① 钱钟书：《宋诗选注》，生活·读书·新知三联书店，2002，第99页。

赏，她认为苏赋也是对传统的超越与创新。比如苏轼《通其变使民不倦赋》详尽深刻地阐发了《周易》"通其变，使民不倦"的"通变"论点，提出了"通用之变，民用不倦"的观点，并处处强调了"有适于民"的最高准则，这不仅表现了苏轼作为"主变"者的理想主义色彩，也突显了他"为民"的现实主义认识。"为民"的背后是苏轼大公无私思想的闪光，这也是苏轼自身人格的魅力和高度文化涵养的集中表现。由此，李调元《赋话》卷五评此赋"纵横排奡""才气豪上"。可见，苏轼写律赋更加不为形式所束缚，下笔得心应手。所以，毕熙燕觉得苏轼在传统基础上懂得变通，将"通""变"的哲理用于解释现实生活中的实际问题，为传统赋体注入了新鲜血液。

在该著中，毕熙燕还分析了苏轼的"作文之法"是受其"圣人之道"认识的影响。她指出，苏轼说圣人之道源于人情，所以不能曲解了圣人之道并视之为教条，应从人情的角度去理解圣人之道后再进行创作，在创作中才能解放自我，个人情感才能自然流露。在毕熙燕看来，苏轼的文章都是自然情感的流露，是"自然"的创作结果。苏轼正是将"新意"融入"法度"之中，传统才表现出丰富多彩的一面，才能保持生机与活力。毕熙燕认为，苏轼坚守的"道"既是立足于实际的"道"，也是能够随机应变的"道"，他的民本思想始终贯穿于他的政治思想之中。毕熙燕把苏轼的政治见解与作文之法结合起来考证，从而得出结论：苏轼是"自由思想家"，由此强调了苏轼坚持独立思考，懂得变通的精神。[①]

第四节　文化使者形象的光大

中西文化的交流，一开始并非一帆风顺，其间经历了排斥与歧视、冲突与磨合、好奇与了解，最终才是接受和认可的漫长过程，而异域对苏轼的接受也同样经历了从不了解到了解，从不认可到认可的过程。因为苏轼文学作品在外传的同时，也是苏轼的人格魅力、思想意志和精神修养外传的过程，这些精神层面的感召使得苏轼在外国读者心中已经不仅仅是独立的宋代文学家个体形象，还承载着丰富的文化内涵，成为中国传统文化的典型标志，也必然成为中

[①] 万燚：《英语世界的苏轼"因革"文学思想研究——以毕熙燕为中心》，载《古代文学理论研究（第四十辑）——中国文论的思想与智慧》，2015，第91页。

西文化交流的桥梁。而异国文化也在不知不觉中受到影响，外国人学习研究苏轼、模仿苏轼、追寻苏轼在中国的踪迹等都是异国文化对东坡文化的理解和接受的另一种表现。可以说，苏轼成为能与李白、杜甫相媲美的，在英语世界将中国诗歌文化发扬光大者，他作为文化使者形象在英语世界是深入人心的。

苏轼作为中西文化交流使者的形象出现在世界舞台无可非议，因为他的形象符合中华文化的国际定位。第一，苏轼从小受到来自父母所教导的仁、义、礼、智、信等儒家思想要义的影响，表现出忠诚与勇敢、友好与善良等品格修养，这些外化的个性特征符合国际对中华民族形象的定位。颇有代表性的是苏轼在《记过合浦》中曾有"抚之而叹曰：'天未欲使从是也，吾辈必济！'"短短几句表现出笑对人生的坚强与乐观精神，不正是中华民族精神的体现么？第二，中国的飞速发展与变化吸引了世界人民的眼光，学者们更加注重选择让西方人感到既新颖又有历史意义的中国传统文化，以译介文学的方式让中华民族的形象在西方人内心扎根。李泽厚曾在《苏轼的意义》中谈到苏轼"把中晚唐开其端的进取与退隐的矛盾双重心理发展到一个新的质变点"。无独有偶，美国汉学家史国兴也曾表达出与李泽厚同样的观点，他认为苏轼的一生总处于两大矛盾中：他既想积极入世，希望在政治上有所作为，又想出世，回归田园归隐，闲适地生活。而这两大矛盾，反而促使苏轼创作了许多伟大的文学作品。① 苏轼内心矛盾的典型性正符合西方读者渴望了解中国士大夫命运的心理，而苏轼对于儒释道思想的吸收又时刻伴随他命运的起伏以及文学的创作，由此，西方学者通过苏轼文学能更加了解中国士大夫精神进而认识中国文化的根本。

英语世界对东坡文化的建构主要集中于对苏轼人生印记最深的三个地方——黄州、惠州和儋州的研究。这三地既是苏轼成就功业的地方，也是苏轼因遭受贬谪而去的地方，更是苏轼文学作品最闪耀光芒、文风悄然发生转变的三个地方。以岭南②为例，苏轼初到惠州时，面对热情迎接他的惠州百姓，曾吟《十月二日初到惠州》一诗表达对当地的美好印象："仿佛曾游岂梦中，欣然鸡犬识新丰。吏民惊怪坐何事，父老相携迎此翁。苏武岂知还漠北，管宁自欲老辽东。岭南万户皆春色，会有幽人客寓公"。黄庭坚曾作

---

① Curtis Dean Smith, "The Deam of Chou-chih: Su Shih's Awakening", *Chinese Studies*, 2000, 18（1）, p.255.
② 岭南，原是指中国南方的五岭之南的地区，相当于现在广东、广西及海南全境。惠州在广东，儋州在海南。

诗《跋子瞻和陶诗》："子瞻谪岭南，时宰欲杀之。饱吃惠州饭，细和渊明诗。彭泽千载人，东坡百世士。出处虽不同，风味乃相似。"此诗从苏轼被贬岭南入手，把苏轼对陶渊明诗的唱和做了描绘，从此苏轼留下美誉"东坡百世士"。可见，岭南对于苏轼一生来说至关重要，它既是苏轼人生最艰难岁月的见证，也是苏轼在此促进南北融合及岭南文明进程之地。

长久以来，英语世界形成了以黄州、惠州、儋州这三地为中心的苏轼贬谪文化研究、岭南文化研究、苏轼唱和诗歌文化研究等，成果不少。有代表性的如：1994年，美国艾朗诺在其著作《苏轼生活中的言语、意象、行迹》中特意对苏轼岭南贬谪的经历加以研究，从而凸显岭南对于苏轼一生的重要意义；1996年，美国宇文所安曾在《诺顿中国古典文学作品选》收入苏轼诗歌《澄迈驿通潮阁两首》之二，诗云"余生欲老海南村，帝潜巫阳招我魂"便是在海南思乡盼归心情的真实写照；2013年，美国杨治宜在第18届苏轼国际学术会议上提交的论文《回归内在的乌托邦：试论东坡岭南和陶诗》通过探讨苏轼在岭南流放期间创作的"和陶诗"，从而将苏轼形象和陶渊明形象加以对比。

一个人竟然能带动一个地区的文化传播，并不多见。像苏轼这样所到之处，都是攒一路赞誉，留一路芬芳，即使他已不在人世百年、千年，他作为文化使者的形象不仅不会褪色，反而会更加立体和丰满。

一、中国学者林语堂用英语书写的东坡传奇

（一）林语堂：东方身份，西方视野

林语堂（1895～1976），在文学创作、翻译和语言研究方面成绩卓著、享誉世界，曾任联合国教科文组织美术与文学主任、国际笔会副会长等职。林语堂曾获美国哈佛大学文学硕士和德国莱比锡大学语言学博士，曾在国内多所大学任教。1936年起久居美国，从事英文写作，1945年任新加坡南洋大学校长。林语堂曾创办《论语》等多种刊物，撰写小说《京华烟云》《啼笑皆非》，散文集《人生的盛宴》，还有《东坡诗文选》等译著，他于1940年和1950年先后两度获得诺贝尔文学奖提名。林语堂从1935年的第一部英文作品《英文小品甲集》（*The Little Critic: Essays, Satires and Sketches on China, First Series: 1930-1932*）至1973年主持编撰的《当代汉英词典》（*Chinese-English Dictionary of Modern Usage*），其英文出版物涉及文学、新闻学、社会学、哲学、宗教、语言学、艺术等，范围十分广泛，成果超过

30本，尤其是《吾国与吾民》（My Country and My People，1935）、《生活的艺术》（The Importance of Living，1937）、《孔子的智慧》（The Wisdom of Confucius，1938）、《苏东坡传》（The Gay Genius: The Life and Times of Su Tungpo，1947）、《美国的智慧》（On the Wisdom of America，1950）等在国外都产生了极大影响。

林语堂学贯中西，除了天生聪颖外，还源于他有一个教会牧师的父亲，教会和洋学堂有着关系，林语堂拥有教育资源的机会也就比普通中国孩子多。出生于这样的基督教家庭，尽管骨子里流淌着东方的血脉，但是耳濡目染的多是西方的思想和文化，为他后来的创作游刃于中西之间打下了坚实的基础。作为一名典型的中西文化沟通的使者，他在特定的不同文化语境中实现了语言和思维的自由转换，并能使西方人乐于接受中国的文化和生活，继而通过互动把彼此的差异性显示给对方，这是对中西文化之间鸿沟的跨越。林语堂一生丰富而传奇的经历造就了他特殊的东方身份，既能遵从于中国本土的文化立场又能博采西方文化众长，使其散文、小说、译著等既充满浓厚的中国味道又能跳出中国的局限而以西方人的视角去审视中国的文化现象，从而成为一位在文学创作、翻译和文化交流方面具有"东方身份，西方视野"的大家。林语堂也曾抒写对联评价自己："两脚踏东西文化，一心评宇宙文章；挚爱故国不泥古，乐享生活不流俗"。

（二）《苏东坡传》中的乐天文化

林语堂与苏轼的缘分要从1936年他离开中国赴美说起，他曾谈及，自己在前往美国途中所带的书籍里，有关苏东坡的书不少，有了"东方身份，西方视野"的林语堂，敏锐观察到苏轼即将在西方产生的潜力和价值，加之自己对苏轼的敬佩和喜爱，由此萌发了为苏轼作传的想法。经过多年酝酿，林语堂于1947年在美国出版《苏东坡传》，这本传记翻译了多篇苏轼诗文，对苏轼的一生做了详细介绍，影响深远，反响热烈，还多次再版。林语堂由此成为美国乃至整个英语世界出版苏轼传记的第一人。在其《八十自叙》中，林语堂把《苏东坡传》排在自己得意之作的首位，这本苏东坡的传记也被后世评价为"东坡传记的开山之作"[1]。甚至在该书出版后的十年内，美国学界仍然没有出现其他介绍苏东坡的书。1960年，林语堂又在美国出

---

[1] 莫砺锋：《漫话东坡》，凤凰出版社，2008，第316页。

第三章 认同与解读：苏轼多面形象的塑造

版《古文小品译英》，翻译苏轼文章5篇，涉及苏轼的游记、书札、论说文等。2008年11月，中国台北出版了《林语堂英译精品：东坡诗文选（汉英对照）》，收入林语堂曾经翻译的苏轼诗词文共26篇，如《南宋孝宗皇帝追赠苏轼太师衔的圣旨》、《上神宗皇帝万言书》（节录）、《拟进士廷试策（节录）》、《与朱鄂州书》、《凌虚台记》、《黄州安国寺记》（节录）、《吴中田妇叹》、《六月二十七日望湖楼醉书》、《饮湖上初晴后雨》、《题一诗于壁——除夜值都厅，囚系皆满。日暮不得返舍，因题一诗于壁》、《和子由渑池怀旧（节录）》、《水调歌头·明月几时有》、《江城子·乙卯正月二十日夜记梦》、《行香子·述怀》等。该书在美国、日本、中国的香港和台湾同步发行。

而国内关注林语堂的《苏东坡传》者也不在少数，最早的成果见于20世纪70年代，代表作如1977年9月陆以霖论文《林语堂笔下的苏东坡——〈苏东坡传〉》；1977年11月，王保珍论文《〈苏东坡传〉（林语堂著）的欣赏与补正》；1977年12月，张之淦发表《林语堂著宋碧云译苏东坡传质正》；1979年，亮轩发表《平原走马不系之舟——林语堂著，宋碧云译〈苏东坡传〉》。20世纪80年代，出现了部分评论《苏东坡传》的文章，代表作如1980年，陈香《评介三本苏东坡传（曾普信著《苏东坡传》，林语堂著、宋碧云译《苏东坡传》，邱新民传《苏东坡》）》；1985年，丘荣襄发表《林语堂与苏东坡：我读〈苏东坡传〉》。①进入20世纪90年代，对于林语堂的苏东坡研究的关注点逐渐细化，个案的翻译研究者也多起来，比如1991年郭正枢的论文《林语堂英译六首苏轼词赏析》；1993年，陈新熊发表《国色朝酣酒，天香夜染衣——林语堂先生〈苏东坡传〉所提到的东坡两首诗辨析》。21世纪初，有学者关注到林语堂接受苏轼的视角及原因，如2000年萧庆伟论文《论林语堂〈苏东坡传〉的文献取向》，他指出，林语堂关注苏轼的超然，舍弃苏轼的苦痛来创作，是与林语堂自身的经历相关——"林语堂的传记舍弃了反对派苏轼的偏激和固执，只取其'参与'与'超然'的态度，这是与作者（接受主体）的意蕴期待联系在一起的。那一时期的林氏从政治参与到回避政治，从关心国家到关注自我，这构成了林接受苏的视角，便有了对苏的全面肯定和热情歌颂"②。近年来，形象学的兴起，促使以林语堂塑

---

① 曾枣庄：《苏轼研究史》，江苏教育出版社，2001，第456页。
② 郭一蓉：《中西文化视野下的苏东坡形象研究——以林语堂之〈苏东坡传〉为中心》，西北大学硕士学位论文，2016，绪论第5页。

造的苏轼形象如何放置于中西文化背景下去审视为研究对象的成果出现了，代表如2016年郭一蓉硕士论文《中西文化视野下的苏东坡形象研究——以林语堂之〈苏东坡传〉为中心》等。

总之，林语堂的《苏东坡传》可谓在国内外都引发了苏轼研究的热潮，也让林语堂在西方世界名声大振。美国《读者文摘》创始人德威特·华莱士曾评价林语堂多才多艺、成就卓越，认为林语堂属于所有的文化。

那么，《苏东坡传》的最大成功在哪里？笔者认为，主要是该著成功塑造了苏东坡的乐天派形象，把东坡身上的乐天文化渲染到了极致。在林语堂看来，苏轼最吸引他的地方莫过于快乐、积极的生活态度，所以"快乐"二字就成为林语堂在《苏东坡传》里出现频率最多的词，也成为林语堂极力想向西方读者塑造的苏轼这位快乐文化使者形象的核心。林语堂多次在文中出现"乐"字，比如happy（快乐），还有一些与快乐相近的词也常常出现，比如optimist（乐天派），enjoy（享受），joke（玩笑），joyous（充满欢乐的）等。林语堂评价苏轼为："苏东坡是个秉性难改的乐天派，是悲天悯人的道德家，是黎民百姓的好朋友，是散文作家，是新派的画家，是伟大的书法家，是酿酒的实验者，是工程师，是假道学的反对派，是瑜伽术的修炼者，是佛教徒，是士大夫，是皇帝的秘书，是饮酒成瘾者，是心肠慈悲的法官，是政治上的坚持己见者，是月下的漫步者，是诗人，是生性诙谐、爱开玩笑的人。"① 有意思的是，这段评价的开头"乐天派"和结尾"诙谐、爱开玩笑"都反映了苏轼在林语堂心中突出的快乐天性。

对于苏轼的"乐"，林语堂着重从以下几方面做了诠释。

第一，创作自得其乐。林语堂写道："苏东坡最快乐就是写作之时。"② 他举出苏轼一次给朋友写的信中提及"我一生之至乐在执笔为文之时，心中错综复杂之情思，我笔皆可畅达之。我自谓人生之乐，未有过于此者"。苏轼把创作当作人生最大的乐趣，花鸟虫鱼皆可入诗，日月星辰皆视知己，道禅哲理都信手拈来，通过写作传递情感，且都能"下笔如有神"，这是怎样的一种快乐。

第二，作品使读者快乐。苏轼的诗文能让人感受到一种力量，读之使人快乐。林语堂举出不少例子：欧阳修每逢收到苏东坡新写的文章就欢乐

---

① 林语堂：《苏东坡传》，张振玉译，外语教学与研究出版社，2012，序言。
② 林语堂：《苏东坡传》，张振玉译，外语教学与研究出版社，2012，第9页。

终日，宋神宗每逢举箸不食时必然是在看苏东坡的文章等，所以林语堂说："作者自由创作时，能自得其乐，读者阅读时，也觉愉悦欢喜，文学存在人间，也就大有道理了。"①

第三，善于享受生活之乐。享受生活之乐的前提是苏轼能苦中作乐，苏轼面对苦难时总能"不回避人生的痛苦、社会的黑暗，但他更强调以元气淋漓的生命力超越苦难、获得幸福的可能性，提供了外在重重障碍中让身体和心灵一起舞蹈的方式，他甚至将这种个人的幸福拓展到人类福祉高度"②。其次，他能把生活本身当作乐趣。林语堂在《生活的艺术》里指出："因为中国人之生活艺术久为西方人所见称，而向无专书，苦不知内容，到底中国人如何艺术法子，如何品茗，如何行酒令，如何观山，如何玩水，如何看云，如何鉴石，如何养花、蓄鸟、赏雪、听雨、吟风、弄月。……夫雪可赏，雨可听，风可吟，月可弄，山可观，水可玩，云可看，石可鉴，本来是最令西人听来如醉如痴之题目"③。而苏轼则能把生活过成一种艺术，上述赏雪、观花、听雨、玩水等事无一不在行，苏轼在文学中的话语便是其以乐对待生活的见证，难怪林语堂在传记里的叙述让西方人眼前一亮。

第四，与民同乐。林语堂认为，苏轼是最亲民的人，因为他的至交可以是诗人、道士或者穷人，"他也喜爱官宦的荣耀，可是每当他混迹人群之中而无人认识他时，他却最为快乐"④。可以说，三教九流都能与苏轼交朋友。林语堂还指出，苏轼的亲民思想体现在"不忙不快乐"，比如他举出陕西有一年干旱无雨，农人只好向神灵求雨，而苏轼便因此忙碌起来，写一篇祈雨文《凤翔太白山祈雨祝文》，向神明呈递，请求天降甘霖，文中写道："乃者自冬徂春，雨雪不至。西民之所恃以为生者，麦禾而已。今旬不雨，即为凶岁，民食不继，盗贼且起。岂惟守土之臣所任以为忧，亦非神之所当安坐而熟视也。圣天子在上，凡所以怀柔之礼，莫不备至。下至于愚夫小民，奔走畏事者，亦岂有他哉？凡皆以为今日也。神其盍亦鉴之？上以无负圣天子之意，下以无失愚夫小民之望。"⑤短短的文章却体现"以天下为己任"、忧老百姓之所忧的思想，能为民造福，忙碌一点又何妨？这便是苏轼的乐趣。

---

① 林语堂：《苏东坡传》，张振玉译，外语教学与研究出版社，2012，第9页。
② 施萍：《林语堂：文化转型的人格符号》，北京大学出版社，2005，第240页。
③ 林语堂：《中国人》，沈益洪、郝志东译，学林出版社，1994，第418页。
④ 林语堂：《苏东坡传》，张振玉译，外语教学与研究出版社，2012，第10页。
⑤ 林语堂：《苏东坡传》，张振玉译，外语教学与研究出版社，2012，第41页。

林语堂认为，苏轼的伟大在于他永葆"真纯"，他的人品是风骨，文章是精神，俨然一身"浩然正气"，林语堂深信苏东坡万古不朽的是留给后世的心灵的喜悦和思想的快乐。林语堂之所以执着地向英语世界读者塑造苏轼作为乐天文化使者的形象，究其原因，主要表现在以下几点。

第一，对外宣传中华忧乐精神，传播中华文明。在中国上下五千年的文明史中，中华忧乐精神是一种特有的民族精神，是中华价值体系的重要组成部分。① 中华忧乐精神"表征着中华民族为什么而快乐，因什么而担心，什么才是真正值得追求的，什么又是必须念兹在兹的伦理情感、价值眷注、性灵胸次、精神境界和道德追求，灌注着中华民族的历史理性、哲学智慧和文明机理"②。正因为如此，苏轼的忧乐精神其实是其忧乐观、忧乐意识和忧乐情怀的一种体现，苏轼为什么而快乐，因什么而担心，什么才是他真正追求的……对这些问题的研究都是林语堂在传递中华民族精神和中华价值观的一种信号，也是对外传播中华文明的一种方式。据说，1945年林语堂开始着手写《苏东坡传》，要为美国人塑造出一个"深厚、广博、诙谐，有高度的智力，有天真烂漫的赤子之心"的苏东坡形象，表面上看是"于美国赶忙人对症下药"，真正意图显然为了重新确立中国人的自信心，传播中华之优秀文明，在东西方之间进行文化综合。③

第二，译者自身的幽默天性与苏轼极为相似。很巧的是，林语堂小时候的乳名竟是"和乐"，带一个"乐"字，似乎早就在其性格中种下了快乐的种子。而他长大成名后，人们又都亲切称他为"幽默大师"，因为他谈吐诙谐幽默，也自认童心未泯。首次将英文的 Humour 译为中文的"幽默"，便是从林语堂开始的。林语堂的幽默也许是天性使然，也许是生活的需要，更有可能是他发现我们的国度缺乏幽默从而尝试以幽默对抗虚假，所以，他在《八十自叙》中说自己并不是第一流的幽默家，却是在缺乏幽默的国度里的第一个招呼大家注意幽默的人。因此，林语堂懂得向中国人推销西式"幽默"，并且向西方人推销中国的放达疏淡。而林语堂从苏轼身上仿佛看到了另一个自己，他和苏轼都有着极相似的个性：都是乐天派，他们一生寻找真正的快乐，他们所寻觅的是一种非物质的快乐，而这种快乐何处寻？在人我

---

① 王泽应：《中国人的忧乐精神》，《光明日报》2017年08月12日第11版。
② 王泽应：《中国人的忧乐精神》，《光明日报》2017年08月12日第11版。
③ 潘建伟：《自我说服的旷达：对话理论视野中的苏轼"旷达"形象问题——兼谈林语堂〈苏东坡传〉的中西文化观》，《杭州师范大学学报》（社会科学版）2010年第5期，第43页。

之间，在乎山水之间。苏东坡潇洒过活，畅意自如，一阵清风似地度过一生。这样的个性正是林语堂先生所推崇的闲适生活美学。① 《苏东坡传》"序言"开头，林语堂就说自己写《苏东坡传》并没有特别的理由，"只是以此为乐而已"。所以，当一位幽默者遇到另一位快乐者，尽管穿越时空仍能感到知音的魅力。

第三，东坡精神激励译者乐观面对生活。据考证，林语堂在写《苏东坡传》时，正举步维艰。一是自己"十几万美元"的财产化为泡影，甚至债务缠身；一是林语堂的大女儿林如斯逃婚，让这位父亲气不打一处来。所以，林语堂视苏东坡为精神导师，从苏东坡乐观豁达的精神中得到了力量，让自己学会在逆境中做到泰然处之。② 英国李高洁《苏东坡集选译》的序言作者韦纳先生也曾明确指出苏轼"拥有快乐、自由的心性"，他认为苏轼应该在国外得到足够的重视。

第四，美国崇尚快乐与苏轼精神契合。林语堂认为美国是一个崇尚自由、喜欢快乐的国度，在他的另一本著作《美国的智慧》中，他认为美国人追求艺术，享受生活，热爱自然，渴望幸福。把握了美国特点的林语堂可以肯定来自异乡的乐天派苏轼会容易被美国人接纳和认可。这是东西方文化的共鸣，即人类的天性就是快乐与自由。

然而，我们不能忽略：所有与"乐"有关的表达，其核心要旨都应归结于林语堂对"人"的关注和敬畏。德国汉学家顾彬曾评价林语堂"他不只是从一位学者的角度，同时也是从'人'的本身着眼：苏东坡是个出色的文人、生活家，一个非常丰富且精彩的人。从他的身上可以看到人的生活可以丰富到什么样的境界，人的才华发挥到何种极致。"③ 顾彬一语道破了林语堂抒写苏轼形象的出发点。

和林语堂一样，也被苏轼的快乐感动的是美国华裔学者柳无忌。他认为由于苏轼深受儒释道三种哲学思想的影响，其首先表现出一种对生活"愉快而宽宏的看法，这种人生观超然于受个人狭隘的生活环境所制约的变幻无常

---

① 苏东坡著，林语堂英译《林语堂中英对照东坡诗文选》，台北县新店市，2008，序言第16~17页。
② 郭一蓉：《中西文化视野下的苏东坡形象研究——以林语堂之〈苏东坡传〉为中心》，西北大学硕士学位论文，2016，第14页。
③ 苏东坡著，林语堂英译《林语堂中英对照东坡诗文选》，台北县新店市，2008，序言第12~13页。

的感情之上,从而赋予他的诗歌以气势,热情和敏锐的观察力"①。苏轼怀抱理想,直面痛苦,"在大自然、友谊与哲理的欢乐中为他苦难的遭遇寻求补偿和慰藉"②。也许,用欢乐补偿痛苦,才是苏轼的生存哲学。

而美国的杨治宜对苏轼的乐观精神也表达了无可掩饰的喜爱,她认为苏轼是在努力超越自己,同时又清楚意识到自己限度的时候,忽然获得了一种暂时的、有条件的逍遥自然,这恰是苏轼"快乐天才"的源泉。这种天才是仁慈、和蔼可亲而又令人振奋的。杨治宜这样写道:"尽管他时时流露出超迈的理想——要化身'万斛泉源'、如天工造物一般创造艺术作品,或者要作罗浮山上的谪仙人,与宇宙万象往来——他也嘲笑自己作为凡人的有限性。他必然要妥协,因为束缚的力量过于强大,不论是人性的弱点还是政治的威权,命运抑或死亡,他都无法反抗。但如果这样的洞见与现代存在主义不无类似的话,那么他的乐观精神则让他与众不同。他眼中看见的世界不是一个荒谬无意义的无情宇宙,而是无穷无尽的自我完善的可能;而假如'自我完善'假定了一个完美的终点,他也悬置了这一终点是否存在、存在何方的问题。因此,他的'自然'拥抱了自身的反面,包括中介性、物质性、文化典范和仪式的规定性。此外,他还常常以幽默的方式把这套逻辑用作修辞技巧,以达到各种现实的目的,譬如自我说服、自我辩护、社交的客套和巧计等等。他诗中所暴露的这些'弱点'恰恰让后世读者倍感亲近,允许他们把苏轼的诗歌想象成忠实的明镜,映射出作者真实的人格。"③显然,杨治宜在这段话里点明了苏轼也和普通人一样曾面临困境,但是他却能在"世界以痛吻我"的时候做到我却报之以歌,即用快乐拥抱万物,用快乐进行自我救赎,他的这种乐观积极甚至成为一种自然、自发的表现,这就是苏轼的真实人格。

由此,林语堂在抒写苏东坡的时候,没有为了迎合当时的美国文化背景而去刻意渲染人性本恶论,反而反其道而行之,突出的是他笔下快乐自由的苏东坡形象;同时,面对东方文明,他又注意将东方宗教描述为博爱的印象。这里,用兰芳对林语堂的评价极为适合——"以具体故事演绎抽象概念;以美好事实消解邪恶想象;以世界大同取代中西差异。这是中国经典人

---

① 柳无忌:《中国文学新论》,倪庆饩译,中国人民大学出版社,1993,第97页。
② 柳无忌:《中国文学新论》,倪庆饩译,中国人民大学出版社,1993,第97页。
③ 杨治宜:《"自然"之辩:苏轼的有限与不朽》,生活·读书·新知三联书店,2018,第302页。

物国际化的经典案例,为我们当前的跨文化交流提供了可循的模本"[1]。

二、加拿大学者叶嘉莹品读苏轼诗词的古风雅韵

(一)叶嘉莹:加拿大苏轼研究的先驱

词学在北美属于新兴学科。加拿大华裔学者叶嘉莹是一位终身致力于中国古典诗词创作和研究的大家,尤其在唐宋词研究方面有着卓越成就。美国的孙康宜曾评价叶嘉莹:"学者见解精辟,佳作逐渐面世,论词的观点与方法则东西合璧,欧美文论与华夏词话同衾共衾。这方面最具代表性的学者,非叶嘉莹教授不作他想"[2]。孙康宜认为,叶嘉莹的词大都以艺术精神为主,为北美的词学研究指明了方向。

叶嘉莹一生行走南北,曾在中国台湾大学,美国哈佛大学、密歇根州立大学及哥伦比亚大学担任教授,是加拿大不列颠哥伦比亚大学终身教授,1991年当选为加拿大皇家学会院士,曾获2015~2016年度"影响世界华人大奖"终身成就奖,2019年获天津南开大学教育教学终身成就奖等。目前近百岁高龄的叶嘉莹先生仍然活跃在国际上,用自己清瘦的身躯支撑起中国古典文学的一片天空,从教超过70年的她成果丰硕,她在中国大陆、台湾、香港地区以及美国刊行的著作达30多种,著有英文专著《中国诗词研究》(*Studies in Chinese Poetry*)[3],中文专著《王国维及其文学批评》、《灵谿词说》、《中国词学的现代观》、《唐宋词十七讲》、《词学古今谈》、《清词选讲》和《小词大雅——叶嘉莹说词的修养与境界》等。叶嘉莹擅长将学术风格融入其独特的生命体验中,所以成为国际学界的标杆式人物,不仅中国大陆、香港、澳门、台湾等地的报纸,美国、加拿大、新加坡的重要报纸也都曾对她作过报道。

风雨七十载,叶嘉莹还在世界各地培养了一批又一批致力于中国古典文学的学生,这些学生不少都已是美国、加拿大等国学术界的翘楚了。尤其在加拿大,进行苏轼诗词研究的学者大部分跟叶嘉莹有关,有的是其学生,有的是其合作者。叶嘉莹是加拿大苏轼研究的先驱,英文研究著作中,她和

---

[1] 兰芳:《林语堂笔下的苏东坡形象》,福建师范大学硕士学位论文,2007,摘要。
[2] 孙康宜:《词与文类研究》,李奭学译,北京大学出版社,2004,第162页。
[3] 又名《中国诗歌论集》。

美国海陶玮合作，于1998年在哈佛大学亚洲研究中心出版的《中国诗词研究》影响较大，该著是加拿大学界最早研究苏轼文学的著作。《中国诗词研究》实际上是一部有关诗词及其解释传统历史的著作，收录了叶嘉莹和海陶玮各撰写的一篇序言以及17篇文章，主要分为三部分：第一部分是有关陶潜和李商隐的3篇诗歌类研究的文章，其中陶潜的2篇是海陶玮所作，李商隐篇是叶嘉莹所作；第二部分是10篇宋词研究文章，涉及晏殊、柳永、苏轼、周邦彦、辛弃疾、吴文英等人的词做分析，除柳永和周邦彦的2篇是海陶玮所作外，其余8篇均由叶嘉莹撰写；第三部分是4篇有关王国维诗词观的论文，均由叶嘉莹撰写。叶嘉莹独撰13篇论文，可见，她在《中国诗词研究》中撰写的分量最重。这些文章论述了独特的诗人、特殊的诗歌技巧、时代风格和诗歌批评的一般问题，实际上是海陶玮和叶嘉莹近三十年合作研究中国诗歌的成果。通过对个别文本的仔细阅读，两位作者阐述了他们研究的诗人作品的文体和心理成分，并对这些诗歌提出了令人信服的解释。

海陶玮在《中国诗词研究》的序言"Preface"中谈到撰写该著的目的，归纳起来有二。第一，全面介绍宋词。他说："我们最初的目的是要对宋词做一个全面的介绍，我们每个人都要和一群精选出来的诗人打交道。"[1]第二，关注诗歌评论家所关注的问题并尽可能准确翻译诗歌，以帮助英语读者理解。海陶玮说："我们所关注的问题是那些面对任何文学传统的诗歌评论家所面临的问题，虽然我们不能假装用另一种语言再现中国诗歌，但我们确实声称，我们的翻译在某种程度上是准确的，我们希望我们提供的解释方式将使英语读者更容易理解。"[2]

《中国诗词研究》中关于苏轼的文章名为《论苏轼词》（On the Song

---

[1] "Our intention at first was to write a comprehensive account of the song lyric during the Song period, each of us dealing with a chosen group of poets."〔加〕叶嘉莹:《迦陵诗词论稿》（中英参照）（上），海陶玮译，外语教学与研究出版社，2019，第21页。

[2] "The issues with which we have been concerned are those confronted by critics of poetry of whatever literary tradition, and though we cannot pretend to recreate Chinese poetry in another language, we do claim that our translations are-on one level-accurate, and we hope that what we supply in the way of exegesis will make it more accessible to English language readers."〔加〕叶嘉莹:《迦陵诗词论稿》（中英参照）（上），海陶玮译，外语教学与研究出版社，2019，第21页。

第三章 认同与解读：苏轼多面形象的塑造

Lyrics of Su Shi)①，该文主要论及的15首苏轼词作均由叶嘉莹精挑细选，分别是：《浪淘沙》（昨日出东城）、《行香子》（一叶舟轻）、《沁园春》（孤馆灯青）、《江城子·密州出猎》、《水龙吟》（楚山修竹如云）、《定风波》（常羡人间琢玉郎）、《醉落魄》（苍颜华发）、《江城子》（天涯流落思无穷）、《阮郎归》（一年三度过苏台）、《减字木兰花》（玉觞无味）、《鹊桥仙》（缑山仙子）、《水调歌头》（明月几时有）、《念奴娇·赤壁怀古》、《定风波》（莫听穿林打叶声）、《八声甘州》（有情风万里卷潮来）。此外，还有一些词作叶嘉莹也简单提及，比如《永遇乐》（明月如霜）、《水调歌头·黄州快哉亭赠张偓佺》等。这些词作内容广泛，有游玩潜兴之作，比如第一首《浪淘沙》（昨日出东城），叶嘉莹评价这是一首典型的游赏潜玩之作，苏轼在词中试探春情、寻找春光，兴致勃勃。有歌颂友谊之作，比如《八声甘州》（有情风万里卷潮来），叶嘉莹认为这首词前面开阔，气势雄浑，中间政治斗争写得深刻悲哀，最后与朋友的约定却让人潸然泪下，实在是苏词中最能代表其"天风海涛之曲，中多幽咽怨断之音"②的一篇作品，而这样的作品最能体现苏轼的最高成就。有内心悲慨之作，比如苏轼《水调歌头》（明月几时有），叶嘉莹认为开篇"我欲乘风归去，又恐琼楼玉宇，高处不胜寒"隐然表现了苏轼内心深处的一种入世与出世之间的矛盾的悲慨，而苏轼却能把这种悲慨写得如"春花散空，不着迹象"。叶嘉莹说苏轼的悲是"失志流转之悲"③。又如《念奴娇·赤壁怀古》，叶嘉莹认为，苏轼把千古风流与江山如画抒发得淋漓尽致，把羡慕英雄与自己的失落之情也表达得力透纸背，最后感叹"人间如梦，一尊还酹江月"④。也有笑对人生之作，比如《定风波》（常羡人间琢玉郎），其中"试问岭南应不好？却道：此心安处是吾乡"借柔奴之口把苏轼随遇而安、旷达自适的性格展露无遗。又如《定风波》（莫听穿林打叶声）一词："莫听穿林打叶声。何妨吟啸且徐行。竹杖芒鞋轻胜马。谁怕？一蓑烟雨任平生。"叶嘉莹认为，苏轼写"同行皆狼狈，余独不觉"，

---

① 《中国诗词研究》中，叶嘉莹的《论苏轼词》及其他12篇论文的英文原文及中文参照，后被一并收入〔加〕叶嘉莹：《迦陵诗词论稿》（中英参照）（上），海陶玮译，外语教学与研究出版社，2019。笔者本节的论述主要以该著内容为准。
② 〔加〕叶嘉莹：《迦陵诗词论稿（中英参照）》（上），海陶玮译，外语教学与研究出版社，2019，第312页。
③ 〔加〕叶嘉莹：《迦陵诗词论稿（中英参照）》（上），海陶玮译，外语教学与研究出版社，2019，第311页。
④ 邹同庆、王宗堂：《苏轼词编年校注》（中），中华书局，2002，第399页。

这就是苏东坡之所以为苏东坡的原因：他有一种达观的、超然的思想。她认为苏轼的"何妨吟啸且徐行"是一种潇洒，是一种赏玩的心情，更是自我持守精神的体现。苏轼的"回首向来萧瑟处，也无风雨也无晴"，在叶嘉莹看来，是"超然旷达的观照"，"更是将其立身之志意，与超然之襟怀做了泯没无痕的最好的融汇和结合"①。这首词让我们看到苏轼的泰然处之即无论"风雨"暗含的打击也好还是"晴"暗含的幸福也好，苏轼还是那个一直奔向目标的苏轼，从未改变，无论顺境还是逆境，他都能完成自己。还有英雄豪气之作，比如《江城子》（密州出猎），叶嘉莹认为，该词的风格在苏词中并不多见，"其豪放之致，在词中便是一种明显的开拓"②。显然，在苏轼的多首词中，叶嘉莹读出了苏轼的才华、仁爱、理想与责任，更读出了人生境界。《论苏轼词》一文，不仅对多首苏词的情感、地位和境界进行了独到的解读，还探究了促使苏词发展的内外在因素以及苏词不合律的问题，是一篇不可多得的海外苏词研究的佳作。

（二）在自我完善中找到情感共鸣

苏轼是靠什么吸引了叶嘉莹的目光？个中原因很复杂。最初作为诗词爱好者，苏轼诗词的优美、博大是给叶嘉莹的第一印象；后来，叶嘉莹在阅读、研究苏轼作品的时候，发现苏轼诗词的背后所透露出的精神力量才是最吸引她的。她在苏轼作品中找到了情感共鸣。所以她对于苏词所体现出的情感因素及其情感产生的原因曾做过详细分析，她认为苏轼创作的高峰出现在其贬谪黄州以后，而这一高峰的最大成就是"苏轼已经能够极自然地用小词抒写襟抱，把自己平生性格中所禀有的两种不同的特质——用世之志意与旷达之襟怀，作了非常完满的结合融汇的表现"③。叶嘉莹举出《定风波》《西江月》《念奴娇》《临江仙》《满庭芳》等词，都是表现此种独特意境的代表作品。她认为，苏轼兼具儒家和道家的精神，前者使其有所为时用以立身，后者使其有所不为时用以自慰。所以，苏轼和欧阳修一样"具有古代儒

---

① 〔加〕叶嘉莹：《迦陵诗词论稿（中英参照）》（上），海陶玮译，外语教学与研究出版社，2019，第311页。
② 〔加〕叶嘉莹：《迦陵诗词论稿（中英参照）》（上），海陶玮译，外语教学与研究出版社，2019，第314页。
③ 〔加〕叶嘉莹：《迦陵诗词论稿（中英参照）》（上），海陶玮译，外语教学与研究出版社，2019，第297~298页。

第三章 认同与解读：苏轼多面形象的塑造

家所重视的善处穷通之际的一种自持的修养，不肯因遭遇忧患而陷入愁苦哀伤，如此就必须常保持一种可以放得开的豁达的心胸，而在作品中，便也自然形成了一种比较疏放的气势"①。由此可以推断，叶嘉莹对于苏轼的认可已经远远超出了语言文学的范畴，且上升到对于苏轼的心胸、气度、修养等近乎完善自我的价值上来。

由此，叶嘉莹发现苏轼的自我完善是在不断地自我审视与心灵叩问中完成的，所以为之深深打动。她曾说："苏东坡经过了多少忧患艰难，苏东坡是完成了自己的一个人"②。她十分肯定苏轼在苦难中完善自我的精神，认为苏轼把自己的悲慨融合在博大的景色与古往今来的历史中了。王兆鹏在《宋南渡词人群体研究》一书中曾将唐宋词的演变史归纳为三种范式，其中一种就是苏轼创立的"东坡范式"，他认为"东坡范式"着重表现主体意识，塑造自我形象，表达自我独特的人生体验，抒发自我的人生理想和追求。王兆鹏与叶嘉莹的观点不谋而合。正如日本夏目漱石评价苏轼："在生活艰难的人世间"，"能够建立起纯一无二的世界，在这点上……比所有俗界的宠儿都要幸福"③。以此观点，苏轼便算得上在艰难的人世间建立起纯一无二世界的幸福者。

在解读苏轼文学作品时，叶嘉莹常常表现出对苏轼的欣赏、敬佩与追随，其实研究苏轼的过程，也是叶嘉莹自我对照、自我反省、自我完善的过程。不难发现，叶嘉莹与苏轼有很多相似的地方。

第一，叶嘉莹早年饱受磨难，曲折的人生经历与苏轼相似。17岁的她读大学时，正遇日本侵华、全民抗战，父亲因随国民政府西迁，与家中失联。同年9月，她的母亲因癌症去世。在丧母的悲痛中，叶嘉莹反而写作了大量的诗词。24岁结婚后到台湾生活的十八年，是她人生中一段极为艰难的日子。50岁时，叶嘉莹终于盼到了重回祖国大陆的时刻，她一口气写了长诗《祖国行》："卅年离家几万里，思乡情在无时已，一朝天外赋归来，眼流涕泪心狂喜……"。52岁时，叶嘉莹的大女儿夫妇因车祸遇难，作为母亲，深感悲痛。人生的起伏在叶嘉莹眼里已经习以为常了。而苏轼也曾经历丧母、

---

① 〔加〕叶嘉莹：《迦陵诗词论稿（中英参照）》（上），海陶玮译，外语教学与研究出版社，2019，第299～300页。
② 〔加〕叶嘉莹：《唐宋词十七讲》，北京大学出版社，2007，第260页。
③ 〔日〕山本和义：《诗人与造物——苏轼论考》，张剑译，中国社会科学出版社，2013，第38页。

丧父、丧妻、丧子的悲痛，人生的打击总是接踵而来。读苏轼的作品，叶嘉莹能读出悲苦感。

第二，叶嘉莹提倡理想追求与完善自我，人生目标与苏轼相似。叶嘉莹自幼发奋读书，26岁即被台湾大学聘为教授，奔走于几所大学之间，承担起教授诗选、文选、词选、曲选、杜甫诗等课程的重任。20世纪60年代，叶嘉莹前往美国讲学，担任美国多所大学的客座教授，她是当时为数不多的用英语讲授中国古典诗词的中国学者之一，其教学与研究领域都取得了卓越成就，后来获得一系列国际殊荣，桃李满天下。读苏轼的作品，叶嘉莹能读出认同感。在《论苏轼词》的开始，叶嘉莹就谈及《宋史》中苏轼传记记载的两则故事，一是苏轼"慕范滂"，一是"仰蒙庄"，她点出苏轼这两个故事分别反映了苏轼的两种思想，一方面具有像东汉范滂一样奋发有为，以天下为己任，历经艰险九死不悔的儒家用世之志意，另一方面则又羡慕庄子不为外物得失荣辱所累的超然旷达的道家精神。叶嘉莹认为，柳永的悲剧是在"用世之志意与浪漫之性格的冲突矛盾中"陷入落拓的境地，柳永的追求是向外的，所以追求不到则很失落；而苏轼则能"把儒家用世之志意与道家旷观之精神，做了极圆满之融合"，他在困顿中也不曾迷失彷徨，是一位"终于完成了一己的人生之目标与持守的成功的人物"①。可以说，苏轼的追求是向内的，是以自我完成为目标的。叶嘉莹的观点与美国郑文君对苏轼的评价也高度相似，郑文君认为"在诗歌中，诗人为理想命名，向他所希望成为的自我迈进"②，这是一个自我实现的过程。之所以苏轼即便历尽千帆仍泰然自若，没有过多的失落，归根结底，是因为苏轼是一个名实相符的人，是真正的君子。

第三，叶嘉莹提出"兴发感动"，创作理念与苏轼相似。叶嘉莹曾提出古典诗词的"兴发感动"诗学理论，认为中国古典诗歌能给予人直接的感发力量是因为我们看到外界的景物情事使内心感动，然后用诗歌表达这种情感，叶嘉莹一直提倡在吟咏中体味诗歌情感也是出于此因。她的"兴发感动"理论也受益于钟嵘在《诗品序》里提出"气之动物，物之感人，故摇荡性情，形诸舞咏"的启发，即诗歌的产生是因为天地阴阳二气的运行感动万

---

① 〔加〕叶嘉莹：《迦陵诗词论稿（中英参照）》（上），海陶玮译，外语教学与研究出版社，2019，第295~296页。
② 郑文君：《诗歌、政治、哲理——作为东坡居士的苏轼》，载卞东波编《中国古典文学与文本的新阐释》，安徽教育出版社，2019，第327页。

第三章 认同与解读：苏轼多面形象的塑造

物，万物的生长变化感动人心，引起人性情的摇荡，所以借助诗歌表达这种感动。叶嘉莹的"兴发感动说"认为心、物、情感、意志、人与自然万物共同构成宇宙，这就是"大生命"，生命的生生不息使人与物产生情感共鸣，所以"生命共感"是必然的，可见，叶嘉莹已经由关注内心的感动上升到关注诗歌生命和人生的独特体验上来。由于苏轼也提倡"不能自已而作""不择地皆可出"的创作理念，强调的是创作基于自然情感的流露，而情感的源泉又来自他对自然万象都怀怜爱，以致花鸟虫鱼、山川风月等无一不入诗，总能感受到生命的力量，所以最终在词风和词境、诗风和诗境、文风和文境等方面都体现出特有的价值。日本学者山本和义谈及苏轼诗歌时，认为"造物将作为原始素材存在的江山风月赠予诗人，诗人用语言将其形象化为诗"，而苏轼的诗歌展现出来的各种造物①形象能够让读者从中探索出苏轼在混沌中"顽强生活的痕迹来"。由此，读苏轼的作品，叶嘉莹能读出真情感。

因此，在多年研究苏轼的过程中，叶嘉莹也对外塑造了一个追求自我完善、寻求完美精神境界的苏轼形象，这样的苏轼形象已经外化为了中华民族追求完美、勇攀高峰的文化形象，在英语世界是极易凸显出来并受到认可的，因为任何一个不追求完美、不挑战自我的民族都不可能获得成功。

小　结

本章从不同角度分析了苏轼在国外被塑造的全才形象、超脱者形象、革新者形象和文化使者形象。但需说明的是，笔者对异域读者心中的苏轼形象做的是大致分类，不过是抓住了他们的主要成果和主要评论视角，但并不意味着苏轼在某人心中只有一种形象，一个特征。同时，笔者发现苏轼形象在国外的构建受以下因素影响：第一，读者自身对苏轼的第一印象；第二，前人著作和手中资料中的苏轼形象；第三，自己在研究苏轼、描述苏轼过程中的信息筛选和过滤；第四，读者的阅读理解能力与偏好。当然，不排除还有当年类似马可·波罗（Marco Polo）在创作《马可·波罗游记》时对中国的大胆猜测与想象。在英语世界的百年苏轼形象塑造过程中，外国学者们整体

---

① 山本和义所指的"造物"指造物主，也代指与造物意义相近的天、天公等。见〔日〕山本和义《诗人与造物——苏轼论考》，张剑译，中国社会科学出版社，2013，第38页注释1。

表现出以下研究趋势：第一，从外在形象了解到内在精神的追寻；第二，从文学作品的研究走向文艺思想的探讨；第三，从文本层面的梳理趋向于文本研究和文学批评相结合；第四，从苏轼及其作品的旁观者走向翻译、研究及传播的当局者；第五，西方对苏轼形象解读时，整体表现出政治兴趣大于文学兴趣。但是，无论哪种形象的凸显，都足以颠覆以往的观念，即19世纪西方传教士初来华时对中国持有的不佳印象：如中国缺乏艺术和文学、文明程度不高等（见于英国传教士米怜曾给英国伦敦会的报告）。这早已成为过去，至少在苏轼身上，外国人看到了足够优秀、全面与强大的中国士人精神，苏轼甚至还影响了一代又一代中国人。

法国学者巴柔曾指出，所有的异国形象都源于一种自我意识，它是对一个与他者相比的我，一个与彼处相比的此在意识。可以说，异国形象是对存在于两种不同文化现实差距的表达。因此，"东方为西方的书写者打破西方的禁忌提供了可能性或想象的余地，东方就是西方的反面，不是身边的日常生活，而是迷人的远方，是逝去的花园或重新发现的天堂。"[①]简言之，外国对苏轼形象的建构，一方面是源于对中国文化的欣赏与佩服，另一方面其实是在关注另一个自己，比如本章提及的外国学者如唐凯琳、艾朗诺、叶嘉莹等，他们在研究苏轼形象的同时也在进行学习和效仿，进行自我审视与反思，学着把苏轼的人生态度、思想、道德等化作提升自己的内在动力，毕生追随苏轼，试着成为另一个更好的自己。这些都是西方文化自我认知的表现，也使中西文化交流具有了史学层面的意义和自我品格提升的当代价值。

---

① 朱骅：《美国文化发展中的汉风传统》，载齐珮、陈橙《域外中国文化形象研究》，中央编译出版社，2014，第83页。

第四章
对话与交流：苏轼文学作品的传播与影响

中国文化应该具有世界身份，是当今中国学研究者们一直在努力呼吁的。而这种身份的获得，需要以中国文化在域外的传播范围、传播效果以及由此产生的影响力作为考量标准。北京外国语大学张西平教授曾谈到，中华文化在域外的传播和影响两者相互关联而又有所区别。"传播史侧重于汉学，即对中国文化的翻译、介绍和研究，域外的中国形象首先是通过他们的研究和介绍才初步建立的；影响史或者说接受史则已经突破学术的侧面……接受史和影响史也应成为我们从事国际中国文化研究的一个重要的方面。"[①]比如西方学者之所以认识元朝时期华夏民族的戏剧艺术，是源于对元代杂剧《赵氏孤儿》的认识。这部剧本在欧洲掀起热潮，是因为经外国学者翻译与改编后的部分作品里糅进了元代君王的事迹，从而间接反映了胡汉融汇的历史。《赵氏孤儿》在异域成功传播并产生的影响让我们注意到，中国文化不是说传播出去了就被接受了，就能产生影响了，传播和影响不能画等号，文化"输出"也不能盲目以为对方就会全盘"输入"。我们应面对中西在文学观、人生观、伦理观、美学观等方面的明显差异，并重视中国文化在异域流传过程中的接受与变异、还原与偏移，这样才能让中国文化迈向世界的步伐更稳当，中国文化才能流传更广、更远，从而真正成为世界文化的重要组成部分。

第一节　苏轼文学作品的传播媒介

文学译介和研究的成果如果只是得以创造却不被传播与分享，无疑只有尘封入土，毫无价值闪光的可能。为了让成果以及从中所体现的思想得以久远流传并拥有更多的追随者，必须借助媒体的力量，于是期刊和出版社便扛

---

① 季进、余夏云：《英语世界中国现代文学研究综述》，北京大学出版社，2017，总序第3页。

起了文学传播的大旗。

苏轼文学作品在英语世界传播的媒介主要分为两类：译介期刊和出版机构。前者是发表有关苏轼成果论文的最佳平台，而后者是个人专著、团队成果得以展示的坚强后盾，这两类主要传播的媒介都是使苏轼文学在英语世界得以广泛流传的主要保障。

一、译介期刊

明清时期，随着中西文化交流活动的逐渐频繁，西人办起了外文报刊，这些报刊多以中国和亚洲为研究对象以期进一步了解中国和亚洲的各种信息，并借此宣传西方的精神理念与价值取向，有代表性的如《亚洲杂志》(*Asiatic Journal*，1816-1845)、《中国丛报》(*The Chinese Repository*，1832-1851)、《远东杂志》(*The Far East*，1870-1878)、《中国评论》(*The China Review*，1872-1901)、《皇家亚洲文会北中国支会会刊》(*Journal of the North-China Branch of the Royal Asiatic Society*，1858-1907)、《字林西报》(*North China Daily News*，1850-1951)、《两周评论》(*The Fortnightly Review*，1865-1954)等。据统计，在19世纪出现的刊载中国新闻的中西文报刊超过200种，其中80%以上是西方人创办的。所以，外文报刊就成为中西交流的主要媒介。纵观19世纪至20世纪这一百年外文报刊最繁盛的时期，对中国文学的译介常常成为这些报刊的重要主题和重点栏目。

（一）《中国丛报》和《中国评论》：苏轼传播的开启者

在19世纪早期，两大英文刊物《中国丛报》和《中国评论》成为发表苏轼文学译介和研究成果的阵地，他们可谓苏轼传播的开启者。

1.《中国丛报》

《中国丛报》（以下简称《丛报》），又译为《中华丛刊》《中国文库》《澳门月报》，是由美国传教士裨治文（Elijah Coleman Bridgman，1801-1861）在广州创办，向西方读者详细介绍第一次鸦片战争前后中国的政治、经济、文化、宗教和社会生活等方方面面的第一份英文月刊。它创办于1832年5月，停办于1851年12月，历经二十年，发行于英美等二十多个国家，共22卷232期。与同时期西方创办的其他刊物相比，《丛报》最大的特色就是"专一"，即它的办刊内容只有关中国，不涉及其他国家，所以是西方第一份主

第四章 对话与交流：苏轼文学作品的传播与影响

要以中国为报道、研究对象的刊物，它的出版既具有历史价值又具有文献价值。

在这二十年的文章中，关于苏轼的信息共有4处，前3处均由传教士郭实腊发表，数量不算多。但如前所述，在19世纪早期这样一个海外读者对中国古典文学陌生，对苏轼更为陌生的时期，《丛报》却敢为人先，于1838年第7卷第2期刊登了一篇收录郭实腊翻译的苏轼诗歌《赠眼医王彦若》的文章，英文版的《赠眼医王彦若》也因此成为英语世界苏轼作品的最早完整译诗，从而具有了里程碑式的意义。这篇译诗让汉学界争论已久的苏轼文学作品流传到英语世界的最早时间有了定论。而后1841年10月《丛报》第10卷第10期再次发表郭实腊书评《补囊智全集》，里面对苏轼有一段评论。1842年，《丛报》第11卷第3期刊载郭实腊《〈苏东坡全集〉简评》，这篇长达10页的英文书评，成为英语世界对苏轼作品最早而又最完整的专题评论。这三篇文章的出现，让苏轼逐渐走入英语世界读者的视野，加之郭实腊的传教士身份，让19世纪早期的英语世界苏轼研究具有了文学译介与文化交流的双重意义。《丛报》第四次出现苏轼的地方是在1851年第20卷关于"历史和传说人物"（Historical and Fabulous Personages）部分，介绍苏小妹（Sú sián mé）是苏轼的妹妹，苏小妹结婚时故意为难新郎，要求对方对诗句才能入洞房，她给出上句"关门推出窗前月"，新郎正为难之际，幸得苏轼投石的暗示，最后对出"投石冲开水底天"。[1]这一人物故事的介绍，既体现苏小妹的聪明伶俐又体现出苏轼在文学上的才华，对外国读者来说也一定趣味横生。

那么，《丛报》在当时传播面多大？影响力如何？首先，印刷数量不断增加。据统计，第1、2卷每期各印刷400册，第3卷增加到800册，第4、5卷增加到1000册。这是一个不小的数量，因为当时西方著名的刊物如《北美评论》（North American Review）和《西敏寺评论》（Westminster Review）的印刷量也只不过是3000册左右。据《丛报》刊载的发行消息可知，该刊创办的前十年基本都处于销路顺畅的盈利状态。其次，发行方式多样使受众增加。《丛报》采取销售和赠送相结合的发行方式，读者对象主要是在中国、美国和欧洲的西方人士。以1834年为例，《丛报》在中国的发行量是200册，美国160册，英国40册。但数字不完全具备说服力，因为《丛报》的赠送对象包括多家西方杂志，它们经常对《丛报》上的内容进行转引，使

---

[1] *The Chinese Repository*, vol.xx, 1851, pp.207–208.

非《丛报》的读者也能够了解当时中国的情况。①再次，发行地区众多，传播面广。据载，发行地区涉及中国、美国、英国、巴达维亚、新加坡、马尼拉、孟买、孟加拉国、尼泊尔、马六甲、槟榔屿、悉尼、暹罗等地。②最后，有关《丛报》的评论抬高了其身价。美国传教士兼汉学家卫三畏曾称《丛报》"包含着当时中外关系的历史"，美国宗教史家赖德烈（Kenneth Scott Latourette，1884-1968）亦认为《丛报》"是有关中国知识的矿藏"。③由此，《丛报》在19世纪的英语世界受到了极大的关注，其对于外国人了解中国社会、文化、外交等各领域都具有极为重要的参考价值。

尽管当初裨治文来华前，受美国海外传教部总会指示：来中国主要是了解宗教如何影响了中国人的性格、礼俗等，然而在《丛报》发行过程中，更多的读者对中国文学感兴趣，因此，日记、游记、书评等逐渐受到读者的欢迎。尤其在1834年5月以后，《丛报》比较显著的变化是宗教消息逐渐减少，而书评和其他有关中国社会、文化的内容不断增多。④内容的丰富性也吸引《丛报》的投稿者从单一的传教士扩大到商人、外交官、旅行家等。美国学者白瑞华（R. S. Britton）曾指出，《丛报》的作者名单完全就是当时在华的英美中国研究者的名单。毫无疑问，传教士郭实腊也由此成为英语世界苏轼文学译介和评论的第一人，他撰写的有关苏轼的文章在《丛报》刊载的时间（1838~1842）恰好处于《丛报》销量大增的前十年间（1832~1842），使苏轼有机会得以让更多西方人接受，也为后继来华传教士的中国文学译介积累了经验。

2.《中国评论》

《中国评论》，又名《远东释疑报》（Notes and Queries on Far East），是1872年7月由英国人丹尼斯（H.N.Dennys，1840-1900）在中国香港创办，在中国香港、上海和英国伦敦同步发行的一份英文期刊，于1901年6月停刊。《中国评论》在近30年中，共发行25卷150期，研究范围包括"中国、日本、蒙古、西藏、东方列岛和一般意义上的远东地区的科艺、人种、神话、地理、历史、文学、自然史、宗教等方面"。该刊主要由900余篇专文组成，体裁包括

---

① 顾钧：《中国的第一份英文刊物》，《博览群书》2011年第10期，第97页。
② 宋丽娟：《"中学西传"与中国古典小说的早期翻译——以英语世界为中心（1735-1911）》，上海古籍出版社，2017，第218页注释2。
③ 谭树林：《〈中国丛报〉考释》，《历史档案》2008第3期，第84页。
④ 顾钧：《中国的第一份英文刊物》，《博览群书》2011年第10期，第97页。

第四章 对话与交流：苏轼文学作品的传播与影响

论文、书评和翻译三大类，内容主要集中在中国的语言文字、文化和历史。[①]

《中国评论》刊载与苏轼有关的文章有两篇：一篇为爱尔兰籍传教士包腊于1872年在第1卷第1期上发表英文文章《苏东坡》（SU TUNG-P'O），一篇为J. N. Jordan于1883年第12卷第1期发表的《苏东坡在海南》（SU TUNG-P'O IN HAINAN）。

包腊的《苏东坡》翻译了苏轼诗歌两首（《纵笔》《广州蒲涧寺》）以及文章三篇（《到惠州谢表》《到昌化军谢表》《移廉州谢上表》）。全文以苏轼在岭南的经历作为切入点宣传东坡文化，代表了包腊敏锐的洞察力，因为岭南是继苏轼在黄州贬谪后的第二重要地点，也是继黄州创作高峰后的第二个创作重地，尤其以苏轼创作的岭南"和陶诗"为代表。宋孝宗曾在《御制文集序》里称赞苏轼创作"负其豪气，志在行其所学。放浪岭海，文不少衰。……雄视百代，自作一家，浑涵光芒，至是而大成矣"。这里的"放浪岭海"就是指苏轼被贬岭南一事，而"文不少衰"则认为苏轼贬谪岭南后，文章水平也丝毫未减。苏轼的岭南作品反而成为文学史上的独特现象甚至成为了解东坡文化不可忽视的窗口。所以，包腊的这篇《苏东坡》在《中国评论》上的发表是具有重要意义的，不仅在向西方介绍苏轼及作品，更是向世界介绍中国的岭南文化，让岭南文化体现出独特的魅力。

由于包腊当时作为中国海关的外籍雇员兼翻译，对自己常活动的广东以及周边情况较熟，对中西文化也深谙其道，他试图在跨文化语境中诠释苏轼。《苏东坡》一文体现出研究的三大特色。第一，翻译、注释与评论结合。包腊翻译的苏诗直译和意译相结合，而苏文基本采用直译，为帮助读者理解，在译文下面做出详细注释，在评论作品时还采用中西对比手法，将苏轼作品加以解读，让这篇文章比较通俗易懂。只是稍显遗憾的是，包腊在《苏东坡》一文中并没有译介苏轼在岭南的词作。第二，文学与政治结合。翻译的三篇文章《到惠州谢表》《到昌化军谢表》《移廉州谢上表》都是写给皇帝的奏章，体现出忠君感恩、自责悔恨与觉悟生死等想法，整体属于政论文。同时，对于苏轼的介绍侧重于在岭南的政绩，比如修桥、引水、利百姓等，突出苏轼的"为民"思想。可见包腊对苏轼政治身份感兴趣。第三，历史与文化结合。包腊把《苏东坡》作为其拟出版著作《广东历史》的开篇之作，为其单独立传，显然是将苏

---

① 王国强：《试论〈中国评论〉在西方汉学史上的地位和价值》，《史林》2008年第3期，第170页。

轼作为岭南文化的象征和导源。"就汉学而言，修地方史对于一个汉学家来说，是有意识地贯通历史，研究区域文化的有益尝试，也为印证当时英国的汉学研究，从最初以传教士为主，以宗教思想为旨归，向研究主体多元化，研究课题专业化过渡的趋势提供了典型个案。"①从历史入手研究苏轼及其文学无疑是明智的，因为苏轼早已不是一个单独的个体，而是宋代文人所处时代境遇的代表。

那么，包腊何以关注苏轼？第一，郭实腊的苏轼研究存在不足。在《苏东坡》首页下面有一段注释："苏东坡 Notices of him will be found in *The Chinese Repository*, vii.106; x.554; and xi 132; and xx. 206. But I cannot say that all put together contain any information about him.This is not surprising, as the principal notice at least（xi.132）is from the untrustworthy pen of Mr Gutzlaff, an authorship not less evident from the worthlessness of the matter than from the flippant vulgarity of the style."②笔者翻译为："有关他（苏东坡）的简评载于《中国丛报》，vii.106；x.554；xi.132及xx.206。但我不能说所有这些都包含关于他的信息。这并不奇怪，因为至少注意到了（xi.132）来自郭实腊先生那不可信赖的笔，无论是从文章的毫无价值还是从风格的轻率粗俗来看，这都是作者的特色。"显然，包腊认为郭实腊对苏轼文学的翻译、评论质量不高，甚至对郭实腊水平不怎么看得上。第二，对岭南文化的敏感性。因为岭南山水风物借着苏轼的华彩文笔走出岭南，走向中原，走向了中国文化深处。苏轼到了岭南，岭南风貌为之一变。最重要的是，岭南人民因受到苏轼文章的感染和精神的引领，逐渐培养出能与中原文化比肩的自信，苏轼大大激励了他们进取精神。苏轼的诗文，一直是岭南文化在中原地区传播的载体。包腊认为中国文化尤其是岭南文化应具有标志性地位，理应成为汉学研究的重要课题。第三，苏轼文学在清代的盛行。包腊撰写《苏东坡》的时代正是清代中期，当时崇宋学苏成为文人时尚。"特别是在岭南地区，学海堂等学术团体的日常教学中，拟苏、咏苏的雅集或主题都是十分重要的部分。"③在普遍学习苏轼的浓厚文化氛围中，包腊对苏轼的流行耳濡目染，为了寻找到与中国人更接近的话题，他开始研究苏轼。所以社会现状也为包腊提供了丰富的文献史料，使之投入对苏轼的

---

① 薛超睿：《苏东坡——英国汉学对苏轼的最早接受》，《中国文学研究》2013年第4期，第122页。
② *The China Review*, vol.1, no.1, 1872, p.32.
③ 薛超睿：《苏东坡——英国汉学对苏轼的最早接受》，《中国文学研究》2013年第4期，第123页。

第四章　对话与交流：苏轼文学作品的传播与影响

了解和研究。第四，发自内心的敬佩。包腊在研究苏轼过程中，对苏轼在中国的地位、苏轼本人达观的个性和作为士大夫的责任感极为佩服，所以行文多用赞美之词。比如《苏东坡》一开头就为西方读者树立起苏轼的正面形象："如果没有介绍苏东坡，宋代的广东史是不完整的，苏东坡是一位才华横溢的官员、政治家、诗人、散文家和文人，在中国文坛上享有很高的地位，他在1096年左右被流放到这里"①。文中还评论到"在中国人看来，苏东坡更多的是作为他们最重要的诗人之一，而不是一个被流放的政治家和改革家"②。

如果说之前提及的郭实腊是英语世界对苏轼文学进行翻译和评论的第一人，那么包腊的《苏东坡》一文则让其成为英语世界专题研究苏轼的第一人。由此，西方人开始进一步了解苏轼，也更加重视"苏学"，"苏学"也由此逐渐成为海外研究中国的重要课题。

而《中国评论》的另一篇苏轼专文为 J. N. Jordan 在1883年发表的《苏东坡在海南》。这是与包腊文章发表事隔11年后，再次刊出苏轼专题的文章，篇幅长达11页。为什么要写苏轼在海南的情况，J. N. Jordan 开篇便做了交代："已故的包腊先生在早期的《中国评论》中发表了许多优美的文章，其中有一篇对苏东坡在广东的生活做了简要的描述。遗憾的是，我目前没有机会查阅这篇文章，但就我所记得的，它只略微提到了诗人在海南的逗留，从许多方面来说，这是他漫长而又多事的一生中最有趣的一段，我打算从他的作品中收集一些零散的片段，以此来举例说明他在岛上流亡三年的经历、磨难和所作所为。许多细节似乎无关紧要，但是，对于少数对海南有兴趣的人和更多喜欢中国文学的人来说，这则评论的主题似乎应该得到更多的关注，而不是迄今为止外国作家对它的短暂关注"③。可见，J. N. Jordan 首先受到包腊写《苏

---

① *The China Review*, vol.1, no.1, 1872, p.32.

② "By the Chinese, Su Tung-p'o is better remembered as one of their foremost poets, than as a banished statesman and reformer." *The China Review*, vol.1, no.1, 1872, p.35.

③ "In one of the many graceful articles which the late Mr. Bowra contributed to the early numbers of the *Review*, he gave a brief sketch of Su Tung-p'o's life in the province of Kuangtung. I have unfortunately no opportunity at present of consulting the article in question, but, as far as I remember, it touched but very slightly upon the poet's stay in Hainan, and as this is in many ways the most interesting episode of his long and eventful career, I purpose to bring together in this paper a few scattered fragments from his writings which may serve to illustrate his trials, troubles, and doings during his three years of exile in the island. Many of the particulars may seem of trivial import, but to the few who have a local interest in Hainan, and to the still larger class who find enjoyment in Chinese literature, the subject of this notice must appear to deserve more than the passing attention which he has hitherto received from foreign writers." *The China Review*, vol.12, no.1, 1883, p.31.

东坡》的启发，认为包腊的文章具有重要价值，所以自己也有意继续在包腊基础上进一步研究；其次，J. N. Jordan 认为海南的经历是苏东坡人生中最有趣的时期，能够体现苏东坡的经历、苦难和作为，所以海南不可忽视；再次，J. N. Jordan 认为包腊文章的价值和苏东坡在海南的意义得到的关注度不够，还应受到更多的关注。基于以上三点，J. N. Jordan 的《苏东坡在海南》发表了。

《苏东坡在海南》十分详细地从苏轼的生平开始介绍，把包括他的父母对他的教育影响都纳入 J. N. Jordan 的叙述，他对苏轼一生去过的地方悉数道来，对苏轼颠沛流离的生活、为民造福的功绩、到海南入乡随俗的愉快等都如数家珍，整体都是表达对苏轼的称赞。J. N. Jordan 认为苏轼即便去到非常贫穷的地方也能找到志趣相投的伙伴，①这表明苏轼是一个充满生活趣味的人。他尤其对苏轼的民本思想加以夸赞："虽然他是一位学识渊博的学者和著书颇丰的作家，但他绝不是一个书虫，无论他走到哪里，都留下了为民造福的纪念物"②。苏轼对海南的影响是深远的，所以 J. N. Jordan 在全文最后说："（苏东坡）他的名字铭刻在每一个聪慧的海南人心中，而这个异乡学子终将发现，他与海南的渊源是该岛史上为数不多的值得称道之处。"③

文中除了叙述还有翻译，J. N. Jordan 翻译介绍的苏轼文学作品，经笔者查证有：诗歌《和陶劝农六首》，书信《与元老侄孙书》2 篇，《答程全父推官六首（之二）》、《与程秀才》等 3 篇，还有《与姜唐佐书三首（其二）》等共计 10 篇作品，由此，《中国评论》也成为英语世界最早介绍苏轼书信的英文刊物。

那么，《苏东坡》和《苏东坡在海南》两篇文章的受众面究竟多大？具体数据因年代久远难以搜集，但是按以下实际情况可以确定《中国评论》传播范围一定很广。首先，撰稿人来自五湖四海。与《中国丛报》的撰稿人主要是传教士、外交官不同，《中国评论》撰稿人的身份比较复杂，有传教士、外交官、海关人员、商人、军人、投资者、冒险家等，他们的国籍也

---

① "Tamchou is still a poverty-stricken place, and eight hundred years ago its society was little suited for a man of Tung p'o's intellectual standing: still he contrived to find congenial companionship." *The China Review*, vol.12, no.1, 1883, p.34.

② "Though a polished scholar and voluminous writer, he was far from being a book-worm, and wherever he went, he left behind him monuments of his interest in the welfare of the people." *The China Review*, vol.12, no.1, 1883, p.34.

③ "his name is enshrined in the heart of every intelligent Hainanese, and the foreign student will find his connexion with Hainan one of the few redeeming features in the history of the Island." *The China Review*, vol.12, no.1, 1883, p.41.

第四章 对话与交流：苏轼文学作品的传播与影响

挺多样，有英国人、美国人、德国人、俄国人等。这些不同国籍不同身份的撰稿人本身既是办刊的参与者，又是首批读者，对于文章的推广责无旁贷。其次，撰稿语言多样性。《中国评论》接受的文章语言以英文为主，但拉丁文、法文、德文、意大利文、西班牙文、葛萄牙文等也通通接受，这些语言代表了当时欧洲汉学比较发达国家的语言。[①] 再次，继承者角色。《中国评论》一出刊，便在西方被认为是《中国丛报》、《中日释疑》、《教务杂志》[②] 和《凤凰》等与中国相关刊物的继承者。《字林西报》曾评论如下："《中国丛报》停刊后，继而有数种期刊专注于对中国和远东的研究。《中日释疑》出版于香港、《教务杂志》在福州创刊、《凤凰》以伦敦为基地，均致力于庚继裨治文（E.C.Bridgman）和卫三畏（S.W.Williams）的未竟之业———网罗关于中外交往的各种知识。但这些努力都没有获得成功。丹尼斯再次奋起，向关注中国问题的老朋友们推出了新版的《中日释疑》，这份刊物可谓《中日释疑》的扩大版，并且更为严肃。中国需要一份完全关注于其自身的评论刊物。"[③] 最后，文学类典籍翻译占比重。19世纪英国著名传教士汉学家理雅各曾指出"一个想弄懂中华民族的人，也就必须明白他们的古典文学"[④]。而《中国评论》十分重视对中国文化典籍的翻译，共发表译文219篇，翻译的各种内容中，关于文学类的最多，其次是历史类。[⑤] 对于中国文学的译介，据不完全统计，共211篇，占到《中国评论》文章数量的四分之一，其中涉及小说的35篇、诗歌30篇、戏曲5篇、人物传记28篇、民间文学98篇、日记游记15篇。[⑥] 毋庸置疑，刊物重视文学的译介便会拥有固定的读者群体，这一办刊倾向十分利于苏轼文学的传播，所以《苏东坡》和《苏东坡在海

---

① 段怀清、周俐玲：《〈中国评论〉与晚清中英文学交流》，广东人民出版社，2006，第46页。
② 《教务杂志》（The Chinese Recorder）是美国基督教传教士在中国创办的一份英文刊物。该刊物的前身为美国传教士裴来尔（L.N.Wheeler）于1867年1月在福州创办的《传教士记录》（The Missionary Recorder）。1868年5月该刊物更名为《中国记录和传教士期刊》（The Chinese Recorder and Missionary Journal），1874年1月在停刊两年后于上海复刊。1915年更名为 The Chinese Record，并伴以中文期刊名《教务杂志》以双刊名的形式出版，这是中国史学界通俗称其为《教务杂志》之由来。1941年由于太平洋战争爆发而停刊。该刊物除了教务内容的相关记述外，还记录了大量传教士对中国历史文化的译介和评述。
③ 王国强：《试论〈中国评论〉在西方汉学史上的地位和价值》，《史林》2008年第3期，第175页。
④ 段怀清、周俐玲：《〈中国评论〉与晚清中英文学交流》，广东人民出版社，2006，第77页。
⑤ 赵长江：《十九世纪中国文化典籍英译史》，上海外语教育出版社，2017，第190页。
⑥ 段怀清、周俐玲：《〈中国评论〉与晚清中英文学交流》，广东人民出版社，2006，第79页。

南》的受众面一定不会小。而且,这两篇文章对于英语世界读者了解苏轼人生最后在岭南的经历和创作同样具有开创性的意义。

当然,长达29年的存在时间,也让《中国评论》成为当时极为重要的刊物。《中国评论》被西方汉学家看作"为中国研究确立起一种新的批评标准,是最早的真正的汉学期刊之一"。①据《中国评论》的编辑设想,该刊立意转载同时期欧洲其他报刊关于"远东"的文章或信息,每一期都会对同时期在欧美出版的有价值的汉学研究著作进行评论,总之,就是希望将它办成一个欧洲的汉学研究与信息汇聚中心。②实际上,《中国评论》可谓时代的宠儿,它出现的19世纪下半期正是英国汉学研究队伍成为西方汉学研究主导力量的时期,所以《中国评论》对于晚清英国汉学乃至整个欧洲汉学的贡献都是有目共睹的。③

事实证明,《中国丛报》与《中国评论》在19世纪刊登的中国文学英译作品最多,所以这两份刊物对于苏轼文学在英语世界的传播起到了正面、积极的宣传作用,它们不仅对于外国认识中国意义深远,对于中国认识外国也具有重要价值。

(二)《中国文学》和《哈佛亚洲学报》:苏轼传播的双璧

如果对刊载研究苏轼及文学的期刊论文进行梳理,可以发现:从20世纪20年代至21世纪初期,英语世界发表过与苏轼有关文章的期刊以学术研究为主,主要集中于:《哈佛亚洲学报》(Harvard Journal of Asiatic Studies)、《美国东方学会会刊》(Journal of the American Oriental Society)、《澳大利亚东方学会会刊》(Journal of the Oriental Society of Australia)、《中国文学》(Chinese Literature: Essays, Articles, Reviews, CLEAR)、《宋元学报》(Journal of Sung-Yuan Studies)、《东亚图书馆期刊》(The East Asian Library Journal)、《汉学研究》(Chinese Studies)等。这些刊物不仅刊登最新的苏轼研究论文,还刊登一些关于苏轼文章的书评。其中,对于传播苏轼文学起到至关重要作用的两本英文刊物是美国创办发行的《中国文学》和《哈佛亚洲学报》。目前,笔者能搜集到的是在《哈佛亚洲学报》上发表与苏轼有关的文章共12

---

① 〔美〕吉瑞德(Norman. J. Girardot):《朝觐东方:理雅各评传》,段怀清、周俐玲译,广西师范大学出版社,2011,第426页。
② 段怀清、周俐玲:《〈中国评论〉与晚清中英文学交流》,广东人民出版社,2006,第46页。
③ 段怀清、周俐玲:《〈中国评论〉与晚清中英文学交流》,广东人民出版社,2006,第48页。

第四章　对话与交流：苏轼文学作品的传播与影响

篇，在《中国文学》上曾发表与苏轼有关的文章共8篇，这两本刊物发表研究苏轼文学的论文数量分别排名第一、第二，它们对于苏轼在英语世界的传播和影响起到了进一步深化的作用，堪称传播苏轼文学的"双璧"。

1.《中国文学》

美国英文期刊《中国文学》（CLEAR）于1979年创办，是美国汉学界唯一一本专门致力于中国文学研究的杂志。2004年以前由美国8所大学共同资助出版，2004年以后由美国威斯康星大学独立资助出版。1983年以前每年2期，1983年起每年1期。创办该刊的原因，可以从发刊词中获得一些信息。第一，美国对中国兴趣的增加。美国对中国的兴趣在20世纪70年代达到高潮，因此要求对于中国文化的介绍和研究，比以往任何时候都清醒和明智。第二，致力于中国文学研究的美国青年学者成为中坚力量。当时专攻中国文学的青年学者大都学有所成，美国学术研究的最优秀部分几乎都由这些青年学者承担。第三，海外形成了对中国文学研究感兴趣的固定读者群体。经过19世纪到20世纪的近百年时间，在许多优秀英文杂志的基础之上，"海外已经形成了一个中国文学批评、分析、历史研究、调查评价的系统，并吸引了一批对中国文学研究感兴趣的读者"①。经过30多年的发展，《中国文学》的名气越来越大，已经成为北美地区唯一一本研究中国文学的英文刊物。

根据目前搜集到的资料，统计截至2014年，②《中国文学》中有关苏轼文学的文章8篇，按发表时间先后为：美国刘若愚《中国诗歌中的时间、空间和自我》（1979年第1卷第2期），美国齐皎瀚《非作诗之道：宋代的经验诗学》（1982年第4卷第2期），美国斯图尔特·萨金特《后来者能居上吗？宋代诗人与唐诗》（1982年第4卷第2期），美国何瞻《宋代游记散文初探》（1985年第7卷第1-2期），美国蔡涵墨《1079年的诗歌与政治：苏轼乌台诗案新论》（1990年12月第12卷），美国何谷理《赤壁的声与色：阅读苏轼》（1998年12月第20卷），新加坡林立《提升与删减：提升词声誉的精英策略》（2002年12月第24卷），美国白睿伟《从宴会到边塞：南宋中兴时期东坡词如何转变为哀悼山河沦落的韵文》（2012年12月第34卷）。

以上8篇文章，除林立那篇属于新加坡成果，其余7篇文章都是美国的，

---

① 古婷婷：《美国英文学术期刊〈中国文学〉与北美中国文学研究》，《长春大学学报》2015年第5期，第74页。

② 卞东波编译《中国古典文学研究的新视镜——晚近北美汉学论文选译》，安徽教育出版社，2016，第281~314页。

可见美国在期刊平台发表的苏轼研究文章独占鳌头。这8篇文章的发表时间表明英语世界从20世纪70年代、80年代、90年代至21世纪初都没有中断对苏轼的关注。如果说在90年代以前对苏轼的研究主要是在宋代诗文背景下的简单论及，进入90年代从蔡涵墨开始，出现主要以苏轼为专题进行探讨的论文成果，这是美国苏轼研究的进步，也是英语世界研究苏轼从宏观走向微观的体现。

研究苏轼的这8篇文章的传播面必然很广，主要基于以下原因。

第一，著名汉学家合作主编。《中国文学》的主编曾有印第安纳大学教授欧阳桢（Eugene Eoyang），芝加哥大学教授苏源熙（Haun Saussy），加州大学戴维斯分校奚密（Michelle Yeh），威斯康星大学麦迪逊分校倪豪士（William H.Nienhauser）等，他们个个大名鼎鼎，既深谙中国文学，又具备西方文化背景，长期致力于中西文学关系研究或中西文学翻译等，成果颇丰。可以说，这些主编均是北美地区中国文学与文化研究的翘楚，他们相互的合作能让刊物的质量得以保证，刊物也能传播更广。

第二，文章作者都是该领域的名家。《中国文学》向来秉持的理念就是"填补空白"，所以其作者团队也是全豪华阵容，比如该刊首期就刊登了17名著名汉学家的文章与书评，有法国雷威安，美国薛爱华、韩禄伯、康达维、宇文所安等。而撰写这8篇苏轼文章的作者也都是著名苏轼研究专家，比如刘若愚是美国的苏词研究名家，何瞻是美国研究苏轼散文的专家，白睿伟的硕博士论文都研究苏轼。因此，这些作者的文章学术性和质量也能得到保证。除此之外，《中国文学》的其他作者还有周策纵、李欧梵、浦安迪、余国藩、王靖献、金介甫等，这里面既有老汉学家又有青年汉学家。如此庞大而星光熠熠的作者群，决定了《中国文学》在推动中国文学海外研究和传播的重要地位。①

第三，中国古代文学受欢迎。经过统计发现，《中国文学》在2011年以前刊登的196篇文章中，中国古代文学研究的文章约154篇，占总文章数量的79%。除此之外，与上述文章相关的书评也是《中国文学》中的重要内容，书评的作用不仅在于评论还在于推介，如果把书评的文章纳入进来，那么古代文学的传播效果相当于翻倍甚至更广。可以断定，《中国文学》在中

---

① 古婷婷：《美国英文学术期刊〈中国文学〉与北美中国文学研究》，《长春大学学报》2015年第5期，第79页。

第四章　对话与交流：苏轼文学作品的传播与影响

国古代文学领域的研究者数量多，他们对于中国古代文学的兴趣很大，也证明国外有大量对中国古代文学感兴趣的读者群，这对于苏轼文学的传播极为有利。

《中国文学》在创刊之初就声明其致力于推动海外中国文学的传播与研究，致力于推动中国文学和世界文学的交流。事实上，它凭借高质量的文章和精英学术团队在中外文学交流史上都是永远不可忽视的重要存在。荷兰伊维德教授评价："*CLEAR* 是一本极其重要的期刊，无论是对于汉学图书馆还是比较文学系来说，都是必不可少的。每个研究中国文学和文化的学生都应该阅读 *CLEAR*。"①

2.《哈佛亚洲学报》

美国哈佛燕京学社资助出版的《哈佛亚洲学报》，是美国老牌的汉学期刊之一，于1936年出版第1卷，每年几乎保持连续出版，②到21世纪初已经有超过80年的办刊历史，其资历仅次于《美国东方学会会刊》，比美国期刊《中国文学》办刊早了43年。《哈佛亚洲学报》的办刊宗旨主要是追求原创性的、优秀的有关亚洲的人文研究。根据目前搜集到的资料，截至2014年，③《哈佛亚洲学报》中有关苏轼文学的文章12篇，按发表时间先后为：美国白思达《词体的起源》（1953年第16卷1-2期）、美国艾朗诺《苏轼与黄庭坚的题画诗》（1983年第43卷第2期）、艾朗诺《欧阳修与苏轼论书法》（1989年第49卷第2期）、艾朗诺《作为历史和文学研究资料的苏轼书简》（1990年第50卷第2期）、加拿大方秀洁《词中的代言与面具》（1990年第50卷第2期）、美国萨金特《另类的题跋：苏轼和黄庭坚的题画诗》（1992年第52卷第1期）、美国傅君劢《探索胸有成竹：目击道存的中国古典意象思考》（1993年第53卷第1期）、美国郑文君《诗歌，政治，哲理：作为东坡居士的苏轼》（1993年第53卷第2期）、美国车淑珊《宋代的书籍文化与文本传播》（1994年第54卷第1期）、艾朗诺《中国中古时期关于音乐与"悲"的

---

① 黎智林：《豪士朱笔逐汉史，志儒浓墨传唐文——美国汉学家倪豪士的中国文学英译历程》，《东方翻译》2020年第5期，第65页。
② 据刘跃进在《近年美国的中国古代文学研究掠影》中介绍（《福州大学学报（哲学社会科学版）》2001年第1期）：《哈佛亚洲学报》从1936年起，每年一本，"到第七卷改为两年一本，即1942~1943年、1944~1945年。从第十卷开始又恢复每年一本。后来根据实际状况，有时也两年一本。到1977年又改为每年两本，六月出版第一卷，十二月出版第二卷"。
③ 卞东波编译《中国古典文学研究的新视镜——晚近北美汉学论文选译》，安徽教育出版社，2016，第315~376页。

争论以及琴学观念之变迁》(1997年第57卷第1期)、郑文君《诗与变：苏轼的〈登州海市〉》(1998年第58卷第1期)、美国柯林·霍尔斯《言外之意——北宋的游戏与诗歌》(2000年第60卷第2期)。①

从上述文章可以看出，英语世界以《哈佛亚洲学报》为首的期刊保持了对苏轼持续不断的关注，尤其以20世纪90年代出现的成果最为集中。研究的内容包括苏轼的文学、绘画、书法等，关注的视角从诗词文化拓展到书籍文化、游戏文化、音乐文化、政治境遇等，越来越丰富，似乎与北宋有关的一切，苏轼都成为不可绕开的话题。其中，艾朗诺在《哈佛亚洲学报》上发表过5篇有关苏轼的文章，排名第一，而郑文君发表过2篇，排在第二。这13篇文章中，美国学者成果占了12篇，加拿大只有方秀洁1篇，略提及苏词，并不详细。可见，美国仍然是借助《哈佛亚洲学报》平台传播苏轼的最重要国家之一。

《哈佛亚洲学报》的文章传播面很广，基于以下原因。第一，资助方哈佛燕京学社是中国文学海外翻译和研究的重要学术机构。哈佛燕京学社建成于1928年，是由哈佛大学和燕京大学合作成立的学术机构。哈佛燕京学社不仅自己创办刊物，还建有哈佛燕京图书馆，专门收藏中国、日本中文书籍；资金方面，哈佛燕京学社有专项霍尔基金支持，为哈佛大学的出版成果提供坚强后盾；哈佛燕京学社以研究中国文化为宗旨，秉持开放与坚守的文化品性，重视研究、教学和出版，在东西方文化交流中占有重要地位，也是中国大学与美国大学交流的典范。②哈佛燕京学社这种中美交流合作的运作模式让《哈佛亚洲学报》的办刊起点和定位就与众不同。第二，对象定位于亚洲。与《中国文学》的研究对象主要为中国不同，《哈佛亚洲学报》定位研究对象为亚洲，范围更广，辐射力更大，主要"刊载研究中国、日本、韩国各方面的论文，也发表中国内蒙古、西藏历史文化的论著，以及内陆亚洲（Inner Asia）阿尔泰语系民族的学术论文。"③因此，关注该刊的读

---

① 除上述文学类论文外，《哈佛亚洲学报》1970年第30卷还刊登了美国马伯良（Brian E. McKnight）的《北宋杭州官员的个案研究》（Administrators of Hangchow Under The Northern Sung: A Case Study），该文提及了苏轼在杭州任职一事，仅一笔带过，加之论述的是北宋政治的问题，与文学无关，所以这里不赘述。
② 胡艺玲：《聚焦、融合与效率——哈佛燕京学社中外合作理念探析》，《现代教育科学》2018年第6期，第151页。
③ 卞东波编译《中国古典文学研究的新视镜——晚近北美汉学论文选译》，安徽教育出版社，2016，第315～316页。

第四章　对话与交流：苏轼文学作品的传播与影响

者更多。第三，主编和编委会阵容强大。刊物主编全是外国知名汉学家、教授，曾有叶理绥（Serge Elisseeff）、唐纳德·夏夫利（Donald Shively）、艾朗诺（Ronald C. Egan）、韩德琳（Joanna Handlin Smith），现任主编为哈佛大学东亚系教授戴维·豪威尔（David L.Howell）。而编委会几乎都由哈佛大学东亚系教授组成，如宇文所安、包弼德、欧立德、李惠仪、王德威等，其中宇文所安、包弼德都曾有苏轼研究的成果发表，所以，这些大牌的主编和编委会成员其实就是学术研究专家团队，他们的学术水准保证了刊物的质量。第四，发稿要求高。《哈佛亚洲学报》有一套严格的审稿体系，只选择材料新、观点新、论述充分的稿件；实行匿名审稿制度，即便通过评审，稿件也常常被要求修改。同时，为了稿件质量不吝惜版面和页码，每期稿件数量很少，但篇篇都是精品，一篇论文甚至长达上百页也是有可能的，比如之前提及与苏轼有关的论文车淑珊《宋代的书籍文化与文本传播》就长达120页。还有"书评"（Review）作为该刊的重要部分，从来不接受作者投稿，均是编辑部约稿。这些近乎挑剔的发稿要求反而让更多的读者认可有嘉，"高、精、尖"是业内对《哈佛亚洲学报》的一致评价。

从上述两本刊物对苏轼的传播可以发现，《中国文学》上刊载的苏轼论文主要围绕苏轼文学展开，而《哈佛亚洲学报》刊载的苏轼论文视野更广，涉及面更大，出现了跨学科研究的趋势，这种趋势也代表了美国汉学发展的整体趋势。同时，这两本刊物都体现出：20世纪以后，美国学者的成果远远把其他国家抛在脑后，美国在利用期刊翻译、研究和传播苏轼文学方面是当仁不让的"老大"，新加坡和加拿大学者数量极少，而英国学者在知名刊物上发表苏轼文学论文的成果几乎没有。

（三）其他英文刊物

此外，从第一章笔者整理的苏轼研究期刊论文篇目不难发现，《宋元学报》（Journal of Sung-Yuan Studies）[①]也是发表苏轼研究论文的重要阵地。值得一提的是，在20世纪的上海还出现了一些英文刊物刊登过与苏轼有关的

[①] 《宋元学报》是一份综合性的研究期刊，由Albany-Suny大学东亚系主办，每年一本。几乎每期都有专题综述、书评、论文介绍、研究目录、新书目、有关研究杂志等。侧重于发表对中国古代文学论文的研究。对于中国大陆、中国台湾地区及日本的研究近况和趋势，文中也及时加以介绍。

文章,① 这些英文刊物均销往海外,如后世鲜有提及的《中国科学美术杂志》(The China Journal of Science and Arts)先后刊登了多篇有关苏轼的文章或书评:1930年2月2期(Vol.XII, No.2)刊登了一封李高洁《苏东坡的作品》的来信(Correspondence.The Works of Su Tung-p'o.By C.D.Le Gros Clark.),当年4月第4期(Vol.XII, No.4)又刊登了一封福开森对《苏东坡的作品》来信的回信(Correspondence.The Works of Su Tung-p'o.By J.C.F.);1932年2月第2期(Vol.XVI, No.2)刊登了苏柯仁评论李高洁《苏东坡集选译》一书的书评(Review.Selections from the Works of Su Tung-P'o, by C.D.Le Gros Clark: Jonathan Cape, London, By A. de C.S.);1932年7月第1期(Vol.XVII, No.1)刊登了李高洁翻译的一首苏轼诗《屈原塔》(Invocation to Ch'ü Yüan, Translated by C.D.Le Gros Clark.);1933年4月第4期(Vol.XVIII, No.4)刊登了李高洁翻译的一首苏轼诗歌《过江夜行武昌山闻黄州鼓角》(River Journey By Night.From the Poem by Su Tung-p'o.By C.D.Le Gros Clark.);1935年10月第4期(Vol.XXIII, No.4)刊登了苏柯仁撰写的李高洁选译《苏东坡赋》的书评(Review. The Prose Poetry of Su Tung-p'o, by C.D.Le Gros Clark: Kelly &Walsh, Ltd.Shanghai, 1935.by A. de C.S.)。

尽管《中国科学美术杂志》刊登了不少有关苏轼的文章,但是整体研究比较浅,仅限于译作或书评,缺乏深入研究苏轼文学及其思想、经历等的文章。那么,这是一份怎样的刊物?《中国科学美术杂志》(后改名为《中国杂志》,China Journal),由美国著名汉学家福开森(John Ferguson)和英国籍博物学家苏柯仁(Arthur de Carle Sowerby)于1923年1月在上海创办,至1941年11月因日军扫荡编辑部而停刊。每月用英文出刊,共出版35卷,215期。至于《中国科学美术杂志》的办刊宗旨,可以在其创刊号的发刊词中了解,即"给在中国的原创性学者提供一个中介,发表他们的研究成果,让他们相互间建立更密切的关系,并在欧洲人(以及中国人)中间激发起对这个国度储藏着的文学和艺术丰富资源的兴趣,广泛地普及科学和艺术的研究"②。可见,提供发表研究成果的平台,密切学者间的关系以及激发西方人对中国的文学和艺术的兴趣是办刊的主要出发点。所以,苏轼文学的内容不

---

① 这些英文期刊涉及中国古典文学的篇目见孙轶旻《近代上海英文出版与中国古典文学的跨文化传播》附录一,上海古籍出版社,2014。由笔者从附录中整理出有关苏轼的文章名称。
② 李天纲:《中国科学美术杂志研究》(上),《上海文化》2015年第4期,第47页。

第四章　对话与交流：苏轼文学作品的传播与影响

断出现在该刊物中，也是符合其办刊宗旨的。

还有一份英文刊物《天下月刊》①（T'ien Hsia Monthly）于1935年10月第3期（Vol.I，No.3）刊登了林语堂对李高洁选译《苏东坡赋》的书评（Book Review. *The Prose-Poetry of Su Tung-p'o*, Being Translations into English of the *fu* with Introductory Essays, Notes and Commentaries by Cyril Drummond Le Gros Clark. Forword by Ch'ien Chung-shu.（Kelly &Walsh, Ltd. Shanghai）pp.xxii+280.1935. By Lin Yutang.）；1937年12月第5期（Vol.V，No.5）刊登了林幽对初大告在英国出版的《中华隽词》的书评（Book Review. *Chinese Lyrics*. Translated into English by Ch'u Ta-kao, with a Preface by Sir Arthur Quiller-Couch.（Cambridge University Press.）pp.xvi+55.1937. By Lin Yu.），而《中华隽词》收入苏词8首；1939年2月第2期（Vol.Ⅷ，No.2）刊登了胡先骕和哈罗德·阿克顿合译的《东坡诗九首》（Nine Poems of Su Tung P'o. Translated by H. H. Hu and Harold Acton.）。

前述所提及的刊物《皇家亚洲文会北中国支会会刊》也不容忽视，该刊于1936年（Vol.LXVII）刊登了一篇T.Ford Wang撰写的关于李高洁选译《苏东坡赋》一书的书评（Review of Recent Books. *The Prose Poetry of Su Tung-p'o*, By T.Ford Wang.）。

不难发现，《中国科学美术杂志》、《天下月刊》和《皇家亚洲文会北中国支会会刊》三本刊物都集中于1935～1936年对李高洁的苏东坡译作进行了刊登或发表了相关书评，可见当时李高洁的苏东坡研究成为一大关注点，随着这些刊物的外传，李高洁及其苏东坡的名字流传甚广。

当然，还有一些文章起到了间接传播苏轼的作用，比如《教务杂志》1901年（Vol.XXXII）发表了一篇署名F的关于翟理斯《中国文学史》的书评（Our Book Table: *A History Of Chinese Literature*, by Herbert A.Giles.By

---

① 《天下月刊》（以下简称《天下》）是一份由大法官吴经熊于1935年8月在上海创办的全英文期刊，由南京中山文化教育馆资助。《天下》全年10期，除去6、7月之外，每月15日出版，由于太平洋战事，于1941年8、9月而停刊，总共56期。《天下》由上海南京路别发洋行（MESSRS, KELLY &WALSH, Ltd.）在中国及美、英国等西方国家发行销售。《天下》倡导中西文化交流的理念，着力将中国文化译介传播到国外，在现代中西文化交流史上发挥了重要作用。（详见秋云《民国时期的英文文化杂志：〈天下月刊〉（T'ien Hsia Monthly）》，《华北水利水电学报》（哲学社会科学版）2008年第5期。）

F.），《新中国评论》①（The New China Review）1922年第6期（Vol.IV，No.6）刊登了翟理斯《古文选珍》（1922年增订版）的一篇书评（Recent Literature: Gems of Chinese Literature），《皇家亚洲文会北中国支会会刊》1923年（Vol.LIV）刊登了一篇署名M的关于翟理斯《古文选珍》（增订本）的书评（Review of Recent Books. Gems of Chinese Literature, by Herbert A. Giles. By M.），由于翟理斯的这几部作品都收入了苏轼文学译作，对翟理斯作品的评论，必然会提升该书的知名度，也间接影响到苏轼文学的读者受众面。

为什么是上海在几乎同一时期出现这么多英文报刊？原来这和20世纪20年代的上海作为早期对外开放的商埠、作为传教的重心和作为亚洲出版业的中心这三个主要身份有关。首先，上海作为1840年鸦片战争之后首批对外开放的商埠，具有举足轻重的作用，商业的对外开放也意味着文化的对外开放，在上海创办的许多英文刊物是面向世界发行的，远销美洲、欧洲等。其次，在上海的传教士比较多，不少传教士为了更深入地了解中国的风土人情，了解中国人的思想动向，办刊的出发点一开始都是以传教为主要目的，希望通过刊物发表观点、传播教义、向中国渗透西方思想等。可是在办刊过程中，随着与中国人的进一步接触，热爱中国文学和文化成为他们意想不到的可能，不少刊物的办刊重心逐渐从以宗教传播为主转为以文化传播为主，因此，在这些英文刊物上出现的关于中国文学尤其是古典文学的译作、研究文章也成为一大亮点，甚至有的刊物古典文学的文章比重还很大。最后，上海作为当时亚洲出版业的中心，具有得天独厚的条件，一是拥有较完善的图书报刊发行系统，二是汇聚了一大批回国的知识精英，所以上海的英文刊物办得如火如荼，成为20世纪中外文化交流的最好见证。

此外，报刊界《华裔学志》（Monumenta Serica）②、《通报》（T'oung

---

① 《新中国评论》（1919~1922）由英国汉学家库寿龄（Samuel Couling）于1919年在上海创办，由别发洋行刊行，前后共出版4卷，旨在继承1901年停刊的汉学刊物《中国评论》（The China Review），撰稿人包括翟理斯、庄延龄等知名汉学家，具有较高的学术及文献价值。
② 《华裔学志》属于德国汉学界刊物，于1935年在北平创办，先后在北平的辅仁大学、日本名古屋南山大学、美国加州大学洛杉矶分校办刊，最后于1972年在德国落户至今，是国际汉学最重要的学术期刊之一。该期刊旨在运用西方最新的研究方法系统整理中国史料，借助发表汉学领域研究的最新发现来促进国际学术的合作。刊物上的文章多数以英文写就，部分为法文及德文。《华裔学志》至今共出版68卷，为了解20世纪三四十年代的汉学研究提供了重要史料。

Pao）[①]、《亚洲研究学刊》（*The Journal of Asian Studies*）[②]等刊物对于中国古典文学的海外传播也起到了重要的作用。期刊的出版频率高、传播速度快、受众面广、内容丰富、发行量大，这些特点都能为苏轼文学的传播提供畅通的渠道，也理应成为21世纪苏轼文学传播和影响的重要载体。

二、出版机构

在文学西传过程中，需要作者、译者、读者、出版机构等各种力量的通力合作，中国古典文学在英语世界的传播，除学术期刊扮演重要角色外，出版机构也是不可忽视的一环。文化学派代表安德烈·勒菲弗尔曾提出操控文学翻译的三大力量：意识形态、诗学和赞助力量，他认为赞助力量就是文学翻译的外部力量，包括评论家、政府机构、出版社或个人势力等，这些力量可以成就或摧毁文学翻译，对文学翻译起到决定作用，所以他提出"赞助力量操控文学翻译"。勒菲弗尔把文学翻译看作社会系统中并不孤立的存在，反而牵扯到很多因素，这是很有道理的，比如由翻译家杨宪益于20世纪80年代发起的"熊猫丛书"，是中国文学作品外译丛书，由中国文学出版社和外文出版社联合发行，而这两家出版社都受政府支持，必然承载向世界传播中国文化、树立国家形象的重要任务。[③]那么，外国译介和研究中国文学的出版物一样受不少赞助力量的制约，这里重点提及的赞助力量就是出版社，下面笔者将通过数据告诉大家出版社对于出版物的传播起到怎样的重要作用。

美国加州大学洛杉矶分校的陈肃曾对欧美三大数据库（即三家学术图书采购平台）GOBI、OTTO、OASIS进行过关于海外中国研究专著的调查与分析，得出的结论如下：从2006年至2016年这10年间，共有33个国家和地区

[①] 《通报》是19世纪末第一份国际性的汉学杂志，于1890年由法国人考狄和荷兰人薛力赫创建，由布里尔（Brill）出版社出版，原则上是每年1卷，偶尔中断，《通报》由几个栏目构成，包括"学术论文""杂识""杂录""记事""评论简报""讣告""书评""按语和征询"等，也常刊登有关中国宋代的文学文化研究文章。

[②] 《亚洲研究学刊》创刊于1941年，原名《远东研究季刊》（*The Far Eastern Quarterly*），哥伦比亚大学出版社出版。两年一卷，共四期。从1956年起至今，依然两年一卷四期，每卷都有中国文学研究的论文。

[③] 张聪颖：《勒菲佛尔三要素指导下"熊猫丛书"研究》，《今古文创》2020年第41期，第26~27页。

出版了9867种有关中国研究的专著。其中，新西兰出版不到10种相关著作，新加坡、加拿大出版有关著作上百种，而美国和英国出版有关中国研究专著上千种，美国出版了4407种，英国出版了2570种，[①]分别稳居第一、第二名，远超英语世界的其他国家。可见，美国和英国是目前英语世界出版中国研究专著实力最强大的两个国家。

出版机构一般分为两类：商业出版社和学术出版社。整体看来，在英语世界的苏轼文学出版物中，英国的出版物以商业出版社出版居多，这与早期英国资本的迅速扩张和英国的商业出版社分支机构遍及世界有关。而美国的出版物自20世纪20年代末期起，则多由学术出版社出版，这与美国1928年哈佛燕京学社的成立以及各大学中国或亚洲研究系的陆续出现有关。因此，下面仅以英美两国为例，分别选取代表性出版社加以阐述。

（一）商业出版社——以英国为例

以英国为例，1884年，伦敦伯纳德·夸瑞奇出版社（London：Bernard Quaritch）率先和上海别发洋行（Shanghai：Kelly & Walsh）合作出版了英国汉学家翟理斯的《古文选珍》，翻译苏轼散文10篇。这是英国最早出版的译介苏轼文学作品的文集，广受好评。1898年，伦敦伯纳德·夸瑞奇出版社继续和上海别发洋行合作出版了19世纪最早出现苏轼简介的一本字典《古今姓氏族谱》。此外，1892年，伯纳德·夸瑞奇还曾与上海别发洋行合作出版过翟理斯的《华英字典》。伯纳德·夸瑞奇出版社也因此成为19世纪中后期在英语世界出现的较早译介苏轼文学作品的出版社，也是首家和上海别发洋行合作出版苏轼文学的外国出版社。

伯纳德·夸瑞奇出版社是以伯纳德·夸瑞奇（Bernard Quaritch，1819-1899）名字命名的出版社，伯纳德·夸瑞奇原是一位德裔英国书商、收藏家、出版家。1847年，他在伦敦创立书店"奎文斋"（Bernard Quaritch Ltd，旧译"夸瑞奇"），专营珍本书籍和手稿，书店客户都是名流，包括路易·卢西恩·波拿巴王子（拿破仑的弟弟）、英国首相格莱斯顿和迪斯雷利、艺术评论家拉斯金、设计师兼作家威廉·莫里斯、克劳福德伯爵和林德西亚图书馆的所有者巴尔卡雷斯等。所以，书店没多久便誉满四海。在书店成立后的

[①] 陈肃：《基于三大数据库对海外中国研究专著的调查与分析（2006—2016）》，《国际汉学》2020年第3期，第62页。

第四章 对话与交流：苏轼文学作品的传播与影响

五十年里，伯纳德·夸瑞奇建立起了世界上最广泛的古籍研究事业，他的事业立足于伦敦，但最终不仅延伸到大多数欧洲大陆的首府，也横跨大西洋到了美国。他最出名的是作为经营古籍、精美手稿、文学等的商人，最终他成为欧洲第一书商。所以在他1899年去世时，《泰晤士报》写道："说夸瑞奇是有史以来最伟大的书商，这一点也不轻率。他的理想是如此崇高，他的眼光是如此敏锐，他的生意是如此宏大，他的勇气是如此无畏，以致他在那些研究旧文学的人中脱颖而出，就像拿破仑或惠灵顿在将军中脱颖而出一样"[1]。以经营古籍起家的伯纳德·夸瑞奇青睐东方文学。奎文斋书店于1859年以出版翻译家菲茨杰拉德翻译自波斯诗人的《鲁拜集》而著名，其百年招牌仍驻伦敦，迄今仍在经营，享誉世界。而由夸瑞奇一手缔造的出版帝国，让伯纳德·夸瑞奇出版社最终能有眼光在19世纪就出版与中国古典文学相关的译作，为19世纪苏轼文学在英语世界的传播提供了便利，增加了砝码。伯纳德·夸瑞奇的经历、眼光与法国著名的毕基埃出版社创始人菲利普·毕基埃很相似，毕基埃出版社是法国出版界最负盛名的出版社之一，菲利普·毕基埃在创办该社时甚至不通任何亚洲语言，仅凭对东方文化的浓厚兴趣、对亚洲文学的热爱，艰苦创业，坚持如初，成立30多年出版了1200多种读物，通过系列书、连环画、漫画等广泛展现东方文化的生动性，而且该出版社也出版过苏轼、蒲松龄、袁宏道、林语堂、老舍、方方、杨红樱等跨越中国古今名作家的作品，为树立中国文学的形象、扩大中国文学在法语国家的影响和增进中法文化交流做出了杰出贡献。[2]

此外，英国出版过苏轼文学相关著作的商业出版公司还有：英国伦敦开根保罗公司、伦敦约翰·默里公司、伦敦康斯特布尔出版公司、伦敦开普乔纳森公司、伦敦哈德逊公司等。不难发现，英国有关苏轼文学的选集和学术研究著作基本都集中出版于伦敦，可见伦敦的商业出版社挑起了英国译介出版中国文学的大梁。这与当时英国是19世纪汉学的中心，加大对汉学出版

---

[1] 伯纳德夸瑞奇书店网站介绍，见 https://www.quaritch.com/about/our-history/。On his death in 1899 The Times wrote "It would scarcely be rash to say that Quaritch was the greatest bookseller who ever lived. His ideals were so high, his eye so keen, his transactions were so colossal, his courage so dauntless, that he stands out among men who have dealt in old literature as a Napoleon or a Wellington stands out among generals".

[2] 祝一舒：《翻译场中的出版者》，载许钧、李国平主编《中国文学译介与传播研究》（卷一），浙江大学出版社，2018，第274~275页。

物的投资，而伦敦是英国的首都，是其政治、经济、文化、教育中心等因素密切相关。

而与伯纳德·夸瑞奇出版社多次合作的上海别发洋行，是近代英国商人在上海开设的一个重要的印刷出版机构。上海别发洋行前身是19世纪60年代在上海外滩开办的别发书店，是上海第一家外文书店。包天笑在《译小说的开始》中回忆道："上海可以购买外国书的地方很少，仅有浦滩的别发洋行一家，书既不多，价又很贵"①。1876年，别发书店与名为"F.&C.Walsh"的书店合并，在香港登记注册，定名为"英商别发印书馆股份有限公司"，英文名"Kelly & Walsh, Limited."俗称别发洋行。至此，上海别发洋行成为英商别发印书馆股份有限公司上海分公司，②其实，别发洋行的主要业务都在上海，因为上海是1843年的开埠城市，那里是长江门户，汇聚了来自英美的传教士、商人等，出版业发展迅速，所以上海别发洋行后来成为英商别发印书馆股份有限公司的主力。

别发洋行出版的书籍传播范围极广，除前述合作出版的收入苏轼文学作品的选集外，它还曾于1898年出版翟理斯《古今诗选》，于1923年出版翟理斯《中国文学瑰宝（诗文合集）》，这两本选集都选入部分苏轼的文学作品，是业内响当当的英译中国文学选集。为什么别发洋行的出版物得以广泛传播？主要有以下原因。第一，分支机构多，业务范围广。除上海外，别发洋行还在中国香港、日本、新加坡等地都有分支机构，业务范围极广，涉及印刷、出版、雕版、装订、文具、艺术等，同时还刊行《皇家亚洲文会北中国支会会刊》（Journal of the North-China Branch of the Royal Asiatic Society）、《新中国评论》（The New China Review）和《天下月刊》（T'ien Hsia Monthly）三本汉学杂志，这为其出版的书刊得到广泛传播奠定了基础，在二十世纪二三十年代达到业务的鼎盛期。别发洋行的运作模式与今天美国的哈佛燕京学社运作模式相近，即办刊和出版专著齐头并进，哈佛燕京学社作为跨国学术机构有自己知名的汉学期刊《哈佛亚洲学报》，又通过亚洲中心出版计划出版专著，专著系列多达九十多种，重点致力于中国的研究，把有关中国的成果推向世界。第二，存在时间长。上海别发洋行自19世纪60年代创立到后来因抗日战争和国内局势紧张，经营惨淡，至1953年关门（只有香港分

---

① 包天笑：《钏影楼回忆录》，文海出版社有限公司，1974，第171页。
② 孙轶旻：《别发印书馆与近代中西文化交流》，《学术月刊》2008年第7期，第103页。

支机构还营业至今),该机构经营时间超过80年。上海别发洋行跨越两个世纪,凭借自己较完备的销售体系在全世界广泛推广自己的书刊,其出版的书籍能够经得起时间的考验。第三,青睐中国书籍的出版。从1870年至1953年,别发洋行共出版了约961种书籍(包括修订本和重印本),其中关于中国的书籍占了一半以上,共569种。[①]其中,有关中国古典文学的书籍约23种(不含重印本),涉及文学翻译、文学研究及工具书中的文学等。对中国书籍的青睐正符合其提出的宗旨:"增进中国文化之流入欧美各地(尤以英国及其海外属地为主),同时并协助欧美文化之流入中国"[②]。第四,书籍著者有大量著名汉学家。比如曾出版英国著名汉学家翟理斯的中国古代文学译作、英国汉学家禧在明的《聊斋志异》文学改编读本、英国汉学家波乃耶的文学研究著作、英国教育家库寿龄的工具书。除与夸瑞奇合作出版苏轼文学译作外,别发洋行还与伦敦开根·宝罗公司合作出版了英国汉学家李高洁的代表译作《苏东坡赋》(1935)等。出版名家名作也为别发洋行赢得了书籍质量和销量的双丰收。

别发洋行在通过出版中国文学盈利的同时,也向世人打开了一扇了解中国的窗户,展示了中华文化的魅力,所以当翟理斯《古文选珍》大受西方人追捧时,西人用智慧与幽默、炽热与浪漫、悲悯与深情来概括中国人的思想情感:"在中国文学这片广袤的沙漠上,埋藏着无可言状的魅力宝石,我们应该感谢以其高超的鉴赏能力和沙里淘金的耐心为我们翻译了这些'珍宝'的译者"[③]。

从上述内容可以看到,伦敦伯纳德·夸瑞奇出版社作为当时世界级声誉的出版机构与上海别发洋行这样一个历史悠久的出版公司合作,背后体现了英国人在中国文学译介和研究方面的前瞻性的眼光,所以他们出版的书籍具有世界级的影响力,在19世纪极大地促进了苏学在英语世界的传播与发展,这样的出版社也成为中西文化交流的媒介。

---

① 孙轶旻:《别发印书馆与近代中西文化交流》,《学术月刊》2008年第7期,第105页。
② 孙轶旻:《别发印书馆与近代中西文化交流》,《学术月刊》2008年第7期,第106页。
③ 邓纯旭、邓丽萍:《近代英文出版与中国文化的沟通与交流》,《中国出版》2018年第4期,第30页。

(二)学术出版社——以美国为例

海外的学术出版社①多以大学出版社为代表。英国对于苏轼文学有传播之功的学术出版社不多,代表性如英国的剑桥大学出版社(Cambridge University Press),曾出版初大告《中华隽词》(1937)、崔瑞德和史乐民《剑桥中国宋代史》(2009)、伊佩霞《剑桥插图中国史》(1996)以及宇文所安和孙康宜合编的《剑桥中国文学史》(2010)等;而英国牛津大学出版社(Oxford University Press),代表作是理雅各《道家典籍》(1891)、布茂林《中国诗选》(1921)。统计起来,由这两所大学出版社出版的苏轼文学作品的译作选集不足10本,而对于苏轼文学的研究成果,英国的学术出版社几乎没有出色的代表作。

与英国相比,美国的学术出版社在第二次世界大战以后在中国文学著作的出版方面势头更加强劲,什么原因呢?主要因为战后美国投入巨资鼓励对中国的研究,美国国内成立了众多研究和出版机构,美国汉学因此得以快速发展。"据统计,1958年至1970年,美国联邦政府、基金会、高校共投入大约5300万美元用于资助中国研究,巨额资金的投入使得这一时期的美国中国学在机构设立、人员培养、著作出版以及中国知识教育开展等方面取得了跃进式发展。"②美国哥伦比亚大学、哈佛大学、密歇根大学、加利福尼亚大学等高校都成立了研究中国的学术机构,这些机构具有共同的宗旨,即"致力于中国问题研究""积极为政府出谋划策""增进公众对中国的了解"③。

根据笔者统计的"美国学界的苏轼文学译作列表"和"美国学界的苏轼研究著作列表"两表所反映的出版情况④,发现美国最早出版的与苏轼文学有关的译作是1867年鲁米斯编著的《孔子中国经典:中国文学阅读》,由美国旧金山一家商业公司——罗曼公司出版,而研究类著作最早数1960年狄百瑞的《中国传统之来源》,由哥伦比亚大学出版社出版。如果把与苏轼相关的文学选集和研究著作加起来数量排名如下:最多的是哈佛大学出版社(Harvard University Press)和哥伦比亚大学出版社(Columbia University Press),均超过8本,其中哈佛大学出版社的苏轼研究类著作最多,而哥

---

① 具体参考"附录"各表涉及出版社的部分。
② 万燚:《论华兹生的苏轼诗译介》,《琼州学院学报》2015年第6期,第1页。
③ 万燚:《论华兹生的苏轼诗译介》,《琼州学院学报》2015年第6期,第1页。
④ 具体参考"附录"。

第四章 对话与交流：苏轼文学作品的传播与影响

伦比亚大学出版社的苏轼文学译作最多；第二位是普林斯顿大学出版社（Princeton University Press），出版了5本有关苏轼的研究类著作；第三位是斯坦福大学出版社（Stanford University Press）和华盛顿大学出版社（University of Washington Press），出版物各4本；第四位是加州大学出版社（University of California Press）、芝加哥大学出版社（University of Chicago Press）和印第安纳大学出版社（Indiana University Press），出版物各2本；耶鲁大学出版社（Yale University Press）、夏威夷大学出版社（University of Hawaii Press）、威斯康星大学出版社（University of Wisconsin Press）这几家并列第五，各有1本。这些出版社有关苏轼的出版物超过了30本，可见美国在学术出版方面引领着海外苏学的方向。

很巧的是，陈肃又对2006年至2016年间欧美三大数据库GOBI、OTTO、OASIS中的学术出版社进行统计，发现：2016年以后，海外出版有关中国研究著作的出版社超过1400家，其中学术出版社169家，而他们的出版量按排名先后为：剑桥大学出版社、牛津大学出版社、哈佛大学出版社、哥伦比亚大学出版社、夏威夷大学出版社、斯坦福大学出版社、华盛顿大学出版社、加州大学出版社、纽约州立大学出版社、芝加哥大学出版社。[①]而这一排名集中表现出英国和美国在海外汉学研究热潮中起市场主导作用的学术出版社，尤其在美国，哈佛大学和哥伦比亚大学的两家出版社位居第一，斯坦福大学出版社和华盛顿大学出版社排名也很靠前，与笔者统计的出版苏轼文学翻译与研究成果的学术出版社排名很一致。这些排名数据证明，中国研究类著作出版量大的出版社，必然能为苏轼文学成果的出版提供有利的环境条件。所以，这些出版社也代表了整个英语世界有关中国文学学术出版的最高水平。

以哈佛大学出版成果为例，笔者目前搜集到的有关苏轼的9本出版成果为：卜苏珊《中国文人论画——从苏轼（1037-1101）到董其昌（1555-1636）》（1971）、卜苏珊《早期的中国绘画作品》（1985）、艾朗诺《苏轼生活中的言语、意象、行迹》（1994）、海陶玮与叶嘉莹《中国诗词研究》（1998）、姜斐德《宋代诗画中的政治隐情》（2000）、艾朗诺《美的焦虑：北宋士大夫的审美思想与追求》（2006）、迪特·库恩《哈佛中国史》之《儒家统治的时代：宋的转型》（2009）、傅君劢《中国诗歌概论：从〈诗经〉到宋

---

① 陈肃：《基于三大数据库对海外中国研究专著的调查与分析（2006—2016）》，《国际汉学》2020年第3期，第63页。

词》(2017)、宇文所安《惟歌一首：中国11世纪到12世纪初的词》(2019)。这9本著作全部是研究类，内容涉及苏轼文学、艺术，包括宋代政治与历史，可见哈佛大学出版社是推动苏学研究的最重要出版社；9本著作出版时间跨度从20世纪70年代至今，每本都是名家加经典的模式，涉及的作者主要来自美国、加拿大、德国的著名汉学家。这9本著作意味着哈佛大学出版社对汉学界的苏学研究成果的不断认可以及对中国古典文学的重视。

哈佛大学出版社成立于1913年，因隶属于哈佛大学，享有很高的学术盛誉。哈佛大学是公认的"世界东亚研究中心"，对东亚的研究始于1879年，后来在费正清、赖肖尔等人的推动下，哈佛的东亚研究引起世人的关注，现在费正清东亚研究中心和哈佛燕京图书馆已成为除中国外，世界学者研究中国的基地。① 而20世纪20年代成立的哈佛燕京学社把总部设在哈佛大学，更使哈佛大学在中国文学研究方面增强了实力，加快了中美之间的文化交流与合作。"实力雄厚"是对哈佛大学及其出版社的真正评价。哈佛大学出版社注重出版精品，所以这些书籍在美国汉学界反响很好：比如艾朗诺《苏轼生活中的言语、意象、行迹》，是美国研究苏轼的代表作，曾多次被其他苏轼研究者撰写论文或专著时引用。该书还在出版页上对哈佛燕京学社注重介绍东亚和东南亚高等人文社科教育以及其对推动东方的西学研究的作用加以介绍，尤其肯定了它还通过对哈佛燕京图书馆的贡献、出版《哈佛亚洲研究》杂志以及有关近代东亚史和文学的书籍来支持哈佛大学的东亚研究。② 在出版页上附上简单的出版机构信息，这是一种很好的传播模式，利用书籍对出版机构进行介绍和宣传，也反过来促使出版机构更加重视这类书籍的出版，还能增加读者对出版机构的了解。又比如宇文所安刚出版不久的《惟歌一首：中国11世纪到12世纪初的词》，一出版就受到极大关注，各

---

① 晓珠：《傅高义教授畅谈"哈佛百年亚洲研究"》，《南京大学学报》2002年5月30日，第804期。
② "The Harvard-Yenching Institute, founded in 1928 and headquartered at Harvard University, is a foundation dedicated to the advancement of higher education in the humanities and social sciences in East and Southeast Asia. The Institute supports advanced research at Harvard by faculty members of certain Asian universities, and doctoral studies at Harvard and other universities by junior faculty at the same universities. It also supports East Asian studies at Harvard through contributions to the Harvard-Yenching Library and publication of the *Harvard Journal of Asiatic Studies* and books on premodern East Asian history and literature." Ronald C. Egan, *Word, Image, and Deed in the Life of Su Shi*, Harvard University Press, 1994, 扉页。

第四章 对话与交流：苏轼文学作品的传播与影响

大媒体纷纷报道，获得2021年美国亚洲协会颁发的列文森中国研究著作奖。同样，剑桥大学出版社曾出版过的《剑桥插图中国史》，作者伊佩霞因在中国研究方面的出色成就，荣获2020年列文森系列奖项"亚洲研究杰出贡献奖"。这一奖项凭借其世界影响力和权威性增加了宇文所安、伊佩霞及其著作在学界的传播力度，也极大提升了出版社的声誉。

而同样排名第一的哥伦比亚大学出版社也是出版界的佼佼者，它是哥伦比亚大学系统的一部分，创建于1893年，是美国历史悠久的大学出版社。该社目前每年约出版160种新书，涵盖领域包括历史、国际事务、亚洲研究、科学、文学、经济、社会学等。哥伦比亚大学出版社也有自己的成功之道。第一，学校图书馆采购中国文献经费数额巨大。有一组比较：美国公共图书馆的中国文献收藏以美国国会图书馆为最，其次是纽约公共图书馆以及一些华人聚集地的地方图书馆，仅上述学术型的图书馆每年要花费800余万美元用于采购中国文献，而哥伦比亚和斯坦福等几所高校的图书馆每年用于中国文献的采购经费也在50万美元左右。①而且，哥伦比亚大学东亚图书馆藏书量惊人，其特藏中国族谱上千种。学校图书馆丰富的中国文献资料为大学出版社的编辑、出版提供了强大支持。第二，出版丛书是其擅长。比如1935年，哥伦比亚大学出版社推出《哥伦比亚百科全书》(*Columbia Encyclopedia*)，此后开发了一系列百科全书，这成为该社区别于其他美国大学出版社的特点之一。2018年3月23日，哥伦比亚大学出版社在华盛顿举行了"如何读中国文学"(How to Read Chinese poetry)系列丛书启动仪式。这套丛书由美国伊利诺伊大学厄巴纳-尚佩恩分校教授蔡宗齐和北京大学教授袁行霈共同主编，中美两国学者共同参与。这一丛书的出版可以持续跟进外国学者对中国文学解读的最新进展，体现相关的最新成果，对于中国文学在世界范围的广泛传播极为有利。第三，非营利性目的保证出版质量。尽管出版社与哥伦比亚大学有着密切的联系，但它却是独立于大学的一个非营利出版机构，其宗旨是促进历史学、文学、理学、经济学及其他学科的发展，并鼓励出版在这些领域中具有原创性的作品。不以营利为目的而以质量为上乘的出版目标，让哥伦比亚大学出版社能长期保持高水平的出版成果并在众多的出版社中脱颖而出。所以，该社推出的亚洲文学研究书目数量"在英语世界和研究机构中都非常罕见"。用著名美国翻译家葛浩文的评价就是：与美

---

① 杨静：《中国典籍海外英译研究学术资源考》，《出版发行研究》2019年第12期，第85页。

国的商业出版社只重经济利益不同,像哥伦比亚大学出版社这样的学术出版社绝不"唯利是图",而是一直在坚持出中国文学的翻译,有中国台湾系列、中国大陆系列。①

笔者目前搜集到哥伦比亚大学出版社有关苏轼的8本出版成果为:华兹生《东坡居士轼书》(1965)、华兹生《中国抒情诗:从2世纪到12世纪》(1971)、华兹生《哥伦比亚中国诗选:上古到十三世纪》(1984)、朱莉·兰多《春光无限:中国宋词选》(1994)、梅维恒《哥伦比亚中国传统文选》(1994)、梅维恒《哥伦比亚中国传统文学简编》(2000)、梅维恒《哥伦比亚中国文学史》(2000)、卜立德《古今散文英译集》(2000)。这8本成果均出自名家之手,尤其华兹生和梅维恒又是在该出版社出版苏轼文学成果最多的两位汉学家;出版时间跨度从20世纪60年代到21世纪初;内容方面从纯译介文学作品到走向史学研究的专业化,其中代表就是梅维恒《哥伦比亚中国文学史》,是这8本中唯一一本研究类著作,其他成果均为译作选集,而华兹生《东坡居士轼书》属于苏轼文学译作专辑。美国华兹生的汉诗英译和汉学研究得以进行,成果能够面世,绝大多数是因为获得哥伦比亚大学亚洲研究项目和哥伦比亚大学出版社的支持。当然,与哈佛大学出版社重在推出苏轼文学研究类成果不同,哥伦比亚大学出版社在推广、传播苏轼文学译作方面功不可没。

由此可见,这些学术出版社之所以能脱颖而出,有几点条件是必不可少的:第一,背靠有长期研究中国文学的大学东亚系、东方语言系或亚洲研究院,有深厚的学术底蕴;第二,大学汇集了汉学界的人才,集中了出版的智慧;第三,有项目或资金的支持,保证了出版的顺畅;第四,早期对于中国文学作品的翻译和研究成果的成功出版,积累了丰富的出版经验、人脉,拥有固定的读者群体,也具备长远投资眼光;第五,著者获奖带动出版业的繁荣。很明显,在英国汉学占主导地位的19世纪,出版苏轼文学译作和研究著作的出版社以商业出版社为主,而在20世纪以美国汉学占主导地位的时期,出版苏轼文学译作和研究著作的出版社以学术出版社为主,这既是汉学重心从英国转向美国的结果,也是美国的学术出版社逐渐成为英语世界市场出版主力的标志。

---

① 季进:《我译故我在——葛浩文访谈录》,《当代作家评论》2009年第6期,第51页。

第二节　苏轼文学作品的传播趋势

苏轼文学作品在英语世界历经近两百年的传播后，未来将何去何从？这是关系到中国文学在英语世界如何更好地"发声"，如何长久得以流传，如何被更多读者接受的问题。苏轼文学想要在英语世界得到更广泛的认可和关注，必须在翻译和研究方面进行拓展和深化，从而促使苏轼文学的传播更加充满生命力。所以本节拟从苏轼文学作品对外传播的多元化和苏轼文学作品传播路径的拓展两方面探讨苏轼文学作品在英语世界的传播趋势。

一、苏轼文学作品对外传播的多元化

（一）跨学科研究

跨学科研究，需要跨越学科领域、打破不同学科的界限进行科学创造。自20世纪90年代开始，英语世界对于苏轼的译介和研究开始跳出纯文学的圈子，逐渐走向跨学科研究，成果逐渐丰富，涉及环境学、史学、美学、艺术学、哲学、宗教学、法学、医学等领域，苏轼与他的文学已经逐渐渗入英语世界的方方面面。

比如文学与环境学的结合，代表作是2011年大卫·沃德（David Ward）在英国文学与环境研究协会的官方刊物《文学与环境的跨学科研究》（Interdisciplinary Studies in Literature and Environment）第18卷第2期上发表的《玩主到山：苏轼诗歌中的空间辩证法》（Playing Host to the Hills: Spatial Dialectics in the Poetry of Su Shi），该文打破了传统思维，从环境学角度研究苏轼文学。大卫·沃德认为，前期研究苏轼诗歌的项目倾向于按年代和文化的方法来研究他的作品。任何诗歌研究，更不用说中国诗歌研究了，都很难摆脱这样一种感觉：个人经历和社会环境是联系诗歌的重要纽带。在中国诗人的作品中，尤其是像苏轼这样的著名诗人，诗中对历代诗人、思想家、文学家的典故以及众多的评论都是错综复杂的，以至于对于一个没有花几十年时间来适应那个时期的文学和文化背景的非母语人士来说，几乎难以理解。大卫·沃德借此引用了傅君劢在《通向东坡之路：苏轼"诗人之声"的发展》导言中对阅读困境的生动描述："当读者接触一位来自异国文化的古代诗人时，从某种程度上来说，倾听文本中体现的含义的任务变得更简单，

在某种程度上也变得更困难"。他说:"一方面,纯粹的无知将那些本该有的回声变成耳语,另一方面,这种沉默也可能震耳欲聋"①。正因为如此,大卫·沃德提出自己的全新研究视角,即他借鉴法国哲学家加斯顿·巴舍拉(Gaston Bachelard)的方法和思想作为简化苏轼诗歌研究的一种方法,他试图将研究的文本从整首诗缩小到单个诗歌意象,同时从这些意象中打开苏轼与自然环境关系的更广阔图景。所以,该文的主旨是生态批判,即主要关注苏轼的山水诗歌与自然环境关系的本质,列举了苏轼《题西林壁》等多首诗歌译本进行阐释。

中国学界向来有"文史不分家"之说,英语世界对苏轼文学的研究也越来越走向文学与史学的结合,这是学界的一股潮流。据美国国会图书馆分类编目系统(Library of Congress Classification)统计,2006至2016年十年间,海外有关中国研究专著主题的分布情况,最集中的领域排在第一名的是社会科学(总类),占2532种,第二名是中国史,占1704种,第三名是语言与文学—汉语言文学,占1343种。②海外学界对中国历史、文学类主题作品的兴趣主要源自20世纪80年代以来,西方新历史主义(New Historicism)和文化唯物主义(Cultural Materialism)的兴起,新历史主义强调文学与历史相互影响,文学应该放在更广阔的社会生活和思想史的背景下去思考,而文化唯物主义则强调反权威性和反经典化,更关注非重要作家的文学作品,以引起对文学史地位的重新反思。新历史主义和文化唯物主义共同推进了西方文学史书写的观念。宇文所安曾撰写一文名为《瓠落的文学史》,他认为所有的文学史都是历史过滤和历史选择的结果,其间还伴随一种强大的历史想象。他的观点就受到"新历史主义"观念的影响。既然如此,苏轼文学的传播恰好可以乘势而上,借助中国史、文学史的出版物进行宣传和推广。目前影响较大的著作有伊佩霞的《剑桥插图中国史》、梅维恒《哥伦比亚中国文学史》、宇文所安和孙康宜合编的《剑桥中国文学史》、崔瑞德和史乐民《剑桥中国宋代史》等。文学与史学的结合研究能够获得成功,主要得益于两点。

第一,作者是著名史学家或汉学家,具备丰富的文史知识和对历史事件的把控能力。除伊佩霞、梅维恒、宇文所安和孙康宜个个都在汉学界占有

---

① David Ward, "Playing Host to the Hills: Spatial Dialectics in the Poetry of Su Shi", *Interdisciplinary Studies in Literature and Environment*, Vol.18 No.2, 2011, pp.323-324.
② 陈肃:《基于三大数据库对海外中国研究专著的调查与分析(2006—2016)》,《国际汉学》2020年第3期,第64~65页。

第四章　对话与交流：苏轼文学作品的传播与影响

一席之地外，主编"哈佛中国史"系列书籍的加拿大史学家卜正民同样享誉世界，其研究范围广，成果丰富，曾在英、美、加拿大三国的大学任教；而"哈佛中国史"之《宋的转型：儒家统治的时代》作者是德国的著名汉学家迪特·库恩，专精宋史，他也曾在英国、德国等地大学任教，所以他们编写的《宋的转型：儒家统治的时代》能够改变中国学者撰写历史时的一根主线（政治与事件）、若干支流（社会经济、对外关系、思想文化）①的固定写法，而从社会史意义上去讨论中国的宗族、礼仪、教育、诗画、生产、货币、医疗等内容，使得历史更加立体和生动，不再严肃和刻板。在论及苏轼时，迪特·库恩并未对其进行专题探讨，而是在阐释宋代政治、文学的时候，提到苏轼及他的少数作品，目的在于证明苏轼的行文风格和辞藻运用代表了他的思考方式和内心世界，包括政治立场，这也是宋代社会士绅们接受诗教后表现出的普遍特点。

　　第二，以西方理论为中心的整体审视更利于中国文学的自省。英语世界撰写中国文学史书籍的作者都是外国人，他们受到东西方思想文化的双重影响，更容易采取整体性的文化史方法，要么把一个事件放在更长的历史进程中去考察，要么重新阐述"传统"中国文化在遭遇西方时的复杂转化过程。正如孙康宜在《剑桥中国文学史》（卷上）"联经中文版序"所讲："《剑桥中国文学史》的宗旨和理想是既要保持叙述的整体连贯性，又要涵盖多种多样的文学方向"②。美国研究中国现代文学的专家李欧梵曾说："我做学问的方法，是把文化研究和文化史连在一起，希望自成一家。"正因如此，李欧梵总是能对中国现代文学的问题进行深刻研究并卓有成效。同样，日本著名中国古典文学专家吉川幸次郎在撰写《中国诗史》一书时，仍然是把苏轼个人对悲哀的扬弃看作是中国诗歌历史的转折点，他把苏轼文学看作一个连续和发展变化的整体去研究，取得了意想不到的效果，吉川幸次郎对中国文学史的研究方式与西方的史学书写方式极为相似。这些史学类著作在历史视野下对中国文学进行审视也可以让我们发现：苏轼早已不是一个独立的存在，而是整个宋代的象征，"东坡"也不再是一个简单的地名，而成为东坡文化的标志，苏轼的研究对于宋代文化的转型研究都极具参考价值，所以将苏轼文学

---

① 〔加〕卜正民主编，〔德〕迪特·库恩著《哈佛中国史之儒家统治的时代：宋的转型》，李文锋译，中信出版集团，2016，葛兆光"推荐序"第7页。
② 孙康宜、宇文所安：《剑桥中国文学史》，刘倩、彭淮栋等译，联经出版事业股份有限公司，2016，联经中文版序第7页。

与史学结合，会让苏轼文学所呈现的时代色彩、社会性和文化味更得以凸显。

又如文学与美学、艺术学的结合。1935年，瑞典学者喜龙仁用英文撰写了《艺术评论家苏东坡》（Su Tung-p'o as an Art Critic）一文，重在向西方读者介绍以苏轼为首的宋代士人画，该文发表在当年的《地理年鉴》（Geografiska Annaler）第17卷的增刊《向斯文·赫定致敬》上，这是西方汉学家所撰写的有关苏轼绘画理论研究的第一篇专论。①美国的艾朗诺作为苏轼研究专家，在2006年出版的《美的焦虑：北宋士大夫的审美思想与追求》中对苏轼在书画、艺术品收藏和词方面的态度进行深入探讨，他认为苏轼在不少文学作品中都流露出对收藏品的一种"纠结"心理，即如何做到寓意于物而不留意于物，这种纠结正是苏轼的焦虑所在；艾朗诺注意到，苏轼在"词为艳科"这一饱受非议方面也有焦虑，并在论词方面表现出矛盾和挣扎，并尝试努力。所有的论证都围绕"美的焦虑"展开，志在阐明以苏轼为代表的宋代文人建立起了一种"多愁善感的精致美学"②，散发出北宋那个时代的审美艺术特征。他在《欧阳修与苏轼论书法》一文中又从文学与艺术的角度去欣赏苏轼的书法力度与精神。姜斐德在《宋代诗画中的政治隐情》一书中，也从苏轼的艺术入手，试图去解读苏轼绘画及其诗歌的密切关系和表现力。1990年，艾米·麦克耐尔在《亚洲艺术档案》（Archives of Asian Art）发表论文《苏轼手书〈争座位贴〉》，该文深入探讨了苏轼的诗歌、书法、绘画特色并指出苏轼视书法家颜真卿为道德、政治的榜样。1996年，美国伊利诺伊大学厄巴纳－香槟分校的潘达安在美国约翰霍普金斯大学出版的《大学文学》（College Literature）第23卷第1期上发表《追寻无迹羚羊：走向中国同类型艺术的跨艺术符号学》，该文从中国的诗和画之间的密切联系切入，以苏轼对王维和吴道子的诗画评价为例，详细讨论了苏轼的诗画观以及体现的文人艺术理想。2008年，美国威斯康星大学麦迪逊分校帕克（Jae-Suk Park）博士的论文《东坡简陋的帽子和木屐：苏轼的"乡野"形象与对流亡神仙的崇拜》则从苏轼的画像入手，考察了苏轼的一系列形象的历史。论文指出，苏轼的通称是"戴竹帽穿木屐的东坡"，对这一形象的重构历史展示了中国模仿苏轼的文人对象征着苏轼崇高精神的这一形象的接受、修改和传

---

① 殷晓蕾：《瑞典汉学家喜龙仁眼中的艺术评论家苏东坡》，《国际汉学》2022年第3期，第130页。
② 张万民：《书评〈美的焦虑：北宋士大夫的审美思想与追求〉》，《人文中国学报》2016年第23期，第343页。

第四章　对话与交流：苏轼文学作品的传播与影响

播过程。该文从苏轼的艺术画像入手，以历史为线索，结合苏轼贬谪海南等背景分析苏轼形象的接受、变化与传播，最终为分析其他中国历史人物的形象描绘提供了参考。这篇博士论文是从艺术史的角度研究苏轼的典型成果。

苏轼文学的传播甚至还表现出文学与哲学的碰撞。英语世界研究苏轼与佛道关系的论文或著作，几乎都意识到苏轼对生命的"超越"体现出的具有哲学深度的思考。前述研究苏轼佛道思想的成果已经有所论述，这里再举一篇论文是1993年1月由美国夏威夷大学出版社（University of Hawaii Press）发行的《东西方哲学》（Philosophy East and West）第43卷第1期的论文《作为美德的中国概念"温和"：一个初步的轮廓》（The Chinese Notion of "Blandness" as a Virtue：A Preliminary Outline），作者朱利安（François Jullien）和帕克斯（Graham Parkes）从一开始就阐明"温和"的美德本身延伸到了文学文化的最多样化的领域：从宇宙伟大过程的"形而上学"直觉到圣人的道德和心理价值，最后到审美判断。①文章开篇引用了老子第35章《道德经》"乐与饵，过客止，道之出口，淡乎其无味，视之不足见，听之不足闻，用之不足既"②阐明最初的"温和"概念是平淡无奇的，对"温和"之味处于中心和边缘的区别进行阐释时提到了苏轼，该文对诗歌、绘画等方面的审美趣味的探讨上升到了道德层面。

关于文学与宗教学的结合，代表是1996年法国的巴德里安－胡赛因（Baldrian-Hussein, Farzeen）在《远东亚洲丛刊》（Cahiers d'Extrêmm Asie）③发表英文文章《北宋文学界的炼丹和自我修养——苏轼［1037—1101］及其延生术》[Alchemy and Self-Cultivation in Literary Circles of the Northern Song Dynasty: Su Shi（1037-1101）and His Techniques of Survival]，该文研究苏轼

---

① François Jullien and Graham Parkes, "The Chinese Notion of 'Blandness' as a Virtue: A Preliminary Outline", *Philosophy East and West*, Vol. 43, No.1, Jan.1993, p.107.
② "Music and good food induce the wayfarer to stop; and as for what emanates from the dao it is bland to the mouth and without taste [dan hu qi wu wei]. It (the dao) cannot be seen, it cannot be heard, yet it cannot be exhausted by use.(Lao Zi 35)". François Jullien and Graham Parkes, "The Chinese Notion of 'Blandness' as a Virtue: A Preliminary Outline", *Philosophy East and West*, Vol. 43, No. 1, Jan.1993, p.107.
③ 《远东亚洲丛刊》是法国远东学院京都分部的法文、英文双语刊物。1985年创刊，第一任主编索安（Anna Seidel）女士是一位道教史专家。它是一种年刊，但有时两年合出一卷，每卷篇幅三四百页，刊出十余篇论文，印数为1000册。刊物特色为东亚宗教史、社会史和文化史，尤其注重从人类学角度考察宗教现象的研究成果。经过几年的努力，该刊已经成为国际汉学界的极具特色的刊物，影响力绝不低于已有百年传统的《法国远东学院学报》。

317

如何在北宋炼丹术盛行的背景下进行修身修炼，从而试图了解苏轼对宗教尤其是对道教的态度。还有文学与法学的结合，代表如蔡涵墨论文《乌台诗案的审讯：宋代法律施行之个案》，该文以乌台诗案为例，详细提取了在该案件中审讯苏轼的法律文案，是英语世界少见的将文学与法学联系在一起的成果。就连医学领域的文章也有提及苏轼的，比如2006年一位名叫Ka Wai Fan的博士在美国纽约的《替代和补充医学杂志》（The Journal of Alternative and Complementary Medicine）第12卷第1期发表一篇论文《中国医学史上的足部按摩》（Foot Massage in Chinese Medical History），该文为了证明足部按摩在中国的历史很悠久，以宋代为例，说按摩涌泉穴是当时的一种保健方法，而苏东坡（1037～1101）和王安石（1021～1086）分别是北宋文学和政治的领军人物，在他们的著作中提到了这种技巧。在给张安道论养生的信中，苏东坡谈到了气功，并提到用双手按摩脚掌中心。在另一封给王定国的信中，苏轼建议他的通信者，那个被流放到瘟疫肆虐的南方的人，按摩他的脚底中心。在《仇池笔记》中，苏东坡对一位扬州的武官做了更详细的描述：他每天清晨起床，把足底合在一起，然后擦，直到涌泉穴变暖。①

诸如此类，举不胜举，可以看到英语世界对中国文学的关注已经不仅仅满足于翻译几篇作品，而是力求把中国文学与更多学科进行结合思考，这是一种趋势。以中国现代文学为例，徐志伟曾在《中国现代文学研究的危机》中指出，要解决现代文学研究的危机，应该注意打破文学研究的学科界限及"本位"意识，即提出了研究者应该开放研究视野、丰富研究手段，博采众长。比如英语世界的郭沫若研究曾出现两篇博士论文就是跨学科研究的代表：一篇是美国底特律大学的Rose Juichang Chen撰写的《人类的英雄与被放逐的上帝：郭沫若历史剧〈屈原〉中的中国思想》，从中国人宇宙观切入，分析了郭沫若《屈原》一剧每幕每场体现的易学思想；一篇是美国加州大学社会学博士运用心理学和统计学方法分析压力对郭沫若创作的影响。②显然，这样的研究赋予了对象以新的生命，英语世界的古代文学研究也应如此。跨学科研究苏轼文学的好处是显而易见的：一方面对研究者来说，可以突破传统思维局限，启发自己从不同角度对苏轼及文学进行思考，成果容易产生创意；另一方面，对读者

---

① Ka Wai Fan, "Foot Massage in Chinese Medical History", *The Journal of Alternative and Complementary Medicine*, Volume 12, Number 1, 2006, p.2.
② 杨玉英：《郭沫若在英语世界的传播与接受研究》，学苑出版社，2015，第437页。

第四章　对话与交流：苏轼文学作品的传播与影响

来说，海外读者在不同领域见证苏轼的才华，能感受到以苏学为代表的中国古代文学所产生的"横看成岭侧成峰，远近高低总不同"的效果。最重要的是，对英语世界来说，可以通过苏轼对其在各领域产生的影响让他们看到中国传统文化凭借其深层内蕴与持久生命力完全具备与世界其他文化对话的资格。

（二）跨国界合作

随着中国文学走向世界的脚步，中外学者之间的交流日渐频繁。中国学者已经不限于本土的交流，逐渐走出国门，尝试与国际汉学家对话，而外国学者也越来越渴望与中国学者合作以便进一步了解中国的文学与文化，实现学术互补与文化共赢。"你来我往"已经成为当今学界国际化的特征。

在苏轼文学译介方面，跨国界合作比较成功的例子早在1998年就出现了，当时加拿大古典文学专家叶嘉莹和美国著名翻译家海陶玮合作在哈佛大学出版了《中国诗词研究》，其中翻译苏轼15首经典词作，他们的合作可以说是里程碑式的。从1966年叶嘉莹和海陶玮相识，到1994年为止，完成共17篇有关中国诗歌评析和理论论述的文稿，前后长达28年。海陶玮先生常年在哈佛大学，而叶嘉莹则是世界各地讲学，每一次在哈佛的碰面都会因对中国古典诗歌的喜爱而相互争论，但更共享研读之乐，也会定好下一次见面合作研究的主题。《中国诗词研究》中的《论苏轼词》，其实是1982年叶嘉莹应四川大学缪钺教授邀请共同合撰《灵谿词说》一书中的一篇，另一篇是《论辛弃疾词》，后来当叶嘉莹和海陶玮合作研究中国词学时，鉴于海陶玮已经撰写了《论柳永词》《论周邦彦词》，这两篇的词人都是属于"婉约"派，叶嘉莹把《论苏轼词》和《论辛弃疾词》两篇再次选入《中国诗词研究》并由海陶玮翻译成英文，代表了译者对"豪放"派苏轼和辛弃疾的一些思考。在海陶玮先生逝世后，哈佛大学韩南教授致电叶嘉莹，告诉她韩南和同事们为了纪念海陶玮先生而筹备"纪念时刻"（memorial minute），希望谈及叶嘉莹和海陶玮的合作，他对叶嘉莹说："我想谈谈您和他的合作，在我们的领域里，这给我留下了深刻的印象：两位资深的、知名的学者在一个共同的主题上密切合作"①。可见叶嘉莹和海陶玮长达几十年的合作研究，为海外学界

---

① "I would like to say something about your collaboration with him, which has always struck me as remarkable in our field-a case of two senior, established scholars working closely together on a common topic."〔加〕叶嘉莹：《迦陵诗词论稿》（中英参照）（上），海陶玮译，外语教学与研究出版社，2019，第37页。

树立了典范，他们两人奉献出的不仅是中国古典文学研究精品，更是国际交流的精神与意志以及在世界传播中国古典文学的信心和决心。

而在苏轼文学研究方面，国内的苏轼研究名家曾枣庄先生于2001年开启了多区域学者合作研究苏轼的道路，他邀请到韩国洪瑀钦、日本中央大学副教授池泽滋子、美国西华盛顿大学教授唐凯琳三位外国学者分别撰写了苏轼在韩国、日本、美国研究情况的章节，也邀请到台湾学者衣若芬撰写苏轼在台湾的流传，再和自己撰写的古代苏轼的研究章节一起出版了《苏轼研究史》一书。上海复旦大学王水照先生在该书序言中评价到："枣庄先生广邀各国友人共同撰作，设立日本、韩国、欧美等国的苏轼研究史述略诸章，让读者具体了解苏轼如何跨出国门而为域外人们热爱与接受的过程。这在已有的成果中，是并不多见的，相信会引起研究者们的兴趣"[①]。《苏轼研究史》凭借其苏轼研究的深度和广度成为苏轼海内外研究史的奠基之作，被称为"第一部全面系统的苏轼研究史"。日本立命馆大学名誉教授筧文生评价该书"既是对900年来苏轼研究史的总体概括，当然更是21世纪苏轼研究的指南"[②]。这样一部跨国合作的成果，为21世纪的苏轼研究提供了成功的范式，并且由苏轼文学流传国的学者们撰写苏轼在自己国家译介、研究和流传的情况，其说服力不言而喻。枣庄先生曾提出，《苏轼研究史》当年仅印1000册，实在不够，今后还可对诸如韩国、日本的苏轼研究历史进行连载。更难得的是，为亲近苏轼，传承苏轼精神，弘扬传统文化，枣庄先生还与唐凯琳、池泽滋子两位作者于2006年8月利用四川大学召开"宋代文化国际学术研讨会"的机会，一起再次亲赴四川眉山市的"三苏祠"博物馆并给博物馆赠书以作纪念。三位教授中，池泽滋子到过眉山两次，枣庄先生和唐凯琳至少到过眉山四次，他们对于"三苏"的情结十分浓厚。他们以拜谒诗人故里的方式实现了跨国界的交流。

与中国内地出版社合作，致力于推进图书馆目录学的建设，也是近年来海外汉学发展的新趋势。比如美国匹兹堡大学东亚图书馆馆长张海惠女士已于2015年在广西师范大学出版社出版《美国匹兹堡大学东亚图书馆中文古籍书录》(*A Descriptive Catalog of Chinese Ancient Books in the East Asian Library of University of Pittsburgh*)，通过该书录可以查阅到有《宋诗纪事》

---

① 曾枣庄：《苏轼研究史》，江苏教育出版社，2001，序一第4页。
② 曾枣庄：《苏轼研究史》，江苏教育出版社，2001，序三第11页。

第四章 对话与交流：苏轼文学作品的传播与影响

一书，里面关于苏轼及其父亲苏洵、弟弟苏辙的诗歌作品和有关事件仍然能被海外读者查阅。通过图书馆书籍资料的建设和目录学成果的推出，提高了对这类文献的掌控度，为学者和图书文献工作人员提供了有关苏轼研究领域的一个具有指南和门径作用的工具。

此外，访谈也是当代跨国界交流与合作的一大新趋势。苏州大学季进教授曾于2011年出版《另一种声音——海外汉学访谈录》，这本书内容几乎都是中国学者对国外学者的访谈实录，被访谈的重量级学者包括宇文所安、艾朗诺、夏志清、李鸥梵、王德威、葛浩文、顾彬、叶凯蒂、高利克、张隆溪、奚密和王斑共12位，这样一种在面对面的交流中碰撞出的思维火花，是值得珍视的。首篇宇文所安的访谈录《探寻中国文学的"迷楼"》表明，对宇文所安的采访是因为他于2009年5月和6月两次应邀到苏州大学访问，有了比较正式的访谈。宇文所安谈到诗歌的押韵问题如何处理的时候，说自己"翻译时会找来不同的版本，力求翻译出不同诗人、不同诗歌之间背后的东西和彼此之间的差异，要让一个美国人或英国人一看我的翻译，就立刻知道这是杜甫的、那是苏轼的，而不是其他人的诗"[①]。即他倡导把"差别"翻译成英语，而不是千人一面。同时也说明，宇文所安心中的苏轼是极具个性特色的诗人，苏轼的文学译本应该在英语世界具有很高的辨识力。该书第二篇是对艾朗诺的采访，题为《面向西方的中国文学研究》，采访的机会源自2010年5月苏州大学邀请艾朗诺到该校访学一周，所以季进教授有机会和他面对面地交流，交流从对一个传统、一个时代的理解甚至深入到对一种文化的理解等。当艾朗诺被问及为什么总是选择钱钟书、欧阳修、苏轼等才高八斗的顶尖文人进行研究时，艾朗诺说因为像钱钟书、苏轼、欧阳修他们这种样样精通、多才多艺的天才，在西方文学界也很少出现，所以出于好奇他急切想了解他们。可以发现，在艾朗诺心里，苏轼是何等有才华！因为这份好奇、佩服和学习的心理成就了今天在美国汉学界的宋代文学研究专家艾朗诺。

由上述两个例子可见，对外国学者的访谈，更多是以"他者"视角来看待中国文学的发展与变化，正如美国哈佛大学教授王德威所说，"在审理海外中国文学研究的成果时，我们应该问一问：西方理论的洞见如何可以成为

[①] 季进：《另一种声音：海外汉学访谈录》，复旦大学出版社，2011，第7页。

我们的不见——反之亦然？"①访谈建立起来的相互启发和信任，往往成为日后海外汉学不断挖掘出新成果的来源。

二、苏轼文学作品对外传播路径的拓展

2006年，美国国家智库亚洲研究专家贝茨·吉尔博士和黄严忠博士共同发表《中国"软实力"资源与局限》一文时指出："就文化吸引力而言，中国虽然资源丰富，但应该承认，她未能有效地推销自己的文化产品"。这段话为21世纪中国文学的对外传播提了醒，让我们清楚地知道作品出版和作品接受两者之间还有很大的距离。本书在前述章节已经提及，苏轼尽管已经成为世界文化名人，但是其文学作品的对外传播之路仍然任重而道远，面临两大挑战：第一，苏轼目前被译介和研究的文学作品数量相较于苏轼本人的成果来说不过是冰山一角，还有大量未译、未被关注的作品有待开发；第二，已经被译介和研究的文学作品是否被大众完全接受，接受程度如何？还取决于是否有效地推销。一种成果出版了不等于就真的被大众了解了，许多译作或研究类成果无人问津或被束之高阁是常有的事。所以，传播路径的拓展面决定了苏轼文学在英语世界的接受度。

（一）加强中外合作与交流

当代社会，中外合作与交流带来的益处不仅体现在经济方面，文化方面同样如此。苏轼文学的外传，不能仅靠译者和读者的摇旗呐喊，还应该调动出版社、高校、学术机构等力量，实行中外合作，进行资源整合和优势互补，这是实现跨国界共赢的最佳方式。

首先，中外出版社的合作是实现文学作品对外译介的主要途径。以古典文学为例，可以采用"中国推荐+外国翻译"模式，即由中国的出版机构负责对外推荐代表中国传统文化特色的古典文学书目，苏轼文学可以推荐的有《苏东坡全集》《东坡志林》《苏轼易传》《仇池笔记》等，而翻译哪些、由谁翻译和如何翻译，则应该由国外具有影响力的出版社，如英国的企鹅出版社、美国的诺顿出版社等承担，由外国出版社负责聘请国内外知名的翻译家，因为他们对于国外市场的读者需求更加了解。葛浩文曾在一次采访中针

---

① 季进：《另一种声音：海外汉学访谈录》，复旦大学出版社，2011，序第5页。

第四章 对话与交流：苏轼文学作品的传播与影响

对美国的中国现代文学译介情况提到，选择中国文学作品应该慎之又慎，不能选错，因为美国人对中国人不了解的地方够多了，如果再加上对文学的误解，那就会更麻烦。①葛浩文的话提醒我们，对待中国文学外译应该以读者为主导，而中国也应把最能代表中国性、最能塑造中国形象作为第一要务。

还可以采用"中国翻译+外国推荐"模式，即由中国出版社负责组织翻译家对苏轼文学作品进行译介，由外国出版社负责推广。这一模式利用的是优势互补原则，中国翻译家最了解古典文学的内涵，能保证作品翻译的原汁原味，而外国出版社最熟悉国外市场，有一套系统的市场推广体系，能保证销量的上升。比如苏州大学王宏教授的成功模式值得借鉴：王宏教授主持英译的中国古代科技著作《梦溪笔谈》（*Brush Talks from Dream Brook*）于2011年由英国帕斯国际出版社（Paths International Ltd.）在全球发行。为了了解该译本在国外传播的真实情况，王宏教授先在谷歌（google.com.hk）搜索这本书英文名，得到了12.6万条结果，后来他又在"亚马逊网站"（amazon.cn）进行搜索，发现英国帕斯国际出版社分别在2011年和2014年先后推出了《梦溪笔谈》的英文精装本和英文平装本。这两次搜索的结果说明，《梦溪笔谈》的英文全译本销量佳并且国际关注度很高。王宏教授又搜索了包括牛津大学、剑桥大学、哈佛大学、耶鲁大学、哥伦比亚大学、斯坦福大学等几十所英美著名大学图书馆的网站，发现它们的馆藏里都有《梦溪笔谈》英文全译本。他还在网上读到英美硕士生在读完《梦溪笔谈》英文全译本以后，以《梦溪笔谈》反映的中国古代科技为题目写出的系列论文等。②这些都说明《梦溪笔谈》的英文全译本已经在全世界起到了传播中国传统文化的作用，而中国翻译家完全有能力把最好的中国故事、最美的中国文化表达出来，并走向世界。

其次，加强中外合作与交流还可以从高校或学术机构入手。如果中外高校或学术机构联合办刊，或者定期举办苏轼国际学术会议、苏轼文学研讨会、苏轼文学朗诵会、苏轼纪念展等，通过以文会友、以会会友等形式则可以极大地促进多国之间的文化交流，实现文化互动。

2014年，澳大利亚 Quality and Life 与北京语言大学联合创办了国际上

---

① 季进：《我译故我在——葛浩文访谈录》，《当代作家评论》2009年第6期，第46页。
② 许多、许钧：《中华文化典籍的对外译介与传播——关于〈大中华文库〉的评价与思考》，《外语教学理论与实践》2015年第3期，第15页。

第一本专门刊载中华经典外译与国际传播的刊物《翻译中国》(Translating China)，该刊由 Quality and Life 向全球出版发行，是英文季刊，目前已出版20季。2019年开始，《翻译中国》编辑部分别设立于澳大利亚墨尔本大学和中国北京语言大学，已成为中国语言、文学、文化与世界交流对话的重要平台。《翻译中国》的创刊宗旨可以概况为：分享、关注、交流，即通过向全世界分享中国文化元素特色，提升各国人民对中国文化的兴趣与关注，精心构建中国文化对外交流的国际桥梁，向全世界推进中国优秀传统文化。刊物主编是国际知名的中国文学英译专家赵彦春教授，他也曾经英译多首苏轼诗词。他通过多年的翻译实践意识到，要赢得外国人对中国文化的理解和分享，首先要客观地展示中国文化的独特气质和厚重感，要完整地体现我们的价值观、文化体系，以及中国人的精、气、神等，这样才有资格和信心与世界对话。

日本高校在中国古代文学集体研讨方面做得不错，由于他们重视文学研读，常常通过定期组织读书会，对中国古代文学进行反复研读，从而达到心领神会的效果，有时还能纠正前人注疏的错误。比如名古屋南山大学以苏轼研究专家山本和义为首组织了"读苏会"，会员们一起对苏轼诗作逐首研读，并——翻译成现代日语。杜甫在日本同样如此，京都大学吉川幸次郎组织了两个杜甫书会：一个是有学生参加的"小读杜会"，一个是教师参加的"大读杜会"。[①]日本还有"赤壁会"，因为日本喜欢苏轼《赤壁赋》的文人太多，为了纪念苏轼，一些文人定期组织"赤壁游"，即在苏轼当年游赤壁那天"壬戌既望日"设酒会客，还将日本的某个山作为中心环绕，仿效东坡游赤壁，柴野栗山（1736—1807）就是其中的代表。更有甚者，学者长尾甲（1864—1942）是一个东坡迷，曾在一九二二年九月七日（壬戌既望日）在宇治举行赤壁会，除了设宴招待几百位来宾外，还与众宾客在平等院、东禅精舍游赏，借此怀念苏轼。还有文人因迷恋东坡，搜集他的古董文物、字画真迹，富冈铁斋（1836—1924）就有此爱好。[②]此外，20世纪初，日本东坡迷们曾举行过五次"寿苏会"，即订于农历十二月十九日苏轼诞生日为他贺寿。这样的聚会自20世纪初起，延续了20多年，参与者中外兼有。如第

---

① 陈友冰：《日本近百年来中国古典文学研究历程及相关特征》，《汕头大学学报》2007年第3期，第45页。
② 参考陆春艳：《浅谈苏轼对日本的影响》，中国新闻网 https://www.chinanews.com/hr/hrlt/news/2007/09-25/1035481.shtml，2007年9月25日。

第四章　对话与交流：苏轼文学作品的传播与影响

一次寿苏会，就邀请到罗振玉、罗福苌、王国维、狩野直喜及内藤湖南等中日名家。聚会时，客人们分享各自的诗文并相互唱和，很有意义。后来长尾甲还把寿苏会上的诗文编成集子赠送来宾，以作纪念。无论"读苏会""赤壁会"还是"寿苏会"，都是通过营造情景让喜爱苏轼的人切实体验文学带来的美好，最容易感染人并传播开来，中日文人的友谊也在这些聚会中得到升华。

在中国的一些大学，每年都会轮流举办苏轼国际学术会议或宋代文化研究国际会议，曾经有四川大学、中国人民大学、海南大学等高校主办过，把外国专家"请进来"，再通过他们"传出去"，不失为一种便捷的传播方式。但是，如果国内大学能主动与国外大学合作定期举办苏轼国际学术会议，把会议开到国外去，以探讨苏轼文学、学习苏轼精神、传播中华文化作为国际学术会议的要旨，那么会有更多来自世界各地的苏轼爱好者前来交流。目前英语世界，还难以发现定期的苏轼文学研读会或国际会议等，只有加拿大中华诗词学会的成员们常常在中秋或春节举办中国诗词朗诵时，会集体朗诵苏轼的《水调歌头·明月几时有》。所以，英语世界对苏轼文学的整体研学氛围不及日本。从日本对苏轼文学的研究和热爱角度来讲，笔者认为日本学者对苏轼的情感，整体上表现出寻求与苏轼灵魂的契合、精神的共鸣甚至是隔空的对话这一趋势，向苏轼学习已经成为许多日本诗文研究者的共识。汉字文化圈的共同背景使得日本学者在苏轼研究方面表现出与中国学者更大的共性，所以，日本的苏轼研究经验值得英语世界学习。

（二）加快苏轼文学的信息化建设

当今社会，信息化建设势在必行，而中国古典文学要走向世界，必须采用现代化手段，通过互联网和数据库把世界各国学者、读者联系起来，便于他们进行资料查找与搜集，获得资源的共享。

首先，可以在世界知名网站建立苏轼书目。2017年起，美国华盛顿大学唐凯琳和密歇根大学的白睿伟共同合作撰写，让"Su Shi"书目题目成功进入英国牛津数字化目录（OXFORD Digital Bibliographies）。[①]唐凯琳和同事们

[①] 英国牛津是一个范围广泛、题目众多的网页，它包括了古代、近代史、哲学、宗教、文艺、思想史、地理、科学、医学、传统近代社会问题、世界历史上的著名人物的介绍等，所有的题目都有书目和提要。

先定下大题，选择专著，然后确定小题的内容，介绍评析入选的作品。在牛津网站，"Su Shi"书目总共有12个专栏和170条提要，专门介绍有关苏轼的生平与作品，有关苏轼编撰的书籍和论文，还搜集了有关苏轼的各种语言的图书、论文和资料。其中英文的书籍占50%以上，中文书籍也比较多。主体部分、介绍和提要都是用英文写的，世界上所有学者均可从牛津网站上下载"苏轼"全部资料。唐凯琳是首位将苏轼纳入英语世界数字化目录的汉学家，她对于在全世界推动苏轼研究、推广东坡文化做出了不容忽视的贡献。

其次，编制《东坡全集》等资料的电脑索引。目前，还无法通过电脑全面检索苏轼的所有文学作品，急需编制东坡作品索引。美国的萨金特教授已将孔凡礼点校的《苏轼诗集》文字输入电脑，编制了全方位的东坡诗索引。但是关于《苏轼文集》《苏轼词集》甚至是《苏轼全集》等数字化索引和相关资料的信息化建设在国外还是空白，还需要汉学研究者们进一步进行探索与尝试。

黄时鉴在论文《我和古代中外关系史研究》曾指出国外图书馆关于中国著作的藏书量也许不及中国的北京图书馆和上海图书馆，但是其检索阅读的条件却比国内强，比如伦敦大学东方与非洲学院图书馆的迄至1850年关于中国的西方书籍特藏，共654种，数量虽不多，但已全部做成缩微胶片，为读者检索查阅资料提供了极大的方便，我们国内的图书馆却还达不到这样的条件。这就是差距，也是需要中国文学对外传播进行现代化手段革新的方面，对于加快苏轼文学在海外的信息化建设具有启发意义。

再次，建立苏轼手稿影像数据库。2021年，美国南加利福尼亚大学（University of Southern California）开发了中国现代著名女作家张爱玲的手稿影像数据库，收录张爱玲作品译文、往来信件等各类手稿上百件，个人及亲友影像四十五张，成为研究张爱玲创作生平尤其是晚年经历的重要资料。那么，我们也可以建立苏轼手稿影像数据库，把苏轼的文学作品、绘画作品、书法手迹以及个人画像等纳入数据库，让世界读者们对苏轼的了解更加立体和直观。

最后，建立"三苏文化英文数据库"。2020年10月，四川的乐山师范学院出版了《三苏文化研究资料索引（1911-2017）》，这本索引由乐山师范学院图书馆的学者专家们耗时18年汇编而成，收录1911—2017年发表的有关"三苏"文化研究的论文、资料题录数据24000余条，同时还收录同一时期国内出版发行的三苏文化研究专著和有专题章节研究三苏的图书题录数据近

2000条，汇集了自1911年至2017年我国在"三苏"文化研究方方面面的成果与信息，并且学者专家们还建立了"三苏文化数据库"。索引是在该数据库的基础上编辑而成。这一举措为现当代进行苏轼、苏洵、苏辙三父子的研究提供了跨越106年的文献线索，是难得的珍贵资料。那么，英语世界国家为了传播苏学，下一步不妨和乐山师范学院合作编排英文版的《三苏文化研究资料索引》，建立"三苏文化英文数据库"，请深谙三苏文化和精通英语的专家来翻译，英文索引和数据库一定能为海外苏轼研究提供更多宝贵的资源和检索文献的便利。

当然，苏轼文学海外传播的路径绝不止以上几种，还可以创办面向海外的苏学英文专刊、出版苏学英文丛书、对研究苏轼的著作或苏轼文学译介文集撰写书评在英文网站推广、设立"苏轼国际学术交流基金会"以鼓励和资助世界学者对苏轼及其文学作品的研究等，通过多样的形式起到广泛宣传苏轼，传播东坡文化的目的。

第三节 苏轼文学作品的译介影响

当今世界风云变幻，国际的合作与交流也伴随着竞争，不仅有经济竞争、科技竞争还有文化软实力的竞争。"软实力"一词是相对于"硬实力"（国家、边界、民族领土等）提出的，最早出现在1990年由美国哈佛大学教授约瑟夫·奈（Joseph Nye）发表的《外交政策》一文中。软实力作为国家综合国力的重要组成部分，特指一个国家依靠政治制度的吸引力、文化价值的感召力和国民形象的亲和力等释放出来的无形影响力。文化软实力则侧重以文化为中心，主要体现为文化感染、价值认同、民族精神、时代精神等。中国的文化软实力要具有国际影响力，必须采用中国文化的沟通、生产、交流和传播等手段实现。英国前首相撒切尔夫人曾一针见血地指出我们国家在对外传播方面的问题："中国没有那种可以用来推进自己的权力，进而削弱我们西方国家的具有'传染性'的学说。今天中国出口的是电视机，而不是思想观念"[1]。撒切尔夫人的话提醒我们，在对外传播的时候，思想的"传染

---

[1] 李伟荣：《翻译、传播与域外影响：中国典籍翻译与国家文化软实力关系研究》，上海交通大学出版社，2015，第44页。

性"远比外在有形东西的传播输出更重要，对方是否从思想上真正接受才是我们应该关注的重点。从长远意义上讲，文化软实力对于国家兴衰和民族强弱的重要性更甚于硬实力。目前，尽管中国古典文学已经通过中外学者的共同努力确立起了其海外形象，但是与现当代文学的海外传播相比，古典文学因其年代久远、字词艰深、优秀的译者缺乏等原因，传播面仍然未达到我们的预期。那么，我们在追寻苏轼文学在英语世界的踪迹时，也不得不扪心自问：苏轼文学在英语世界的影响力究竟有多大？苏轼文学是否真的深入到了海外大众读者的内心？还是仅仅属于少数研究者、翻译家的孤芳自赏而已？又有多少成果是因为受到苏轼文学影响而有新的创造？苏轼文学外传可以给我们在提升中国文化软实力和国际形象、培养文化自信方面提供哪些启示？本节主要对苏轼文学作品在英语世界的译介影响进行客观的审视与评估。

一、如何看待苏轼文学的影响力
——对苏轼"缺席"世界权威文学的思考

事实上，苏轼文学在英语世界的传播无论从篇目数量的译介还是苏轼文学的深入研究方面等还远远未达到预期目标，传播路径并不够宽，还有一些领域有待开发。

第一，苏轼缺席权威世界文学选集。苏轼在词的发展和革新方面做出的贡献在中外学界得到了一致认可，苏词甚至成为苏轼的代言文体，然而，据涂慧在《如何译介，怎样研究》一书中所做的统计，苏轼词在英语世界译介的数量和地位仍然排在李清照和李煜之后，仅位列第三，这一数据证明，苏轼文学在英语世界的传播仍然有很大的提升空间。2004年，美国学者戴维·达姆罗什编选的《诺顿世界文学选集》和耶鲁大学梅纳德·克主编的《诺顿世界文学选集（扩展版）》两部享誉世界的文学选集在中国词人部分仅选录了李清照与李煜两人的作品，[①]都没有选入苏轼作品。

第二，苏轼缺席权威纪录片。新媒体时代快速发展，近年来由英国广播公司和美国公共电视网（PBS）联合制作的著名纪录片《中国故事》，是一部面向英语世界、对中国缺少了解的观众的节目。但是值得注意的是，其中

---

① 涂慧：《李清照词作在英语世界的经典化历程》，中国社会科学网–中国社会科学报https：//baijiahao.baidu.com/s?id=1637819578425943637&wfr=spider&for=pc，2019年7月1日。

第四章　对话与交流：苏轼文学作品的传播与影响

一集《宋朝：黄金时代》（The Golden Age）在讲到宋代文学和宋代政治的时候，曾三次出现宋代词人李清照的诗文作品[①]及英文翻译，而对苏轼及其作品却没有提及，这只能说明，外国的中国故事视频类节目创作者对苏轼文学了解度还不够深入，以至于在这样重要的介绍中国宋朝的纪录片中竟然忽略了推介苏轼，可以说，讲宋代历史、文学的资料片如果少了苏轼，一定是不完整的。这一《中国故事》的节目至少证明，外国媒体人在如何向世界宣传中国、如何抓住历朝历代最有代表性的政治、文学、艺术特点等方面还有很大的发展空间。外国媒体如何讲好中国故事也是当代信息社会对他们提出的新要求。

第三，《苏轼全集》的翻译有待出版。苏轼的文学作品数量太多，以至于除1842年郭实腊发表过对《苏东坡全集》的书评外，至今在英语世界都没有见到《苏轼全集》的译介成果。美国艾朗诺在近年来接受记者的一次采访中，谈到下一步的研究计划，透露了自己正在阅读《苏轼全集》，争取在不久的将来能出版《苏轼全集》的译介和研究成果。而与苏轼密切相关的两位诗人，都出过全集译本，一位是苏轼多次唱和其诗的晋代诗人陶渊明，英国剑桥大学出版社曾于1983年出版由澳大利亚汉学家戴维斯翻译的陶渊明全集作品《陶渊明：他的作品及其意义》[②]（Tao Yuan-ming, His Works and Their Meaning）；另一位是同为宋代诗人的李清照，1978年，美国王红公和钟玲（Ling Chung）在纽约新方向出版公司合译出版了《李清照全集》（Li Ch'ing-chao: Complete Poems）。20世纪80年代末，中国译者王椒升翻译的《李清照词全集》在美国宾夕法尼亚大学出版社出版，此书产生很大影响，获得国外学界一致好评。相对来说，《苏轼全集》的译本却迟迟没有出现。

从苏轼的几次"缺席"，笔者发现，苏轼的真正价值在英语世界还未能得到广泛的认识，以至于不少选集选入李清照、李煜却忽略了苏轼。而笔者认为，苏轼面对政治沉浮的坦然、面对生活磨难练就的超逸旷达的气度和直面生死的豁达，都是李清照和李煜不可比拟的，而苏轼及其文学应该在世界范围内得到更大的认可。当我们梳理出数量不小的海外苏轼译介与研究成果时，还应该防止盲目的自信，不能误以为数量多就能说明一切，误以为有人

[①] 据笔者比对，发现纪录片引用了李清照《浯溪中兴颂诗和张文潜二首》中的"珠翠踏尽香尘埃"，《打马图序》中的"乍释舟楫而见轩窗，意颇适然"等句子。
[②] 张弘：《中国文学在英国》，花城出版社，1992，第163页。

接受就是人人接受。其实，真正是否走进外国读者的内心，完全得到大众的认可，甚至产生撒切尔夫人说的"思想传染性"，还需要直面经典确立过程中的种种问题，比如一味崇洋不是好事，从不自省更是糟糕；又如局部观察与片面深刻都会导致肤浅，这样极有可能会引发我们在评估民族文化国际传播时的"自我效应化"，即透过一些非常浅表的符号化状态（包括销量、版本等），自以为自己的民族文化已经被另一种文化接受、深化或吸收，从而过高估计自身在海外的价值和影响力。①毕竟，汉学研究"不是'自嗨'之学"，我们在评价自己的文化成就时，需要客观、冷静的对待与分析，一味的褒扬只会掩盖更多需要改进的真相。正如张西平在《改革开放以来中国海外汉学（中国学）研究的进展与展望（1978—2019）》一文中呼吁应该"建立一种批评的中国学"观，他说："唯有如此，中国学术才能在世界上真正展开，对汉学的研究才能从介绍研究发展到真正的学术研究阶段"。

二、苏轼文学作品产生的主要影响

在英语世界，受到中国文学影响最大的要数美国。而中国对美国文学的影响最初始于思想领域，以19世纪超验主义哲学家爱默生和梭罗为代表，他们深受中国儒家思想的影响。第一次世界大战前，美国诗坛"意象派"的著名诗人庞德极为推崇中国古典文学，不仅翻译不少中国古典诗歌还醉心于《论语》《大学》《中庸》等儒家经典的译介，甚至以《通鉴纲目》和《书经》等入诗，写入他自己的长诗《诗章》中。第二次世界大战后，美国文坛出现"垮掉的一代"，主要表现为对美国新工业社会造成的压抑和束缚的反抗，以王红公、罗拔·布莱、詹姆士·莱特等为首的一批诗人，为了寻求精神的解脱，他们更把注意力转向中国的老庄哲学、禅宗思想与唐代诗作。他们不仅在自己的作品中溶入"中国意象"，有时还刻意在标题上营造带有时间、地点、原因等因素的"中国情调"。②可以说，自爱默生和梭罗以来，中国的诗歌、戏剧、小说等文学深深影响着美国文学，即"美国文学不断受到中国的刺激"。郑树森早在20世纪80年代研究中美文学关系时就说："概括

---

① 徐宝峰：《东学西渐：21世纪世界汉学的中心偏移与模式调整》，《河北学刊》2019年第5期，第154页。
② 郑树森：《中美文学因缘》，东大图书公司，1985，前言第1~3页。

而言，中国古典文学及思想对美国文学的影响，主要是在二十世纪的美国诗"①。二十世纪美国著名诗人默温（William Stanley Merwin）也说："到如今，不考虑中国诗的影响，美国诗无法想象。这种影响已成为美国诗传统的一部分"②。那么，美国诗歌为什么会深受中国诗歌的影响？赵毅衡在《诗神远游：中国如何改变了美国现代诗》中指出三点原因：一是"文化地理学"问题，以东方文化对抗欧洲中心主义的西方文化；二是流传畸变问题，即用英语自由诗翻译的中国诗，已在相当的程度上摆脱了中国旧体诗形式上过于沉重的文化积累；三是模仿中国诗中的"点化"，对中国诗取其一点，为我所用。③

一个中国古代的文人要跨越时空对外国产生持续的影响，必须具备几个条件：文学成就足够大、文人气质足够特别、文化内涵足够丰富。苏轼身上这三点都不缺。在中国，苏轼的话题永远有热度，那是因为他是一个永远说不尽、道不完的苏东坡，他能帮助中国人建立起文化自信。而在英语世界，苏轼文学对其产生的影响主要体现在创作影响、师承影响和学术影响三方面。

（一）创作影响：外国文学中的苏轼身影

如果自郭实腊在《中国丛报》上英译苏轼诗歌的1838年开始计算，苏轼文学传到英语世界国家至今已经一百八十五年，在这横跨两个世纪的时间里，外国人通过引用、仿写苏轼诗文等形式，把带有苏轼风格的语言融入自己的作品中，表明苏轼的文学与思想已经潜移默化地引导着外国文学的创作方向。影响的大小反映出外国对苏轼及其文学的真正接受程度，于是，笔者力求找到一些蛛丝马迹。

第一，直接引用苏轼作品。苏轼文学博大精深，因为他的作品来源于对生活的真实感悟，所以人们引用苏轼语句论证自己的观点总是恰到好处，这不失为外国人文学创作的一种方式。举两个例子：1832年，曾为东印度公司大班的林赛（Huyh Hamilton Lindsay，又名"胡夏米"）与郭实腊一起，在上海就英国是否"夷人"的问题与苏松太道④辩论，在致苏松太道吴其泰的书

---

① 郑树森：《中美文学因缘》，东大图书公司，1985，前言第3页。
② 赵毅衡：《美国新诗运动中的中国热》，《读书杂志》1983年第9期，第130页。
③ 赵毅衡：《诗神远游：中国如何改变了美国现代诗》，上海译文出版社，2003，第201页。
④ 苏松太道，前身是苏松道、苏松常道。清初设兵巡道，管辖苏州、松江两府，驻地太仓州（今江苏太仓）。

信中就引用过苏轼《王者不治夷狄论》的"夷狄不可以中国之治治也,先王知其然,是故以不治治之,治之以不治者,乃所以深治之也"这段话。美国汉学家康达维曾撰写《文宴:早期中国文学中的美食》一文,文章提及苏轼作为美食家描绘美食的诗文"可写成长篇专述",并在文中讲到寒食节的寒具制作时引用了苏轼诗歌《寒具》"纤手搓来玉数寻,碧油轻蘸嫩黄深"两句。[①]2013年,美国耶鲁大学东亚系教授孙康宜在7月28日至29日北美的《世界日报·副刊》发文《好花原有四时香:读〈独陪明月看荷花:叶嘉莹诗词选译有感〉》,谈及叶嘉莹突然失去自己的大女儿、大女婿之后,其诗作表现出一种从悲苦走向超越之境。于是,孙康宜发现叶嘉莹的词作《浣溪沙》"自诩碧云归碧落,未随红粉斗红妆,余年老去付疏狂"中的"疏狂"是历经沧桑之后的感悟,是一种"随心所欲不逾矩"的心境。她认为,叶嘉莹的《浣溪沙》与苏轼词《定风波》中"莫听穿林打叶声。何妨吟啸且徐行。竹杖芒鞋轻胜马。谁怕?一蓑烟雨任平生"的洒脱意境有异曲同工之妙。孙康宜认为:"苏轼有一种'也无风雨也无晴'的感悟;在她的《浣溪沙》词中,叶教授也有'任教风雨葬韶光'的通脱解悟,是大智慧的表现"[②]。

第二,模仿苏轼诗歌进行创作。英语世界对中国古典诗歌的模仿创作有影响力的是1914年美国庞德的诗集《意象派选集》,其中庞德的六首诗歌就有四首取材于中国古诗,前三首有所考证:《仿屈原》来自阅读屈原《山鬼》所获得的灵感;《刘彻》是对汉武帝刘彻《落叶哀蝉曲》的改写,后来《刘彻》被称为"美国诗史上的杰作";《秋扇怨》是对西汉才女班婕妤《怨歌行》的模仿;最后一首至今未能考证原诗出处。而这些中国古诗材料主要出自英国翟理斯的《中国文学史》。[③]美国意象派另一位代表是艾米·洛威尔(Amy Lowell),她的中诗英译集《松花笺》(*Fir-Flower Tablets*)(1921),在美国文坛引起不小的影响,而"松花笺"三个字取自唐朝女诗人薛涛自制的彩色诗笺名,可见作者对中国文化的热爱。[④]受美国影响,自20世纪以来,英语世界的诗歌作品中常常能见到中国似的意象,感受到中国味道。

---

① 乐黛云、陈珏:《北美中国古典文学研究名家十年文选》,江苏人民出版社,1996,第670页。
② 该文后转载于《文学与文化》,见孙康宜《好花原有四时香:读〈独陪明月看荷花:叶嘉莹诗词选译〉有感》,《文学与文化》2014第2期,第19页。
③ 宋柏年:《中国古典文学在国外》,北京语言学院出版社,1994,第244页。
④ 宋柏年:《中国古典文学在国外》,北京语言学院出版社,1994,第261页。

第四章 对话与交流：苏轼文学作品的传播与影响

对苏轼诗歌的模仿，主要体现在美国50年代后出现的"后现代主义诗歌"这一流派中。后现代主义诗歌是对以庞德为代表的意象派诗歌的继承，主张洗练的语言和生动的意象，模仿成为他们的特色。代表人物有加里·斯奈德，他对宋代及苏轼都很喜欢，曾在他的散文《墙中之墙》（Walls within Walls）中讨论苏轼诗歌的禅意，他写道："苏轼，躺卧在舟中，有更进一步的超然；'适与风相迎，举杯属浩渺，乐此两无猜。'"①。斯奈德还曾在他的诗歌《峡谷鹪鹩》（The Canyon Wren）中引用了苏轼《百步洪二首并叙》的句子。1996年，他的诗集《山水无尽》（Mountains and Rivers Without End），实际上取自一幅中国宋人山水画长卷的标题，因为他在长达十年的时间里，无时无刻不受到这幅长卷的启迪。②最值得一提的是，1957年，斯奈德的诗集《龟岛》（Turtle Island）获普利策大奖，其中收入诗人的得意之作《松树冠》（Pine Tree Tops）：

In the blue night/ Frost haze, the sky glows/With the moon./Pine tree tops/Bend snow-blue, fade/Into sky, frost, starlight./The creek of boots. / Rabbit tracks, deer tracks, /What do we know.③

笔者翻译为：

在蓝色的夜里/霜雾，天空散着光华/伴着月亮。/松树冠/变成霜蓝，淡淡地/没入天空，霜，星光。/足靴的吱嘎。/兔迹，鹿印，/我们知道些什么。

斯奈德曾表示此诗是模仿苏轼的《春宵》一诗而作。这首诗跟苏轼原诗一样妙不可言，通过多种意象的组合营造出了宁静、朦胧的意境，也有"秋千院落夜沉沉"的空寂之感。该诗在赞美大自然美景的同时也蕴含了对人类无知的嘲讽。正是中国诗让当时不满于现代工业社会不协调因素的斯

---

① 钟玲：《中国禅与美国文学》，首都师范大学出版社，2009，第112~113页。
② 朱徽：《中国诗歌在英语世界——英美译家汉诗翻译研究》，上海外语教育出版社，2009，第231页。
③ 朱徽：《中国诗歌在英语世界——英美译家汉诗翻译研究》，上海外语教育出版社，2009，第238页。

奈德重新发现了人与自然的和谐美妙，喜欢返璞归真，他曾说："是中国诗帮我'看见'了田野、农庄、纠缠在一起的灌木和旧砖房后的杜鹃花"①。同样，后现代主义诗人王红公曾创作《山村》一诗，第一段为"野花野草/长在古老的庙宇/石阶上。/太阳落到/青山之间。/燕子/昔日在王府/画栋下筑巢/今晚却飞到/伐木匠和石匠家里"，这段很容易让人联想到唐代诗人刘禹锡《乌衣巷》中的诗句"朱雀桥边野草花，乌衣巷口夕阳斜。旧时王谢堂前燕，飞入寻常百姓家"②。显然，王红公的《山村》是模仿《乌衣巷》所作。可见，中国古诗给了美国诗人们无穷无尽的灵感，使他们心中拥有了无边的风景。

第三，以苏轼为对象进行诗歌创作。美国二十世纪著名诗人默温，曾创作一首纪念苏轼的诗歌《致苏东坡的一封信》（A Letter to Su T'ung Po），发表在美国《纽约客》（New Yorker）杂志2007年83卷第2期上。

原文及笔者白话文翻译如下：

> A Letter to Su T'ung Po 致苏东坡的一封信
> W.S. Merwin 默温
> Almost a thousand years later/ 差不多一千年之后
> I am asking the same questions/ 我仍问着同样的问题
> you did the ones you kept finding/ 那些你曾经问过并一直寻找
> yourself returning to as though/ 不断回返的（问题）仿佛
> nothing had changed except the tone/ 什么都没变，除了
> of their echo growing deeper/ 回声越来越深沉
> and what you knew of the coming/ 你知道即将到来的
> of age before you had grown old/ 在你老去前的岁月
> I do not know any more now/ 此刻的我所知道的
> than you did then about what you/ 不比那时候你所
> were asking as I sit at night/ 疑惑的更多，当我夜晚坐着的时候
> above the hushed valley thinking/ 在宁静的山谷上思念
> of you on your river that one/ 你，你泛舟江上

---

① 彭予：《二十世纪美国诗歌》，河南大学出版社，1995，第356页。
② 宋柏年：《中国古典文学在国外》，北京语言学院出版社，1994，第268~269页。

> bright sheet of moonlight in the dream/ 皎洁的月光
> of the water birds and I hear/ 照进水鸟的梦，且我听见
> the silence after your question/ 你提问之后的沉默
> show old are the questions tonight/ 今晚这些问题显得多么古老

整首诗歌诗行简单有韵律感，完全是与苏轼的一次对话。一开始就出现"一千年之后"，给人以时空交错感，仿佛苏轼穿越时空和默温进行了一次心灵的沟通，特别提到"我"在宁静的山谷上思念苏轼，而苏轼仿佛还是在《赤壁赋》里泛舟江上那个潇洒的苏轼，遥相呼应。诗歌的意境也很美，把山谷、河流、月光等意象都进行了描绘，并与岁月一起定格。该诗还将回声与宁静进行对比，给人以宁静淡泊、悠远超然之感。默温的创作灵感显然得益于他对苏轼的喜爱，并试图在现代诗歌中激活苏轼，让英语世界的读者在文字中近距离感受苏轼的魅力。

（二）师承影响：沧海何曾断地脉

苏轼被贬儋州时，曾遇到一个琼山的书生姜唐佐前来拜师，为鼓励他登科，苏轼赠送他两句题扇诗，上书"沧海何曾断地脉，白袍端合破天荒"[①]。而且承诺等姜唐佐金榜题名时再完善此诗，后来姜唐佐中举，可是苏轼已去世，便再没有机会了，苏轼的弟弟苏辙补作了全诗。姜唐佐拜苏轼为师，大有作为，而本书讨论的师承影响，主要包括直接师承和间接师承两类。汉学界的不少名家师出名门，在名师那里学习，经过正规的学术训练，得到学术指导，这是直接师承；有的是在与名师交往或阅读名师文章、书籍的过程中，受到启发进行研究，这是间接师承。

师承影响可以带来三大益处。第一，名师出高徒。汉学界的许多名师既是中华文化在海外的权威传播者和阐释者，又是培养西方汉学家的权威导师。凡是由名师带出的徒弟，得到老师的真传，有扎实的基础并能有自己的创见，可以在自己的领域独当一面，也往往成为后来的著名汉学家。第二，师徒学术圈便于学术的研究与传承。弟子往往都与老师的研究一脉相承，师

---

① 见苏辙诗《补子瞻赠姜唐佐秀才》："生长茅间有异芳，风流稷下古诸姜。适从琼管鱼龙窟，秀出羊城翰墨场。沧海何曾断地脉，白袍端合破天荒。锦衣他日千人看，始信东坡眼目长。"

徒在学术圈的合作便于对某些领域展开深度研究，具有系统性。第三，跨地域的学术交流利于带动成果的传播。汉学领域，求学者为了深造，常常跨国、跨地域学习，在异域思想的影响下，利于学术视野的扩展和学术成果的跨界传播。因此，师承影响往往能使学者们博采众长，也促进了学者间的进一步合作。学术的交流与传承从来不会因为地域、时间而受到阻隔，古代如此，现在更是如此。将"沧海何曾断地脉"这句诗用于形容英语世界苏轼研究的师承影响再恰当不过了。

19世纪至20世纪，苏轼经典诗文因英国汉学家翟理斯逐渐走入大众视野，不少苏轼文学的译介和研究者多次公开明确表示自己受到翟理斯影响：英国克莱默-宾曾表示因深受翟理斯及其儿子翟林奈的影响而热爱中国传统诗歌文化。1902年，他在出版的诗集《长恨歌及其他》"前言"里直接表达了对翟理斯的敬佩之情，并且重译翟理斯1884年版的《古文选珍》和1901年《中国文学史》中共19首译诗，其中包括翟理斯曾以散文的形式译出，而原文并不是诗歌的作品，如苏轼的《放鹤亭记》。英国阿瑟·韦利尽管曾与翟理斯展开翻译观的论战，但是在《汉诗一百七十首》的参考书目中，他明确将翟理斯的《古今诗选》放在首位，并称赞它"巧妙、灵活地综合了押韵和直译"。英国骆任廷《英译中国歌诗选》中所选诗歌，主要取自翟理斯的《古文选珍》和阿瑟·韦利的《汉诗一百七十首》等，苏轼的两首诗歌《花影》和《春宵》就收录其中。在《英译中国歌诗选》的"序"部分，明确提到了此书的诞生受到翟理斯及阿瑟·韦利的作品影响。[①]中国翻译家许渊冲在其2010年出版的著作《中诗英韵探胜》（第二版英文版）的序言中明确介绍了翟理斯的影响[②]，收录了翟理斯等国内外诗歌翻译家的译诗以及他本人的译诗，并附上了简短的评论。诸如此类，无法一一赘述，翟理斯译介的前瞻眼光无形中带动了后世翻译的繁荣，其创作和研究的风格都有中外学者仿效。

---

① 由民国张元济所书"序"原文为："英译吾国歌诗向以英国翟理斯（Herbert A. Giles）与韦勒（Arthur Waley）二君为最多而精。前者用韵，后者直译，文从字顺，各有所长。其有功与吾国韵文之西传者甚大。"（［英］Sir James Lockhart, *Select Chinese Verses*, The Commercial Press, Limited Shanghai, China, 1934：序）

② "Herbert A. Giles（1845-1935）was a translator highly praised by Lytton Strachey, who said in Characters and Commentaries（1933）that the poetry in Giles's version "is the best that this generation has known." （详见许渊冲《中诗英韵探胜》，北京大学出版社，2010，第3页。）

第四章 对话与交流：苏轼文学作品的传播与影响

在美国，华兹生曾受教于哥伦比亚大学《红楼梦》翻译家王际真、日本唐诗专家吉川幸次郎，尤其是华兹生常年定居日本，所以还深受日本苏学研究的影响，他的早期译作《东坡居士轼书》中的诗歌部分即从小川环树的日语本《苏轼》选译过来；郑文君研究苏轼诗歌，因为她曾受教于华兹生。又如之前模仿苏诗创作的美国斯奈德曾东渡日本学习中国文学文化，也曾跟随美国伯克利加州大学陈世骧教授学习中国古典文学，尤其是唐诗。另一位苏轼研究专家艾朗诺，他的研究之所以集大成，也是兼收并蓄的结果：一方面，美籍华人作家白先勇、美国诗歌翻译家海陶玮都是他的老师；另一方面，国内邓广铭、项楚、谢桃坊、王水照、曾枣庄、李泽厚等，国外叶嘉莹、吉川幸次郎、青木正儿、竺沙雅章、小川环树、包弼德、宇文所安、傅君劢等均对他产生过影响。①宇文所安在日本学习中国古典文学的一年，也受到吉川幸次郎的很多指点。哈佛大学教授田晓菲是宇文所安的妻子，也是他曾经的学生，其在中国古典文学研究领域的成就也深受宇文所安的影响。田晓菲在其代表作《尘几录：陶渊明与手抄本文化研究》中研究陶渊明时，谈及苏轼对陶渊明的喜爱以及苏轼在手抄本中去寻找陶渊明诗歌的原本等。

美国孙康宜是普利斯顿大学东亚研究系教授、著名汉学家高友工的学生，受高友工影响很大，但她曾坦言自己对中国古典诗词的热爱也受到过叶嘉莹的影响，她说："我是1976年3月间才开始认识叶教授的。当时我还是普林斯顿大学的研究生，正在写有关唐宋词的博士论文"。孙康宜说，自己作为叶嘉莹的普通读者，读过她的许多古典文学论著，十分欣赏她讲评诗歌的方法和角度，最佩服的是叶教授"那种经历'百劫'忧患之后而仍然保有坚毅不拔的精神"。叶教授让孙康宜最终获得的是"一种难得的'生命'教育"②。芝加哥大学苏源熙教授又是孙康宜的学生，他曾和孙康宜联合发起了由60多位美国学者合作的一项史无前例的翻译工程：《中国历代女作家选集：诗歌与评论》的选编和翻译，这项伟大的学术工程让中国女性作品进入了世界女性作品经典化的行列。

在加拿大，中国古典文学研究方面的成就主要集中于不列颠哥伦比亚大学亚洲系，因为有了叶嘉莹的坚守，培养出了一批又一批学生：麦吉尔大学

---

① 万燚：《弥纶群言，而研精一理——论艾朗诺的苏轼研究》，《中外文化与文论》2013年第3期，第81页。
② 该文后转载于《文学与文化》，见孙康宜《好花原有四时香：读〈独陪明月看荷花：叶嘉莹诗词选译〉有感》，《文学与文化》2014年第2期，第18页。

的词学专家方秀洁曾经研究过苏轼,她是叶嘉莹的研究生;还有美国施吉瑞(Jerry D·Schmidt)是叶嘉莹的第一个硕士和博士生,他主要做唐宋诗研究。另一位多伦多大学东亚系教授林理彰不止一次发表与苏轼有关的研究成果,他尽管来自美国,却长期在加拿大任职,曾和叶嘉莹共事,他是著名的美国华裔学者刘若愚的入室弟子。

在中国,前述四川大学苏轼研究专家曾枣庄也曾收美国唐凯琳为徒,唐凯琳曾于20世纪80年代远渡重洋到四川大学学习,拜曾枣庄教授为师。后来唐凯琳和老师一样,一辈子只研究苏轼,只喜欢苏轼,她从博士论文到专著都是有关苏轼的选题,最终成为美国苏轼研究名家。

新加坡南洋理工大学教授衣若芬也曾受教于曾枣庄先生,撰写多部苏轼研究著作,也是曾枣庄先生《苏轼研究史》台湾部分的编写者。为传播苏轼,目前衣若芬在新加坡南洋理工大学专门开设了一门介绍苏轼的课,她希望苏轼的作品和精神能给学生带来启示。"在新加坡、日本、韩国,大家都知道这位中国的文人,甚至在新加坡还有一条'东坡路'。"衣若芬认为,苏东坡自由、浪漫的性格,对现代人来说,是一种精神疗愈。"当了解了他一生所经历过的坎坷后,我们还有什么过不去的坎呢?我希望苏东坡在课堂中再'活'一次,给学生带来人生上的启迪。"衣若芬发现,苏轼的《江城子·乙卯正月二十日夜记梦》深受学生喜欢,因为苏东坡对妻子饱含的这份深情,影响着学生价值观的形成。衣若芬指出:"其实,苏东坡不仅仅是我们的研究对象,他的作品能深入到人们成长的某个阶段,也是人们成长的导师"[①]。

唐凯琳和衣若芬对于曾枣庄的学术继承,正如在海外中国戏曲研究方面,日本汉学家岩城秀夫与青木正儿的师承关系一样,青木正儿于1930年出版《中国近世戏曲史》,第一次把汤显祖和英国戏剧家莎士比亚联系起来比较。而青木正儿的学生、山口大学教授岩城秀夫在20世纪80年代出版《汤显祖研究》。师徒二人的研究成果使中国戏曲在海外得到极大流传。

(三)学术影响:中西合奏的交响曲

除创作影响和师承影响外,苏轼文学的传播对英语世界还有学术上的影响,主要体现在序言书写、文献参考和书籍评点等。比如钱钟书曾为英国李

---

① 文莎、杨琳:《新加坡南洋理工开设苏东坡课》,《四川日报》http://m.haiwainet.cn/middle/3541079/2017/1124/content_31186457_1.html,2017年11月24日。

第四章　对话与交流：苏轼文学作品的传播与影响

高洁的《苏东坡赋》撰写序言《苏东坡的文学背景及其赋》；美国著名文学评论家韦尔斯（Henry W.Wells）曾为收入苏轼散文的刘师舜《唐宋八大家文选》开篇写介绍，高度评价了该书的重要意义；英国驻福州领事馆的韦纳曾为李高洁《苏东坡集选译》作序，毫不吝惜赞美之词。学术影响的大小还可以通过文献参考加以体现，"文献参考"指的是在文中参考了他人的有关苏轼研究的成果，在"注释"或文末的"参考文献"部分加以标明。如1996年美国姜斐德发表的《〈潇湘八景〉与北宋放逐情况》在论及苏轼因乌台诗案而被流放一事，在注释部分标明借鉴了美国唐凯琳博士论文《放逐与回归的诗歌：苏轼研究》和艾朗诺著作《苏轼生活中的言语、意象、行迹》等的观点；卜正民主编的《哈佛中国史》在讲第八章"探索内在和外在世界"的"诗词——展示内心变化的艺术"一节引用了美国蔡涵墨对11世纪四位宋代伟大诗人梅尧臣、欧阳修、苏轼和王安石的评论，这些评论出自《印第安纳中国文学手册》（The Indiana Companion to Chinese Literature）中蔡涵墨的《诗歌》（"Poetry"）一文；讲以苏轼为代表的律诗创作流派，在参考文献部分明确标明诗歌参见美国傅君劢《通向东坡之路：苏轼"诗人之声"的发展》；引用的苏轼诗《次荆公韵》译本则出自许渊冲《苏东坡诗词选》；英国崔瑞德的《剑桥中国宋代史》也在文中提及、在注释标明参考了艾朗诺《苏轼生活中的言语、意象、行迹》观点等。此类通过文献参考的形式引用权威专家研究苏轼成果的例子不在少数，可以起到相互启发、扩大影响的作用。

至于"书籍评点"更是让苏轼文学快速走向大众的方式，每一次有关苏轼的文选或研究成果一出，基本上都会在当年或第二年的报刊上出现该著的书评，有的著作书评不止一篇。比如卜苏珊和孟克文共同出版的《中国艺术理论》一书于1983年问世，第二年便由北卡罗来纳大学（University of North Carolina）的李雪曼（Sherman E. Lee）撰写书评刊载于《艺术文档》（Art Documentation）夏季刊中，她除了评论该书的在艺术界的重要价值外，也指出其不足："孟克文关于苏轼的文章相当模糊，很难以任何有意义的方式应用到苏轼时期的北宋艺术创作中"[①]。除此之外，在超星学术资源库里输入《中国艺术理论》的英文书名"Theories of The Arts in China"进行搜

[①] "Christian Murck's essay on Su Shih is quite murky and difficult to apply in any meaningful way to artistic production of Su's period, Northern Sung." Sherman E. Lee, "Review, *Theories of The Arts in China*", *Art Documentation*, Vol.3 No.2, 1984, p.79.

索，会找到从1984～1986年在各大英文期刊上发表的近10篇相关书评，可见该书影响较大。又如2017年，傅君劢出版《中国诗歌概论：从〈诗经〉到宋词》，收入苏轼词作。2018年戴维森学院（Davidson College）的教授J. G. Holland便发表书评，称赞傅君劢在该书中"回顾了中国诗歌的历史，从《诗经》到12、13世纪的歌词。每一个历史时期和每一个诗人的呈现都蕴含着欣赏诗歌所需要的丰富语境"①。书评无疑成为书籍推广、文学传播和影响的重要方式。

其实，上述三种影响背后的深层次原因都在于西方文化的发展过程融入了东方文化，这也是中国传统文化输出给外国的巨大影响。由于这种融入、输出的最终结果就是在汉学领域产生新的思想与作品，发出新的声音，这种声音正是东方的中国文学与西方的外国文学合奏出的一曲曲交响曲，极大地丰富了异域文化。

三、苏轼文学译介与中国文化"走出去"

（一）文化"走出去"背景下中国文学外译管窥

让中国文化"走出去"无疑是当代中国文化建设的重中之重。中国文化究竟何时开始主动走出去的？据耿强考证，追本溯源应该上溯至中国在晚清时期被称为"东学西渐第一人"的陈季同，他于1884年出版了两本书，一本是《中国人自画像》，把唐代诗人李白、杜甫等诗人的诗翻译成法文，另一本书是《中国故事》，则把中国古典名著《聊斋志异》中的一些故事译介给了法语读者。②从此，中国主动对外翻译文学的活动拉开了序幕。20世纪90年代，我国各界对中国文化如何"走出去"开始给予关注；2007年党的十七大报告明确提出"提高国家文化软实力，加强对外文化交流"；2011年两会期间，"十二五"规划纲要明确提出"创新文化'走出去'模式，增强

---

① "He then looks at the history of Chinese poetry from the ancient Book of Odes through the Song lyric of the 12th and 13th centuries. The presentation of each historical period and each individual poet is rich in the context needed to appreciate the poems." J. G. Holland, "Review, *An introduction to Chinese poetry*: *from the Canon of poetry to the lyrics of the Song dynasty*", *Choice: Current Reviews for Academic Libraries*, Vol.55, No.11, 2018, p.1329.

② 耿强：《中国文学：新时期的译介与传播——"熊猫丛书"英译中国文学研究》，南开大学出版社，2019，总序第1页。

第四章 对话与交流：苏轼文学作品的传播与影响

中华文化国际竞争力和影响力，提升国家软实力"；2013年党的十八届三中全会进一步提出"增强国家文化软实力，推动中华文化走向世界"；2015年中共中央办公厅和国务院办公厅联合印发《关于加强中国特色新型智库建设的意见》，指出高校智库建设改革的重要一环就是"实施高校哲学社会科学'走出去'计划"；2017年1月，中共中央办公厅、国务院办公厅印发了《关于实施中华优秀传统文化发展工程的意见》，明确指出"推动中外文化交流互鉴"，"推动国际汉学交流"；同年，党的十九大特别指出"没有高度的文化自信，没有文化的繁荣兴盛，就没有中华民族的伟大复兴"；2018年8月，习总书记在全国宣传思想工作会议上强调："要推进国际传播能力建设，讲好中国故事、传播好中国声音，向世界展现真实、立体、全面的中国"；2019年，党的十九届四中全会提出"坚持弘扬中华优秀传统文化"；2021年5月，习总书记在中共中央政治局第三十次集体学习时强调："构建具有鲜明中国特色的战略传播体系，着力提高国际传播影响力，中华文化感召力"；2022年10月，习近平总书记在二十大报告中指出："增强中华文明传播力影响力。坚守中华文化立场，提炼展示中华文明的精神标识和文化精髓……深化文明交流互鉴，推动中华文化更好走向世界"等。可见，进入21世纪，中国文化"走出去"被看作提高中国文化国际影响力的重大战略。

中国近代思想家、政治家梁启超在20世纪初纵观世界历史，便发现中国历史还没有获得应有的重视，他坦言自己研究中国历史出于两个目的。[①] 一是对西方主导的世界史不满，认为我们中国史应该在世界上有自己的一席之地，他说："故中国文明力未必不可以左右世界，即中国史在世界史中，当占一强有力之位置也"。二是中国文化的地位和贡献应该重新以世界眼光看待。梁启超认为中国史应该"说明中国民族所产文化，以何为基本，其与世界他部分文化相互之影响何如"。梁启超的话透露出他对中国历史和文化会在世界产生重要影响的信心。

的确，中国作为世界上四大文明古国中唯一历史与文明延绵不断的国家，是有自信的资本的。"中国文化并不是一个博物馆的文化，一个只是发

---

① 张西平：《中国文化"走出去"年度研究报告》（2015卷），北京大学出版社，2016，总序第6页。

古人之幽思的死去的文化，它活着，它是发展的。"①但是，19世纪以后，中国文化因西方外来者的入侵而身经百劫，近代中国一度迷失了方向，西方中心主义就此主导着世界文化的发展方向。而今，中国的不断发展和强大让中国文化更具包容性，兼收并蓄成为中国新文化的特色，西方文化为主导的世界格局应该得到改变，取而代之的是中西文化的碰撞、交流与融合，最终实现中西文化的平等对话。中国应该肩负起在世界范围内介绍中国文化、发出中国声音并且重塑国际形象的重任，才能真正如梁启超所企盼的那样"前途似海""与天不老"。所以，张西平在《中国文化"走出去"年度研究报告》"总序"中指出："文化自觉是中国文化'走出去'的前提，全球视野是中国文化'走出去'的学术基础"②。事实情况是，中国文化"走出去"绝非一帆风顺，中国文化要重新回到世界文化的中心，这个过程必然充满挑战与困难，因为这既是自我重塑的过程，也是与西方中心主义进行对话与博弈的过程。中国文化"走出去"在21世纪更突显其对中国国际形象塑造和在世界文化中拥有话语权的重要价值。就中国文学而言，究竟有多少文学作品"走出去"了？效果如何？产生了哪些影响？这是我们必须了解的。

笔者以新中国成立以来最引人注目的两大对外译介工程——《中国文学》（Chinese Literature）英文版杂志和"熊猫丛书"（Panda Books）为考查对象，发现其在海外的影响力经历了由盛转衰的过程。

《中国文学》英文版杂志是中国官方对外译介中国文学的刊物，得到当时文化部和对外文化联络事务局的支持，由从英国回来的作家叶君健筹备创办，自1951年创刊，1964年法文版问世，1970年至1972年增出中文版《中国文学》。丛刊先为年刊，自1959年起改为月刊，2000年停刊。该刊主要面向非洲和英美等国家发行，重点宣传推广中国的近代和当代的文学，也有少部分古代文学。以1951~1966年《中国文学》英文版刊登的中国古代诗歌为例，最早刊出的古代诗歌是1953年刊登的屈原《离骚》，其后是1955年《杜甫诗歌选》，1957年《柳宗元词选》，1958年《陶渊明诗歌》等，而苏轼出现在《中国文学》杂志是在1961年宋代散文部分译介了苏轼《赤壁赋》

---

① 张西平：《中国文化"走出去"年度研究报告》（2015卷），北京大学出版社，2016，总序第3页。
② 张西平：《中国文化"走出去"年度研究报告》（2015卷），北京大学出版社，2016，总序第2~6页。

第四章 对话与交流：苏轼文学作品的传播与影响

和《后赤壁赋》，1962和1965年分别刊登《苏轼诗选》。①《中国文学》英文版在海外传播的半个世纪里，共出版590期，介绍的中国作家、艺术家超过2000人次，译载文学作品3200篇。②这一刊物曾受到美国杂志《世界优秀文学作品选》的青睐，他们每期都会挑选《中国文学》里的文章进行转载，以此帮助《中国文学》扩大影响。

即便如此，中国文学的外译本整体上获得成功的仅限于极少数作品，而大部分作品的译本在海外几乎没有产生任何反响。郑晔在其博士论文《国家机构赞助下中国文学的对外译介：以英文版〈中国文学〉（1951—2000）为个案》中总结了《中国文学》英文版的经验、教训，具体体现在四个方面。第一，译介主体是政府，虽然能保证资金等问题但是容易因过多的行政干预导致出版社和译者缺乏自主性和能动性，译介作品偏于保守，容易失去读者。第二，用对外宣传的政策指导文学译介不仅达不到外宣的目的，反而容易导致译介行为的终止。第三，真正的翻译水平不能只在源语（输出方）环境下进行考察，还需要通过接受方（译入语环境）的反馈进行检验。第四，应该由市场去决定作品的去留而不是政府。③

20世纪80年代《中国文学》进入黄金时期，在中国文学走势看好的时候，为了扩大中国文学在世界的影响，《中国文学》主编杨宪益于1981年倡议出版"熊猫丛书"（丛书以国宝熊猫为标记）。"熊猫丛书"的诞生比《中国文学》晚30年，可以称为"具有中国特色的经典译介"，至此，国家机构对外译介成为中国文学"走向世界"的主要渠道和方式。"熊猫丛书"出版了英语版、法语版、德语版、日语版的图书，发行遍布150多个国家和地区，共翻译了195部作品，中国古代文学英文版包括《三部古典小说选》（*Excerpts from Three Classical Chinese Novels,* 1981）、《聊斋志异选》（*Selected Tales of Liaozhai,* 1981）、《〈孙子兵法〉与述评》（*Sun Zi: The Art of War with Commentaries,* 1995）、《明清文言小说选》（*Short Tales of the Ming and Qing,* 1996）等，涉及诗文译介的有《王维诗选》（*Laughing Lost in the Mountains--*

---

① 由笔者从周高峰硕士学位论文《拉斯韦尔传播模式视角下的英文版〈中国文学〉（1951-1966）翻译研究》附录一（Appendix I），2018年，第70～72页，整理出苏轼的内容。
② 胡牧、朱云会：《英文版〈中国文学〉杂志生产传播机制中的译者群体与人文精神》，《燕山大学学报》（哲学社会科学版）2019年第4期，第27页。
③ 耿强：《中国文学：新时期的译介与传播——"熊猫丛书"英译中国文学研究》，南开大学出版社，2019，总序第2页。

Selected Poems of Wang Wei, 1990）、《陶渊明诗选》(Selected Poems of Tao Yuanming, 1993)、《诗经选》(Selections from the Book of Songs, 1994)、《寒山诗选》(Selections from the Book of Songs，1996)、《汉魏六朝诗文选》(Poetry and Prose of the Han, Wei and Six Dynasties, 1986)、《唐宋散文选》(Selected Prose from the Tang and Song Dynasties，1999）等。①

"熊猫丛书"给包括陶渊明、王维、蒲松龄、刘鹗、鲁迅、茅盾、巴金、老舍、冰心、叶圣陶、沈从文、艾青、王蒙、贾平凹、韩少功、史铁生、扎西达娃等超过70位古今作家出过专集，唯独没有给苏轼出专集。而在丛书中，译介苏轼文章最有代表性的是由杨宪益和戴乃迭夫妇翻译的《唐宋诗文选》(Poetry and Prose of the Tang and Song, 1984），该译著翻译王维、李白、杜甫、韩愈、刘禹锡、白居易、柳宗元、李贺、司空图、王禹偁、范仲淹、欧阳修、王安石、苏轼、晁补之、陆游、范成大、辛弃疾共计18位唐宋诗文大家的作品，其中苏轼诗文所占全书篇幅最长，包括《和子由渑池怀旧》(Recalling the Old Days at Mianchi)、《游金山寺》(A Visit to Jinshan Monastery)、《吴中田妇叹》(Lament of a Peasant Woman)、《法惠寺横翠阁》(The Pavilion of Green Hills in Fahui Temple)、《新城道中（其一）》(On the Road to Xincheng)、《书双竹湛师房二首（其二）》(Abbot Zhan's Cell)、《题西林壁》(Written on the Wall of Xilin Monastery)、《惠崇春江晚景》(Monk Huichong's Painting "Dusk on the Spring River")、《江城子·十年生死两茫茫》(A Dream of My Wife)、《江城子·密州出猎》(Hunting at Mizhou)、《水调歌头·明月几时有》(The Moon Festival)、《定风波·莫听穿林打叶声》(Caught in the Rain)、《念奴娇·赤壁怀古》(Memories of the Past at Red Cliff)、《卜算子·黄州定慧院寓居作》(At Tinghui Abbey in Huangzhou)、《赤壁赋》(First Visit to the Red Cliff)、《后赤壁赋》(Second Visit to the Red Cliff)等40篇苏轼经典诗文。杨宪益和戴乃迭的翻译并没有刻意迎合西方读者的阅读口味和审美趣味，而是尽量原汁原味地呈现苏轼原作的风貌，以向西方读者表达苏轼文学的本来面目以及其作品背后所体现的文化内涵，所以忠实于原作是他们的翻译原则。

自1981年开始的前十年，"熊猫丛书"的少量译本在英美读者当中产生

---

① 李伟荣：《翻译、传播与域外影响：中国典籍翻译与国家文化软实力关系研究》，上海交通大学出版社，2015，第9~13页。

第四章　对话与交流：苏轼文学作品的传播与影响

了反响，英美主流报纸杂志对丛书进行了评论。据中国外文局统计，20世纪80年代中期以后，"熊猫丛书"在海外的销量比较好，经济效益也可观；20世纪90年代最后两年，"熊猫丛书"面临前所未有的困境，发行量日渐减少，"熊猫丛书"在海外的传播极为惨淡；"熊猫丛书"于2007年难以为继，停止出版。

"熊猫丛书"在海外的销售曾有一段辉煌期，原因是显而易见的。第一，科学的编审程序保证了出版质量。隶属外文局领导的中国文学出版社负责"熊猫丛书"的出版和管理，包括中文部和外文部，他们各司其职。中文部负责筛选和推荐，外文部负责翻译。中文部筛选的中文待译作品会交给编辑部主任二审，最后由总编审核决定最终作品。稿件定好后会送到外文部翻译，译稿由外国专家修改，最后由定稿人审核。审核通过的译本经校对后最终付印出版。①第二，装帧和价格都很亲民。"80年代的'熊猫丛书'的封面都配有油画、木刻或国画风景与人物，看起来雅致俊秀"带有中国风味；每册图书很小巧，随身携带方便，封底配有作者的英文简介；图书价格低廉，定价几美元不等。②可见，主办方意图以低价开拓市场，让读者毫无压力地购买和方便阅读是销售的关键。第三，发行频率高，经典重印次数多。以古典文学名著为例，"熊猫丛书"在2000年前，每年都保持出版译著的速度，几乎不间断，让海外市场应接不暇。重印次数也是体现海外发行高效的有力证明，比如杨宪益和戴乃迭的《唐宋诗文选》曾于1984年首版，于1990年、1994年、1996年、2005年、2006年和2007年多次重印，所以该选集在海外影响力较大。此外，《中国文学》也不断改革，从年刊改为月刊，增加了发行内容和发行频率，保持了每月一刊对外宣传中国文学的速度。

而"熊猫丛书"的夭折也存在以下原因。第一，偏重现实主义文学的译介限制了在海外的发展空间。实际上，有所偏重必然就有所忽略，所以偏重现代的必然忽略古代的传统题材，受众范围反而狭小了。第二，政治风波成转折点。受1989年政治风波的影响，"熊猫丛书"选材尽量"避免在政治方面与主流意识形态发生紧张和冲突"，所以丛书的发行趋向保守，然而，西方国家恰巧对中国的政治很感兴趣，却难以在丛书中见到他们关心的内容，

---

① 耿强：《国家机构对外翻译规范研究——以"熊猫丛书"英译中国文学为例》，《上海翻译》2012第1期，第3~4页。
② 耿强：《国家机构对外翻译规范研究——以"熊猫丛书"英译中国文学为例》，《上海翻译》2012第1期，第4页。

因此，丛书丧失了大量读者。所以，1988年和1989年"熊猫丛书"的出版量大量减少，1988年出版的英译本种数仅6种，1989年仅8种，与1987年的12种和1990年的17种相比，显然属于低谷期。①根据世界各地的销售情况统计，这套丛书好的时候能卖出去两三本，最惨淡的时候，一本也卖不出去。可以说，这场政治风波对"熊猫丛书"的冲击体现在"一定时期内相当程度上改变了中国文学在英美文化场域传播的内容"②。第三，中国文学出版社被撤销。2000年底，出版《中国文学》和"熊猫丛书"的中国文学出版社被撤销，刊物停办，而"熊猫丛书"转由外文出版社负责。出版数量急剧下滑，从2000年到2004年，最多出版2种英译本。当时，外文出版社并没有将中国文学出版社"对外传播中国文学"的宗旨加以传承，而是把丛书的读者对象从国外转向中国国内，大多发行英汉对照本，主要针对语言学习者。③而且2005年尽管达到16种译本，但是其中只有两种是首次翻译出版，其余14种都是重印旧版，在内容上几乎都是"炒陈饭"，实在谈不上创新。

上海外国语大学柴明颎教授指出，要消除中国文化"走出去"途中的障碍，必须意识到，翻译已变为一种新兴的语言服务业，作品的最终译文取决于两大因素：一是原文，二是它的"服务对象"，同时，还应考虑译作接受地人们的语言习惯、审美口味、公众心理等因素。④所以，我们应做好充分准备，即更多的中国文学要真正"走出去"不可能一蹴而就，也绝不是一朝一夕的事，尽管前路漫漫，但仍需奋勇向前。

（二）苏轼文学如何真正"走出去"？

如何让中国文学"走出去"更加卓有成效？谢天振教授指出中国文学"走出去"必须重视几个问题，笔者概括为三个"不能"，即不能"自以为是"，不能"自作多情"，不能"不识时务"。第一，不能"自以为是"，即不能以为只要翻译成外文，中国文学、文化就"走出去"了。第二，不能

---

① 此数据来源于耿强《中国文学：新时期的译介与传播——"熊猫丛书"英译中国文学研究》，南开大学出版社，2019，第48页。
② 耿强：《文学译介与中国文学"走向世界"："熊猫丛书"英译中国文学研究》，上海外国语大学博士学位论文，2010，摘要第3~5页。
③ 耿强：《中国文学：新时期的译介与传播——"熊猫丛书"英译中国文学研究》，南开大学出版社，2019，第49页。
④ 樊丽萍：《"抠字眼"的翻译理念该更新了》，https://www.163.com/sports/article/98FLH16Q0005227R.html，2013年9月11日，原载《文汇报》。

"自作多情",即应该认清"译入"和"译出"的差别,尤其"译出"在多数情况下是一个国家、一个民族对外译介自己的文学和文化,而对方却未必有内在的需求。第三,不能"不识时务",要认清中国文学外传属于弱势文化向强势文化的"逆势"译介行为,所以应审时度势,采取对方能接受的译介方式。[①] 比如中国现代作家莫言获诺贝尔文学奖,其作品在海外一时洛阳纸贵,那是因为他的作品遇到了一个优秀的美国翻译家葛浩文。樊丽萍指出,葛浩文并没有逐字逐句翻译,有时连译带改,甚至谈不上忠实原文。[②] 但是葛浩文这种不抠字眼,充分尊重海外读者阅读习惯的自创式翻译,反而为莫言作品赢得了更加广阔的海外市场。所以,谢天振教授曾一针见血地指出:"严格来讲,莫言获奖背后的翻译问题,其实质已经超越了传统翻译和翻译研究中那种狭隘的语言文字转换层面的认识,而是进入到跨文化交际的层面,具体而言,也就是进入了译介学的层面,这就意味着我们今天在讨论中国文学、文化外译问题时,不仅要关注如何翻译的问题,还要关注译作的传播与接受等问题"[③]。

许均教授在《中华翻译研究文库》序中谈道:"考察一国以往翻译之活动,必与该国的文化语境、民族兴亡和社会发展等诸维度相联系"。自20世纪80年代以来,中国文化的转向给翻译学界提出了新的问题,比如翻译在此文化转向中应承担怎样的责任?翻译在此转变中如何定位?中国文化"走出去",中国要向世界展示的是什么样的文化?"熊猫丛书"和《中国文学》的外译经验和教训让我们不得不冷静思考:苏轼文学如何才能真正有效地"走出去"?

英国物理学家牛顿曾有句名言:"如果我看得比别人更远些,那是因为我站在巨人的肩膀上"。苏轼文学要真正走出国门,在海外深入人心,就得"站在巨人的肩膀上",中国文学在英语世界流传的成功案例不在少数,本书利用初大告和许渊冲两位使苏轼文学"走出去"的例子加以佐证,初大告是中国人在外国成功出版翻译作品的代表人物,而许渊冲是中国人将在中国

---

① 谢天振:《中国文学"走出去"不只是一个翻译问题》,《新华月报》2014年第20期,第60~61页。
② 樊丽萍:《"抠字眼"的翻译理念该更新了》,https://www.163.com/sports/article/98FLH16Q0005227R.html,2013年9月11日,原载《文汇报》。
③ 耿强:《中国文学:新时期的译介与传播——"熊猫丛书"英译中国文学研究》,南开大学出版社,2019,总序第4页。

出版的翻译作品传播到世界的典例,两者处于不同的文化语境中展开译介活动,结果是否能够殊途同归? 这两位中国走向世界的译者究竟要向世界展示什么样的苏轼,什么样的东坡文化,怎样才算使中国文化真正走了出去?

1. 初大告《中华隽词》与文学经典的立足

初大告(1898—1987),杰出的翻译家、教育家和诗人。1918 年考入北平高等师范学校英语系,后在北平师范大学英语研究科学习,曾担任过志成中学(今北京市三十五中学)校长兼英文教师、北平女子师范大学和北平师范大学的讲师。1934 年至 1937 年以访学学生的身份到剑桥大学学习英国文学和语音学。仅 1937 年一年,初大告就在伦敦连续出版了三本译著,即《新定章句老子道德经》(*Tao Te Ching: A New Translation*)、《中华隽词》(*Chinese Lyrics*)和《中国故事集》(*Stories from China*),这在中国典籍英译史上是具有传奇色彩的。1937 年冬,初大告回国,至 1949 年间他曾任河南大学、重庆复旦大学、中央大学英文教授。[①]

《中华隽词》是一本装帧极为简单的小册子,按目录计算翻译了 53 首词[②],朝代涉及唐、五代、北宋、南宋至元、清,比较全面地体现了中国词的发展脉络、走向和词学流派。收录韦庄、牛希济、冯延巳、李煜、范仲淹、柳永、欧阳修、王安石、苏轼、秦观、李清照等 24 位诗人的作品,其中李煜的词 10 首,数量第一;苏轼 8 首,排第二;辛弃疾 7 首,排第三;朱敦儒 6 首,排第四;柳永和刘克庄各 2 首,其余诗人都是 1 首。可见,初大告最喜欢的四位词人是李煜、苏轼、辛弃疾和朱敦儒。苏轼的 8 首词分别是:《临江仙》(夜饮东坡醒复醉)(After Drinking)、《江城子》(十年生死两茫茫)(In Memory)、《水调歌头》(明月几时有)(Drinking in the Mid-autumn Night)、《念奴娇·赤壁怀古》(On the Red Cliff)、《行香子》(清夜无尘)(A Plan for the Future)、《卜算子》(水是眼波横)(Where Travellers Go)、《卜算子》(缺月挂疏桐)(The Recluse)、《哨遍》(为米折腰)(The Homecoming)。这 8 首词里,初大告误把宋代词人王观作的《卜算子》(水是眼波横)归为苏轼作品,[③]后来《中华隽词一〇一首》出版时重新把这首词归入王观作品,实际上苏轼词作翻译了 7 首,这 7 首都是苏轼最有名的作品,呈

[①] 马丽媛:《典籍英译的开拓者初大告译著研究》,《国际汉学》2014 年第 1 期,第 83 页。
[②] 53 首词的数量是按标题个数算的,实际上有 53 个题目 56 首词,其中韦庄、李煜词作都有合二为一,即两首词作算一个标题的情况。
[③] 如果加上宋代王观,那么《中华隽词》实际上翻译了 25 位诗人的作品。

第四章 对话与交流：苏轼文学作品的传播与影响

现了苏轼的婉约与豪放兼具的风格，代表了苏词的最高境界。

事隔50年后，初大告于1987年在国内的北京新世界出版社出版了中英文对照版的《中华隽词一〇一首》（*101Chinese Lyrics*），该书是对《中华隽词》的修订和补充，用初大告的话说就是"更具系统性"（more systematically）①，尽管有部分译作与《中华隽词》重复，但是从诗人到诗作都在原有基础上大大增加，同时，以脚注的形式增加了对每位诗人的介绍。该选集所选朝代自唐至清代，诗人有张志和、刘禹锡、温庭筠、韦庄、李珣、吕嵒、冯延巳、牛希济、李煜、范仲淹、张先、柳永、欧阳修、王安石、苏轼、王观、黄庭坚、秦观、贺铸、朱敦儒、李清照、陆游、辛弃疾、吴文英、朱淑真、刘克庄、管道昇、僧正岩等46位诗人的101首作品。其中李煜词12首，排第一；辛弃疾词9首，排第二；朱敦儒和苏轼词各7首，并列第三；李清照词5首，排第四。苏轼的7首分别是《水调歌头》（明月几时有）、《江城子》（十年生死两茫茫）、《念奴娇·赤壁怀古》、《卜算子》（缺月挂疏桐）、《临江仙》（夜饮东坡醒复醉）、《行香子》（清夜无尘）、《哨遍》（为米折腰），篇目与《中华隽词》相同。

初大告曾在《中华隽词一〇一首》"Preface"中谈到《中华隽词》是在剑桥大学留学期间翻译完成的，选文比较随意（a rather random selection）。②尽管其不是精挑细选的作品，但却意外地在英语世界产生了较大影响。最有代表性的是1965年著名汉学家白之的《中国文学选集：从早期到十四世纪》也采用了初大告译苏轼的三首词，而白之的这本选集又成为当时英语世界推进中国文学经典化进程的经典之作。《中华隽词》为什么获得英语世界读者的普遍欢迎？换句话说，从受欢迎的原因，可以探究中国文学经典要想在英语世界立足，必须具备哪些条件。

第一，选材填补空白。中国本土译者要想把中国文学经典译介到海外，选材是第一要务。选择带有中国特色并且新颖有趣，还能契合海外文化语境、读者阅读需求和市场导向的作品才具备强有力的海外竞争力。初大告的《中华隽词》是中国本土译者首次在英语世界出版的中华词译作，具有历史性的意义。为什么要出版该词选，初大告在回忆该书缘起时说："我当研究生学习之暇读到几个英国人译的中国诗，但没有人译'词'，我想试探一

---

① Chu Dagao, *101Chinese Lyrics*, Beijing: New World Press, 1987, Preface p.ii.
② Chu Dagao, *101Chinese Lyrics*, Beijing: New World Press, 1987, Preface p.ii.

下这个冷门"①。可见，初大告刚开始译词仅仅出于好奇和挑战，"试探冷门"的想法无意中却填补了专门英译中国词的空白。从此，《中华隽词》成为英语世界第一部专译中国词的英文选集，也成为英语世界继克拉拉的《风信集：宋代诗词歌赋选译》之后第二本翻译了中国词的选集。《中华隽词》成为经典。

　　第二，翻译语言和风格符合读者口味。《中华隽词》的语言准确、简洁、流畅，明白易懂，多采用自由体翻译。初大告认为"着手翻译之前，要熟读原作，了解其事实、情节、思想、情感等，进一步审度文章的背景，如历史、地理、宗教、哲学，以及风俗人情等，然后以通顺的语言和适当的形式把上述有关的条件尽可能地包括在可读的译出的语言中"②，可见，初大告主张深研精选作品，准确把握作品要旨。只有对原作进行准确把握和全面了解，才会使译文既保留原作的风味，又体现出与原作不同的创新点，这样的译本容易受到英语世界的读者喜欢。比如标题多采用提取主题词的译法，让读者一目了然，初大告把《临江仙》（夜饮东坡醒复醉）题目译为"After Drinking"，即"酒后"；把《江城子》（十年生死两茫茫）题目译为"In Memory"，即"回忆"；把《行香子》（清夜无尘）题目译为"A Plan for the Future"，即"对未来的计划"；把《卜算子》（缺月挂疏桐）题目译为"The Recluse"，即"隐士"；把《哨遍》（为米折腰）题目译为"The Homecoming"，即"归乡"。只有《水调歌头》（明月几时有）和《念奴娇·赤壁怀古》具有特殊文化内涵的题目，初大告译得比较详细，与原词题目比较一致，《水调歌头》（明月几时有）原题为："《水调歌头》（明月几时有）丙辰中秋，欢饮达旦，大醉，作此篇，兼怀子由。"初大告翻译为："Drinking in the Mid-Autumn Night, 1076 (*and thinking of my younger brother, Su Ch'ê*)"③，即1076年，饮于中秋夜晚（思念我的弟弟，苏辙）；而《念奴娇·赤壁怀古》翻译为："On The Red Cliff (*Where Chou Yü of the Wu State defeated the fleet of the Wei State in A.D.208*)"，④即赤壁之上（公元208年，吴国周瑜击

---

① 初大告：《我翻译诗词的体会》，载巴金《当代文学翻译百家谈》，北京大学出版社，1989，第424页。
② 初大告：《我翻译诗词的体会》，载巴金《当代文学翻译百家谈》，北京大学出版社，1989，第416页。
③ Ch'u Ta-Kao, *Chinese Lyrics*, London: Cambridge University Press, 1937, p.23.
④ Ch'u Ta-Kao, *Chinese Lyrics*, London: Cambridge University Press, 1937, p.24.

第四章 对话与交流：苏轼文学作品的传播与影响

败魏国舰队之处)①。在诗句翻译上，几乎采用直译法，比如翻译《临江仙》（夜饮东坡醒复醉）时，苏轼原文与初大告译文如下：

夜饮东坡醒复醉，归来仿佛三更。家童鼻息已雷鸣。敲门都不应，倚杖听江声。

长恨此身非我有，何时忘却营营！夜阑风静縠纹平。小舟从此逝，江海寄余生。②

TONIGHT I drank at East Slope, —sobered once, drunk again.
On my return, it seems to be the third watch;
My boy-servant already snoring loud,
No one answers my knocking.
Leaning upon my stick, I listen to the sound of the River.

Often I regret that my life is not my own;
When can I become oblivious of worldly affairs?
The night deep, wind silent, waves calm—
O that I might go in a small boat,
To spend the rest of my life on rivers and seas! ③

这首词的译文，典型代表了初大告在《中华隽词》中对苏词的翻译特色，即逐字逐词对应苏轼原文进行翻译，流畅自然。译文采用规范的英语句式，每一句都有独立的主谓宾结构，构成一句完整的英语句子，这样可以清楚地表达时空和人物，能让读者更加清楚地明白译文的意思，阅读不容易产生歧义。④译文分为上下两阕，结构上也与原词保持一致。尤其在"小舟从此逝"的译文前加了个"O"，通过虚词"哦"的运用，加强了语气，表达出苏轼谪居黄州，醉酒之后进不了家门引起万千思绪，想浪迹天涯、寻求一时解脱的复杂心绪。

整体来说，对所有苏词都没有翻译词牌，词句内容均化繁为简，减少了

---

① 赵云龙：《初大告英译词选〈中华隽词〉探讨》，《东方翻译》2017年第4期，第22页。
② 王水照、朱刚：《苏轼诗词文选评》，上海古籍出版社，2019，第198~199页。
③ Ch'u Ta-Kao, *Chinese Lyrics*, London: Cambridge University Press, 1937, p.21.
④ 黄立：《英语世界的唐宋词研究》，四川大学出版社，2008，第96页。

西方读者对词牌和词中典故难以理解的麻烦。

　　第三，英国媒体的宣传。《中华隽词》一出版，当年就受到不少知名报刊的追捧：① 比如《诗歌评论》（Poetry Review）于1937年7月12日评论道："初大告先生翻译的《中华隽词》保留了原作特有的神韵，值得人们深思并拿来和非中国籍翻译家的英译本比较。它们的句调朴素纯真，译者是仔细地模拟了原作的节奏的。"《新英格兰周刊》（New English Weekly）于1937年10月7日评论道："我以为在翻译中国诗词的比赛中，韦利先生遇到了一位强有力的竞争者。这些词不但是以令人钦佩的鉴赏力精选出来的，而且译得极其优美，因而得到了奎勒·库奇先生的盛赞与介绍。"权威报刊将初大告与英国汉学三大家之一的阿瑟·韦利相媲美，这是对初大告译本的极高评论。《伦敦水星》（London Mercury）于1937年8月1日评论："一个中国人翻译这些词时，不但运用了地道的英语习语，而且能够如此深刻地领会英语语词的音乐价值，这能不令人叹为观止！"英文刊物《天下月刊》1937年12月第5期（Vol.V，No.5）也刊登了林幽对初大告在英国出版的《中华隽词》的书评②。媒体的大肆宣传使初大告及《中华隽词》受到学术界的广泛关注，在英语世界产生了不小的影响。

　　第四，名家作序。《中华隽词》"前言"（Preface）由亚瑟·奎勒·库奇爵士（Sir Arthur Quiller-Couch，以下简称"库奇"）撰写，库奇是英国著名文学评论家、小说家、剑桥大学的教授，初大告在剑桥求学期间结识了他，为《中华隽词》作序足以证明库奇看好该选集在英语世界未来会产生的影响。库奇在"前言"开篇就称初大告为"我的朋友"（my friend Mr Ch'u Ta-kao），③ 亲切的称呼展示出他和初大告关系不错。库奇在"序言"中用生动的语言对中国诗歌的主题、理念等做了阐释，也对中国诗歌的吸引力极尽赞美，最后他说："以下文稿，虽然选择了代表一个时期的诗人，但也代表了中国人不变的心态，总是穿越太平洋的几个世纪。我也希望，读者会发现初

---

① 袁锦翔：《一位披荆斩棘的翻译家——初大告教授译事记述》，《中国翻译》1985年第2期，第29-30页。
② Lin Yu, "Book Review. Chinese Lyrics. Translated into English by Ch'u Ta-kao, with a Preface by Sir Arthur Quiller-Couch. (Cambridge University Press.)", T'ien Hsia Monthly, Vol.V, No.5, 1937.
③ Ch'u Ta-Kao, Chinese Lyrics, London: Cambridge University Press, 1937, p.xi.

先生作品的韵律对他和我一样有吸引力"①。

第五，以中英文化交流为译介出发点。《中华隽词》这本选集的意义不仅在于为西方读者翻译了几首中国词作，而且在于为中国传统文化在英语世界的传播打开了一扇窗，让外国读者认识到还有"词"这种作为中国诗歌里的独特形式而存在的东西。这是一位中国人于20世纪30年代在外国的土地上出版的首本英文词选，代表了中国人的声音，向世界证明了中国人自己也可以翻译出得到国外读者喜爱的作品。他说："我有一个单纯的想法：现在我懂得中英两国的语言，在英国应当把有关中国文化艺术的作品译成英语，在中国就把英国的优秀作品译成中文，这样作为中英文化交流的桥梁，的确是不小的雄心，然而个人力量毕竟有限，做了这个做不了那个。三年时间虽然连续出版三部译作，心中并不满足。"②

当然，从传播学的角度看，出版社的名气也很重要，剑桥大学出版社作为英国最权威的学术出版社，为初大告出版《中华隽词》，无形中为该书做了宣传。而2014年，即77年之后，剑桥大学出版社又推出了更易于普及的《中华隽词》简装版，"书籍的再版和重印是市场需求的直接反映"③，也体现了该出版社对中国词在英语世界传播的前瞻眼光和市场信心。因此，初大告作为首位把苏轼词译介到英语世界的中国翻译家，基于对中国文学，尤其对词的深刻理解，为把中国词作译介到英语世界做出了不容小觑的贡献。

2. 许渊冲《苏轼诗词选》与文学精品的打造

许渊冲（1921—2021），北京大学教授，著名翻译家。早年毕业于西南联大外文系，1944年考入清华大学研究院外国文学研究所，1983年起任北京大学教授。终生从事文学翻译，在国内外出版中、英、法文中外名著译本超过60本，被誉为"诗译英法唯一人"。许渊冲教授的古典诗词代表译作为《唐宋词一百首》（1986）、《李白诗选》（1987）、《唐诗三百首新译》（1988）、《诗经》（1992）、《中国古诗词六百首》（1994）、《唐宋诗一百五十首》（1995）、《汉魏六朝诗一百五十首》（1996）、《宋词三百首》（1996）、《元明清诗

---

① "The following pages, while selected to represent the poets of one period, represent also the constant attitude of the Chinese mind, always through centuries pacific. I hope, too, that the reader will find the cadences of Mr Ch'u's rendering as attractive to his ear as they are to mine." Ch'u Ta-Kao, *Chinese Lyrics*, London: Cambridge University Press, 1937, p.xvii.
② 马丽媛：《典籍英译的开拓者初大告译著研究》，《国际汉学》2014年第1期，第95页。
③ 赵云龙：《初大告英译词选〈中华隽词〉探讨》，《东方翻译》2017年第4期，第26页。

一百五十首》(1997)、《唐宋词三百首》(2002)等。因其在翻译界的杰出贡献，2010年许渊冲获得"中国翻译文化终身成就奖"，2014年8月2日又荣获国际翻译界"北极光"杰出文学翻译奖，系首位获此殊荣亚洲翻译家。许渊冲教授在晚年时期仍然笔耕不辍，坚持翻译《莎士比亚全集》，毫无疑问，他是一位在中国文学作品翻译路上的执着前行者，是翻译界的真正榜样。

(1)《大中华文库》的世界影响力

2007年，许渊冲出版的汉英对照版《苏轼诗词选》(Selected Poems of Su Shi)是属于《大中华文库》系列。《大中华文库》（以下简称《文库》）是1994年7月由国务院新闻办公室、新闻出版署等部门组织30多家出版社编选翻译的当时规模最大的编译工程，也是"我国历史上首次系统、全面地向世界推出外文版中国文化典籍的国家重大出版工程"①。目前已经出版了一百七八十册，该《文库》无论从数量还是质量来看，都是大手笔，较好地保证了中华精品在国外的传播。相较于以往的海外出版物，优势集中体现在如下几个方面。

首先，多语种出版扩大了海外读者市场。《大中华文库》主要分为两期工程，第一期工程以英语为主，出版了《封神演义》(2000)、《唐诗三百首》(2000)、《唐宋文选》(2012)、《明清文选》(2013)等93种覆盖中国古代典籍的汉英对照版读物，第二期工程则出版了《文心雕龙》（汉韩对照2007)、《红楼梦》（汉西对照2010、汉法对照2012)、《三国演义》（汉西对照2012、汉法对照2012)、《水浒传》（汉西对照2010、汉德对照2010、汉阿对照2010、汉法对照2011)。2009年，《孙子兵法》同时推出了汉日、汉德、汉西、汉阿、汉法5个语种的对照本。2009至2010年，《论语》先后推出汉俄、汉西、汉德、汉法、汉阿共5个语种的对照本。第二期各类中国文化典籍的多语种对照版总共达45种，涉及7种文字。②

其次，中华文化精品多领域覆盖。《文库》图书选题110种，其中文学类经典55种，如《诗经》《唐诗三百首》《红楼梦》《浮生六记》等，占50%；哲学思想类经典21种，如《老子》《论语》《周易》等，占19%；科学技术类经典15种，如《黄帝内经》《天工开物》《四元玉鉴》等，占近14%；历史类经典10种，如《战国策》《史记选》等，占9%；军事类经典9种，如

---

① 李伟荣：《翻译、传播与域外影响：中国典籍翻译与国家文化软实力关系研究》，上海交通大学出版社，2015，第20页。

② 以上数据参考李伟荣：《翻译、传播与域外影响：中国典籍翻译与国家文化软实力关系研究》，上海交通大学出版社，2015，第21~30页。

《孙子兵法》《孙膑兵法》《六韬》等,占8%。^①可见,文学经典仍然是《文库》对外译介的首选。这些选本代表了中华文化典籍各领域的最高水平,最能展示中国人民的智慧。

再次,严格的编审程序保证译本质量。《文库》图书采取"三审+二审"模式,即先由出版社进行一、二、三审,再由编委会指定专家"二审",这个"二审"是先由外文局的专家论证审稿,再由总编辑和副总编辑审一遍。除此外,为了保证质量,常常请外国汉学家审定、加工。所以,《文库》译本有约31%是由中外专家合作翻译。这么多道审定程序保证了出版的书籍都是最具中国文化特色且符合外国读者阅读习惯的作品,以便更多的读者增进对中华文化的认识与了解。

通过多语种、多领域的传播,《文库》已经成为不少国外图书馆、科研机构和大学的首选书籍。据李伟荣在美国大学东亚图书馆的调查,哈佛大学图书馆收藏60种《文库》译本,加州大学伯克利分校图书馆收藏59种,斯坦福大学收藏18种,芝加哥大学图书馆收藏5种^②等。尽管这些藏书量还未达到出版社的预期,但是持之以恒的出版和精品意识的定位,一定能让《文库》图书加快"走出去"的步伐。

那么,如此大规模译介出版《文库》,当初编纂的出发点是什么?总主编杨牧之指出:"中华民族有着悠久的历史和灿烂的文化,系统、准确地将中华民族的文化经典翻译成外文,编辑出版,介绍给全世界,是几代中国人的愿望"^③。在西学东渐和中学西传的21世纪,"各国人民的优秀文化正日益迅速地为中国文化所汲取,而无论西方和东方,也都需要从中国文化中汲取养分。正是基于这一认识,我们组织出版汉英对照版《大中华文库》,全面系统地翻译介绍中国传统文化典籍"^④。季羡林先生于1995年夸奖《文库》的出版,他认为,推出《文库》"其目的在把中华民族古代优秀典籍译成外文——首先是英文,弘扬于全世界,供全球人民共沾雨露。对这样极有意义的壮举,无论如何评价,也不会过高的"。季羡林先生还提倡"送去主

---

① 以上数据部分参考了许多、许钧《中华文化典籍的对外译介与传播——关于〈大中华文库〉的评价与思考》,《外语教学理论与实践》2015年第3期,第14页。
② 李伟荣:《翻译、传播与域外影响:中国典籍翻译与国家文化软实力关系研究》,上海交通大学出版社,2015,第36页。
③ 许渊冲英译《苏轼诗词选》,湖南人民出版社,2007,总序第1页。
④ 许渊冲英译《苏轼诗词选》,湖南人民出版社,2007,总序第8页。

义",因为"中华文化以精华为主",把中国文化的精华送出去是出于国际主义的考虑,就好似把珍馐、美酒、绫罗、珠翠送给对方,是一种无私利他的精神。①可见,向世界介绍中国历史和文化,展示中华民族五千年的追求与梦想,进一步扩大与世界各民族的交流与合作,大力提升中华文化的国际影响力,是《文库》的根本宗旨。

(2)许渊冲与苏轼文学翻译

许渊冲对苏轼极为欣赏,他说苏轼被认为是"中国11世纪最伟大的独一无二的诗人"。许渊冲翻译的苏东坡文学专集有两本,一本是《苏东坡诗词新译》(1982),由香港商务印书馆出版,一本是《苏轼诗词选》(2007),由湖南人民出版社出版,后者是前者基础上的升级版。在《大中华文库》这样具有国际视野的出版工程的影响下,许渊冲的《苏轼诗词选》也成为其中的精品,他在该书的"前言"中回忆了苏轼的一生,并对苏轼于不同境遇下写下的诗词代表作进行了点评。许渊冲认为,1061年(嘉祐六年)苏轼在渑池古庙感叹老僧朋友奉闲和尚已不在人世所写下的《和子由渑池怀旧》,实则是在谈人生,苏轼"把人生比作鸿爪在白雪和污泥上留下的印痕",飞鸿也就成了苏轼的形象,"因此对于人生的新旧更替,应该像飞鸿对雪泥一样,随遇而安"②。而《饮湖上初晴后雨》则表现了苏轼无论穷达,都可以与自然同乐并且自得其乐。1074年苏轼写给苏辙的《沁园春》既表现出"致君尧舜"的儒家入世思想,也表现出"用舍由时,行藏在我"的道家出世思想,诗中的人生哲学令人回味。许渊冲认为,无论苏轼悼念亡妻王弗的《江城子》还是写给弟弟的《水调歌头》(明月几时有),甚至是歌颂唐代名妓关盼盼生死恋的《永遇乐》等,都从不同角度体现了苏轼对时空的超越、对自己的超越。所以,许渊冲提出一个思考:"翻译苏东坡的诗词,译者应该自问:假如东坡是当代的英美人,他会怎样用英文来写他自己的诗?"③只有这样,"才可以译出东坡的'春鸟秋虫之声'"④。许渊冲对苏轼的深入了解以及在翻译时的换位思考都成就了文学英译精品《苏轼诗词选》。作为具有世界翻译水准的大家,许渊冲在《苏轼诗词选》中多次引用林语堂《苏东坡传》的观点,他极为赞同林语堂对苏轼的评价。许渊冲还在"前言"提及耶鲁大

---

① 季羡林:《从〈大中华文库〉谈起》,《群言》1995年第8期,第34~35页。
② 许渊冲英译《苏轼诗词选》,湖南人民出版社,2007,前言第18页。
③ 许渊冲英译《苏轼诗词选》,湖南人民出版社,2007,前言第28页。
④ 许渊冲英译《苏轼诗词选》,湖南人民出版社,2007,前言第28页。

学孙康宜教授在其博士论文中对苏词的评价；也谈到1935年伦敦公司出版、1964年纽约公司再版的苏轼"作品的第一个英译本是勒葛克拉克博士的《苏东坡赋》"①，由钱钟书撰写书评；还提及1965年"伯顿·华兹生英译的《宋代诗人苏东坡诗词选》"。这些线索都证明，许渊冲在翻译这本《苏轼诗词选》之前已经对英语世界苏轼文学作品的相关专集了如指掌。

《苏轼诗词选》翻译苏诗85首，苏词55首，共计140首苏轼作品，比香港出版的《苏东坡诗词新译》多了40首。《苏轼诗词选》算是中国本土传播到英语世界翻译苏轼诗词最多的选集，比美国华兹生的《苏东坡诗选》多出了24首。在《大中华文库》的系列书目中，也只有阮籍、陶渊明、李白、杜甫等为数不多的诗人和苏轼一样出版了专集译本，足见《大中华文库》对于苏轼文学作品外传的重视。许渊冲经过六十多年的翻译实践，在中国古典诗词翻译方面总结出一套独特的译诗方法与理论，他提出文学翻译是综合性的艺术，"文学翻译家要像画家一样使人如历其境，像音乐家一样使人如闻其声，像演员一样使观众如见其人，因此，文学翻译作品应该是原作者用译语的创作"②。他是韵体诗的倡导者，主张翻译诗词做到"三美"标准，即"意美、音美、形美"，"意美"即主张译诗和原诗一样能感动读者，"音美"即主张译诗和原诗一样有悦耳的韵律，"形美"即主张译诗尽可能在长短、对仗等方面保持与原诗形式一致，③"三美"尤其以"意美"为胜。许渊冲的译诗"三美"论，亦可称为"文学翻译本体论"，他自称受悟于鲁迅在《汉文学史纲要》第一篇《自文字至文章》中对于写文章的"三美"论断，即"其在文章，则写山曰嶙峋嵯峨，状水曰汪洋澎湃，蔽芾葱茏，恍逢丰木，鳟鲂鳗鲤，如见多鱼。故其所函，遂具三美：意美以感心，一也；音美以感耳，二也；形美以感目，三也。"④于是许渊冲把鲁迅的"三美"运用到翻译上来，提炼的译诗"三美"已经成为译诗的经典论断。

许渊冲的"三美"论怎样运用于实践呢？以苏轼于熙宁五年（1072）在杭州创作的《六月二十七日望湖楼醉书五绝》（其一）为例，该诗在英语世界广为流传，王红公、伯顿·华兹生、戴维·亨顿、林语堂等均翻译过此诗。下面把华兹生和许渊冲的译本做对比（见表4–1）。

---

① 这里的"勒葛克拉克博士"即前述的英国人李高洁。
② 许渊冲：《文学与翻译》，北京大学出版社，2016，前言第1页。
③ 许渊冲：《文学与翻译》，北京大学出版社，2016，第77页。
④ 许渊冲：《文学与翻译》，北京大学出版社，2016，第77页。

表4-1 伯顿·华兹生译本和许渊冲译本对比情况

苏轼原诗	伯顿·华兹生译本	许渊冲译本
六月二十七日望湖楼醉书[①]	Black Clouds—Spilled Ink[②] 6th month, 27th day. Drunk at Lake Watch Tower, wrote five poems.	Written While Drunken in the Lake View Pavilion on the 27th Day of the 6th Lunar Month[③]
黑云翻墨未遮山，	Black clouds--spilled ink half blotting out the hills;	Like spilt ink dark clouds spread o'er the hills as a pall;
白雨跳珠乱入船。	pale rain--bouncing beads that splatter in the boat.	Like bouncing pearls the raindrops in the boat run riot.
卷地风来忽吹散，	Land-rolling wind comes, blasts and scatters them;	A sudden rolling gale comes and dispels them all,
望湖楼下水如天。	below Lake Watch Tower, water like sky.	Below Lake View Pavilion sky-mirrored water's quiet.
	Written at Hangchow in 1072, this is the first of a series of five poems.	

这是一首苏轼的即景之作，表面写的是自己醉酒，实则暗含陶醉于西湖云雨的美景之中，大有"让暴风雨来得更猛烈些吧"般的畅快淋漓。这时西湖的雨与晚一年（1073年）所作的"山色空蒙雨亦奇"的雨相比，多了几分肆虐，但是总能给苏轼美好的印象。全诗收放自如，既有黑云压顶又有狂风肆虐，在自然的华丽表演后一切又归于平静，让人意犹未尽。华兹生采用的散体翻译，而许渊冲采用韵体翻译。从题目上讲，华兹生采用第一句开头"Black Clouds—Spilled Ink"作为自己诗歌的标题，为了说明该诗创作的时间、地点，属于五首诗系列的第一首等背景采取了分别在诗歌开头和结尾加以注解的方式，而许渊冲题目采用直译法，准确对应了苏轼的题目，出现了时间、地点等要素。从语句的处理上，许渊冲开头两句紧紧抓住比喻"黑云翻墨"和"白雨跳珠"，连用两个"like"在语感上形成连贯的节奏，用"spread"表现了黑云铺散开笼罩在山上，用"run riot"表现像珍珠大的雨点放肆地跳跃在船上的情景；第三句用了"dispels them all"刻画出突如其来的风把乌云吹得无影无

---

① （宋）苏轼著，（清）王文诰辑注，孔凡礼点校《苏轼诗集》（第二册），中华书局，1982，第340页。
② Victor H. Mair, *The Columbia Anthology of Traditional Chinese Literature*, New York: Columbia University Press, 1994, p.251.
③ 许渊冲 英译《苏轼诗词选》，湖南人民出版社，2007，第35页。

踪,最后一句"水如天",华兹生用的直译"water like sky",而许渊冲再次用比喻"sky-mirrored water's quiet"形容乌云散去后,湖面像天空一样明亮、宁静。许渊冲对修辞的形象翻译,描绘出了如画家一样让人如历其境的气势,体现了该诗的意境美,即"意美";许诗第一、三句尾词pall与all押韵、第二、四句尾词riot与quiet押韵,读来朗朗上口,这种回环往复使人产生心理上的快感,体现了"音美";而翻译的诗句长度与原诗基本对应,结构均为四句,体现了"形美"。当然,华兹生的翻译也有不少优点,比如第一句"未遮山",他就翻译得很巧妙,译为"半遮半掩"(half blotting out the hills),许渊冲没有把"未遮"二字译出;"卷地风"译为"Land-rolling wind",形容贴地而来、势头迅猛的风,极具动感。许渊冲认为,翻译时只有在形式上保持与原作的相近,通过平仄、节奏、形声、押韵等形式构成"音美",才能最大限度地还原诗歌格律的本色,再通过双关、象征、比喻等手法再现"意美",才算是一首真正的佳作。所以,许教授的译诗理论也得到国内不少专家的支持。

既然如此,许渊冲的韵体翻译在海外接受度如何呢?杨艳华从读者接受论的角度进行了调查:在全球最大的网络销售书店亚马逊,许渊冲翻译的作品有将近百种,却只有 Selected Poems and Pictures of the Song Dynasty, Collected Poems and Lyrics of Classical China, Book of Poetry 这3本有读者购买且给出了4条评论。有一位读者评论 Selected Poems and Pictures of the Song Dynasty:"插图棒,但翻译蹩脚,押韵读来令人痛苦(painfully rhymed)"。可见,许教授的作品在国外也曾遭"冷遇"。究其原因,杨艳华指出,许教授的作品一直以韵译见长,外国读者却不一定都认可。当代英文诗歌更多地追求语言自身的节奏,押韵并不是诗歌的必备条件。所以,许教授所倡导的"音美"难以在国外有太大的受众。[①]尽管仅凭亚马逊一家网站的数据和读者写的批评性评论就断定许渊冲译本在国外接受度低的观点,不一定有说服力,但是至少提醒我们,中国文学在"走出去"过程中,只有把国外读者的语言习惯和接受心态放在第一位,才能翻译出真正受欢迎的作品。也就是说,对于中国古诗词是否采用韵体翻译不是最重要的,而是如何在缩短中外文化差异的前提下,让对中国文化知之甚少的西方大众读者也能接受翻译的作品是最重要的。肖开容在《诗歌翻译中的框架操作——中国古诗英译认知研究》中谈到,目前

---

① 杨艳华、黄桂南:《苏轼〈江城子·十年生死〉两种英译本的对比研究——以读者接受理论为观照》,《海外英语》2016年10月,第126页。

"中国典籍英译正面临两难境地：一是归化译法尽管有助于译文读者对译文的理解和欣赏，但却因对原文的文化信息删减过多而无法实现中国文化传播的目的，一是异化译法会让读者感到译文的陌生，甚至由于背景知识的缺乏而放弃阅读，也无法实现文化传播的目的。这种两难境地的唯一解决办法即要解决原文读者和译文读者之间的知识系统差异问题，通过渐进性地将原文文化信息部分传递到译文文化信息中，实现两种文化信息的对接，持续的传递才有可能实现从量变到质变，实现中国文化的全球化传播"[1]。在国外，许渊冲的译本却受到汉学家的重视，最具代表的是，2009年加拿大汉学家卜正民主编的名著《哈佛中国史》第八章"探索内在和外在世界"曾引用苏轼诗《次荆公韵》，而该译本在参考文献部分明确标明，出自许渊冲《苏东坡诗词选》(*Su Dongpo: A New Translation*)[2]。在哈佛大学出版社出版的中国史类书籍中能参考许教授的译本，可见译本的权威性是得到国外汉学家的认可的。

《苏轼诗词选》为了让海外读者更了解苏轼诗词的相关背景，许渊冲在苏轼诗词涉及地名、背景资料的地方均使用英文脚注加以说明，比如《法惠寺横翠阁》一诗，注释有3个，为题目"The Recumbent Green Pavilion of Fahui Temple"注释："Fahui Temple was in Hangzhou"；为"已泛平湖思濯锦"中的"濯锦"（Brocade-washing Stream）注释为"The river at Chengdu"；为"更看横翠忆峨嵋"中的"峨嵋"注释为"The mountains in Sichuan"[3]。诗中涉及的地名都有文化背景，注释可以减少外国读者对诗歌的陌生感，甚至可以唤起读者对于苏轼是四川人，也曾在杭州任职的联想。为体现中国文化元素，《苏轼诗词选》在开头附上了藏于故宫博物院的"苏轼墨迹"图片，苏轼的书法赫然出现，节选的是《赤壁赋》"于是饮酒乐甚，扣舷而歌之。歌曰：'桂棹兮兰桨，击空明兮溯流光。渺渺兮予怀，望美人兮天一方。'客有吹洞箫者，倚歌而和之。"整幅书法具"妙在藏锋"之美。

除苏轼诗词专集外，许渊冲在其多部作品中都译介过苏轼诗词，比如2010年出版的名作《中诗英韵探胜》（第二版英文版）第十一章"苏轼简介"介绍了全英文版的苏轼词《沁园春》、《洞仙歌》、《贺新郎》和诗《题西林

---

[1] 肖开容：《诗歌翻译中的框架操作——中国古诗英译认知研究》，科学出版社，2017，第151页。
[2] 〔加〕卜正民主编，〔德〕迪特·库恩著《哈佛中国史之儒家统治的时代：宋的转型》，李文锋译，中信出版集团，2016，第300页注释11。
[3] 许渊冲英译《苏轼诗词选》，湖南人民出版社，2007，第44~45页。

壁》，后正文部分又选入了苏轼的五首词（英文版），分别是《江城子》（十年生死两茫茫）、《水调歌头》（明月几时有）、《永遇乐》（明月如霜）、《念奴娇·赤壁怀古》、《水龙吟》（似花还似非花），并对苏轼及这五首词都做了点评。还有多次再版的《唐宋词一百首》（100 Tang and Song Ci Poems）等，均译介了苏轼作品。

3. 发掘苏轼在海外的当代价值

中国古代文学经典因其年代久远，需要今天的我们进行现代的重新阐释，缩短其与现代人在时间上的距离感，这样，古代文学的价值才能得以凸显，才能焕发出新的生命。当进入21世纪，一部分欧洲人已经开始逐渐意识到自身的危机不只是经济的危机更是文化的危机时，他们试图在东方寻找适合他们的思想观念、精神追求，这对于中国文化来说都是前所未有的机遇。可是，"问题是，我们如何将传统的中国文化资源纳入我们乃至欧洲当下的精神之中。如果我们能够运用自己的传统资源，来充分展开现代性，再造今日中国文明的辉煌的话，那中国文化就不仅适应了现代社会，也能顺利地进入后现代。这一创造性的转化如果能够获得成功，那么我们不仅找到了我们的核心价值，同时也使得这一价值真正具有了世界性的意义"[①]。

所以，以《中华大文库》为代表的中国文学精品要想在国外扬帆远航，真正"走出去"甚至"走进去"，除前述章节强调对外加强苏轼文学传播路径的拓展外，对内不妨在高质量的译作打造和高层次的译者培养等环节上下功夫，更重要的是，应注意发掘苏轼在海外的当代价值，寻找中外平等对话的契合点，将东坡文化融入英语世界的当下精神中，唯有如此，东坡文化才能穿越时空在海外焕发出新的生机。

就苏轼而言，其精神境界与价值追求包含了丰富的内涵，他不仅在文学上是"苏海"，在精神这片海洋中更是横无际涯。《宋史·苏轼传》可谓全面概括出苏轼的风范："器识之闳伟，议论之卓荦，文章之雄隽，政事之精明，四者皆能以特立之志为之主，而以迈往之气辅之。故意之所向，言足以达其有猷，行足以遂其有为。至于祸患之来，节义足以固其有守，皆志与气所为也"[②]。宋孝宗在为苏轼文集所作的《御制文集序》中评价苏轼"负其豪气，

[①] 李雪涛：《对新世纪汉学研究的几点思考》，《北京联合大学学报》（人文社会科学版）2014年第1期，第71页。

[②] （元）脱脱等撰《宋史》，中华书局，1985，第10818~10819页。

志在行其所学。放浪岭海，文不少衰。力斡造化，元气淋漓。穷理尽性，贯通天人。千汇万状，可喜可愕。有感于中，一寓之于文。雄视百代，自作一家"。这样一个丰富而生动、雄视百代、无出其右的人物，仅仅从翻译文本的角度研究他的文学是远远不够的，如果跳出为翻译而翻译的单一定位，将翻译文本转向翻译文化，通过定期在海内外开展东坡文学文化系列活动，把苏轼的"奋厉有当世志"，心怀天下的责任，刚直不阿的性格，跨越灾难的从容，超越悲苦的淡定，成就自我的决心以及"刀子向内"的生命自省等都与中华文化的核心价值结合起来，与当代世界各国共存共生、构建人类命运共同体的目标结合起来，并试图寻找中西文化语境下的共同追求，建立一种平等对话、合作共赢的大局观，那么苏轼精神便能在当代焕发出新的活力，苏轼的存在也就更加具有了世界性的意义。正如中澳合作的国际刊物《翻译中国》主编赵彦春教授所倡导的："中国文化的对外展示需要符合人类普遍的价值观念和审美标准，具有符合外国接受者的审美和理解习惯的独特表现方式。在新的文化多元时代，我们需要对自己的中国文化进行系统研究，建立中国文化对外交流的有效平台，使我们祖宗留下的几千年文化真正地成为全世界人民所分享的财富，从而使我们的中国传统文化焕发出新的生机"。

事实证明，基于中外文化对话与交流、互利与合作的苏轼文学外译、外传之举，可以使外国接受者产生思想共鸣，创造意想不到的成果，甚至以苏轼作为他们的价值标准与审美目标。美国"苏迷"唐凯琳最初因欣赏苏轼文学的想象力而不远万里来到中国学习和了解苏轼，从此，研究苏轼用尽一生，在海外苏轼研究界占有了一席之地。美国伯顿·华兹生之所以成为苏轼译介大家，是因为他很准确地把握了苏轼精神与美国价值观的契合点。他于1994年出版的《苏东坡诗选》116首作品，主要从两大主题入手进行筛选：一是苏轼的宦游生涯，因为其所具有的漂泊性和无根性特点与拓荒者精神有着相通之处，更能引起美国读者的共鸣；二是苏轼的乐观精神，其坚韧执着、超然达观、追求自由、傲视苦难的特质深受美国民众敬佩和推崇。[1]这两大主题的选择都源于华兹生在青年时代亲历了美国的一场质疑和反叛基督教主流文化价值观的运动，加之美国当时个人主义思想盛行，个人主义尤其强调独立人格在平等的社会中应具有独立性和主体性，而苏轼的奋斗经历、生活智慧与诗性人格恰好迎合了美国的这一思想。可见，当中国的文学文化

---

[1] 严晓江：《华兹生：让苏轼走进英语世界》，《中国社会科学报》2019年5月20日，第6版。

第四章 对话与交流：苏轼文学作品的传播与影响

精神和国外的意识形态相契合时，就能最大限度地发挥其作用。严晓江认为："因此一般而言，中国的翻译家更加注重选译能够突出苏轼思想价值的篇目，以期能够让中华文化的核心价值观走进西方社会，与西方文化的价值观互融共生，取长补短。"①

75岁的美国作家比尔·波特因喜爱苏轼，于2018年和好友相约来到中国，有了一趟说走就走的旅行，他们从常州出发，以江苏扬州、广东惠州和海南儋州为主线，寻访苏轼到过的地方，去亲历苏轼曾经亲历的山水形胜，每及一处，均斟上一杯苏轼曾经在诗歌里提及的酒，比如惠州桂酒、儋州天门冬酒等，吟诵着苏轼的诗歌。比尔·波特欣赏苏轼的才华，更崇敬他的勇敢。他说"苏东坡是一个非常坚持的人，而我是一个容易放弃的人"②。他的行为足以体现，心中有信仰便有了前进的动力，通过行走体验苏轼曾经的心情，表达对中国文化最好的致敬。2021年3月，新西兰驻华大使傅恩莱（Clare Fearnley）再度访问湖北，在了解湖北疫情防控后，为表示对中国抗疫的支持，她以在线直播的形式朗诵了她精心挑选的苏轼诗词，这样的文化交流与传承是根植于内心的。

陈小慰在《中国文学翻译"走出去"：修辞形势及因应之策》中谈到，近十年来，中国文学外译、中国文学翻译、中国文学走出去等主题相关的论文超过300篇，中国文学"走出去"明显成为研究热点。但是"走出去"要注意遵循"有效性原则"，即应以有效传达中国文化为出发点，避免在走出去过程中遭遇误读或曲解。"换言之，它既不是完全不考虑翻译过程和接受端的种种复杂因素，只管自顾自'一路冲将出去'；也不是丢掉自己，一味迎合受众，为了'走出去'而'走出去'。重要的是，摒弃非此即彼的二分思维，努力以有助于培养受众乐于接受的方式把我们的核心文化和价值传递出去。"③换句话说，"走出去"的真正目的是把我们的核心价值和文化以读者乐于接受的方式传递出去。苏轼及其文学历经近千年的沉淀，可谓"千淘万漉虽辛苦，吹尽狂沙始到金"，仍然在当代发挥重要作用，其精神养分还在滋润着中华儿女，也可滋润世界人民。只有在海外更注重发掘苏轼及其文学的当代价值，让苏轼也与时俱进，才能让以苏轼文学为代表的中国经典文学文化真正走向世界，在二十一世纪拥有与世界文学进行平等对话与深入交

---

① 严晓江：《华兹生：让苏轼走进英语世界》，《中国社会科学报》2019年5月20日，第6版。
② 孙行文：《苏东坡是失败了的陶渊明》，《文摘周报》2018年5月29日，第12版。
③ 陈小慰：《中国文学翻译"走出去"：修辞形势及因应之策》，《解放军外国语学院学报》2019年第5期，第104页。

流的权利，并焕发出勃勃生机！

小 结

  本章开头提出了一个观点，即"中国文化应该具有世界身份"，如何在21世纪的今天，让中国文化具有世界身份，有效走向世界呢？本章以苏轼文学作品在英语世界的传播为突破口，对传播媒介、传播趋势和译介影响分别进行了细致的探讨，既对19世纪以来研究苏轼的主要英文期刊进行了梳理，又对英美两国在传播苏轼文学方面极有经验的出版社进行了分析，希望从出版传媒的角度找到苏轼外传的证明。本章第二节阐释了苏轼文学在海外传播的两大趋势：跨学科研究与跨国界合作。第三节则从创作、师承和学术影响三方面对苏轼文学在英语世界产生的影响进行了较全面的阐释，并以初大告、许渊冲两位中国译者的海外译作影响为例，对苏轼文学如何才能真正"走出去"进行了探讨。本章最后提出，只有将苏轼及其文学的价值融入当代世界文学文化中，才能得到更加广泛的接受与认可，获得与世界文学平等对话的机会，从而实现有效的中外文化合作与交流。

  本章的阐释也引导我们作另一层思考：文学经典传播的价值和意义在哪里？英国闵福德在接受上海师范大学朱振武教授采访时，坦言自己热爱中国文学的主要原因在于乐意传播美好的事物，而中国文学就是美好的，他说："于我而言，中国文学不仅属于中国，也属于世界，属于整个人类社会。能够学习中文、翻译中国文学作品是我人生中一大幸事，因为世界上优秀的中国文学译作稀缺，还有很多反映了'最好的中国'的文学作品等待着人们去翻译"[1]。

  由此，文化传播与交流的根本价值不仅在于信息的传递、形象的宣传，更在于精神意志、文化理念的影响。在东西方文化交流过程中，东方文化能将国家精神融入生命个体，使人们变得更加自律与自觉，从而具有减少冲突、化解矛盾、消除隔阂等的强大力量，能够创造、延续人类文明并使之生机勃勃，真正体现《周易》所言中华文化的要义"观乎人文，以化成天下"[2]。

---

[1] 朱振武、闵福德：《拿出"最好的中国"——朱振武访谈闵福德》，《东方翻译》2017年第1期，第56页。

[2] 刘跃进：《以文化天下的启示》，载李怀亮、王永主编《中华经典海外传播——首届国际学术研讨会论文集》，光明日报出版社，2016，第13页。

结　语

　　苏轼，雄视百代的宋代文学家，不仅文学成就独步天下，书法、绘画等也独领风骚。其一生创作的诗、词、文近8000篇，加上大量的序跋、碑铭、尺牍等，让苏轼成为宋代文化的领袖人物。自19世纪苏轼文学作品西传后，英语世界的学者开始关注苏轼，有的多次译介苏轼作品，研究、学习和效仿苏轼的人格魅力、思想意志和精神修养等，一时间掀起了海外苏学研究的热潮。有鉴于此，笔者深感探讨苏轼文学作品英译和传播的重要性。

　　本书的"绪论"明确了选题缘起、研究对象、研究现状、研究目的、研究意义、研究方法与创新点等问题。第一章"观照与梳理：苏轼文学作品英译与研究脉络"，对苏轼文学作品英译和研究的成果进行概述，主要采用分类统计法，清晰地展示苏轼文学作品在海外英译和传播的历史脉络，总结苏轼文学作品英译和研究的经验与不足，以便分析发展、传播的趋势，把握研究的方向。对于苏轼文学作品的英译和传播情况，笔者梳理出四个阶段：萌芽期、发展期、兴盛期和深化期。苏学传播的这四个阶段与海外汉学的发展背景和发展脉络息息相关。然后按照国别，对英语世界最有代表性的国家——英国、美国、加拿大、澳大利亚、新西兰、新加坡等的苏轼文学翻译、研究成果进行详细梳理，分析了各国对苏轼文学翻译、研究和传播的特征与规律。本章得出的结论是：英国是苏轼文学译介和研究最早起步的国家，但是由于条件有限、后劲不足，加之美国汉学的兴起，尤其是自1955年美国哈佛东亚研究中心成立美国汉学这一标志性事件起，苏轼文学西传的重心开始从英国转向美国，美国成为日后英语世界苏轼文学翻译和研究的重镇，支撑起苏学在海外的半壁江山。加拿大、澳大利亚、新西兰作为后起之秀，自20世纪中期起，也逐渐加入苏轼文学翻译和研究的队伍中，但力量相对英美较弱。而新加坡等国在21世纪才逐渐重视苏轼作品的翻译、研究和传播。

　　接下来写作的重点主要放在苏轼作品英译、苏轼形象研究、苏轼文学在海外的传播与影响上。第二章"风格与技巧：英美的苏轼文学作品英译"是对苏轼的诗、词、文三种文体的英译情况进行分门别类的介绍与研究，其中又以英美两国的苏诗、苏词和苏文为代表，选取英美两国最具代表性的译者，如英国的翟理斯、克莱默－宾、唐安石、克拉拉、白英、艾林、李高洁，美国的王红公、戴维·亨顿、朱莉·兰多、伯顿·华兹生、白之、刘师舜等以及他们最有影响力的选集为研究对象，从翻译学理论角度，对他们的苏轼文学作品翻译动机、翻译目的、翻译风格和翻译技巧等方面进行探讨。这一章，笔者补充了到目前还未曾被国内学者发现的一些珍稀文献资料，并做了阐释。在诗歌译介部分，本书首次对学界未曾研究的苏诗、苏词和苏文译本进行了研究。笔者发现：对苏轼作品有韵体译诗也有散体译诗，尽管英美译者们各有特色和创意，但是尊重原作、体现苏轼诗文本色应为第一要务；无论是节译还是全译，诗词译还是文章译，英美都比较集中于对苏轼少数经典作品的反复译介，而忽略了对苏轼其他作品的关注。尤其本章发现了译者们的一些具体问题：就英国的译者而言，比如翟理斯带有明显的重唐轻宋的倾向，所以对苏轼诗歌的选材面比较狭小，有时为了押韵在选词上难免牵强附会而导致诗歌本来的逻辑和内涵受到一定影响；克莱默－宾由于不通中文，其翻译的苏轼诗歌出现词语误译，基调与原诗相反，信息漏译，语法不规范等问题；唐安石的译诗尽管亮点不少，但是在诗歌翻译的传神达意方面仍有值得商榷之处，比如对苏诗表达的重点在理解上产生偏差；而艾林的苏词翻译也有在语意和情感基调的把握上，用词不精准的情况，导致无法很好地传递苏轼的原意；李高洁翻译苏文出现的语言错误、逻辑错误、丢失文化意味等问题也不容忽视。美国的译者也有他们的局限：王红公因"创造性叛逆"的译介而名声大振，然而这种创造性翻译却导致了对苏轼诗歌的翻译有时不准确，甚至与原意大相径庭；戴维·亨顿的苏诗译作尽管体现明显的节奏感，但是被多次拆分后的诗句，也无形中失去了简洁，使得译作稍显繁复与拖沓；华兹生翻译苏词，通俗易懂是他最大的特色，有时过于简洁和通俗也会让译诗失去原诗的韵味，甚至导致失去文学性、创造性和审美性；刘师舜在译苏文时，尽管思路创新、用词考究，但仍然有不契合原文之处。通过这章的阐释可以发现，没有任何一位译者的翻译是十全十美的，假如在欣赏他们精彩译文的同时，再带一丝批判的眼光去审视不足，则可以更好地以外国读者的心理去走近文本，站在读者的角度去思考他们真正的阅读需求。同时，不难发现，苏轼专门选集的译介还极为匮乏，仅有英国李高洁和美国伯顿·华兹生有苏轼文学英译专集。目前对于苏轼书信类文章的译介依然凤毛麟角，对《苏轼全集》的译作更未问世。所以，苏轼文学作品在英语世界的译介数量还远远不够，与苏轼在世界上作为文化领域的"千年人物"的身份极不匹配。

结　语

　　该章不仅对苏轼文学作品的翻译语言进行了分析，还对翻译涉及的文化内容进行了探讨，比如外国译者对于芦笛、梧桐、柳树、月亮、清明、粥饧、赤壁等文化词汇的理解。因为文学翻译不仅仅是一种语言向另一种语言的转换，还是不同语境下的语言文化的交流与碰撞。这种文化间的吸收与流变、传播与接受甚至是影响，实则是翻译打破了语言壁垒，实现了跨文化交际的作用。从文化层面上对翻译进行分析、审视和探究即是在比较文学视野中进行翻译研究，是该章的又一收获。

　　第三章"认同与解读：苏轼多面形象的塑造"主要从塑造苏轼形象切入，对英语世界的著名汉学家郭实腊、梅维恒、宇文所安、唐凯琳、管佩达、孙康宜、毕熙燕、叶嘉莹和华人林语堂等作品中的苏轼形象塑造进行了归类和深度研究，旨在弄清海外是如何评价苏轼的，如何解读苏轼文学的，如何接受苏轼形象的。这一章有两点创新。第一，解决了"苏轼文学是何时最早传到英语世界的"这一学术公案。经过资料查找、分析，笔者判定苏轼文学作品首先传到英语世界是在1838年，理由是《中国丛报》上发表的一篇文章中引用了德籍传教士郭实腊英译的苏轼诗歌《赠眼医王彦若》，郭实腊毫无疑问成为海外苏轼文学英译第一人。同时，本章对郭实腊的《〈苏东坡全集〉简评》进行了全面研究，这在学界尚属首次。第二，苏轼在英语世界的形象主要分为全才、超脱者、革新者和文化使者四类，这个归类，让海外苏轼的形象特征逐渐清晰。笔者发现，在英语世界的百年苏轼形象塑造过程中，外国学者们整体表现出以下研究趋势：从对苏轼外在形象的了解到内在精神的追寻；从对苏轼文学作品的研究走向文艺思想的探讨；从对苏轼文本层面的梳理趋向于文本研究和文学批评相结合；从苏轼及其作品的旁观者走向翻译、研究及传播的当局者。西方对苏轼形象解读时，整体表现出政治兴趣大于文学兴趣。但是，无论哪种形象的凸显，都让外国人看到了足够优秀、全面与强大的中国士人精神。应该看到，外国对苏轼形象的建构，一方面是源于对中国文化的欣赏与佩服，另一方面其实是在关注另一个自己，即外国学者的"他者"眼光实质源于自我的进一步内省，他们在研究苏轼形象的同时也在进行自我审视与反思，进行学习和效仿，他们学着把苏轼的人生态度、思想、道德等化作提升自己的内在动力，试着成为另一个更好的自己。这些都是西方文化自我认知的表现，也使中西文化交流具有了史学层面的意义和自我品格提升的当代价值。

　　第四章"对话与交流：苏轼文学作品的传播与影响"围绕中国文化如何具有世界身份这一问题，着力分析两条线索：一是苏轼文学作品在英语世界的传播,一是苏轼文学作品在英语世界的影响。为了厘清传播的特点,本章从传播媒介入手,在第一节分析了译介苏轼文学的期刊和出版机构:期刊方面尤其探讨了19世纪早期的知名英文报刊《中国丛报》和《中国评论》,20世纪《哈佛亚洲学报》和《中国文学》等对于苏轼文学的传播功劳;出版机构方面则以英国的商业出版社夸瑞奇和别发洋行为代表,以美国的学术出版机构哈佛大学出版社和哥伦比亚大学出版社为代表,从出版这一角度分析苏轼外传的经验和教训。本章第二节阐释了苏轼文学在海外传播的两大趋势:跨学科研究与跨国界合作。第三节则从创作、师承和学术影响三方面对苏轼文学在英语世界产生的影响进行了较全面的阐释,并以初大告、许渊冲两位中国译者的海外译作影响为例,对苏轼文学如何才能真正"走出去"进行了探讨。简言之,这一章重点分析了苏轼文学在海外的传播媒介、传播趋势以及影响力因素,并对苏轼文学"走出去"遇到的问题进行了反思,对如何发掘苏轼在海外的当代价值进行了阐释。笔者发现:只有将苏轼及其文学的价值融入当代世界文学文化中,才能得到更加广泛的接受与认可,获得与世界文学平等对话的机会,从而实现有效的中外文化合作与交流,苏轼精神与文化才能够在海外焕发新的生机与活力。

可以说,全文以"苏轼文学作品的英译与传播"为中心,每章层层推进,点面结合。"绪论"主要阐释研究现状,为什么要研究和如何研究的问题。第一章则梳理出研究什么和研究对象有何特征的问题,这一章在大量的文献中厘清了苏轼文学外译外传的脉络、阶段和区域等,为下面章节的研究提供了全局观,这是"面"的铺设。第二章进一步对苏轼文学外译的文本进行个案分析,以总结海外汉学家们英译苏轼文学作品的特色与得失。这是"点"的抓取。第三章分析苏轼形象在海外的流变特色及原因,紧扣苏轼的英译文学作品,实为跳出纯译本研究的局限而对苏轼的精神境界和重要贡献进行更深入研究。第二章到第三章是对苏轼文学由外到内的阐释。第四章是继前面三章的阐释之后对苏轼及其文学在海外的受众面和影响力进行的评估,以便未来更好将苏轼文化精神传承下去。如果说前三章偏重现状的评论,那么,第四章更带有展望的眼光,是对苏轼文学如何融入世界文学,如何更好地成为中外文化交流桥梁的再思考。全文每个章节唇齿相依,互为补充。

本书所做的努力,主要体现在以下四方面。

第一,拓展了研究的地域范围。本书不仅关注英美两国的苏轼文学译介和研究,后来的加拿大、澳大利亚、新西兰、新加坡,以及外国人在中国香港、上海等地早期进行的苏轼文学英译与传播,还关注非英语世界国家如荷兰、法国等国出现的用英语写作、发表的相关成果等，对凡是涉及苏轼文学英译和研究的文献进行拉网式搜索。对研究的地域范围进行拓展，以利于全面掌握苏轼文学作品向海外传播的基本轨迹和方式，在此基础上准确描绘各个国家的苏轼文学学术谱系。

第二，拓展了研究的时间范围。已有的研究者往往只关注到20世纪英语世界出版的汉学家们的苏轼文学译介和研究成果，而本书往前追溯到19世纪，尤其是全面补充了容易被忽略的19世纪传教士郭实腊、包腊等在苏轼文学翻译和传播方面的贡献。本书往后延续到21世纪的今天，研究的时间跨度从19世纪至21世纪的近两百年，笔者尽可能收集最全的资料并对其进行详细研究，从而全面把握苏轼文学作品在传入英语世界以后，英语世界文化对苏轼文学的接受、排斥和变异的状态。

第三，拓展了研究的对象范围。本书不局限于英语世界苏轼文学文本的翻译研究，还对苏轼在海外的形象进行研究，探讨了英语世界在不同的文化语境中形成的"苏轼观"乃至"中国文人观"。同时，本书还对传播媒介进行全面考察，将刊物、出版社、研究机构、相关书刊销售市场、相关书刊读者对象等因素全部纳入研究范围，全方位、多角度反思影响苏轼文学外译和外传的主客观因素，探索新时代如何扩大苏轼在英语世界乃至海外各国的影响力，提升中国文化软实力，为中国文学的翻译与传播、为中国的文学文化发展和国际交流提供重要启示。

第四，拓展了研究的学科范围。本书突破了只就文学研究文学的局限，首先是利用文献学功夫，全面整理了苏轼文学海外英译和研究的文献资料和最新成果，又把历史学的知识运用于苏轼文学在英语世界各阶段、各国传播的脉络梳理和背景关联研究中，还从译介学、语言学、文化学、传播学等角度，全面观照苏轼文学及其在英语世界传播所体现的跨学科发展趋势，从而为当下中国文学尤其是古代文学与文化的研究发展方向提供借鉴。

尽管笔者尽力论证，本书的研究仍然存在一些局限。

（1）在分析苏轼文学译本时还欠缺对翻译理论的深入结合，所以有的分析理论意义还需加强。

（2）在分析汉学家的翻译风格、动机时所列举的文献资料还难以做到竭泽而渔，对汉学家的相关佐证还应该更加全面，以达到"知人论世"的目的。

（3）苏轼文学在澳大利亚、新西兰、新加坡等国家流传的文献资料收集还可以不断完善，以便更清楚地掌握苏轼文学在这些国家传播的脉络。

因此，今后可拓展的研究空间还有以下方面。

第一，对文献资料的进一步搜集。苏轼文学作品在英语世界的资料浩如烟海，本书尽管已经尽力搜索，还是难免有所疏漏。比如，对苏轼文学作品在海外图书馆、学术机构等的收藏情况还需进行数据搜集和数据分析。同时，本书只是对文学选集中的苏轼译本进行了统计与分析，其实英语世界有很多研究类的论文和著作也对苏轼文学作品进行了翻译，并且出现了诗词文的译本，本书还未来得及进行一一统计与分析。文献资料这块还有可研究的空间，完全可以在此基础上做成语料数据库。

第二，对欧美和日韩的对比研究。可以再扩大苏轼文学翻译和传播的研究视野，通过东亚汉字文化圈国家对苏轼文学作品的译介反观欧美的译介成果，从而使该书的研究体现全球史观。

第三，对苏轼文艺理论在海外的传播情况做研究。自20世纪70年代开始，苏轼的文学艺术理论在英语世界有所传播，域外对于苏轼的书法、绘画、诗论等都有所涉及。由于篇幅所限，本书只罗列了苏轼文艺理论研究成果的篇目，未做细致探讨。笔者将在这一方面继续探究，因为苏轼的不少文艺理论与其文学创作是息息相关的。

第四，把宋代其他著名诗人在海外的传播和影响情况与苏轼进行横向对比研究，以期为苏轼文学的翻译和传播提供研究的新视角和新思路。

纵观苏轼作品在海外的英译、研究与传播历程，笔者认为中国文学对外译介与传播的根本宗旨在于：以开放的姿态，将中国文学与世界文学进行平等对话，从而实现共赢，只有这样，中国文学"走出去"才有实际可能和价值。诚如刘云虹在《文学翻译批评事件与翻译理论建构》中指出：对中国文学外译的评价与思考，"不仅涉及文化交流的途径、模式与方法，更深层次地关系到文学译介的立场与根本诉求。换言之，所谓途径、模式与方法的选择，从根本上取决于并反映着文化交往中如何看待自我与他者关系的立场，说到底是个翻译伦理问题，其实际指涉的是一个更为本质的问题，即如何从中国文化与世界多元文化平等交流、共同发展这个开放的视野下来认识与理解翻译？"

综上所述，通过对苏轼文学作品的英译和传播情况进行研究，站在世界文化的角度审视自己，观察世界，既让我们更加坚定文化自信，又有机会让苏轼文学在中外文化交流与合作中发挥其在当代的独特价值，从而普惠于整个世界。中外文化交流的结果不仅意味着中国文化"外化"的传播，也意味着异质文化对中国文化"内化"的接受。伟大的苏轼早已不仅仅属于中国，更属于世界。

参考文献

一、英文文献

(一) 著作

Alan Ayling, Duncan Mackintosh.*A Collection of Chinese Lyrics*, London: Routledge and Kegan Paul, 1965.

Alan Ayling, Duncan Mackintosh.*A Further Collection of Chinese Lyrics*, London: Routledge and Kegan Paul, 1969.

Alice Wen-Chuen Cheang, *A Silver Treasury of Chinese Lyrics*, Hong Kong: The Chinese University of Hong Kong, 2003.

Beata Grant, *Mount Lu Revisited: Buddhism and the Life and Writings of Su Shih*, Hawaii: University of Hawaii Press, 1994.

Burton Watson, *Su Tung-p'o: Selection from a Sung Dynasty Poet,* New York and London: Columbia University Press, 1965.

Burton Watson, *Chinese Lyricism: Shih Poetry from the Second to the Twelfth Century,* New York and London: Columbia University Press, 1971.

Burton Watson, *The Columbia Book of Chinese Poetry: From Early Times to the Thirteenth Century*, New York: Columbia University Press, 1984.

Burton Watson, *Selected Poems of Su Tung-p'o,* Port Townsend, WA: Copper Canyon Press, 1994.

C.D.LeGros Clark, *Selections from the Works of Su Dongpo*, London: Jonathan Cape 30 Bedford Square, 1931.

C.D.LeGros Clark, *The Prose Poetry of Su Tung-po*, Shanghai: Kelly&Walsh, 1935.

Ch'u Ta-Kao, *Chinese Lyrics*, London: Cambridge University Press, 1937.

Chu Dagao, *101Chinese Lyrics*, Beijing: New World Press, 1987.

Clara M.Candlin, *The Herald Wind: Translations of Sung Dynasty Poems,*

Lyrics and Songs, London: John Murray, 1933.

Cyril Birch, *Anthology of Chinese Literature: From Early Times to the Fourteenth Century,* New York: Grove Press, 1965.

Cyril Birch, *Studies in Chinese Literary Genres*, London: University of California Press, 1974.

David Hinton, *Classical Chinese Poetry: An Anthology*, New York: Farrar, Straus and Giroux, 2008.

Diana Yu-shih chen, *The Image and Concept of Chinese Classical Prose*, Stanford University Press, 1988.

Douglas Robinson, *The Translator's Turn*, Bei Jing: Foreign Language Teaching and Research Press, 2006.

Herbert A. Giles, *Gems of Chinese Literature*, London: Bernard Quaritch, 15, Piccadilly. Shanghai: Kelly & Walsh, 1884.

Herbert A.Giles, *Gems of Chinese Literature*, Paragon Book Reprint Corp. 140 East 59th Street New York, 1965.

Herbert A. Giles, *A History of Chinese Literature*, London: William Heinemann, 1901.

Herbert Franke, *Sung Biographies*, Franz Stone Press, 1976.

James Liu, *Major Lyricist of the Northern Sung*, Princeton University Press, 1974.

James Lockhart, *Select Chinese Verses*, The Commercial Press, Limited Shanghai, China, 1934.

John A. Turner, *A Golden Treasury of Chinese Poetry*, Hong Kong: The Chinese University Press, 1976.

Julie Landau, *Beyond Spring: Tz'u Poems of the Sung Dynasty*, New York: Columbia University Press, 1994.

Kang-I Sun Chang, *The Evolution of Chinese Tz'u Poetry*, Princeton University Press, 1980.

Kenneth Rexroth, *One Hundred Poems From the Chinese*, New York: New Directions Book, 1956.

Launcelot Alfred Cranmer-Byng, *A Feast of Lanterns*, John Murray, Albemarle Street, W. London, 1916.

Lin Yutang, *The Gay Genius: The Life and Times of Su Tungpo*, Bei Jing: Foreign Language Teaching and Research Press, 2009.

Michael Anthony Fuller, *The Road to East Slope——The Development of Su Shi's Poetic Voice*, Stanford University Press, 1990.

Eugene A.Nida, *Language and Culture: Context in Translation*, Shanghai: Shanghai Foreign Language Education Press, 2004.

Pauline Yu, *Voices of the Song Lyrics in China*, University of California Press, 1994.

Peter Bol, *The Culture of Ours: Intellectual Transition in T'ang and Sung China*, Stanford University Press, 1992.

Robert Payne, *The White Pony: An Anthology of Chinese Poetry*, The John Day Company, 1947.

Ronald C. Egan, *Word, Image, and Deed in the Life of Su Shi*, Harvard University Press, 1994.

Ronald C. Egan, *The Problem of Beauty: Aesthetic Thought and Pursuits in Northern Song Dynasty China*, Cambridge: Harvard University Press, 2006.

Shih Shun Liu, *Chinese Classical Prose: The Eight Masters of the T'ang-Sung Period*, Hong Kong: A Chinese University Press, 1979.

Stephen Owen, *Traditional Chinese Poetry and Poetics*, University of Wisconsin press, 1985.

Stephen Owen, *An Anthology of Chinese Literature: Beginnings to 1911*, New York&London: Norton& Company, 1996.

Victor H. Mair, *The Columbia Anthology of Traditional Chinese Literature*, New York: Columbia University Press, 1994.

Victor H. Mair, *The Shorter Columbia Anthology of Traditional Chinese Literature*, New York: Columbia University Press, 2000.

Victor H.Mair、Frances Wood、Sanping Chen, *Chinese Lives*, London: Thames &Hudson Ltd Press, 2013.

Wai-Lim Yip, *Chinese Poetry: An Anthology of Major Modes and Genres*, Duke University Press, 1997.

Wu-chi Liu and Irving Yucheng Lo, *Sunflower Splendor: Three Thousand years of Chinese Poetry*, Anchor Press, New York, 1975.

Yang Xianyi and Gladys Yang, Poetry *and Prose of the Tang and Song*, Bei Jing: Foreign Language Press, 2005.

(二) 论文

Andraw Lee March, "Self and Landscape in Su Shih", *Journal of the American Oriental Society*, Vol.86, No.4, 1966.

B.Brooks & T.Brooks, "Book Review: *The Analects of Confucius by Burton Watson*", *The China Reviews*, Vol.9, No.1, 2009.

Beata Grant, Buddhism and Taoism in the Poetry of Su Shi (1036–1101) (Ph. D diss., Stanford University, 1987).

Chun-Jo, Liu, "Review: *Beyond Spring: Tz'u Poems of the Sung Dynasty*", *Pacific Affairs*, Vancouver 70.4, Winter 1997/1998.

Curie Virág, "Bridging the Divide: Literature, Dao and the Case for Subjective Access in the Thought of Su Shi", *Humanities*.2014 (3).

Curtis Dean Smith, "The Deam of Chou-chih: Su Shih's Awakening", *Chinese Studies*, 2000, 18 (1).

D. L. Mcmullen, "Reviews: Chinese Classical Prose: the Eight Masters of the T'ang-Sung Period", *Journal of the Royal Asiatic Society*, Volume 114, Issue 01, January 1982.

Dajiang He, Su Shi: Pluralistic View of Values and "Making Poetry out of Prose" (Ph.D diss., The Ohio State University, 1997).

David Ward, "Playing Host to the Hills: Spatial Dialectics in the Poetry of Su Shi", *Interdisciplinary Studies in Literature and Environment*, Vol.18 No.2, 2011.

Edward Charles Macintosh Bowra, "Su Tung-P'o", *The China Review*, Vol.1, No.1, 1872.

François Jullien and Graham Parkes, "The Chinese Notion of 'Blandness' as a Virtue: A Preliminary Outline", *Philosophy East and West*, Vol.43, No.1, Jan, 1993.

Hans H. Frankel, "*Review on the Columbia Book of Chinese Poetry From Early Times to the Thirteenth Century by Burton Watson*", *Harvard Journal of Asiatic Studies*, 46 (1), 1986.

J. N. Jordan, "Su Tung-P'o in Hainan", *The China Review*, Vol.12, No.1,

1883.

J.G. Holland, "Review, *An introduction to Chinese poetry: from the Canon of poetry to the lyrics of the Song dynasty*", *Choice: Current Reviews for Academic Libraries*, Vol.55, No.11, 2018.

James J.Y. Liu, "Time, Space, and Self in Chinese Poetry", *Clear,* vol.1（2）, 1979.

Jonathan Pease, "Book Reviews", *American Oriental Society* 112.3, 1992.

Karl Friedrich August Gützlaff, "Notices of the Works of Sú Tungpo", *The Chinese Repository*, Vol.xi, 3, 1842.

Kathleen M.Tomlonovic, Poetry of Exile and Return: A Study of Su Shi (1037–1101) (Ph.D diss., University of Washington, 1989).

Ka Wai Fan, "Foot Massage in Chinese Medical History", *The Journal of Alternative and Complementary Medicine*, Vol.12, Number 1, 2006.

Lin Yu., "Book Review. *Chinese Lyrics.* Translated into English by Ch'u Ta-kao, with a Preface by Sir Arthur Quiller-Couch", *T'ien Hsia Monthly*, Vol.V, No.5, 1937.

Rev.P.Parker, "Ophthalmic Hospital at Canton", *The Chinese Repository*, Vol.vii, 2, 1838.

Robert E. Hegel, "The Sights and Sounds of Red Cliffs: On Reading Su Shi", *CLEAR*, Vol. 20, Dec.1998.

Ronald Egan, *"Poems on Paintings: Su Shih and Huang T'ing-chien"*, Harvard Journal of Asiatic Studies, Vol.43（2）, 1983.

Ronald Egan, *"Ou-yang Hsiu and Su Shih on Calligraphy"*, Harvard Journal of Asiatic Studies, Vol.49（2）, 1989.

Stuart H.Sargent, "Colophons in Countermotion: Poems by Su Shih and Huang T'ing-chien on Paintings", *Harvard Journal of Asiatic Studies*, Vol.52（1）, 1992.

二、中文文献

（一）古籍

陈迩冬:《苏轼诗选》，人民文学出版社，1984。

刘辰翁著，段大林校点《刘辰翁集》（卷六），江西人民出版社，1987。

（宋）苏轼著，（清）王文诰辑注，孔凡礼点校《苏轼诗集》，中华书局，1982。

（宋）苏轼著《苏轼文集》，孔凡礼点校，中华书局，1986。

（宋）苏轼：《苏东坡全集》，北京燕山出版社，2009。

（宋）苏轼：《东坡志林》，万卷出版公司，2016。

（元）脱脱等撰《宋史》，中华书局，1985。

滕志贤译注《新译苏轼文选》，三民书局，2017。

王水照：《苏轼选集》，上海古籍出版社，1984。

王水照、朱刚：《苏轼诗词文选评》，上海古籍出版社，2019。

曾枣庄：《苏诗汇评》，四川文艺出版社，2000。

曾弢、曾枣庄译注《苏轼诗文词选译》，章培恒审阅，凤凰出版社，2017。

张鸣：《宋诗选》，人民文学出版社，2004。

邹同庆、王宗堂：《苏轼词编年校注》（上中下），中华书局，2002。

（二）著作、论文集

〔法〕费赖之：《入华耶稣会士列传》，商务印书馆，1938。

〔加〕卜正民主编，〔德〕迪特·库恩著《哈佛中国史之儒家统治的时代：宋的转型》，李文锋译，中信出版集团，2016。

〔加〕叶嘉莹：《唐宋词十七讲》，北京大学出版社，2007。

〔加〕叶嘉莹：《小词大雅——叶嘉莹说词的修养与境界》，北京大学出版社，2015。

〔加〕叶嘉莹：《中英参照迦陵诗词论稿》，海陶玮译，外语教学与研究出版社，2019。

〔美〕艾朗诺：《美的焦虑：北宋士大夫的审美思想与追求》，杜斐然、刘鹏、潘玉涛译，上海古籍出版社，2013。

〔美〕傅汉思：《梅花与宫闱佳丽》，王蓓译，生活·读书·新知三联书店，2010。

〔美〕吉瑞德：《朝觐东方：理雅各评传》，段怀清、周俐玲译，广西师范大学出版社，2011。

〔美〕林顺夫：《中国抒情传统的转变：姜夔与南宋词》，张宏生译，上海古籍出版社，2005。

〔美〕梅维恒：《哥伦比亚中国文学史》，新星出版社，2016。

〔美〕孙康宜、宇文所安：《剑桥中国文学史》，生活·读书·新知三联书店，2010。

〔美〕宇文所安：《中国传统诗歌与诗学：世界的征兆》，陈小亮译，中国社会科学出版社，2013。

〔日〕吉川幸次郎：《中国诗史》，章培恒、骆玉明译，复旦大学出版社，2012。

〔日〕山本和义：《诗人与造物——苏轼论考》，张剑译，中国社会科学出版社，2013。

〔越南〕阮延俊：《苏轼的人生境界及其文化底蕴》，世界图书出版广东有限公司，2014。

爱汉者：《东西洋考每月统记传》，中华书局，1997。

包弼德：《斯文：唐宋思想的转型》，刘宁译，江苏人民出版社，2001。

包天笑：《钏影楼回忆录》，文海出版社有限公司，1974。

巴金：《当代文学翻译百家谈》，北京大学出版社，1989。

卞东波编译《中国古典文学研究的新视镜——晚近北美汉学论文选译》，安徽教育出版社，2016。

卞东波：《中国古典文学与文本的新阐释》，安徽教育出版社，2019。

曹顺庆：《世界文学发展比较史》，北京师范大学出版社，2001。

陈福康：《中国译学理论史稿》，上海外语教育出版社，2000。

陈文忠：《中国古典诗歌接受史研究》，安徽大学出版社，1998。

陈幼石：《韩柳欧苏古文论》，上海文艺出版社，1983。

戴玉霞：《苏轼诗词英译对比研究》，西安电子科技大学出版社，2016。

邓联健：《委曲求传：早期来华新传教士汉英翻译史论（1807-1850）》，清华大学出版社，2015。

段怀清、周俐玲：《〈中国评论〉与晚清中英文学交流》，广东人民出版社，2006。

董明伟：《中学西传：典籍翻译研究开新篇（2013-2018）》，燕山大学出版社，2017。

范存忠：《中国文化在启蒙时期的英国》，译林出版社，2010。

葛桂录：《中外文学交流史》（中国-英国卷），山东教育出版社，2015。

耿强：《中国文学：新时期的译介与传播——"熊猫丛书"英译中国文

学研究》，南开大学出版社，2019。

龚光明：《翻译思维学》，上海社会科学院出版社，2004。

顾伟列：《20世纪中国古代文学国外传播与研究》，华东师范大学出版社，2011。

何寅、许光华：《国外汉学史》，上海外语教育出版社，2002。

亨利·考狄、袁同礼：《西方汉学书目正续编》，上海社会科学院出版社，2016。

胡优静：《英国19世纪的汉学史研究》，学苑出版社，2009。

胡晓明：《古代文学理论研究——中国文论的思想与智慧》（第四十辑），华东师范大学出版社，2015。

黄立：《英语世界的唐宋词研究》，四川大学出版社，2008。

黄鸣奋：《英语世界中国古典文学之传播》，学林出版社，1997。

季进：《另一种声音：海外汉学访谈录》，复旦大学出版社，2011。

季进、余夏云：《英语世界中国现代文学研究综述》，北京大学出版社，2017。

江岚：《唐诗西传史论——以唐诗在英美的传播为中心》，学苑出版社，2009。

乐黛云、陈珏：《北美中国古典文学研究名家十年文选》，江苏人民出版社，1996。

李怀亮、王永主编《中华经典海外传播——首届国际学术研讨会论文集》，光明日报出版社，2016。

李伟荣：《翻译、传播与域外影响：中国典籍翻译与国家文化软实力关系研究》，上海交通大学出版社，2015。

李孝迁：《近代中国域外汉学评论萃编》，上海古籍出版社，2014。

梁丽芳、马佳主编《中外文学交流史》（中国--加拿大卷），山东教育出版社，2015。

林语堂：《中国人》，沈益洪、郝志东译，学林出版社，1994。

林语堂：《苏东坡传》，张振玉译，外语教学与研究出版社，2012。

刘洪涛、黄承元：《新世纪国外中国文学译介与研究文情报告》（北美卷，2001-2003），中国社会科学出版社，2012。

刘洪涛、黄承元：《新世纪国外中国文学译介与研究文情报告》（北美卷，2004-2006），中国社会科学出版社，2014。

刘宓庆:《文化翻译论纲》,湖北教育出版社,1999。

刘宓庆:《文化翻译探索》,商务印书馆,2002。

刘若愚:《北宋六大词家》,王贵苓译,幼狮文化事业股份有限公司,1986。

刘正:《海外汉学研究》,武汉大学出版社,2002。

刘正:《图说汉学史》,广西师范大学出版社,2005。

柳无忌:《中国文学新论》,倪庆饩译,中国人民大学出版社,1993。

罗溥洛:《美国学者论中国文化》,中国广播电视出版社,1994。

马士奎、倪秀华:《塑造自我文化形象——中国对外文学翻译研究》,中国人民大学出版社,2017。

马祖毅、任荣珍:《汉籍外译史》,湖北教育出版社,1997。

莫东寅:《汉学发达史》,大象出版社,2006。

莫砺锋:《神女之探寻——英美学者论中国古典诗歌》,上海古籍出版社,1994。

莫砺锋:《漫话东坡》,凤凰出版社,2008。

彭予:《二十世纪美国诗歌》,河南大学出版社,1995。

齐珮、陈橙:《域外中国文化形象研究》,中央编译出版社,2014。

钱钟书:《谈艺录》,生活·读书·新知三联书店,2001。

钱钟书:《宋诗选注》,生活·读书·新知三联书店,2002。

任治稷:《从诗到诗:中国古诗词英译》,外语教学与研究出版社,2006。

任治稷:《东坡之诗——苏轼诗词文选译》,复旦大学出版社,2008。

施建业:《中国文学在世界的传播与影响》,黄河出版社,1993。

施萍:《林语堂:文化转型的人格符号》,北京大学出版社,2005。

四川大学古籍整理研究所《宋代文化研究》(第九辑),四川大学出版社,2000。

宋柏年:《中国古典文学在国外》,北京语言学院出版社,1994。

孙康宜:《词与文类研究》,李爽学译,北京大学出版社,2004。

孙康宜、宇文所安:《剑桥中国文学史》,刘倩、彭淮栋等译,联经出版事业股份有限公司,2016。

宋丽娟:《"中学西传"与中国古典小说的早期翻译——以英语世界为中心(1735-1911)》,上海古籍出版社,2017。

涂慧:《如何译介,怎样研究——中国古典词在英语世界》,中国社会科学出版社，2014。

万燚：《美国汉学界的苏轼研究》，中国社会科学出版社，2018。

王水照：《苏轼传稿》，中华书局，2015。

王晓路：《西方汉学界的中国文论研究》，巴蜀书社，2003。

王友胜：《苏诗研究史稿》（修订版），中华书局，2010。

魏家海：《汉诗英译的比较诗学研究》，中国社会科学出版社，2017。

吴伏生：《汉诗英译研究：理雅各、翟理斯、韦利、庞德》，学苑出版社，2012。

吴伏生：《英语世界的陶渊明研究》，学苑出版社，2013。

吴伏生：《汉学视域——中西比较诗学要籍六讲》，学苑出版社，2016。

吴世昌：《罗音室学术论著》（第三卷），社会科学文献出版社，1996。

夏康达、王晓平：《二十世纪国外中国文学研究》，学苑出版社，2016。

肖开容：《诗歌翻译中的框架操作——中国古诗英译认知研究》，科学出版社，2017。

谢天振：《译介学导论》，北京大学出版社，2007。

谢天振：《比较文学与翻译研究》，复旦大学出版社，2011。

谢天振：《译介学》，译林出版社，2013。

熊文华：《美国汉学史》，学苑出版社，2015。

熊文华：《英国汉学史》，学苑出版社，2007。

徐志啸：《北美学者中国古代诗学研究》，上海古籍出版社，2011。

许均：《翻译论》，湖北教育出版社，2003。

许钧、李国平主编《中国文学译介与传播研究》（卷一），浙江大学出版社，2018。

许渊冲：《宋词三百首》，中国对外翻译出版公司，2007。

许渊冲：《苏轼诗词选》，湖南人民出版社，2007。

许渊冲：《中诗英韵探胜》，北京大学出版社，2010。

许渊冲：《文学与翻译》，北京大学出版社，2016。

杨玉英：《郭沫若在英语世界的传播与接受研究》，学苑出版社，2015。

杨治宜：《"自然"之辩：苏轼的有限与不朽》，生活·读书·新知三联书店，2018。

曾枣庄：《三苏全书》，语文出版社，2001。

曾枣庄：《苏轼研究史》，江苏教育出版社，2001。

曾枣庄:《三苏评传》,上海书店出版社,2016。

曾枣庄:《历代苏轼研究概论》,巴蜀书社,2018。

张弘:《中国文学在英国》,花城出版社,1992。

张璟:《苏词接受史研究》,光明日报出版社,2009。

张毅:《苏轼与朱熹》,中国友谊出版公司,2018。

张西平:《传教士汉学研究》,大象出版社,2005。

张西平:《欧美汉学研究的历史与现状》,大象出版社,2006。

张西平:《〈中国丛报〉篇名目录及分类索引》,广西师范大学出版社,2008。

张西平、管永前:《中国文化"走出去"研究总论》,北京大学出版社,2016。

张西平:《中国文化"走出去"年度研究报告》(2015卷),北京大学出版社,2016。

赵毅衡:《诗神远游:中国如何改变了美国现代诗》,上海译文出版社,2003。

赵长江:《十九世纪中国文化典籍英译史》,上海外语教育出版社,2017。

郑树森:《中美文学因缘》,东大图书公司,1985。

钟玲:《美国诗与中国梦》,广西师范大学出版社,2003。

周发祥、李岫:《中外文学交流史》,湖南教育出版社,1999。

周宁等著《中外文学交流史:中国—美国卷》,山东教育出版社,2015。

朱徽:《中国诗歌在英语世界——英美译家汉诗翻译研究》,上海外语教育出版社,2009。

朱士钊:《唐诗宋词鉴赏辞典》,新疆人民出版社,2004。

庄钦永:《"无上"文明古国——郭实猎笔下的大英》,八方文化创作室,2015。

中国人民大学文学院:《中国苏轼研究》(第五辑),学苑出版社,2016。

(三)期刊、报纸论文

〔澳〕毕熙燕:《苏轼与文章之法》,《海南师院学报》1996年第1期。

〔加〕叶嘉莹:《了然人生的况味——读苏轼〈定风波·莫听穿林打叶声〉》,《人民日报》2014年5月13日,第24版。

〔加〕叶嘉莹:《论苏轼词》,《中国社会科学》1985年第3期。

〔美〕张振军:《从三种英文本中国文学选集看苏轼作品在西方的传播与接受》,《中国苏轼研究》2016年第2期。

张万民:《书评〈美的焦虑:北宋士大夫的审美思想与追求〉》,《人文中国学报》2016年第23期。

卞东波:《"走出去"的陶渊明》,《光明日报》2017年10月30日,第13版。

陈橙:《论中国古典文学的英译选集与经典重构:从白之到刘绍铭》,《外语与外语教学》2010年第4期。

陈顺意:《译者归来与诗魂远游——蔡廷干汉诗英译之〈唐诗英韵〉研究》,《外国语文研究》2019年第3期。

陈肃:《基于三大数据库对海外中国研究专著的调查与分析(2006—2016)》,《国际汉学》2020年第3期。

陈小慰:《中国文学翻译"走出去":修辞形势及因应之策》,《解放军外国语学院学报》2019年第5期。

陈友冰:《日本近百年来中国古典文学研究历程及相关特征》,《汕头大学学报》2007年第3期。

邓纯旭、邓丽萍:《近代英文出版与中国文化的沟通与交流》,《中国出版》2018年第4期。

晓珠:《傅高义教授畅谈"哈佛百年亚洲研究"》,《南京大学学报》2002年5月30日,第804期。

葛文峰:《英译与传播:朱莉叶·兰道的宋词译本研究》,《华北电力大学学报(人文社科版)》2016年第5期。

耿强:《翻译中的副文本及研究——理论、方法、议题与批评》,《外国语》2016年第5期。

耿强:《国家机构对外翻译规范研究——以"熊猫丛书"英译中国文学为例》,《上海翻译》2012年第1期。

古婷婷:《美国英文学术期刊〈中国文学〉与北美中国文学研究》,《长春大学学报》2015年第5期。

顾钧:《中国的第一份英文刊物》,《博览群书》2011年第10期。

顾伟列:《文学解读的世界性——以中国古代文学的国外传播和研究为例》,《文艺理论研究》2010年第2期。

韩晗:《论孙康宜的学术研究与文学创作》,《国际汉学》2019年第

1期。

胡牧、朱云会：《英文版〈中国文学〉杂志生产传播机制中的译者群体与人文精神》，《燕山大学学报》（哲学社会科学版）2019年第4期。

胡艺玲：《聚焦、融合与效率——哈佛燕京学社中外合作理念探析》，《现代教育科学》2018年第6期。

黄培希：《从〈诗艺〉到〈诗选〉——20世纪前英国汉诗英译研究》，《复旦外国语言文学论丛》2014年秋季号。

季进：《我译故我在——葛浩文访谈录》，《当代作家评论》2009年第6期。

季羡林：《从〈大中华文库〉谈起》，《群言》1995年第8期。

金学勤：《通俗简练 瑕不掩瑜——评戴维·亨顿的〈论语〉和〈孟子〉英译》，《孔子研究》2010年第5期。

黎智林：《豪士朱笔迻汉史，志儒浓墨传唐文——美国汉学家倪豪士的中国文学英译历程》，《东方翻译》2020年第5期。

李天纲：《中国科学美术杂志研究》（上），《上海文化》2015年第4期。

李雪涛：《对新世纪汉学研究的几点思考》，《北京联合大学学报》（人文社会科学版）2014年第1期。

刘桂荣、王欣欣：《苏轼的艺术批评思想及其哲学根源》，《西南民族大学学报》（人文社会科学版）2016年第1期。

刘士聪：《介绍一部中国散文经典译作——兼谈David Pollard的汉英翻译艺术》，《中国翻译》2005年第2期。

刘亚燕：《副文本在翻译中的多维建构与时空解读》，《广东外语外贸大学学报》2018年第4期。

刘永亮：《论宇文所安〈诺顿中国文选〉的编译和传播》，《中国出版》2016年第5期。

刘跃进：《近年美国的中国古代文学研究掠影》，《福州大学学报》（哲学社会科学版）2001年第1期。

柳叶：《英译〈苏东坡文选〉》，《读书》1994年第2期。

罗伯特·白英：《白驹集：从古至今中国诗前言》，王天红译，《华夏文化论坛（第十七辑）》2017年第1期。

马丽媛：《典籍英译的开拓者初大告译著研究》，《国际汉学》2014年第1期。

潘建伟：《自我说服的旷达：对话理论视野中的苏轼"旷达"形象问题——兼谈林语堂〈苏东坡传〉的中西文化观》，《杭州师范大学学报》（社会科学版）2010年第5期。

彭发胜：《中国古诗英译文献篇目信息统计与分析》，《外国语》2017年第5期。

饶学刚：《苏东坡在国外》，《黄冈师范学院学报》2005年第2期。

任增强：《中国古典诗歌在英国的传播与著述的出版》，《出版广角》2013年第15期。

孙行文：《苏东坡是失败了的陶渊明》，《文摘周报》2018年5月29日，第12版。

孙建昌、张梅：《论创造性翻译是增值翻译》，《聊城大学学报》（哲学社会科学版）2002年第5期。

孙康宜：《好花原有四时香：读〈独陪明月看荷花：叶嘉莹诗词选译〉有感》，《文学与文化》2014年第2期。

孙亚鹏：《新世纪北美中国文学研究现状与趋势（2000-2016）》，《文学理论前沿》2016年第2期。

孙轶旻：《别发印书馆与近代中西文化交流》，《学术月刊》2008年第7期。

谭树林：《〈中国丛报〉考释》，《历史档案》2008年第3期。

唐凯琳：《海外研究苏轼简介》，《黄冈师专学报》1988年第4期。

童庆炳：《文学经典建构的内部要素》，《天津社会科学》2005年第3期。

万燚：《弥纶群言，而研精一理——论艾朗诺的苏轼研究》，《中外文化与文论》2013年第3期。

万燚：《英语世界苏轼研究综述》，《国际汉学》2014年第2期。

万燚：《论华兹生的苏轼诗译介》，《琼州学院学报》2015年第6期。

万燚：《北美汉学界宋诗研究百年综述》，《燕山大学学报》2020年第4期。

王雪：《韦利创意英译如何进入英语文学》，《文学教育》2018年第5期。

王国强：《试论《中国评论》在西方汉学史上的地位和价值》，《史林》2008年第3期。

王化文：《中国丛报——主要作者群研究》，《商品与质量》2011年第4期。

王泽应:《中国人的忧乐精神》,《光明日报》2017年08月12日第11版。

魏家海:《王红公汉诗英译的文化诗性融合与流变》,《外文研究》2014年第1期。

吴伏生:《翟理斯的汉诗翻译》,《铜仁学院学报》2014年第6期。

吴小林:《论苏轼的散文美学思想》,《中国人民大学学报》1992年第3期。

谢天振:《中国文学"走出去"不只是一个翻译问题》,《中国社会科学报》2014年1月24日。

徐宝峰:《东学西渐:21世纪世界汉学的中心偏移与模式调整》,《河北学刊》2019年第5期。

许多、许钧:《中华文化典籍的对外译介与传播——关于〈大中华文库〉的评价与思考》,《外语教学理论与实践》2015年第3期。

薛超睿:《苏东坡——英国汉学对苏轼的最早接受》,《中国文学研究》2013年第4期。

严晓江:《华兹生:让苏轼走进英语世界》,《中国社会科学报》2019年5月20日,第6版。

杨静:《中国典籍海外英译研究学术资源考》,《出版发行研究》2019年第12期。

杨艳华、黄桂南:《苏轼〈江城子·十年生死〉两种英译本的对比研究——以读者接受理论为观照》,《海外英语》2016年第20期。

姚俏梅:《结合 Burton Watson 翻译风格研究——以〈苏东坡诗词选〉为例》,《牡丹江大学学报》2017年第1期。

余秋雨:《苏东坡突围》,《中华活页文选》2013年第4期。

袁锦翔:《一位披荆斩棘的翻译家——初大告教授译事记述》,《中国翻译》1985年第2期。

张聪颖:《勒菲佛尔三要素指导下"熊猫丛书"研究》,《今古文创》2020年第41期。

赵毅衡:《美国新诗运动中的中国热》,《读书杂志》1983年第9期。

赵云龙:《初大告英译词选〈中华隽词〉探讨》,《东方翻译》2017年第4期。

郑延国:《钱锺书为抗日烈士译著写序》,《中华读书报》2020年2月12日,第10版。

朱振武、闵福德:《拿出"最好的中国"——朱振武访谈闵福德》,《东方翻译》2017年第1期。

朱振武、袁俊卿:《中国文学英译研究现状透析》,《当代外语研究》2015年第1期。

曾枣庄:《论宋代律赋》,《文学遗产》2003年第5期。

曾枣庄:《论苏赋》,《上海师范大学学报》(哲学社会科学版)2005年第5期。

(四)学位论文

耿强:《文学译介与中国文学"走向世界":"熊猫丛书"英译中国文学研究》,上海外国语大学博士学位论文,2010。

郭一蓉:《中西文化视野下的苏东坡形象研究——以林语堂之〈苏东坡传〉为中心》,西北大学硕士学位论文,2016。

兰芳:《林语堂笔下的苏东坡形象》,福建师范大学硕士学位论文,2007。

李靖:《卜立德英译散文中的"自我"重建》,武汉理工大学硕士学位论文,2010。

刘同赛:《近代来华传教士对中国古典文学的译介研究》,济南大学硕士学位论文,2014。

刘燕飞:《苏轼哲学思想研究》,河北大学博士学位论文,2011。

徐静:《镜像与真相》,福建师范大学硕士学位论文,2010。

许磊:《英语世界中的苏轼研究》,苏州大学硕士学位论文,2014。

周高峰:《拉斯韦尔传播模式视角下的英文版〈中国文学〉(1951-1966)翻译研究》,南京师范大学硕士学位论文,2018。

附 录

英美学界的苏轼文学译作及研究列表

表1 英美学界的苏轼译作[①]

时间	编译者	中文书名	英文书名	收入苏作	出版社	体裁
1884	翟理斯 Herbert Allen Giles	古文选珍	*Gems of Chinese Literature*	喜雨亭记、凌虚台记、超然台记、放鹤亭记、石钟山记、方山子传、赤壁赋、后赤壁赋、黠鼠赋、潮州韩文公庙碑	伦敦伯纳德·夸瑞奇出版社；上海别发洋行	文
1898		古今诗选	*Chinese Poetry in English Verse*	春宵、花影	上海别发洋行	诗
1923		中国文学瑰宝（诗文合集）	*Gems of Chinese Literature (Prose and Verse)*	文：喜雨亭记、凌虚台记、超然台记、放鹤亭记、石钟山记、方山子传、赤壁赋、后赤壁赋、潮州韩文公庙碑、书戴嵩画牛 诗：春宵、花影	上海别发洋行	诗文

[①] 笔者进行表格设计时，凡是同一个作者的作品放在一起。其中表格中"收入苏作"这一栏内容，有的来自前人的统计成果，有的是笔者自己经由原作翻译过来的，尽可能的准确与完善。——做了校对，有的是笔者自己由原作的英文题目翻译过来的，有错误或不确切之处

续表

时间	编译者	中文书名	英文书名	收入苏作	出版社	体裁
1891	理雅各 James Legge	东方圣书之道家典籍	The Sacred Books of the East	庄子祠堂记	牛津大学出版社	文
1902	克莱默—宾 Launcelot Alfred Cranmer–Byng	长恨歌及其他	The Never-ending Wrong and Other Renderings	放鹤亭记	伦敦格兰特·理查兹公司出版	文
1916		灯宴	A Feast of Lanterns	金山梦中作、登常山绝顶广丽亭、舟中对月、惠崇春江晚景二首	伦敦约翰·默里出版公司	诗
1912	布茂林 Charles Budd	中国诗选	Chinese Poems	舟中听大人弹琴、舟中夜起	亨利·弗鲁迪牛津大学出版社	诗
1918	阿瑟·韦利 Arthur Waley	汉诗一百七十首	A Hundred and Seventy Chinese Poems	洗儿戏作	伦敦康斯特布尔出版公司出版	诗
1931		苏东坡集选译	Selections from the Works of Su Tung-P'o	赤壁赋、后赤壁赋、超然台记、放鹤亭记、石钟山记、文与可画筼筜偃竹记、凤鸣驿记、後虚台记、喜雨亭记、昆阳城赋、后杞菊赋、秋阳赋、黠鼠赋、服胡麻赋、滟滪堆赋、屈原庙赋、中山松醪赋、飓风赋	英国伦敦开普乔纳森公司	文
1935	李高洁 Cyril Drummond Le Gros Clark	苏东坡赋	The Prose Poetry of Su Tung-P'o	延和殿奏新乐赋、明君可与为忠言赋、快哉此风赋、滟滪堆赋、屈原庙赋、昆阳城赋、后杞菊赋、秋阳赋、后杞赋、菊赋、服胡麻赋、后赤壁赋、天庆观乳泉赋、洞庭春色赋、中山松醪赋、沉香山子赋、稚子赋、浊醪有妙理赋、老饕赋、飓风赋、黠鼠赋、复改科赋、思子台赋	上海别发洋行和英国伦敦开根·宝罗公司	文

附录 英美学界的苏轼文学译作及研究列表

续表

时间	编译者	中文书名	英文书名	收入苏作	出版社	体裁
1933	克拉拉·坎德林 Clara M. Candlin	风信集：宋代诗词歌赋选译	The Herald Wind: Translations of Sung Dynasty Poems, Lyrics and Songs	上元侍宴、海棠、水调歌头中秋	伦敦：约翰·默里公司出版	诗词
1934	骆任廷 James Lockhart	英译中国歌诗选	Select Chinese Verses	花影、春宵	上海商务印书馆	诗
1937	初大告 Ch'u Ta-kao	中华隽词	Chinese Lyrics	临江仙夜饮东坡、江城子悼亡词、水调歌头中秋、念奴娇赤壁怀古、行香子述怀、卜算子水是眼波横①、卜算子缺月挂疏桐、哨遍为米折腰	剑桥大学出版社	词
1947	白英 Rober Payne	白驹集：中国古今诗歌英译	The White Pony: An Anthology of Chinese Poetry from the Earliest Times to the Present Day	念奴娇赤壁怀古、醉落魄离京口作、单同年求德兴俞氏聚远楼诗三首其一、正月二十一日病后述古邀往城外寻春、蝶恋花春景、西江月黄州中秋、扶风天和寺、任安节远来夜坐三首其二、汲江煎茶、和致仕张郎中春昼、纵笔三首三首、临江仙夜饮东坡、江城子悼亡词、渔父词三首、水调歌头中秋、书王定国所藏烟江叠嶂图、夜泛西湖五绝其四、狱中寄弟子由其一	纽约：约翰·黛公司	诗词
1962	考特沃尔 Robert Kotewall，史密斯 Norman L.Smith	企鹅中国诗选	The Penguin Book of Chinese Verse	吉祥寺赏牡丹、海棠、洗儿戏作、水调歌头中秋、行香子述怀	企鹅出版社	诗词

① 《卜算子》（水是眼波横）实为王观所作，并非苏轼。《中华隽词》翻译苏词实际有7篇。

续表

时间	编译者	中文书名	英文书名	收入苏作	出版社	体裁
1965	艾林 Alan Ayling、邓根·迈根托斯 Duncan Mackintosh	中国词选	A Collection of Chinese Lyrics	卜算子水是眼波横篇18、卜算子缺月挂疏桐、洞仙歌冰肌玉骨、水调歌头中秋、念奴娇赤壁怀古、水龙吟	伦敦：劳特利奇和开根·保罗公司	词
1969	艾林 Alan Ayling、邓根·迈根托斯 Duncan Mackintosh	中国续词选	A Further Collection of Chinese Lyrics	少年游去年相送、瑞鹧鸪城头月落、沁园春孤馆灯青、江城子密州词、浣溪沙·徐门石潭词五首其一、其二、其三、其五、浣溪沙渐觉东风、今年、定风波听莫听穿林、蝶恋花春景、夜饮东坡、临江仙下兰芽	伦敦：劳特利奇和开根·保罗公司	词
1972	约翰·司各特 John Scott	爱与反抗：中国诗选（从前6世纪到17世纪）	Love and Protest: Chinese Poems from the Sixth Century B.C. to the Seventeenth Century A.D	除夜直都厅诗、洗儿戏作	伦敦：拉普和怀廷公司	诗
1976	唐安石 John A. Turner	中诗金库	A Golden Treasury of Chinese Poetry	水调歌头中秋、书鄢陵王主簿所画折枝其二、吉祥寺赏牡丹、赠刘景文、饮湖上初晴后雨	香港中文大学出版社；华盛顿大学出版社	诗词
2000	卜立德 David E. Pollard	古今散文英译集	The Chinese Essay	凌虚台记、方山子传、赤壁赋、潮州韩文公庙碑	哥伦比亚大学出版社	文

① 《卜算子》《水是眼波横》实为王观所作，并非苏轼。《中国词选》翻译苏词实际有5篇。

附录　英美学界的苏轼文学译作及研究列表

表2　美国学界的苏轼文学译作①

时间	编译者	中文书名	英文书名	收入苏作	出版社	体裁
1867	鲁米斯 Rev.A.W. Loomis	孔子与中国经典：中国文学阅读	Confucius and Chinese Classics, or Reading in Chinese Literature	失名诗②	旧金山：罗曼公司	诗
1927	弗伦奇 Joseph Lewis French	荷与菊：中日诗选	Lotus and Chrysanthemum: An Anthology of Chinese and Japanese Poetry	登常山绝顶广丽亭、赵德麟饯饮湖上舟中对月	纽约：哈瑞斯	诗
1932	蔡廷干 Tsai Ting Kan	唐诗英韵	Chinese Poems in English Rhyme	春宵、上元侍宴、海棠、花影、西湖、湖上初雨、冬景③	芝加哥大学	诗
1956	王红公 Kenneth Rexroth	中国诗百首	One Hundred Poems From the Chinese	念奴娇赤壁怀古、游金山寺、黄州生子诗、雪后书北台壁其二、守岁、馈岁、别岁、和子由踏青、少年游润州作、定风波红梅、花影、新城道中其一、THOUGHTS IN EXILE④、楼醉书、南堂五首其一、鱼、洗儿戏作、虞美人、海棠、轩窗、阳关曲中秋月、赠刘景文、东栏梨花	纽约新方向公司	诗词
1970		爱与流年：续中国诗百首	100 More Poems from the Chinese: Love and the Turning Year	和子由渑池怀旧	纽约新方向公司	诗

① 该表包含了中国人在美国出版的英文书籍，如林语堂及其作品。
② 收入苏轼的一首描写怡静家园的诗歌，译诗于1853年已经发表，后收入该著。因年代久远，无法考证诗歌名称。这一说法见戴玉霞《苏轼诗词英译对比研究》，西安电子科技大学出版社，2016，第7页。
③ 《冬景》即《赠刘景文》。
④ 笔者未能比对查出该诗的中文名，在此保留原英文题目。

续表

时间	编译者	中文书名	英文书名	收入苏作	出版社	体裁
1960	弗农山 Vernon Mount	玉笛：中国诗歌散文	The Jade Flute: Chinese Poems in Prose	江城子悼亡词	彼得波培出版社	词
1960	林语堂 Lin Yutang	古文小品译英	The Importance of Understanding	石钟山记、志林书札选、人论文书选、日喻	克利夫兰和纽约：世界出版公司	文
1965	白之 Cyril Birch	中国文学选集：从早期到十四世纪	Anthology of Chinese Literature: From Early Times to the Fourteenth Century	文：上神宗皇帝书、前后赤壁赋；词：江城子悼亡词、水调歌头、赤壁怀古	纽约丛树出版社	文和词
1965	翟楚 Chu Chai 翟文伯 Winberg Chai	学思文粹：中国文学宝库	A Treasury of Chinese Literature	赤壁赋、后赤壁赋、黠鼠赋	纽约：阿普尔顿世纪出版社	文
1965	伯顿·华兹生 Burton Watson	东坡居士苏轼书①	Su Tung-P'o: Selection from a Sung Dynasty Poet	诗：江上看山、春菜、和子由踏青、和子由蚕市、次韵杨褒早春、南溪久济源草堂、腊日游孤山访惠勤惠思二僧、除夜直都厅诗、吉祥寺赏牡丹、吴中田妇叹、新城道中、百步洪、舟中夜起、初到黄州、初秋寄子由、题西林壁、书晁补之所藏与可画竹三首其一、书鄢陵王主簿所画折枝其一、其二、其三、其五、浣溪沙五首其一、书王定国所藏图、赠刘景文……临江仙夜饮东坡、鹧鸪天林断山明；文：前后《赤壁赋》及一封书信	哥伦比亚大学出版社	诗词文、书信

① 伯顿·华兹生的《东坡居士苏轼书》(86篇) 和《苏东坡诗选》(116篇)，因翻译苏轼文学作品的数量大多，目前学界没有人完整地把所有英文篇名翻译出来，表格内容由笔者比对苏轼原作后，翻译成中文标题，将代表性的诗歌选入其中。

附录　英美学界的苏轼文学译作及研究列表

续表

时间	编译者	中文书名	英文书名	收入苏作	出版社	体裁
1971		中国抒情诗：从2世纪到12世纪	Chinese Lyricism: Shih Poetry from the Second to the Twelfth Century	吴中田妇叹、新城道中二首其一、狱中寄子由二首其一、东坡八首其四、初秋寄子由、连雨江涨其二	哥伦比亚大学出版社	诗
1984		哥伦比亚中国诗选：上古到十三世纪	The Columbia Book of Chinese Poetry: From Early Times to the Thirteenth Century	和子由踏青、春宵、寿州日、小儿、除夜大雪留潍州、中秋月寄子由、飞英寺分韵赋诗、狱中寄子由、东坡、初秋寄子由、书王定国所藏图、赠刘景文、白鹤山新居凿井、考牧图诗、连雨江涨、次韵江晦叔诗、僧耳吠狗诗	哥伦比亚大学出版社	诗
1994	伯顿·华兹生 Burton Watson	苏东坡诗选	Selected Poems of Su Tung-p'o	诗：江上看山、望夫台、春宵、与子由别于郑州西门诗、和踏青、石𨥥歌、守岁、和子由杨贤早春、和子由渑池怀旧、饮湖上初晴后雨、新城道中、无锡道中、赋水车、过永乐文长老已卒、陈孟郊诗二首、初到黄州、东坡八首、题西林壁、元夕、书𨥥朴之所藏刘与可画竹三首其一、书鄢陵王主簿所画折枝其一、书王定国所藏图、赠刘景文…… 词：江城子悼亡词、水调歌头中秋、浣溪沙五首其一、其二、其三、其五、临江仙夜饮东坡、鹧鸪天林断山明 文：前后赤壁赋及一封书信	峡谷出版社	诗词文

393

续表

时间	编译者	中文书名	英文书名	收入苏作	出版社	体裁
1975	柳无忌、罗郁正 Wu-chi Liu, Irving Lo	葵晔集：历代诗词曲选集	Sunflower Splendor: Three Thousand Years of Chinese Poetry	舟中夜起、法惠寺横翠阁、王伯扬所藏赵昌画四首录三、春日、题雍秀才画草虫八首录二、渔父、饮湖上初晴后雨二首录一、寒食雨二首、洗儿戏作、赠东林总长老、吉祥寺曾求阁名、水龙吟杨花词、水调歌头中秋、卜算子缺月疏桐、临江仙夜饮东坡、如梦令自净方能、水遇乐过七里滩	印第安纳大学出版社	诗词
1976	叶维廉 Wai-lim Yip	中国诗歌：主要模式和类型选集	Chinese Poetry: An Anthology of Major modes and Genres	临江仙夜饮东坡、念奴娇赤壁怀古	加州大学出版社	词
1976	傅汉思 Han H. Frankel	梅花与宫闱佳丽	The Flowering Plum and Palace Lady	饮湖上初晴后雨、水调歌头中秋、水龙吟杨花词、东栏梨花、和子由渑池怀旧	耶鲁大学出版社	诗词
1979	刘师舜 Shih Shun Liu	唐宋八大家文选	Chinese Classical Prose: The Eight Masters of the T'ang-Sung Period	刑赏忠厚之至论、范蠡论、范增论、留侯论、上梅直讲书、喜雨亭记、醉白堂记、前赤壁赋、后赤壁赋、方山子传、书秋武襄事、范文正公集叙、居士集叙	香港中文大学出版社；华盛顿大学出版社在西雅图，伦敦同步发行	文
1980	C.H.科沃克 C. H. Kwock 文森特·麦克休 Vincent McHugh	来自远方的老朋友：伟大朝代的150首中国诗歌	Old Friend From Far Away: 150 Chinese Poems from the Great Dynasties	和子由渑池怀旧、吉祥寺赏牡丹	旧金山北点出版社	诗

附录　英美学界的苏轼文学译作及研究列表

续表

时间	编译者	中文书名	英文书名	收入苏作	出版社	体裁
1980	斯蒂芬① Stephen C.Soong	没有音乐的歌——中国词	Song Without Music——Chinese Tz'u Poetry	临江仙夜饮东坡、浣溪沙山下兰芽、少年游去年相送、蝶恋花春景	香港中文大学出版社	词
1985	约翰·诺弗尔John Knoepfle 王守义	宋诗选译	Song Dynasty Poems	题西林壁、惠崇春江晚景、饮湖上初晴后雨、念奴娇赤壁怀古、水调歌头中秋	美国匙河诗歌出版社	诗词
1994	朱莉·兰多 Julie Landau	春光无限：中国宋词选	Beyond Spring: Tz'u Poems of the Sung Dynasty	水龙吟杨花词、水调歌头中秋、念奴娇赤壁怀古、西江月顷在黄州、定风波莫听穿林、定风波红梅、望江南超然台作、卜算子缺月挂疏桐、江神子大雪有怀、江城子密州词、江城子悼亡词、蝶恋花春景、永遇乐燕子楼词、阳关曲中秋月、浣溪沙游清泉寺、浣溪沙五首、浣溪沙细雨斜风、青玉案送伯固归吴中	纽约：哥伦比亚大学出版社	词

---

① 斯蒂芬中文名为"宋淇"。

续表

时间	编译者	中文书名	英文书名	收入苏作	出版社	体裁
1994	梅维恒 Victor H. Mair	哥伦比亚中国传统文选	The Columbia Anthology of Traditional Chinese Literature	诗：白鹤山新居诗、书鄢陵王主簿所画折枝二首其一、书晁补之所藏与可画竹三首其一、吴中田妇叹、望湖楼醉书、东坡八首其三和其四 词：定风波莫听穿林、江城子密州出猎、鹧鸪天林断山明、蝶恋花春景、水调歌头中秋、江城子悼亡词、满庭芳蜗角虚名篇、永遇乐东坡、永遇乐明月如霜 文：前后赤壁赋	哥伦比亚大学出版社	诗词文
2000		哥伦比亚中国传统文学简编	The Shorter Columbia Anthology of Traditional Chinese Literature	诗：书晁补之所藏与可画竹三首其一、读孟郊诗二首其一、吴中田妇叹 词：满庭芳蜗角虚名、临江仙夜饮东坡、鹧鸪天林断山明 文：赤壁赋	哥伦比亚大学出版社	诗词文
1994	倪豪士 Richard E. Strassberg	卧游：中华帝国的游记散文	Inscribed Landscapes: Travel Writing from Imperial China	前赤壁赋、后赤壁赋、石钟山记、游沙湖、记承天寺夜游、游白水书付过	加州大学出版社	文
1996	宇文所安 Stephen Owen	诺顿中国古典文学作品选	An Anthology of Chinese Literature: Beginnings to 1911	词：水调歌头中秋、念奴娇赤壁怀古、西江月三过平山堂、满庭芳蜗角虚名、醉落魄轻云微月 定风波莫听穿林、临江仙夜饮东坡	纽约诺顿公司	诗词文

附录　英美学界的苏轼文学译作及研究列表

续表

时间	编译者	中文书名	英文书名	收入苏作	出版社	体裁
1996	宇文所安 Stephen Owen	诺顿中国古典文学作品选	An Anthology of Chinese Literature: Beginnings to 1911	诗：石苍舒醉墨堂、书晁朴之所藏与可画竹三首其一、书王定国所藏烟江叠嶂图、长安陈汉卿家见吴道子画佛、和文与可洋川园池、东坡、舟中夜起、腊日游孤山访惠勤惠思二僧、登州海市、东坡八首其一、和述古冬日牡丹四首其一、六月二十日夜渡海、和子由渑池怀旧、欧阳少师令赋所蓄石屏 文：书吴道子画后、记游庐山、文与可画筼筜谷偃竹记、宝绘堂记、超然台记、游白水书付过、记承天寺夜游、记游松江、后赤壁赋、放鹤亭记	纽约诺顿公司	诗词文
2000	山姆·汉米尔 Sam Hamill	穿越黄河：来自中国的三百首诗	Crossing the Yellow River: Three Hundred Poems from the Chinese	登云龙山、雨中游天竺灵感观音院、黄州寒食诗、江城子悼亡词	美国纽约BOA有限公司出版	诗词
2002	戴维·亨顿 David Hinton	山之家：中国古代的荒野之诗	Mountain Home: the Wilderness Poetry of Ancient China	南溪小酌诗、望湖楼醉书、梵天寺诗、行香子过七里滩、饮湖上初晴后雨、游鹤林招隐二首其二、青牛岭高绝处诗、与毛令方尉游西菩寺二首其一、李思训画长江绝岛图、飞英寺分韵赋诗、念奴娇赤壁怀古、鸦鸣天林断山明、赠东林总长老、题西林壁、书王定国所藏图	纽约复调出版社	诗词

续表

时间	编译者	中文书名	英文书名	收入苏作	出版社	体裁
2003	艾略特·温伯格 Eliot Weinberg	新日日新：中国古代诗歌选集	The New Directions Anthology of Classical Chinese Poetry	念奴娇赤壁怀古、游金山寺、南堂五首其一、和子由踏青、雪后书北台壁其一、阳关曲中秋月、鱼、轩窗、少年游润州作、和子由渑池怀旧、THOUGHTS IN EXILE①	纽约：詹姆斯·劳克林，新方向出版公司	诗词
2003	郑文君 Alice Wen-Chuen Cheang	中诗银库	A Silver Treasury of Chinese Lyrics	江城子悼亡词、江城子密州出猎、念奴娇赤壁怀古、满庭芳蜗角虚名、卜算子缺月挂疏桐、东坡、贺新郎夏景、蝶恋花春景、临江仙夜饮	香港中文大学出版社	词
2005	巴恩斯通·托尼 周平 Tony Barnstone Chou Ping	中国诗歌锚定书②	The Anchor Book of Chinese Poetry: From Ancient to Contemporary, The Full 3000 Year Tradition	雪后书北台壁二首、和子由渑池怀旧、题西林壁、寒食雨之二、大风留金山两日、江城子悼亡词、蝶恋花春景、水调歌头中秋、念奴娇赤壁怀古、临江仙夜饮东坡	纽约：兰登书屋出版社	诗词
2006	西顿 J.P. Seaton	香巴拉中国诗选	The Shambhala Anthology of Chinese Poetry	渔父词五首其一、其二、其三、其五、南歌子带酒冲山雨、临江仙夜饮东坡	波士顿和伦敦：香巴拉出版社	词

① 该诗译者为王红公，因笔者未能比对查证该诗中文名，在此保留英文原题目。
② 又译为《安可中国诗选：从古至今三千年传统》。

附录　英美学界的苏轼文学译作及研究列表

续表

时间	编译者	中文书名	英文书名	收入苏作	出版社	体裁
2008	戴维·亨顿 David Hinton	中国古典诗歌选集	*Classical Chinese Poetry: An Anthology*	南溪小酌诗，鹧鸪天林断山明篇，除夜直都厅诗，行香子过七里滩，晴后雨，菁牛岭高绝处诗，雨中过舒教授，李思训画长江绝岛图，望湖楼醉书其一、其二，端午遍游诸寺得禅字，迂居临皋亭，东坡八首其一、其二，其四，念奴娇赤壁怀古，赠东林总长老，书王定国所藏烟江叠嶂图，梵天寺诗，和子由渑池怀旧，洗儿戏作，纵笔，和陶饮酒二十首其五	纽约：法勒、斯特劳斯和吉鲁公司	诗词
2014	张曼仪 Mary M.Y. Fung 隆德 David Lunde	满载月光：中国禅诗	*A Full Load of Moonlight: Chinese Chan Buddhist Poems*	和子由渑池怀旧，题西林壁，庐山烟雨，赠东林长老，琴诗，投南华长老偈	香港石头音乐文化有限公司	诗
2017	傅君劢 Michael A. Fuller	中国诗歌概论：从《诗经》到宋词	*An Introduction to Chinese Poetry: From The Canon of Poetry to the Lyrics of the Song Dynasty*	江神子记梦词，水调歌头中秋，阳关曲中秋月，念奴娇赤壁怀古	哈佛大学亚洲中心	词

表 3 美国学界的苏轼研究著作列表 ①

时间	编著者	中文书名	英文书名	出版社
1848	卫三畏 Samuel Wells Williams	中国总论	The Middle Kingdom	西蒙出版社
1960	狄百瑞 Wm. Theodore de Bary	中国传统之来源	Sources of Chinese Traditions	哥伦比亚大学出版社
1962		中国诗学	The Art of Chinese Poetry	芝加哥大学出版社
1974	刘若愚 James Liu	北宋六大词家	Major Lyricists of the Northern Sung	普林斯顿大学出版社
1975		中国文学理论	Chinese Theories of Literature	芝加哥大学出版社
1979		中国文学艺术精华	Essentials of Chinese Literary Art	达克斯伯里出版社
1966	柳无忌 Wu-chi Liu	中国文学新论	An Introduction to Chinese Literature	印第安纳大学出版社
1971	卜苏珊 Bush, Susan	中国文人论画——从苏轼（1037~1101）到董其昌（1555~1636）	The Chinese Literati on Painting: Su Shih to Tung Ch'i-Ch'ang	哈佛大学出版社
1978	贺巧治 George Cecil Hatch	宋代文史资料大全·宋书目录	Literature and History of the Song Dynasty: Song Book Catalogue	香港中文大学出版社
1978	林顺夫 Shuen-fu Lin	中国抒情传统的转变：姜夔与南宋词	The Transformation of the Chinese Lyrical Tradition: Chiang K'uei and Southern Sung Tz'u Poetry	普林斯顿大学出版社

① 只要提及苏轼文学的研究类著作均收入其中。

附录　英美学界的苏轼文学译作及研究列表

续表

时间	编著者	中文书名	英文书名	出版社
1980	孙康宜 Kang-I Sun Chang	词与文类研究	The Evolution of Chinese Tz'u Poetry: From Late T'ang to Northern Sung	普林斯顿大学出版社
1983	卜苏珊 Bush, Susan, 孟克文 Christian Murck	中国艺术理论	Theories of The Arts in China	普林斯顿大学出版社
1985	卜苏珊 Bush, Susan, 史肖研 Hsio-yen Shih	早期的中国绘画作品	Early Chinese Texts on Painting	剑桥市：哈佛燕京学社
1988	陈幼石 Yu-Shih Chen	韩柳欧苏古文论	Images and Ideas in Chinese Classical Prose: Studies of Four Masters	斯坦福大学出版社
1988		中国古代散文的意象与观念	The Image and Concept of Chinese Classical Prose	斯坦福大学出版社
1989	杨立宇 Vincent Yang	自然与自我：苏东坡与华兹华斯诗歌的比较研究	Nature and Self: A Study of the Poetry of Su Dongpo with Comparison to the Poetry of William Wordsworth	纽约：彼特朗出版社
1990	傅君劢 Michael Fuller	通向东坡之路：苏轼"诗人之声"的发展	The Road to East Slope: The Development of Su Shi's Poetic Voice	斯坦福大学出版社
1992	包弼德 Peter Bol	斯文：唐宋思想的转型	The Culture of Ours: Intellectual Transition in T'ang and Sung China	斯坦福大学出版社
1993	亚历克斯·普雷明格 Alex Preminger, 布罗根 Terry V.F. Brogan 等	新编普林斯顿诗歌与诗学百科全书	The New Princeton Encyclopedia of Poetry and Poetics	普林斯顿大学出版社
1994	管佩达 Beata Grant	重游庐山——佛教对苏轼人生与创作的影响	Mount Lu Revisited: Buddhism in the Life and Writings of Su Shih	夏威夷大学出版社

续表

时间	编著者	中文书名	英文书名	出版社
1994	艾朗诺 Ronald C.Egan	苏轼生活中的言语、意象、形迹	Word, Image, and Deed in the Life of Su Shi	哈佛大学出版社
2006		美的焦虑：北宋士大夫的审美思想与追求	The Problem of Beauty: Aesthetic Thought and Pursuits in Northern Song Dynasty China	哈佛大学出版社
1996	伊佩霞 Patricia Ebrey	剑桥插图中国史	The Cambridge Illustrated History of China	剑桥大学出版社
1998	〔美〕海陶玮 James Robert Hightower, 〔加〕叶嘉莹 Chia-Ying Yeh	中国诗词研究	Studies in Chinese Poetry	剑桥（美国马萨诸塞州）和伦敦：哈佛大学亚洲中心
2000	梅维恒 Victor H. Mair	哥伦比亚中国文学史	The Columbia History of Chinese Literature	哥伦比亚大学出版社
2000	姜斐德 Murck, Alfreda	宋代诗画中的政治隐情	Poetry and Painting in Song China: The Subtle Art of Dissent	哈佛大学出版社
2002	田晓菲 Xiaofei·Owen	尘几录：陶渊明与手抄本文化研究	The Record of a Dusty Table: Tao yuanming and Manuscript Culture	华盛顿大学出版社
2003	杨晓山 Xiaoshan Yang	私人领域的变形：唐宋诗歌中的园林与玩好	Metamorphosis of the private Sphere: Gardens and Objects in Tang-Song Poetry	哈佛大学亚洲中心
2009	〔英〕崔瑞德 Denis Twitchett, 〔美〕史乐民 Paul Jakov Smith	剑桥中国宋代史（上卷，907–1279）	The Cambridge History of China (Vol.5: Part1, The Song Dynasty and Its Precursors, 907-1279)	剑桥大学出版社
2010	宇文所安 Stephen Owen, 孙康宜 Chang, Kang-iSun	剑桥中国文学史	The Cambridge History of Chinese Literature	剑桥大学出版社

附录　英美学界的苏轼文学译作及研究列表

续表

时间	编著者	中文书名	英文书名	出版社
2012	桑禀华 Sabina Knight	牛津通识读本：中国文学	Chinese Literature: A Very Short Introduction	牛津大学出版社
2015	杨治宜 Zhiyi Yang	"自然"之辩：苏轼的有限与不朽	Dialectics of Spontaneity: The Aesthetics and Ethics of Su Shi（1037-1101）in Poetry	荷兰莱顿大学博睿出版社
2018	何瞻 James M. Hargett	玉山丹池：中国传统游记文学史	Jade Mountains and Cinnabar Pools: The History of Travel Literature in Imperial China	华盛顿大学出版社
1985	宇文所安 Stephen Owen	中国传统诗歌与诗学：世界的征兆	Traditional Chinese Poetry and Poetics	威斯康星大学出版社
2019		催歌一首：中国11世纪到12世纪初的词	Just a Song: Chinese Lyrics from the Eleventh and Early Twelfth Centuries	哈佛大学出版社

表4　美国学界的苏轼研究期刊论文

时间	著者	论文题目	英文题目	发表的英文刊物
1917	保罗·卡鲁斯 Paul Carus	一个中国诗人对生命的沉思	A Chinese Poet's Contemplation of Life	《一元论》27卷第1期
1922	张朋淳 Chang Peng Chun	沧浪诗话	Cang Lang's Notes on Poets and Poetry	《日晷》9月号
1953	白思达 Glen William Baxter	词体的起源	Metrical Origins of the Tz'u	《哈佛亚洲学报》16卷1-2期
1966	马奇 Andraw Lee March	苏轼著作中的自我与山水	Self and Landscape in Su Shih	《美国东方学会刊》86卷4期
1974	陈幼石 Yu-Shih Chen	苏轼文学理论中的"变"与"常"：兼论《赤壁赋》	Change and Continuation in Su Shih's Theory of Literature: A Note on His Ch'ih-pi-fu	《华裔学志》31卷1期

续表

时间	著者	论文题目	英文题目	发表的英文刊物
1979	刘若愚 James J.Y. Liu	中国诗歌中的时间、空间和自我	Time, Space, and Self in Chinese Poetry	《中国文学》1卷2期
1982	齐皎瀚 Jonathan Chaves	非作诗之道：宋代的经验诗学	Not the Way of Poetry: the Poetics of Experience in Sung Dynasty	《中国文学》4卷2期
1983		苏轼与黄庭坚的题画诗	Poems on Paintings: Su Shih and Huang T'ing-chien	《哈佛亚洲学报》43卷2期
1989		欧阳修与苏轼论书法	Ou-yang Hsiu and Su Shih on Calligraphy	《哈佛亚洲学报》49卷2期
1990	艾朗诺 Ronald C.Egan	作为历史和文学研究资料的苏轼书简	Su Shih's "Notes" as a Historical and Literary Source	《哈佛亚洲学报》50卷2期
1997		中国中古时期关于音乐与"悲"的争论以及琴学观念之变迁	The Controversy Over Music and "Sadness" and Changing Conceptions of The Qin in Middle Period China	《哈佛亚洲学报》57卷1期
1982		后来者能居上吗？宋代诗人与唐诗	Can Late Comers Get There First? Sung Poets and T'ang Poetry	《中国文学》4卷2期
1992	斯图尔特·萨金特 Stuart H.Sargent	另类的题跋：苏轼和黄庭坚的题画诗	Colophons in Countermotion: Poems by Su Shih and Huang T'ing-chien on Paintings	《哈佛亚洲学报》52卷1期
1994		芙蓉城诗	City of Lotuses	《宋元学报》24期
1998		道根深：苏轼与白居易	Roots of the Way Deep: Su Shi and Bo Juyi	《东亚图书馆期刊》8期
2002		苏轼诗歌中的音乐：一种术语的视角	Music in the World of Su Shi（1037–1101）	《宋元学报》32期
1990	艾米·麦克耐尔 Amy McNair	苏轼手书《争座位贴》	Su Shih's Copy of the Letter on the Controversy over Seating Protocol	《亚洲艺术档案》43卷

续表

时间	著者	论文题目	英文题目	发表的英文刊物
1996	潘达安 Pan, Da'An	追寻无迹羚羊：走向中国同类型艺术的跨艺术符号学	Tracing the Traceless Antelope: Toward an Interartistic Semiotics of the Chinese Sister Arts	《大学文学》23卷1期
1985	何瞻 James M. Hargett	宋代游记散文初探	Some Preliminary Remarks on the Travel Records of the Song Dynasty (960–1279)	《中国文学》7卷1-2期
1990		苏轼的游记散文	The Travel Records [Yu-chi] of Su Shih	《汉学研究》第12期
2000		习而安之：苏轼在海南的流放	Clearing the Apertures and Getting in Tune: The Hainan Exile of Su Shi	《宋元学报》30期
1990	蔡涵墨 Charles Hartman	1079年的诗歌与政治：苏轼乌台诗案新论	Poetry and Politics in 1079: The Crow Terrace Poetry Case of Su Shih	《中国文学》12月12期
1993		乌台诗案的审讯：宋代法律施行之个案	The Inquisition against Su Shih: His Sentence as an Example of Sung Legal Practice	《美国东方学会刊》113卷2期
1993	傅君劢 Michael Fulle	探索胸有成竹：目击道存的中国古典意象思考	Pursuing the Complete Bamboo in the Breast: Reflections on a Classical Chinese Image for Immediacy	《哈佛亚洲学报》53卷1期
1993	郑文君 Alice Wen-Chuen Cheang	诗歌，政治，哲理：作为东坡居士的苏轼	Poetry, Politics, Philosophy: Su Shih as The Man of The Eastern Slope	《哈佛亚洲学报》53卷2期
1998		诗与变：苏轼的《登州海市》	Poetry and Transformation: Su Shih's Mirage	《哈佛亚洲学报》58卷1期

续表

时间	著者	论文题目	英文题目	发表的英文刊物
1994	车淑珊 Susan Cherniack	宋代的书籍文化与文本传播	Book Culture and Textual Transmission in Sung China	《哈佛亚洲学报》54卷1期
1996	姜斐德 Murck, Alfreda	《潇湘八景》与北宋放逐情况	The Eight Views of XiaoXiang and the Northern Song Culture of Exile	《宋元学报》26期
1998	姜斐德 Murck, Alfreda	《烟江叠嶂图》：解读山水图象	Misty River, Layered Peaks: Decoding Landscape Imagery	《东亚图书馆期刊》8卷第2期
1998	何合理 Robert E. Hegel	赤壁的声与色：阅读苏轼	The Sights and Sounds of Red Cliffs, On Reading Su Shi	《中国文学》12月20卷
1998	包弼德 Peter Bol	苏轼作品在南宋婺州的研读情况考	Reading Su Shi in Southern Song Wuzhou	《东亚图书馆期刊》8卷2期
1998	唐凯琳 Kathleen M. Tomlonovic	苏轼诗集：编纂与传世状况	The Poetry of Su Shi: Transmission of Collections from the Song	《东亚图书馆期刊》8卷2期
1998	史国兴	苏轼《破琴诗》新解	A New Reading of Su Shi's "Poem of the Broken Lute"	《宋元学报》28卷
2000	Curtis Dean Smith	以苏轼的仇池之梦谈论其晚年之解脱	The Dream of Ch'ou-ch'ih: Su Shih's Awakening	《汉学研究》1期
2000	柯林·霍尔斯 Colin Hawes	言外之意——北宋的游戏与诗歌	Meaning beyond Words: Games and Poems in the Northern Song	《哈佛亚洲学报》60卷2期
2008	杨立宇 Vincent Yang	苏轼"和陶诗"的比较研究	A Comparative Study of Su Shi's He Tao Shi	《华裔学志》56卷

附录　英美学界的苏轼文学译作及研究列表

续表

时间	著者	论文题目	英文题目	发表的英文刊物
2011	王宇根 Yugen Wang	诗歌作为社会批评手段的局限性：对1079年苏轼文学审讯的重新审视	The Limits of Poetry as Means of Social Criticism: The 1079 Literary Inquisition Against Su Shi Revisited	《宋元学报》41卷
2012	白睿伟 Benjamin B. Ridgeway	从宴会到边塞：南宋中兴时期东坡词如何转变为哀悼山河沦落的韵文	From the Banquet to the Border: The Transformation of Su Shi's Song Lyrics into a Poetry of National Loss in the Restoration Era	《中国文学》12月34卷

表5　美国学界的苏轼文学研究博士论文

时间	著者	论文名称	英文名	所属大学
1964	马奇 Andraw Lee March	苏东坡的山水观	Su Dongpo's View of Landscape	华盛顿大学
1972	贺巧治 George Cecil Hatch	苏洵的思想：论北宋思想争鸣的社会意义	The Thought of Su Hsun: An Essay in the Social Meaning of Intellectual Pluralism in Northern Sung China	华盛顿大学
1972	余丽仪 Yuh Liouyi	柳永、苏轼及早期词的发展面面观	Liu Yung, Su Shih, and Some Aspects of the Development of Early Tz'u Poetry	华盛顿大学
1974	斯坦利·金斯伯格 Stanley M.Ginsberg	中国诗人之疏离与调和——苏轼的黄州放逐	Alienation and Reconciliation of a Chinese Poet: the Huang Chou Exile of Su Shih	威斯康星大学
1975	史蒂夫·亚当斯·威尔金森 Stephen Adams Wilkinson	论苏轼的《赤壁赋》反宋代学者型艺术家的理论与实践的发展	Depictions of Su Shih's 'Prose Poems on the Red Cliff' and the Development of Scholar-artist Theory and Practice in Sung Times	哈佛大学
1982	包弼德 Peter Bol	中国十一世纪的文与道之争	Culture and the Way in the Eleventh Century China	普林斯顿大学

续表

时间	著者	论文名称	英文名	所属大学
1983	傅君劢 Michael Fulle	东坡诗	The Poetry of Su Shi	耶鲁大学
1986	许龙 Xu Long	苏轼：其主要的创造性的批评观点和理论	Su Shih: Major Creative Critical Insight and Theories	内布拉斯加大学
1987	管佩达 Beata Grant	苏轼诗歌中的佛与道	Buddhism and Taoism in the Poetry of Su Shi	斯坦福大学
1988	杨泽 Hsien-ching Yang	宋代"咏物词"的美学意识	Aesthetic Consciousness in Sung 'Yung-wu-tz'u' (Songs on Objects)	普林斯顿大学
1989	唐凯琳 Kathleen M. Tomlonovic	放逐与回归的诗歌：苏轼研究	Poetry of Exile and Return: A Study of Su Shi (1037–1101)	华盛顿大学
1991	郑文君 Alice Wen-Chuen Cheang	"黄州、惠州、儋州"——苏轼诗中道与艺之融会贯通	The Way and the Self in the Poetry of Su Shi (1037–1101)	哈佛大学
1995	姜斐德 Murck, Alfreda	《潇湘八景》在宋代诗书画的意义	The Meaning of the "Eight Views of Hsiao-Hsiang": Poetry and Painting in Sung China	普林斯顿大学
1997	何大江 Dajiang He	苏轼：多元价值观与"以文为诗"	Su Shi: Pluralistic View of Values and "Making Poetry out of Prose"	俄亥俄州立大学
1997	王博华 Wang Bor-Hua	苏轼的书法艺术和他的《寒食帖》	Su Shih's art of writing and his Han-shih T'ieh	哥伦比亚大学
1999	麦克梅尔 Michelle. Maile Galimba	苏轼文赋的"常"与"变"	Form and Transformation in the Fu of Su Shi (1037–1101)	加州大学伯克利分校

附录 英美学界的苏轼文学译作及研究列表

续表

时间	著者	论文名称	英文名	所属大学
2005	白睿伟 Benjamin B. Ridgeway	神游：苏轼词中的行迹、景色和文人身份	Imagined Travel: Displacement, Landscape, and Literati Identity in the Song Lyrics of Su Shi	密歇根大学
2008	帕克 Jae-Suk Park	东坡简陋的帽子和木屐：苏轼的"乡野"形象与对流亡神仙的崇拜	Dongpo in a Humble Hat and Clogs: "Rustic" Images of Su Shi and the Cult of the Exiled Immortal	威斯康星大学麦迪逊分校
2012	杨治宜 Zhiy-i Yang	自然成文的辩证法：苏轼生平与写作品中的艺术、自然与角色	Dialectics of Spontaneity: Art, Nature, and Persona in the Life and Works of Su Shi	普林斯顿大学

后　记

　　读博士的这六年，我感觉自己仿佛经历了一次蜕变与重生。这六年的读博经历颇为曲折，所幸我遇到了三位好的导师。

　　我的第一位导师是湖南大学中国语言文学学院的前任院长刘再华教授，是他带领我进入学术殿堂，给我确定博士论文题目和研究方向，刘老师和师母蔡慧清教授一起为我提供了不少最宝贵的英文资料。开学第一次见面，刘老师就告诉我："读博士，投入10000小时，一定会成功。"一转眼，我在博士研究领域已经投入了10000小时，可是，刘老师却因癌症离我们而去。感恩刘老师教会了我热爱我的专业，教会了我坚定执着地对待生活的每一天。

　　我的第二位导师是郭建勋教授。郭老师是中国语言文学学院资深的院长，他在刘老师去世后宽容地接纳了我。郭老师治学严谨，对我们说一不二。2017年我顺利开题，至今我还珍藏着郭老师对我开题报告提出宝贵意见的那封长长的电子邮件。郭老师不仅学问做得好，写散文随笔更是一流，乐观豁达之气常流淌在字里行间。感恩郭老师让我学会了严格仔细地对待博士论文的每段文献、每个观点，同时应该愉快地对待生活的每一天。

　　我遇到的第三位导师是牛海蓉教授。郭老师荣休后，牛老师欣然接纳了我。牛老师是一位亦师亦友的导师，她关心学生，诲人不倦，为我修改论文倾尽心力。牛老师骨子里的坚强劲儿，让我感受到了新时代女性的意志和精神，她永远是我学习的榜样。感恩牛老师对我的肯定与鼓励，指导与帮助，让我在论文写作的最后阶段一步步见到曙光。

　　《荀子·劝学》有云："不积跬步，无以至千里；不积小流，无以成江海。"我深深感到，读博士的过程就是一个不断积累、不断提升的过程，只有持之以恒，才有机会从量变到质变，这是我读博士的第一大收获。《庄子·秋水》言："井蛙不可以语于海者，拘于虚也；夏虫不可以语于冰者，笃于时也；曲士不可以语于道者，束于教也。"读博士必须开阔眼界，兼收并蓄，不能坐井观天，更不能自以为是，否则只能像河伯一样望洋兴叹，这是我读博士的第二大收获。而这些收获全都得益于以上三位学术兼人生导师

后 记

的悉心指导与倾囊相授，再次对刘老师、郭老师和牛老师表示衷心的感谢！

我还要感谢曾枣庄先生，老先生倾尽一生研究苏轼，著作等身，德高望重，对后学扶持奖掖，不遗余力。我仍记得第一次去曾先生的家里拜望他时，他和师母十分热情地接待了我，临走时还馈赠他撰写的"三苏"著作，整整十本，让我满载而归，倍感温暖。

我还要感谢中国语言文学学院院长罗宗宇教授，感谢刘涵之教授，刘舸教授等，是他们在开题时给我提出了诚恳的建议。感谢外国语学院的李伟荣教授，馈赠我一本他的典籍翻译和传播的大作，帮我解答了不少学术困惑。感谢中国语言文学学院的吴明波教授、外国语学院的贺川生教授，感谢他们精彩的授课。感谢中国语言文学学院的李金定老师、张春怡老师，耐心地为我提供学院的各种信息。

还要感谢我的博士师姐冯俊、蒋靖芝、胡鑫、李慧，来自越南的博士师兄郭文斗，同窗刘秀秀、涂鸿、邱燕、武端理，师弟秦亚坤等，他们都曾不断给我鼓励，给予我帮助。在此还要特别感谢我的大学同事、三位外语老师——金静、郝丽娜、梁艳，他们为我的英文翻译字斟句酌，不遗余力。感谢我远在美国的好友范蕾，帮我买到了最重要的英文书籍且不远万里快递给我。

感谢湖南大学，这里的千年学风让我的心灵得以洗涤，思想得以浸润，精神得以成长。感谢我的单位西南民族大学，为我读博提供宽松的条件和一切保障。

最后，我要感谢我最敬爱的父母，是他们照顾我的一日三餐，照顾我的小孩，才让我得以心无旁骛地坚持学习。感谢我的先生和儿子在读博六年中的一路相伴。

再次感谢读博期间所有的美好相遇与珍贵情谊，让我在不惑之年拥有了人生最具价值的财富。我愿将苏轼的才华横溢、坚韧不拔、旷达自适、超越自我、心怀天下等品格和精神作为自己一生的追求，我更愿将苏轼《水调歌头》（明月几时有）赠予所有关心、帮助过我的老师、亲人和朋友："但愿人长久，千里共婵娟"！

图书在版编目（CIP）数据

苏轼文学作品的英译与传播 / 徐华著 . -- 北京：社会科学文献出版社，2023.12
ISBN 978-7-5228-2332-4

Ⅰ.①苏… Ⅱ.①徐… Ⅲ.①苏轼（1036-1101）-文学翻译-古典文学研究 Ⅳ.①I206.441 ②H315.9

中国国家版本馆 CIP 数据核字（2023）第 153184 号

苏轼文学作品的英译与传播

著　　者 / 徐 华

出 版 人 / 冀祥德
组稿编辑 / 罗卫平
责任编辑 / 杨 雪
责任印制 / 王京美

出　　版 / 社会科学文献出版社·人文分社（010）59367215
　　　　　　地址：北京市北三环中路甲 29 号院华龙大厦　邮编：100029
　　　　　　网址：www.ssap.com.cn
发　　行 / 社会科学文献出版社（010）59367028
印　　装 / 三河市龙林印务有限公司

规　　格 / 开 本：787mm×1092mm　1/16
　　　　　　印 张：26.25　字 数：456 千字
版　　次 / 2023 年 12 月第 1 版　2023 年 12 月第 1 次印刷
书　　号 / ISBN 978-7-5228-2332-4
定　　价 / 158.00 元

读者服务电话：4008918866

版权所有 翻印必究